W0227167

ROBIN MOORE

DIE GRÜNEN TEUFEL

An der gelben Front:
US-Geheimkommandos im Kampf ohne Gnade

WILHELM HEYNE VERLAG
MÜNCHEN

HEYNE-BUCH Nr. 489
im Wilhelm Heyne Verlag, München

Titel der amerikanischen Originalausgabe
THE GREEN BERETS
Deutsche Übersetzung von Günther Martin

18. Auflage

ISBN 3-453-00046-3

INHALT

Einleitung   Das grüne Barett 7

Erstes Kapitel   Captain Kornie und die Banditen 19

Zweites Kapitel   Der unsterbliche Sergeant Hanks 65

Drittes Kapitel   Die Cao-Dai-Pagode 83

Viertes Kapitel   Zwei Fliegen mit einem Schlag 96

Fünftes Kapitel   Coup de grâce 129

Sechstes Kapitel   Heim zu Nanette 152

Siebentes Kapitel   Vierzehn gefangene Vietkongs 201

Achtes Kapitel   Der unbescheidene Mr. Pomfret 217

Neuntes Kapitel   Den Lebensnerv treffen! 232

»Niemals aufgeben« 287

Das grüne Barett

Sie werden in diesem Buch viele Dinge lesen, die Ihnen unglaublich vorkommen. Glauben Sie sie ruhig. Alles hat sich so ereignet, wie ich es hier erzähle. Ich habe wohl gewisse Einzelheiten und die Namen geändert, aber ich bin im Prinzip nicht von der Wahrheit abgewichen. Ich konnte diese Wahrheit nicht mitteilen, ohne Einzelheiten und Namen zu ändern. Ich werde auch sagen, warum.

Dies ist ein wahres Buch. Ursprünglich wollte ich schreiben, was man einen Tatsachenbericht nennt – haargenau die Ereignisse schildern und so ein Bild der fast unbekannten, großartigen Untergrundtätigkeit der amerikanischen Special Forces in Vietnam und in anderen Ländern zeichnen. Bald aber mußte ich feststellen, daß der reinen Reportage ganz wesentliche Schwierigkeiten im Wege standen. Wie Sie lesen werden, fallen die Aktionen dieser Sondereinheiten der amerikanischen Armee manchmal völlig aus dem Rahmen herkömmlicher Kriegführung. Stellt man nun derartige Operationen ganz nüchtern dar, mit Angabe der Namen, Daten und Einsatzräume, dann bringt man die militärische Führung in Vietnam in arge Verlegenheit und erweist fähigen Offizieren einen schlechten Dienst. Immer wieder versprach ich vielgeplagten Männern der Special Forces, daß ihre vertraulichen Mitteilungen für mich ›off the record‹ sind, daß ich sie gewissermaßen ›nicht zu Protokoll genommen‹ habe. Um zu erfassen und zu zeigen, aus welchem Holz diese Männer geschnitzt sind, muß man sie als ihresgleichen kennenlernen und nicht als ein Schriftsteller, vor dem sie auf der Hut sind.

Ich war in der einzigartigen – und für einen Journalisten beneidenswerten – Situation, offizielle Hilfe und Förderung zu erfahren, ohne unter den offiziellen Einschränkungen zu leiden. Wiewohl man um meine Funktion wußte, gewährte man mir jeden Einblick. Ich glaube, daß es nicht richtig gewesen wäre, solche Vergünstigungen und solches Vertrauen mit ›enthüllenden‹ Reportagen zu danken. Dieses Buch handelt vor allem von den Sondereinsätzen, und ich sah zu vieles, was nicht für meine Augen – oder die irgendeines anderen Außenstehenden – bestimmt war; auch half ich zu oft selbst mit, die strengen Grundsätze und Vorschriften spitzfindig zu umgehen, als daß ich nun meinen Berichten nur einen oberflächlich veränderten Anstrich geben könnte. Die Verbindung von ›Dichtung‹ und Wahrheit, die ich für die Begebenheiten wählte, gilt auch für die Ortsbezeichnungen: Viele davon stehen tatsächlich auf der Landkarte, andere sind reine Erfindung des Autors.

Das also sind die wesentlichsten Gründe, derentwegen ›Die grünen Teufel‹ die Ausdrucksform des Romans gewählt haben.

Es wäre mir unmöglich gewesen, dieses Buch zu schreiben, hätte ich nicht selbst die Ausbildung der Special Forces mitgemacht. Denn um die

Einsätze dieser Truppe wirklich zu verstehen und zu würdigen, muß man ihre Ausbildungsmethoden in allen Einzelheiten kennen.

Es war im Vorfrühling 1963, bei einer Besprechung im Pentagon in Washington. Ich wartete gespannt auf das Erscheinen des Vertreters der Special Forces. Die Presseoffiziere hatten mein Projekt erörtert, doch nun war noch die Genehmigung eines Repräsentanten des ›Special Warfare Center‹, der Ausbildungsstätte für Sondereinheiten des Guerillakampfes in Fort Bragg im Staate North Carolina, erforderlich.

Ein hagerer, verwegen aussehender Major betrat den Raum. Mit seinem verwitterten Gesicht, seinen durchdringenden Augen und seiner straffen Haltung entsprach er dem Bild, das ich mir von einem Träger des grünen Baretts machte. Wir gaben uns die Hand; er maß mich dabei mit einem abschätzenden, festen Blick. Auf mein erwartungsvolles Lächeln verzog er kaum eine Miene.

»Ich höre, daß Sie ein Buch über uns schreiben wollen.«

»Das würde ich gern tun, Major«, erwiderte ich.

Der Presseoffizier setzte ihm meinen Vorschlag auseinander.

»Sie wollen also hinunterkommen und sehen, was wir machen«, sagte der Major abschließend. »Gut. Wir werden uns freuen, wenn Sie mit von der Partie sind.«

Ich strahlte über das ganze Gesicht.

Der Vertreter von Fort Bragg streifte mit einem Blick meinen leichten Speckansatz – und dann warf er mir, bildlich gesprochen, eine rauchende Phosphorgranate in den Schoß.

»Zuerst müssen Sie natürlich die Fallschirmspringerschule in Fort Benning hinter sich bringen. Dann, wenn Sie ausgebildeter Fallschirmspringer sind, kommt der dreimonatige Guerillakurs dran. Sie werden bei Nacht mit dem Fallschirm abspringen, feldmäßig in Sumpfgebieten kampieren, täglich Gepäckmärsche absolvieren und dann die Nahkampfausbildung mitmachen.«

»Aber ich bin siebenunddreißig, das heißt, fast schon achtunddreißig«, platzte ich heraus. »Ich dachte mir, wenn ich einige Zeit mit den Soldaten zusammensein könnte ... ich bin ein sehr guter Zuhörer ...«, wandte ich hoffnungsvoll ein.

»Bei uns gibt es keine leichte Tour«, sagte der Major ungerührt. »Wenn Sie uns wirklich verstehen wollen, müssen Sie unsere Ausbildung durchmachen. Dann werden Sie schon begreifen, was es mit dieser grünen Mütze auf sich hat.«

Es zuckte verräterisch um seine Mundwinkel. »Zählen wir es also der Reihe nach auf: zuerst die Springerschule. Wenn Sie dort bestehen, werden wir uns darüber unterhalten, ob wir Sie in den Kurs für Partisanenkriegführung aufnehmen. Wenn Sie die Ausbildung an der ›Special Warfare School‹ mit Erfolg beenden, dann erst werden Sie erfassen, was das heißt: Special Forces. Dann werden Sie vielleicht ein Buch über die Männer mit den grünen Baretten schreiben können.«

Einen Monat nach dieser Besprechung im Pentagon kreuzte ich im Fort Benning im Staate Georgia auf, um mich in der Fallschirmspringerschule zu melden. Ich bekam Springerschuhe und einen Schutzanzug, und ehe ich noch den Mund aufmachen konnte, fand ich mich jeden Morgen um fünf Uhr beim Frühsport, auf den ein rascher Lauf über drei oder vier Meilen im Übungsgelände und schließlich ein gehöriger Muskelkater folgten.

Die Springerschule bedeutete für mich drei Wochen äußerster körperlicher Anstrengung wie nie zuvor in meinem Leben. Im Juni 1963 herrschte in Fort Benning drückende Hitze, ich verlor rapid das Übergewicht, das ich in den ›fetten Jahren‹ angesetzt hatte, und jeden Morgen trat ich mit dem sicheren Bewußtsein an, daß ich den Tag nicht durchhalten würde. Nach zwei qualvollen Wochen des Drills an Geräten, an denen Absprung und Landung geübt wurden, mußte ich der Wahrheit ins Auge sehen: Der Lehrgang war reif für den ersten richtigen Absprung aus dem Flugzeug.

Von meinem Platz in der Mitte der Springerreihe schaute ich durch die offene Tür auf die Erde, die dreihundertfünfzig Meter unter uns lag.

»Fertig!« rief der Ausbilder.

Mein Magen krampfte sich zusammen.

»Einhaken!«

Das Blut wich aus meinen Fingerspitzen, als ich meine Reißleine in das Kabel einklinkte, das entlang der Decke des Rumpfes verlief.

»In die Tür!«

Ein Colonel, Reserveoffizier, noch älter als ich, stellte sich in die Tür.

»Los!«

Das ist doch ein Witz, dachte ich, als mich der Propellerwind durch die Luft schleuderte ...

Was in aller Welt hatte ich eigentlich hier zu schaffen?

Eben.

Eigentlich begann alles im August 1962, als ich Lyndon B. Johnson, damals noch Vizepräsident der USA, begegnete. Ich hielt mich damals gerade in Jamaika auf, und er war gekommen, um bei den Unabhängigkeitsfeiern dieses karibischen Landes die USA zu vertreten. Es ergab sich, daß ich dem Vizepräsidenten und seinem Adjutanten, Colonel William Jackson, persönlich vorgestellt wurde und ihnen Widmungsexemplare meines Buches über den Partisanenkampf im karibischen Raum überreichen konnte, das unter dem Titel ›The Devil to Pay‹ erschienen war.

Ich sagte Colonel Jackson, daß ich mein nächstes Buch über die Special Forces der amerikanischen Armee schreiben wollte. Bis dahin hatte sich noch kein Journalist oder Schriftsteller mit dieser hochinteressanten neuen Truppengattung näher befaßt, die durch ihre Kopfbedeckung, ein grünes Barett, besonders gekennzeichnet ist. Die Special Forces führten meist streng geheimgehaltene Einsätze durch. Damals wußte kaum jemand etwas über sie, außer den unmittelbar Beteiligten. Auf jeden Fall lag über diese vielseitig ausgebildeten Spezialisten des Partisanenkrieges, die im Dschungel Südostasiens kämpften, wenig oder gar nichts im Druck vor.

Der Vizepräsident und Colonel Jackson hatten mir im Pentagon Eintritt verschafft und die Besprechung mit jenem hartgesottenen Special-Forces-Major ermöglicht. Und dies wiederum war der Grund, weshalb nun über meinem Kopf eine C-119 dahinbrauste, während ich mit entsetzlicher Geschwindigkeit der Erde entgegenstürzte.

Glücklicherweise verlief alles glatt, und nach fünf Absprüngen (bei jedem Absprung wurde mehr von uns verlangt, was dazu führte, daß etwa ein Viertel des Lehrgangs ausgeschieden wurde) heftete mir der Kommandeur als erstem Zivilisten, der je aus Fort Benning hervorging, das silberne Fallschirmspringerabzeichen an die Brust.

Die nächste Station war Spartanburg, South Carolina, wo das größte Manöver stattfand, bei dem auch Guerillagruppen eingesetzt wurden: >Swiftstrike III.< Dort begegnete ich dem Schöpfer des harten Ausbildungsplanes, den ich erfüllen mußte, wenn ich mein Buch schreiben wollte.

William B. Yarborough war damals Kommandierender General des >Special Warfare Center<. Nach seinem jugendlichen Aussehen hätte man nicht vermutet, daß er schon die zwei Silbersterne eines Majorgenerals trug. Er ist so drahtig und durchtrieben wie seine Männer. Um diese Zeit war auch ich schon wieder drahtig.

Der General hatte eine Überraschung bereit. Er hatte mich für einen nächtlichen Absprung über der Sumpflandschaft von South Carolina eingeteilt, wo mich ein Team der Special Forces in ein von Schlangen wimmelndes Einsatzgebiet mitnehmen würde.

»Nachtabsprung?« murmelte ich beunruhigt. »Schlangen?«

Nach einer Woche zahlreicher >Attentate<, >Entführungen<, >Hinterhalte<, >Brücken- und Materialsprengungen< und >Überfälle< holte mich eine >Heliocourier<-Maschine oder U-10, wie dieses robuste, für Start- und Landemanöver auf kurzen Pisten geeignete Flugzeug militärisch bezeichnet wird, wieder heraus. Einige Tage später begann für mich der mörderische Guerillakurs im >Special Warfare Center<.

Meine Lehrgangskameraden, darunter auch Exilkubaner und Vietnamesen, waren Offiziere aus zweiundzwanzig verschiedenen mit den USA verbündeten oder befreundeten Staaten. Nach Alter und Dienstgrad rangierten sie von Leutnants um Mitte Zwanzig bis zu Oberstleutnants um Mitte Vierzig.

Im >John F. Kennedy Special Warfare Center<, wie es nun heißt, werden drei verschiedene Kurse abgehalten: Spionageabwehr, Psychologische Kriegführung und Unkonventionelle (Partisanen-)Kriegführung – für >Tiger<, wie ich einer war! Ich hatte keine Wahl. Aus dem Partisanenkurs gingen die Träger des grünen Baretts hervor.

Offiziere, die in diesen Lehrgang eintreten wollten, hatten sehr schwere Bedingungen zu erfüllen. Jeder von ihnen mußte voll ausgebildeter Fallschirmspringer sein. Alle wurden nach den Sicherheitsbestimmungen gesiebt und genau >durchleuchtet<. Die meisten von ihnen hatten bereits die Ausbildung einer anderen Sondertruppe – der >Rangers< – hinter sich. Präzise psychologische Tests und strenge Überprüfung der

Dienstbeschreibungen ermöglichten die Auswahl jener Offiziere, aus denen gute Kämpfer der unkonventionellen Kriegführung zu machen waren.

Alles, was seit Beginn des Zweiten Weltkrieges an Partisanentaktiken und -praktiken entwickelt worden war, wurde in diesem Kurs gelehrt. Ich war fasziniert von der Unzahl an Waffensystemen, mit denen wir uns vertraut machen mußten. Ob es nun eine sowjetische Maschinenpistole war, eine schwedische, tschechische, ostdeutsche oder französische Infanteriewaffe: die Special-Forces-Kandidaten lernten damit umzugehen und sie mit verbundenen Augen auseinanderzunehmen und wieder zusammenzusetzen. Wir wurden aber auch mit der Armbrust ausgebildet, ebenso mit dem Bogen und der Garotte (einer Drahtschlinge für rasche Strangulierung).

Einer der schwierigsten Abschnitte des Kurses umfaßte die Spreng- und Sabotagetechniken – ein äußerst wichtiges Gebiet für Guerillakämpfer, die hinter den feindlichen Linien operieren sollen. Wir wurden in mörderischen Kriegslisten unterwiesen; so lernten wir zum Beispiel, wie man einen Graben neben der Feuerzone eines Hinterhaltes vermint, um alle feindlichen Mannschaften zu vernichten, die den ersten Feuerschlag überlebt haben und in Deckung gehen wollen. Von der verheerenden Wirkung solcher Fallen konnte ich mich einige Monate später in Vietnam überzeugen.

In der Nahkampftechnik wurde uns beigebracht, den Gegner in den ersten dreißig Sekunden nach dem Zusammenprall zu erledigen – da sonst keine Chance mehr bestand, es zu tun.

Neuentwickelte Geräte wie der ›Sky Hook‹, eine automatische Seilwinde, mit der ein Mensch aus dem Dschungel in ein fliegendes Flugzeug hinaufgekurbelt werden kann, wurden praktisch erprobt. Es gibt raffinierte Kombinationen wie etwa den sogenannten HALO-SCUBA-Einsatz: Vier- bis sechstausend Meter über dem Wasser – hoch genug, um von unten aus unsichtbar zu bleiben – springt ein Agent in der Nähe der feindlichen Küste aus dem Flugzeug ab. Er stürzt im freien Fall, horizontal und auch vertikal, öffnet erst in einer Höhe von vierhundertfünfzig Meter den Fallschirm, trifft auf die Wasseroberfläche auf, taucht unter und löst sich von seinem Fallschirm, der auf den Grund sinkt. Mit einem Atemgerät setzt der Agent unter Wasser den Weg zu seinem Einsatz fort.

Der Kurs befaßte sich auch mit friedlichen Aufgaben. Die Männer der Special Forces sind nicht nur Kämpfer. Viele Einsätze haben den Zweck, dem Partisanenkrieg vorzubeugen. Auf Projekte im Rahmen der Zivilverwaltung, wie den Bau von Wasserversorgungsanlagen in Dörfern, die Errichtung von Schulen und Spitälern, ja sogar auf Entwicklungshilfe für die Bevölkerung schwer zugänglicher Gebiete, wird besonderes Augenmerk gerichtet.

Zu der Zeit, als meine Lehrgangskameraden den Kurs beendet hatten und in allen Einzelheiten informiert wurden, was sie in Vietnam und anderen Unruheherden der Welt erwartete, waren sie entschlossene, ernste

Männer geworden. Wie die Ausbilder betonten, würden viele, mit denen wir in den Tagen und Nächten der harten Ausbildung Freundschaft geschlossen hatten, das kommende Jahr nicht überleben – mit dieser Prophezeiung hatten sie leider nur allzu recht. Einer meiner Kameraden, ein hochgewachsener, verwegener Captain namens Roger Hugh Donlon, sollte allerdings sieben Monate später in Vietnam vier Verwundungen überstehen und sich die Congressional Medal of Honor erwerben.

Ich hatte mein Ziel erreicht. Ich hatte im ›Special Warfare Center‹ bestanden und hielt mich wirklich für eine Art Guerillakämpfer. Nun, sagte ich zu den Behörden, ich habe mich nach euch gerichtet. Wie geht's jetzt weiter? Ich möchte nach Vietnam, um etwas von der praktischen Anwendung dieser Ausbildung zu sehen.

Akkreditierungsbriefe wurden ausgearbeitet. Das Verteidigungsministerium sandte ein Fernschreiben an das ›Military Assistance Command Vietnam‹, das ist das Kommando der amerikanischen Militärhilfe, und an Colonel Theodore Leonard, den Kommandeur der US Army Special Forces Vietnam, mit dem Wunsch, mir volle Unterstützung zu gewähren. In diesem Fernschreiben waren meine einschlägigen Kenntnisse und Fähigkeiten angeführt, und da all die kampferfahrenen Offiziere der Special Forces Detachments Kopien erhielten, merkten sie dann sicherlich rasch, daß es mit meiner tollen Guerillaherrlichkeit noch lange nicht so weit her war, wie ich dachte. Sie bewiesen allerhand Geduld mit mir, das muß ich sagen. Das Wesentliche aber: Weil ich Absolvent der Fallschirmspringerschule und der Lehrgänge für unkonventionelle Kriegführung war, betrachteten diese Special-Forces-Männer zum erstenmal einen Außenseiter als einen der ihren – und noch dazu einen Zivilisten!

Am 6. Januar 1964 kam ich auf sechs Monate nach Vietnam. Ich war in der glücklichen Lage – zumindest vom Standpunkt des Journalisten aus, der einen authentischen Bericht schreiben will –, überall im ganzen Land an Einsätzen teilnehmen zu können, ganz wie ein Soldat der Special Forces. Ungeachtet der Tatsache, daß Kriegsberichter seit jeher unbewaffnet sind, machte ich im Einsatzraum keinen Schritt, ohne mir zuerst ein automatisches Gewehr umzuhängen – diesem Umstand ist es zu danken, daß ich wieder nach Hause kam und mein Buch schreiben konnte. Nach einigen Monaten meines Aufenthaltes gingen A-Detachments dazu über, mich an Stelle eines Sergeanten als zweiten Amerikaner mit Patrouillen auszuschicken, die zur Gänze aus Vietnamesen oder Angehörigen der Bergstämme zusammengesetzt waren. Dies war die größte Anerkennung.

Die Special Forces wurden im Jahre 1952 aufgestellt, ihre Vorläufer sind die Sondereinheiten des Zweiten Weltkrieges, vor allem die OSS-Gruppen (Office of Strategic Services, eine amerikanische Geheimdienstorganisation, die Einzelagenten und Sabotagetrupps im Feindesland absetzte), die amerikanischen ›Rangers‹, die britischen und kanadischen ›Commandos‹, ›Merill's Marauders‹, eine freischarartige britische Einheit in Burma, und besonders die Fallschirm- und Luftlandetruppen.

Ursprünglich dem ›Psychological Warfare Center‹, der Zentralstelle für psychologische Kriegführung, angegliedert, waren die Special Forces die geistige Schöpfung von Colonel Aaron Bank. Dieser ehemalige OSS-Agent verfocht jahrelang unermüdlich den Standpunkt, daß im Rahmen der Armee speziell ausgebildete Guerillaeinheiten formiert werden müßten. Bei Ausbruch des Koreakrieges wurde die Notwendigkeit von Truppen, die im feindlich besetzten Gebiet operieren konnten, offenkundig.

Zum erstenmal wurden Special-Forces-Männer Ende 1952 und dann 1953 im Verband einer Guerillagruppe unter der Bezeichnung UNPIK (United Nations Partisan Infantry Korea) hinter den kommunistischen Linien eingesetzt. Einige Jahre nach diesem Krieg wurde die Stammeinheit, die 77. Special Forces Group in Fort Bragg, erweitert, es entstanden die 7. Special Forces Group, die in Fort Bragg verblieb, und die 10. Special Forces Group in Bad Tölz in Bayern. Heute gibt es acht Special Forces Groups, die in verschiedenen Teilen der Welt stationiert sind.

Man war darauf bedacht, den Soldaten der Special Forces als Angehörigen einer Elitetruppe ein besonderes Kennzeichen zu geben, und so wurde, nach dem Vorbild der britischen ›Commandos‹, das grüne Barett eingeführt. Das ursprüngliche Truppenemblem war ein silbernes Trojanisches Pferd, das an der linken Seite des Baretts, über dem Ohr, getragen wurde. Gegenwärtig wird auch das gewebte farbige Ärmelabzeichen der betreffenden Special Forces Group auf die Kopfbedeckung genäht und sitzt über dem linken Auge.

›Konventionelle‹ Generale der amerikanischen Armee hatten mit dieser schneidigen Mütze keine Freude und erwirkten ihre Abschaffung. Aber Präsident John F. Kennedy, der den Wert der Special Forces erkannte, gewährte dieser Sondertruppe seine volle Unterstützung und führte das grüne Barett wieder ein; mit einem Tagesbefehl, in dem er die Männer aufforderte, »dieses Barett mit Stolz zu tragen; in den schweren Tagen, die vor uns liegen, wird es ein besonderes Kennzeichen und ein Symbol der Tapferkeit sein«.

Zwei Jahre später kam ein grünes Barett unter den tragischsten Umständen an den Präsidenten zurück. Angehörige der Special Forces bildeten die Ehrenwache bei Kennedys Begräbnis auf dem Soldatenfriedhof in Arlington. Am Schluß der Zeremonie nahm Sergeantmajor Francis Ruddy mit gebeugtem Haupt sein Barett ab und legte es auf das Grab des Oberbefehlshabers. Dieses Barett (zu gegebener Zeit jeweils durch ein neues ersetzt) liegt noch immer dort, zusammen mit den Mützen der Armee, der Marine, der Luftwaffe und des Marinekorps. Die Soldaten der Special Forces werden dafür sorgen, daß auf der letzten Ruhestätte des Präsidenten immer ein grünes Barett liegt.

Die Grundeinheit einer Special Forces Group ist das A-Detachment oder A-Team in der Stärke von zwölf Mann.

Kommandeur des A-Teams ist ein Captain. Adjutant und Zweiter Offizier – hier ›XO‹, Executive Officer, genannt – ist ein 1. Lieutenant (Oberleutnant). Bei den Special Forces gibt es keine 2. Lieutenants (Leutnants). Zehn Soldaten mit bester Ausbildung und Kampferfahrung, die meisten von ihnen höhere Sergeantengrade, bilden das Team. Sie sind zweifellos die vielseitigsten Soldaten, die es heute in den amerikanischen Streitkräften gibt.

Dienstführender Unteroffizier oder ›Team-Sergeant‹ ist ein Master-sergeant, und die Offiziere werden als erste bestätigen, daß er der wichtigste Mann der kleinen Einheit ist. Eine der vordringlichsten Aufgaben der einzelnen Spezialisten des Teams besteht darin, ihre Offiziere in jenen Sparten und Fertigkeiten auszubilden, in denen sie sich selbst durch jahrelange Übung perfektionierten. Wenn ein Offizier den Guerilla-kurs absolviert hat und ein eigenes Team formiert, fängt seine Spezial-ausbildung erst richtig an. Zweiter Mann in der Einteilung des A-Teams ist für gewöhnlich der Spionage- und Taktikspezialist, ein Sergeant, der die Aktionen des Gegners erkundet sowie Agenten anwirbt und schult – was in Asien für einen Amerikaner besonders schwierig ist.

Dem Team gehören zwei Sanitäter an, sie wurden besonders in der Behandlung von Tropenkrankheiten ausgebildet, die in den Einsatzräumen vorkommen.

Zwei Funker, die wahrscheinlich auch aus Seemuscheln Funkgeräte basteln könnten, wenn dies nötig sein sollte, stellen die Verbindung zwischen den einzelnen A-Teams und den B- und C-Teams, den Stabseinheiten der Einsatzdetachments, her.

Zwei Spezialisten für Sprengtechnik und Pionierdienst beherrschen alles, vom Bau bis zur Sprengung einer Brücke. Diese ›Demo-Sergeants‹ (nach ›demolition‹ – Zerstörung) erhalten eine wohlverdiente monatliche Gefahrenzulage von fünfzig Dollar. Je ein Spezialist für leichte und für schwere Waffen vervollständigen das Team. Diese beiden Männer müssen sich auch zum Lehrer eignen, denn sie haben landeseigene Truppen im Gebrauch neuester Waffen zu unterweisen. Viele der Eingeborenen hatten nie etwas Moderneres als eine Armbrust gesehen, bevor ein De-tachment der Special Forces in ihr Gebiet kam.

Außer durch gründliche Kenntnis ihrer Spezialfächer zeichnen sich die Angehörigen der Special Forces auch durch andere Fähigkeiten aus.

Jeder Mann im A-Team beherrscht eine zweite Sprache, manche sprechen sogar mehrere. In jedem A-Team werden alle Sprachen des Einsatz-raumes gesprochen, einschließlich der Feindsprachen. Jeder Mann ist überdies zusätzlich in mindestens zwei anderen Sparten ausgebildet. Ein Sanitäter beispielsweise kann nicht nur sachkundig Wunden versorgen und Kranke behandeln, er weiß auch, wie man die Granatwerfer in genau gezieltes, verheerendes Sperrfeuer legt und wie man die Eisenbahnen und Brücken des Feindes sprengt. Niemand ist im Nahkampf den Soldaten der Special Forces überlegen; sie beherrschen mit tödlicher Sicherheit die Technik waffenloser Verteidigung von Judo, Karate, Ringen und Boxen. Jeder Träger der grünen Mütze ist selbstverständlich geübter Fallschirmspringer.

Den Special Forces fällt gleichsam eine Doppelrolle zu: In einem Heißen Krieg wird das A-Detachment ins Feindterritorium eingeschleust; entweder per Fallschirm, von der See her in Booten oder mit Unterwasserausrüstung oder auf dem Landweg. Die Aufgabe des Teams ist es, aus der landeseigenen Bevölkerung Partisaneneinheiten zu rekrutieren, zu bewaffnen, auszubilden und einzusetzen. Die Männer der Special Forces sind in psychologischer Kriegführung sorgfältig geschult, um im Operationsgebiet den Antikommunismus zu schüren, das Selbstvertrauen der gegnerischen Führung zu erschüttern und diese ständig in Atem zu halten.

Bei Antiguerillaaktionen, wie sie die USA in Südvietnam unterstützen, sorgen die Special Forces für die Ausbildung und Bewaffnung milizartiger vietnamesischer Wehrverbände in eigens dafür errichteten Lagern, während die übrigen Berater aus konventionellen Truppen des amerikanischen Heeres den regulären Einheiten der vietnamesischen Armee zugeteilt sind. Wer in die Miliz eintritt, verpflichtet sich zu einer Dienstzeit von sechs Monaten bis zu zwei Jahren in einem von den Special Forces organisierten Bataillon. Grundsätzlich bilden die A-Teams in Vietnam also Zivilisten zur Bekämpfung der Vietkongpartisanen aus.

Das Kommando eines Milizlagers führt der Kommandeur des vietnamesischen Special-Forces-Teams, das nach amerikanischem Vorbild aufgebaut ist. Die Amerikaner fungieren bei der Ausbildung und beim Einsatz der Miliz lediglich als Berater der vietnamesischen Special Forces – auch unter der vietnamesischen Bezeichnung Luc-Luong, Dac-Biet oder LLDB bekannt. Auf diese Weise hat jeder amerikanische Berater im Lager seinen ranggleichen LLDB-Partner.

Das höhere Kommando einer Special Forces Group im Einsatz ist die Operationsabteilung – Special Forces Operating Base oder SFOB. Sie erfüllt alle Funktionen des Stabes einer regulären Einheit – Personal, Abwehr, Taktik und Versorgung. Der SFOB sind Territorialspezialisten (›Area Specialist Officers‹) zugeteilt, von denen jeder mit einem bestimmten Sektor des Einsatzraumes gründlich vertraut ist. In Südvietnam gibt es in jedem Korpsbereich ein B-Detachment der Special Forces, angefangen vom IV. Korps im Mekongdelta bis zum I. Korps im nördlichsten Bergland, am siebzehnten Breitengrad, der das freie Südvietnam vom kommunistischen Nordvietnam trennt. Somit verfügt die Operationsabteilung der Special Forces in Saigon über vier Territorialspezialisten.

Dem B-Team unterstehen etwa zehn A-Teams; es ist keine Kampftruppe, sondern hat die Aufgabe, die Einsätze der A-Teams zu koordinieren und die Versorgung zu sichern.

Dieses Buch zeigt die Rolle der Special Forces als Antiguerillas und Guerillas im Gesamtgeschehen des Vietnamkrieges auf. Zum besseren Verständnis für den Leser werden hier die korrespondierenden politischen Ereignisse kurz umrissen.

Im Januar 1964, nach dem Sturz des Präsidenten Ngo Dinh Diem, wurde Südvietnam von einer Militärjunta regiert. An der Spitze dieser

Junta stand General Duong Van (›Big‹) Minh. Präsident Diem war 1955, nach der Teilung Vietnams in zwei getrennte Staaten, an die Macht gekommen.

Unter Diem konnte man wichtige Ämter in Staat und Verwaltung nur durch Erbschaft, Reichtum und gute Beziehungen zu der römisch-katholischen Familie Ngo erlangen. Die Armee bildete bei diesem Mandarinsystem keine Ausnahme. Soldatische Eignung, Tapferkeit und Integrität hatten für die Beförderung und die Besetzung der erstrebenswerten Kommandostellen wenig oder keine Bedeutung. Für das Avancement in Diems erst im Aufbau begriffener, von den Amerikanern organisierter und finanzierter Armee war nur ausschlaggebend, ob der betreffende Offizier die Sympathien des Präsidenten, seines Bruders Ngo Dinh Nhu und Madame Nhus genoß: daher das Phänomen so vieler Obersten und Generale zwischen zwanzig und dreißig und der Leutnants und Kapitäne zwischen dreißig und vierzig.

Am 30. Januar, nach genau drei Monaten, wurde ›Big‹ Minhs Junta von General Nguyen Khanh, einem entschlossenen, zielbewußten jungen Offizier, gestürzt. Sowohl Minh als auch Khanh wurden in ihren Entscheidungen ernstlich durch Mitläufer aus der Ära Diem behindert, die bereits zuviel Einfluß besaßen, als daß man sie hätte abschieben oder ins Gefängnis stecken können.

Präsident Diem und sein Bruder Nhu hatten jene LLDB-Offiziere mit guten politischen Verbindungen als Leibwache und gefürchtete Sonderpolizei verwendet – vor allem gegen die Buddhisten. In dem Bestreben, ihre Prätorianer besonders auszuzeichnen, stellten Diem und Nhu die LLDB mit den amerikanischen Special Forces gleich, ja sie gingen sogar so weit, ihnen die Benennung ›Vietnamesische 77. Special-Forces-Gruppe‹ zu geben, nach der Stammeinheit der Special Forces der amerikanischen Armee.

Als die amerikanischen Special-Forces-Teams auf breitester Basis Stützpunkte zu errichten begannen, gestaltete sich ihre Aufgabe der Bekämpfung von Vietkongpartisanen um so schwerer und gefährlicher, weil ihnen Diem mit der Zuteilung der schlecht ausgebildeten, kampfscheuen und nach amerikanischen Begriffen korrupten LLDB als Partner Bleiklötze ans Bein hängte.

Auf ihre raffinierten Winkelzüge, auf die Unterschlagung von Soldgeldern und Entwendung von Kriegsmaterial – alles für viele vietnamesische Offiziere selbstverständliche Gepflogenheiten – werden wir noch zurückkommen.

Natürlich ergaben sich aus solchen diametral entgegengesetzten Auffassungen oft Reibungen – besonders dann, wenn bestausgebildete und ihrer Sache verschworene Soldaten der Special Forces auf isolierten Vorposten mit LLDB zusammengespannt waren. Die Amerikaner konnten nur Ratschläge erteilen und Geld, Waffen und Ausrüstung ausfolgen. Das Kommando lag in den Händen der LLDB-Offiziere, und allzuoft kam es vor, daß sie bei Feuergefechten jedem persönlichen Einsatz auswichen.

Kein Wunder also, daß sich fallweise Unstimmigkeiten zwischen den Amerikanern und ihren LLDB-Partnern ergaben. Gleichzeitig muß ich hervorheben, daß Soldaten der Special Forces Außenstehenden gegenüber nichts über ihre Beziehungen zu den Vietnamesen verlauten lassen. Erst als ich richtig zu ihnen gehörte, sprachen sie offen mit mir.

Selbstverständlich gibt es viele integre und außerordentlich tapfere vietnamesische Offiziere, und als General Khanh im Sommer 1964 den erfahrenen Oberst Lam Son zum Kommandeur der LLDB ernannte, gewann auch diese Truppe an Kampfwert. Aber Oberst Lam Son ging an eine sehr mühevolle, an Enttäuschungen reiche und auf lange Sicht berechnete Aufgabe heran, um die LLDB zu einem tatsächlichen vietnamesischen Gegenstück der amerikanischen Special Forces zu machen. – In Vietnam wird die Politik nach dem Prinzip des Jo-Jo-Spiels betrieben, und das schafft kein günstiges Klima für langfristige Planung.

Dieses Buch erzählt die Geschichte der Special Forces, die 1964 in Indochina gegen den Kommunismus kämpften.

Was ich hier schrieb, gilt aber ebenso für die Träger des grünen Baretts in anderen Ländern und Unruheherden der Welt, wohin sie der Einsatzbefehl ruft. Im wesentlichen werden diese Schilderungen auf die politische und militärische Situation zutreffen, der sich die Special Forces heute, morgen und in kommenden Jahren gegenüber sehen; immer dann, wenn Amerikaner irgendwo kämpfen müssen, um zu verhindern, daß die freie Welt noch weiter zusammenschrumpft. Die politischen und geographischen Gegebenheiten mögen sich von Monat zu Monat, von Jahr zu Jahr ändern. Doch in jenen Auseinandersetzungen, die die Kommunisten ›nationale Befreiungskriege‹ nennen, werden immer verschworene Soldaten wie die Männer der Special Forces im Einsatz stehen.

Der Autor gebraucht in seinem Buch eine Reihe von Bezeichnungen und Abkürzungen, die bei der Special Forces allgemein üblich sind. Zum besseren Verständnis sind sie hier angeführt und erklärt.

Agency

Gemeint ist die Central Intelligence Agency (CIA), eine Abwehrorganisation, die nicht zu den Streitkräften der USA gehört. Die Soldaten der Special Forces nennen sie nur die ›Agency‹. In Südostasien verwenden sie auch die Bezeichnung der Einsatzgruppe der CIA, nämlich ›Combined Studies Group‹ (CSG).

AR-15

Neues automatisches Gewehr mit großer Durchschlagskraft. Als Handfeuerwaffe bei den Special Forces eingeführt.

BAR

Browning Automatic Rifle, schweres automatisches Gewehr, das sich bereits in den Dschungelkämpfen des Zweiten Weltkrieges bewährte.

Colonel

Oberst. In der amerikanischen Armee ist es üblich, schon den Oberstleutnant – Lieutenant Colonel – als ›Colonel‹ zu titulieren. Der eigentliche Oberst wird im allgemeinen Sprachgebrauch des Soldaten als ›Full Colonel‹ oder nach seinem Rangabzeichen, einem silbernen Adler, als ›Bird Colonel‹ bezeichnet.

Concertina

Stacheldrahtrollen, für Verhaue als Umfassung von Stützpunkten verwendet.

Country Team

Wenn die USA einem Staat, wie in diesem Fall Vietnam, Militär- und Wirtschaftshilfe leisten, liegt die oberste Aufsicht in den Händen eines ›Country Teams‹, das aus fünf Mitgliedern besteht: dem Botschafter, der nominell den Vorsitz führt, dem Kommandierenden General des Military Assistance Command (siehe d.), dem Chef der USOM (siehe d.), dem Leiter des amerikanischen Informationsdienstes in dem bestimmten Land und dem Leiter der CIA-Gruppe.

Dai-uy

(Aussprache: Dai-wi), das vietnamesische Wort für Hauptmann.

MAAG

Military Assistance Advisory Group, zentrale Dienststelle für Militärhilfe. MAAG ist praktisch die Einsatzgruppe der MAC-V. Ihr unterstehen jene amerikanischen Offiziere und Mannschaftsgrade, die den Truppen der regulären vietnamesischen Armee als Berater zugeteilt sind. Ursprünglich waren die Special Forces von MAAG unabhängig und unterstanden direkt dem Kommandierenden General vom MAC-V und einigen Sonderdienststellen in Südostasien und Washington. Doch mit Wirkung vom 1. Mai 1964 wurden die Special Forces auf Wunsch konventioneller Generale in Saigon und Washington im Zuge einer ›Vereinfachung‹ in die Kompetenz von MAAG übergeführt.

MAC-V

Military Assistance Command, Vietnam, Kommando der Militärhilfe. Die oberste amerikanische Instanz in Vietnam, direkt dem Stabschef der Streitkräfte und dem Präsidenten der USA verantwortlich.

Montagnard

Angehöriger eines Bergstammes im nördlichen Teil Vietnams.

Piaster

Vietnamesische Währung. Ein Piaster entspricht zehn Cents amerikanischer Währung.

Provinzpräfekt

Vietnam ist in zweiundvierzig Provinzen eingeteilt, jede Provinz untersteht einem Militärgouverneur oder Provinzpräfekten, der normalerweise den Rang eines Majors oder Oberstleutnants bekleidet. Der amerikanische Berater des Präfekten, meist ein Major, wird als Sektorenberater bezeichnet, und in diesem Sinn sind Provinz und Sektor identisch.

USOM

United States Operations Mission. Zivile Organisation für Wirtschafts- und Entwicklungshilfe.

ERSTES KAPITEL

Captain Kornie und die Banditen

I

Der Standort des Special-Forces-Detachment B-520 in einem der Hauptkampfräume von Vietnam sieht wie ein Fort des alten Wilden Westens aus. Obwohl die B-Detachments nur Verwaltungs- und Versorgungseinheiten für die Special-Forces-A-Teams sind, die im Dschungel und in den Reisfeldern gegen die kommunistischen Vietkongpartisanen kämpfen, war dieser Stützpunkt im letzten Jahr zweimal angegriffen worden, und beide Male hatte es Verluste gegeben.

Ich löste schließlich mein Versprechen ein, Major Train — seit seiner Ankunft in Vietnam Lieutenant Colonel Train — in seinem Stabsquartier zu besuchen. Mein Sturmgepäck legte ich draußen bei den Ordonnanzen ab und betrat durch die offene Tür das Büro des Kommandeurs.

»Herzlichen Glückwunsch, Colonel!«

Lieutenant Colonel Train, der jugendlich und dabei doch irgendwie verwittert wirkte, lächelte selbstbewußt, blies eine lange Wolke von Zigarrenrauch über seinen Schreibtisch und deutete mir, mich zu setzen.

Major Fenz, der Taktiker, stürmte in den Raum. »Verzeihung, wenn ich störe, Sir. Soeben erhielten wir die Meldung, daß eine weitere Patrouille mit Ausgangspunkt Phan Chau in einen Hinterhalt geraten ist. Eigene Verluste: vier Mann.«

Ich setzte mich kerzengerade auf. »Unser Freund Kornie macht sich was zu schaffen.«

Train runzelte nachdenklich die Stirn. »Das drittemal in einer Woche, daß er Verluste einstecken muß.« Er trommelte mit den Fingerspitzen auf der Schreibtischplatte. »Feindverluste oder erbeutete Waffen?«

»Keine Feindwaffen erbeutet, Sir. Die Burschen beim Team draußen glauben, es hat einige Vietkongs erwischt, nach Blutspuren im Dschungel zu schließen. Aber keine Toten.«

»Ich mache mir wegen Kornie ernstliche Sorgen«, sagte Train etwas gereizt. »Er hat es irgendwie fertiggebracht, daß in den vier Monaten, seit er hier ist, zwei vietnamesische Lagerkommandeure abgelöst wurden. Der neue Mann ist genau nach Kornies Geschmack, nämlich ein Schlappschwanz. Kornie macht im Lager, was er will.«

»Aber in den drei Wochen, seit wir den Laden hier übernommen haben, hat er mit seinen Leuten mehr Vietkongs getötet als alle anderen A-Teams«, gab Fenz zu bedenken.

»Kornie ist verdammt selbstherrlich und hält sich an keinerlei Regeln«, sagte Train.

»Das war es doch, was man uns in Fort Bragg beigebracht hat, Colonel«, warf ich ein. »Oder habe ich in diesen drei langen Monaten die Prinzipien der unkonventionellen Kriegführung falsch verstanden?«

»Es gibt gewisse Grenzen. Ich bin nicht mit allem einverstanden, was an der Special Warfare School gelehrt wird.«

»Übrigens, Colonel«, lenkte ich ein, bevor sich eine offene Meinungsverschiedenheit ergab, »ich bin auch deshalb hierhergekommen, um nach Phan Chau weiterzufliegen und Kornie in Aktion zu sehen.«

Train starrte mich einen Moment lang an. Dann sagte er: »Trinken wir erst mal eine Tasse Kaffee. Kommen Sie mit, Fenz?«

Wir verließen das Stabsgebäude, überquerten den Appellplatz und den Volleyballplatz des B-Teams und betraten die Kantine, die als Frühstücks-, Lese- und Aufenthaltsraum und auch als Bar diente. Train bestellte bei der hübschen vietnamesischen Serviererin Kaffee.

An den Tischen ringsum hatten es sich mehrere Offiziere und Sergeanten der Special Forces bequem gemacht. Wenn Angehörige von A-Teams aus dem Einsatz kamen, war der Standort des B-Teams ihre Zwischenstation vor dem Urlaub in Saigon. Auf dem Rückweg wurden sie dann wieder vom B-Team aus per Flugzeug zu ihren Einheiten tief im Vietkonggebiet transportiert.

Lieutenant Colonel Train war mir von unserer ersten persönlichen Begegnung an ein Rätsel. Als Major nahm er am Guerillakurs in Fort Bragg teil. Er war Berufssoldat, während des Zweiten Weltkrieges zwei Jahre Frontdienst bei der Infanterie, bei Kriegsende Staffsergeant. Auf Grund seiner überdurchschnittlich guten Schulzeugnisse und seiner tadellosen

Führung als Soldat wurde er in die Militärakademie West Point aufgenommen. In Japan und in Korea hatte sich Train als Infanterieoffizier ausgezeichnet, 1954 meldete er sich zur Fallschirmspringerausbildung in Fort Benning und erwarb sich zu seinen Ordensbändern noch die silbernen Schwingen hinzu.

Fast neun Jahre später, seinem Interesse an neuartigen Entwicklungsformen entsprechend, gab Train bekannt, daß er gern zu den Special Forces überwechseln würde. Ich lernte ihn in Fort Bragg kennen, er war damals gerade von der 82. Luftlandedivision ins ›Special Warfare Center‹ abkommandiert worden.

Allen, die Train kannten, war es klar, daß er die Regeln des Guerillakampfes nicht rückhaltlos bejahte. Doch da Präsident Kennedy vorausschauend die Bedeutung und Tragweite militärischer Sondereinsätze neuen Gepräges erkannt hatte, waren praktische Erfahrungen in unkonventioneller Kriegführung für jeden Offizier, der die Generalssterne anstrebte, unerläßlich.

Während wir uns unterhielten und Kaffee tranken, interessierte es mich nun um so mehr, ob dieser seinem Beruf verschworene Offizier sich ändern und wie er im Partisanenkrieg in Vietnam seine Entscheidungen treffen würde.

»Sie wollen also nach Phan Chau?« fragte Train.

»Ich möchte Kornie gern in Aktion sehen«, sagte ich. »Erinnern Sie sich noch, als er in Fort Bragg war? Bei den großen Manövern war er der Guerillachef.«

»Kornie ist seit zehn Jahren eine sprichwörtliche Figur in der Armee«, entgegnete Train streng. »Natürlich kann ich mich an ihn erinnern. Ich fürchte, Sie werden Schwierigkeiten haben, wenn Sie nach Phan Chau gehen.«

»Wie meinen Sie das?«

»Ich will nicht, daß ausgerechnet in meinem Befehlsbereich der erste Reporter in Vietnam fällt.«

Train machte also Schwierigkeiten, das hatte ich erwartet. »Sie glauben, bei Kornie besteht eher die Möglichkeit, daß man ins Gras beißt, als bei anderen Teams?«

Train nahm einen tüchtigen Schluck Kaffee, bevor er antwortete. »Er läßt sich in verflucht gefährliche Geschichten ein. Ich glaube nicht, daß er mir alles meldet, was er unternimmt.«

»Sie sind seit drei Wochen hier, Colonel. Das vorige B-Team hat vier Monate mit Kornie zusammengearbeitet. Wie hat sich Major Grunner über ihn geäußert?«

Fenz, seit sechs Jahren Offizier der Special Forces, beschäftigte sich angelegentlich mit seinem Kaffee. Train schnitt eine Grimasse. »Das vorige B-Team war ein ziemlich unkonventioneller Haufen, sogar nach den Begriffen der Special Forces. Major Grunner ist ein hervorragender Offizier. Ich will nichts gegen ihn sagen oder darüber, wie er sein B-Team führte.« Train sah mir fest in die Augen. »Aber er ließ seinen A-Teams Freiheiten, die ich nicht dulden würde. Und natürlich waren er und Kornie alte Freunde, noch von der 10. Special Forces Group in Deutschland her.« Der Colonel schüttelte den Kopf. »Und das ist wohl der wüsteste Haufen, der mir je in meiner ganzen militärischen Laufbahn untergekommen ist.«

Weder Fenz noch ich antworteten. Schweigend schlürften wir unseren Kaffee. Train gehörte einer neuen Kategorie von Special-Forces-Offizieren an. Die unkonventionellen Kämpfer neuen Typs hatten sich gegen die kommunistische Taktik räumlich begrenzter Partisanenkriege so überzeugend und glänzend bewährt, daß die Special Forces durch Neuaufstellungen zahlenmäßig vergrößert wurden. Neben den bereits bestehenden Gruppen: der 1. in Okinawa, der 10. in Bad Tölz und der 5. und der 7. in Fort Bragg, wurden einige neue Einheiten formiert. Deshalb suchte man unter den besten Offizieren von Fallschirm- und konventionellen Truppen geeignete Leute aus. Da jeder Offizier und Sergeant der Special Forces Fallschirmspringer sein muß, war es manchmal erforderlich, ›Bodentreter‹ auf die Springerschule nach Fort Benning im Staat Georgia zu schicken, bevor sie zur Special Warfare School in Fort Benning und im weiteren zu einer aktiven Special Forces Group abkommandiert werden konnten.

Diese neue Gruppe von Offizieren ursprünglich konventioneller Prägung machte 1964 bei den Special Forces bereits ihren Einfluß geltend. Lieutenant Colonel Train würde sich nicht ohne inneren Widerstand in einen richtigen ›grünen Teufel‹ verwandeln, das stand jedenfalls fest.

Ich unterbrach das Schweigen, indem ich Major Fenz fragte: »Wann können Sie mich nach Phan Chau bringen lassen?«

Fenz blickte seinen Kommandeur hilfesuchend an. Der lächelte mit spöttisch herabgezogenen Mundwinkeln. »Wenn Sie unbedingt wollen, dann müssen wir Sie hinfliegen. Aber tun Sie uns einen Gefallen, ja? Passen Sie auf, daß es Sie nicht erwischt. Ich dachte, der nächtliche Fallschirmabsprung in Uwarrie hätte Ihnen genügt ...«

Er wandte sich zu Fenz und erzählte ihm die Geschichte. »Unsere Teams wurden bei der zehntägigen feldmäßigen Übung zusammen abgesetzt.«

Fenz nickte. Das obligate Zehntagemanöver war ein Erlebnis, das alle Absolventen der Special Warfare School verband.

»Das Kommando suchte für uns ein Absprunggebiet im Uwarrie-Nationalpark bei Pisgah aus — das war eine Sache für sich. Eine fürchterliche Nacht.« Train dachte nach. »Eiskalt. Und der Wind kam auf, bevor wir das Absprungfeld erreichten. Eine Materialkiste blieb sechs Sekunden lang in der Tür stecken, deshalb mußten wir zweimal anfliegen. Unseren Freund hier hielt der Ausbilder bei der Tür fest, und beim zweiten Anflug kam er als erster dran. Wir wurden in die Bäume abgetrieben, mehr als eine Meile von der Landezone entfernt. Ich blieb im Gezweig hängen, mußte meinen Reservefallschirm öffnen und mich an den Schnüren zum Boden abseilen. Auf diesem Absprungfeld gab es drei Beinbrüche und noch andere Verletzungen.«

Train faßte mich grinsend ins Auge. »Unser Zivilist kam natürlich am besten davon. Er landete auf einem Feld in der Größe eines Volleyball-platzes, warf sein Zeug in den Sack und half mit, sein Team zusammen-zuholen.«

Ich blickte durchs Fenster über die Reispflanzungen, wo jeder Bauer ein Vietkong sein konnte und es wahrscheinlich auch war. »Wenigstens haben sie uns in North Carolina mit keinen in Scheiße getauchten Bambus-spitzen erwartet«, sagte ich.

Train runzelte die Stirn über meine Ausdrucksweise. »Ich glaube, Sie werden sich mit Kornie recht gut verstehen. Soviel ich mich erinnere, haben Sie sich bei der Übung damals einige Sondertouren geleistet, von denen nicht einmal in den Ausbildungsvorschriften etwas steht.«

Fenz nahm dies als Wink, um mir mitzuteilen, daß am Nachmittag eine Ottermaschine nach Phan Chau fliegen würde, mit einem neuen vietna-mesischen Dolmetscher an Bord, da der vorige bei einem Patrouillen-unternehmen gefallen war.

»Fliegen Sie in Gottes Namen mit«, sagte Train. »Wie lange wollen Sie bleiben?«

»Können wir das nicht dem Zufall überlassen?«

»Na schön. Aber wenn es dort wirklich brenzlig wird, dann hole ich Sie heraus.«

»Kommt ja gar nicht in Frage.«

Train starrte mich an. Ich hielt seinem Blick stand. Er zuckte die Achseln. »Okay, ich begleite Sie, aber ich weiß noch immer nicht . . .«

»Keine Sorge. Ich will mich ebensowenig abknallen lassen wie Sie.«

»Schon gut. Holen Sie Ihren Kram. Haben Sie eine eigene Waffe?«

»Wenn Sie mir einen Klappschaftkarabiner und einige Magazine leihen, das wäre alles, was ich brauche.«

»Fenz, können Sie ihm das verschaffen?«

»Jawohl, Sir. Die Otter fliegt um 13 Uhr ab.«

»Etwas noch«, warnte Train. »Kornie ist wütend, weil wir auf Befehl des vietnamesischen Divisionskommandeurs General Co zwei Kompanien Hoa Haos aus seinem Lager abgezogen haben. Kennen Sie die Hoa Haos?«

»Das sollen ganz tolle Kämpfer sein, nicht wahr?«

»Stimmt. Sie sind eine religiöse Splittergruppe im Mekongdelta und unterscheiden sich auch durch ihre rassische Abstammung von den übri-gen Vietnamesen. General Co war nicht sonderlich erbaut darüber, daß zwei Kompanien Hoa Haos gemeinsam eingesetzt wurden.«

»Sie meinen, auch ihn hat die allgemeine Staatsstreichspsychose erfaßt und er fürchtet, daß sich die Hoa Haos zusammentun und mit einem seiner Rivalen gemeinsame Sache machen können?«

»Wir versuchen uns aus der Politik herauszuhalten«, sagte Train ver-drießlich. »General Cos Erwägungen gehen mich nichts an.«

»Aber es geht sehr wohl Kornie etwas an, wenn er seine Truppe an der kambodschanischen Grenze, mitten im Vietkonggebiet, plötzlich um zwei Kompanien seiner besten Soldaten vermindert sieht.«

Train ließ ein zorniges Schnauben hören. »Nehmen Sie Kornie sichten über die vietnamesische Politik nicht zu ernst.«

»Ich werde mir immer genau überlegen, was ich sage«, versprach ich.

»Das hoffe ich.« Es klang wie eine Drohung.

Ich sah auf fahlbraune Reisfelder hinunter, meine Spannung wuchs, als sich das einmotorige, achtsitzige Flugzeug über gebirgigem Gelände an der kambodschanischen Grenze dem Stützpunkt Phan Chau näherte. Mir gegenüber saß der magere, asketisch wirkende, junge vietnamesische Dolmetscher.

Ich dachte an Steve Kornie. Eigentlich hieß er mit Taufnamen Sven. Als vierundvierzigjähriger Mann war er erst Captain, während es Train mit neununddreißig schon zum Lieutenant Colonel gebracht hatte.

Kornie, ein gebürtiger Finne, kämpfte gegen die Russen, als sie 1939 seine Heimat angriffen. Später trat er in die deutsche Wehrmacht ein und überlebte wie durch ein Wunder zweijährigen ununterbrochenen Einsatz an der Ostfront. Nach dem Krieg gab es eine Periode in seinem Leben, über die er nie sprach. Seine Laufbahn begann von neuem, als er Soldat der amerikanischen Armee wurde, gemäß den Bestimmungen des ›Lodge Act‹, eines Gesetzes aus den frühen fünfziger Jahren, das Ausländern nach fünfjähriger Militärdienstzeit die amerikanische Staatsbürgerschaft zuerkannte.

1955, bei einer Wirtshausrauferei in Deutschland, hatten Kornie und einige seiner Kameraden, richtige Schläger, den in solchen Fällen meist katastrophalen Fehler begangen, mit einigen Soldaten anzubändeln, die grüne Barette mit dem silbernen Trojanischen Pferd als Abzeichen trugen. Der blauäugige nordische Riese erklärte sich schließlich zu Verhandlungen bereit, nachdem er eigenhändig mehrere der Barettträger gehörig vermöbelt hatte.

Voll Mißtrauen ließ er sich von diesen Soldaten, die sich, ungeachtet ihrer sonderbaren Kopfbedeckung, als Amerikaner deklarierten, auf ein Bier einladen. Während seiner ganzen Laufbahn bei verschiedenen Armeen hatte Kornie es noch nie mit so harten waffenlosen Kämpfern zu tun bekommen. Als die verschiedenen Opfer seiner Fausthiebe und Handballenschläge wieder zu sich kamen, die Benommenheit abschüttelten, nach ihren Baretten angelten und sie wieder aufsetzten, wurde es Kornie klar, daß sie ihn aufforderten, in ihre Truppe einzutreten. Zu seiner Überraschung und seinem Schreck entdeckte er, daß einer der Männer, dem er eins über den Schädel gezogen hatte, Major war.

Noch bevor der Abend um war, hatte Kornie von der Existenz der 10. Special Forces Group in Bad Tölz erfahren, hatte dem Major Namen, Dienstgrad und Stammnummer angegeben und die Zusage erhalten, daß er bald zu dieser bestens ausgebildeten, geheimen Elitetruppe der US Army versetzt werden würde, zu der sich diese Soldaten mit den grünen Baretten voll Stolz zählten.

Als sich bei den Special Forces herausstellte, über welch außergewöhnliche Kampferfahrungen und Sprachkenntnisse Kornie verfügte, glaubte der Kommandeur in Bad Tölz seiner Angabe, daß er fast drei Jahre lang Zögling der finnischen Kadettenschule gewesen sei; er glaubte es, obwohl Kornies Zeugnisse während des Krieges verlorengegangen waren und er seine einschlägige Vorbildung nicht mit Dokumenten belegen konnte. Kornie wurde auf eine amerikanische Offiziersschule geschickt, und bei den Special Forces wartete man nur darauf, ihn sofort nach der Ausmusterung wieder für sich zu reklamieren. Als Special-Forces-Offizier führte er viele offene und geheime Aktionen in Europa durch, und schließlich zum Captain befördert, wurde er zur 5. Special Forces Group in Fort Bragg versetzt.

Als Mann Anfang Vierzig wußte er nun, daß er geringe Aussichten hatte, jemals Stabsoffizier zu werden. Schon deshalb, weil er einmal in Uniform einen deutschen Zivilisten, den er als Agenten der Sowjets entlarvte, mit einem einzigen Hieb getötet hatte. In Anbetracht besonderer Umstände sprach ihn das Kriegsgericht frei. Trotzdem war diese Affäre für ihn ein unauslöschlicher dunkler Punkt, über den sich vor allem die konservativen, nach herkömmlichen Richtlinien denkenden Offiziere in der Beförderungskommission nicht hinwegzusetzen vermochten. Dazu kam noch, daß er seine höhere Schulbildung nicht nachweisen konnte.

Sven Kornie war der Idealtypus des Special-Forces-Offiziers. Die Truppe war sein Lebensinhalt. Kampf, besonders die Partisanenkriegführung, bedeutete ihm alles. Er hatte keine Karriere zu verlieren, strebte nicht danach, aus dem Status des Truppenoffiziers zur höheren Stufe des planenden Taktikers und Strategen aufzusteigen, und – was nicht zu unterschätzen ist – er war ledig und hatte keine Bindungen an Menschen oder Dinge auf dieser Welt, außer zu den Special Forces.

Während ich so an Kornie dachte und überlegte, in welche wüste Sache er wohl wieder verwickelt sein mochte, sprach mich der Dolmetscher an. »Sind Sie nach Phan Chau abkommandiert?«

Ich schüttelte den Kopf, doch er erwartete eine Erklärung. Ich trug die Uniform der Special Forces, die leichte Dschungelgarnitur und mein geliebtes grünes Barett, das mir nach einem Einsatz von einem A-Team ehrenhalber verliehen worden war.

»Ich werde etwa eine Woche in Phan Chau bleiben. Ich bin Schriftsteller, Journalist. Verstehen Sie?«

Das Gesicht des Dolmetschers hellte sich auf. »Ah, Journalist! Für welche Zeitschrift schreiben Sie?« Gespannt zählte er auf: »*Time Magazine? Newsweek? Life?*«

Er konnte seine Enttäuschung nicht verbergen, als er erfuhr, daß ich freiberuflicher Schriftsteller sei.

Wir näherten uns Phan Chau. Ich erkannte das Gebiet wieder, von einigen Nachschubflügen, an denen ich teilgenommen hatte, um mich mit dem Terrain vertraut zu machen.

Die kleine Otter begann zu kreisen. Wenige Meilen weiter eröffnete sich der Ausblick nach Kambodscha, da die Grenze mitten durch das zerklüftete, bergige Gelände verlief. Ein Lehmrollfeld tauchte unter uns auf, und wenig später rumpelte das Flugzeug darüber hin.

Ich warf mein Sturmgepäck hinaus, und als die Maschine zum Stillstand gekommen war, sprang ich nach. Unter den tarngefleckten Mützen der vietnamesischen Milizsoldaten, die herandrängten, sah ich ein grünes Barett, trat auf den amerikanischen Sergeanten zu und sagte ihm, wer ich sei. Er kannte meinen Namen und wußte über meine Sondermission Bescheid, aber zu meiner Überraschung hörte ich, daß Kornie mich nicht erwartete.

»Manchmal kriegen wir halbe Tage lang keine Funkverbindung mit dem B-Team«, erklärte der Sergeant. »Der Alte wird sich freuen, Sie zu sehen. Er hat sich schon den Kopf darüber zerbrochen, wann Sie eintrudeln werden.«

»Ich glaube, heute vormittag habe ich was versäumt.«

»Stimmt. Noch dazu eine harte Sache. Vier Milizleute gefallen. Normalerweise legen uns die Vietkongs so nahe beim Lager keinen Hinterhalt.« Der Sergeant stellte sich vor: er hieß Borst und war der Funker des Teams. Ein muskulöser junger Mann mit kurzgeschnittenem, hellblondem Haar unter dem Barett und leuchtenden blauen Augen. Unwillkürlich fragte ich mich, ob Kornie sich ein zur Gänze aus Wikingern bestehendes Team zusammengeholt habe. Alles Ungewöhnliche, Pittoreske und Verwegene wäre ganz nach Kornies Sinn.

»Der Alte kocht mit Sergeant Bergholtz, das ist unser Teamsergeant, und Sergeant Falk, dem Spionagespezialisten, eine große Sache aus.«

»Wo ist Lieutenant Schmelzer?« fragte ich. »Ich habe ihn voriges Jahr in Fort Bragg kennengelernt, während ihr alle eure feldmäßige Übung hattet.«

»Er ist noch immer draußen bei der Patrouille, die überfallen wurde. Sie haben die Toten und die Verwundeten zurückbringen lassen und sind weitermarschiert.«

Sergeant Borst nahm mein Sturmgepäck auf, trug es zum Lastwagen und warf es auf das Verdeck zu den Milizsoldaten und dem neuen Dolmetscher. Er bedeutete mir, mich nach vorn neben ihn zu setzen, warf einen Blick nach hinten, um sich zu vergewissern, daß ein Schütze bei dem aufmontierten MG stand, und fuhr los, sobald die Otter wieder startete.

Die niedrigen weißen Bauten mit den dunklen Dächern über den Lehmmauern von Phan Chau und der hohe stählerne Feuerleitturm waren vom Rollfeld aus sichtbar. Dahinter, direkt gegen Westen, ragten die felsigen Vorberge empor, die sich zu beiden Seiten der Grenze zwischen Vietnam und Kambodscha erstreckten. Nördlich von Phan Chau gab es ebenfalls Berge und Dschungelgestrüpp. Gegen Süden war das Terrain weit offen. Der Landeplatz befand sich nur eine Meile östlich vom Stützpunkt.

»Ist das das neue Lager?«

»Jawohl, Sir«, antwortete Borst. »Das alte Lager neben der Stadt Phan Chau, das war ganz anders. Rundum nur Berge. Wir nannten es das kleine Dien Bien Phu. Hier haben wir wenigstens einigermaßen freies Schußfeld, und die Vietkongs können uns nicht von oben Werfergranaten auf den Schädel schmeißen.«

»Soviel ich hörte, habt ihr das alte französische Lager gerade noch rechtzeitig verlassen.«

»Vermutlich ja. Dort hätten sie uns kurz und klein geschlagen. Wenn dieser Stützpunkt erst fertig ist, werden wir uns so ziemlich gegen alles halten, was die Brüder gegen uns einsetzen können.«

Als wir in das rechteckig angelegte Fort einfuhren, das von Drahtverhauen umgeben war und auf dessen Sandsackbrustwehren über den Lehmmauern die MG-Stände in dichter Folge aneinandergereiht waren, sahen wir Soldaten, die an den Mauern arbeiteten und Stacheldraht verspannten. »Ist noch viel zu tun?«

»Eine ganze Menge, Sir. Wir hoffen nur, daß wir in den nächsten Tagen nicht angegriffen werden. Das Lager ist noch nicht gesichert.«

Borst hielt vor dem Kommandogebäude der vietnamesischen Special Forces, damit die Milizleute und der neue Dolmetscher aussteigen konnten, dann ließ er den Laster noch sechs Meter weiterrollen, bis vor ein holzgedecktes Haus aus Zementblöcken. Er bremste und sprang aus dem Wagen. Dann schob er mich durch eine Tür, und ich hörte, wie er meine Ankunft meldete.

Nach dem grellen Sonnenschein draußen mußten sich meine Augen erst an das kühle, graue Licht im Raum gewöhnen. Eine große Gestalt kam auf mich zu: Sven Kornie. Ein freundliches Grinsen lag auf seinem hageren, markanten Gesicht, seine blauen Augen zwinkerten mir zu. Mit seiner Riesenhand umschloß er meine Rechte, als er mich in Phan Chau willkommen hieß. Er machte mich mit Sergeant Bergholtz bekannt, und nun fand ich meine Vermutung bestätigt; eine Gruppe Wikinger war tatsächlich intakt hierher an die Grenze zwischen Vietnam und Kambodscha verschlagen worden.

»Na also!« polterte Kornie fröhlich. »Sie haben sich einen recht bedenklichen Zeitpunkt ausgesucht.«

»Was ist denn los?«

»Verdammte Scheiße! Nichts als Ärger mit diesen vietnamesischen Generalen. Die Brüder sind von einer gefährlichen Dummheit. Zweihundertfünfzig Mann, meine besten Soldaten, zieht diese schlitzäugige, gelbe Fratze von einem Korpskommandeur gestern ab — und unsere amerikanischen Herren Generale? Die spielen die großen Politiker, während dieser Stützpunkt hier vor die Hunde geht!«

»Das müssen Sie mir schon näher erklären, Steve.«

»Ich hatte zweihundertfünfzig Mann Hoa-Hao-Miliz. Große Klasse. Da fällt es General Co ein, daß es ihm nicht paßt, wenn Hoa-Hao-Kompanien zusammengezogen werden, weil sie dann vielleicht unter ihrem Oberst eine Verschwörung anzetteln könnten. Deshalb teilt er die besten Kampfeinheiten des Mekongdeltas auf. Verfluchter Idiot! Und was geschieht mit Phan Chau? Wir bekommen als Verstärkung vietnamesische Milizsoldaten, von denen wir nicht wissen, ob sie zu uns oder zu den Vietkongs halten. Es ist besser, wenn Sie wieder zum B-Team zurückfliegen«, schloß er düster.

»Schon zu spät«, sagte ich. »Welche Aktionen führen Sie im Augenblick durch?«

»Zwei Aktionen sind im Gang. Eine bei den Vietkongs, eine bei uns. Bergholtz, klären Sie ihn auf.«

Der Teamsergeant begann seinen Bericht. »Seit einigen Wochen fertigen die Vietkongs in allen ihren Dörfern Leitern. Sie machen auch Holzkisten. Das bedeutet, daß sie uns bald angreifen werden. Die Leitern benützen sie dazu, um sie über Drahtverhaue und Minengürtel zu legen, später verwenden sie sie als Tragbahren, auf denen sie ihre Gefallenen und Verwundeten mitnehmen. Die Vietkongs kämpfen besser, wenn sie wissen, daß sie – sollten sie dran glauben müssen – nach der Überlieferung bestattet werden. Der Anblick der Särge hebt ihre Moral.«

»Wir sind nicht auf einen Angriff vorbereitet«, sagte Kornie. »Deshalb wird es wahrscheinlich bald losgehen.«

»Und was macht Schmelzers Patrouille?«

Kornie schlug ein tiefes, dröhnendes Gelächter an. »Schmelzer ist auf der Suche nach KKKs.«

»KKKs? Wir sind doch nicht in South Carolina. Wie kommt der Ku-Klux-Klan nach Südvietnam?«

»Nein, nein, die KKKs sind kambodschanische Banditen. Sie kämpfen nur gegen Bezahlung. Besonders miese Burschen. Weihen Sie ihn ein, Bergholtz.«

»Jawohl, Sir.« Der Teamsergeant wandte mir sein zerfurchtes Gesicht zu. »Die KKKs, wie sie allgemein genannt werden, halten sich in den Bergen rundum auf. Wenn sie stark genug sind, greifen sie sogar unsere Patrouillen an, um Waffen zu erbeuten. Wir glauben, daß der heutige Hinterhalt von ihnen gelegt wurde. Vorige Woche kamen vier buddhistische Mönche auf dem Weg nach Kambodscha hier durch, um Blattgold für ihren Tempel zu kaufen. In Vietnam bekommt man kein Gold.« Bergholtz schwieg einen Moment. »Wir sagten den Mönchen, sie sollten lieber zu Hause bleiben, aber sie erwiderten, Buddha werde sie beschützen.«

Kornie erzählte den Schluß der Geschichte. »Vor drei Tagen führe ich eine Patrouille ins Gebiet der KKKs. Wir finden die Mönche. Sie liegen auf dem Dschungelpfad, jeder hat den Kopf unter dem linken Arm. Die KKKs haben sie erwischt, samt ihrem Gold.«

»Und Schmelzer wird die KKKs angreifen?« fragte ich.

»Er rekognosziert nur. Vielleicht können uns die Kerle bei der Operation, die wir planen, nützlich sein.«

Kornie hatte nun meine volle Aufmerksamkeit; ich nahm den Karabiner von der Schulter und lehnte ihn an die Wand.

»Wir haben es satt, daß die Vietkongs gegen uns losschlagen und dann über die Grenze nach Kambodscha verschwinden, wo wir sie nicht packen können«, sagte Kornie. »Mein Team hier hat nur noch einen Monat Zeit, bevor wir nach Fort Bragg zurückkehren. Garnisonsdienst. Unsere vietnamesischen Lagerkommandeure werden ausgetauscht. Scheißkerle, einer wie der andere. Manchmal vergeht eine volle Woche zwischen zwei wirksamen Feindberührungen mit den Vietkongs.«

»Aber diesmal haben Sie doch einen guten vietnamesischen Partner, wie ich höre.«

»Ja, der Mann ist in Ordnung«, gab Kornie zu. »Er übernimmt zwar nicht gern selbst die Führung von Patrouillen, aber wenn die Amerikaner nur ihre eigenen Köpfe und eine nicht allzu hohe Zahl von Milizsoldaten riskieren wollen, dann läßt er uns völlig freie Hand. Kommen Sie mit, ich werde Ihnen zeigen, was sich bei uns tut.« Wir verließen das Teamquartier und gingen auf der gestampften Straße entlang, an einigen Zementbaracken mit Holz- oder Strohdächern vorbei. Vor einer der Baracken blieben wir stehen. Der Posten salutierte. Seine dunkle Hautfarbe und die unausgeprägten Gesichtszüge wiesen den Milizmann im getigerten Tarnanzug als Kambodschaner aus. Kornie erwiderte den Gruß, und wir traten ein. In der Baracke waren etwa fünfzig Mann. Sie putzten ihre Gewehre, packten Tornister und machten sich offenbar für eine feldmäßige Aktion marschbereit.

»Diese Kambodschaner sind Prachtburschen«, rief Kornie laut. »Treu den Amerikanern, die ihnen Löhnung und Verpflegung geben. Nicht wie die KKKs.«

Die Kambodschaner schienen ihren Captain sehr gern zu haben, denn als ihnen Kornie in seinem anfeuernden Ton einige unverständliche Worte zurief, reagierten sie mit sichtlicher Begeisterung. »Ich frage sie, ob sie bereit sind, die Kommunisten überall zu töten, auch in Kambodscha. Sie sind bereit.« Er winkte den Milizsoldaten fröhlich zu, ehe wir die Baracke verließen.

»Gehen wir zur Funkstelle, ich möchte wissen, was man von Schmelzer hört.«

Borst saß am Funkgerät, hatte die Kopfhörer aufgesetzt und schrieb hastig auf einem vor ihm liegenden Block mit. Als Kornie hereinkam, blickte er auf.

»Sir, Lieutenant Schmelzer ist selbst am Gerät.«

»Gut so!« sagte Kornie und hatte schon das Mikrophon in der Hand. »Handy, Handy – hier spricht Grant, Grant. Handy, bitte kommen.«

»Grant, hier spricht Handy«, krächzte es aus dem Empfänger. »Verbindung mit Banditen aufgenommen bei Punkt BP 23 65 81.« Auf der Karte über dem Funkgerät lokalisierte Kornie nach den Koordinaten den Standort seines XO. Acht Meilen nördlich von Phan Chau, hart an der Grenze. Schmelzer fuhr fort: »Unsere Kundschafter verhandeln nun mit den Banditen. Ich glaube, Sie können die Operation starten. Das ist alles. Handy Ende.«

»Grant Ende«, sagte Kornie, legte das Mikrophon nieder und sah mich an. »Mit unseren Planungen läuft alles wie am Schnürchen. Wenn die Vietkongs heute nacht nicht angreifen, gewinnen wir noch ein paar Tage Zeit, um das Lager in Verteidigungszustand zu setzen. Und dann« – Kornie grinste – »können sie mit einem Regiment anrücken, wir machen sie alle nieder.« Wir gingen wieder ins Einsatzzentrum, wo Sergeant Bergholtz uns schon erwartete. Als wir eintraten, sagte er: »Sergeant Falk bekam soeben eine weitere Agentenmeldung. In Chau Lu halten sich etwa hundert Vietkongs versteckt und beziehen Verpflegung. Weniger als die Hälfte wohnt ständig dort, die übrigen müssen geeichte Kommunisten sein, die gerade von Kambodscha eingesickert sind.«

Kornie nickte eifrig. »Gut, sehr gut. Jetzt werde ich Ihnen alles erklären. Hier.« Er deutete auf die Karte. »Sehen Sie, wie hier die Grenze in Nord-Süd-Richtung verläuft? Unser Stützpunkt befindet sich drei Meilen östlich vom kambodschanischen Staatsgebiet. Vier Meilen nördlich von uns ist dieser üble Vietkongschlupfwinkel, das Dorf Chau Lu, direkt an der Grenze und nicht weit von der Stelle, wo unseren Leuten heute früh aufgelauert wurde. Vier Meilen nördlich von Chau Lu, noch immer an der Grenze, hat Schmelzer in diesem Moment Stellung bezogen und verhandelt mit den KKKs.«

»Soweit konnte ich folgen«, sagte ich.

»Okay. Nun, in Kambodscha, genau auf der gleichen Höhe wie Chau Lu, zehn Meilen landeinwärts, befindet sich ein großes Vietkonglager. Dort haben sie Unterkünfte, ein Lazarett – alles, was zu einem größeren Stützpunkt gehört. Der Angriff gegen uns wird von diesem Lager der Kommunisten aus starten. Die Vietkongs werden die Grenze überschreiten und haben in Chau Lu ihren Bereitstellungsraum, wie es ja jetzt der Fall ist. Wenn sie soweit sind, werden sie losschlagen. Versuchen wir nun, ihre Bereitstellungen auf vietnamesischem Territorium anzugreifen, dann brauchen sie nur hundert Meter zu laufen und sind wieder in Kambodscha, wo wir ihnen nicht an den Kragen können. Selbst wenn wir sie verfolgen, ziehen sie sich einfach in ihren großen Stützpunkt zurück, und wir holen uns dabei nur blutige Köpfe und beschwören einen mordsmäßigen internationalen Zwischenfall herauf.«

Kornie blickte mich gespannt an. Mir dämmerte langsam, worauf er hinauswollte. »Sprechen Sie nur weiter, Steve. Ich hätte mir schon immer gern einmal Kambodscha angesehen.«

Der gewaltige Wikinger lachte schallend. »Heute nacht überschreiten meine Kambodschaner in der Stärke von hundert Mann die Grenze und beziehen zwei Meilen im Landesinneren, zwischen Chau Lu und dem Vietkonglager, Sperrstellungen. Parallel zur Grenze fließt drüben ein Fluß. Meine Kambodschaner stellen sich mit dem Rücken zu diesem Fluß und lauern den Vietkongs auf, die aus Chau Lu flüchten werden, wenn wir das Dorf morgen früh, knapp vor Sonnenaufgang, überfallen. Am Ufer können meine Leute auch jeden Vietkong aus dem Hauptlager abknallen, der den Wasserlauf überqueren und sie von hinten packen will.«

Ich mußte lachen, diese Überlegungen waren typisch Kornie. Solche wilde Extratouren und Husarenstreiche befürchtete Lieutenant Colonel Train, der wegen möglicher internationaler Weiterungen schwere Skrupel hatte.

Kornie fuhr fort: »Wenn die Vietkongs unerwartet gerade dort, wo sie sich am sichersten fühlen, nämlich in Kambodscha, eine tüchtige Abreibung bekommen, werden sie eine Weile vorsichtiger sein. Vielleicht glauben sie, daß sie in diesem Asyl, das ihnen unsere Politiker zugestehen, wieder angegriffen werden.«

»Man wird wissen, daß Sie dahinterstecken, Steve«, wandte ich nüchtern ein. »Und dann werden sie auf internationaler Ebene Krach schlagen.«

»Ja, die Genossen wissen, daß sie es mit uns zu tun haben«, gab Kornie zu. »Das wird ihnen einen Schrecken einjagen. Aber ein internationaler Zwischenfall? Nein! Die Brüder können nicht beweisen, daß wir irgendwie an der Sache beteiligt waren.«

»Aber irgend jemand muß die Vietkongs doch in den Hinterhalt locken«, beharrte ich. »Wenn es dann haufenweise durchsiebte Leichen gibt, wird niemand glauben, daß die kambodschanischen Regierungstruppen ihre kommunistischen Freunde umgelegt haben.«

Aus Kornies blauen Augen funkelte ein teuflischer Humor. »Eben, eben. Aber wir haben Leute, die uns die Kastanien aus dem Feuer holen werden. Kommen Sie mit, gehen wir wieder hinüber zur Funkstelle.«

Nach Einbruch der Dunkelheit schloß ich mich Kornie und Sergeant Bergholtz an, als sie die Kompanie strammer, angriffslustiger Kambodschaner zur Grenze führten, bis zu der Stelle, wo eine Gruppe auf Grenzvorposten stand. Dies war der Punkt, wo die Kambodschaner nach Erfüllung ihres Auftrags wieder vietnamesisches Territorium erreichen würden. Kornie wollte, daß sich Bergholtz und jeder einzelne seiner Leute das Gelände genau einprägten. Es war ein Stück Terrain am Fuß eines Berges, wie es in diesem Teil des Grenzgebietes viele gab. Um ganz sicherzugehen, schickte Kornie eine andere Gruppe auf den Berg. Sie würde einige Minuten nach Beginn des Feuergefechtes immer wieder Leuchtkugeln abschießen, und zwar so lange, bis alle Kambodschaner zum Sammelplatz zurückgefunden hatten und Appell abgehalten werden war.

Da nun der Sammelpunkt an der Grenze deutlich markiert war, zogen Kornie, Bergholtz und ich mit der Kambodschanerkompanie unbemerkt diesseits der Grenzlinie gegen Norden. Eine Stunde später machten wir vorsichtshalber um das Vietkongdorf Chau Lu einen großen Bogen und stießen noch zwei Meilen weiter nach Norden vor. Auf halbem Weg zwischen Chau Lu und dem Lager der KKKs hielten wir an.

Kornie ergriff Bergholtz' Hand und gab ihm einen lautlosen Schlag auf den Rücken. Bergholtz gab das Signal an den Führer der Kambodschaner weiter, und die Kompanie marschierte nun direkt westwärts über die schlecht bezeichneten Grenzstreifen nach Kambodscha. Kornie schaute den Milizsoldaten nach, bis der letzte Mann im dunklen, zerklüfteten Gelände verschwunden war. Nach zweieinhalb Meilen würden sie zum Fluß kommen und diesem Wasserlauf nach Süden folgen, bis sie sich genau auf gleicher Höhe mit Chau Lu und dem Vietkongstützpunkt befanden. Sie würden die Ost-West-Straße und die Brücke überwachen, die beide kommunistischen Ausgangspunkte miteinander verband, und Sperren errichten.

Kornie und ich marschierten mit einer Sicherungsgruppe die sechs Meilen bis zum Lager zurück, wo wir um etwa drei Uhr morgens eintrafen. Wir gingen sofort in die Funkstelle, und der Captain nahm mit Schmelzer Funkverbindung auf.

Der XO konnte günstige Ergebnisse berichten. Fünfzig KKK-Banditen waren bereits nach Kambodscha in Marsch gesetzt. Sie würden eine Meile weit vordringen und sich dann auf kambodschanischem Gebiet südwärts wenden, bis zu einem Punkt gegenüber von Chau Lu. Dort würden sie gemäß ihren Instruktionen bis zum Sonnenaufgang warten. Dann sollten sie noch eine Meile weiter nach Süden marschieren. An dem Punkt, wo eine Felsnadel in den Himmel ragte, würden sie wieder nach Vietnam überwechseln und den Amerikanern ihre Beobachtungen mitteilen.

Der Banditenhäuptling war sich darüber im klaren, daß die Amerikaner wissen wollten, was bei den Vietkongs vorging. Er wußte auch, daß sie keine Patrouillen über die Grenze entsenden konnten, und war mit Freuden bereit, gegen Bezahlung im Wert von zehn Dollar pro Mann und Überlassung von fünf Gewehren und fünf automatischen Waffen ein weiter nicht bedenkliches Spähtruppunternehmen durchzuführen.

Die Hälfte der vereinbarten Summe und der Waffen hatte Schmelzer dem Anführer der KKKs schon zu dem Zeitpunkt übergeben, als dessen Banditen die Grenze überschritten. Die zweite Hälfte sollte er in dem Moment bekommen, wo die KKKs bei der Felsnadel wieder auf vietnamesisches Gebiet zurückkehren und über ihren Einsatz berichten würden.

In der Funkstelle rieb sich Kornie vergnügt die Hände – die doppelte Falle, die er ausgelegt hatte, wartete nur auf ihre Opfer. »Schmelzer ist ein Prachtkerl«, stellte er fest. »Man muß schon sehr gerissen und kaltblütig sein, um mit den KKKs zu verhandeln. Wenn sie auch nur eine Minute lang glauben, daß sie ihn und seine Leute abmurksen können, dann tun sie es.«

»Fürchten Sie nicht, daß die KKKs diese automatischen Waffen eines Tages gegen Sie verwenden werden?« fragte ich.

Kornie zuckte die Achseln.

»Die meisten KKKs samt ihren Waffen werden von diesem Spähtrupp nicht mehr zurückkommen.«

Er blickte auf die Uhr. Es war vier Uhr früh. Kornie klopfte mir grinsend auf die Schulter. »Jetzt ist es Zeit, daß wir nach Chau Lu marschieren. Um fünf Uhr fünfundvierzig werden wir die Vietkongs den KKKs direkt in die Arme treiben. Bergholtz mit seinen Kambodschanern wird beide, KKKs und Vietkongs, durch den Fleischwolf drehen und um sechs Uhr an Ort und Stelle sein.« Sein Gelächter hallte durch den Raum. »Nur noch ein paar Tage, und ein ganzes Regiment könnte Phan Chau nicht überrennen.«

Man hörte ein Klicken, dann ertönte aus dem Gerät Schmelzers Stimme. »Grant, Grant, hier spricht Handy. Grant, bitte kommen.«

Kornie hob das Mikrophon auf. »Hier spricht Grant. Handy, bitte sprechen.«

»Die letzten Banditen sind drüben. Wir sind bereit, Phase zwei durchzuführen. Bleibt es bei fünf Uhr fünfundvierzig?«

»Zuverlässig, Handy. Aber warten Sie, bis wir mit unserem kleinen Feuerzauber beginnen.«

»Verstanden, Grant. Werden in Stellung sein. Wenn Sie das Feuer eröffnen, beginnen auch wir zu schießen. Handy Ende.«

»Grant Ende«, sagte Kornie ins Mikrophon und legte es hin. Wir verließen die Funkstelle. Auf dem Appellplatz fühlten wir die vietnamesische Milizkompanie mehr, als wir sie sahen. Zwei Offiziere der vietnamesischen Special Forces, der Lagerkommandeur Captain Lan und sein XO, standen vor der Einteilung der Halbregulären, die Kornie erwarteten. Als er in den hellen Lichtschein trat, der aus der geöffneten Tür der Funkstelle fiel, leisteten die Offiziere die Ehrenbezeigung.

Kornie erwiderte den Gruß. »Sind Sie abmarschbereit, Captain Lan?«

»Die Kompanie ist marschbereit«, erwiderte der vietnamesische Kommandeur. »Leutnant Cau und Sergeant Tuyet werden sie führen. Ich muß im Lager bleiben. Vielleicht will mich das B-Team sprechen.«

»Eine sehr kluge Entscheidung, Captain«, sagte Kornie anerkennend zu seinem Partner. »Ich marschiere mit, da ist es sehr gut, wenn Sie das Lager bewachen.«

Hocherfreut über das Kompliment übergab Captain Lan das Kommando an Kornie und trat ab. »Leutnant Cau, verlieren wir keine Zeit mehr«, drängte Kornie. »Sie kennen das Ziel?«

»Jawohl, Sir, Chau Lu.« In dem gedämpften Licht, das aus der Funkstelle drang, sahen wir nur Caus grinsend gebleckte Zähne. »Wir werden aus den Vietkongs Hackfleisch machen, Sir«, sagte er, stolz auf seinen Soldatenjargon.

Kornie nickte vergnügt »Und ob. Wir massakrieren sie.« Zu mir sagte er: »Unser Cau ist ein erstklassiger Kämpfer. Wenn es einige Hundert wie ihn in diesem Land gäbe, könnten wir nach Hause fahren. Er hat im vorigen Jahr den Kurs in Fort Bragg mitgemacht.«

Zum zweitenmal in dieser Nacht marschierten wir nordwärts, in Richtung Chau Lu. Kornie schien über unerschöpfliche Energien zu verfügen. Er ging an der Spitze der Kolonne und schlug ein scharfes Tempo an, doch wir mußten öfter haltmachen, damit die kurzbeinigen Vietnamesen nachkamen. Kornie hatte geschätzt, daß wir eineinhalb Stunden brauchen würden, um die fünf Meilen bis zum Gelände südlich und östlich des Vietkongdorfes zurückzulegen, wo wir in Stellung gehen würden; und er behielt recht. Um fünf Uhr fünfundvierzig standen zwei Kompanien Miliz zum Angriff auf Chau Lu bereit. Schmelzer würde mit seinen Leuten vom Norden her losschlagen.

Leutnant Caus Augen wanderten vom Zifferblatt seiner Uhr zu den hundert Meter entfernten Mauern des Dorfes. Er hob seinen Karabiner, sah Kornie an, der sehr energisch mit dem Kopf nickte, und gab einen peitschenden Feuerstoß ab. Sofort eröffneten auch überall rund um das Dorf die Milizsoldaten das Feuer. Leutnant Cau ließ seine Trillerpfeife schrillen, und seine Leute gingen zum Angriff über. Im Dorf zuckten die Mündungsblitze automatischer Waffen auf, Werfergranaten rauschten heran. Instinktiv wollte ich mich zu Boden werfen, aber Cau und seine Männer arbeiteten sich schießend und schreiend durch die Geschoßgarben vor. Vom Norden griff Schmelzers Kompanie in den Kampf ein. Innerhalb weniger Sekunden erstarb das Abwehrfeuer aus dem Vietkongschlupfwinkel.

»Jetzt türmen sie schon in ihr privilegiertes Asyl!« schrie Kornie. »Leutnant Cau, Feuer einstellen!«

Nach wiederholten Pfeifsignalen stellte die Kompanie allmählich widerwillig das Feuer ein. Auch Schmelzers Leute hielten Feuerpause. Die plötzliche Stille wirkte sonderbar.

Die beiden Kompanien drangen in das Dorf ein und holten die Bewohner aus ihren Deckungen, die sie in den Lehmboden ihrer Häuser gegraben hatten.

Im fahlen Licht der Morgendämmerung blickte Kornie Leutnant Cau an. Die Enttäuschung stand dem Vietnamesen deutlich ins Gesicht geschrieben, als seine Soldaten in der Mitte des Dorfes Zivilisten zusammentrieben. Cau wußte nichts über den weiteren Verlauf der Operation. Nach raschen ersten Befragungen pflanzte sich vor Kornie auf.

»Die Leute sagen, im Dorf gibt es keine Männer. Alle wurden zur Armee eingezogen. Nur Greise, Frauen und Kinder blieben zurück.«

Kornie sah auf seine Uhr: fünf Uhr dreiundfünfzig. Sein ansteckendes Grinsen war dem vietnamesischen Offizier rätselhaft. »Leutnant Cau, sagen Sie den Leuten, daß sie in wenigen Minuten genau wissen werden, wo ihre Männer sind.«

Cau konnte sich die Dinge noch immer nicht zusammenreimen. »Sie fliehen über die Grenze nach Kambodscha.« Er begleitete diese Feststellung mit einer vielsagenden Handbewegung. »Ich möchte sie gern mit meinen Soldaten verfolgen.« Er lächelte schmerzlich. »Aber ich glaube, ich kann meinem Land besser dienen, wenn ich nicht im Gefängnis bin.«

»Wie recht Sie haben, Cau! Durchsuchen Sie jetzt das Dorf nach versteckten Waffen.«

»Jawohl, Sir; aber warum sollten die Vietkongs hier Gewehre verstekken, wenn sie nur zweihundert Meter weiter in vollster Sicherheit ein Waffenlager anlegen können?«

Noch ehe Kornie den Mund aufmachen konnte, hallte plötzlich knatterndes Gewehrfeuer immer lauter durch die frische Morgenluft. Kornie hob gespannt den Kopf und horchte. Der Gefechtslärm schwoll an, schien ein weiteres Gebiet zu erfassen. Die peitschenden Feuerstöße automatischer Waffen, das Krachen der Handgranaten, das scharfe Knallen der Gewehre und das brodelnde Zischen der erhitzten Luft, gefolgt von den dröhnenden Detonationen der Geschosse aus rückstoßfreien Kanonen, verschmolzen in der ganzen Breite der Grenze zu einem gewaltigen, vom Echo vervielfachten Donnergrollen.

»Bergholtz macht ihnen die Hölle heiß!« schrie Kornie, ganz außer sich vor Freude, und gab mir einen Stoß in den Rücken. Ich versuchte, mich aus seinen bärenstarken Armen zu lösen. »Mein Gott! Ich gäbe was drum, jetzt bei Bergholtz und den Kambodschanern zu sein!« Ein aufknatternder Feuerstoß, der mit der Detonation einer Handgranate jählings abbrach, veranlaßte Kornie, Schmelzer zu rufen, der sich uns näherte.

»He, Schmelzer! Haben Sie das gehört? Das war eines dieser chinesischen MG, die wir den KKKs gaben.«

»Ich habe nur gehört, wie es sehr rasch mit einer Handgranate zum Schweigen gebracht wurde«, antwortete Schmelzer.

In den zu Masken erstarrten Gesichtern der alten Männer, Frauen und Kinder standen Furcht, Verwirrung und namenloses Entsetzen. Sie warfen uns drei Amerikanern verstohlene Blicke zu, in ihren Augen spiegelte sich langsames Begreifen. Dann verzerrte unverhohlener Haß ihre Züge.

Das Feuergefecht tobte fünfzehn Minuten lang, während die Sonne aufging. Im Süden zogen ununterbrochen Leuchtkugeln sprühend ihre Bahn über dem Berggipfel, um den Sammelpunkt zu bezeichnen, wo Bergholtz und seine Kambodschaner wieder vietnamesisches Gebiet erreichen würden.

Kornie sah sich ein letztesmal prüfend im Dorf um. »Okay, Schmelzer, ab durch die Mitte, bezahlen wir den KKKs, was wir ihnen noch schuldig sind. Geben Sie denen, die zurückkommen, eine ordentliche Belohnung. Wenn sie sich darüber beklagen, daß sie von ihren guten Freunden, den Vietkongs, angegriffen wurden, dann sagen Sie ihnen« – Kornie grinste –, »daß es uns leid tut.«

Er versetzte seinem XO einen freundschaftlichen Puff in den Rücken, den ein schwächerer Mann nicht ohne weiteres verkraftet hätte. »Sorgen Sie dafür, daß Ihre gesamte Kompanie die Waffen schußbereit hat«, warnte er. »Die KKKs könnten auf die Idee kommen, daß wir ihnen das absichtlich eingebrockt haben, und könnten eklig werden.« Kornie überlegte kurz. »Vielleicht sollte ich einen Zug von Leutnant Caus Milizsoldaten nehmen und mit Ihnen gehen. Wenn wir ohne Schwierigkeiten durchkommen, marschiere ich in Richtung Süden weiter, stoße zu Bergholtz und sehe nach, wie es ihm ergangen ist.«

Wir überließen Leutnant Cau die undankbare Aufgabe, das Dorf zu durchsuchen und die Bewohner zu verhören, und schlugen den Weg nach Süden ein. Bis zur Felsnadel war es nur eine Meile, und dort erwartete uns bereits eine Rotte von etwa fünfzehn KKK-Banditen. Schmelzer, gut gesichert durch einen Zug seiner besten Schützen, näherte sich dem Anführer der KKKs, der Khakihosen und eine schwarze Bluse mit zwei über der Brust gekreuzten Patronengürteln trug. Der Amerikaner war von seinem Dolmetscher begleitet. Kornie und ich schlichen uns heran, wobei wir darauf achteten, daß wir nicht zwischen unsere Schützen und die KKKs gerieten. Schmelzer und Kornie begrüßten den unwahrscheinlich gemein und verkommen aussehenden Banditenhäuptling mit einem freundlichen Lächeln. Der XO griff in die Innentasche seiner Bluse und zog eine dicke Brieftasche hervor. Der Anblick von Geld schien auf den Mordbrenner leicht besänftigend zu wirken.

»Wenn deine Männer vollzählig wieder zurück sind, gebe ich dir die anderen 25 000 Piaster«, sagte Schmelzer, die Banknoten zählend.

Der Dolmetscher übersetzte die Antwort des KKK. »Vielleicht kommen nicht alle zurück. Gegen wen kämpfen sie dort drüben?«

»Gegen die Vietkongs natürlich«, antwortete Schmelzer unschuldig. »Deine Leute sind doch Freunde der Amerikaner und der Vietnamesen. Oder nicht?«

Der KKK-Häuptling zog ein finsteres Gesicht, ließ aber die Geldscheine, die Schmelzer in aller Ruhe aufblätterte, nicht aus den Augen. Es folgte eine ungemütlich lange Wartezeit in einer äußerst gespannten, feindseligen Atmosphäre, bis die letzten KKKs die Grenze überschritten und die Felsnadel erreichten.

Kornie und Schmelzer sahen ungerührt zu, als die verwundeten, blutverschmierten Männer heranwankten. Einige, die nicht ohne fremde Hilfe gehen konnten, wurden von ihren Kameraden gestützt. Übel zugerichtete Leichen wurden mitgeschleppt.

»Erinnern Sie sich noch, wie diese Mönche aussahen, mit den Köpfen unter den Armen?« fragte Kornie. Schmelzer nickte grimmig.

Von den fünfzig KKKs, die auf Spähtrupp gegangen waren, kamen dreißig lebend zurück, und nur zehn von ihnen waren unverwundet. Sie brachten sechs Tote mit.

Der Anführer, der seine schwer angeschlagene Streitmacht mit einem raschen Blick umfaßte, fuhr herum und stierte Kornie an. Seine Hand zuckte nach dem Abzugsbügel der chinesischen Maschinenpistole, die ihm Schmelzer gegeben hatte.

Kein Zweifel, die KKKs wußten, daß sie den Amerikanern in die Falle gegangen waren. Aber Kornie und Schmelzer spielten ihre Rolle weiter und äußerten ihr lebhaftes Bedauern über die Verluste der Banditen.

»Sag dem Anführer«, rief Schmelzer, »daß wir für jeden getöteten Vietkong eine Prämie von fünfhundert Piaster zahlen werden!«

Die Galgenvisage des Häuptlings lief noch dunkler an, während er mit den Überlebenden sprach. Der Dolmetscher horchte mit seitlich gedrehtem Kopf aufmerksam zu.

»Er sagt, daß seine Leute aus zwei verschiedenen Richtungen zugleich angegriffen wurden«, übersetzte er. »Zuerst wurden sie aus dem Landesinneren beschossen und dann von den Vietkongs, die aus Chau Lu flüchteten. Seine Männer feuerten nach beiden Seiten, töteten aber vor allem Vietkongs aus Chau Lu, weil diese bessere Ziele waren. Er sagt, er fordert Bezahlung für hundert getötete Vietkongs. Seine Männer hatten keine Zeit, abgeschnittene Ohren oder Hände als Beweise mitzubringen. Er sagt, wir haben ihn betrogen, vom Angriff auf Chau Lu haben wir ihm nichts gesagt.«

»Sag ihm, es war eine unglückselige Mißdeutung der Befehle«, erwiderte Kornie. »Wir werden ihm fünfhundert Piaster für je fünfundzwanzig getötete Vietkongs bezahlen und außerdem tausend Piaster für jeden Mann, den er im Kampf verloren hat.«

Schmelzers vietnamesische Milizsoldaten fühlten den Haß der KKKs gegen uns und fingerten unruhig an ihren Waffen. Aber der Banditenhäuptling war nicht in der Lage, einen Gewaltstreich zu wagen. Seine Augen funkelten böse, als er unsere Übermacht abschätzte und dann auf den Handel einging.

»Warum zahlt ihr ihm überhaupt etwas?« fragte ich. »Er wird doch auf jeden Fall versuchen, sich bei nächster Gelegenheit zu rächen.«

Kornie grinste. »Sollte dieses Gefecht jenseits der Grenze gemeldet werden, dann wird man, so glaube ich, in Saigon meine Erklärung akzeptieren, daß ich eine kambodschanische Räuberbande gedungen habe, um die Vietkongs in Kambodscha lange genug hinzuhalten, damit ich mein Lager sichern konnte.« Zu Schmelzer sagte er: »Laßt euch vom Anführer den Empfang der Summe bestätigen und fotografiert ihn, wenn er sie entgegennimmt.«

Als wir gerade mit dem Sicherungszug abmarschieren wollten, rief der Dolmetscher Kornie nach: »Sir, der Anführer der KKKs sagt, daß drei automatische Waffen und zwei Gewehre verlorengingen. Er fordert Ersatz.«

»Sag ihm, das tut mir leid. Wir haben ihm die Waffen gegeben. Wenn er nicht darauf achten kann, ist das seine Schuld.« Kornie wartete, bis seine Worte übersetzt waren. Er stand da und sah eisig auf den unheimlichen kleinen braunen Banditen hinunter. Der KKK-Häuptling erkannte, daß er von den Amerikanern alle nur möglichen Zugeständnisse erreicht hatte, und wich Kornies festem Blick aus. Schmelzer und sein Sergeant zählten noch immer Geld für die kambodschanischen Banditen ab.

Das Stöhnen der Verwundeten weckte Kornies Aufmerksamkeit. Er ging zu der Stelle, wo sie auf dem Lehmboden saßen oder lagen. Nachdem er einige der schwerer Verwundeten genauer betrachtet hatte, straffte er sich.

»Schmelzer, bevor ihr abzieht, sagen Sie den vietnamesischen Sanitätern, sie sollen diesen Leuten helfen. Die Kerle mögen Banditen sein, die morgen gegen uns kämpfen und übermorgen Kaufleute und Mönche ausrauben, aber heute haben sie uns einen großen Dienst erwiesen – wenn das auch gar nicht ihre Absicht war. – Sobald Sie hier fertig sind, marschieren Sie direkt nach Phan Chau. Und sorgen Sie dafür, daß die Nachhut jederzeit gefechtsbereit ist.« Kornie streifte mit einem schadenfrohen Seitenblick die Gruppe schimpfender KKKs, die sich um ihren Anführer drängte. »Diese Kerle haben eine Stinkwut auf uns.«

Die Strecke von zwei Meilen bis zum Sammelplatz legten wir in einer knappen Stunde zurück.

Als wir den Punkt erreichten, begrüßten Sergeant Falk und seine Sicherungsgruppe gerade die zurückkehrenden Kambodschaner. Sergeant Ebberson, der Sanitäter, hatte seine Instrumente ausgebreitet, Tragbahren und Träger waren bereit.

Bergholtz erwartete uns, er grinste von einem Ohr zum anderen. »Wie geht's, Bergholtz?« rief Kornie und ging mit großen Schritten auf den langen Sergeanten zu.

»Wir haben ihnen Zunder gegeben, daß ihnen die Scheiße im Arsch zu kochen anfing«, polterte Bergholtz freudig. »Unsere Kambodschaner waren in ihrem Element!« Die kleinen, dunkelhäutigen Männer in den getigerten Uniformen waren außer Rand und Band, sie schnatterten miteinander und wiesen blutige abgeschnittene Ohren vor, als Beweise für den Erfolg ihres Einsatzes.

»Wie viele Vietkongs sind gefallen?«

»Es war alles ziemlich verworren, Sir. Die Vietkongs, die aus Chau Lu flüchteten, liefen uns und den KKKs direkt in die Quere. Im Gelände vor uns kam es zu einer wilden Schießerei. Ich glaube, sie haben einander ebenso viele Verluste zugefügt wie wir ihnen. Dann gingen die KKKs und die Vietkongs gemeinsam gegen uns vor, und die Kambodschaner massakrierten alles, was ihnen vor die Läufe kam. Wenn dort drüben nicht sechzig tote Vietkongs liegengeblieben sind, verpflichte ich mich auf weitere sechs Monate. Bei uns gab es einige Gefallene und acht oder zehn Verwundete, aber wir haben keinen zurückgelassen, Sir.«

Kornies Augen leuchteten vor Stolz. »Bei Gott, Bergholtz, ein Lager wie das unsrige gibt es in Vietnam kein zweitesmal. Ich melde ans B-Team, daß wir uns alle freiwillig auf weitere sechs Monate verpflichten. Was meinen Sie?«

»Na ja, Sir, bei diesem Turnus bleibt uns immerhin noch ein Monat, um den Vietkongs ein Feuer unter dem Arsch anzuzünden. Diesen kleinen Ausflug haben wir gerade zur rechten Zeit unternommen. Als wir uns zurückzogen, stürmten Vietkongs auf der Straße vom Hauptlager daher und ballerten wild drauflos.«

Kornie sah zu, wie zwei Kambodschaner den mit geronnenem Blut besudelten Leichnam eines Kameraden neben die beiden anderen Gefallenen auf den Boden legten. Ebberson war mit den Verwundeten beschäftigt, die herangeschleppt oder geführt wurden. Sogar diese Verwundeten waren in Hochstimmung. Sie hatten einen Sieg errungen, und die Tatsache, daß sie illegal die Grenze überschritten hatten, um den Feinden eine Schlappe beizubringen, steigerte diesen Triumph nur um so mehr.

Kornie warf einen seiner Gigantenarme um meine Schulter, mit dem anderen umfaßte er Bergholtz und schob mit uns in Richtung Phan Chau ab. »Marschieren wir heim! Vielleicht wenden sich die Vietkongs an Phnom Penh, und die kambodschanische Regierung schreit wegen der Grenzverletzung Feuer. Wir müssen sofort eine Meldung an Colonel Train durchgeben.«

Als wir einige Minuten an der Spitze des Sicherungszuges marschierten, sagte Kornie zu mir: »Sie sind mit Colonel Train näher bekannt. Wieviel von dem, was sich heute ereignete, kann ich ihm mitteilen? Wenn uns die Vietkongs heute nacht angreifen, werden wir uns vielleicht nicht halten können. Aber sie werden jetzt nicht zuschlagen.«

»Ich glaube, das würde er verstehen, Steve. Es wäre für ihn nicht günstig, einen Stützpunkt zu verlieren. Abgesehen davon ist er natürlich nicht der geeignete Mann für einen Partisanenkrieg wie diesen.«

Kornie nickte zustimmend, mit ernstem Gesicht.

»Sehr schade, daß er nicht eine Woche hier bei euch verbringen konnte«, fuhr ich fort. »Dann würde vielleicht ein richtiger Guerillakämpfer aus ihm werden, wenn das überhaupt möglich ist.«

»Nach einer Woche bei mir würde er mich vors Kriegsgericht stellen und dafür sorgen, daß ich mit Schimpf und Schande aus der Armee ausgestoßen werde«, erklärte Kornie, und ich war geneigt, ihm recht zu geben.

2

Als wir in Phan Chau einrückten, stellte ich bei einem Blick auf die Uhr überrascht fest, daß es noch nicht neun Uhr morgens war. In den letzten Stunden hatte sich so vieles ereignet, daß ich glaubte, es müsse schon später sein. Kornie begab sich ins Einsatzzentrum im Langhaus, um den Gefechtsbericht auszuarbeiten. Um die Mittagszeit beendete Falk die Auswertung der Verhöre in Chau Lu und der Beobachtungen, die ihm Bergholtz gemeldet hatte. Kornie setzte eine Lagebesprechung an und lud mich ein, daran teilzunehmen.

Nach gründlichen Überlegungen waren die Amerikaner zu dem Schluß gekommen, daß kaum die Gefahr eines Vietkongangriffs auf Phan Chau bestehe, zumindest nicht für die nächsten Tage. Kornie ließ Sergeant Rodriguez rufen. Rodriguez mit seinem olivfarbenen Gesicht schien mir nicht ganz in dieses Wikingerlager zu passen. Kornie lachte schallend, als ich den Romanen erstaunt ansah, er hatte meine Gedanken erraten.

»Lassen Sie sich gesagt sein, bei solchen Einsätzen, wie wir sie durchführen, ist nichts wichtiger als ein guter Sabotage- und Sprengtechniker. Man muß sein Denken in völlig abwegige Bezirke lenken können, dann wird man im Partisanenkrieg ein großes As unter den Sabotagespezialisten sein.« Kornie legte den Arm freundschaftlich um Rodriguez' Schultern. »Meinen teutonischen Recken fehlt eben jene lateinische Dämonie, jene besondere Gabe, mit Zündsätzen und Sprengsystemen richtig umzugehen, die Rodriguez zum besten Sprengtechniker macht, dem ich in meiner zehnjährigen Dienstzeit bei den Special Forces begegnet bin.« Ohne sich auf weitere Erklärungen einzulassen, ging Kornie mit dem kleinen, mageren, dunklen Sergeanten, der in der bärenhaften Umarmung seines Kommandeurs fast verschwand, auf einen der MG-Eckbunker zu.

Ich überlegte, ob ich nun nicht eine Schlafpause einlegen sollte. Aber dann hielt ich mir vor Augen, daß Kornie, der fünf Jahre älter war als ich, keine Ermüdungserscheinungen zeigte, also würde auch ich durchhalten. Deshalb ging ich in den Aufenthaltsraum des Teams und begann mir Notizen darüber zu machen, was ich an diesem Tag gesehen und erlebt hatte.

Etwa um drei Uhr nachmittags gab es auf dem Appellplatz einen wüsten Aufruhr. Ich stürzte sofort hinaus. Leutnant Cau trieb einen vietnamesischen Milizsoldaten, dem er die Mündung seiner Pistole in den Nacken drückte, zum ›Käfig‹. Dieser Käfig besteht aus einem kastenförmigen Rahmen mit Drahtgitterwänden und dient zum Strafvollzug; ich sah ihn in allen Lagern, die ich besuchte. Man kann darin weder sitzen noch aufrecht stehen, und während des Tages bringt die brütende Sonne den Häftling dem Verschmachten nahe. Gefangene Vietkongs, die nicht reden wollten, begannen, wenn sie zwei Tage lang ohne Wasser darin eingesperrt waren, meistens zu sprechen.

Ein Sergeant der vietnamesischen Special Forces öffnete den Käfig, der Milizmann wurde hineingestoßen, die Tür fest verriegelt. Kornie und Rodriguez, die sich in irgendeinem Bunker des festungsartigen Lagers aufgehalten hatten, überquerten den Appellplatz und traten gerade in dem Augenblick vor den Käfig, als Leutnant Cau dem Gefangenen wütend die Kleider vom Leib fetzte.

»Was ist los, Cau?« fragte Kornie.

»Wir haben den Mann erwischt, als er den Stacheldraht durchschnitt, den das Arbeitskommando auslegt.«

Kornies Gesicht wurde todernst. Er wandte sich zu Rodriguez. »Macht eure Sache fertig, und wenn ihr die ganze Nacht daran arbeiten müßt.«

»Jawohl, Sir.« Rodriguez entfernte sich im Laufschritt.

Kornie blickte den Gefangenen nachdenklich an. »Habt ihr ihn schon verhört?«

»Nein, Sir«, antwortete Leutnant Cau. »Aber ich habe meine besten Leute entlang der Mauern aufgestellt und Befehl gegeben, daß niemand Phan Chau verläßt. Hier kommt keiner mehr heraus, um den Vietkongs Informationen zu geben.«

»Sehr gut, Cau. Dann sind unsere Milizeinheiten also von Vietkongs durchsetzt. Ich habe es erwartet, und ich rate Ihnen und dem Lagerkommandeur, diesen Kerl hier gleich zu verhören.«

»Sir, Captain Lan ist heute nachmittag mit einem Transport in die Stadt gefahren.« Der Leutnant blinzelte uns zu. »Kann sein, daß er erst spät in der Nacht zurückkehrt.«

»Dann führen ja Sie das Kommando im Lager, Cau. Was werden Sie unternehmen?«

In bellendem Ton rief Cau einige Befehle. Zwei vietnamesische Sergeanten rissen den Gefangenen, der sich dem Zugriff zu entwinden suchte, wieder aus dem Käfig. »Das sollten Sie sich ansehen«, riet mir Kornie, während der mutmaßliche Vietkong weggeschleppt wurde. »Sergeant Ngoc, der vietnamesische Spionagespezialist, ist ein Meister der Verhörtaktik. Er hat sein Geschäft bei den Viet Minh gelernt, bevor ihm aufging, daß er gar kein Kommunist ist. Ich werde Sie mit ihm bekannt machen, dann gehe ich wieder an meine Arbeit. Ich mache mir so meine Gedanken darüber, wieviel Zeit wir mit unserer kleinen Aktion von heute nacht wirklich gewonnen haben.«

Kornie führte mich zum vietnamesischen Stabsgebäude. Erst vor kurzem aus Beton errichtet und mit einem Holzdach gedeckt, hatte es dennoch bereits das verwahrloste Aussehen und den Modergeruch vietnamesischer Militärquartiere.

Wir gingen durch einen dunklen Korridor und betraten einen Raum mit nackten Zementwänden. Schlitze entlang der Decke ersetzten die Fenster. Eine kahle Birne verstärkte das Licht, das durch die Schlitze drang. Ein fahlgelber, leicht schielender Vietnamese – nach seinem Gradabzeichen ein Unteroffizier – stand hinter einem klobigen Tisch und betrachtete den zitternden Milizsoldaten, der hereingebracht worden war.

Ich wurde mit Sergeant Ngoc bekannt gemacht. Nach seinem teigigen Händedruck wischte ich meine Hand an den Dschungelhosen ab und stellte mich in eine Ecke des Raumes, von wo ich den Verlauf des Verhörs genau verfolgen konnte. Ngoc ging, scheinbar ohne den Gefangenen zu beachten, gemächlich um den Tisch herum. Plötzlich holte er mit dem rechten Arm aus und schlug den Mann mit gewölbter Handfläche auf das rechte Ohr. Es gab einen dumpfen Knall, der Geschlagene winselte mit verzerrtem Gesicht. Gleich darauf folgte ein Hieb mit der linken Hand gegen das linke Ohr. Der Häftling und mutmaßliche geheime Vietkong massierte verzweifelt Ohren und Unterkiefer. Ngoc stellte ihm eine Frage. Die Antwort befriedigte ihn nicht. Ein Schlag ins Genick, und der Milizsoldat ging in die Knie. Ngoc deutete auf den Tisch, und zwei vietnamesische Special-Forces-Soldaten, die als Wachen eingeteilt waren, warfen die erschlaffte Gestalt wie einen Sack auf einen Sessel. Ngoc riß den linken Arm seines Opfers hoch, verdrehte ihn, bog die Finger nach oben und schob das Handgelenk durch eine auf der Tischplatte festgenagelte Lederschlinge. Einer der Posten zerrte die Riemen fest. Ngoc zog sein Bajonett aus der Scheide und rammte es neben sich in die Tischplatte. Der Gefangene zuckte zurück.

Unter dem Kragen seiner tarngefleckten Uniform zog der Sergeant eine lange, dicke Stecknadel mit einem purpurnen Kugelkopf hervor. Blitzschnell packte er mit der linken Hand den Daumen des Mannes und trieb die Nadel mit der Rechten unter den Daumennagel seines Opfers, tief ins Nagelbett.

Der Gefangene heulte auf. Ngoc schob seinen Kopf ruckartig über den Tisch und stellte eine Frage. Wieder fiel die Antwort unbefriedigend aus. Langsam, den Blick starr auf sein Opfer gerichtet, zog Ngoc das Bajonett aus der Tischplatte. Er stellte dem Gefangenen weitere Fragen, erst beiläufig, dann mit Nachdruck. Ngoc wartete. Keine Antwort. Mit der flachen Bajonettklinge tippte er leicht auf den Nadelkopf. Der Gefangene schrie gellend. Einer der Wachsoldaten hatte seinen rechten Arm mit einem schmerzhaften Hammerzangengriff verdreht.

Ungerührt legte Ngoc das Bajonett auf den Tisch und holte aus einer Innentasche seiner Bluse Notizbuch und Kugelschreiber. Er legte beides griffbereit neben sich und stellte in ruhigem Ton Fragen. Der Gefangene stammelte. Ngoc schüttelte mißbilligend den Kopf und legte den Kugelschreiber sorgsam wieder auf den Tisch. Er griff nach dem Bajonett und trieb die Nadel tiefer ins Fleisch. Der Gefangene brüllte. Tränen rannen ihm aus den Augen.

Dann vertauschte Ngoc das Bajonett gelassen wieder mit dem Kugelschreiber und wartete gespannt. Der Gefangene zitterte und murmelte vor sich hin, verweigerte aber noch immer die Information, die Ngoc haben wollte. Der Sergeant ließ schweigend eine halbe Minute vergehen, dann atmete er tief, legte den Kugelschreiber nieder und nahm wieder das Bajonett auf. Die Augen des Gefangenen folgten jeder Bewegung Ngocs: er hielt die Flachseite der Klinge über den purpurnen Nadelkopf, schaute den Gefangenen fragend an und klopfte dann mit langsamen, genau berechneten Schlägen die Nadel direkt ins Daumengelenk. Das schrille Geheul, das jeden Schlag begleitete, schien nicht aus der Kehle, sondern tief aus dem Innersten des Häftlings zu kommen. Ngoc ließ die Rolle des geduldigen Fragestellers fallen und begann hemmungslos zu brüllen, denn den Gefangenen verließen offenbar die Kräfte, sein braunes Gesicht war rot angelaufen und schweißüberströmt, seine tränenden Augen glänzten irr, als er das Bajonett über dem Nadelkopf pendeln und mit einem klatschenden Schlag zuschlagen sah. Die Nadel durchbohrte das Daumengelenk.

Pfeifend zog der Gefolterte die feuchte Luft in seine Lungen, zitterte, zuckte und stieß nervenzermürbende Schreie aus. Es schien, als hätte Ngoc den Widerstand endgültig gebrochen. Als das Geheul verstummte, begann Ngoc wiederum Fragen zu stellen. Vielleicht hatte sich der Gefangene wieder unter Kontrolle, oder die unerträglichen Schmerzen ließen seine Stimmbänder versagen. Jedenfalls war Ngoc über diesen Anschein von Trotz wütend, er zerrte am Kopf der eingerammten Nadel und schüttelte ihn.

Die beiden Wachen benötigten ihre ganze Kraft, um den kreischenden, sich wild aufbäumenden Körper niederzuhalten. Schließlich sackte der Gefangene erschöpft zusammen und keuchte »Nuc«, das vietnamesische Wort für Wasser. Ngoc nahm wieder seinen Kugelschreiber, als der Gefangene zu sprechen versuchte, aber die Worte kamen pfeifend aus seiner ausgetrockneten Kehle. Auf einen Wink des Sergeanten nahm einer der Posten einen Kübel voll Wasser und klatschte dem Gefangenen den Inhalt ins Gesicht und in den aufgerissenen Mund.

Das Wasser belebte ihn so weit, daß er normal sprechen konnte. Sofort begann Ngoc mitzuschreiben. Immer wenn der Gefangene nahe daran schien, den Wortschwall seiner Geständnisse zu unterbrechen, brauchte Ngoc nur Daumen und Zeigefinger dem Nadelkopf zu nähern, der unter dem Daumennagel des Opfers herausragte, und schon sprach der Mann hastig weiter.

Nach einem Verhör von zehn Minuten war Ngoc am Ziel seiner Wünsche. Er sagte ein paar – fast freundliche – Worte zu dem Gefangenen. Plötzlich, nach einem schnellen Ruck, hielt er die blutige Nadel in der Hand. Der Vietkong, denn er hatte schließlich zugegeben, einer zu sein, kippte halb ohnmächtig auf die Tischplatte. Ngoc wischte die Nadel im Haar seines Opfers ab und steckte sie wieder unter seinen Blusenkragen. Zufrieden sah er mich an, nahm Notizbuch und Kugelschreiber und bedeutete mir, ihm zu folgen.

Gleich darauf standen wir draußen im hellen Sonnenlicht. Ich holte tief Luft, aber Ngoc trabte schon in Kornies Einsatzzentrum.

Ein Dolmetscher übersetzte, während Ngoc aus seinem Notizbuch Kornie, Bergholtz, Schmelzer, Falk und Leutnant Cau die Informationen vorlas, die er dem in die Miliz eingeschleusten Vietkong abgepreßt hatte.

Ngoc kannte nun die Namen von fünf anderen Vietkongs im Lager. Möglicherweise gab es noch mehr, aber der gefangene Vietkong wußte es zuverlässig nur von diesen fünf, die nun auf der Liste standen. Außerdem, betonte Ngoc, sollte der Angriff tatsächlich in der vorigen Nacht erfolgen. Der Gefangene hatte natürlich keine Ahnung, auf welchen Zeitpunkt die feindliche Aktion verschoben worden war. Er gehörte nicht zu den Milizeinheiten, die Chau Lu überfallen hatten.

Leutnant Cau entfernte sich, um die fünf verkappten Vietkongs zu verhaften. Kornie sah auf seine Armbanduhr. »Schon zu spät, um die Abwehrspezialisten des B-Teams samt ihrem Polygraphen herzuholen, damit sie die Kerle verhören.« Er zuckte die Achseln. »Bei manchen dieser Leute wirken Ngocs Methoden, aber ich bin gegen Folterungen. Wir wissen nicht einmal, ob die fünf Mann, die unser entlarvter Vietkong namentlich anführte, wirklich Kommunisten sind. Bei Ngoc ist das so eine Sache – ich glaube, daß seine Opfer immer das sagen, was er mutmaßlich hören will. Der Lügendetektor ist doch am besten.« Kornie wandte sich zu Bergholtz. »Sagen Sie Borst, er soll einen Funkspruch an das B-Team durchgeben und für morgen den Polygraphen anfordern.«

»Jawohl, Sir.«

Kornie sah mich an. »Was halten Sie von unserer Verhörmethode?«

»So was ist immer scheußlich«, antwortete ich. »Ich könnte Ihnen einiges über verdammt grausige ›Zwiegespräche‹ erzählen, deren Augenzeuge ich war. Ngoc ist raffinierter als die meisten anderen.«

Kornie nickte. »Das war ein langer, anstrengender Tag für uns. Wie wär's mit einem kleinen Schnaps vor dem Abendessen? Na, Schmelzer? Falk?« Kornie brüllte nach einer Messeordonnanz, bestellte Eis, ging zu einem Wandschränkchen und nahm eine Flasche Wodka heraus. »Nicht so gut wie der Schnaps, den wir bei mir zu Hause in Fayetteville trinken, was?«

»Der alte Aquavit war herrlich, Steve.«

»Und ob! Es ist ein Jammer, beim PX in Saigon gibt es keinen richtigen Hochprozentigen.« Das Eis wurde gebracht, und Kornie goß jedem von uns einen tüchtigen Schluck Wodka über die Würfel. Er hob sein Glas. »Na, wenn wir nur weitere vierundzwanzig Stunden Zeit gewonnen haben, dann hat sich die Aktion gelohnt.«

Er kippte den Rest. »Schmelzer, heute nacht für fünfzig Prozent des Mannschaftsstandes Alarmbereitschaft. Jetzt werde ich einen kleinen Spaziergang zu den Eckbunkern machen.«

Bevor Kornie den Raum verließ, trat Bergholtz ein. »Borst hat das B-Detachment erreicht, Sir«, meldete der Teamsergeant. »Captain Farnham und Sergeant Stitch werden morgen um dreizehn Uhr dreißig mit dem Polygraphen hier sein. Colonel Train kommt auch mit.«

Am nächsten Morgen herrschte im Lager fieberhafte Tätigkeit. Die Concertina, das ist Stacheldraht, der deshalb so bezeichnet wird, weil er – in großen zylindrischen Rollen ausgespannt –. dem auseinandergezogenen Balg einer Ziehharmonika ähnelt, war rund um den gesamten äußeren Umkreis des Stützpunktes an Metallpflöcken verankert worden. Jenseits der Concertina waren im hohen Gras Stolperdrähte gelegt. Der innere Verteidigungsgürtel bestand aus durch Sandsackdeckungen verstärkten Barrieren aus dicken Stämmen mit Drahtverhau an der Basis und scharfen Bambusspitzen, die nach auswärts ragten. Es gab noch eine dritte, innerste Verteidigungsanlage, den mit Sandsäcken gesicherten Kommandobunker, der sogar direkten Granatwerferbeschuß aushielt. Darüber erhob sich ein gedeckter Beobachtungsstand. Die runden, von Sandsackbrustwehren eingefaßten Granatwerferstellungen des Stützpunktes mußten aus der Vogelschau wie tiefe Pockennarben wirken. Phan Chau erschien mir uneinnehmbar, aber Kornie, wohlerfahren in Angriff und Verteidigung, hatte offensichtlich seine Sorgen.

Zu Mittag beobachtete ich, wie er das innere Verteidigungssystem inspizierte und zum viertenmal seit dem Morgen den Zustand der Bunker genau überprüfte. Ich ging auf ihn zu. »Sieht ja so aus, als brauchte man eine ganze Panzerdivision, um euch hier auszuräuchern.«

Kornie schüttelte den Kopf. »Wir haben noch nicht einmal Minen und Sprengfallen gelegt. Wenn die Vietkongs hier zwei Bataillone ansetzen, könnten sie uns überrennen. Alles hängt davon ab, wie sich die Miliz hält. Bei Gott, diese verdammten Politiker in Saigon hätten meine Hoa-Hao-Truppen nicht abziehen sollen.«

Mit gerunzelter Stirn überblickte er den äußeren Verteidigungsgürtel, der Ausdruck tiefer Sorge überschattete sein sonst so fröhliches Gesicht. »Meine Kambodschaner werden ihren Mann stellen. Aber wenn der Angriff losgeht, werden die Vietkongs schließlich den äußeren Drahtverhau überwinden, und wir müssen zwischen den beiden Verteidigungszonen zum Nahkampf übergehen.«

»Sie sind also ziemlich sicher, daß es soweit kommen wird?«

»Die Vietkongs müssen angreifen. Sie haben in allen Ansiedlungen rundum verbreitet, daß sie Phan Chau einnehmen und dann alle Dörfer, die von Regierungstreuen bewohnt sind, dem Erdboden gleichmachen werden. Wenn sie uns nicht angreifen, verlieren sie das Gesicht. Die Vietkongs wissen, daß wir mit jedem Tag stärker werden.«

Kornie schritt auf das Teamhaus zu. »Ich werde Colonel Train die ganze Geschichte erzählen«, sagte er entschlossen. »Er wird den Special Forces drei Jahre lang angehören, vielleicht sogar sechs, wenn er sich weiterverpflichtet, und deshalb hat er es dringend nötig, Erfahrungen zu sammeln, die man bei der Guerillaausbildung drüben nicht mitbekommt. Vielleicht nimmt er mir das Kommando weg, aber noch bevor er Vietnam verläßt, wird er wissen, daß ich recht gehabt habe.«

Punkt ein Uhr dreißig landete die Huey-Transportmaschine außerhalb des Stützpunktes. Kornie, Schmelzer, Captain Lan, der aus der Stadt zurückgekehrt war, und Leutnant Cau waren angetreten, um Lieutenant Colonel Train und seine Männer vom B-Team zu begrüßen. Der Colonel schwang sich aus dem Hubschrauber und schüttelte jedem die Hand. Er fragte, ob es für mich genug interessantes Material hier gebe. Hinter dem Colonel kletterten Captain Farnham, der Spionage- und Abwehroffizier, und dessen zugeteilter Sergeant, der einen großen, schwarzen Kasten trug, aus der Maschine.

Wir schritten durch die beiden Tore ins Lager, und Kornie fragte, ob jemand einen kalten Drink wünsche. Train schüttelte den Kopf. »Kommen wir gleich zur Sache.«

»Jawohl, Sir«, pflichtete ihm Kornie bei. »Unsere Spionage- und Abwehrspezialisten sind Sergeant Ngoc und Sergeant Falk. Sie werden Captain Farnham den Raum zeigen, wo die Verhöre stattfinden.«

Train nickte. »Und jetzt müssen wir beide, Sie und ich, uns irgendwo unter vier Augen unterhalten. Das Oberkommando und die Botschaft haben sehr sonderbare Fragen über Ihre Aktionen in diesem gottverlassenen Winkel hier gestellt.«

»Wir können in das Einsatzzentrum gehen, Sir.«

Train nahm die Zigarre aus dem Mund und sagte mit einem verbindlichen Lächeln zu mir: »Sie werden uns für eine Stunde entschuldigen müssen. Sehen Sie sich mittlerweile an, wie der Polygraph funktioniert.«

Sergeant Stitch hatte sein Gerät auf dem Tisch aufgebaut. Mit seinen Skalen, Elektroden und Batterien wirkte es tatsächlich wie ein furchterregendes neuzeitliches Marterinstrument. Der vietnamesische Dolmetscher, Ngoc und Leutnant Cau betrachteten den Lügendetektor mit großem Interesse.

»Okay«, sagte Captain Farnham. »Bringt die Gefangenen nacheinander herein.« Er fragte Falk, was er aus den Leuten herausbekommen wolle.

»Sir, wir möchten wissen, ob diese Männer eingeschleuste Vietkongs sind. Wenn ja, wollen wir die Namen anderer Vietkonganhänger im Lager herauskriegen. Dann wollen wir Näheres über den Angriff auf Phan Chau wissen. Wir glauben, daß er für gestern nacht geplant war. Glücklicherweise haben wir das fürs erste abgebogen.«

Farnham faßte den Abwehrspezialisten scharf ins Auge. »Das ist es, was Colonel Train wissen will. Was, zum Teufel, habt ihr unternommen? Habt ihr sie bis nach Kambodscha verfolgt?«

»Sir, ich glaube, das wird Captain Kornie mit dem Colonel erörtern.«

»Na schön.« Farnham wandte sich zu seinem Sergeanten. »Stitch ist Experte in der Handhabung des Polygraphen. Wenn euch jemand die Antworten auf eure Fragen verschaffen kann, dann ist er es.«

Leutnant Cau öffnete die Tür. Drei Wachen schoben einen Milizsoldaten im getigerten Tarnanzug in den Raum. Furchtsam blickte er sich um. Als er das geheimnisvolle Gerät auf dem Tisch sah, prallte er zurück. Mit hartem Griff wurde er auf den Stuhl gedrückt.

Stitch trat an den verängstigten Häftling heran und sagte einige Worte auf vietnamesisch. Der Mann sah auf, schluckte trocken und nickte. Farnham bcugte sich zu mir. »Stitchs Vietnamesischkenntnisse beschränken sich auf die Sätze: ›Wir werden dir einige Fragen stellen. Wenn du die Wahrheit sagst, wird dir nichts geschehen.‹«

Der Abwehroffizier lachte fast unhörbar in sich hinein. »Aber die Vietnamesen glauben, daß er jedes Wort versteht, obwohl er einen Dolmetscher einsetzt ...«

Aber die beruhigenden Worte konnten kaum die Furcht bannen, die dem mutmaßlichen Vietkong deutlich im Gesicht geschrieben stand; und als Stitch sich daran machte, ihm die Elektroden an den Handgelenken zu befestigen, dann den Blutdruckmesser um den Bizeps band und aufzupumpen begann, flackerte blankes Entsetzen in den Augen des Vietnamesen auf.

Stitch kippte einen Schalter und tätigte einige Handgriffe an dem Apparat. Ein dünner Zeiger begann auszuschlagen. Dann stellte Stitch mit Hilfe des Dolmetschers seine ersten Fragen. Ngoc war von dem Gerät fasziniert, er ließ kein Auge von dem Zeiger. Dieser zitterte leicht, als das Verhör wciterging; dann vibrierte er plötzlich ganz deutlich, noch bevor der Dolmetscher die Frage auf vietnamesisch wiederholte. Stitch hatte »Vietkong« gesagt.

Der Gefangene leugnete, ein Vietkong zu sein. Der Zeiger schlug weit aus. Ngoc erfaßte die Bedeutung dieses schwarzen Kastens sofort. Mit einem Tigersatz sprang er den Gefangenen an und traf ihn mit wuchtigen Schlägen auf beide Ohren. Der Mann stieß einen bellenden Schmerzlaut aus und sah Stitch vorwurfsvoll an.

»Ich habe gesagt, es wird ihm nichts geschehen, wenn er bei der Wahrheit bleibt«, wiederholte der Amerikaner. »Sag ihm, daß es mir dieser Kasten jedesmal meldet, wenn er lügt.« Stitch fing wieder mit beiläufigen Fragen an, der Zeiger blieb in rhythmischer zitternder Bewegung, wenn der Milizsoldat die Wahrheit sagte. Ngoc fixierte unverwandt den nadelfeinen vibrierenden Strich.

»Weißt du von anderen Vietkongs, die in die Milizkompanie eingeschleust wurden?« fragte Stitch. Die Frage wurde übersetzt. Der Milizsoldat schüttelte verneinend den Kopf.

Abermals schlug der Zeiger weit aus, und wieder stürzte sich Ngoc auf den Gefangenen und versetzte ihm Hiebe gegen die Schläfen.

Stitch bedeutete Ngoc, er solle beiseite treten. Er drehte an seinen Skalen, ein dumpfes Summen ertönte aus dem Kasten. Er pumpte noch mehr Luft in den Gummischlauch um den Oberarm des Gefangenen. »So.« Stitch wandte sich an den Dolmetscher. »Jetzt sagst du dem Mann, wenn er mich noch einmal belügt, wird ihm diese Maschine den Arm abreißen.«

Das entsetzte Gesicht des Gefangenen ließ keinen Zweifel darüber, daß er felsenfest davon überzeugt war, diese teuflische Maschine könne ihm den Arm ausreißen oder irgendwelche anderen schrecklichen Qualen bereiten.

Aus dem Geständnis des Vietkong, den Ngoc am Vortag verhört hatte, wußte Stitch die Namen der vier anderen verdächtigen Milizsoldaten. Der Dolmetscher nannte die einzelnen Namen und fragte, ob diese Männer ebenfalls eingeschleuste Vietkongs seien. Der Gefangene, der angstvoll das Gerät anstarrte, antwortete viermal mit ja. Der Polygraph zeigte an, daß er die Wahrheit sagte.

Ngoc war begeistert. Der Dolmetscher übersetzte seine Worte. »Das ist wirklich eine sehr gute Maschine. Nun werden wir keine Zeit verschwenden müssen. Wir wissen genau, wen wir zu foltern haben.«

Stitch schüttelte den Kopf. »Wenn du mit dieser Maschine umzugehen lernst, brauchst du keine Folter mehr. Man kann alles, was man wissen will, durch diesen Polygraphen erfahren.«

Ngoc hörte dem Dolmetscher zu und fragte dann: »Aber was geschieht, wenn sie kein Wort sagen?«

»Sie sind wahrscheinlich geeichte Vietkongs«, erwiderte Stitch. »Dann wird man ihnen nicht einmal durch Folterungen ein Geständnis abringen können.«

»Wenn sie wirklich Feinde sind, dann sollten sie auf jeden Fall gefoltert werden«, entgegnete Ngoc.

»Na bitte, da haben wir die fernöstliche Denkweise in Reinkultur«, sagte Stitch verdrossen zu den im Raum anwesenden Amerikanern. »Und wenn wir zwanzig Jahre hierbleiben, werden wir diese Leute nicht ändern, und Gott bewahre uns davor, daß wir so werden wie sie.« Dem Dolmetscher befahl er: »Schafft diesen Kommunisten in eine Einzelzelle, ich möchte mir jetzt einen anderen vorknöpfen.«

Während Sergeant Stitch die Leistungsfähigkeit des Polygraphen praktisch demonstrierte, entspann sich zwischen Colonel Train und Captain Kornie eine hitzige Debatte. Viel später gab mir Kornie eine ausführliche Schilderung dieses Gesprächs.

»Hören Sie zu, Kornie«, begann Train, kaum daß sie beide im Einsatzzentrum saßen, die große Karte des Aktionsbereichs vor sich. »Ich kenne Ihre Dienstbeschreibung. Sie sind ein toller Kämpfer. Aber Ihr gestriges Unternehmen – ich weiß ja noch nicht, worum es sich handelt – hat unseren Botschafter und unseren Kommandierenden General in eine arge Zwangslage gebracht. Die kambodschanische Regierung führte Beschwerde darüber, daß vietnamesische Truppen unter amerikanischer Führung die Souveränität des Staates Kambodscha verletzten und fünfundzwanzig Zivilisten töteten oder verwundeten. Phan Chau wurde als Ausgangspunkt dieser Aggression genannt.«

Kornie antwortet seinem Vorgesetzten, der um fünf Jahre jünger war und viel weniger Erfahrungen im Guerillakampf besaß, nicht sofort. Train paffte seine Zigarre, Kornie klopfte eine Zigarette aus seinem Päckchen, zündete sie an und lehnte sich abwartend zurück.

»Ich kann mir nicht vorstellen, daß Sie eine Grenzverletzung riskieren würden, ohne uns zu verständigen, Kornie«, drängte Train. »Offenbar war die kambodschanische Beschwerde informell. Die Brüder haben in der Öffentlichkeit nichts verlauten lassen, ebensowenig haben sie sich an die SEATO oder an die Vereinten Nationen gewandt. Aber sie sagten, wenn die USA und Vietnam jene eigenmächtigen Offiziere, die keinen Respekt vor der Souveränität des Staates Kambodscha haben, nicht entfernen, wird Kambodscha Hilfe holen, wo und von wem sie geboten wird, um seine Staatsbürger vor räuberischen Übergriffen zu beschützen, deren Anstifter die Amerikaner sind.« Train sah Kornie scharf an. »Das heißt soviel, als daß man Nordvietnam und Rotchina auf den Plan ruft. Was ist nun tatsächlich geschehen?«

Kornie stand auf und trat vor die Karte. »Erstens, Sir: Wenn mein Lager, wie von den Vietkongs geplant, gestern nacht angegriffen worden wäre, dann wären wir überrannt worden. Als wir zusehen mußten, wie der vietnamesische Korpskommandeur meine zweihundertfünfzig Mann Hoa-Hao-Miliz von hier abzog, da wurden mir gerade jene Einheiten genommen, bei denen ich – wie übrigens auch bei den Kambodschanern – sicher sein konnte, daß sie nicht von Mitläufern der Vietkongs durchsetzt sind.«

»Kornie«, begann Train. »Sie wissen, was General Co gesagt hat.«

Kornie nickte. »Er befürchtete, daß die Hoa-Hao-Obersten ihre Truppen für einen internen Machtkampf vereinigen würden. Deshalb teilte er alle Hoa-Hao-Kompanien auf. Aber hier draußen, wo ein verfluchtes Vietkongregiment jenseits der Grenze in voller Sicherheit einen Angriff auf uns vorbereitet, konnte ich darauf zählen, daß die Hoa Haos gegen die Kommunisten kämpfen und mir treu ergeben sein würden.«

Train murmelte irgend etwas Unverständliches und betrachtete versonnen das glimmende Ende seiner Zigarre. »Sir«, fuhr Kornie fort. »Seit ich die Hoa Haos verlor, habe ich außer den vietnamesischen Halbregulären nur eine Kompanie Kambodschaner. Ich muß einen halbfertigen Stützpunkt verteidigen. Wir haben viele schwache Stellen. Die Concertina haben wir überhaupt erst vorgestern bekommen. Bis jetzt ist das Gelände außerhalb des Drahtverhaus noch nicht vermint. Phan Chau gilt als der wichtigste Grenzvorposten in diesem Sektor. Wir sind der wichtigste Sperriegel für die Kommunisten, die durch dieses Bergland ins Mekongdelta vorstoßen möchten.« Kornie schlug mit seiner klobigen Faust auf die Karte.

»Die Vietkongs wollen uns von hier vertreiben, Sir. Wenn wir die Verteidigungsanlagen des Stützpunktes fertigstellen, können sie Phan Chau nicht einnehmen. Wenn sie uns aber jetzt angreifen, wo wir noch schwach sind und unsere Miliz von ihren Leuten infiltriert ist, haben sie verdammt gute Chancen, uns zu überrennen und Phan Chau zu vernichten.«

Kornie überlegte kurz, ehe er weitersprach. »Selbst wenn das Lager noch nicht völlig gesichert ist, könnten wir mit den Hoa Haos und den Kambodschanern zwei, vielleicht sogar drei Vietkongbataillone zurückschlagen. Aber wegen der politischen Schachzüge der Vietnamesen verliere ich meine wirklich kampftüchtigen Verbände. Phan Chau wird angegriffen werden, Sir«, sagte Kornie eindringlich. »Tagtäglich bestätigen uns die Kundschafterberichte, daß wir auf der Abschußliste stehen. Gestern erwischten wir einen Milizsoldaten dabei, als er Stacheldraht durchschnitt. Er sagte uns, daß der Angriff für die Nacht von gestern auf heute geplant war. Und nur Gott, oder in diesem Fall vielleicht Buddha, weiß, wie viele Halbreguläre in diesem Lager in Wahrheit Vietkongs sind.« Er beobachtete, ob seine Worte auf Train Eindruck machten. Der Colonel hüllte sich in Rauchwolken.

»Geben Sie zu, Sir, daß ich etwas tun mußte, um diesen Angriff abzuwenden?« fragte Kornie.

Train nahm die Zigarre aus dem Mund. »Vielleicht, Kornie. Aber mußten Sie sich eine Grenzverletzung zuschulden kommen lassen und einen Zwischenfall verursachen?«

»Sir, ich habe das getan, was nötig war, um meinen Stützpunkt zu retten!«

»Schon gut, Kornie«, lenkte Train ein. »Erzählen Sie mir jetzt die ganze Geschichte, lassen Sie kein einziges Detail aus.«

»Jawohl, Sir.« Kornie setzte sich wieder, und während der nächsten zwanzig Minuten berichtete er ausführlich über den Verlauf der Operation. Train sog heftig an seiner Zigarre, ganz auf Kornies Schilderungen konzentriert. Als der Captain geendet hatte, lehnte sich der Colonel zurück, sein Gesicht spiegelte seine widerstreitenden Empfindungen. Mit nervöser Hast drehte er die Zigarre zwischen den Fingern.

»Captain, das ist der waghalsigste, unkonventionellste und bedenklichste Einsatz, den je ein Offizier, der mir unterstellt war, durchführte! Mein Gott, Kornie, Sie zündeln mit weltpolitischem Sprengstoff!«

»Aber es hat geklappt, Sir!« konterte Kornie. »Wir haben nicht nur den Vietkongs und den KKK-Banditen Verluste beigebracht, wir sind auch dem Angriff zuvorgekommen. Selbst wenn wir heute nacht angegriffen werden – in den letzten vierundzwanzig Stunden haben wir unsere Verteidigungsbereitschaft verdoppelt. Wenigstens haben wir jetzt Claymore-Minen draußen und andere nette kleine Überraschungen für die Kommunisten. Meine Leute, vor allem der Sprengtechniker, haben vierundzwanzig Stunden durchgearbeitet, ohne zu schlafen.«

»Kornie, Sie wissen, daß Sie nicht einfach Vorstöße über Staatsgrenzen unternehmen können. Banditen anwerben! Wie die« – er verhaspelte sich fast –, »wie die Agency! Wir sind ein Teil der Armee der Vereinigten Staaten!« Er ergriff das grüne Barett, das neben ihm auf dem Tisch lag. »Glauben Sie, daß diese Mütze für Sie eine Art Freibrief ist, um auf eigene Faust zu handeln und Operationen durchzuführen, die vielleicht eine Gefährdung des Weltfriedens bedeuten?«

»Sir, ich gehöre nun bald zehn Jahre den Special Forces an. Immer wieder wurde uns eingeschärft, daß wir uns bei Sonderaufgaben aller nur irgend möglichen Mittel bedienen sollen. Und ich war ein Jahr lang der Agency zugeteilt. Ich weiß, was ich tun und was ich nicht tun kann, um mein Ziel zu erreichen.« Nach einer kurzen Pause fügte er hinzu: »Man wird nicht von heute auf morgen Special-Forces-Offizier. Sie werden selbst sehen, Sir.«

Verblüfft zog Train eine frische Zigarre aus einer Tasche seiner Dschungelgarnitur, biß die Spitze ab und zündete sie an. Während er langsam die erste Rauchwolke vor sich hin blies, versuchte er sich darüber klarzuwerden, was er mit einem so schwierigen Untergebenen anfangen sollte. »Kornie«, sagte er schließlich, »ich muß morgen nach Saigon, und es wäre mir recht, wenn Sie mitkämen.«

»Aber, Sir, wir erwarten nun täglich, ja fast stündlich den Angriff! Ich muß hierbleiben, wenigstens so lange, bis das Gefecht vorbei ist.« Er überlegte kurz. »Wenn mein Stützpunkt in meiner Abwesenheit überrannt wird, kommen wir beide in Schwierigkeiten.«

Train überlegte. Bevor er antworten konnte, klopfte es an der Tür. »Schauen Sie nach, wer es ist«, schnappte er.

Kornie öffnete. Lieutenant Schmelzer stand mit finsterem Gesicht draußen, neben ihm Leutnant Cau. »Verzeihung, Sir«, sagte Schmelzer zu Train, »ich glaube, es ist sehr wichtig.«

»Schießen Sie los, Lieutenant.«

»Jawohl, Sir. Wir haben gerade die Gefangenen verhört, als uns ein vietnamesischer Sergeant meldete, daß zwei Milizsoldaten, die zur Arbeit am Drahtverhau eingeteilt waren, desertiert sind. Er hatte die Namen, und Sergeant Stitch fragte den Mann, den er eben mit dem Polygraphen verhörte, ob diese beiden Deserteure mit den Vietkongs sympathisieren. Die Antwort war ja.«

Kornie faßte Train ins Auge. »Sie verstehen, was das bedeuten kann, Sir? Wenn die Deserteure den Vietkongs sagen, daß wir ›U-Boote‹ schnappen, schlagen sie vielleicht heute nacht los, solang sie noch eigene Leute in diesem Lager haben.«

»Sir!«, warf Schmelzer ein. »Einer der verhörten Milizsoldaten meint, der Angriff wird bestimmt noch heute nacht erfolgen. Alle sagen, daß er für gestern nacht geplant war.«

Kornie warf Train einen raschen Blick zu und gab dann Schmelzer den Rat, nicht weiter an das Verhör zu denken. »Legen Sie noch so viele Claymore-Minen als möglich aus. Sagen Sie Rodriguez, alle seine Sprenganlagen müssen vor Einbruch der Dunkelheit einsatzbereit sein. Ich ordne fünfzig Prozent Alarmbereitschaft bis Mitternacht an, volle Bereitschaft für den Rest der Nacht. Schickt die Leute, die am wenigsten geschlafen haben, nach dem Abendessen ins Bett.«

Schmelzer und Cau verließen das Einsatzzentrum.

»Colonel«, sagte Kornie. »Lassen Sie mich hier, bis der Angriff vorüber ist oder bis wir unsere Verteidigungsanlagen so gut ausgebaut haben, daß die Vietkongs gar nicht versuchen, den Stützpunkt einzunehmen. Im Moment steht es sehr kritisch.«

»Warum haben Sie sich in diese üble Geschichte eingelassen, Kornie?«

Der Captain bemühte sich, seine Geduld zu bewahren. »Sir, meine Hoa Haos wurden von einem Tag auf den anderen abgezogen. Wenn Sie meine Meldungen überprüfen, werden Sie sehen, daß ich seit zwei Tagen um zwei Kompanien vietnamesischer Marineinfanterie, Rangers oder Fallschirmschützen als Verstärkung bettle, bis das Lager entsprechend ausgebaut ist.«

»Na schön, Kornie. Sie bleiben, bis der Stützpunkt gesichert ist. Aber sorgen Sie dafür, daß das nicht länger als eine Woche dauert. Sie und ich, wir haben eine kleine Verabredung in Saigon.«

»Danke, Sir.«

»Und jetzt verfrachten wir die Abwehrgruppe wieder in den Hubschrauber und lassen sie zum B-Detachment zurückgondeln.«

»Und Sie, Sir?«

»Ich bleibe über Nacht hier.«

»Sir«, protestierte Kornie. »Trotz unserer gestrigen Aktion erwarten wir für heute nacht einen Angriff.«

»Eben, Captain. Ich vermute, die Vietkongs haben alles, was sie dafür an Truppen brauchen, in Kambodscha bereitgestellt.« Und mit einer Bestimmtheit, die jeden weiteren Einwand ausschloß, sagte er: »Ich möchte dabeisein, wenn sie heute nacht gegen Phan Chau losschlagen.«

4

Um fünf Uhr nachmittags hatte ich eine kurze Unterredung mit Lieutenant Colonel Train. Der Huey war startbereit, um mit der Abwehrgruppe und den entlarvten Vietkongs, die mit Draht gefesselt und das Gesicht nach unten auf dem Boden der Kabine lagen, abzufliegen.

Lieutenant Colonel Train wollte, daß ich den mutmaßlichen Kampfraum verlasse, und ich mußte ihn daran erinnern, daß wir drei Monate zusammen in Fort Bragg verbracht hatten und daß ich, wie er wohl wußte, für solche Einsätze geschult war. Dann fuhr ich mit meinem schweren Geschütz auf. »Außerdem bin ich mit Wissen und Genehmigung des Kommandeurs der Special Forces hier. Wenn ich mich abknallen lasse, ist das schlimm, aber es gehört nun einmal dazu, so was zu riskieren.«

Train, Kornie und ich blieben auf der Piste, bis die ›Kaffeemühle‹ abgeflogen war. Dann kehrten wir ins Lager zurück. Als wir den äußeren Verteidigungsgürtel passierten, überwachte Kornie die Schließung des Drahtverhaus. Dasselbe tat er beim inneren Tor.

Während des Abendessens herrschte eine fast unmerkliche Kühle zwischen Train und Kornie. Aber der Kommandeur des B-Teams war jeder Zoll der Vorgesetzte, der seine Leute liebte und schätzte und sich im Feld am glücklichsten fühlte. Er war herzlich mit ihnen, ohne sie zu ungebührlicher Vertraulichkeit zu ermutigen.

Nach dem Abendessen brachte der Waffensergeant einen Webgürtel samt Traggestell mit angehängter Pistolentasche und einem reichlichen Munitionsvorrat in den Patronentaschen. »Da sind vierhundert Schuß Munition für die AR-15 drin, Sir, in den Granatwerferbunkern lagert noch mehr.«

Kornie, der unermüdliche Wikinger, gab schließlich zu, daß er seit fast zwei Tagen nicht mehr geschlafen habe, und zog sich mit Trains Genehmigung bis Mitternacht zurück. So begleiteten Train und ich Lieutenant Schmelzer auf seinem Rundgang entlang der Mauern.

»Sie wurden in West Point ausgemustert?« fragte der Colonel.

»Jawohl, Sir. 1958«, antwortete Schmelzer.

»Ich glaube, das habe ich in Ihrer Dienstbeschreibung gelesen. Ich bin Ausmusterungsjahrgang 1948. Während des Krieges war ich drei Jahre einfacher Soldat und Unteroffizier.« Train lächelte dem jungen Lieutenant freundlich zu. »Sie werden nun bald dran sein für die Beförderung zum Captain. Ich nehme an, daß Sie sich zu einer konventionelleren Infanterieeinheit versetzen lassen, wenn Sie Ihren Turnus bei den Special Forces beendet haben.«

»Wenn es nach mir geht, möchte ich bei den Special Forces bleiben.«

Train schüttelte den Kopf. »Sie sind noch jung, Schmelzer. Sie bringen alle Voraussetzungen für eine schöne Laufbahn mit. Aber keiner von uns kann länger als höchstens zwei Jahre bei den Special Forces bleiben. Nach sechs Jahren fängt man auch an, in einem nicht sehr wünschenswerten Sinn ›unkonventionell‹ zu denken. Alle Perspektiven verschieben sich. Nach neun Jahren ist man endgültig abgestempelt. Man muß froh sein, wenn man als Full Colonel in Pension gehen kann.«

»Ich weiß, daß viele Kameraden langsamer avancieren, weil sie bei den Special Forces bleiben, aber ich sehe darin eine sehr wichtige Aufgabe, Sir. Meine Frau übrigens auch. Wir sind immer einer Meinung«, fügte Schmelzer stolz hinzu. »Mein Vater war Berufssoldat und denkt genauso wie Sie, aber die Kriegführung ändert sich. Entweder wir bekämpfen die Partisanen, so wie wir es hier tun, oder wir werden eines Tages selbst Partisanen sein – vielleicht in Kuba oder in Osteuropa, wahrscheinlich aber sehr bald in Nordvietnam.« Schmelzer meldete sich ab und stieg auf den Nordwestbunker.

»Sehr fähiger junger Offizier«, bemerkte Train. »Wird sich gut entwickeln, wenn er erst seine Dienstzeit bei den Special Forces hinter sich hat.«

Wir warteten, bis er herunterkam. »Alles in Ordnung, Lieutenant?«

»Die MG-Bedienung ist hellwach. Ich hoffe nur, daß sie auf unserer Seite ist.«

»Warum sollte sie nicht auf unserer Seite sein?« fragte Train scharf. »Major Tri – mein Partner beim B-Team – hat vollstes Vertrauen zu seinen Offizieren hier und zur Miliz, die ihnen unterstellt ist.«

»Jawohl, Sir«, erwiderte Schmelzer pflichtschuldig, aber in seiner Stimme schwang der Zweifel mit.

Plötzlich überfiel mich bleierne Müdigkeit. »Wenn ihr mich entschuldigt, meine Herrschaften, werde ich mich jetzt ein paar Stunden aufs Ohr legen. Um Mitternacht bin ich einsatzbereit, Lieutenant, Sie können mich überall einteilen, wo noch ein Gewehr gebraucht wird.«

»Wir werden Sie aufwecken«, versprach Schmelzer. »Nach Mitternacht Alarmstufe eins für alle Amerikaner. Captain Lan erklärte sich nicht einverstanden, für die Vietnamesen mehr als fünfzig Prozent Alarmbereitschaft anzuordnen. Ich glaube, er befürchtet, daß auch er die ganze Nacht aufbleiben muß.«

»Schmelzer, Sie sollten mit Ihren Äußerungen über Ihre vietnamesischen Partner etwas vorsichtiger sein«, sagte Train. »Major Tri gab mir zu verstehen, daß seine Offiziere auf eine herabsetzende Behandlung durch die Amerikaner sehr empfindlich reagieren.«

»Jawohl, Sir«, hörte ich Schmelzer sagen, während die beiden weitergingen. »Aber man muß sie verdammt im Auge behalten.«

Mitternacht war vorbei, als mich Sergeant Bergholtz wachrüttelte, der Captain erwarte mich im Einsatzzentrum. Dort fand ich Kornie, einen müden, aber entschlossenen Lieutenant Colonel Train und Lieutenant Schmelzer, der so frisch und ausgeruht wirkte, als habe er gerade eine wohlig durchschlafene Nacht hinter sich. »Sieht ganz so aus, als würden wir angegriffen«, sagte Kornie, als ich eintrat. »Ein Feuerzauber wie noch nie – Brände, Taschenlampen, Leuchtkugeln. Wenn sie angreifen, fordern wir per Funk über das B-Team von der Luftwaffe Flugzeuge an, die uns mit ›Christbäumen‹ das Gelände beleuchten.«

»Brauchen Sie mich irgendwo?« fragte ich.

»Sie schließen sich Bergholtz und Falk an. Die beiden übernehmen eine 60-mm-Granatwerferstellung und werden Ihnen sagen, was Sie tun sollen.«

»Gut.«

»Können wir gehen, Sir?« fragte mich Bergholtz.

»Jederzeit.«

Die beiden führten mich über den Appellplatz zu einem runden, mit Sandsäcken eingedeckten Bunker zwischen dem amerikanischen und dem vietnamesischen Stabsgebäude. Diese Granatwerferstellung lag in der Nähe der Westmauer – jener Mauer nahe der Grenze, von wo der Angriff erwartet wurde. Dort gab es im Vorfeld weniger offenes Terrain, nur etwa dreihundert Meter vom äußeren Verteidigungsgürtel bis zum Dschungeldickicht und den Ausläufern der Berge.

»Kennen Sie sich mit Zusatzladungen aus?« fragte Bergholtz.

»Sicher. Sagen Sie mir nur, welche Ladung Sie brauchen.«

»Wir werden wahrscheinlich auf ziemlich kurze Entfernung schießen müssen. Ladung zwei. Außerdem müssen Sie aufpassen, daß uns im Fall eines Angriffs keiner unserer eigenen Milizleute zu nahe kommt. Es könnte ein Vietkong sein, der uns eine Handgranate hereinschmeißt.«

»Ich werde die Augen offenhalten.«

»Gut so. Und wenn Sie etwas Schweres hereinplumpsen hören«, sagte Bergholtz, während wir über die Sandsäcke kletterten, »dann schreien Sie ›Granate‹, und wir springen 'raus.«

»Haben wir auch Vietnamesen bei dieser Granatwerferbedienung?«

»Klar, aber die schnarchen noch immer. Aber wenn das Feuerwerk losgeht, werden sie anrücken. Wir wissen schon, wer zu uns gehört.«

Falk zeigte mir die Holzkisten mit den Werfergranaten. Wir hoben zwei davon aus der Tiefe des schwer mit Sandsäcken gesicherten Munitionsverschlages und begannen die Papprollen zu öffnen. Bei jeder Granate entfernten wir die Zusatzladungen – kleine Pulverbeutel – von den Schwanzflügeln bis auf zwei, was der Werfergranate die Antriebskraft für Beschuß auf kürzeste Distanz gibt. An den Granaten im anderen Karton beließen wir alle Zusatzladungen, für Beschuß auf weitere Entfernungen.

Captain Kornie, dicht gefolgt von Lieutenant Colonel Train, blieb auf einem seiner Rundgänge beim Bunker stehen. Als er weiterging, besprachen Bergholtz und Falk mit gedämpfter Stimme die Möglichkeit eines Angriffs in dieser Nacht. Spionagespezialist Falk meinte, alle Anzeichen deuteten darauf hin. Bergholtz konterte, daß die Vietkongs überall in Vietnam Angriffsvorbereitungen auf Stützpunkte vortäuschten, einfach um die Amerikaner in Atem zu halten.

»Ich wette mit dir tausend Piaster gegen fünfhundert, daß wir heute nacht nicht angegriffen werden«, sagte Bergholtz.

Falk blickte interessiert von seiner Werfergranate auf. Er wollte gerade antworten, da krachte es über unseren Köpfen. Bevor Falk antworten konnte, schrie Bergholtz: »Du hast zu lang gebraucht, Babe. Die Wette gilt nicht.«

Der Ruf »Granatwerfer!« lief durch die Stellungen. Ich warf mich knapp an der Bunkerwand zu Boden. Über uns rauschte eine Lage Werfergranaten nach Osten.

»Phosphor!« schrie Falk. Flammen leckten von den detonierten Phosphorgranaten an den Gebäuden hoch. Aus den Milizquartieren in unserem Rücken drang Stimmengewirr. Links von uns, in der Nähe des amerikanischen Langhauses, stand eine der Baracken der Kambodschaner. Im flackernden Feuerschein sah ich, wie sie das Sturmgepäck über die Schultern warfen, herausstürzten und sich in zwei Gruppen teilten: die eine rannte zur Nordmauer, die andere südwärts.

»Prächtige Burschen«, sagte Bergholtz. »Sie waren schon auf dem Sprung.«

Im rückwärtigen Teil des Lagers standen zwei der Milizbaracken in hellen Flammen. Man hörte das verzweifelte Geschrei der Eingeschlossenen. Falk zuckte zusammen. »Gott! Da verbrennen diese armen Teufel auf ihren Pritschen!«

Das Feldtelefon summte, Bergholtz hob den Hörer ab. »Nummer vier«, sagte er. Er horchte, dann zwang uns neuerliches Pfeifen in der Luft, die Köpfe einzuziehen. »Jawohl«, sagte Bergholtz. »Sechshundert Meter, zweihundertsiebzig Grad.« Er legte den Hörer auf, während das Lager wieder unter Detonationen erdröhnte und uns glühendheiße Druckwellen entgegenschlugen. »Leucht mir aufs Zielgerät, Babe«, sagte er. Falk tat es. Bergholtz richtete die Waffe. »Okay, Ladung vier, vier Phosphorgranaten.«

Falk jagte die vier Granaten hintereinander aus dem Rohr. Er wartete eine halbe Minute, ununterbrochen fetzten die Werfer der Vietkongs her ein. Dann meldete sich wieder das Feldtelefon. Bergholtz hob ab, nannte die Nummer unserer Stellung und horchte.

»Der Beobachtungsstand sagt, unsere Phosphorgranaten liegen im Ziel. Mit Sprenggranaten weiterfeuern.« Falk griff nach den Geschossen und ließ vier ins Rohr fallen. Rund um uns hallte das hohle Krachen der anderen Granatwerfer des Stützpunktes wider. Zwei Stellungen feuerten ununterbrochen Leuchtgranaten, die das Gelände außerhalb des Lagers in fahles, hellgelbes Licht tauchten. Ich bemerkte einige Gestalten, die auf den Bunker zuliefen, und schlug meinen Karabiner auf sie an.

»Die holen wir uns«, rief Bergholtz.

Kaum war unsere zweite Lage Granaten detoniert, schnarrte das Feldtelefon, Bergholtz packte den Hörer. »Turm sagt, es waren Volltreffer!« meldete er. »Weiter hineinpfeffern!«

Während Bergholtz und Falk mit den beiden Vietnamesen, die inzwischen gekommen waren, Sprenggranaten abschossen, hob ich vorsichtig den Kopf und sah mich im Lager um. Einige Gebäude standen in Flammen. Überall detonierten Phosphor- und Sprenggranaten und verbreiteten den scharfen Geruch von Pulver und Chemikalien. Die Milizsoldaten an den Brustwehren spähten angestrengt ins Gelände hinaus; sie sollten das Feuer erst dann eröffnen, wenn sie die Ziele ausmachen konnten. Vorläufig gab es ein Granatwerferduell, und die Beobachter auf dem Turm versuchten unseren Beschuß genau auf die feindlichen Waffen zu lenken. Alle Unverwundeten im Lager preßten sich in den rechteckigen, mit Sandsäcken gesicherten Stellungen an die Wände. Sie boten Schutz gegen die Granatsplitter, die hageldicht durch die Luft surrten.

Die Hitze und der Qualm der Brände nahmen einem fast den Atem; als der Beschuß mit Phosphorgranaten anhielt, hing auch bald der unverkennbare, abscheuliche Geruch von verbranntem Fleisch über dem Lager.

Wieder das Feldtelefon. Bergholtz horchte und rief: »Ladung drei! Sie kommen vom Westen und Norden!« Die vietnamesischen und amerikanischen Werferbedienungen arbeiteten zügig, die Geschosse flitzten serienweise aus dem Lager, ebenso schnell, wenn nicht noch schneller, als die feindlichen Granaten bei uns einschlugen.

Und nochmals das Feldtelefon. Ich merkte, daß nun auf den Brustwehren geschossen wurde. »Ladung zwei!« schrie Bergholtz. »Sie dringen gegen den äußeren Drahtverhau vor!«

Wir hörten, wie unsere eigenen Granaten knapp außerhalb der Concertina detonierten. Die schweren MGs auf den Brustwehren deckten den Feind mit einem mörderischen Geschoßhagel ein. Von der West- und von der Nordmauer kam das peitschende Rauschen der rückstoßfreien 57-mm-Kanonen und der Panzerabwehrrohre.

Den Hörer ans Ohr gepreßt, brüllte Bergholtz: »Ladung eins!« Er warf sich zum Rohr, richtete es und nahm wieder den Hörer auf. »Sie sind bei der Concertina!« schrie er.

Ohrenbetäubendes Heulen, gefolgt von dröhnenden Detonationen, verriet uns, daß die Kommunisten über rückstoßfreie 57-mm- und 75-mm-

Kanonen verfügten. Phan Chau war in höchster Gefahr. Mein ganzer Schneid, mit dem ich mein Bleiben gegenüber Colonel Train durchgesetzt hatte, war beim Teufel.

In dem mit starken Sandsackbrustwehren geschützten Beobachtungsstand über dem Kommandobunker verfolgten Kornie und Train den Verlauf des Angriffs. Der vietnamesische Lagerkommandeur saß unten in dem fast bombensicheren Bunker und nahm über das Feldtelefon Meldungen entgegen. Im Turm saßen zwei Sergeanten, ein Amerikaner und ein Vietnamese, beide Spezialisten für schwere Infanteriewaffen, und leiteten den Einsatz der Granatwerfer. Borst gab in der Funkstelle laufend Lageberichte an das B-Team durch. Es waren bereits Flugzeuge gestartet, um mit ihren ›Christbäumen‹ das Gefechtsfeld auszuleuchten. Mittlerweile schossen unsere Werfer Leuchtgranaten. In ihrem Lichtkreis drang eine Welle schwarz uniformierter Männer unaufhaltsam vor.

Viele Stunden später schilderte mir Kornie, wie er das Gefecht von seiner Position aus gesehen hatte. Feindliche Raketen schlugen im Drahtverhau ein und rissen Lücken, durch die die Vietkongs vorstießen. Der Angriff konzentrierte sich nun auf die West- und die Nordmauer. MG- und Gewehrfeuer von unseren Brustwehren mähte die erste Welle der Vietkongs nieder; sie blieb im Gewirr des Stacheldrahtes liegen. Eine weitere Welle wurde gegen den äußeren Verteidigungsgürtel angesetzt. Die Granatwerfer schossen jetzt auf kürzeste Distanz, aber die Kommunisten kamen näher, viele trugen Leitern, die sie über die Drahtverhaue warfen.

Plötzlich knatterten die MGs im Nord-West-Bunker auf. Sie bestrichen unsere eigenen Brustwehren auf der West- und der Nordseite! Kambodschaner und Vietnamesen, die eben dabei waren, einen Ausfall zu machen und die heranrückenden Kommunisten im Handgemenge zurückzudrängen, kollerten haufenweise von den Mauern, ins Lager zurück oder über die Mauer hinunter, wo sie von den Bambusspitzen aufgespießt wurden.

»Kornie!« schrie Train. »Sind diese Hurenkerle verrückt geworden?«

»Wir haben Vietkongs in unserer Miliz! Sie sind in diesem Bunker!« brüllte Kornie zurück. Er packte sein Feldtelefon, ließ die Kurbel wirbeln und rief in den Hörer: »Schmelzer, holen Sie Verstärkungen, um den Nord-West-Bunker zu nehmen. Dort sind Vietkongs!«

Schmelzer, der sich in einer Granatwerferstellung unmittelbar neben dem Einsatzzentrum des A-Teams befand, konnte den Kampf auf der Westmauer aus nächster Nähe verfolgen. Neben ihm hockte Leutnant Cau, der per Feldtelefon mit dem sicher unter Sandsäcken vergrabenen Captain Lan sprach. Schmelzer packte den Vietnamesen und schärfte ihm ein, alle erreichbaren Milizsoldaten zusammenzufassen, um den Nord-West-Bunker zurückzuerobern. Cau und Schmelzer sahen beide die verheerende Wirkung des MG-Feuers, das über die ganze Breite der Westmauer fetzte.

Lieutenant Colonel Train war entsetzt über diese jähe Wendung, die den Untergang von Phan Chau einzuleiten schien. Gleich darauf gab es einen weiteren Schock: Plötzlich begann auch der Nord-Ost-Bunker die Nordmauer zu beschießen und nahm die etwa hundert Verteidiger in mörderisches Kreuzfeuer. Train fuhr zu Kornie herum. »Wir werden uns nach Südosten zurückziehen müssen. Borst kann Flugzeuge für die Evakuierung anfordern.«

»Colonel!« überschrie Kornie den Gefechtslärm. »Jetzt werden Sie sehen, wie verrückt und unkonventionell ich wirklich bin!«

Er hockte sich auf den Boden des Beobachtungsstands, stieß einen Sandsack beiseite und zog einen Kasten heraus, von dem isolierte Kabel ausgingen. Beim Schein der Leuchtgranaten betrachtete Kornie einen Herzschlag lang die Schalthebel. Dann kippte er den ersten um und gleich darauf den zweiten.

Sofort explodierte der Nord-West- und dann der Nord-Ost-Bunker, die verräterischen MG-Schützen waren zum Schweigen gebracht. Kornie schrie ins Feldtelefon: »Schmelzer, besetzen Sie die beiden Bunker!«

Die erste Welle der Vietkongs hatte den äußeren Drahtverhau durchbrochen und sich bis auf dreißig Meter an die Brustwehren herangearbeitet. Kornie klappte einen weiteren Schalthebel auf seinem Zündgerät um. Nicht weniger als zwölf Explosionen erdröhnten gleichzeitig vor der Nordmauer; die dichtgedrängten Haufen in ihren schwarzen Uniformen stürzten unter dem tödlichen Hagel von Metallsplittern.

»Claymore-Minen!« brüllte Kornie in das neuerlich aufflackernde Schützenfeuer. »Prima Waffe.«

Schmelzer und Cau hatten von der Südmauer Verstärkungen herangeholt und stürmten auf die rauchenden Bunker zu. Mit einem Satz war Schmelzer im Nord-West-Bunker und durchsiebte mit seiner AR-15 einen verwundeten Vietkong. Die Kambodschaner und Vietnamesen folgten ihm auf den Fersen. Sie brachten das umgestürzte MG wieder in Stellung, gruben Patronengurte aus dem Schlamassel, warfen die Toten über die Mauer und eröffneten das Feuer gerade in dem Augenblick, als die nächste Welle der Vietkongs den äußeren Verteidigungsgürtel durchstieß und neuerlich zum Sturm auf die Brustwehren ansetzte.

Der feindliche Granatwerferbeschuß war pausenlos weitergegangen, in allen Teilen des Lagers sprangen die Fontänen hoch, fielen Milizsoldaten, gab es Verwundete. Eine Granate schlug auf dem Kommandobunker ein, die Druckwelle der Explosion schleuderte Kornie und Train auf den Boden des Beobachtungsstandes. Die Sandsackdeckung schützte sie vor den Granatsplittern.

Kornie rappelte sich auf und sah zum Gefechtsstand hinaus: Ein Flugzeug der amerikanischen Luftwaffe kreiste über ihnen, warf ›Christbäume‹ ab und verwandelte das nächtliche Dunkel in hellstes Mittagslicht. Jetzt deckten die Granatwerfer, die nicht mehr Leuchtgranaten schießen mußten, die Reihen der angreifenden Vietkongs mit vernichtenden Lagen von Sprenggranaten ein.

Als Kornie und Train sich von der Detonation erholt hatten, schien der feindliche Angriff nachzulassen. Nun, da beide Eckbunker wieder in Aktion waren und die Nordmauer Tod und Verderben spie, war der erste kommunistische Elan dahin. Die Panzerabwehrrohre der Vietkongs unterhielten Dauerfeuer mit Raketen, aber viele der Geschosse flogen bei dem Versuch, den Feuerleitturm außer Gefecht zu setzen, hoch über das Lager hinweg. Er bot nur ein kleines Ziel, aber würde er getroffen, wären gleichzeitig auch die Granatwerfer von Phan Chau ausgeschaltet.

Die Bunker lagen unter ständigem Beschuß rückstoßfreier Kanonen und leisteten verbissene Gegenwehr. Unvermittelt erklangen im Westen Hornsignale. Aus dem Dunkel der Vorberge und des Gestrüpps, einige Hundert Meter vom Lager entfernt, tauchten im Licht der ›Christbäume‹ mehr als zweihundert Vietkongs auf.

In dem Augenblick, als die Vietkongs aus der Richtung der kambodschanischen Grenze ihren Druck verstärkten, wurde auch im Norden der Angriff neuerlich vorangetragen. Ein Inferno tat sich vor den Vietkongs auf. Konzentrisches Feuer aus Panzerrohren, Granatwerfern und schweren MGs schlug ihnen entgegen. Dennoch überwanden sie die zerrissenen Verhaue des äußeren Verteidigungsgürtels und stürmten gegen die Nordmauer vor.

Schmelzer im beschädigten Nord-West-Bunker wurde nun von zwei Seiten beschossen. Dank Rodriguez, der am Vortag vorsichtshalber in allen Bunkern seine Ladungen gelegt hatte, konnte Schmelzer beide schweren MGs einsetzen. Rodriguez hatte die Sprengkörper so angebracht und verdämmt, daß möglichst wenig Schaden an Waffen und Gerät entstehen würde, während die Explosion die gesamte Besatzung der Stellung töten oder verwunden mußte.

Kornies Blicke wanderten ununterbrochen zwischen der Nord- und der Westmauer und dem Süd-Ost- und dem Süd-West-Bunker hin und her. Er wollte sicher sein, daß nicht auch diese Stellungen Verrat zum Opfer fielen. Train schoß nun mit seinem automatischen Gewehr auf die Vietkongs, die gegen den inneren Verteidigungsgürtel vorstießen. Die Kommunisten hatten sich der Nordmauer bis auf zwanzig Meter genähert, als Leutnant Cau aus dem Bunker kam, den er besetzt hatte. Er brüllte einige Befehle, sprang über die Mauer und stürmte direkt auf die Vietkongs los. Unter wüstem Geschrei kletterten kambodschanische und vietnamesische Milizsoldaten in Zugstärke über die Brustwehren und stürzten sich mit aufgepflanzten Bajonetten auf den Feind. Die geschliffenen Klingen schlitzten Leiber auf, fetzten Kehlen durch. Nach fünf Minuten erbitterten, blutigen Nahkampfes war der Angriff zum Stehen gebracht. Schmelzer konnte nun das Feuer seiner beiden schweren MGs auf die Kommunisten richten, die durch den westlichen Teil des äußeren Verteidigungsgürtels einbrachen.

Kornie, der von seinem Beobachtungsstand aus scharf Ausschau hielt, langte nach seinem schwarzen Kasten. Wieder kippte er einen Schalthebel, und ein Dutzend Claymore-Minen detonierten vor dem Westsektor des Stützpunkts. Brüllend stürzten die schwarzen Gestalten nieder. Aber es kamen andere nach. Ihre Raketen und Werfergranaten hatten die Concertina und das Stolperdrahtverhau zerpflügt. Trotz des heftigen Abwehrfeuers, das den Kommunisten von der Westmauer entgegenbrandete, drangen sie weiter vor. Mit unheimlicher Präzision abgeschossen, schlugen feindliche

Werfergranaten auf unseren Mauern ein, zerstörten Teile der inneren Verteidigungsanlage und richteten unter den Verteidigern ein Blutbad an.

Die Vietkongs strömten durch die breiten Lücken im äußeren Verteidigungssystem ein. Im Laufschritt kamen Milizsoldaten von der Süd- und der Ostmauer, um den neuen Angriff abzuwehren. Raketen rissen große Trümmer aus der Mauer heraus, die Treffer rückten immer dichter an die MG-Stellungen heran. Der Nord-West- und der Süd-West-Bunker lagen unter schwerem Feuer der rückstoßfreien Kanonen. Nur an der Nordmauer waren die Angreifer dank Leutnant Caus vernichtendem Gegenstoß erfolgreich zurückgeschlagen worden.

Kornie wandte sich zu Train: »Jetzt kommt es auf jeden einzelnen Mann an!« schrie er durch das Getöse. »Wir haben keine Claymore-Minen mehr. Ich hatte keine Zeit, meine Geheimwaffen in voller Stärke einzusetzen. Aber die beiden anderen Bunker kann ich noch immer sprengen, wenn die Vietkongs dort Fuß fassen sollten.«

Während Kornie den Blick nicht von den Vietkongs wandte, die vom Westen her unaufhaltsam durch die Drahtverhaue und das mörderische Feuer vorgingen, landete eine Rakete als Volltreffer auf dem Nord-Ost-Bunker und vernichtete die obere MG-Stellung. Kornie krampfte sich am Geländer fest und starrte hinunter. Das MG im unteren, gut abgesicherten Gelaß streute weiterhin etwa dreißig Zentimeter über dem Boden seine Garben. Aber die Bedienung der oberen Waffe war in Stücke gerissen worden. Kornie wußte, daß Schmelzer mitgeholfen hatte, den Kampf zu leiten, und zwar von dem Punkt mit günstigster Sicht, oben auf dem Bunker ...

Etwa fünfzig Vietkongs hatten die Westmauer erreicht und versuchten sie zu erklettern. Ein verbissenes Handgemenge entspann sich. Train hatte seine AR-15 auf Einzelfeuer geschaltet und holte mit gezielten Schüssen Vietkongs herunter. Der Angriff konzentrierte sich nun mit voller Wucht auf die Westmauer. Die Granatwerfer des Lagers beschossen den Gegner noch immer auf kurze Distanz, um ihn nach Möglichkeit beim äußeren Verteidigungsgürtel aufzuhalten.

Von unserer Werferstellung aus sahen wir Vietkongs, die sich über die Brustwehr schwangen. Zweimal erkämpften sich Gestalten in schwarzen Gewändern den Weg ins Lager und schossen aus ihren automatischen Waffen von hinten auf die Verteidiger, bis sie selbst niedergemacht wurden.

Als immer mehr Vietkongs einbrachen und die vietnamesischen Milizsoldaten den Mut zu verlieren schienen, rief Bergholtz Falk zu: »Babe! Helfen wir denen auf der Mauer! Die Vietnamesen können mit dem Werfer umgehen!«

»Bleiben Sie lieber drin!« schrie mir Bergholtz höchst überflüssigerweise zu. Im Lauf aus seiner AR-15 feuernd, rannte er zur Mauer. Die beiden barhäuptigen gewaltigen Wikinger erreichten die Brustwehren und stürzten sich mit wildem Gebrüll ins Gewühl. Das unerwartete Auftauchen der amerikanischen Riesen, die die Kämpfer beider Parteien um Haupteslänge überragten, mitten im ärgsten Gemetzel, schien den sinkenden Mut der Verteidiger neu anzufachen. Die Milizsoldaten scharten sich um die zwei Amerikaner und leisteten weiterhin Widerstand, erbitterter als zuvor. Falk feuerte mit der linken Hand sein automatisches Gewehr ab; mit der rechten entwand er einem Vietkong das Gewehr mit aufgepflanztem Bajonett. Dann stieß er es einem anderen Angreifer mit solcher Wucht in den Rücken, daß er den zuckenden Körper an die Lehmmauer nagelte.

Unter gellendem Geschrei sprangen die Milizsoldaten von den Brustwehren, die nun von lebenden Vietkongs gesäubert waren, und verfolgten den Feind. Ein anderer amerikanischer Sergeant, das grüne Barett auf dem Kopf, schwang sich über die Mauer und sammelte hinter sich Vietnamesen zum Gegenangriff.

Das Inferno riß auch mich mit. Brüllend wie die Kämpfer verließ ich mit einem Satz den sicheren Bereich der Werferstellung und rannte zur Mauer. Als ich auf das verbissene Handgemenge hinuntersah, mußte ich mich zurückhalten, um nicht auch hinunterzuspringen. Hinter den Brustwehren unterhielten verwundete Milizsoldaten, die noch fähig waren, ein Gewehr anzuschlagen, wütendes Dauerfeuer gegen die neuen Angriffskeile der Vietkongs, die in hellen Scharen das äußere Verteidigungssystem durchbrachen.

Unvorstellbar, daß wir einer weiteren Welle dieser entschlossenen, selbstmörderischen Kommunisten standhalten könnten. Langsam kämpften unsere Truppen das Terrain vor der Westmauer frei. Die Vietkongs, die so viele ihrer Gefallenen und Verwundeten als möglich mitschleppten, zogen sich über den äußeren Verteidigungsgürtel zurück. Auch die Milizsoldaten und die drei amerikanischen Sergeanten suchten, als neuerlich feindlicher Granatwerferbeschuß einsetzte, den Schutz des Lagers.

Ich hörte die Geschosse heranrauschen und preßte mich flach auf die feuchte, rote Erde. Eine Serie von Einschlägen durchpflügte den Boden rundum. Als ich mich wieder aufrichtete, sah ich, daß Kornie hinter der Mauer stand und die Schäden besah. Bergholtz, aus dessen rechtem Arm ein dicker Blutstrahl spritzte, und Falk, der wie durch ein Wunder unverletzt geblieben war, traten zu ihrem Kommandeur. Der dritte Sergeant, der an dem Gegenstoß teilgenommen hatte, kam ebenfalls verwundet zurück. Ich erkannte die magere Gestalt des Sprengtechnikers Rodriguez. Sein Tarnanzug war auf der Brust mit Blut besudelt, er wankte, beide Hände an die rechte Brustseite gepreßt.

»Wo ist Schmelzer?« fragte Kornie. Keine Antwort. Er rief gellend den Namen seines XO in die sonderbare Stille nach dem Gefecht.

Keine Antwort.

»Unser Befehl lautet: Rückzug aller Amerikaner, wenn das Lager überrannt wird«, sagte Kornie heiser. »Schmelzer und vielleicht noch andere sind vermißt. Falk, holen Sie alle Amerikaner zusammen. Sagen Sie ihnen, sie sollen sich im Kommandobunker melden. Sollte einer gefallen sein, versucht die Leiche hereinzuschaffen. Dann werde ich entscheiden, was wir tun. Los!«

Falk trat ab, um die Stellungen zu durchsuchen, in denen Mitglieder des amerikanischen A-Teams eingeteilt waren. Überall im Lager erhoben sich die Schmerzensschreie und beschwörenden Rufe der Verwundeten. Kornie sah mich an und schüttelte den Kopf. »Wir können uns nur noch gegen eine, bestenfalls gegen zwei Kompanien halten. Noch ein Bataillon Vietkongs, und wir sind erledigt.«

»Was ist mit Train?« fragte ich.

»Der ist bei Borst in der Funkstelle und versucht Hilfe heranzuholen. Er hat mit unseren ›Beleuchtern‹ da oben Verbindung aufgenommen, um Schlachtfliegerunterstützung anzufordern. Die vietnamesische Luftwaffe, dieser Sauhaufen, fliegt nicht bei Nacht, und die nächsten amerikanischen Kampfflugzeuge sind in Soc Trang stationiert, mehr als einhundertfünfzig Meilen entfernt.«

Von den Vorbergen, außerhalb des Gebietes, das die braven C-47 unserer Luftwaffe mit ›Christbäumen‹ erhellten, klangen die hellen, schneidenden Töne eines Signalhorns herüber. Andere Hörner fielen ein. Eiskalte Furcht befiel die Milizsoldaten, die sich auf den Mauern neu gruppiert hatten. Sergeant Ebberson, der Sanitäter, tauchte auf.

»Sir«, sagte er zu Kornie. »Ich habe für die Versorgung der Verwundeten drei vietnamesische Sanitäter, zwei Ambulanzhelfer und Sergeant Heimer. Die Sanitätsstation bekam zwei Treffer ab, aber wir haben das Feuer gelöscht. Wenn wir uns aus Phan Chau zurückziehen, werden viele der Verwundeten sterben. Um Bergholtz und Rodriguez steht es ziemlich schlecht, die kämen nicht weit.«

Kornie nickte, er begriff, was das bedeutete. »Haben Sie die Hornsignale gehört, Ebberson? Vielleicht ist das nur ein Täuschungsmanöver, oder vielleicht haben sie wirklich noch ein Bataillon in Reserve. Das werden wir bald wissen. Jedenfalls müssen wir bereit sein, uns durch das Süd-Ost-Tor abzusetzen, wenn das Lager überrannt wird. Das ist ein Befehl, Ebberson.«

»Jawohl, Sir«, antwortete der Sergeant. »Ich werde die Sanitätsstation fertigmachen zum Rückzug.«

»Haben Sie Schmelzer gesehen?« fragte Kornie müde.

»Nein, Sir.« Ebberson eilte wieder zu seinen Verwundeten zurück.

Nun klangen die Hörner lauter, als seien sie in größerer Nähe. »Kommen Sie mit«, sagte Kornie.

Auf dem offenen Appellplatz überprüfte er den Feuerpfeil, der die Richtung der feindlichen Truppen angab. Die Spitze wies starr nach Westen, gegen die angreifenden Vietkongs. In Sandbüchsen brannte ständig Schweröl und Benzin und beleuchtete den großen, hölzernen Pfeil. Wenn aus der Luft Hilfe käme, würden die Piloten aus der Stellung der Spitze wissen, wo Tiefangriffe zu fliegen und Bomben zu werfen sind. Ich stieg mit Kornie in seinen Gefechtsstand über dem Hauptbunker hinauf. Das A-Team außer Schmelzer, Train, Borst, der am Funkgerät saß, Bergholtz, Rodriguez und die Sanitätern versammelte sich unten.

»Geht 'rein«, befahl Kornie. »Wenn ich rufe, lauft ihr zum Süd-Ost-Tor. Borst wird den ›Beleuchtern‹ sagen, sie sollen nur über dem Gelände westlich des Lagers ›Christbäume‹ abwerfen. Sobald wir draußen sind, schlagen wir uns direkt ostwärts ins Hügelland. Und beten wir, daß wir nicht unseren alten Freunden, den KKKs, in die Quere kommen!«

Das wohlbekannte Rauschen heransausender 60-mm-Werfergranaten schnitt jedes weitere Gespräch ab. Die Männer drängten in die schützende Deckung des tiefen Hauptbunkers. Kornie und ich blieben oben.

»Mein Gott!« stöhnte der Captain. »Schauen Sie!«

Das gesamte westliche Vorfeld des Stützpunktes, erleuchtet bis zu den Bergen hinauf, füllte sich plötzlich mit schwarzen Uniformen. Wieder detonierten Werfergranaten im Lager. Die schrillen Hornsignale drangen deutlich bis zu uns. Leutnant Cau, der bei dem wüsten Gegenangriff im Gesicht, am Arm und am Bein verwundet worden war, kletterte in den Gefechtsstand herauf.

»Sir«, meldete der vietnamesische Offizier. »Ich habe fast die gesamte noch kampffähige Mannschaft auf der Westmauer postiert, aber nur wenige Soldaten auf den anderen Mauern. Was raten Sie mir?«

»Sie und Ihre Leute haben sich gut und tapfer geschlagen, Leutnant. Wo ist Captain Lan?«

»Noch im Bunker.« Cau deutete vielsagend nach unten.

»Mein Rat lautet: Macht den Vietkongs bis zuletzt die Hölle heiß, und ihr könnt dabei einige Stoßgebete zu Buddha senden.«

»Ich bin Katholik, Sir.«

»Dann versuchen Sie es mit Jesus Christus«, sagte Kornie, der dies nicht blasphemisch meinte. »Sie wissen, Lieutenant, die Amerikaner haben den Befehl, sich zurückzuziehen – oder zu verschwinden, wenn Gefahr besteht, daß der Stützpunkt in Feindeshand fällt.«

»Jawohl, Sir. Wir werden Ihnen Feuerschutz geben. Ich lasse den Süd-Ost-Bunker dafür vollbesetzt.«

»Danke, Cau. Wenn wir hier heil herauskommen, werden Lieutenant Colonel Train und ich dafür sorgen, daß Sie zum Captain befördert werden.«

»Danke, Sir. Doch lassen Sie es nicht zu, daß man mich an einen Schreibtisch in Saigon setzt.« Cau salutierte, und ungeachtet seiner Wunden humpelte er zur Westmauer, um die letzten Abwehrkämpfe von Phan Chau zu befehligen.

Kornie hatte feuchte Augen. »Mein Gott, wenn man einem Menschen wie Cau begegnet, dann schämt man sich bis in den Arsch hinein für alles Schlechte, was man über die Vietnamesen gesagt hat.«

Vom Turm aus, dessen Zerstörung den Kommunisten nicht gelungen war, leitete der vietnamesische Sergeant noch immer das Feuer unserer Granatwerfer. Sie überschütteten die vordringenden Reihen des neu in die Schlacht geworfenen Bataillons mit gezielten, vernichtenden Lagen.

»Die Schweine haben es verdammt auf Phan Chau abgesehen«, murmelte Kornie. »Zwei Bataillone wurden aufgerieben, und jetzt werden sie den Großteil eines dritten einbüßen, nur um uns 'rauszuschmeißen.« Die Milizsoldaten begannen den Beschuß mit ihren rückstoßfreien 57-mm-Kanonen und Panzerrohren, aber die schwarze Horde kam immer näher, schwärmte aus und bildete Schützenketten, als wollten die Vietkongs auch die Nord- und die Südmauer erstürmen. Die Leuchtspurgeschosse der MGs sprühten ihnen entgegen, aber sie arbeiteten sich unaufhaltsam vor.

»Es muß wohl sein«, sagte Kornie.

Die noch einsatzfähigen MGs knatterten in verbissener Gegenwehr, als die feindlichen Werfergranaten ohne Unterlaß in den westlichen Teil des Lagers bombten.

Plötzlich erdröhnte die Luft vom lauten Brummen der Motoren. Ein Geräusch, das wir verzweifelt erwartet hatten. Aus dem Dunkel schälte sich eine Staffel von sechs T-28-Kampfflugzeugen. Sie fegten im Tiefflug über unser Lager und nahmen die Vietkongs mit ihren großkalibrigen MGs unter Beschuß. Sofort klafften Lücken in den Reihen des Bataillons. In grotesken Verrenkungen stürzten die durchsiebten Leiber zu Boden. Im selben Moment breiteten sich unter den Kommunisten grellweiß glühende, brodelnde Feuerseen aus.

Napalmbomben. Gestalten in schwarzen Uniformen verschwanden in Stichflammen, gingen noch einen oder zwei Schritte und verbrannten. Menschliche Fackeln verloderten mit dem Todesschrei. Die Napalmbomben hatten den Angriff zum Stehen gebracht. Die T-28 stiegen heulend hoch, zogen eine Schleife und setzten zum zweiten Vernichtungsschlag an.

Aber die Vietkongs gaben noch nicht auf. Alle Kommunisten vor uns rissen die Waffen hoch, und der Himmel bedeckte sich mit einem dichten Muster vielfach kreuz und quer sprühender Linien der Leuchtspurmunition und der Geschosse aus automatischen Gewehren. In diesen Feuervorhang steuerten die Piloten ihre Maschinen hinein.

Plötzlich brachen aus einer der tiefliegenden T-28 Flammen. Das Flugzeug raste auf die niederen Hügel zu, schlug auf und explodierte in einem Inferno hochaufschießender roter Lohe. Wie um Rache zu nehmen brausten die anderen Flugzeuge noch einmal heran und zersprengten die fliehenden Überreste des dritten kommunistischen Bataillons.

Die Soldaten auf den Mauern brachen in Triumphgeschrei aus, vollführten Freudentänze und stießen sich gegenseitig in die Rippen. Kornie warf die Arme in die Luft. Wir sahen, wie sich die gelichteten Reihen der Vietkongs vollends auflösten. Das Abwehrfeuer erstarb. Die Flugzeuge trieben das Bataillon mit Erdbeschuß und Bomben in die völlige Vernichtung.

Phan Chau war gerettet. Aber die T-28 ließen noch nicht ab, sie hetzten die Vietkongs in pausenlosen Anflügen, bis diesseits der Grenze kein einziger Kommunist die Schlacht überlebt hatte. Schließlich zogen die Piloten eine letzte Schleife über der Totenfackel ihres Kameraden, beschrieben über Phan Chau eine scharfe Kurve auf stark geneigter Flügelspitze und drehten ab.

Train tauchte in Hochstimmung aus dem Bunker auf, wo er über Sprechfunk Verbindung mit den Piloten aufgenommen hatte. »Ich habe sie gefragt, warum sie sich so lange Zeit ließen!« schrie er. »Wißt ihr, was die Irren gesagt haben? Daß die Special Forces gewöhnlich keine Schlachtfliegerunterstützung brauchen! Sie beklagen sich, daß wir die Vietkongs meistens schon zurückschlagen, bevor die Flugzeuge ihr Ziel erreichen und in den Kampf eingreifen können.«

Ernüchtert schaute Kornie zu dem Berghang hinüber, wo der flackernde Brand alles verzehrte, was einst eine T-28 und ein lebender Mensch gewesen war. Train folgte seinem starren Blick. »Ja«, sagte der Lieutenant Colonel ernst. »Das bedrückt mich sehr. Die Burschen haben uns gerettet.«

Kornie konnte sich eine bittere Entgegnung nicht verkneifen. »Mit jenen zweihundertfünfzig Mann Hoa Haos, die uns gewisse Politiker mit Silbersternen weggenommen haben, hätten wir das dritte Bataillon selbst vernichtet.«

»Jedenfalls, Captain, habe ich noch keinen so heldenhaften Widerstand erlebt.«

»Eines noch, Colonel. Ich hoffe, es ist Ihnen klargeworden, daß wir glatt aufgerieben worden wären – und zwar lange bevor die Flugzeuge kamen! –, wenn uns die Vietkongs einen Tag früher angegriffen hätten. Erst in den letzten vierundzwanzig Stunden haben wir unsere kleinen Kriegslisten vorbereitet, die dann unsere Rettung waren.«

»Stimmt, Captain«, sagte Train streng. »Was ich Sie fragen wollte: Ist es nicht ein wenig abwegig, daß Sie die Bunker Ihrer Verbündeten verminen? Ich nehme an, daß Sie Ihren Partner nicht darüber informiert haben. Was soll ich Major Tri sagen? Was soll ich in Saigon melden? Daß wir unseren Alliierten still und heimlich Sprengladungen unter den Arsch schieben?«

»Du lieber Gott!« platzte Kornie heraus. »So was auch noch an die große Glocke hängen? Alle Milizsoldaten wüßten es in einem Tag. Wäre es nicht besser, einen Funkspruch nach Saigon zu schicken, daß es ratsam wäre, auf unseren Bunkern nicht herumzutrampeln, weil –«

Zum erstenmal, seit ich ihn kannte, brach Train in schallendes Gelächter aus. Er klopfte Kornie auf die Schulter.

»Schon gut, Kornie. Einverstanden. Übrigens muß ich Ihnen danken: Seit ich mit Ihnen zusammen bin, habe ich vielleicht meine Ansichten über Sinn und Aufgabe von Sondereinheiten doch ein bißchen geändert.«

Dann, mit einem Blick auf das Leichenfeld diesseits und jenseits der Mauern, sagte er ruhig: »Versuchen wir nun, zu helfen, soweit das in unserer Macht steht. Haben sich die Amerikaner vollzählig gemeldet?«

Kornie schüttelte traurig den Kopf. »Schmelzer ist vermißt.« Er wies auf den zerstörten Nord-West-Bunker. »Dort habe ich ihn zuletzt gesehen, knapp bevor die 57er der Vietkongs einen Volltreffer erzielte.«

»Ja«, sagte Train. »Jetzt müssen wir sehen, was wir tun können. Und, Kornie, wenn Sie demnächst wieder so eine Aktion planen wie diesen ›Ausflug‹ nach Kambodscha – werden Sie mich dann mitnehmen? Dann wird es nämlich für mich leichter sein« – Train lächelte –, »plausible Abweichungen von der Wahrheit zu erfinden, falls das nötig sein sollte.«

ZWEITES KAPITEL

Der unsterbliche Sergeant Hanks

Einhundertvierzig Meilen nördlich von Saigon, in einer der schönsten Küstenlandschaften Vietnams, liegt das Seebad Nha Trang. Es ist der Standort der vietnamesischen Luftwaffenakademie, der Unteroffiziersschule der vietnamesischen Armee und des größten amerikanischen Feldlazaretts im Norden des Landes.

Ein Jahr lang war auch die Operationsabteilung der Special Forces (SFOB) dort stationiert. Die zentrale Lage machte den weitläufigen Flugplatz zur idealen Nachschubbasis der Special-Forces-A-Teams in allen Einsatzgebieten. Im Sommer 1964 wurde die Operationsabteilung aufgespalten. Die Nachschubdienststellen verblieben in Nha Trang, während das Kommando und der Stab nach Saigon versetzt wurden. Die Generale von MAC-V und MAAG, den beiden obersten Instanzen der amerikanischen Militärhilfe, konnten die unkonventionellen Dschungelkämpfer dort kürzer am Zügel halten.

Aber diese Geschichte handelt während der Zeit, als den Special Forces noch jene Autonomie eingeräumt war, die viele ihrer erfolgreichen, wenn auch nicht immer ganz den Regeln entsprechenden Handstreiche gegen die Vietkongs ermöglichte. Die neuen Wahrzeichen von Nha Trang waren fünf gewaltige weiße Depotbauten, neben denen der Komplex von einstöckigen Kasernen- und Stabsgebäuden zwergenhaft erschien. Nachschubgüter für vierzig A-Detachments lagerten in diesen fünf riesigen Kästen.

Am Ende einer Reihe militärischer Objekte befand sich ein gemeinsames Kasino für Offiziere und Unteroffiziere der Special Forces, die ihren Einsatzturnus hinter sich gebracht hatten: der sogenannte ›Playboy Club‹.

An einem Samstagnachmittag um fünf Uhr genehmigten Captain Tim Pickins, einer der Territorialspezialisten beim SFOB, und ich uns dort etwas Schärferes, und das nicht zu knapp. Die Territorialspezialisten waren für mich die gegebenen Mittelsmänner, denn sie wußten genau, was rundum im Land vorging. Mit Pickins verstand ich mich besonders gut. Wir besprachen, wo ich hinfliegen sollte, um einen wirklich interessanten Einsatz mitzuerleben.

»Sie werden noch ganz schön draufzahlen, wenn Sie sich immer bei A-Teams herumtreiben«, prophezeite Pickins feierlich.

»Sie haben es nötig, mir das zu sagen!«

»Wieso? Glauben Sie, ich lasse mich abknallen? Voriges Jahr, als ich ein A-Team führte, da hätte es mich fast erwischt. Aber jetzt wage ich mich nur weit genug hinaus, um Gefechtszulage zu beziehen.«

»Und das reicht für den Ankauf der bewußten Farm, wie?« kommentierte ich.

»Ich sollte Sie nach Muc Tan schicken, dort ist man ziemlich sicher. Wenigstens müßte ich dann nicht befürchten, daß Ihnen etwas zustößt.«

Ich protestierte, daß ich nicht auf Nummer Sicher gehen wollte, da flog plötzlich die Tür des ›Playboy Club‹ auf. Eine lange Bohnenstange von einem Captain und ein magerer, grimmig dreinblickender Mastersergeant betraten den Raum.

Die beiden nahmen ihre grünen Barette ab und gingen zur Bar. Pickins wirbelte seinen Drehstuhl herum.

»Hallo, Hillman! Habe ich mir nicht träumen lassen, daß ich dich heute noch zu Gesicht bekomme. Jetzt ist ja dein Nachfolger da, und in Saigon läuft der Laden wie geölt – was ist los dort unten? Die Mädchen nicht mehr so willig und die Flaschen alle leergesoffen?«

»Letzter Schliff vor der Abfahrt in die Heimat«, sagte der Captain. »Wir mußten uns Blutproben abzapfen lassen, und wer ein Wehwehchen am Pint hatte, bekam seine Spritzen verpaßt. Gondeln jetzt alle rein und keusch wie die Pfarrerstöchter zu ihren Frauen oder Freundinnen heim.«

Der Mastersergeant grinste. »Natürlich blieben einige vom Team in Saigon. Sie haben sich noch einen Kontrolltermin herausgeschunden, da werden sie auf Trippersymptome untersucht. Dann ist's Feierabend mit dem Ficken.«

»Jawohl«, fügte Hillmann hinzu. »Aber mein XO, der junge Spund, hat sich mit dem Doktor sogar eine Verschiebung des Kontrolltermins ausgehandelt!«

Wir lachten, und Pickins machte mich nun mit dem Captain und Sergeant Rucker bekannt. »Wo ist das arme Schwein, das mich ablöst?« fragte Hillman.

»Captain Farley ist noch immer drüben bei der Lagebesprechung«, erwiderte Pickins. »Er und seine Leute werden wahrscheinlich sehr bald hier sein.«

»Gut so. Ich brauche nämlich viel Zeit, um ihm persönlich zu sagen, auf welchen Scheißladen er sich in Muc Tan gefaßt machen muß.«

»Ich habe gehört, daß in dem Gebiet einigermaßen Ruhe sein soll«, warf ich ein.

»Vielleicht was die Vietkongs betrifft! Wenn wir uns nur mit denen herumschlagen müßten, wäre dieser Krieg bald gewonnen. Unser Problem sind die Vietnamesen in unserem eigenen Lager. Kennen Sie die LLDB?«

»Ich bin immerhin schon seit einigen Monaten im Land«, gab ich etwas beleidigt zurück.

Mißmutig wandte sich Hillman zu seinem Sergeanten. »Sagen Sie dem Mann, was LLDB bedeutet.«

»Lausige, liederliche, dreckige Bande«, zitierte Rucker.

»Ich bin einigen miesen LLDB-Typen begegnet«, stimmte ich zu. »Aber ich kenne auch Offiziere und Soldaten der LLDB, die in jeder Armee der Welt bestens bestehen könnten.«

»Kann schon sein«, gab Rucker zu, »dann bin ich wahrscheinlich während meiner drei Turnusse in Vietnam niemals mit einem guten LLDB-Team zusammengespannt gewesen.«

»Warten Sie, bis Sie zurückkommen«, sagte ich zuversichtlich. »Der neue LLDB-Kommandeur schlägt eine sehr scharfe Gangart ein, um seine Leute zum Spuren zu bringen.«

»Ich werde es glauben, wenn ich es sehe«, grollte Rucker.

»Wie Sie sehen, hatte Captain Hillmans Team manche Schwierigkeiten mit den vietnamesischen Waffenbrüdern«, sagte Pickins trocken.

Hillman warf dem Territorialspezialisten einen bösen Blick zu. »Wenn der Oberst den Lagerkommandeur, diesen Lieutenant Chi, nicht ablöst, können wir die Bude ebensogut zusperren. Solange wir Chi haben, brauchen wir die Vietkongs gar nicht.« Hillman bestellte eine zweite Dose Bier. »Mein Nachfolger wird üble Geschichten erleben. Wer ist dieser Captain Farley eigentlich? Hat er überhaupt eine Ahnung von Vietnam?«

»Er ist von der 5. Special Forces Group in Fort Bragg«, antwortete Pickins. »War noch nie hier. Aber ein guter Mann. Drei Jahre bei der 10. in Bad Tölz. Hat soeben den Guerillakurs abgeschlossen.«

»Zack Farley?« fragte ich. »Der war in meinem Lehrgang. Ich werde ihn besuchen.«

»Da werden Sie einen vielgeplagten Mann sehen«, prophezeite Hillman. »Verdammte Scheiße, einmal gerieten wir in einen Hinterhalt der Vietkongs, und ein LLDB-Sergeant mit einer tadellosen Maschinenpistole wollte nicht aufspringen und angreifen. Wißt ihr, was ich getan habe? Ich habe ihn so fest in den Arsch getreten, daß er wie nichts in die Höhe flitzte und seine Leute ihm nach. Wir haben den Hinterhalt ausgeräuchert. Und was tut der famose Lieutenant Chi? Er meldet mich mit meinem vollen Namen und Dienstrang in Saigon, wegen schlechter Behandlung vietnamesischer Unterführer.«

»Wer ist der Teamsergeant des neuen Detachments, Sir?« fragte Rucker Captain Pickins.

»Sergeant Hanks.«

»Ed Hanks! Ein Pfundskerl. Wir waren Anno zweiundsechzig im Auftrag der Agency zusammen in Laos. Der wird das Team auf Trab halten.«

»Ich hoffe, er hat auch noch ein paar andere Leute mit Vietnamerfahrungen«, sagte Hillman. »Die Burschen, die von Fort Bragg herüberkommen, sind ja meist Neulinge hier. Nehmen Sie dagegen die 1. in Okinawa. Ich glaube, dort gibt es keinen einzigen Mann, der nicht mindestens zwei Turnusse in Laos, Vietnam oder« — er streifte mich mit einem Blick, unterbrach sich und schloß — »oder sonst irgendwo in diesem Winkel der Erde hinter sich hat.«

»Wenn dieser Krieg so weitergeht, kennt jeder Soldat der Special Forces Vietnam in- und auswendig.«

Die Tür öffnete sich, in lässiger Haltung betraten Captain Zack Farley und sein ganzes Team den ›Playboy Club‹. Er sah mich, ich sprang auf und schüttelte meinem alten Lehrgangskameraden die Hand. Er ließ einige gutmütige Sticheleien über die Herren Zivilisten von Stapel, dann widmete er sich Captain Hillman, den er von seinem Posten ablösen sollte.

Hanks und Rucker begrüßten einander freudig. Eine Runde Bier wurde bestellt. »Was ist das hier für ein Friedhof?« fragte Hanks in seiner lauten Art. »An jeder miesen Baracke hängt ein großes Schild, und darauf steht der Name eines Kameraden, der hier gefallen ist. Du lieber Gott! Everhardt, Goodman, Cordell — ich habe unter Captain Cordell gedient, er war einer der besten Offiziere der ganzen Armee —, Brock, alle. Während ich hier herunterkam, hätte ich fast losgeheult.«

Rucker nickte. »Mir ist es genauso gegangen.«

Hanks schob seinem Kommandeur ein Bier zu. »Captain Farley, Sir«, sagte er. »Eines wünsche ich mir — und vielleicht kann Captain Pickins auch etwas dazutun. Wenn es mich auf diesem Turnus erwischt« — er stockte, ehe er weitersprach —, »dann benennt das Scheißhaus nach mir.«

Irgend jemand lachte, doch der Sergeant schüttelte den Kopf. »Nein, Sir, ich meine es ernst. Wenn mein Name schon eine dieser Buden zieren soll, dann eine, die der Allgemeinheit dient. Jeder, der hier durchgeschleust wird, denkt dann jeden Tag einige Minuten an mich. Das wäre so eine Art Unsterblichkeit.«

Farley hob sein Bier. »Wenn es je soweit sein sollte, werde ich mein möglichstes tun, das verspreche ich Ihnen.«

»Danke, Sir«, sagte Hanks und bestellte noch eine Runde.

Für den Rest des Abends, mit Ausnahme einer kurzen Essenspause, berichteten Hillman und Sergeant Rucker dem neuen A-Team in recht gepfeffertem Ton, was in Muc Tan zu erwarten war. Die LLDB kamen dabei ziemlich schlecht weg. Bevor wir uns trennten, sagte ich Zack Farley zu, daß ich ihn vor Ende des Monats im Lager besuchen würde.

Aber dann vergingen zwei Monate, ehe ich die Möglichkeit hatte, nach Muc Tan zu fliegen. Eingedenk all der Warnungen von Captain Hillman und Sergeant Rucker war ich nun sehr gespannt darauf, wie es Zack erging.

Das Markanteste an Muc Tan ist eine riesige Gummiplantage, an deren Nordrand der Stützpunkt der Special Forces liegt. Hin und wieder werden Streifen des dichten Dschungelgestrüpps rundum gerodet. In der Nähe des Lagers sind einige Dörfer verstreut. Die Entfernung bis zur Provinzhauptstadt beträgt zehn Meilen. Die wichtigste Aufgabe des Special-Forces-Teams in Muc Tan ist die Überwachung der kambodschanischen Grenze, die zehn Meilen weiter westlich verläuft. Das Lager selbst ist nur fünfzig Meilen von Saigon entfernt. Täglich fahren Konvois dorthin. Außerdem wurde zwischen Saigon und der Provinzhauptstadt eine ständige Nachschubverbindung eingerichtet, auf der täglich eine Transportmaschine der amerikanischen Luftwaffe hin und zurück fliegt.

Muc Tan gilt beim amerikanischen Kommando fast als Musterlager der Special Forces, darum zeigt man es allen hohen Politikern und Militärs, die eine Informationsreise durch Vietnam machen. Immer sind neue Objekte im Bau, die sanitären Anlagen sind auf dem modernsten Stand und

blitzen vor Sauberkeit, die Befestigungen sehen aus wie aus dem Sand-
kastenmodell, und die dort stationierten Milizeinheiten halten straffe
Disziplin wie kaum anderswo im Land. Das Gebiet um Muc Tan ist zwar
nicht feindfrei, wird aber so gut überwacht und durchgekämmt, daß die
Vietkongs nur selten Dörfer überfallen oder Hinterhaltsgefechte liefern.
Das war der Grund, weshalb ich meinen Besuch so lange hinauszögerte.
Vielleicht hätte ich noch länger gewartet, aber Captain Pickins erwähnte,
daß ein bestimmtes Dorf bei Muc Tan im Verdacht stand, eine wichtige
Zwischenstation für die Vietkongs zu sein, die aus Kambodscha einsickerten. Captain Farley wollte einen Handstreich gegen diese Ansiedlung
führen, doch Pickins und Lieutenant Colonel Train faßten einen Plan, von
dem sie sich besseres Durchgreifen versprachen. Sie würden das Dorf in
aller Stille umzingeln, während der Nacht Drahtverhaue aufstellen, dann
einmarschieren, alle Männer und Frauen verhaften und bei den Verhören
den Polygraphen verwenden. Train glaubte, daß man auf diese Weise viel
mehr über die Bewegungen des Gegners erfahren würde. Ich beschloß
rechtzeitig, einige Tage vor der geplanten Aktion, im Stützpunkt aufzu-
kreuzen.

Kein Mensch vom A-Team holte mich ab, als ich mit dem Nachschubflugzeug auf dem Landeplatz eintraf. (Die Funkmeldung, daß ich auf dem
Weg sei, erhielt Farley erst einen Tag später!) Aber ich sah einen Special-
Forces-Sergeanten, der am Steuer eines Lasters saß. Er beäugte mich neugierig. Ich trug zwar die Dschungelgarnitur der Special Forces mit dem
Namensstreifen über der rechten und dem Fallschirmspringerabzeichen
über der linken Brusttasche, hatte aber keine Offiziersrangabzeichen auf
dem Kragen und natürlich ebensowenig auf dem grünen Buschhut. Ich war
mit dem vorschriftsmäßigen Sturmgepäck ausgerüstet, den Klappschaftkarabiner hatte ich lässig am Traggurt über der linken Schulter hängen.
Plötzlich erkannte mich der Sergeant von Farleys A-Team, er hieß Menzes und war Sanitäter. Rasch sprang er aus dem Wagen und sagte mir,
daß der Captain seit mehr als einem Monat nach mir fahnde. Er meinte,
ich müsse mich noch einige Minuten gedulden, bis er Nachschubgüter und
die Post entgegengenommen habe. Zusammen mit mehreren amerikanischen Beratern von verschiedenen Kommandos in dieser Provinz und zwei
amerikanischen Zivilisten, zweifellos Angehörigen der USOM, sah ich zu,
wie Kisten, Kanister und Ersatzteile für Maschinen bei der hinteren Ver-
laderampe der ›Caribou‹ herunterrutschten.
Sergeant Menzes verstaute alles auf dem Verdeck, wo vier grinsende
Milizsoldaten saßen, doch den kostbaren orangegelben Postsack legte er
behutsam auf den Führersitz zwischen uns. Dann startete er.
Die Straßen nach Muc Tan waren keineswegs schlecht. Den Milizsoldaten, die mit schußbereiten Gewehren nach allen Seiten blickten,
merkte man an, daß sie kaum an die Gefahr eines Hinterhaltes glaubten.
Ich klappte aus Gewohnheit den Metallschaft meines Karabiners aus, lud
durch und richtete die Waffe direkt auf den Straßenrand. »Ich kann mir

vorstellen, daß Sie schon auf manchen schlechteren Straßen gefahren sind«, sagte Menzes mit einem leisen Lachen. »Sorgen machen uns hier eigentlich nur unsere sogenannten Verbündeten.«

»Na, Captain Hillman und Sergeant Rucker haben euch doch Bescheid gesagt, oder?« erwiderte ich. »Aber das scheint ihr ja nicht ernst genommen zu haben.«

»Und ob uns ein Licht aufgegangen ist, Sir«, sagte Menzes verdrossen. »Es ist womöglich noch ärger. Aber ich glaube, Captain Farley wird Ihnen alles erzählen. Er hat die Nase ziemlich voll.«

Der Sanitäter konzentrierte sich aufs Lenken. »Gute Straße«, sagte ich. »Glatt und auf beiden Seiten viel freies Feld.«

»Klar. Das ist die Hauptzufahrt zur Gummipflanzung. Sehr wichtig für die Franzosen. Die bezahlen die Vietkongs, damit sie in Ruhe gelassen werden, und deshalb haben auch wir hier nie Scherereien.«

Bald lag die ganze Südseite der Ost-West-Straße mitten in Gummibäumen. Wir fuhren noch drei Meilen, dann erreichten wir das Lager. Ich fand alle lobenden Schilderungen bestätigt. Noch nie hatte ich einen so sauberen und so günstig angelegten Special-Forces-Stützpunkt gesehen. Die Baracken standen schnurgerade ausgerichtet schneeweiße Bauten aus Fertigteilen, mit hübschen Schindeldächern. Die Einfriedung des Lagers bestand aus glatten Betonmauern mit einwandfreien, halbrunden zementierten MG-Ständen. Beim Durchlaß durch den Concertina-Verhau, der sich als äußere Umfassung um die ganze Anlage zog, nahmen zwei Milizsoldaten in gestärkten Dschungelgarnituren Haltung an und leisteten die Ehrenbezeigung. Wir fuhren innerhalb des Drahtverhaus zwanzig Meter entlang der Mauer zum Tor des Hauptforts. Wieder standen zwei tadellos uniformierte Posten stramm und salutierten, als wir passierten.

Auch im Inneren herrschte musterhafte militärische Ordnung Ich ließ einen anerkennenden Pfiff hören. »An diesem Lager gibt es nichts auszusetzen.«

Menzes zuckte zur Antwort die Achseln und bremste seinen Lastwagen vor dem langgestreckten, von Bäumen überschatteten, leuchtendweißen Stabsgebäude. Sofort trat Sergeant Hanks heraus. »Ist die Post da?«

Der Sanitäter warf ihm den orangengelben Postsack zu, und als Hanks sich umwandte, um wieder in die Schreibstube zu gehen bemerkte er mich. Er begrüßte mich überschwenglich und führte mich zu einer Tür, über der in goldenen Buchstaben auf blauem Grund – den Farben des allgemeinen Ärmelabzeichens der Special Forces – die Aufschrift prangte: COMMANDING OFFICER US ARMY SPECIAL FORCES DETACHMENT A-799. Captain Farley, der an einem Metallschreibtisch saß und gerade einen Stapel von Schriftstücken durchsah, blickte auf und erhob sich, um mir die Hand zu schütteln.

»Na, Zack«, sagte ich. »Wenn ich gewußt hätte, was du für ein hübsches Lager hast, wäre ich schon früher auf Erholung hergekommen. Wo ist denn das Schwimmbad?«

Farley lächelte vage und bot mir einen Stuhl an.

»Die Post ist da, Sir«, sagte Hanks. »Ich sortiere sie aus und bringe dann alles herein, was Ihnen gehört. Wo soll ich das Gepäck unseres Gastes hinbringen lassen, Sir? Ins Gästequartier?«

»In meinem Zimmer ist noch eine Pritsche frei. Dort kann er sich häuslich einrichten. Sollten wir angegriffen werden, kann ich ihn wenigstens im Auge behalten.« Farley und der Sergeant lachten laut, so absurd erschien ihnen dieser Gedanke.

»Du hast dir einen günstigen Zeitpunkt ausgesucht«, sagte Farley, als Hanks draußen war.

»Pickins hat mir von der Aktion erzählt, und ich dachte, das könnte interessant werden.«

»Das meine ich nicht. Heute ist Monatsende — Soldauszahlung für die Miliz und die Bauarbeiter. Du wirst Gelegenheit haben, Lieutenant Chi in Hochform zu sehen.«

»Hillmans besonderen Liebling?«

»Nicht einmal Hillman ist mit diesem kleinen Meisterdieb fertig geworden.« Er sah auf seine Uhr. »Komm mit, ich zeig' dir etwas. Du erinnerst dich doch noch an meinen XO, Lieutenant Cooke? Er und Sergeant Reilly überwachen die Soldauszahlung an die Miliz. Du wirst es nicht glauben, aber wir haben in diesem Lager eine ganz gewaltige Zahl von Desertionsfällen.«

Ich machte ein überraschtes Gesicht. »Jawohl!« sagte Farley grimmig. »Dieser durchtriebene, heuchlerische, politisierende Lagerkommandeur Chi, der alles auf die leichte Tour nimmt, hat auch alles ins Kalkül gezogen!«

Wir überquerten den zementierten Appellplatz und näherten uns einer Baracke, vor der in langer Reihe vietnamesische Milizsoldaten angestellt waren. Ich blickte sie erstaunt an — es war ungewöhnlich, daß Angehörige dieser halbregulären Formation stramm und militärisch wirkten.

Farley lachte bitter. »O ja, die Kerle sehen gut aus. Man könnte glauben, wir sind in einer Friedensgarnison und nicht in einem Vorposten an der Grenze von Kambodscha. Auf diese Weise verschleiert Chi seine dunklen Geschäfte. Das ist ein Lager, wie man es in ganz Vietnam suchen kann. Wir haben hier dreimal pro Woche Besichtigungen. Jedesmal, wenn große Tiere von drüben einen Stützpunkt der Special Forces sehen wollen, werden sie hier hergelotst. Aber Chi schikaniert seine Milizleute dermaßen, daß diese Jungen, die ja eigentlich keine richtigen Soldaten sind, es einfach nicht aushalten. Mitte des Monats ungefähr fängt er an, sie zu fünf Tagen Bau zu verdonnern, wenn einem nur der Schuhriemen aufgeht. Das Gefängnis, das zeigen wir den Besuchern nämlich nie! Es ist eine Grube, in die Chi die Milizsoldaten einschließen läßt. Mindestens zweimal, seit ich hier bin, sind Kobras hineingefallen und haben Häftlinge gebissen. Schon die Drohung mit dieser Grube schreckt die Leute so, daß sie lieber desertieren. Aber die vietnamesischen Generale halten Chi für ein militärisches Genie, und jede kleine Disziplinaraktion, die er eigenmächtig durchführt, ist ihnen recht, solange nur der ganze Zauber hier auf die großen Tiere Eindruck macht!«

Farley sah mit gerunzelter Stirn zu, wie sich die Reihe der Milizsoldaten allmählich ins Stabsgebäude schob, zum Soldempfang. »In den letzten acht oder zehn Tagen hat Chi durch seinen Terror mindestens fünfzig Mann – vielleicht auch mehr – zur Desertion getrieben. Und was tut er dann? Er streicht deren Sold selber ein! Er hat sogar meinen Dolmetscher in die Grube gesteckt, weil dieser mir gemeldet hatte, wie viele Leute in der letzten Woche desertiert sind. Er war kaum ein paar Stunden drin, da haben wir ihn gewaltsam herausgeholt. Chi sandte einen Funkspruch an den vietnamesischen LLDB-Major und beklagte sich darüber, daß ich die Disziplin seiner Truppe untergrabe. Aber Colonel Train weiß jetzt Bescheid und meinte, ich solle mich nicht um solche Quertreibereien kümmern.«

Wir betraten das Gebäude und gingen an der Reihe sauber uniformierter, schüchtern schweigender Milizleute vorbei zu dem Tisch, an dem zwei LLDB-Sergeanten saßen. Die beiden Amerikaner, Lieutenant Cooke und Sergeant Reilly, schoben ihnen gebündelte Piasterscheine zu, die sie den Milizsoldaten übergaben, während diese sich in der Soldliste unterschrieben. Lieutenant Chi, ein verdrossen blickender Vietnamese in der gefleckten Dschungelgarnitur und mit dem weinroten Barett der LLDB, stand hinter dem Tisch und überwachte die Transaktion.

»Wie viele von den Burschen sind bis jetzt zweimal gekommen?« fragte Farley so laut, daß es auch der vietnamesische Schreibstubensergeant hören konnte.

»Ich habe etwa vier Mann angehalten, Sir«, antwortete Sergeant Reilly. »Aber Lieutenant Chi und diese Brüder hier« – er wies mit dem Daumen auf die beiden LLDB-Unteroffiziere – »fuhren mich ganz schön an und beschworen, daß die Milizsoldaten, die ich ertappt hatte, zu Recht kämen. Was werden Sie tun?«

»Warum laßt ihr die Burschen nicht jedesmal beim Soldempfang die Hand in unabwaschbare Farbe tauchen?« schlug ich vor.

Drei Amerikaner starrten mich mißmutig an. Dann sagte Farley: »Das haben wir bereits versucht. Aber Chi meldete nach Saigon, daß die Amerikaner die Vietnamesen unehrlicher Machenschaften verdächtigen. Damit war der Fall erledigt.«

Ein Milizsoldat trat heran, seine Augen flackerten, als er die vier Männer hinter den gestapelten Banknoten ansah. Er warf Lieutenant Chi einen Blick zu und griff zur Feder, um sich in der Soldliste zu unterschreiben.

»Moment mal!« rief Lieutenant Cooke.

Die Feder blieb in der Luft hängen, unsicher blickte der Mann auf.

»Ich weiß ganz genau, daß der schon einmal da war«, sagte der XO. »Was meinen Sie, Reilly?«

»Ich würde sagen, Sie haben recht, Sir. Aber verflucht noch mal, es ist wirklich schwer, die Kerle auseinanderzuhalten.«

Lieutenant Chi trat zum Tisch. Er sagte etwas zu einem der vietnamesischen Unteroffiziere, der die Worte des Lagerkommandanten in der

Landessprache zu Lieutenant Cooke wiederholte. »Lieutenant Chi sagt, er hat scharf aufgepaßt, dieser Mann war noch nicht dran.«

»Wir könnten ihn durchsuchen, um festzustellen, ob er Geld bei sich hat«, meinte Cooke, aber das war eher eine Erklärung für mich als ein ernsthafter Vorschlag. »Doch er wird nichts bei sich haben. Chis Komplicen nehmen diesen Burschen das Geld ab, kaum daß sie den Fuß vor die Tür setzen. Wenn er zum zweitenmal kommt, müssen wir ihn ausbezahlen, sonst kriegt er überhaupt nie seinen Sold. Tun wir das nicht, dann gibt es eine Untersuchung. Chi schlägt dann beim Kommandeur des B-Teams Krach, und wir können uns auf einen Papierkrieg gefaßt machen, bei dem die Akten pfundweise ausgetauscht werden. Und der arme Kerl geht leer aus. Scheiße!« Cooke blickte sich nach Captain Farley um. »Wir werden bezahlen, ich will nur nicht, daß dieser kleine Gauner glaubt, wir sind Vollidioten.«

Der Sold wurde ausgefolgt, und die Reihe schob sich unter Lieutenant Chis Aufsicht weiter. Cooke schüttelte den Kopf, er preßte grimmig die Lippen zusammen. »Diese Halsabschneidermethoden machen mich so wütend, daß mir der Ärger eine ganze Woche lang im Magen liegt.«

»Habt ihr schon die Bauarbeiter ausbezahlt?« fragte Farley.

»Nein, Sir. Die kommen nachher dran.«

»Wenn ihr mit ihnen fertig seid, erwarte ich euch in meinem Büro, dann werden wir endlich darangehen, dem Kerl einen Strick zu drehen«, sagte Farley. »Reilly, es ist wirklich ein Segen, daß Sie einmal Buchhalter waren.«

»Jawohl, Sir«, erwiderte Reilly voll Stolz.

Wir verließen das LLDB-Stabsgebäude, Farley und Chi nickten einander korrekt, aber eisig zu. Als wir wieder im Büro des Captains saßen, herrschte einige Minuten lang betretenes Schweigen. Dann legte Farley los. »Chis LLDB-Team ist im Augenblick drüben beim Quartier des Bauleiters an der Nordseite des Lagers. Bei uns wird ja immer eine ganze Menge gebaut. Die Herren in Saigon sind so versessen auf dieses Lager, daß sie uns alles bewilligen, was wir für Erweiterungen anfordern. Und Chi als Lagerkommandeur sucht den Bauunternehmer aus. Er sichert sich gleich bei Vertragsabschluß eine fette Pfründe. Und dann hat er noch einen anderen Trick. Sein LLDB-Team rekrutiert in den umliegenden Dörfern die Arbeiter. Jeder von ihnen muß sich unter der Hand einen gewissen Prozentsatz seiner Löhnung abziehen lassen. Die Sündenböcke sind die Amerikaner, weil Chis Leute den Arbeitern sagen, daß sie diese Gelder an uns abliefern müssen. Das Ganze ist eine miese Petite. Und versuch einmal, ob du Chi dazu bringst, mit einer kriegsmäßigen Patrouille an die Grenze zu gehen.«

»Zack, alter Freund, was wirst du also während der nächsten vier Monate deines Turnusses machen?«

»Wir werden einen vorgeschobenen Posten an der kambodschanischen Grenze anlegen und gegen die Vietkongs kämpfen. Zum Teufel mit Lieutenant Chis Garnisondienst!«

»Und wie willst du das anstellen?«

»Sergeant Reilly ist meine Geheimwaffe«, antwortete Farley lächelnd. »Er sollte Verrechnungsbeamter beim FBI sein. Wir haben zwei vietnamesische Dolmetscher auf unserer Seite, den, den wir aus der Grube befreit haben, und noch einen. Die beiden haben in aller Stille die Namen der Deserteure dieses Monats ermittelt. Das hat uns eine gewisse Bestechungssumme gekostet, aber die war es wert. Reilly kann an Hand der Liste genau belegen, für welche Deserteure Chi in diesem Monat Sold bezogen hat.

Auch einer der Bauaufseher steht auf unserer Seite. Die Dolmetscher sind sogar draufgekommen, daß Chi in der Stadt spielt. In den letzten zwei Monaten hatte er Spielschulden in der Höhe von dreihundert Dollar. Das ist ein Heidengeld für einen Lieutenant der vietnamesischen Armee. Wir besitzen eine Erklärung seiner Spielpartner, daß er nicht nur mit dreihundert Dollar in der Kreide ist, sondern außerdem weitere dreihundert Dollar in bar verloren hat.

Das hat Geld gekostet, aber wir haben damit den ganzen Fall hieb- und stichfest aufgebaut. Sobald Reilly die genauen Zahlen hat, übergebe ich die ganze üble Chose dem B-Team. Weiter kann ich nicht gehen. Dann liegt die Entscheidung bei Colonel Train. Er sagte, bis jetzt hätten wir keine greifbaren Beweise, und bloße Anschuldigungen würden nur eine Kluft zwischen uns und den Vietnamesen schaffen.«

»Kommt Colonel Train hierher, wenn es losgeht?«

»Sicher. Und auch sein Partner, Major Tri. Aber ich glaube nicht, daß hier der Ort ist, um Chi zur Sau zu machen. Das werden wir beim B-Team besorgen. Oh, wir haben noch eine Menge anderer kleiner Überraschungen. Chis Sanitäter stehlen unsere Antibiotika und verkaufen sie in der Stadt. Und natürlich geht das Zeug geradewegs an die Vietkongs. Wir haben versucht, dem einen Riegel vorzuschieben, aber dann beklagt sich Chi, daß sich die Amerikaner weigern, seinen Sanitätern genügend Penicillin für ihre Verwundeten zu geben. Und das ist ein schlechter Witz, denn wir haben fast keine Verwundeten.«

Farley erhob sich und ging in seinem kleinen Büroraum wie ein gefangener Löwe auf und ab. Bei der Landkarte an der Wand blieb er stehen und drosch mit der Faust darauf. »Wenn wir bis zur Grenze vorstoßen würden, wo wir eigentlich hingehören, dann hätten wir vielleicht ein paar Tote und Verwundete, aber wir würden die Vietkongs davon abhalten, durch unser Gebiet einzusickern.« Er blickte auf seine Uhr. »Ansonsten gibt es für mich heute nichts mehr zu tun. Jetzt brauche ich eine kleine Nervenstärkung.«

»Ich habe eine Flasche ›Jim Beam‹ im Sturmgepäck. Auch mir täte ein Schluck ganz gut.«

Eine halbe Stunde später – wir saßen im Teeraum und tranken Bourbon-Whisky mit Wasser – stürzte Reilly mit zornrotem Gesicht herein.

»Sir, Ho Vang Minh ist vermißt!«

Farley sprang auf. »Was soll das heißen, vermißt? Er hat doch keinen Einsatz mitgemacht.«

»Er ist aus dem Lager abgängig.«

»Wieso? Minh würde sich nie ohne Erlaubnis von der Truppe entfernen.« Zu mir sagte er: »Minh ist unser zweiter Dolmetscher, er war Reillys engster Mitarbeiter bei diesem Bericht, für den wir Fakten zusammentragen.«

»Ich glaube, Lieutenant Chi weiß, was Sie machen, Sir. Vielleicht hat er Minh geschnappt. Lieutenant Cooke, Hanks und ich, wir sind zur Grube gegangen, aber dort war er nicht drin. Keiner der LLDB wird sprechen, darauf können Sie den Rest in dieser Flasche wetten.«

Man sah Farley an, daß er sich ernste Sorgen machte. »Nehmen Sie sich einen Schluck, Reilly. Wir müssen die Situation klären. Wo ist Lieutenant Cooke?«

»Er versucht aus den LLDB herauszubekommen, wo Minh ist.«

»Hoffentlich übertreibt er in seinem Eifer nicht, sonst können wir alle es ausbaden«, murmelte Farley. »Cooke neigt dazu, mit den Vietnamesen handgreiflich zu werden, wenn er in Wut gerät.« Er trank einen tüchtigen Schluck und stellte das Glas klirrend nieder. »Was könnte Lieutenant Chi von Ho Vang Minh erfahren, wenn er ihn jetzt drüben in einer der Baracken hat und bearbeitet?«

»Wenn Minh spricht, dann weiß Chi, daß Sie ihn bei den Eiern gepackt haben, Sir, und nur auf den richtigen Moment warten, um zuzudrücken.«

»Minh ist ein Prachtkerl«, sagte Farley grimmig. »Er allein wiegt fast alle die Chis auf. Minh ist einer von denen, wie sie dieses Land braucht, wenn es jemals eine moderne Nation werden soll. Hoffentlich ist ihm nichts passiert.«

Der Bourbon hatte Reilly etwas besänftigt. »Sir, Sergeant Hanks und Lieutenant Cooke glauben beide, wenn Lieutenant Chi den Dolmetscher ausquetscht, dann wird er darauf gefaßt sein, daß Sie morgen oder übermorgen, während Colonel Train und Major Tri hier sind, ganz groß auspacken werden. Vielleicht ist er in Panikstimmung. Da kann man nicht wissen, was er sich einfallen läßt.«

»Ich hoffe nur, daß sie Minh nicht foltern oder umbringen«, sagte Farley sehr ernst.

Am darauffolgenden Nachmittag trafen Colonel Train, Major Tri und Captain Pickins in Muc Tan ein. Mit ihnen kam ein Sergeant der amerikanischen Abwehrgruppe, der einen Polygraphen trug. Im Einsatzzentrum wurde eine allgemeine Lagebesprechung abgehalten.

Lieutenant Chi war die ganze Geschichte nicht geheuer, und er zeigte es auch unverhohlen. Er hatte mit der bevorstehenden Aktion nichts zu tun. Captain Farley hatte die Genehmigung des B-Teams erbeten, Train hatte den Plan gutgeheißen und an Tri weitergeleitet. Der vietnamesische Major fand es ratsam, den Einsatz zu bewilligen, obwohl sein eigener Mann in Muc Tan sich jeglicher Stellungnahme enthalten hatte. Die praktische Verwendung des Lügendetektors an Ort und Stelle interessierte Tri dermaßen, daß er mitgekommen war, um sich persönlich von den Ergebnissen zu überzeugen.

Im Einsatzraum beäugte Chi das Gerät ängstlich und mißtrauisch. Ich hatte bereits gelernt, die verschlungenen Wege des vietnamesischen Denkens zu begreifen, und wußte genau, wie Chi nun zumute war. Die Aktion war nur ein Vorwand für eine Untersuchung seiner Umtriebe, und der Lügendetektor würde bei ihm und seinen Leuten verwendet werden. Die neue Regierung in Saigon wollte reinen Tisch machen und hatte deshalb Verordnungen zur Bekämpfung der Korruption erlassen. Jeder vietnamesische Offizier, der mehr als hunderttausend Piaster, das sind etwa zehntausend Dollar, unterschlagen hatte, sollte zum Tod verurteilt werden. Bis jetzt war noch kein Modellfall vorhanden; Veruntreuung von Geldern und Kriegsmaterial war in den vietnamesischen Streitkräften so häufig, daß der neue Premierminister einen beträchtlichen Prozentsatz seines Offizierskorps einbüßen würde, wenn er versuchte, seine Drohung wahrzumachen. Dennoch war Lieutenant Chi sehr beunruhigt. Die Regierung könnte sich gezwungen sehen, ein Exempel zu statuieren, sobald ein genügend krasser Fall vorlag.

Aber Chi spielte seine Rolle unverdrossen weiter. Als Lagerkommandeur hatte er das Vorrecht, die Besprechung zu führen, wenn es auch eine Operation betraf, die nicht seiner Initiative entsprungen war, der er ablehnend gegenüberstand und von der er glaubte, sie sei sowieso nur ein Täuschungsmanöver der Amerikaner. Er legte nun die einzelnen Punkte dar:

Abmarsch um Mitternacht. Zwei Züge würden das Lager verlassen. Der erste Zug, mit Sergeant Hanks als Berater, würde zehn Minuten früher abmarschieren als der zweite, dem Captain Farley zugeteilt war. Beide Einheiten würden, laut Marschbussole, einen Kurs von zweihundertfünfundzwanzig Grad, also Richtung Südwesten, durch die Gummiplantage einschlagen. Nach vier Meilen würden die Züge eins und zwei auf eine Nord-Süd-Straße entlang der Westgrenze der Pflanzung stoßen. Von diesem Punkt sollte Hanks' Zug der Straße zwei Meilen südwärts folgen, und zwar geradewegs bis zum Ziel, dem Vietkongdorf. Hanks würde mit seinen Vietnamesen den nördlichen und westlichen Rand des Dorfes absichern. Farleys Zug sollte zehn Minuten später die Sicherung des Ost- und Südrandes übernehmen. Dann würde die Stabsgruppe durch Stierhörner, die landesüblichen Megaphone, den Bewohnern mitteilen, daß ihre Ansiedlung umzingelt sei, daß jedoch niemand für sein Leben zu fürchten brauche, solange kein Widerstand geleistet werde. Sergeant Hanks hatte die Aufgabe, durch ständigen Abschuß von Leuchtkugeln aus der M-79->Elefantenbüchse< das Dorf bis zum Morgengrauen zu beleuchten, während die Stabsgruppe und die Suchkommandos eindringen und mit den Verhören beginnen. Man erhoffte sich davon wichtige Anhaltspunkte über die Marschroute, auf der Vietkongs in diese Provinz einsickerten.

Lieutenant Chi zeigte demonstrativ auf der Karte, daß er gegenüber der Ansiedlung der Plantagenarbeiter, etwa eine Meile östlich der Straße, einen Hinterhalt gelegt habe. Der angegebenen Richtung gemäß, zweihundertfünfundzwanzig Grad nach der Einteilung auf der Bussole, würden die beiden Züge weniger als eine Meile entfernt an diesem Dorf vorbeikommen. Da der Verdacht bestand, daß nicht nur die französischen Besitzer der Plantage, sondern auch die meisten Gummiarbeiter mit den Vietkongs sympathisierten, war der Hinterhalt eine Vorsichtsmaßnahme gegen einen Angriff auf die Kolonne, der möglicherweise von diesem Dorf aus erfolgen konnte.

Major Tri beglückwünschte Lieutenant Chi zur Ausarbeitung des guten Operationsplanes. Er sagte, daß eine gründliche Durchsuchung jener Ansiedlung und ein scharfes Verhör der Bewohner die Abwehrtätigkeit beim B-Team und ebenso in Muc Tan, wo der Stützpunkt seine Aufgabe der Grenzüberwachung so vorbildlich erfülle, einen großen Schritt weiterbringen werde.

Während des Abends hielt Captain Farley eine Besprechung mit den Amerikanern, die zu diesem Einsatz kommandiert waren. Sergeant Reilly, der meinte, nach diesem ganzen Papierkrieg wolle er sich wieder einmal richtig die Beine vertreten, wurde Sergeant Hanks zugeteilt. Als Lieutenant Colonel Train fragte, von welchem Papierkrieg Reilly spreche, sagte Captain Farley, diese Angelegenheit wolle er mit dem Kommandeur des B-Teams am nächsten Tag erörtern. Train war einverstanden.

Sergeant Hanks sah gedankenverloren die Azetatfolie über der Karte an, auf der mit schwarzer und roter Fettkreide die Positionen und Routen eingezeichnet waren. Die ganze Sache gefiel ihm offenbar nicht. Farley forderte seinen Teamsergeanten auf, offen seine Meinung zu sagen.

»Ich habe kein gutes Gefühl für heute nacht, Sir«, murrte Hanks. »Dieser Hinterhalt, den Chi da drüben beim Dorf der Gummiarbeiter angelegt hat, der ist mir ganz und gar nicht geheuer.«

»Aber Chi hat recht, Sergeant«, warf Colonel Train ein. »Wenn es in diesem Dorf Anhänger der Vietkongs gibt, dann könnten sie einen Nachtangriff versuchen.«

»Sir«, sagte Hanks langsam. »Niemand kann mehr auf Sicherheit bedacht sein als ich, aber in diesem Dorf gibt es keine wirklichen harten Vietkongkämpfer. Vielleicht haben manche von ihnen irgendwelche Waffen vergraben, die sie ausbuddeln, um bei Gelegenheit einen einzelnen Amerikaner oder einen unserer Milizsoldaten umzulegen. Aber sie würden niemals eine Gruppe angreifen, noch viel weniger einen Zug. Sie müssen bedenken, Sir, die Franzosen, die die Plantage betreiben, wollen keinen Stunk. Wir wissen, daß sie Bestechungssummen an die Vietkongs und auch an Saigon bezahlen, damit man sie in Ruhe läßt.«

»Ein gutes Argument, Hanks«, sagte Farley. »Was meinen Sie also?«

Befangen schaute Hanks Train an, dann seinen Captain. »Ich weiß nicht genau, Sir. Mir gefällt das Ganze einfach nicht, das ist alles.«

Captain Pickins versuchte ihn aus seiner Reserve zu locken. »Wollen

Sie damit sagen, daß diese Milizsoldaten, die Lieutenant Chi ins Dickicht hinausgeschickt hat, uns in den Rücken fallen könnten?«

Hanks grinste einfältig. »Das nicht, nachdem uns Chi gesagt hat, wo sie sind und wir das Losungswort wissen, falls wir zu nahe an sie herankommen. Ich habe nur so ein sonderbares Gefühl.«

»Wollen Sie ausspringen, Hanks?« fragte Captain Farley. Und um seinem Sergeanten einen ehrenvollen Abgang zu bieten, fügte er hinzu: »Sie haben Ihre Ruhr noch nicht ganz überstanden, vielleicht sollten Sie lieber hierbleiben.«

»Nein, Sir. Ich möchte mit.«

»Ich führe zusammen mit Ihnen den ersten Zug, Hanks«, sagte Pickins.

»Wenn Sie es wünschen, Sir. Ich traue den Leuten nicht zu, daß sie mit einer Bussole umgehen können, deshalb werde ich vorn an der Spitze sein.«

Punkt Mitternacht marschierten Hanks, Pickins und Reilly mit dem fünfzig Mann starken ersten Zug ab. Hanks ging unmittelbar hinter dem Spitzensicherer der Kolonne, Pickins war etwas weiter hinten eingetreten, und Reilly übernahm das Ende, um zu verhüten, daß die unvermeidlichen Nachzügler von der Einheit getrennt würden. Beim schwachen Sternenschimmer hob sich der Zug deutlich vom tiefen Dunkel ab. Die Amerikaner überragten als hohe Schatten die kleineren Vietnamesen um Haupteslänge oder mehr. Wir sahen der Kolonne nach, als sie unter den Gummibäumen auf der anderen Seite der Straße verschwand.

Zehn Minuten später setzte Farley den zweiten Zug in Marsch, er selbst ging an der Spitze, hinter einem Milizsoldaten, ich reihte mich in der Nähe des Captains ein. Am Ende der Kolonne marschierten in einer geschlossenen Gruppe Lieutenant Colonel Train, Major Tri, Lieutenant Chi, der Spionagespezialist des B-Teams mit dem Polygraphen und Menzes, der Sanitäter. Eine besonders gut bewaffnete Nachhut bildete den Schluß.

Mir fiel auf, daß eigentlich auch Chi an der Spitze eingeteilt sein sollte. Ich flüsterte Farley meine Bemerkung zu, aber der zuckte die Achseln. »Erstens bin ich gar nicht erpicht darauf, daß er an meiner Seite marschiert, und zweitens hat er gesagt, daß er sich neben Major Tri halten muß, falls es irgendwelche Fragen gibt. Außerdem ist jetzt Sprechverbot«, fügte Farley bedeutsam hinzu.

Wir schlängelten uns zwischen den Reihen der Gummibäume durch. Der Milizsoldat an der Spitze, der die Richtung angab, hatte die Bussole in der rechten Hand. Als der ganze Zug in der Plantage war, sah ich, wie Farley seinen eigenen Kompaß herauszog, einen prüfenden Blick darauf warf und ihn wieder in eine Tasche seiner Dschungelgarnitur gleiten ließ.

Eine Stunde war vergangen. Ich bemerkte, daß Farley, der immer wieder angespannt nach links gesehen hatte, nun etwas ruhiger schien. Nach meinen Schätzungen mußten wir den Hinterhalt, den Lieutenant Chi gelegt hatte, bereits vor fünfzehn Minuten passiert haben. Es war mir zur Gewohnheit geworden, auf Nachtmärschen genau auf die Richtung zu achten, indem ich den Polarstern im Auge behielt. Aber unter dem dichten Blattwerk der Gummiplantage sah man den Himmel kaum. Unverdrossen trotteten wir vorwärts. Wir wollten die erste Marschpause halten, sobald wir die Straße erreicht hatten.

Ich rechnete mir gerade aus, daß wir bis zur Straße noch ungefähr eine Viertelstunde brauchen würden, da hob Farley die Hand und ließ die Kolonne halten. Er griff in die Tasche, zog den Kompaß heraus und überprüfte unsere Richtung. Ich sah, wie er sich straffte, dem Spitzensicherer auf die Schulter klopfte und ihm den Kompaß zeigte. Im Flüsterton, mit Hilfe des Dolmetschers, folgte eine Diskussion zwischen dem Captain und dem Vietnamesen. Ich schlich mich nach vorn und hörte, wie Farley zornig und drängend halblaut auf den Dolmetscher einredete. Ein Milizsoldat wurde als Melder zum Ende der Kolonne geschickt.

»Vorsicht!« flüsterte mir Farley zu. »Wir sind irgendwie in ein Schlamassel geraten.«

»Was ist los?«

»Der Spitzensicherer hat eine andere Marschrichtung eingeschlagen, als sie von Chi bei der Lagebesprechung angegeben wurde. Statt zweihundertfünfundzwanzig sind es zweihundertvierzig Grad! Das heißt, daß wir näher an der Straße sind, als wir dachten, und bereits in Richtung Norden an dem Punkt vorbeigestoßen sind, wo wir laut Operationsplan herauskommen sollten. Ich hätte früher auf meine Bussole schauen sollen.«

»Dann marschieren wir einfach auf der Straße südwärts, bis wir auf Hanks treffen.«

»Und ob wir das tun. Aber der Spitzensicherer hat mir soeben gestanden, daß ihm Lieutenant Chi befohlen hat, zehn Minuten nach unserem Abmarsch die Richtung auf zweihundertvierzig Grad zu ändern. Deshalb habe ich einen Melder zu Chi geschickt. Wenn der Hurenkerl da irgendwelche krummen Touren versucht . . .«

Plötzlich knatterte knapp vor uns Gewehrfeuer auf.

»Vorwärts, vorwärts!« schrie Farley und stürmte heftig winkend in Richtung des Gefechtslärms. »Hanks bekommt Zunder!« Der Dolmetscher wiederholte das Kommando, die Milizsoldaten folgten dem Captain, als er zwischen den Bäumen durchrannte. Leuchtkugeln erhellten das Gelände vor uns. Fünfzig Meter weiter erstreckte sich der Rand der Plantage. Der Beschuß hielt an, immer wieder blitzten Leuchtkugeln in der Luft auf. Wir hörten wüstes Geschrei. Dann erstarb das Feuer jählings. Einige Minuten später stießen wir auf den ersten Zug, die Soldaten drängten sich aufgeregt am Straßenrand. Reilly brüllte wie ein Berserker und schlug seine AR-15 gegen einen Feind an, von dem ich keine Spur sah.

Von irgendwoher klang Pickins' Stimme. In schwachem, aber befehlendem Ton wiederholte er immer wieder dieselben Worte: »Erschießt sie nicht, Männer, erschießt sie nicht!« Eine Leuchtkugel barst über uns, als Farley und ich die Straße erreichten. »Hanks! Hanks!« schrie der Captain. »Was ist geschehen?«

Im Schein der Leuchtkugel zeigte sich das Entsetzliche. Sergeant Hanks lag am Straßenrand, sein Hinterkopf war eine zermalmte, blutige Masse. Neben ihm lag Pickins, der noch immer rief: »Erschießt sie nicht!«

Farley, sein automatisches Gewehr auf die Westseite der Straße gerichtet, beugte sich über Pickins. »Was ist geschehen, Babe?«

»Idiotischer Scheißhinterhalt an der falschen Stelle! Unsere eigenen Leute haben uns erwischt.«

»Bist du schwer verwundet?«

»Nein, ich komm' schon wieder auf die Beine.« Pickins' Stimme erstickte in einem Schluchzen. »Aber Sergeant Hanks. Er . . .«

Langsam arbeitete sich Farleys Zug mit schußbereiten Waffen über die Straße vor. Reilly war nahe daran, jeden Moment abzudrücken.

»Runter mit der Spritze, Reilly!« schrie Farley scharf.

Der Sergeant gehorchte widerwillig. Nach und nach kamen die Milizmänner aus dem Hinterhalt hervor. Durch einen Dolmetscher befahl ihnen Farley, die Waffen niederzulegen. Sie taten es und traten dann auf die Straße heraus. Wieder stieg eine Leuchtkugel hoch.

»Menzes!« rief Farley. »Helfen Sie Captain Pickins.«

Ich setzte mich neben den Verwundeten auf den Boden. Wir warteten auf die Sanitäter. Pickins sah zu mir auf, das gelbe Licht der Leuchtkugeln gab seinem schmerzverzerrten Gesicht etwas Geisterhaftes. »Ich habe Ihnen gesagt, daß Sie sich einen kalten Arsch holen werden, wenn Sie sich immer bei A-Teams herumtreiben«, brachte er mühsam hervor.

»Nicht sprechen, Sir«, sagte Menzes, der neben dem Territorialspezialisten niederkniete.

»Wissen Sie« – es klang, als ob Pickins lachte, ein stöhnendes, krächzendes Lachen –, »Hanks hat die Ladung verpaßt bekommen, die für Farley bestimmt war. Vielleicht auch für Sie.«

Menzes öffnete seine Umhängtasche. »Kümmern Sie sich nicht um mich, Medizinmann«, sagte Pickins. »Schauen Sie, ob Sie noch etwas für den Sergeanten tun können.«

Der Sanitäter antwortete nicht. Er gab Pickins eine Morphiuminjektion.

Ich stand auf und fand Farley im Gespräch mit Lieutenant Colonel Train und Major Tri. Lieutenant Chi war mit einer Gruppe von Milizsoldaten im Dschungel verschwunden, als der Beschuß eingesetzt hatte, und konnte nicht ausfindig gemacht werden. Major Tri, der, wenn er wollte, ganz gut englisch sprach, meinte, daß Chi wohl versuche, den Vietkongs den Rückzug abzuschneiden.

»Es waren keine Vietkongs, die uns aufgelauert haben, Major«, widersprach Farley. »Sondern die Gruppe, die Lieutenant Chi für den Hinterhalt abkommandiert hatte. Nur war sie eineinhalb Meilen von dem Punkt entfernt, wo sie sein sollte. Infolge der Richtungsänderung auf zweihundertvierzig Grad, die Lieutenant Chi dem Spitzensicherer unseres Zuges angab, ohne uns etwas davon zu sagen, wären wir geradewegs mitten in ihr Feuer hineingelaufen.«

»Lieutenant Chi kommt zurück, wenn Vietkongs gefangen«, beharrte Major Tri.

»Vietkongs!« brüllte Farley völlig außer sich. »Der gottverdammte Schuft hat Sergeant Hanks absichtlich in den Hinterhalt gelockt! Ich werde den Schweinehund eigenhändig niederknallen.«

Tri wandte sich empört an seinen amerikanischen Partner.

»Farley!« fuhr Train den Captain an. »Nehmen Sie sich zusammen!«

»Jawohl, Sir. Da ist Sergeant Reilly. Wollen Sie seinen Bericht hören? Sagen Sie dem Colonel, was geschehen ist.«

»Ja, Sir«, begann Reilly. »Wir haben uns an die Marschrichtung gehalten, die bei der Lagebesprechung angegeben worden ist – zweihundertfünfundzwanzig Grad. Alle zehn Minuten überprüften wir sie mit der Bussole.«

Farley blickte zu Boden und schnitt eine Grimasse. Er wußte, daß er seinen eigenen Spitzensicherer nicht oft genug kontrolliert hatte.

»Nun, Sir, wir kamen zu einem Punkt, vielleicht vier- oder fünfhundert Meter von der Stelle, wo Lieutenant Chi, wie er sagte, seinen Hinterhalt gelegt hatte. Sergeant Hanks änderte die Marschrichtung von Südwesten auf Westen, um sicher zu sein, daß wir dem Hinterhalt weit genug auswichen. Immer wieder sagte er, daß er Lieutenant Chi nicht traue. Hanks glaubte, der Lieutenant werde versuchen, uns in die Pfanne zu hauen.«

Train unterbrach Major Tris laute Proteste und befahl mit erhobener Hand Ruhe. »Nur die Tatsachen, Reilly.«

»Jawohl, Sir. Also schwenkten wir direkt nach Westen ein und marschierten auf die Straße zu in der Annahme, daß wir uns dann südwärts halten müßten, um mit Ihrer Kolonne zusammenzutreffen.«

Farley fiel ihm ins Wort. »Und was ist wirklich geschehen? Sie erreichten die Straße bei jenem Punkt, wo wir herausgekommen wären nach der Marschrichtung, die Lieutenant Chi unserem Spitzensicherer angegeben hat. Hanks' Zug hatte einige Minuten Vorsprung und geriet in den Hinterhalt, der für uns gelegt war.«

»Sie ziehen voreilige Schlüsse, Captain«, sagte Train streng.

»Hanks mußte dran glauben, aber Chi hatte es auf mich abgesehen.«

»Warum sollte Ihr Partner so etwas tun?« fragte Train ehrlich überrascht.

»Weil ich beweisen könnte, wieviel er in Muc Tan gestohlen hat.«

Niemand achtete auf Major Tris erbitterten Einspruch auf vietnamesisch und englisch, als Sergeant Menzes herantrat.

»Sir«, sagte er zu Farley. »Ich habe eine Tragbahre für Captain Pickins gemacht. Können wir nun abmarschieren?«

»Sie haben verdammt recht, Sergeant, wir können abmarschieren!« rief Colonel Train mit dröhnender Stimme. »Schauen wir, daß wir von hier verschwinden!«

Die Funkverbindung hatte geklappt. Als wir zurückkamen, wartete in Muc Tan bereits ein Hubschrauber, um Pickins abzutransportieren. Seine Verwundungen waren nicht bedenklich, aber man wollte ihn doch so rasch als möglich ins Marinelazarett in Saigon schaffen. Der Hubschrauber nahm auch Sergeant Hanks' Leiche mit. Am nächsten Morgen war Lieutenant Chi noch immer unauffindbar. Major Tri, der mit Nachdruck betonte, er müsse unverzüglich zum B-Team zurückkehren, versicherte, der LLDB-Offizier werde wiederkommen, sobald er die Vietkongs in die Flucht geschlagen habe.

»Was werden Sie wegen Chi unternehmen, Sir?« fragte Farley seinen Colonel.

»Ich weiß nicht«, antwortete Train verdrossen. »Ich werde alle Beweisstücke den vietnamesischen Behörden vorlegen. Es ist mir nun auch klar, daß er Sie in einen Hinterhalt locken und umlegen lassen wollte. Darüber kann kein Zweifel mehr bestehen. Daß mir aber um Gottes willen keiner etwas über diesen Zwischenfall ausplaudert!« Er faßte mich scharf ins Auge. »Wir haben hier schon genug Probleme zu lösen. Ich bin überzeugt, daß die vietnamesischen Behörden den Fall Chi ein für allemal erledigen werden. Captain, machen Sie keine Dummheiten, wenn er ins Lager zurückkommt. Sie verstehen mich?«

»Jawohl, Sir. Obwohl Sie Übermenschliches von mir verlangen, nach allem, was geschehen ist.«

Train nickte. »Die Special Forces haben Sonderaufgaben, Captain. Wir sind dazu da, auch dann den Kopf hochzuhalten, wenn uns die Scheiße bis zum Hals steht. Tut mir leid, Zack. Wenn ich Ihnen noch einen Gefallen tun kann, sagen Sie's mir, bevor mein Hubschrauber kommt.«

»Treffen wir uns im Teeraum, Sir.«

Ich begleitete Farley in sein Quartier, wo er wortlos die Flasche Bourbon-Whisky herauszog und einen großen Schluck nahm. Er bot mir die Flasche an, ich kippte sie kurz und reichte sie ihm zurück. Farley machte noch einen Zug und steckte den Rest weg.

Die Sonne stand schon am Himmel, als ich über den Appellplatz zum Langhaus des A-Teams ging. Ich setzte mich neben Train, der nachdenklich seinen Kaffee schlürfte. Es blieb nicht mehr viel zu sagen. Wir tranken schweigend, bis Farley hereinkam. Er setzte sich Train gegenüber, und nachdem er eine halbe Tasse Kaffee hinuntergespült hatte, meinte er: »Colonel, mir ist eben eingefallen, was Sie für das A-Team und für Sergeant Hanks tun könnten.«

Train erwiderte fast übereifrig: »Ich werde mich bemühen.« Er nahm einen ausgiebigen Schluck von seinem Kaffee.

In aller Ruhe erzählte ihm Zack von dem Wunsch, den Hanks damals in der Operationsabteilung geäußert hatte.

Der Colonel verschluckte sich, setzte mit einem Ruck die Tasse ab und starrte Farley an. Das konnte doch nur ein schlechter Witz des Captains sein!

Ich schaltete mich dazwischen. »Das stimmt, Sir. Ich war dabei und habe es gehört. Hanks hat das wirklich ernst gemeint.«

Train überlegte kurz. »Ich werde sehen, was sich machen läßt, Farley. Ich verspreche es.«

Zwei Wochen später besuchte ich Captain Pickins im Marinelazarett in Saigon. Seine Wunden heilten, er schien sich soweit ganz wohl zu fühlen.

»Übrigens«, sagte er mit einem schiefen Grinsen, »was ist denn aus diesem Schweinehund Chi geworden?«

»Wollen Sie es wirklich wissen? Ich möchte nicht schuld sein, wenn Sie einen Rückfall haben.«

»Sagen Sie lieber nichts. Man hat ihn zu einem anderen A-Team in einem anderen Korpsbereich versetzt.«

Ich nickte. »Meine Freunde beim Aufstellungsstab des B-Teams haben mir zugeflüstert, daß er Kommandeur eines neuen Stützpunktes im Bereich des I. Korps ist. Dort wird sehr viel gebaut, wie ich höre. Die Vietnamesen haben unserem B-Team dort oben mitgeteilt, daß Chi über reiche Erfahrungen mit Bauleitern und Arbeitskommandos verfügt.«

Pickins starrte wortlos zur Decke.

»Etwas anderes«, sagte ich. »Vor ein paar Tagen war ich in Nha Trang. Hatte einen leichten Ruhranfall und verbrachte deshalb einige Zeit auf der Mannschaftslatrine.«

Langsam erhellte ein Lächeln Pickins' Züge.

Ich blinzelte ihm zu. »Man kann sie gar nicht verfehlen. Über dem Eingang hängt ein frisch gemaltes Schild. Darauf steht riesengroß: HANKS' LATRINE.«

DRITTES KAPITEL

Die Cao-Dai-Pagode

Captain Dewart blieb während unseres Rundgangs durch sein Lager plötzlich stehen und warf einen bösen Seitenblick auf die verfallene Hütte, die fast bis zum Strohdach mit Sandsäcken eingedeckt war. Von der Dachrinne hing ein verwaschenes blaues Brett. Darauf war in weißer und grüner Farbe ein großes menschliches Auge gemalt. Am oberen Rand standen in Druckbuchstaben einige vietnamesische Worte.

»Was ist das?« fragte ich.

»Das hier«, sagte er angewidert, »ist der Fluch meines Lebens. Wegen dieser Bude ist mein Lager noch nicht fertig – und wird wahrscheinlich auch nie fertigwerden!«

»Wieso nicht?«

»Ich muß Sie aufklären. Was Sie hier sehen, ist eine Pagode. Eine echte Cao-Dai-Pagode. Bis jetzt stand sie unter der Obhut einer alten Dame, die sich einen Dreck darum schert, ob der Schuppen auseinanderfällt.«

»Na und?« fragte ich. »Wird sie jetzt auf einmal fromm?«

»Sie nicht, aber die hiesigen Cao-Dai-Buddhisten sind plötzlich daraufgekommen, daß ihnen diese Pagode sehr heilig ist. Sie sagen, wir unerleuchteten Amerikaner haben ihren Tempel entweiht.«

Ich war etwas perplex. »Wie kommt überhaupt eine Pagode mitten in Ihr Lager?«

Dewart lachte. »Die war schon da, und ich habe das Lager rund um sie herum angelegt, wenn Sie es genau wissen wollen. Zufällig ist dies der taktisch günstigste Punkt für einen Vorposten in diesem Distrikt. Wie Sie sehen, haben wir im Norden einen Fluß, und der Kanal kreuzt ihn westlich von uns im rechten Winkel. Im Süden und Osten haben wir freies Schußfeld, außer bei kurzen Dschungelstreifen entlang eines Teils der Südmauer. Nebenbei gesagt habe ich dem vietnamesischen Lagerkommandeur schon ein Loch in den Bauch geredet, daß er dort roden lassen soll. Der Gegner würde zwei Bataillone brauchen, um uns zu überrennen.«

»Und wo Sie das Fort anlegen mußten, stand ausgerechnet diese Pagode?«

»Jawohl. Aber zuerst habe ich mit der alten Frau gesprochen. Sie sagte, sie sei die einzige Cao-Dai-Buddhistin, die die Pagode besucht, und war einverstanden, daß ich ihr anderswo eine neue baue, sobald das Lager fertig ist. Also richteten wir uns hier häuslich ein. Erst einmal deckte ich die Pagode mit Sandsäcken ab und verwende sie seither als Munitionsdepot.« Dewart nahm sein grünes Barett ab und ließ sich die Sonne auf den Schädel brennen.

»Ich habe noch nie eine Cao-Dai-Pagode gesehen. Kann ich einmal kurz hineinschauen?«

»Nur zu. Aber es gibt nicht viel zu sehen.«

Ich ging über den Appellplatz an noch eingerüsteten, unfertigen Objekten vorbei und betrat die Pagode. Links neben der Tür waren Munitionskisten bis zur Decke gestapelt und nahmen etwa die Hälfte des Innenraumes ein. Rechts stand ein großer dunkler Holztisch oder Altar, und darüber war das großflächige Bild eines menschlichen Auges in die Wand genagelt – das Symbol der Cao-Sekte. Rundherum waren Bäume und Schlangen gemalt, so daß man den Eindruck hatte, das Auge starre aus einem unheimlichen Dschungel hervor. Auf dem Altar standen einige Kerzen und Wachslichter. Auch an den anderen Wänden hingen Bretter mit aufgemalten Augen. Eine richtige Salvador-Dali-Atmosphäre, dachte ich.

Als ich die Hütte verließ, sah ich Captain Dewart im Gespräch mit einem stämmigen Zivilisten mittleren Alters. »Das ist Mister Brucker von der Forschungs- und Entwicklungsabteilung in Fort Belvoir«, sagte Dewart und stellte mich als einen befreundeten Schriftsteller aus Fort Bragg vor.

»Mr. Brucker probiert bei uns einen netten neuen ›Scherzartikel‹ aus, eine Mine mit elektrischer Zündung. Wir hatten noch keine Gelegenheit, sie im Gefecht einzusetzen, aber es wird bald soweit sein, davon bin ich überzeugt.«

»Ich möchte gern wissen, was Sie von dem Gerät halten«, meinte

Brucker. »Wenn Sie Ihren Bericht nach Saigon schicken, werde ich noch zwei oder drei Monate in Vietnam bleiben.«

Plötzlich hörte ich über dem Fluß ein schwirrendes, knatterndes Geräusch in der Luft, schrie »Granatwerfer!« und lag schon flach auf dem Boden.

Dewart und Brucker blieben stehen. Ich fühlte, wie ich vor Verlegenheit einen roten Kopf bekam, als ich Dewarts ausgestreckter Hand mit den Augen folgte. Ein Schwarm Vögel, die dem Flußufer folgten, rauschte über das Lager.

»Ich sehe, Sie sind genauso nervös wie wir alle.« Der Captain grinste. »Schon lange in der Kampfzone?«

»Lange genug«, antwortete ich, rappelte mich hoch und klopfte den rötlichen Tonstaub von meiner Dschungelgarnitur.

»Ich hab's genauso gemacht, als ich gestern abend zum erstenmal die Vögel gehört habe«, lachte Brucker.

»Keine Ahnung, was das zu bedeuten hat«, sagte Dewart. »Jeden Abend ziehen sie hier vorbei, regelmäßig wie der Zapfenstreich in der Garnison. Es klingt wirklich wie heransausende 60-mm-Werfergranaten.«

»Captain, meine ›Kaffeemühle‹ wird bald da sein«, sagte Brucker. »Wenn Sergeant Rutt in der Nähe ist, würde ich gern mit ihm sprechen, bevor ich abfliege.«

Dewart warf einen kurzen Blick zum Eingang des Lagers. »Meine Leute haben draußen beim Haupttor eine vergrabene Vietkongmine gefunden. Rutt benützt Ihr Gerät, um das Ding zu sprengen. Er ist wie ein Kind mit einem neuen Spielzeug.«

Ein scharfer Knall rollte über das Lagergelände. »Ich glaube, es klappt«, bemerkte Dewart.

»Das möchte ich mir selbst ansehen«, sagte Brucker und ließ Dewart in düsterer Betrachtung der Pagode zurück.

Der Captain hatte mir die Geschichte der Odyssee erzählt, die er seit der Ankunft in Vietnam mit seinem Detachment erlebte.

Vor zwei Monaten war in seinem Aktionsbereich Ruhe geschaffen worden, deshalb teilte er seine Truppe, ließ die Hälfte der Mannschaft im alten Lager zurück, das an die Vietnamesen übergeben werden sollte; er selbst marschierte mit zwei Milizkompanien und seiner Gruppe durch Dschungel und schlammige Reisfelder in Richtung des künftigen Vorpostens, für den er auf einem Erkundungsflug per Hubschrauber tief in dem vom Krieg noch nicht berührten Vietkongterritorium ein geeignetes Gelände ausgemacht hatte.

Der erste Hinterhalt kam nicht unerwartet. Die Milizsoldaten reagierten gut, griffen die verschanzten Vietkongs an und schossen aus allen Rohren.

Zwei Tage später, fast in Sichtweite des neuen Lagerplatzes, schlugen die Vietkongs wieder aus dem Hinterhalt zu, und diesmal setzten sie einen Granatwerfer ein. Die Disziplin brach zusammen. Dewarts Kompanie flüchtete, ihm selbst blieben nur Sergeant Rutt und ein vietnamesischer

Sergeant, der vergeblich versuchte, seine versprengten Mannschaften zu sammeln und zum Gegenstoß zu führen.

Zu dritt unternahmen sie einen Angriff auf den Hinterhalt. Rasch arbeiteten sie sich in den Feuerbereich des Granatwerfers vor, und Dewart killte drei Vietkongs mit seiner AR-15. Die Projektile dieser leichten, aber sehr wirksamen Waffen richteten die Kommunisten so schrecklich zu, daß ihre Kameraden nicht einmal versuchten, die Toten mitzuschleppen. Rutt trat in eine mit Bambusspitzen gespickte Grube, aber Dewart und der vietnamesische Sergeant kämpften den Hinterhalt nieder und vernichteten den Granatwerfer, indem sie eine Thermitladung ins Rohr schoben. Dann holte Dewart seinen Sergeanten aus der Falle. Die scharfen Spitzen hatten die Metalleinlagen in Rutts Schuhsohlen nicht durchstoßen, aber beim Sturz hatte er sich das Kniegelenk verstaucht und litt unter starken Schmerzen.

Es war schon nachmittags, als Dewart, der Rutt halb trug, schließlich wieder auf die zweite Milizkompanie traf, zu der sich auch seine eigenen versprengten Leute durchgeschlagen hatten. Sie befanden sich nur einige Meilen vom neuen Lagergelände entfernt. Dewart nahm Funkverbindung auf, forderte einen Hubschrauber für den Abtransport der Gefallenen und Verwundeten an und setzte seine Vietnamesen in Trab. Knapp vor Einbruch der Dunkelheit erreichten sie ihr Ziel.

»Kaum merkten die Vietkongs, daß wir mitten in ihrem Gebiet einen befestigten Vorposten errichten wollten, griffen sie an. Wir schlugen sie zurück, killten acht und verloren selbst nur einen Mann. Sie haben es nicht noch einmal probiert. Jetzt« – er wandte der Pagode den Rücken, als schmerzte ihn der Anblick – »versuchen sie es auf eine andere Tour: Sie wollen sehen, ob sie uns erledigen können, ohne einen Tropfen Blut zu vergießen. Gerissene Hunde, diese Vietkongs, verflucht gerissen. Sie terrorisieren die hiesigen Cao-Dai-Anhänger und brachten sie dazu, sich sogar in Saigon darüber zu beschweren, daß die Amerikaner ihren geheiligten Tempel entweihen. Die Regierung soll uns befehlen, dieses Lager aufzugeben. Und Sie wissen, wie sich die Generale, die im Land am Ruder sind, zu religiösen Fragen verhalten. Besonders jetzt, wo Diems und Nhus Buddhistenverfolgungen noch in frischer Erinnerung sind.«

»Aber man kann Ihnen doch nicht zumuten, den Stützpunkt zu verlassen, oder doch?«

»Sie brächten es fertig. Schauen Sie sich doch um! Die ganze Anlage ist noch im Rohzustand. Kein Dach auf dem Teamquartier, die Sanitätsstation noch nicht einmal gebaut, die Bunker noch nicht eingedeckt. Wir haben die Weisung, kein Geld mehr auszugeben, bis diese Sache mit den Cao-Dais geregelt ist. Und das wird kaum vor einem Monat der Fall sein. Man teilt uns nicht genug Truppen zu, um dieses unfertige Fort zu sichern und dabei auch Patrouillen in Kompaniestärke auszuschicken. Die Vietkongs haben jedenfalls mindestens einen Monat Ruhe vor uns. Gestern kam ein Amerikaner her, ein Full Colonel, und sagte, die Chancen stünden fifty-

fifty, daß wir wieder ausziehen müssen, weil ›Big‹ Minh die Cao-Dai-Sekte nicht verstimmen möchte.«

»Das ist eine Affenschande, besonders bei einem so günstigen Platz.«

»Eine Schande?« rief Dewart aufgebracht. »Es ist eine gottverdammte Katastrophe, wenn wir in diesem Krieg soviel Rücksicht auf Politik und Religion nehmen und dadurch natürlich arge Schlappen einstecken müssen!«

Lang, ein vietnamesischer Dolmetscher, kam und salutierte stramm. Dewart erwiderte den Gruß und setzte das Barett wieder auf.

»Dai-uy, beim Tor stehen Würdenträger der Cao-Dais. Sie wollen in die Pagode kommen.«

»Wie viele?« fragte Dewart.

»Vielleicht zwanzig.«

»Zwanzig?« schrie Dewart und sah mich entgeistert an. »Die alte Frau hat gesagt, seit diese Pagode zusammengebastelt wurde, war nicht einmal ein Dutzend Menschen drin!«

»Die Cao-Dais sind da, Dai-uy. Es ist die Zeit des Vollmonds.«

»Na gut, Lang. Laßt sie herein. Aber durchsucht sie zuerst.«

»Dai-uy!« protestierte Lang. »Ich kann nicht Priester und fromme Männer durchsuchen!«

Dewart murmelte einen Fluch. »Verstehen Sie jetzt, was ich meine? Saigon sagt, wir müssen vorsichtig sein, um die empfindlichen Gefühle dieser Leute nicht zu verletzen.« Er machte eine ungeduldige, winkende Bewegung zu den Männern, die beim Tor standen. Lang trat ab, um sie zur Pagode zu begleiten.

Dewart paßte scharf auf, als die Cao-Dais, die meisten von ihnen in langen, weißen Gewändern, vorbeizogen. Es entging ihm nicht, daß viele der Gläubigen sich rasch und verstohlen im Lager umsahen und die Granatwerfer- und MG-Stellungen bemerkten.

»Sind das buddhistische Würdenträger, Sir?«

Dewart drehte sich zu Sergeant Penny um, seinem Sanitäter, einem hochgewachsenen Neger. »Lang sagt es.« Er hob die Stimme. »Hallo, Lang, komm her.«

Der Dolmetscher kam im Laufschritt. »Du hast gesagt, das sind Priester und Würdenträger. Aber die meisten dieser Kerle sind nicht älter als dreißig.«

»Dai-uy«, erklärte Lang. »Die Würdenträger werden nach der Kraft ihres Glaubens ausgewählt, nicht nach ihrem Alter.«

Penny sah ihn mißtrauisch an. »Bist du ein Cao-Dai?«

»Nein«, erwiderte Lang. »Aber wir sind alle Buddhisten.«

Dewart beobachtete verdrossen die Gruppe, als sie durch den mit Sandsäcken abgedeckten Eingang die Pagode betrat. »Zumindest werden sie es sich überlegen, uns wieder anzugreifen, wenn sie diese Mengen von Munition sehen.«

Lang widersprach. »Die Cao-Dais sind Anhänger der neuen Regierung,

Dai-uy, sie haben nie auf der Seite der Vietkongs gekämpft, obwohl sie Diem haßten.«

»Was glaubst du wohl, wie viele von diesen kleinen Stinkern, die da eben vorbeilatschten, sind wirklich Cao-Dais?«

»Alle sind Cao-Dais, Dai-uy, sie haben es gesagt.«

»Manchmal frage ich mich, zu wem du eigentlich hältst, Lang.« Dewart wandte sich zu Sergeant Penny. »Sagen Sie unseren Leuten, sie sollen diese religiösen Eiferer keine Sekunde aus den Augen lassen.«

»Schauen Sie sich nur um, Sir«, antwortete Penny.

Dewart tat es. Außer Sergeant Rutt, der in ein Gespräch mit Mr. Brucker vertieft war, standen alle Amerikaner mit schußbereiten AR-15 auf den Mauern und an taktisch wichtigen Punkten, den Blick abwechselnd auf die Cao-Dais, dann auf das Gelände außerhalb des Lagers und wieder auf die Cao-Dais gerichtet.

Abermals knatterte ein Schwarm Wasservögel über unsere Köpfe hinweg. Viele der Cao-Dais reagierten wie Soldaten — und wie auch ich reagiert hatte —, ihre Augen suchten das Areal nach sicherer Deckung ab, bis sie merkten, daß dies nicht heranrauschende Werfergranaten waren.

Plötzlich lachte Dewart laut auf. »Ich hab' die Lösung!«

Ich blickte ihn fragend an.

»Bleiben Sie hier stehen, ich werde Ihnen zeigen, wie wir mit diesen weißen Spukgestalten umgehen!«

Geduldig wartete er, bis die Cao-Dais, wie man meinen sollte, ihre Gebete vor den grotesken Bildern beendet hatten. Schließlich kamen sie im Gänsemarsch wieder heraus. Einer der Anführer, ein junger Mann mit flackerndem Blick, winkte dem Dolmetscher und flüsterte mit ihm. Lang kam zu Dewart zurück.

»Dai-uy, morgen ist Vollmondnacht, die Cao-Dais möchten wiederkommen und in ihrem Tempel die Feier abhalten.«

Dewart stand vor einer schwerwiegenden Entscheidung. Die Sicherheit des Lagers hing von den Milizeinheiten und deren vietnamesischen LLDB-Offizieren ab — und das waren durchwegs Buddhisten. Obwohl sie annehmen konnten, daß die Cao-Dais hier, hundertfünfzig Meilen vom Hauptverbreitungsgebiet der Sekte, der Provinz Tai Ninh, entfernt, durch Terror gezwungen wurden, den Vietkongs zu helfen, waren doch die Bande der Religion stärker, als die meisten Nichtasiaten ermessen konnten. Die LLDB-Offiziere würden also den Gläubigen nichts in den Weg legen. Auch mußte man bedenken, daß erst einige Monate zuvor die Buddhisten in Vietnam von Katholiken, also Anhängern einer vorwiegend westlichen Religion, verfolgt, eingekerkert und gefoltert worden waren.

»Ich möchte mit dem Führer der Cao-Dais sprechen«, sagte Dewart.

Der Dolmetscher rückte mit einer Delegation von drei Männern an. Der erste, ein spindeldürrer, zerbrechlicher Greis, in ein loses, weißes Gewand gehüllt, mit einem faserigen, weißen Bart, der ihm vom Kinn herabhing, wurde als Oberhaupt der Würdenträger vorgestellt. Der zweite war ein verschlagen wirkender junger Vietnamese; der dritte ein junger Ostasiate, der mit einer herausfordernden Sicherheit auftrat und der die schwarze Bluse und die schwarze Hose trug, wie sie die vietnamesischen Bauern – und die Vietkongs! – allgemein trugen.

Dewart sprach durch Lang den Führer der drei an. »Ich höre, daß ihr morgen abend in dieses Lager kommen wollt.«

Der alte Mann trat von einem Fuß auf den anderen und antwortete undeutlich murmelnd. Lang übersetzte. »Der Ehrwürdige sagt, es ist das Ende des Mondmonats, und die Überlieferung befiehlt, in der Pagode zu beten.«

»Wir erwarten jede Nacht einen Angriff der Vietkongs«, sagte Dewart. »Es wäre äußerst gefährlich für euch, während eines solchen Angriffs im Fort zu sein, um so mehr, da die Vietkongs wissen müssen, daß wir unsere Munition in der Pagode eingelagert haben.«

Dewart sah die verächtlichen Mienen der beiden jüngeren Männer. Sie antworteten Lang, ohne sich um den Greis zu kümmern. Der Dolmetscher wandte sich zu seinem Captain.

»Sie sagen, hier gibt es keine Vietkongs. Sie sagen, selbst wenn Vietkongs hier wären, würden sie religiöse Feiern nicht stören und Pagoden achten.« Lang stockte, offenbar scheute er sich, weiterzusprechen.

»Rede nur, Lang. Was haben sie noch gesagt?«

»Sie sagen, die Vietkongs haben mehr Achtung vor der Religion als die Amerikaner, die dem Präsidenten Diem dabei geholfen haben, Pagoden niederzubrennen, und die sogar jetzt noch Kriegsmaterial in einem geheiligten Cao-Dai-Tempel einlagern.«

Dewart nickte ernst. »Sag ihnen, Lang, daß die Amerikaner alle Religionen achten. Und um das zu beweisen, werden wir morgen unsere Munition aus ihrem Tempel fortschaffen, sag ihnen das. Wir wissen, die Cao-Dai-Priester sind mächtig und haben das Ohr der Generale in Saigon. Sag ihnen, daß wir ihnen erlauben, morgen abend bei Vollmond für eine Stunde hereinzukommen. Wir bedauern, daß es nicht länger sein kann, aber wegen des drohenden Vietkongangriffs wollen wir Zivilisten keiner Gefahr aussetzen. Frag sie, wann sie kommen wollen.«

Die beiden jungen Männer antworteten mit einem triumphierenden Schmunzeln auf die übersetzte Mitteilung. Der Ehrwürdige verhielt sich passiv und schwieg.

»Dai-uy, sie sagen wieder, daß heute und morgen nacht kein Vietkong den Stützpunkt angreifen wird.«

»Wieso wissen sie das, wenn sie nicht selbst Vietkongs sind?«

Diese Fangfrage quittierten die jungen Männer mit betroffenen Blicken. Sie flüsterten Lang etwas zu.

»Morgen nacht, um elf Uhr, werden sie ins Lager kommen. Sie sagen auch, daß die Amerikaner dieses Lager wieder schleifen müssen, wegen der heiligen Cao-Dai-Pagode. Sie wurde von einem der ersten Cao-Dai-Priester erbaut, die aus Tai Ninh hierherkamen. Die Gläubigen wollen keine Pagode anderswo, nur diese hier.«

Dewart nickte den Männern verständnisvoll zu. »Ich weiß, daß wir den

Cao-Dais helfen müssen, da sie doch auf der Seite der neuen Regierung stehen. Morgen nacht um elf Uhr dürfen sie auf eine Stunde ins Lager kommen.«

Lang sah den Captain überrascht an. »Dai-uy, glauben Sie, daß es gut ist, sie morgen nacht hereinzulassen? Einige von ihnen könnten Vietkongs sein.«

Dewart spielte entsetzt. »Aber Lang, eben hast du mir doch gesagt, daß die Cao-Dais regierungstreu sind. Du wolltest sie nicht einmal durchsuchen. Offen gestanden, ich habe geglaubt, du bist mit ihnen im Bund.«

»Diesen Anschein wollte ich nicht erwecken, Dai-uy.«

»Sag den Cao-Dais Bescheid. Und dann such den LLDB-Lagerkommandeur und sag ihm, daß ich mich bereit erklärt habe, mit unseren buddhistischen Freunden zusammenzuarbeiten, wenn er ihnen erlaubt, morgen nacht herzukommen und ihre Gebete zu verrichten. Sag den Cao-Dais auch, wenn sie morgen nacht nicht hereingelassen werden sollten, dann deshalb, weil ihnen einer ihrer eigenen buddhistischen Brüder mißtraut und nicht die Amerikaner.«

»Gehen wir«, sagte Dewart zu mir und drehte sich auf dem Absatz um. »Okay, da ist er ja!« rief er, als wir zum Tor kamen, wo Sergeant Rutt und der Mann von der Forschungs- und Entwicklungsabteilung von Fort Belvoir angeregt über Sprengungen diskutierten. »Brucker, Sie schickt der Himmel, oder hier vielmehr das Nirwana!«

Dann weihte Dewart ihn in seine Probleme mit den Cao-Dais ein, die unter dem Druck der Vietkongs standen.

»Ich finde, Sie sollten die Bande morgen nacht nicht hereinlassen, Sir«, sagte Sergeant Rutt.

»Das wird auch gar nicht nötig sein, denn Sie und Mr. Brucker werden die Sache für mich erledigen.«

Dewart und Brucker steckten die Köpfe zusammen. Ich hörte etwas von elektrisch gezündeten Minen, konnte mir aber keinen Reim darauf machen.

An diesem Abend saß ich mit den Amerikanern im unfertigen Teamquartier, dem noch das Dach fehlte. Wir alle trugen die bequeme schwarze Kleidung der Vietnamesen. Sergeant Rutt dachte laut. »Ich habe mich immer gefragt, wie der Lagerkommandeur im Fall eines Angriffs reagieren würde.«

»Das werden wir wahrscheinlich bald erfahren«, meinte Sergeant Penny. »Rutt, hast du die Claymore-Minen sicher richtig eingestellt?«

»Na klar, sie werden in einem Winkel von vierzig Grad losgehen. Wenn sie Splitter zu spucken anfangen, klingt es so, als wenn uns das Zeug um die Ohren fliegen würde. Aber scheißt euch nicht an, diese Metalltrümmer werden fünfzehn Meter hoch über die Mauern segeln.«

»Das hoffe ich«, sagte Penny. »Ich möchte jetzt niemanden mehr verarzten müssen. Heute sind fast hundert Menschen in ihren Sampans auf den Kanälen in meine Ambulanz gekommen.«

Captain Dewart beendete den Brief an seine Frau und klebte den Umschlag zu. »Ich werde mich jetzt ein bißchen aufs Ohr legen. Es ist jetzt zehn Uhr dreißig. Wann können wir mit dem ›Vietkongangriff‹ beginnen?«

»Jederzeit, wenn Sie wollen, Sir.« Rutt trat zu einem Tisch, auf dem ein Apparat lag, der wie ein kleines Sendegerät mit herausgezogener Antenne aussah. Er hatte zwei Knöpfe für die Einstellung der Sendefrequenz und des Meterbandes und auf der einen Seite eine senkrechte Reihe von Kippschaltern. Das einzige, was fehlte, war das Mikrophon.

Alle blickten schweigend dieses Versuchsgerät der Forschungs- und Entwicklungsabteilung an.

»Okay, Rutt, der Moment ist günstig wie noch nie«, sagte Dewart. »Starten wir den ersten ›Feuerschlag‹ aus dem Dschungelstreifen bei der Südmauer, wo Captain Bao schon längst hätte roden lassen, wenn er meinem Rat gefolgt wäre.«

»Jawohl, Sir.« Rutt ergriff das Zündgerät. »Alles in Deckung hinter die Sandsäcke! Diese Claymore-Minen haben manchmal eine verflucht flache Schußbahn.«

Die Amerikaner krochen hinter die Sandsackbarriere des dachlosen Teamquartiers. »Los geht's!« Rutt kippte einen Schalter um, und eine plötzliche Explosion zerriß die nächtliche Stille. Mit ohrenbetäubendem Heulen sausten die Splitter der Claymore-Minen über das Lager. Sofort eröffneten alle MGs auf der dem Dschungel zugewandten Seite des Stützpunkts das Abwehrfeuer. Das laute, schrille Trillern einer Polizeipfeife bewies, daß der Lagerkommandeur bereit war und seine Truppe sammelte.

»Es ist gut, daß wir mehr Munition haben, als wir brauchen«, lachte der Waffensergeant. »Diese Hitzköpfe auf der Mauer werden erst zu schießen aufhören, wenn ihnen die Patronen ausgehen.«

Nach mehr als fünf Minuten ohne Gegenfeuer erstarb das Knattern der MGs, nur hin und wieder fielen noch vereinzelte Schüsse.

»Eine zweite Angriffswelle der Vietkongs, Sir«, meldete Rutt. Er betätigte einen Schalter. Wieder krachte es vor dem Lager, gefolgt vom Heulen der Schrapnells. Und wieder jagten die MGs wild Geschoßgarben in den Dschungel.

»Okay, jetzt lassen wir es einmal dort knallen, wo morgen die ›Werfergranaten‹ herkommen sollen«, befahl Dewart. Rutt schaltete zweimal. Zwei donnernde Explosionen aus den Reisfeldern im Osten, und der MG-Schütze im Eckbunker riß seine Waffe herum und bestreute das flache Gelände. Wieder ertönte die Trillerpfeife, die Truppen wurden als Verstärkung an die Ostmauer geworfen.

»Das genügt«, entschied Dewart. »Passen Sie gut auf das Zündgerät auf, Rutt.«

MG- und Gewehrfeuer knatterte unvermindert durch die Nacht.

Bao, der Lagerkommandeur, stürzte auf Dewart zu. »Dai-uy, Vietkongs greifen an!«

Der Amerikaner schüttelte den Kopf. »Nur ein Probealarm, Dai-uy. Haben Ihre Leute Vietkongs gesehen?«

»Ja, viele«, antwortete Bao aufgeregt. »Kommen aus Dschungel, aber wir sehr viel schießen. Töten vielleicht fünf, vielleicht zehn.«

»Und was war im Osten los?«

»Ja, sie kommen. Aber wir auch sehr viel schießen. Sie laufen davon. Vielleicht kommen wieder, mit mehr Soldaten.«

»Heute nacht nicht«, erwiderte Dewart zuversichtlich. »Es waren nicht die Vietkongs. Dai-uy, Sie haben gute, wachsame Soldaten. Meinen Glückwunsch. Wir Amerikaner können ruhig schlafen, weil wir wissen, daß unsere vietnamesischen Freunde immer für einen Vietkongangriff bereit sind.«

Der LLDB-Captain lächelte. Solches Lob von seinem amerikanischen Partner schmeichelte ihm.

Am nächsten Morgen schlug Dewart Bao vor, einen Spähtrupp in die Reispflanzungen zu schicken, um Anzeichen einer Bereitstellung der Vietkongs zu erkunden. Widerstrebend verstand sich der Lagerkommandeur dazu, zwei Züge in Marsch zu setzen. »Vielleicht zu viele Vietkongs im Dschungel hinter Reisfeld«, wandte er ein. »Vielleicht sehr viele Vietkongs unseren Leuten auflauern.«

»Nein, Dai-uy«, beruhigte Dewart den Vietnamesen. »Unsere Leute werden mit den Vietkongs fertig, und außerdem« – er machte eine Kunstpause, um seiner nächsten Mitteilung das nötige Gewicht zu geben – »können wir sie von hier aus mit gezieltem Granatwerferfeuer eindecken. Das ist sehr günstig, denn aus dieser Entfernung kann Ihnen ein guter Granatwerferschütze der Vietkongs eine Granate direkt vor die Fußspitzen verpassen, wenn er will.«

Sergeant Rutt führte die Patrouille, und Dewart bat Bao, eine Gruppe von Milizsoldaten als Arbeitskommando einzuteilen, damit die Munition aus der Cao-Dai-Pagode in provisorische Bunker unweit der buddhistischen Andachtsstätte verlagert werden konnte.

»Die Cao-Dais sollten sich darüber freuen, wie wir ihre religiösen Gefühle respektieren«, sagte der Captain zu dem LLDB-Offizier, als die letzte der schweren Munitionskisten aus dem Schrein gewuchtet war.

Bao stimmte zu. »Ich nicht Cao-Dai, aber wir alle Buddhisten.« Dann fügte er hinzu. »Nicht gut, Lager aufgeben, nur wegen Pagode.«

Dewart zuckte die Achseln. »Sind Sie auf einen Nachtangriff der Vietkongs vorbereitet?«

»Wir okay. Ich nicht wollen, Cao heute nachts in Lager kommen. Vielleicht auch Vietkongs kommen.«

»Dann sagen Sie ihnen, daß sie nicht herein dürfen«, riet Dewart.

»Nein«, antwortete Bao entschieden. »In Saigon Provinzpräfekt Distriktchef sagen, wir müssen« – Bao zögerte und suchte nach den richtigen Worten der fremden Sprache – »wir müssen zusammenarbeiten mit Cao-Dais. In Saigon nicht glauben, Cao-Dais hier mit Vietkong zusammenarbeiten. Wir glauben, Vietkong Cao-Dais vielleicht zwingen, daß helfen. Aber wir nicht sagen Saigon. Saigon sagen uns.«

Dewart drehte sich grinsend zu mir um. »Sehen Sie, er hat ein gutes

Argument. Es ist doch in jeder Armee dasselbe. Was der General an der Spitze befiehlt, das geschieht. Auch wenn er so weit vom Schuß ist, daß sich sein Befehl draußen in der Feuerzone als glatter Blödsinn erweist.«

Am Spätnachmittag kehrte Sergeant Rutt mit den beiden Milizzügen zurück.

»Dai-uy Bao«, meldete er. »Wir sehen viele Spuren der Vietkongs. Sie beobachten uns.«

Bao nickte gewichtig. »Überall Vietkongs. Wollen nicht, wir hier.«

»Die Genossen brauchen zwei, vielleicht sogar drei Bataillone, um uns zu überrennen«, erwog Dewart. »Sie werden Störmanöver unternehmen. Sie werden uns mit Granatwerfern beschießen« – er überlegte –, »aber die Vietkongs werden nicht den Verlust von drei- oder vierhundert Mann riskieren, nur um diesen Stützpunkt zu erobern.«

Bao nickte nachdenklich.

»Kommen die Cao-Dai-Führer heute nachmittag wieder?« fragte Dewart.

»Ja«, antwortete Bao. »Alter Priester und zwei andere. Sie wollen sehen: keine Patronen in Pagode – wie Sie versprechen –, dann alles gut für Gebet heute nacht.«

»Ausgezeichnet, Bao. Lang soll mich rufen, wenn sie beim Tor sind.«

Der Captain ging mit Sergeant Rutt und mir in seine notdürftig überdachte Ecke im Teamquartier. »Hat alles geklappt, Rutt?«

»Alles in Ordnung, Sir. Ich habe drei Ladungen ausgelegt. Es wird wie Granatwerferbeschuß klingen. Was ist mit den drei Ladungen im Lager?«

»Die haben wir vergraben, während die Munition verlagert wurde. Überprüfen Sie das mit Sergeant Lyons, damit die Reihenfolge auf Ihrem Zündgerät stimmt.«

»Jawohl, Sir. Das nenne ich Präzisionsarbeit«, sagte Rutt. »Mr. Brucker hätte sicher gern einen schriftlichen Bericht darüber.«

»Besten Dank, in diesem Jahr brauche ich keine Kriegsgerichtsverhandlung! Meine Frau bekommt ein Kind. Ab durch die Mitte, Rutt. Ich möchte die ganze Geschichte gleich erledigt wissen, während der alte Cao-Dai und die beiden verkappten Vietkongs im Lager sind.«

»Jawohl, Sir.«

»Und, Rutt, passen Sie genau auf meine Signale auf.«

»Keine Sorge, Sir.«

Es war fünf Uhr nachmittags, als der Cao-Dai-Priester und seine zwei finsteren Begleiter beim Tor auftauchten. Der Dolmetscher Lang, ein zuvorkommender Captain Dewart und ein besorgter Captain Bao begrüßten sie. Die beiden jungen Männer grinsten ihnen noch frech ins Gesicht, als sie merkten, daß die Amerikaner offenbar gezwungen hatten, ihr Kriegsmaterial aus der Pagode zu entfernen.

Der Cao-Dai-Priester, sein weißes Gewand um den Körper gerafft, betrat den Tempel und kam gleich darauf wieder heraus. Er verbeugte sich vor dem amerikanischen Offizier und ließ durch Lang erklären, daß sich in der Nacht, bei Vollmond, viele Cao-Dais zum Gebet einfinden würden.

»Wie viele Gläubige werden kommen?«

Die beiden jungen Männer, die den Greis in die Mitte genommen hatten, sagten ein paar scharfe Worte zu Lang. Der Vietnamese schien beunruhigt, als er übersetzte: »Sie sagen, dreißig bis vierzig haben sich für die Feier versammelt.«

»Vielleicht vierzig Männer«, wiederholte Bao. »Das ist schlimm.«

»Warum lehnen Sie nicht ab? Später können Sie dem Distriktchef, dem Provinzpräfekten und Saigon Ihre Gründe sagen«, sagte Dewart sanft.

Bao schüttelte den Kopf. »Aber wir scharf aufpassen ganze Zeit«, sagte er entschlossen.

Dewart verbeugte sich leicht vor den zwei trotzigen jungen Vietnamesen und dem unter Druck gesetzten Priester. »Lang, sag dem Ehrwürdigen, daß wir ihn und seine Glaubensbrüder heute nacht erwarten.«

Lang übersetzte. Der Greis legte die Handflächen aneinander und streckte sie dem Amerikaner entgegen, wobei er den Kopf maßvoll senkte. Seine beiden Begleiter starrten feindselig vor sich hin. Dann gingen alle drei auf das Tor zu.

Alles hing nun davon ab, daß die weißen Wasservögel zur gewohnten Zeit vorüberflogen. Dewart sah zum Fluß hinüber, ich folgte seinem Blick. Da kamen sie schon, pünktlich auf die Minute, auf das Lager zu.

Der Schwarm hatte vielleicht noch dreißig Sekunden zu fliegen, als Dewart mit der linken Hand ein Zeichen gab. Rutt nickte, und gleich darauf dröhnte ein dumpfer, ferner Krach im Osten.

Dewart legte vielsagend den Kopf zur Seite. Ein zweiter Knall hallte über die Reisfelder. Dann, scharf und peitschend, ein dritter. »Hören Sie das, Bao?«

»Vietkonggranatwerferfeuer vom Osten!« schrie der Captain. »Gleich Treffer!«

Der Lagerkommandeur rief dem alten Cao-Dai-Priester auf vietnamesisch eine Warnung zu. Die beiden verkappten Kommunisten fuhren herum; nur die mit Sandsäcken eingedeckte Pagode bot Sicherheit. Überraschung und Furcht standen in ihren Gesichtern. Der schwächste Punkt im Partisanenkrieg der Vietkongs war ihre schlechte Nachrichtenübermittlung. Ich mußte ein Lachen unterdrücken, denn ich erriet die Gedanken der beiden jungen Guerillas. Wahrscheinlich flüsterten sie hastig miteinander. Irgendein Unterführer hatte ihnen sein Wort gegeben, daß sie nicht gefährdet seien, und ausgerechnet jetzt wurde der amerikanische Stützpunkt mit Störfeuer belegt!

Aus den Augenwinkeln sah ich die Vögel. Dann erfüllte lautes Schwirren die Luft.

»Volle Deckung!« brüllte Dewart. Lang schrie die Warnung auf vietnamesisch. Der Ehrwürdige wurde durch den Schwung, mit dem seine beiden Begleiter auf den schützenden Unterschlupf der dick verbarrikadierten Pagode zuhetzten, niedergestoßen. Bao sprang zu dem Greis hin und deckte mit seinem eigenen Körper den Leib des heiligen Mannes.

Dewart packte Lang, der auch zur Pagode wollte, mit einem raschen

Jiu-Griff und warf ihn zu Boden. Ich streckte mich vorsichtig flach auf eine grasbewachsene Stelle.

Als Dewart sah, daß die zwei Vietkongs in der Pagode waren, gab er Rutt ein Zeichen. Drei rasch aufeinanderfolgende Explosionen erschütterten die Erde unter uns, die Druckwellen nahmen mir den Atem. Das hieß die Realistik übertreiben!

Langsam kam Dewart wieder auf die Beine und zog seinen verängstigten Dolmetscher mit hoch. Captain Bao half dem entsetzten Cao-Dai-Priester beim Aufstehen und klopfte ihm den Staub aus dem Gewand. Die BAR-Schützen hatten auf den Mauern das Feuer eröffnet und bestrichen das Gelände östlich vom Lager mit schwerem Beschuß.

Die erste Ladung hatte die Sandsackwehr und die äußere Umfassung in einem Radius von einem Meter beim Fluß herausgerissen. Die zweite Ladung war auf halbem Weg zur Mitte des Lagers explodiert, hatte auf dem Apellplatz einen gehörigen Krater hinterlassen, aber keinen Schaden verursacht.

Dem vor Schreck schlotternden Dolmetscher quollen die Augen aus dem Kopf, als er die Wirkung der dritten Detonation sah. Wo einst die Cao-Dai-Pagode gestanden war, die Deckung, auf die er zustürmte, ehe Dewart ihn niederwarf: eine riesige Staubwolke. Teile des Mauerwerks und des Dachs hingen über einem rauchenden Krater.

Bao starrte ungläubig zu der Trümmerstätte hinüber. »Volltreffer«, sagte er schließlich mühsam.

Dewart nickte. »Gut, daß wir die Munition verlagert haben. Ich habe Ihnen gesagt, ein guter Granatwerferschütze der Vietkongs kann vom Rand der Reisfelder aus Ihr ausgebreitetes Taschentuch mit einer Granate treffen.«

Der alte Cao-Dai-Priester blickte einige Herzschläge lang entgeistert die qualmende Ruine an, dann schienen ihm die Zusammenhänge zu dämmern. Er wandte sich um, und der amerikanische Captain sah, wie in den Augen des Greises ein Licht aufglomm. Eine unendlich schwere Last war ihm von der Seele genommen. Es bedurfte keines Dolmetschers.

Dewart legte die Handflächen aneinander und verbeugte sich feierlich. »Lang, sag dem Ehrwürdigen, daß wir ihm eine neue Pagode bauen werden, an jeder beliebigen Stelle, fünf Kilometer oder besser noch weiter vom Lager entfernt.« Er wies auf die zerfetzten Sandsäcke. »Sag ihm, daß von den Leichen nichts mehr übrig ist für ein Begräbnis. Sag ihm« – er zögerte –, »daß ich diese Wendung bedauere.«

Er kehrte Bao und dem alten Priester den Rücken und winkte mir. Dann bemerkte er, daß Rutt über das ganze Gesicht grinsend hinter der Sandsackbarriere des Teamquartiers hervorspähte. Streng rief der Captain: »Okay, Rutt, holen Sie den Rest des Teams zusammen und fangt mit den Aufräumungsarbeiten an! Morgen werden wir darangehen, dieses Fort fertigzustellen. Ich wünsche, daß wir morgen abend ein Dach über dem Kopf haben!«

»Jawohl, Sir! Ein Blechdach wird beschafft, Sir!«

VIERTES KAPITEL

Zwei Fliegen mit einem Schlag

I

Captain Brandy Martell begegnete ich einige Wochen, nachdem General Nguyen Khanh von ›Big‹ Minh die Führung der vietnamesischen Regierung übernommen hatte. Ein Wechsel, von dem sich die amerikanischen Militärberater eine Wendung zum Besseren erwarteten. Brandy hieß in Wirklichkeit François, aber niemand nannte ihn so. Seiner Herkunft nach Belgier, während des Zweiten Weltkrieges OSS-Agent, trat er Anfang der fünfziger Jahre in die amerikanische Armee ein und wurde Bürger der Vereinigten Staaten.

Ich war gerade in Saigon, in Gesellschaft von Tim Pickins, der nun von seinen Verwundungen völlig genesen war. Tim hatte einen Jeep organisiert und machte mit mir eine Stadtrundfahrt. Um elf Uhr vormittags kamen wir an einem kleinen offenen Kaffeehaus vorbei, das außerhalb des ziemlich amerikanisierten Stadtzentrums lag, und dort entdeckte er Captain Martell. Brandy saß, mit sportlich-lässiger Eleganz gekleidet, an einem Tisch knapp am Trottoir und las eine französische Zeitung.

Tim bremste den Jeep. »Kein Mensch weiß, was in aller Welt Brandy tut, wenn er in die Stadt kommt«, sagte er. »Sofort taucht er in der Masse der Saigoner Franzosen unter, und wir kriegen ihn nie zu Gesicht. Ich persönlich glaube, daß er nebenbei für die Agency arbeitet.«

Pickins grinste perfid. »Warten wir, bis er uns bemerkt. Er will nicht mit Amerikanern gesehen werden.«

»Vielleicht sollten wir ihn gar nicht beachten.«

»Wenn wir ihn schon haben, halten wir ihn fest. Man kann nie wissen, ob man Captain Martell in Nam Luong antrifft – das ist sein Standort. Er erfüllt Sondermissionen, von denen nicht einmal ich eine Ahnung habe. Und man sollte doch meinen, daß ich alles weiß, was in den zehn A-Teams meines Areals vorgeht.«

Als wir das Kaffeehaus betraten, hob Brandy sein langes, kantiges Gesicht. Seine dunkelbraunen, fast wässerigen Augen blickten uns traurig an. Das kohlschwarze Haar trug er unter Mißachtung der Vorschrift lang, und alles in allem wirkte er unglaublich jung.

»Guten Morgen, Brandy«, sagte Pickins fröhlich.

Martell nickte, äußerte aber kein Wort.

»Dürfen wir uns setzen? Ich möchte dich mit jemandem bekannt machen, der dich schon lange kennenlernen wollte.«

Brandy maß mich einen Moment lang mit einem Gesicht wie ein melancholischer Spaniel. Das war wohl seine persönliche Note. Dann wandte er sich um und rief einen alten vietnamesischen Kellner herbei. »Garçon? L'addition, s'il vous plaît.«

Der Kellner überreichte ihm die Rechnung. Martell legte einige Piastermünzen auf den Tisch und stand auf. »Et maintenant, messieurs, si vous voulez, nous parlerons chez moi.«

Wir verließen hinter Brandy das Café. »In diesem Lokal«, sagte er mit seinem rollenden französischen Akzent, »kennt man mich nur als Monsieur Robair, einen französischen Pflanzer aus der Provinz Tai Ninh. Man weiß nicht einmal, daß ich englisch verstehe. Ein sehr günstiges Lokal übrigens. Aber man wird sich wundern, daß ich mit Amerikanern gesprochen habe.«

Pickins lachte still in sich hinein. »Tut mir leid, wenn ich dein Geheimnis gelüftet habe.«

Brandy zuckte etwas theatralisch die Achseln, tiefe Furchen kerbten sich durch sein langes, hageres Gesicht. Dann wandte er sich verbindlich mir zu und entschuldigte sich wegen seiner Unhöflichkeit.

»Keine Ursache«, sagte ich. »Aber ich wüßte natürlich gern, was Sie hierherführt.«

»Eh bien, ich bin mit meinem Sanitätssergeanten und meinem Abwehrspezialisten im ›Pfau‹ zum Lunch verabredet. Wenn Sie uns Gesellschaft leisten wollen, sind Sie willkommen.«

Pickins winkte uns kurz zu, als er davonbrauste. Brandy und ich gingen zu Fuß bis zu dem zwei Häuserblocks entfernten Restaurant, wo uns bereits Sergeant Ossidian, der Spionagespezialist, und Sergeant Targar, der Sanitäter, erwarteten.

Targar sprach englisch mit einem deutlichen, doch sympathischen Akzent und verriet mir gleich, daß er aus Ungarn stamme, das Land aber 1952 verlassen habe und in die amerikanische Armee eingetreten sei.

Der Lunch verlief anregend und interessant, und zum Schluß stellte es Captain Martell seinen Sergeanten sozusagen frei, mir über den Einsatz des Teams zu berichten. Das taten sie denn auch bei eisgekühlten Drinks im ›Caprice's‹, einem Lieblingslokal der Special Forces, wo es hübsche Mädchen zu sehen gab – und wenn ein Soldat dazu aufgelegt war, konnte er auch mehr tun als sie nur anschauen.

Die beiden schwierigsten Probleme in Nam Luong, so erfuhr ich, waren die Rekrutierung von Freiwilligen für die Miliz und das Anwerben von Spionen. Und in beiden Fällen bewährte sich die nun schon fast sprichwörtliche Findigkeit und Improvisationsgabe der Special Forces.

Die Sergeanten erzählten mit sichtlichem Vergnügen, wie es ihr Captain zuwege gebracht hatte, auf eigene Faust eine dringend benötigte außerplanmäßige Milizkompanie zu formieren. Von einem früheren Einsatz her war Martell mit dem Polizeipräfekten von Saigon aus der Ära Diem persönlich bekannt. Brandy wußte, wie es im Gefängnis von Saigon aussah, und kam auf die Idee, die jugendlichen Häftlinge loszueisen und ihnen die Möglichkeit zu bieten, lieber in seine Milizeinheiten einzutreten und gegen die Kommunisten zu kämpfen, als in den veralteten, modrigen Gefängniszellen vor die Hunde zu gehen. Dazu war die Genehmigung des Präsidenten erforderlich, aber schließlich trommelte Martell etwa hundert aus der Masse der Sträflinge gesonderte Diebe, Sittlichkeitsverbrecher, Säufer, Rauschgiftzwischenhändler, Zuhälter, Homosexuelle und Totschläger zusammen. Die Totschläger wurden freilich nur deshalb nach Nam Luong überstellt, weil sie nur Mithäftlinge und nicht etwa brave Bürger abgemurkst hatten. Der Polizeipräfekt drohte den jungen Knastbrüdern lebenslängliche Kerkerstrafe an, wenn sie aus Nam Luong desertieren sollten, und ermächtigte vor ihnen Captain Martell und dessen damaligen Partner von der LLDB, jeden der Galgenvögel, der Schwierigkeiten machen sollte, auf der Stelle zu erschießen.

Die Kompanie der Saigoner Strolche erwies sich als kampftüchtige Einheit, allerdings ließen sie nach jedem Gefecht ihrer Vorliebe für Leichenverstümmelung freien Lauf. Sie fürchteten sich dermaßen vor dem Gefängnisleben, daß es, zum Unterschied von anderen Kompanien im Lager, bei ihnen keine Desertionen gab.

Unglückseligerweise erließ nach dem Sturz des Präsidenten Diem sein Nachfolger, ›Big‹ Minh, eine allgemeine Amnestie, um sich bei der Bevölkerung beliebt zu machen, und steckte Diems Polizeipräfekten ins Gefängnis. Daraufhin desertierten die meisten Saigoner Kriminellen. Nur einige blieben zurück, und zwar jene, bei denen die Resozialisierungsmaßnahmen der Amerikaner Erfolg gehabt hatten.

Doch nun, da die Vietkongs im Gebiet um Nam Luong ihre Partisanentätigkeit verstärkten und der angriffslustige General Khanh an die Macht gekommen war, benützte Captain Martell diese Reise nach Saigon auch dazu, seine Sträflingsmiliz zu ergänzen. Ossidian und Targar waren überzeugt, daß es ›der Alte‹ irgendwie schaffen würde.

Neue Agenten anzuwerben, war allerdings ein heikleres Problem, besonders da Nam Luong in einer Provinz lag, in der der Einfluß der Vietkongs ständig wuchs — man nahm sogar an, daß sich dort ihr Hauptquartier befand.

Bis vor zwei Wochen hatte Ossidian einen ausgezeichneten Agenten, einen Vietkonglieutenant namens Tang, der in der Nähe der Provinzhauptstadt, nur fünf Meilen vom Special-Forces-Stützpunkt entfernt, stationiert war. Als gebildeter Vietnamese beherrschte Tang außer seiner Muttersprache auch französisch, englisch und chinesisch. Als Buddhist war er unter dem römisch-katholischen Diem-Regime nicht so rasch avanciert, wie er es seiner Meinung nach verdiente. Die Vietkongs, oder wie sie sich lieber nennen ließen, die ›Nationale Befreiungsfront‹, wurden auf den unzufriedenen Subalternoffizier aufmerksam und gewannen ihn für sich.

Aber Tang war kein Schlächter, und die Terroraktionen der Vietkongs, an denen er teilnehmen mußte, stießen ihn ab. An dem Tag, an dem er sich gezwungen sah, schwangere Frauen auf den Hauptplatz einer Stadt zu schleppen, wo ihnen der Bauch aufgeschlitzt und der Fötus herausgerissen wurde, empörte sich alles in ihm gegen die Kommunisten. Er konnte nicht länger ihr Mann sein.

Einer von Ossidians Agenten, der in den Vietkonglagern ungehindert aus und ein ging, berichtete von Tangs Verbitterung und vereinbarte ein Zusammentreffen zwischen Ossidian und dem Vietnamesen an einem sicheren Ort in der Provinzhauptstadt. Tang sammelte bald Reichtümer an. Seine Informationen waren so wertvoll, daß sich der LLDB-Stützpunktkommandeur von Nam Luong hinter den vietnamesischen Major beim B-Team steckte und ihn überredete, darauf zu dringen, ja darauf zu bestehen, daß Captain Martell seinen Agenten der LLDB unterstelle.

Brandy gehorchte diesem Befehl erst, als sein neuer Vorgesetzter beim B-Team, Major Fanshaw, der erst einige Wochen im Land war, per Hubschrauber nach Nam Luong kam, um persönlich dafür zu sorgen, daß Captain Cam, Brandys Partner, alle Geheimberichte in vollem Umfang zugänglich würden.

Ossidian ließ ein verächtliches Grunzen hören. »Ein guter B-Team-Kommandeur brauchte einige Monate, manchmal auch mehr, um zu entscheiden, in welchen Fällen man nicht strikt nach den Richtlinien der amerikanischen Regierung und des Verteidigungsministeriums vorgehen muß. Mancher lernt das nie.«

Zwei Wochen, nachdem Cam mit Tang persönlich konfrontiert worden war, zog Ossidian mit einem großen Briefumschlag, randvoll mit Piasterscheinen, los, um mit seinem Staragenten zusammenzutreffen. In dem Haus, das als sicherer Schlupfwinkel galt, fand er Tang, auf die fürchterlichste Weise zu Tode gefoltert, aufrecht auf einem Stuhl sitzend, das Gesicht zur Tür.

»Sympathisiert Cam mit den Vietkongs?« fragte ich.

»Noch schlimmer.« Ossidian starrte düster in das Bierglas, das vor ihm stand. »Das hängt mit der fernöstlichen Vorstellung von der Wahrung des Gesichts zusammen. Cam mußte unsere Erfolge mit Tang diskreditieren. Deshalb fuhr er ins Korpskommando, um sich dort zu rühmen, daß er selbst den Vietkonglieutenant angeworben habe und alle wichtigen Geheimberichte, die aus Nam Luong eintrafen, ihm zu danken seien. Das Spionagenetz, das die Kommunisten in allen Korpskommandos der vietnamesischen Armee aufgebaut haben, funktioniert so gut, daß sie Tang erledigten, noch bevor Cam ins Lager zurückkehrte.«

»Und was unternehmen Sie, um den Agenten zu ersetzen?«

»Eine gute Frage«, erwiderte Ossidian und winkte Targar zu.

»Der Alte sagt, man soll unserem Gast hier alles mitteilen, was er wissen will«, begann Targar. »Das ist eine tolle Geschichte.« Er wies auf seinen Kameraden. »Glauben Sie mir, Ossidian ist der gemeinste Hurenkerl, der mir jemals untergekommen ist. Drüben in Okinawa würde ich nicht einmal mit ihm reden, aber hier in Vietnam bin ich froh, daß wir diesen syrischen Halsabschneider im Team haben.«

»Ich arbeite seit zehn Jahren in der Abwehr, in fünf verschiedenen Ländern«, sagte der Spionagespezialist als Bekräftigung dieses Kompliments mit umgekehrten Vorzeichen.

Gemeinsam erzählten mir Ossidian und Targar, wie sie ihren neuen Coup im Untergrundkampf gelandet hatten.

Ossidian hatte sich immer eine hübsche Agentin gewünscht, die in seinem Aktionsbereich bei den Vietkongs spionieren könnte. Aber es gab nur eine einzige Möglichkeit, eine wirklich attraktive, intelligente und der Sache verschworene Spionin anzuwerben: man mußte ein Mädchen finden, das den Feind aus tiefster Seele haßte, eine junge Vietnamesin, die sich um jeden Preis rächen wollte. Wie findet man so eine? Ossidian legte sich einen Plan zurecht.

Es verging kaum eine Woche, in der die Vietkongs nicht eines der Dörfer angriffen, die die Saigoner Regierung für die aus den von den Vietkongs bedrohten Gebieten evakuierte Bevölkerung angelegt hatte. Zum Schutz dieser Ansiedlungen wurden bewaffnete Dorfwehren aufgestellt. Truppen der vietnamesischen Armee waren nahe genug stationiert, um bei einem Vietkongüberfall einzugreifen. Doch meist waren die Dorfwehren nicht in der Lage, Nachtangriffe zurückzuschlagen, und auf die regulären Einheiten konnte man nach Einbruch der Dunkelheit nicht zählen. Die erste Maßnahme der Vietkongs nach der Eroberung einer solchen Ansiedlung war, daß sie am Dorfältesten, seiner Frau und gegebenenfalls an seinen Kindern ein Exempel statuierten.

Ossidian bewog Captain Martell, einen Hubschrauber anzufordern, der eine Woche lang auf Abruf verfügbar wäre. Er hielt die Funkstelle täglich vierundzwanzig Stunden in Alarmbereitschaft. Am dritten Tag kam die Nachricht, auf die er gewartet hatte. Die Vietkongs hatten während der Nacht ein fünfundzwanzig Meilen weiter nördlich gelegenes Regierungsdorf überrannt.

Ossidian, Targar und Captain Martell sprangen in den Hubschrauber und landeten in der Ansiedlung, als die letzten Vietkongpartisanen vor den rasch nachdrängenden vietnamesischen Truppen flüchteten. Wie immer gab es neue Witwen, die in Tränen aufgelöst waren, und während Targar mit seiner Sanitätstasche sich nach besten Kräften um die auf dem Boden liegenden Verwundeten bemühte, ging Ossidian mit schußbereiter Kamera auf den Hauptplatz.

Dort bot sich ihm der grauenhafte Anblick, auf den er gefaßt war. Rundum standen entsetzte, ihren Schmerz laut herausheulende Dorfbewohner, noch ganz benommen von den Greuelszenen, die sie hatten mitansehen müssen.

Sogar dem hartgesottenen Ossidian wurde schwindlig, als er daranging, den Dorfältesten und dessen vielleicht zwölfjährigen Sohn zu fotografieren. Beide waren an den Daumen aufgehängt, die Eingeweide waren ihnen herausgerissen. Der Sergeant machte Aufnahmen vom Gesicht des alten Mannes, das seinem Sohn zugewandt war, die Augen offen, die Pupillen verdreht, die tiefgefurchten Züge in Todesqual verzerrt. Der klaffende Leib des Jungen war ein unerträglicher Anblick; der Kopf zurückgeworfen, der Mund offen, die Zunge durchgebissen.

Ossidian machte noch einige Bilder, auf denen zu sehen war, wie die

Eingeweide von Vater und Sohn in den Schmutz hingen, von Fliegen umschwärmt. Dann kam die Krönung dieser grausigen Groteske.

Ein Schwein trottete, behaglich grunzend, mit gesenktem Rüssel heran, und als es zu den herabhängenden Gedärmen des Dorfältesten kam, begann es sie schmatzend anzufressen. Ossidian gelang es, diese Szene rasch festzuhalten, bevor sich Martell auf das Schwein stürzte und das quiekende Tier mit Fußtritten davonjagte. Die Frau des Dorfältesten hing in verrenkter Stellung zwischen zwei Pfosten. Mit kaltblütiger Sachlichkeit fotografierte Ossidian den Leichnam, in dem methodisch alle Knochen gebrochen waren. Wieder stellte er das Objektiv für eine Nahaufnahme ein, genau auf das verzerrte, aber noch deutlich erkennbare Gesicht.

In seinem leidlichen Vietnamesisch fragte er, wo das Haus des Dorfältesten stehe. Ein völlig verschüchterter Greis führte ihn über Lehmpfade zu einem aus Fertigteilen errichteten Gebäude, das blau und rot bemalt war. Über der Tür stand in erhabenen, weiß gemalten Ziffern das Jahr der Erbauung: 1962. Wahrscheinlich war der Dorfälteste Katholik gewesen und hatte sich nach dem christlichen und nicht nach dem buddhistischen Kalender gerichtet.

Im Haus fanden Ossidian und Captain Martell einen Schreibtisch und darüber an der Wand das Familienbild, das drei Töchter und zwei Söhne zeigte; einer davon war der Junge, der auf dem Marktplatz hing. Der Sergeant nahm das Bild herunter und sah dann alle Papiere und Briefumschläge durch. Eineinhalb Stunden später, als die Vorhut des vietnamesischen Infanteriebataillons in die so grausam betroffene Ansiedlung einrückte, hatte Ossidian das Gesuchte gefunden. Er und Brandy trieben Targar, der Wunden säuberte und verband, zur Eile an.

Wieder in Nam Luong, stieg Ossidian in einen Jeep und fuhr in die Stadt. Er betrat den Laden eines Fotografen, ging mit dem Besitzer in die Dunkelkammer und blieb darin, während der Film entwickelt und die meisten der Aufnahmen vergrößert wurden. Als der Vietnamese die Bilder sah, wurde ihm übel. Ossidian mußte ihm beim Fixieren, Wässern und Trocknen helfen.

Am nächsten Morgen flog er mit der täglichen Transportmaschine nach Saigon. In seiner Plastikaktenmappe befanden sich die Adresse der Tochter des hingeschlachteten Dorfältesten und einige ihrer Briefe an die Angehörigen, in französisch, teils vietnamesisch geschrieben. Außerdem hatte er die Dokumentarfotos der von den Vietkongs zu Tode gefolterten Eltern mit.

Aus den Briefen hatte Ossidian entnommen, daß Li Son Binh, die Tochter, Lehrerin an einer katholischen Schule war, wo Mädchen auf ihre weitere Ausbildung in Frankreich vorbereitet wurden.

Ossidian ging von der Voraussetzung aus, daß ihn die Vietkongs ständig überwachen ließen, sogar in Saigon. Deshalb gab er im Kommando der Special Forces einen Brief ab, adressiert an Co Binh (Fräulein Binh), zur Weiterleitung an sie persönlich; und zwar durch einen vietnamesischen Boten, den niemand, weder die Regierung noch die Vietkongs, als Agenten der Amerikaner erkennen konnten.

Die Nachricht von dem Angriff auf das Dorf war noch nicht für die Saigoner Zeitungen freigegeben worden. Ossidian würde Co Binh vom Schicksal ihrer Eltern in Kenntnis setzen müssen. Dies lag auch durchaus in seiner Absicht.

Um vier Uhr nachmittags betrat er in Zivil das Buchungsbüro von Air Vietnam. Er hatte erwogen, sich mit Co Binh in einem Café zu verabreden, doch wohlerzogene vietnamesische Mädchen gingen nicht allein in solche Lokale. Er wußte nicht genau, welche der auf dem Foto abgebildeten Töchter Co Binh war, also wartete er geduldig. Zehn Minuten später betrat eine nervös wirkende junge Vietnamesin in weißer Au Dai den Raum und blickte unsicher um sich.

Ossidian stieß einen leisen Pfiff aus. Sie war ein sehr schönes Mädchen mit feinen Gesichtszügen und schlanker Gestalt und einem Anflug von Hochmut, der einen Mann reizen konnte, diese Barriere zu durchbrechen und an sie heranzukommen. Das wär' doch ein Fressen für ein hohes Tier der Vietkongs, dachte der Sergeant, als er sich mit einem gewinnenden Lächeln der jungen Vietnamesin näherte.

»Co Binh?« fragte er höflich.

Sie sah zu Ossidian auf und nickte sehr bestimmt.

»Sprechen Sie englisch?« fragte er. »Ou aimez-vous mieux que nous parlerons en français?«

Zum erstenmal lächelte Co Binh. »Ich glaube, es ist besser, wir sprechen englisch.«

Ossidian lächelte zurück. Er hatte keine Illusionen über seine Französischkenntnisse, obwohl er sich in dieser Sprache verständigen konnte. »Gut. Wollen Sie bitte mit mir kommen, damit wir uns über Ihre Angehörigen unterhalten können?«

Als das Mädchen zögerte, zog Ossidian das Familienbild aus seiner Aktenmappe und zeigte es ihr. Co Binh seufzte auf, als sie das gerahmte, kolorierte Foto sah, das sonst über dem Schreibtisch ihres Vaters hing. »Waren Sie im Haus meiner Eltern?«

Ossidian nickte. Er glaubte, eine flüchtige Röte auf Co Binhs Gesicht zu entdecken. Da offenbarte sich also plötzlich eine verwundbare Stelle, die der strenge Stolz nicht schützte. »Was hat Ihnen mein Vater von mir erzählt?« forschte sie vorsichtig.

Der Sergeant war erleichtert und zugleich besorgt: erleichtert, weil er vermutete, daß Co Binh ihre Angehörigen mit irgendeinem Stigma verlassen hatte, zweifellos war ein Mann im Spiel; besorgt, weil sie vielleicht nicht mehr so an ihren Eltern hing, daß deren schreckliches Ende sie bewegen könnte, gegen die Vietkongs zu spionieren. Aber der scheußliche Tod ihres Bruders würde sie sicherlich zutiefst erschüttern.

»Wenn Sie, bitte, mit mir kommen wollen, ich habe Ihnen einiges über Ihren Vater und Ihre Mutter zu erzählen.«

»Können wir nicht hier sprechen?« schlug sie vor.

Ossidian schüttelte den Kopf. »Bitte, kommen Sie mit. Es ist wichtig.«

Widerstrebend ließ sich Co Binh zu einem der winzigen blauen Saigoner

Taxi führen und stieg ein. Ossidian gab dem Fahrer eine Adresse auf der Minh Mang in Cholon, dem Chinesenviertel von Saigon. Er wollte Co Binh nicht im Auto vom Tod ihrer Eltern berichten, deshalb befragte er sie über ihr eigenes Leben und die Schule, wo sie Französischunterricht gab. Ihr Vater war ein Anhänger des Diem-Regimes gewesen, und zur Belohnung dafür hatte man seinen Kindern eine erstklassige Schulbildung ermöglicht.

Co Binh antwortete ungeduldig auf Ossidians Fragen. Schließlich, kurz vor dem Ziel, sagte er zu ihr: »Wir sind gleich da. Ein befreundeter vietnamesischer Arzt wird uns sein Haus für ein ungestörtes Gespräch zur Verfügung stellen. Er und seine Frau werden anwesend sein.«

Das Taxi fuhr bei der Ordination des Arztes vor, und Ossidian geleitete Co Binh, die ihren Widerwillen noch immer deutlich zeigte, zum Eingang. Er hoffte, sie würde nicht wissen, daß Doktor Hinh einer der bekanntesten Abtreiber von Saigon war. Ossidian hatte alles einkalkuliert: Sollten sie beobachtet werden, dann konnte niemand darüber im Zweifel sein, weshalb der Amerikaner und die zögernde, nervöse junge Vietnamesin Dr. Hinhs Ordination aufsuchten.

Der Arzt, der Ossidian schon früher die Möglichkeit zu ungestörten Besprechungen mit Agenten geboten hatte, begrüßte die beiden und führte sie in sein Wohnzimmer, das mit seinen dunklen, schweren Möbeln und buntfarbigen buddhistischen Symbolen etwas überladen wirkte. Er wechselte mit Co Binh einige Worte auf vietnamesisch, wies auf eine offene Tür zu einem anderen Raum, wo er und seine Frau Tee tranken, und ließ dann Ossidian und Co Binh allein.

»Nun«, wollte das Mädchen wissen, »warum bringen Sie mich hierher?«

Ossidian warf ihr einen ernsten, mitfühlenden Blick zu und sagte: »Ich war gestern im Dorf Ihres Vaters. Kurz nachdem er, Ihre Mutter und Ihr Bruder von den Vietkongs ermordet wurden.«

Co Binh stieß einen lauten Schrei aus, ihre Hände flatterten zum Gesicht empor. Diese Reaktion bestätigte die Vermutungen des Sergeanten. »Wann haben Sie Ihre Angehörigen zum letztenmal gesehen?« fragte er.

»Das ist fast ein Jahr her ... mein Vater war zornig, als ich einen jungen Mann ins Dorf mitbrachte ... ich wollte ihn meinen Eltern vorstellen ... er war Buddhist ... Er ...« Co Binh straffte sich plötzlich und fixierte mit ihren dunklen Augen Ossidian. »Wissen Sie genau, daß meine Eltern tot sind? Welche Beweise können Sie mir geben? Warum hat mich nicht die Regierung verständigt?«

»Ihre Angehörigen sind tot, Co Binh.«

»Was ist mit ihnen geschehen?«

»Sie wissen doch, was die Vietkongs mit den Dorfältesten von regierungstreuen Ansiedlungen machen.«

»Hier in Saigon haben wir nicht das Gefühl, daß wirklich Krieg ist. Mir haben die Vietkongs nie etwas getan. Sie sind schlecht, weil sie Kommunisten sind und die Kirche hassen, aber ...«

Ossidian wußte, daß der Moment gekommen war, die Wahrheit in ihrer ganzen fürchterlichen Brutalität zu offenbaren. Er zog die Gesamtaufnahmen von Co Binhs Eltern und ihrem Bruder aus der Aktenmappe und hielt sie ihr hin.

Sie starrte auf die Bilder. Im ersten Augenblick begriff sie nichts, doch dann traf sie die Erkenntnis mit vernichtender Gewalt. Co Binh schrie gellend auf. Dr. Hinhs Frau erschien in der Tür, aber Ossidian deutete ihr, wegzugehen.

Foto für Foto legte Ossidian Co Binh seine anderen Aufnahmen vor, die sie entsetzt, mit kalkweißem Gesicht, vor Grauen geschüttelt und leise stöhnend, mit vor Schreck geweiteten Augen anblickte. Als sie das Bild des Schweines sah, das seinen Rüssel in die Gedärme ihres Vaters wühlte, kreischte sie auf wie ein zu Tode getroffenes Tier und drückte die Finger in die Augen.

»Nein, nein! Bitte nichts mehr!« schrie sie.

»Sehen Sie nun, wie die Vietkongs wirklich sind?« fragte Ossidian eindringlich. »Sehen Sie, was tagtäglich in Ihrem Heimatland geschieht?«

Co Binh, unfähig, zusammenhängend zu sprechen, brach in einen Weinkrampf aus. Ossidian legte ihr tröstend den Arm um die Schultern, aber sie schüttelte ihn ab. Er stand auf und winkte Dr. Hinh zu, der ins Wohnzimmer kam.

Eine vorbereitete Injektionsspritze in der Hand, trat der Arzt auf Co Binh zu und gab dem von Krämpfen geschüttelten Mädchen ein Beruhigungsmittel.

Co Binh verbrachte die Nacht in Dr. Hinhs Haus; am nächsten Tag, sie stand noch immer unter der Schockwirkung, begann Ossidian mit ihr über die Rache an den Vietkongs und über die Pflicht gegenüber dem Vaterland zu sprechen.

Zwei Wochen später setzte das Special-Forces-A-Team von Nam Luong im Rahmen seiner Arbeiten für die Zivilhilfe in der Provinzhauptstadt ein altes, baufälliges Schulgebäude instand. Pulte und Bänke wurden beschafft, in den Klassenzimmern wurden Schultafeln aufgestellt und Lehrbücher gestapelt. Als die Lehrerin aus Saigon eintraf, war die neue Schule für Flüchtlingswaisen der Provinz fertig. Co Binh machte sich bei den Kindern und auch bei den männlichen Erwachsenen der Stadt sofort sehr beliebt.

Ossidian sagte ihr genau, wie sie es anstellen müsse, um sich mit Mister Hinh, einem prominenten Anwalt und Geschäftsmann, der für beide Seiten arbeitete, anzufreunden. Durch die Berichte früherer Agenten wußte Ossidian, daß Hinh mit hohen Offizieren der ›Nationalen Befreiungsfront‹ in enger Verbindung stand.

Hinh begann sich sofort für Co Binh zu interessieren, die im Gespräch häufig erwähnte, daß die Amerikaner sie mehrmals eingeladen hätten, ihr Lager zu besichtigen. Wie der Spionagespezialist Ossidian vorausgesehen hatte, erkannte Hinh bald, daß dieses Mädchen für ihn ein brauchbares Werkzeug sein könnte, um seine Beziehungen zu den Spitzen der ›Nationalen Befreiungsfront‹ zu festigen.

Deshalb vermittelte er die Bekanntschaft zwischen Co Binh und Oberst Ling, dem Vietkongkommandeur im gesamten Korpsbereich, der Hinh gelegentlich in der Provinzhauptstadt besuchte. Sie verstand es, Ling davon zu überzeugen, daß sie eine Feindin der Regierung und der Amerikaner sei, die sich in die Angelegenheiten ihrer Heimat einmischten.

Ling lud Co Binh ein, ihn in seinem Hauptquartier zu besuchen, einer Gruppe komfortabler Beton- und Steinbauten im dichten Dschungel und Gestrüpp, dreißig Meilen nordwestlich der Provinzhauptstadt. Trotz andauernden Drängens der amerikanischen Berater hatte es keine Einheit der vietnamesischen Armee gewagt, in dieses Hügelland nahe der Grenze von Kambodscha vorzustoßen.

Wie mir Ossidian stolz erzählte, war nun jeder der beiden – Mister Hinh und Oberst Ling – bestrebt, die schöne junge Lehrerin zu seiner Geliebten zu machen.

Targar schüttelte den Kopf. »Als Sanitäter bin ich ein humaner Mensch. Wenn ich fürs Studium nicht schon zu alt wäre, würde ich Arzt werden. Bei diesem Saukerl, diesem Ossidian, kommt mir manchmal das Kotzen.« Der Ungar grinste seinen Kameraden an. Zu mir sagte er: »Was tut also unser Spionagespezialist in Saigon? Er hält bereits nach einer neuen Agentin Ausschau, die Co Binh ersetzen soll, falls sie erwischt wird.«

»Sie ist drauf und dran, ihren großen Trumpf hinzuknallen«, erklärte Ossidian. »Leider werden dann meist sehr rasch die Karten aufgedeckt, und das Spiel ist aus.«

»Aber mein Freund«, sagte Targar, »in diesem Fall ist dieser große Trumpf ohne medizinische Hilfe nicht möglich.«

»Co Binh hat Mister Hinh nämlich ein bißchen gegen Oberst Ling ausgespielt. Und der Oberst sitzt draußen im Dschungel und hat seit endlos langer Zeit kein so reizvolles Wesen wie Co Binh um sich gehabt. Es juckt ihn in seinen kommunistischen Eiern nach diesem Mädchen. Ling will sie ganz für sich allein haben und hat Hinh zu verstehen gegeben, die ›Nationale Befreiungsfront‹ würde ihn liquidieren, wenn er versuchte, eine loyale Agentin zu verführen.«

Der Abwehrsergeant lachte laut heraus. »Die ganze letzte Woche hat Mister Hinh unsere Co Binh beschworen, für Ling die Beine breitzumachen. Der alte Hinh ist eben ein Doppelagent in Nöten.«

Nun ergab sich ein neues Problem für Ossidian: Co Binh war zwar von einem derart abgrundtiefen Haß gegen die ›Nationale Befreiungsfront‹ erfüllt, daß sie bereit war, ihren Körper einzusetzen, um den Kommunisten eine Niederlage beizubringen. Aber sie fürchtete sich entsetzlich davor, ein von einem Vietkong gezeugtes Kind im Leib zu tragen. Sie wußte, daß sie so ein Kind im Augenblick der Geburt töten würde. Wenn möglich sogar vorher. Und das wäre nach ihrer katholischen Erziehung eine so schwere Sünde, daß sie damit nicht weiterleben oder je einem Priester unter die Augen treten könnte.

Zu Ossidians und Targars Überraschung hatte Co Binh keine Ahnung von Empfängnisverhütungsmitteln. Aber der Spionagespezialist war ebensosehr daran interessiert wie der entflammte Oberst Ling, daß Co Binh und der Vietkongkommandeur recht oft miteinander ins Bett gehen sollten, und zwar je früher, desto besser.

Während Co Binh also den ständig geiler und stürmischer werdenden Oberst Ling immer wieder hinhielt, ersuchte Ossidian seinen Captain, über das B-Team unverzüglich per Flugzeug Empfängnisverhütungsmittel für Frauen anzufordern.

Diese Anforderung war in der ersten Woche seines Kommandos auf Major Fanshaws Schreibtisch gelandet und schlug im Stabsgebäude wie eine Bombe ein. Empört beorderte der Major Captain Martell sofort ins B-Team.

Mit seiner weltmännischen Verbindlichkeit gelang es Brandy, Fanshaw — der zum erstenmal den Special Forces zugeteilt war — so weit zu bringen, daß er sich eingestehen mußte, in Sachen Spionageabwehr ein blutiger Laie zu sein. Doch es kostete den Major Überwindung, die peinlichste Aufgabe seiner ganzen bisherigen Laufbahn zu lösen. Er wandte sich an den ranghöchsten Kriegsmarinearzt in Saigon mit der Bitte um eine nach den Größenordnungen klein bis mittel abgestufte Garnitur von Pessaren. Er forderte ferner das entsprechende Instrument an, um die richtige Größe festzustellen, die dann in Serie ausgefolgt werden sollte. Die übrigen Exemplare, so versicherte er, würden zurückgesendet werden.

Am darauffolgenden Tag, während Ossidian und zweifellos auch Oberst Ling immer ungeduldiger wurden, kam ein Funkspruch von Major Fanshaw an Captain Martell, daß weder im Marinelazarett noch in einer seiner Unterabteilungen derartige sanitäre Artikel vorrätig seien. Martell, der beim Funkgerät stand, während sein Sergeant die Meldung dechiffrierte, ließ in seinem Ärger zurückfunken: »Erbitte Weiterleitung der Anforderung von bewußtem Sanitätsmaterial an Einsatzgruppe der Agency beim Kommando von MAAG, Saigon. Ankomme morgen persönlich Saigon, um Lieferung entgegenzunehmen.«

Targar hielt eine hübsche Kunstlederkassette in die Höhe. »Und hier ist die ›bewußte Sendung‹! Madame Nhu hat in diesem Land wirklich strenge Sitten eingeführt. Es gibt für ein armes Mädchen keine Möglichkeit, sich ein bißchen Vergnügen zu verschaffen, ohne nachher Ängste auszustehen.«

»Gesetzt den Fall, sie ist noch Jungfrau«, sagte ich.

Ossidian schüttelte den Kopf. »Das glaube ich nicht. Und selbst wenn — Targar, du kennst deine Pflicht. Das Mädchen muß das Zeug sofort verwenden können!«

Der Spionagespezialist blickte auf seine Uhr und schob seinen Stuhl zurück. »Ich muß Sie jetzt verlassen, denn ich habe wieder eine Besprechung in der Ordination des guten Dr. Hinh — übrigens kein Verwandter von Mister Hinh. Das habe ich überprüft. Ich treffe Sie und den Alten also um siebzehn Uhr dreißig im ›Continental‹. Bis später.« Ossidian hievte seinen massigen, aber beweglichen Körper aus dem Stuhl und schritt auf die Tür zu.

»Diesmal wieder eine Lehrerin?« fragte ich.

»Gott sei Dank, nein«, erwiderte Targar. »Das ist eine Nobelhure. Ihre Eltern wurden getötet, ihre Schwestern vergewaltigt. Wir starten ein neues Projekt im Rahmen der Zivilhilfe; ein stinkfeiner Puff in der Provinzhauptstadt. Nur ranghöchste Vietkongs haben Zutritt.«

Um halb sechs Uhr abends waren Targar und ich in der Terrassenbar des ›Continental Palace‹, von der man einen verkehrsreichen Platz überblickte. »Eines Tages werden die Vietkongs hier eine Bombe schmeißen«, murmelte ich mißmutig, während ich mich niedersetzte.

»Das wird nie geschehen«, versicherte mir Brandy. »Die Bude gehört einem Franzosen, und die Franzosen zahlen den Vietkongs Tribut. Das ist der sicherste Ort in der ganzen Stadt. Und gemütlich. Weit und breit kein Stacheldraht. Was trinken Sie?«

Targar und ich hielten uns ans Bier, während Brandy genießerisch seinen Wermut schlürfte. »Ist Ossidian fortgegangen, um sich diese junge Dame näher anzusehen?«

Der Sanitäter nickte. »Hatten Sie Glück bei der Werbung von Milizrekruten, Sir?«

»Gewiß«, sagte Brandy. »Ich wollte Sie fragen, ob Sie morgen nicht mit mir ins Gefängnis kommen möchten, um unser Kontingent an Sträflingen zu untersuchen. Wir haben in Nam Luong schon genug Krankheiten, wir müssen nicht noch mehr aus Saigon einschleppen.«

»*Unser* Kontingent, Sir?«

»Einige der anderen A-Team-Kommandeure, die Kanonenfutter brauchen, haben von meiner Idee gehört. Aber ich habe erste Wahl. Sie werden eine ganze Anzahl unserer alten Freunde wiedersehen, Targar.«

Brandy blickte lächelnd auf. »Ah, da kommt Lieutenant Vinh. Er ist der XO der vietnamesischen Special Forces in Nam Luong«, erklärte er mir. »Und er hat den weiten Weg nicht gescheut, um mit zwei seiner besten Sergeanten unsere jungen Krieger persönlich dorthin zu begleiten, wo ihre Talente für Gewalttaten und Mord den nationalen Zielen besser dienen können.« Martell wies auf den leeren Stuhl, und Lieutenant Vinh setzte sich. Wir wurden miteinander bekannt gemacht. »Übrigens«, fragte mich Brandy, »wie wär's, wenn Sie wieder mit uns nach Nam Luong kämen?«

»Sie können mich nicht davon abhalten.«

»Très bien. Wir werden morgen nachmittag mit dem Nachschubflugzeug zurückfliegen. Vinh wird unser neues Kontingent von Knastbrüdern am Vormittag in eine Transportmaschine verfrachten, sobald Targar mit seinen Untersuchungen fertig ist.«

»Wie genau sollen diese Untersuchungen sein, Sir?«

»Keine Lepra, keine offenen Geschwüre. Ich brauche auch keine Blutspucker. Wenn die Kerle geschlechtskrank sind, und ich nehme an, die meisten von ihnen sind es tatsächlich, dann können wir sie in Nam Luong mit Penicillin vollpumpen.«

Brandy grinste mich an. »Als ich zum erstenmal nach Vietnam kam, gab es bei der Armee unserer Verbündeten nur zwei Gebrechen, derentwegen

man untauglich geschrieben wurde: Man durfte beim Sprechen nicht un-
kontrollierbar Blut spucken, und außerdem durfte man kein Kretin sein.
Da hatten sie nämlich einen Ring von etwa 15 Zentimeter Durchmesser
für Mikrozephalie-Tests. Wenn die Schädeldecke des künftigen Rekruten
durch den Ring paßte, dann war er ein Kretin. Er brauchte nicht einzu-
rücken. Mein erster Rat ging dahin, den Ring etwas größer zu machen. Zu
viele Wehrpflichtige, die nur unartikuliertes Geplärr und affenartiges Ge-
gacker von sich geben konnten, wurden für physisch tauglich befunden.
Natürlich« – Brandy zuckte mit gallischer Eleganz die Achseln – »wurden
die meisten von ihnen später wegen Befehlsverweigerung füsiliert.«

Dann wandte er sich zu Lieutenant Vinh. »Darf ich Sie auf einen Drink
einladen?«

2

Rasselnd kam die ›Caribou‹ der Heeresfliegertruppe auf der montierten
Metallpiste zum Stehen. Martell, Ossidian, Targar und ich kletterten heraus.

Ein Jeep fuhr heran. Am Steuer saß ein großer, lächelnder Lieutenant
mit einem jungenhaften Gesicht, das grüne Barett tief in die Stirn gezogen.
So lernte ich Bob Barton kennen, Captain Martells XO. Wir hockten uns
dicht nebeneinander auf die Sitze des Jeeps. Um ein Uhr mittags waren
wir angekommen, und die Fahrt nach Nam Luong dauerte weitere zwanzig
Minuten. Barton fuhr mit Vollgas, ich hielt meinen geliebten Buschhut
krampfhaft fest.

Brandy lachte. »Zu schnell? Wir machen es den Scharfschützen, die in
den Baumkronen sitzen, so schwer als möglich, uns abzuknallen.«

Schließlich bog Barton von der einstmals gepflasterten Hauptstraße, auf
der sich nun rasch eine Lage Schotter bildete, nach rechts ab und fuhr auf
die äußere Stacheldrahteinfriedung von Nam Luong zu. Außerhalb des
Lagers standen mehrere Holzhütten.

»Da drinnen wohnen etwa zweihundertfünfzig Frauen und Kinder von
Milizsoldaten«, erklärte Brandy.

Zwei Posten in getigerten Tarnanzügen salutierten und ließen uns durch
den ersten Verteidigungsgürtel passieren. Wir fuhren fünfzig Meter weiter,
auf die mit Bambusspitzen bewehrten Lehm- und Steinmauern zu. Beim
Eckbunker kamen wir wieder an zwei Milizsoldaten vorbei, die mit einem
Ruck die Hand an die Mütze hoben. Hinter uns wurde der Drahtverhau
geschlossen.

»Sie haben hier ordentliche Bauten. Nichts Behelfsmäßiges, alles solider
Zement«, bemerkte ich.

»Das war ein französisches Fort. Eine Zeitlang hatten es die Viet Minh
besetzt, dann eroberten es die Franzosen zurück und bauten es entsprechend aus.«

Der Jeep hielt unter einem Baum in der Mitte eines L-förmigen Komplexes aus zwei Blocks. »Vor uns liegt der Speisesaal der Amerikaner, die Küche und weiter unten das Einsatzzentrum und das Materiallager.« Brandy deutete auf ein langgestrecktes, niedriges Gebäude mit einer Reihe von Türen. »Dort sind wir zu Hause. Nehmen Sie Ihr Zeug mit, in meinem Zimmer ist noch eine Pritsche frei.«

Nachdem ich mein Gepäck im Quartier des Captains verstaut hatte, wurde ich mit den anderen Soldaten des Teams bekannt gemacht – mit allen außer zwei Sergeanten, die gerade im Einsatz waren. »Jetzt organisieren wir erst mal was zu essen«, schlug Brandy vor. »Dann werden wir weitersehen.«

Barton und Ed Swiggert, der Teamsergeant, setzten sich zu uns. Ein Chinesenmädchen kam mit einer Schüssel voll heißem Reis herein. »Oh, das ist ja Kußmündchen!« rief Brandy laut. »Liebling, laß dich nur ja nicht von einem dieser Kerle herumkriegen, wenn ich fort bin!«

Kußmündchen füllte kichernd unsere Teller. Brandy wandte sich zu seinem XO. »Bob, ich glaube, dieser neue Schub von Knastbrüdern wird uns einiges aufzulösen geben. Sind alle mit Lieutenant Vinh gekommen?«

»Jawohl, Sir, alle sind da, vollzählig, wie Sie sie heute morgen aus dem Bau geholt haben. Namenlisten haben wir bereits geschrieben. Was gibt's denn noch, außer daß wir an sämtlichen Türen neue diebessichere Schlösser anbringen müssen?«

»Wir müssen die Burschen ständig auf Trab halten, wie gehabt. Nur wird sich jetzt Captain Cam einschalten und versuchen, die Zahl der Kampfeinsätze herunterzuschrauben. Wahrscheinlich wird auch Major Fanshaw dazwischenfunken. Unsere Krimimiliz ist ihm ein Dorn im Auge.«

»Nicht nur ihm«, sagte Mastersergeant Swiggert.

»Er ist dagegen, daß wir die Brüder hier einreihen«, fügte Martell hinzu. »Für diese Woche hat er eine große Inspektion vor. Wir müssen alles dransetzen, um die Kerle richtig aufzuputzen. Vielleicht suchen wir die besten aus dieser neuen Lieferung aus, formieren aus ihnen eine Ehrenwache und geben ihnen ein besonderes Zeichen, ein farbiges Halstuch oder so was. Räumen ihnen kleine Vorrechte ein. Dann werden die anderen spuren, um sich ebenfalls hervorzutun und auch zur Ehrenwache eingeteilt zu werden.«

»Jawohl, Sir«, sagte Barton.

»Gut. Und jetzt könnten Sie unseren Gast vielleicht durch das Lager führen. Wir beide, Swiggert und ich, haben hier noch einiges zu erledigen.«

Wir traten hinaus in die brütende Hitze, und Barton erklärte mir die Anlage des Stützpunktes. In der Nähe der Milizbaracken auf der anderen Seite des Appellplatzes, gegenüber den Quartieren der Amerikaner, stand eine ganze Meute grölender und lachender Milizsoldaten.

»Was ist denn dort los?« fragte ich.

»Dort ist der Zoo.« Barton grinste über das ganze gebräunte Gesicht. »Die Milizleute haben einen Heidenspaß mit den Affen.« Da er merkte, daß mich das interessierte, ging er mit mir auf den Haufen lärmender

Tarngefleckter zu. »Die Kerle haben eine merkwürdige Art von Humor. Sieht ganz so aus, als wollten sich einige unserer ›Heimkehrer‹ aus den Gefängnissen von Saigon davon überzeugen, ob ihre alten Freunde noch da sind.«

Während wir uns dem Affenkäfig näherten, erzählte mir Barton vom erklärten Liebling des Lagers, einem Gibbon. »Zuerst steckten wir ein Männchen und ein Weibchen zusammen in einen Käfig. Aber dummerweise war das Weibchen frigid. Unser Männchen erwies sich als supergeiler kleiner Racker. Er machte eine schlimme Zeit durch. Die verdammte Gibbondame biß ihn nämlich jedesmal, wenn er hinter ihr her war.« Barton lachte. »Na ja, einer unserer Saigoner Strolche hatte Mitleid mit dem armen Vieh und schmiß ihm ein Huhn hinein.«

»Ein Huhn?«

»Kommen Sie mit.« Barton drängte sich durch die Menge vor dem Käfig, die Milizsoldaten wieherten vor Vergnügen und stießen ihn vielsagend in die Seite. Vor dem Käfig stand ein kleiner Vietnamese mit einer Galgenvisage und hielt ein gackerndes Huhn so geschickt, daß es der Gibbon nicht erreichen konnte. Der streckte beide behaarten Arme durch das Drahtnetz, seine funkelnden Augen waren auf das unruhige Federvieh gerichtet. Immer wenn der Gibbon das Huhn schon fast erwischt hatte, zog es der Milizsoldat rasch weg. Durch schrilles Gezeter machte der Affe seiner Enttäuschung Luft, lief einige Male im Käfig rundherum und rannte sich den Kopf an. Das war das Signal, ihm das Huhn wieder hinzuhalten, und mit einem Satz war der Gibbon am Gitter. Das brüllende Gelächter der Zuschauer übertönte seine sirenenartigen Schreie.

Der Milizsoldat, der sich hier produzierte, sah, daß ein amerikanischer Offizier und ein zweiter Amerikaner anwesend waren. Er beschloß daher, die Hauptattraktion folgen zu lassen. Das Gegröle und die Zwischenrufe auf vietnamesisch, zweifellos Schweinereien, schwollen zu einem wüsten Lärm an, als die Käfigtür einen schmalen Spalt geöffnet und das Huhn hineingeworfen wurde.

Das sadistische Triumphgeschrei der Bestie Mensch, das sich erhob, als der Gibbon das nun völlig verstörte Huhn durch den ganzen Käfig jagte und schließlich fing, erinnerte mich an den Augenblick, wenn bei einer Corrida der gereizte Stier in die Arena rast.

Der Gibbon begann das Huhn nüchtern und gründlich zu untersuchen, drehte es mit der Unterseite nach oben und riß dem kreischenden Vogel die Schwanzfedern aus. Sachkundig beraubte er das Huhn aller Federn um den Bürzel, und dann machte er sich, ohne auf die verzweifelte Gegenwehr zu achten, von hinten über das mit letzter Kraft krächzende Tier her.

Ich hätte es nicht für möglich gehalten, daß ein nicht sonderlich großer Vogel so laut schreien konnte. Sogar die Milizsoldaten, die sich gegenseitig wegstießen, um besser sehen zu können, und die das Lagermaskottchen durch ermunternde Zurufe anfeuerten, übertönten nicht die durchdringende Klage.

Der Gibbon war rasch befriedigt und warf das nun erschlaffte und verletzte Huhn beiseite. Matt mit den Flügeln schlagend, blieb es liegen. Die Vorstellung war vorüber, und die Horde der noch immer lärmenden Milizsoldaten zerstreute sich.

»Eine Glanznummer«, bemerkte ich.

»Wenn die Kerle einen richtigen Spektakel wollen, dann stecken sie einen Hahn in den Käfig.« Barton lachte grimmig. »O ja, wir haben hier mit unseren Alliierten einen Riesenspaß.«

Wir gingen wieder in den Speisesaal zurück, dort trafen wir Ossidian und Targar. Captain Martell hatte vorgeschlagen, daß sie mit mir in die Stadt fahren und mir die neue Schule zeigen sollten.

»Seien Sie auf der Hut mit diesen beiden«, warnte mich Barton grinsend. »Mit denen werden Sie noch Ihre Wunder erleben.«

Ossidian setzte sich ans Steuer des Jeeps. Targar verstaute zwei Behälter mit Sanitätsmaterial neben sich auf dem Rücksitz. »Heute haben wir in der Schule Ambulanzdienst«, erklärte Targar, während der Sergeant mit dem grünen Barett in beängstigendem Tempo losbrauste. In der Stadt schlängelte er sich durch ein Gewirr von Gassen und hielt schließlich in einem hübschen, grasbestandenen Hof mit Turngeräten, Rutschbahnen und Schaukeln.

»Die Schule«, erklärte Ossidian.

Aus dem frisch verputzten Gebäude stürmte eine Schar Kinder. Mit freudigem Geschnatter umringten sie die beiden Sergeanten, als diese aus dem Jeep stiegen. Einige der Kinder hängten sich auch an mich, da sie sahen, daß ich Amerikaner war.

Co Binh, die eine weiße Au Dai, das landesübliche Frauengewand, trug, trat ins Sonnenlicht. Der Unmut darüber, daß die Kinder das Klassenzimmer vollzählig verlassen hatten, erhöhte den Reiz ihrer feinen Gesichtszüge.

»Oh, hallo, Co Binh!« rief ihr Targar fröhlich zu. »Der Gynäkologe macht Visite!« Obwohl sie den Sinn seiner Worte nicht begriff, errötete sie, was ihr gut stand. Sie erwartete Targar seit zwei Tagen.

Ossidian stieß mich in die Seite. »Wie gefällt Ihnen der Laden da? Wir treffen zwei Fliegen mit einem Schlag: Zivilhilfe in bester und Untergrundkampf in wirksamster Form. Die Steuerzahler sollen sich freuen – doppelte Bedienung zu einfachem Tarif.«

Ossidians und Targars Blicke kreuzten sich einen Moment lang.

»Ach, Scheiße«, murmelte Ossidian. »Was soll man tun? Wir sind doch hier, um diesen Krieg zu gewinnen, oder?«

Targar, die Sanitätstasche am Gurt über der Schulter, trat auf Co Binh zu, sagte ihr etwas, und dann gingen sie rund um die Schule zur Hinterfront des Gebäudes.

»Das ist das Sonderbarste an den Vietkongs«, spann Ossidian seinen Gedanken weiter. »Sie halten die Amerikaner für Schwachköpfe, weil sie hierherkommen und versuchen, Brunnen zu graben und Schulen und Waisenhäuser zu bauen. Den Burschen imponiert man nur, wenn man ihnen den Garaus macht.«

Der Spionagespezialist holte eine Handvoll Süßigkeiten aus der Tasche und begann sie unter die Kinder zu verteilen. »Man sollte meinen, es wäre kompromittierend für Co Binh, wenn wir alle hier so bei der Schule herumstehen – Targar geht sogar allein mit ihr hinters Haus. Aber keine Spur! Wenn wir in Wohltäter- und Geberlaune sind, dann halten uns die Vietkongs nur für blöd und lachen sich eins. Das kommt ihnen komisch vor. Wir finanzieren eine Schule und bezahlen eine kommunistische Agentin, nur weil wir uns überall beliebt machen wollen.«

Etwa fünfzehn Minuten später kam Tragar wieder zu uns in den Hof. Er stellte die Kinder für die Untersuchung in einer Reihe auf.

»Wie war's?« fragte Ossidian.

»Kleinigkeit. Jetzt bin ich doch noch richtig gelandet. Ich bin wie geschaffen für einen tollen Spezialisten für intime weibliche Probleme. Eine Goldgrube, nebenbei bemerkt, diese Sparte der Medizin. Habe alles ausgemessen, ihr die richtige Größe verpaßt und auch gezeigt, wie sie das Ding verwenden soll, ohne daß Oberst Ling was merkt. Und sie geniert sich überhaupt nicht vor mir. Sie hält mich für einen Prachtkerl. Ich glaube, sie wird sich in ihren gynäkologischen Berater verlieben.«

Targar faßte einen kleinen Jungen beim Arm. Ein Auge war fast geschlossen und voll Eiter. »Du lieber Gott, was ist denn das? Ich muß jetzt Ordination halten. Ossidian, sie will dich sehen – hat dir wohl etwas Wichtiges mitzuteilen. Ich werde jetzt meine Kinder verarzten.« Targar blickte zu mir auf. »Wenn Sie mir dabei helfen wollen . . . ?«

»Sagen Sie mir nur, was ich tun soll.«

Fast zwei Stunden lang untersuchte und behandelte Targar die Kinder. Während er arbeitete, murmelte er in den verschiedenen Sprachen, die er beherrschte, vor sich hin. Auf englisch sagte er mehrmals laut: »Was werdet ihr Bälger tun, wenn Co Binh nicht mehr bei euch ist?«

Schließlich war er fertig, und ich half ihm, sein Instrumentarium zusammenzupacken und in dem olivgrünen Kasten zu verstauen. Ossidian tauchte auf, als wir abfahrbereit waren. Wir verabschiedeten uns von Co Binh, Targar gab ihr halblaut noch einige Ratschläge, und dann stiegen wir wieder in den Jeep.

»Fahren wir zum MAAG-Hauptquartier«, sagte Ossidian zu Targar, der nun am Steuer saß. »Captain Martell möchte, daß wir ihn dort abholen.«

Wir fuhren durch baumbestandene Anlagen bis zu einem großen Haus im Stil des französischen Fin de siècle. In der Einfahrt standen einige Militärfahrzeuge. Targar fand eine schattige Stelle und parkte dort.

Im Hauptkasino des Kommandos trafen wir einige sehr entgegenkommende amerikanische Offiziere und Sergeanten, die uns eisgekühltes Dosenbier anboten. Wir setzten uns an einen Tisch im Garten, unter einem Baum, und warteten auf Martell.

»Was hast du herausgekriegt?« fragte Targar.

Ossidian starrte gedankenverloren in den blauen Himmel. Schließlich sagte er: »Ich habe den undankbarsten Job im ganzen Team. Was hat es für einen Sinn, Agenten anzuwerben, die der Feind dann umlegt, wenn man die Informationen, die man zusammenträgt, nicht praktisch verwerten kann?«

Bevor Targar noch den Mund aufmachte, fuhr Captain Martell in seinem Jeep vor und winkte uns, mit ihm ins Haus zu kommen. Hastig tranken wir unser Bier aus.

Brandy ging mit uns ins Büro des Abwehroffiziers von MAAG, wo ich Captain Percy kennenlernte. »Okay, erzählen Sie dem Captain ein bißchen, was Sie heute hintenherum erfahren haben.«

»Jawohl, Sir«, sagte Ossidian. Captain Percy, ein jugendlich, doch ernst wirkender Mann, schwang seinen Drehstuhl herum zu der Karte, bei der der Sergeant stand.

Ossidian wies auf einen Punkt etwa zwei Meilen von der kambodschanischen Grenze entfernt. »Sie kennen dieses Gebiet, Sir?« fragte er Percy.

»Na sicher. Dort gibt es fünf Musterdörfer der Regierung. Wir haben die Dorfwehren ausgebildet. Die USOM hat mehr als hundertfünfzigtausend Dollar für die Landwirtschaftshilfe ausgegeben. Es wurde ein großangelegtes Schweinezuchtprogramm erstellt, und Agrarexperten haben einige Monate damit verbracht, den Leuten neue Methoden zur Düngung ihrer Felder beizubringen.«

»Mit anderen Worten, Sir«, sagte Ossidian, »diese fünf Ansiedlungen mit einer gemischten Bevölkerung von etwa dreitausend Personen sind Stützpunkte regierungstreuer Elemente auf ausgedehnten Ländereien entlang der Grenze gegen Kambodscha.«

»Wir sind alle sehr stolz auf die Arbeit, die dort oben geleistet wurde, Sergeant. Ich nehme an, Sie wollen mir jetzt mitteilen, daß die Vietkongs einen Angriff auf eines oder mehrere Dörfer planen.«

»Heute nacht, Sir. Das größte der fünf Dörfer haben sie bereits mit eigenen Leuten durchsetzt. Man wird ihnen die Tore öffnen, und sie werden ohne Blutvergießen einmarschieren. Sie werden den Dorfältesten, den Führer der Dorfwehr und den Propagandachef töten. Dann werden sie ohne Widerstand die vier anderen Dörfer besetzen, weil sie das wichtigste bereits erobert haben.«

»Ein vietnamesisches Infanteriebataillon ist nur zehn Meilen von diesen Ansiedlungen entfernt stationiert«, sagte Captain Percy. »Wir werden den Kommandeur und unseren Berater bei dieser Einheit, Captain Canham, benachrichtigen. Er ist ein guter, gewissenhafter Offizier. Wenn sich das Bataillon sofort in Marsch setzt, müßte es die Dörfer noch retten können.«

»Das Bataillon wird sich nicht in Marsch setzen«, sagte Ossidian resigniert. »Sie, ich und die Vietkongs wissen das. Sogar Captain Canham weiß es.«

»Wir können es versuchen«, beharrte Percy. »Nun sind wir endlich soweit, daß die Zusammenarbeit zwischen den Beratern und den vietnamesischen Kommandeuren einwandfrei funktioniert.«

»Es freut mich, das zu hören, Sir« – Ossidians Stimme hatte einen ironischen Unterton –, »denn hier steht viel mehr auf dem Spiel als bei einem der gewohnten Überfälle auf die Dörfer. Die Kommunisten werden die vietnamesische Armee und Saigon dazu herausfordern, sie in weniger als achtundvierzig Stunden zu vertreiben. Sie werden um das Wohl der Dorfbewohner besorgt sein und ihnen sagen, sie sollen in die Löcher kriechen, die sie in den Boden ihrer Häuser gegraben haben. Und dann werden sie auf einen der üblichen Angriffe der Vietnamesen warten. Die Vietkongs wissen, daß es in der Armee unserer Verbündeten keinen Bataillonskommandeur gibt, der sich selbst oder seine Offiziere ernstlicher Gefahr aussetzt. Sie wissen auch, daß die Vietnamesen Artillerie anfordern werden, amerikanische 10,5-Feldhaubitzen mit amerikanischen Beratern. Die Vietkongs wissen außerdem, daß die Vietnamesen mit Tiefangriffen operieren werden, und da müssen amerikanische Piloten 'ran, weil die vietnamesischen Piloten es vorziehen, nicht niedrig genug zu fliegen, um in den Erdkampf einzugreifen. Wenn die Artillerie und die Schlachtflieger richtig in Schwung sind und alles kurz und klein schlagen, dann werden die Vietkongs still und heimlich aus diesen Dörfern verschwinden und sich über die Grenze nach Kambodscha absetzen.

Was ist also das Resultat? Alles, was die USOM und die MAAG in diesen Dörfern aufgebaut haben, wird zerstört sein; weil die vietnamesischen Bataillonskommandeure Memmen und Scheißkerle sind, zu feig, die Vietkongs im Nahkampf aus den Ansiedlungen zu verjagen. Und was tun wir? Wir machen fünf Dörfer loyaler Bauern über Nacht zu Vietkongnestern. Denn es sind nicht die Kommunisten, die dann morden, brennen und alles verwüsten – es sind die Amerikaner!«

Ossidian fuhr mit den Fingerknöcheln über die Karte und trat beiseite. »Das wissen wir alles direkt von einer verläßlichen Agentin.«

»Danke, Sergeant. Ihre Informationen kommen zur rechten Zeit, wie immer.«

Martell hatte sich Ossidians Ausführungen mit ernstem Gesicht angehört. »Was werden Sie unternehmen, Captain Percy?«

»Ich werde diese Angelegenheit gleich mit unserem Sektorenberater und dem vietnamesischen Divisionskommandeur besprechen.«

Martell erhob sich. »Wenn Sie uns brauchen, wir stehen zur Verfügung. Zumindest könnten wir unsere Sanitäter hinschicken, sobald der Angriff vorbei ist.«

An diesem Abend zeigten die Amerikaner in Nam Luong für die vietnamesische Miliz einen großen historischen Wildwestfilm, wobei die weißgetünchte Mauer eines Gebäudes als Projektionsfläche diente. Es war ein CinemasCope-Film, aber der lagereigene 16-mm-Projektor war nicht mit einem CinemasCope-Objektiv ausgestattet, deshalb erschienen alle Cowboys, Indianer und Pferde überlang und schmal. Doch den Milizsoldaten gefiel die dramatische Handlung, sie identifizierten sich mit den Helden der Geschehnisse. Wenn die Indianer auftauchten, schrien die Vietnamesen »Vietkongs!«, und wenn die Soldaten oder die Cowboys als Retter kamen, wetteiferten die Halbregulären von Nam Luong miteinander, indem sie hingerissen die Nummern ihrer eigenen Kompanien riefen.

Nach der Vorstellung saßen wir noch im Einsatzzentrum beisammen, als plötzlich das Funkgerät in rascher Folge Punkte und Striche zu tuten begann. Der Funker schrieb in fliegender Hast auf seinem Block mit und wandte sich dann zu Martell. »Sir, die Vietkongs haben bereits die Dörfer besetzt. Sie sagen, sie werden achtundvierzig Stunden bleiben.«

Am übernächsten Morgen betrat ich mit Targar und seinem Sanitätssoldaten Ritchie die Ansiedlungen. Ossidians Prophezeiungen hatten sich zur Gänze bewahrheitet. Überall entsetzlich verstümmelte und verbrannte Leichen und Sterbende, dazwischen tote, aufgetriebene Rinder. Der Gestank war unerträglich. Das vietnamesische Infanteriebataillon, das die Dörfer besetzte, nachdem die Vietkongs vor dem von den Vietnamesen befohlenen amerikanischen Bombardement und dem von amerikanischen Beratern geleiteten Trommelfeuer geflohen waren, hatte keinerlei Verluste. Captain Canham hatte sich vergeblich bemüht, den Bataillonskommandeur zu einem Angriff und zum Nahkampf auf den Wällen zu bewegen.

Knapp vor Einbruch der Dunkelheit wurden die Special-Forces-Sanitäter per Hubschrauber wieder ausgeflogen. Bei unserer Rückkehr erfuhren wir, daß Major Fanshaw am nächsten Tag das Lager besichtigen werde.

Pünktlich auf die Minute setzte um zehn Uhr vormittags eine HU 21 b, der Hubschrauber für Verwendung bei höheren Stäben, außerhalb von Nam Luong mit ihren Kufen auf. Zwanzig Mann des Häftlingskontingents aus Saigon bildeten die Ehrenwache. Sie trugen frisch gestärkte tarngefleckte Dschungelgarnituren, gelbe Halstücher und rote Streifen um die weichen Schirmmützen. Als der Major zwischen den beiden Reihen des Spaliers durchschritt, präsentierten sie ihre schweren M-1-Garandgewehre. Fanshaw, dessen vietnamesischer Kommandopartner Mayor Xuan, Captain Martell und der Lagerkommandeur Captain Cam gingen nebeneinander. Der amerikanische Major betrachtete die Ehrenwache wohlwollend und gratulierte Martell zur militärischen Disziplin seiner Miliz.

Während Fanshaw die Besichtigung fortsetzte, latschte ich unauffällig hinterdrein. Er schaute in jeden Raum der Quartiere, die von den Amerikanern bewohnt wurden. Kürzlich war von oben ein Erlaß gekommen, daß Special-Forces-Soldaten keine Pin-up-Fotos anbringen durften, weil ein solcher Fleischmarkt die Gefühle unserer Verbündeten verletzen könnte. Die Gefühle zartbesaiteter vietnamesischer Milizsoldaten, die geile Affen reizen! Ausgerechnet!

Manches im Lager erregte das Mißfallen des Majors – der Gestank der Kloake, die keinen Abfluß hatte, zum Beispiel. Nach dem Rundgang versammelte er das A-Team im Einsatzzentrum und hielt eine Stunde lang hinter verschlossenen Türen Lagebesprechung. Dann rief er noch Major Xuan und Captain Cam zu einem halbstündigen Situationsbericht hinein.

Kurz nach zwölf Uhr mittags verließ Fanshaw, der die Einladung zum Essen dankend abgelehnt hatte, das Lager, um wieder seinen Hubschrauber zu besteigen. Sein Gesicht erhellte sich beim Anblick des Spaliers, das zu seinem Abschied angetreten war. Als er zwischen den Saigoner Häftlingen in ihren tadellosen, vor Stärke knisternden Uniformen hindurchschritt, war er so aufgeräumt, daß er vor jedem einzelnen Mann stehenblieb und ihm die Hand schüttelte. Dann kletterten er und Major Xuan in die Maschine, die bald in Richtung des B-Team-Standorts davonzog.

Captain Martell setzte sofort eine weitere Besprechung für sein A-Team im Einsatzzentrum an. Ich wurde aufgefordert, daran teilzunehmen. Die Mißstimmung aller Beteiligten war deutlich spürbar.

Major Fanshaw hatte vieles zu kritisieren gehabt, wie Brandy sagte. Die Tatsache, daß die Amerikaner nur durch Rat und geschickte Diplomatie ihre vietnamesischen Partner dazu bringen konnten, Nam Luong in Ordnung und die sanitären Einrichtungen sauberzuhalten, hatte auf ihn wenig Eindruck gemacht. Besonders verärgert war er über eine lange Liste von Beschwerdepunkten, die Captain Cam an Major Xuan weitergeleitet hatte. An erster Stelle auf diesem Sündenregister stand Roheit der Amerikaner gegen Offiziere und Unteroffiziere der LLDB.

Der Funker konzentrierte sich auf sein Gerät, als über Sprechfunk eine Meldung hereinkam. Er setzte die Kopfhörer auf, um Captain Martell nicht zu stören.

»Sir!« unterbrach er plötzlich seinen Kommandeur. »Eben war der Pilot von Major Fanshaws Hubschrauber am Draht. Der Saphirring des Majors ist von seiner rechten Hand verschwunden. Der Major glaubt, daß ihn ein Soldat der Ehrenwache beim Handschlag abgezogen hat.«

»Sergeant Swiggert!« Brandys Stimme drang schneidend durch die Stille im Raum. »Jeder Mann der Ehrenwache wird einer Leibesvisitation unterzogen – mit Erlaubnis von Captain Cam. Da ich jetzt schon weiß, daß wir nichts finden, werden die Kerle beim Einsatz morgen nacht die Spitzengruppe bilden.«

Lautes, beifälliges Gelächter antwortete ihm. Im Nu war die bedrückende Stimmung verflogen.

»Okay, Leute!« Brandy hob die Hand. »Heben wir die Festtafel auf. Wir haben nur noch wenig Zeit, bis wir Vietnam verlassen, nicht ganz einen Monat. Ich möchte, daß wir als Champions aus dem Ring steigen, als ein A-Detachment, an das man sich erinnern wird. Lieutenant Barton und Sergeant Swiggert haben sich freiwillig gemeldet und werden absichtlich in einen Hinterhalt der Vietkongs geraten. Ich wünsche, daß jeder Mann in dieser Einheit tadellos spurt. Schluß! Mit Jubel!

Ich erteile jetzt Ossidian das Wort, damit er euch über seine Abwehraktion berichtet, und dann wird Sergeant Swiggert Einzelheiten der Patrouille von morgen nacht erläutern. Los, Ossidian, Sie sind dran.«

Der Spionagespezialist wurde mit einigen Furzen begrüßt, als er sich vor der Landkarte des Einsatzgebietes um Nam Luong aufpflanzte.

»Zunächst, ihr wißt alle von unserem Projekt im Rahmen der Zivilhilfe, der Schule für Waisenkinder. Ihr kennt alle Co Binh, und ich nehme an, ihr wißt, daß sie in mehr als einer Richtung für uns arbeitet. Also, am Mittwoch ermöglichte es Dr. Targar, der berühmte ungarische Mösenspezialist« – Ossidian verbeugte sich unter dem dröhnenden Gelächter der Kameraden gegen den Sanitäter –, »für Co Binh, ihre Beziehungen zu

Oberst Ling, nun, sagen wir, inniger zu gestalten. Ling ist Oberst der nordvietnamesischen Armee und ein großes Tier bei der ›Nationalen Befreiungsfront‹ hier in Südvietnam.«

Ossidian wandte sich zur Landkarte und deutete auf ein hügeliges Dschungelterrain nahe der Grenze von Kambodscha. »Dort hat Oberst Ling sein Hauptquartier, etwa vierzig Meilen von der Provinzhauptstadt entfernt. Die vietnamesische Armee hat niemals soviel Mumm gehabt, in diese Region vorzustoßen. Sogar die Franzosen machten nie den Versuch, dort eine Offensive zu starten, als das Gebiet von den Viet Minh beherrscht wurde.

Oberst Ling führt das Kommando bei allen Vietkongoperationen in diesem Korpsbereich. Mit anderen Worten, er koordiniert alle kommunistischen Partisaneneinsätze in einem Viertel des Staatsgebietes von Südvietnam. Wenn wir ihn fangen könnten, wäre das einer der größten Erfolge dieses Kriegs.« Ossidian machte eine effektvolle Pause.

»Ich werde euch noch mehr verraten«, fuhr er fort. »Am Mittwochabend, nachdem Dr. Targar mit gewohnter Meisterschaft seines wichtigen Amtes gewaltet hatte, brachte unser Freund, nämlich Mister Hinh, die junge Dame in Oberst Lings Hauptquartier.«

Ein lüsternes Grinsen blitzte im Gesicht des Sergeanten auf. »In meinem Gespräch mit Co Binh heute vormittag fand ich heraus, daß Ling mit den meisten von uns hier in diesem Raum etwas gemeinsam hat: er schätzt keine kurzen Nummern. Wenn er eine Frau bei sich hat, will er sie die ganze Nacht nageln. Co Binh traf in Hinhs Wagen um etwa zehn Uhr in Lings Hauptquartier ein. Nach einer zwanglosen, intimen Plauderei ließ sie den Oberst schließlich drüber. Aber Hinh mußte draußen auf sie warten und sie wieder nach Hause bringen.«

Der Spionagespezialist lachte süffisant in sich hinein. »Ich glaube, als sich Co Binh verabschiedete, hatte Ling schon wieder einen Ständer, mit dem er hätte Nüsse aufschlagen können; aber sie machte ihm klar, daß die Amerikaner Verdacht schöpfen würden, wenn sie am nächsten Morgen nicht pünktlich in der Schule wäre. Unser Mädchen ließ auch durchblicken, daß sie beim nächsten Stelldichein wichtige Informationen für den Genossen Ling haben würde. Und er erzählte ihr von dem Angriff auf die fünf Dörfer.

Heute abend gibt's bei Oberst Ling wieder Geschlechtsrummel. Co Binh fährt wieder hinaus. Aber – wie schon beim vorigenmal wird er nur eine rasche Nummer schieben können. Vielleicht kann er sich ein bißchen mehr austoben, sonst nichts. Co Binh leitet eine Sonntagsschule, die von Amerikanern besucht wird, sie kann sich nicht durch ihr Fernbleiben verdächtig machen.

Heute wird sie Ling beweisen, wie nützlich sie ihm sein kann. Sie hat eines unserer Gespräche belauscht. Die Amerikaner werden Sonntag abend eine Aktion starten. Knapp vor Einbruch der Dämmerung werden sie einen Fluß überqueren und eine Stadt mit Namen Phu Nhu angreifen.«

Ossidian trat zur Landkarte, zeigte auf einen Fluß, der zwölf Meilen nördlich von Nam Luong in Ost-West-Richtung verlief, und dann auf einen Punkt etwa eine Meile nördlich des Flusses. »Es ist für beide Parteien ein offenes Geheimnis, daß die Vietkongs dort ein getarntes Waffenlager errichten. Seit drei Monaten wollen wir die Bude ausräumen, aber der Lagerkommandeur weigert sich, über den Fluß vorzustoßen – zu viele Vietkongs, sagt er. Wir sagen: ja, viele Vietkongs, deswegen wollen wir dort angreifen.

Und wie motiviert Co Binh ihre Kenntnis von unserem Plan? Sie sagt Ling, daß wir unsere vietnamesischen Kommandopartner nicht ernst nehmen und für Feiglinge halten, ja daß wir sogar Wetten darauf abschließen, daß sie auch diesmal nicht über den Fluß vorwagen werden. Sie hat gehört, wir würden nur einen Zug einsetzen, weil das für einen Überraschungsangriff in der Dämmerung genügt und ein größerer Verband nur schwer beweglich wäre.«

Der Sergeant ging einige Male auf und ab. »Bevor Co Binh heute nacht mit Hinh wieder zurückfährt, wird sie Ling sagen, daß auch sie keine Freundin rascher Nummern ist. Sie wird ihm vorschlagen, in die Stadt zu kommen, sich in Hinhs Haus einzuquartieren, wie an dem Abend, an dem sie einander kennengelernt hatten. Dann könnten sie die ganze Nacht beisammen bleiben.«

Ossidian blieb jählings stehen. »Das ist der Haken. Hier könnte Ling leisen Verdacht schöpfen. Er wird wahrscheinlich zuwarten, um zu sehen, ob die Aktion gegen Phu Nhu wirklich durchgeführt wird. Wenn ja, und seine Vietkongs schlagen zurück und fügen uns Verluste zu, dann wird er Co Binh uneingeschränkt vertrauen. Am Dienstag oder Mittwoch wird es ihn sicherlich schon ganz verteufelt in den Eiern jucken – ich vermute, er hat auf dem Sack einen Stempel ›Staatliches Eigentum der Demokratischen Republik Vietnam‹ –, und er wird tollen Appetit haben, Co Binh wieder zu vernaschen. Da er nun weiß, daß sie eine erprobte Vietkong und geschworene Feindin der Amerikaner ist, wird er in die Stadt kommen. Und dann« – Ossidian grinste seine Zuhörer an – »werden wir ihn irgendwie schnappen.«

Er setzte sich, und Captain Martell stellte sich vor seiner Einheit auf. »Ossidian, das war ein exakter und unterhaltsamer Bericht. Ich fühle mich nicht imstande, eine solche Glanznummer zu überbieten. Also soll euch jetzt Sergeant Swiggert über die einzelnen Punkte des morgigen Einsatzes informieren. Fangen Sie an, Swiggert!«

3

Drei Amerikaner gingen mit dem ersten Zug der D-Kompanie (D bedeutete in diesem Fall ›Delinquent‹) der Miliz von Nam Luong. Die Patrouille in getigerten Tarnanzügen verließ geräuschlos den sicheren Bereich des Lagers und marschierte hinaus ins Mondlicht.

Wenn sich Lieutenant Vinh umgeblickt hätte, wäre er argwöhnisch geworden, denn Lieutenant Barton feixte ganz ungeniert in die Gegend. Auch Sergeant Ritchie, der Sanitäter, grinste wissend, und ich mußte mich zurückhalten, um nicht laut herauszuplatzen.

Ich war der dritte Amerikaner bei dieser Patrouille. Brandy hatte sich zuerst entschieden geweigert, mich einer Einheit zuzuteilen, die in einen Hinterhalt marschieren sollte. Doch als es soweit war, erlaubte er, daß ich mich dem ersten Zug anschloß; der zweite stand unter dem Kommando eines LLDB-Sergeanten und der Aufsicht von Mastersergeant Swiggert und setzte sich zwanzig Minuten später in Marsch. Swiggert hatte den Auftrag, Feuerschutz zu geben, sobald der erste Zug aus dem Hinterhalt angegriffen würde. Natürlich hatten die Milizsoldaten und die Unteroffiziere des LLDB-Kaders keine Ahnung von der Falle. Als wir das Tor von Nam Luong passierten, drückte Brandy meine Hand mit eisernem Griff, als würde er mich nie mehr wiedersehen.

Eine Stunde weit vom Lager ließ Lieutenant Vinh den Zug halten und gönnte den jungen Strolchen, die ihm anvertraut waren, eine erste Rast. Sergeant Hanh, bei den Amerikanern als Ho Chi Hanh bekannt, ging während der Marschpause die Einteilung auf und nieder, klopfte da einem Milizsoldaten schweigend auf die Schulter, faßte dort einem väterlich unters Kinn. Hanh war eine asiatische Landsknechtnatur, vier Jahre lang hatte er im Verband der Viet-Minh-Truppen gegen die Franzosen gekämpft. Aber er liebte die Freiheit und die Unabhängigkeit des einzelnen. Deshalb stellte er sich gegen die Kommunisten, als die Franzosen aus Vietnam abgezogen waren. Die Mannschaft hing an Sergeant Hanh, der sie ins Hurenhaus mitnahm und sich fotografieren ließ, während er es mit den Weibern trieb. Er hatte immer eine Auswahl von Fotos bei sich, die ihn in voller Aktion mit den beiden stark beanspruchten Nutten der Stadt, genannt ›Dracula‹ und ›Haselhexe‹, zeigten, und ließ sie bereitwillig unter seinen Bewunderern reihum gehen.

Zehn Minuten später waren wir wieder unterwegs, in Richtung Phu Nhu. Jene Milizsoldaten, die mit BAR bewaffnet waren, wirkten unter den schweren automatischen Gewehren, die sie voll Stolz geschultert trugen, zwergenhaft. Die BAR, gewichtige Spritzen, wurden den verläßlichsten Leuten als Zeichen der Anerkennung anvertraut. Die Ehrenwache vom Samstag war an der Spitze des fünfzig Mann starken Zuges eingeteilt.

Wegen der Bewaffnung des Sicherungszuges, der uns zwanzig Minuten später folgte, hatte es zwischen Captain Martell, Lieutenant Barton, Swiggert und Ossidian eine interessante Diskussion gegeben. Barton, als Berater beim ersten Zug, hatte gefordert, den zweiten Zug mit 60-mm-Granatwerfern auszustatten. Er wußte, was es hieß, in einen Hinterhalt zu geraten, und wollte schwereres Kaliber im Rücken haben, um den Feind rasch zu zerstreuen. Swiggert war damit einverstanden. Aber Ossidian hatte dagegen protestiert.

Und zwar deshalb, weil es sonst, wenn uns nicht nur ein normaler, sondern sogar ein mit Granatwerfern bewaffneter Sicherungszug zugeteilt wäre, aussehen würde, als erwarteten wir so einiges. Für den Plan in seiner Gesamtheit war es besser, wenn sich der erste Zug so gut als möglich freikämpfte. Widerstrebend schloß sich Martell Ossidians Meinung an – aus diesem Grund gab es also keine Granatwerfer hinter uns.

Während der zweiten Marschpause setzte sich Barton neben mich und fächelte sein Gesicht mit seinem verwitterten alten Buschhut. »Noch ein paar Stunden, und wir sind mittendrin. Schmeißen Sie sich lieber hin, gleich auf der Stelle, wenn Sie was heransausen hören.«

»Ich weiß schon, was ich zu tun habe, alter Freund«, erwiderte ich. In einem Hinterhalt sind beide Seiten des Pfades vermint oder zumindest mit Bambusspitzen besetzt, in denen jeder, der hineinfällt, elendiglich zugrunde geht.

Wir setzten unseren Marsch nun durch Reisfelder fort, die in dieser Jahreszeit trocken waren. Das ständige mahlende und rasselnde Geräusch der Ochsenkarren, mit denen die Holzfäller aus den mit dichtem Gestrüpp durchwachsenen Wäldern zur Stadt holperten, zeigte uns an, daß wir uns noch immer parallel zur Hauptstraße hielten. Eine halbe Stunde später klang das Knarren der Gespanne schon entfernter und erstarb schließlich ganz. Nun schlugen wir direkt die Richtung auf den Polarstern ein, der tief am Horizont hing.

Geräuschlos pirschten wir uns an den Rändern der Reisfelder vor, immer im Schatten der angrenzenden Wälder. Plötzlich sah ich, wie vorn dunkle Gestalten aus der Einteilung sprangen. Sie zeichneten sich im freien Feld deutlich ab. Sie bückten sich, hoben etwas auf und traten hastig wieder in die Marschordnung zurück. Barton fluchte halblaut vor sich hin.

»Das kann man ihnen nicht beibringen«, wetterte er. »Wir marschieren durch eine Wassermelonenpflanzung, und die Kerle müssen sich Zusatzverpflegung holen! Wenn uns die Vietkongs beobachten, wissen sie nun genau, wo wir sind.«

Mein Karabiner mit sechzig an den Klappschaft geschnallten Patronen Reservemunition und zwei eingeschobenen Wechselmagazinen wurde mir hinderlich. Ich war zwar ein Nichtkombattant, aber das wußten die Vietkongs nicht, deshalb war die Waffe schußbereit.

Vielleicht fühlten die Milizsoldaten die nahende Gefahr, denn sie verstummten nun plötzlich, hoben bei jedem Schritt die Füße hoch und setzten sie vorsichtig wieder auf. Zu meinem Schreck fühlte ich im Hals das Kitzeln eines hartnäckigen Hustens, den ich mir vor einigen Monaten während einer Kältewelle geholt hatte, unmittelbar vor meinem Abflug aus New York.

New York befand sich nun auf der anderen Seite der Milchstraße, aber der Husten war nicht loszukriegen. Ein kurzer, krächzender Laut drang aus meiner Kehle. Sofort lag Bartons Hand mahnend auf meiner Schulter. Rasch griff ich in eine Tasche meiner weiten Dschungelgarnitur nach der Flasche mit dem heereseigenen Hustensaft, den der Soldat ›GI-Gin‹ nennt. Ein tüchtiger Schluck dieses konzentrierten Präparates garantiert eine Stunde ohne Hustenreiz.

Während wir durch die Nacht zogen, blickte Barton oft auf das Leuchtzifferblatt seiner Uhr. Als die Patrouille anhielt, war der Tag nicht mehr fern, und meiner Schätzung nach konnte auch der Feind nicht mehr weit sein. Ich folgte Barton an die Spitze der Kolonne. Durch die Bäume vor uns schimmerte der Fluß im hellen Sternenschein. Der Mond war untergegangen.

Ich bemerkte, daß Barton und Vinh unhörbar miteinander flüsterten. Schließlich wandte sich Barton zu mir. »Lieutenant Vinh hat eine neue Masche. Er sagt, wir können den Fluß nicht überqueren, weil zu viele Alligatoren drin sind.« Er grinste. »Jetzt hätte ich einen Vorwand dafür haben müssen, daß wir nicht weiter vorstoßen. Ich bin froh, daß er mir das abgenommen hat. Die beiden Spitzengruppen gehen bis zum Fluß vor und erwarten dort den Tagesanbruch. Vinh sagt: ›Vielleicht marschieren wir wieder nach Nam Luong zurück, wenn es hell wird.‹«

Im Schatten der Bäume beobachteten wir, wie sich zwanzig Mann unter der Fuhrung von Sergeant Hanh zum Ufer anschlichen. Die Sterne verblaßten, das kühle weiße Licht der Morgendämmerung sickerte in das Dschungelgestrüpp. Sergeant Ritchie und Lieutenant Barton hielten mit schußbereiten Karabinern durch das verschlungene Dickicht nach allen Seiten scharf Ausschau.

Plötzlich pflügten vom anderen Ufer Feuerstöße aus automatischen Waffen in die Spitzengruppen. Hanh ließ sich zur Erde fallen, brüllte Befehle, und die Milizsoldaten krochen zurück, um sich wieder mit dem Zug zu vereinigen.

Noch ehe unsere Einheit genug Feuerkraft entwickeln konnte, um den Rückzug der Vorhut zu decken, wurden wir von der linken Flanke aus beschossen. Ich warf mich auf den Pfad nieder und ließ meinen Karabiner knattern. Barton, Ritchie und die Halbregulären tauchten in unserem Sichtfeld auf. Ich fragte mich, wie vielen Soldaten der Ehrenwache es gelingen würde, sich zu uns durchzuschlagen. Unsere Feuerkraft wuchs, als die Schützen mit den BAR dem verborgenen Feind ihre Garben entgegenjagten. Der Beschuß von drüben wurde eingestellt. Wahrscheinlich hatten sich alle Soldaten der Spitzengruppe, die nicht getroffen waren, rasch vom Flußufer zurückgezogen, so daß die Vietkongs keine Ziele mehr ausmachten.

Barton sah sich nach mir um und überblickte dann die Kolonne, die auf dem Dschungelpfad in Deckung lag. Schließlich sichtete er den vietnamesischen Lieutenant. »Hallo, Vinh!« rief er. »Wir sitzen hier fest. Alle tot, wenn wir nicht angreifen. Kein großer Hinterhalt jetzt, aber bald kommen mehr Vietkongs von Phu Nhu.«

Sergeant Hanh kroch zu uns. Er sagte etwas zu dem Dolmetscher, der sich neben Lieutenant Barton hielt. Der Dolmetscher rief: »Spitzengruppen zurück! Sergeant Hanh sagt, wir müssen Hinterhalt angreifen. Vietkongs kommen jetzt über Fluß.«

»Vinh!« brüllte Barton. »Hören Sie das? – Auf!«

Zu meiner ungeheuren Überraschung rief der vietnamesische Lieutenant rasch hintereinander einige Kommandos, und den Kolben seines Karabiners mit dem rechten Ellenbogen an die Seite gepreßt, stürmte er geduckt, lange Serien abfeuernd, auf die Stellung des Gegners zu. Auch Hanh, der in das Dickicht hineinschoß, arbeitete sich vor. Vietnamesische Flüche brüllend, sprangen die Milizsoldaten aus ihren Deckungen auf und griffen den Hinterhalt an.

Bartons Gesicht war dicht neben mir. »Sie und Ritchie, ihr bleibt, wo ihr seid, ich gehe 'ran!« Seine hochgewachsene Gestalt geduckt, drang Barton mit den Milizsoldaten vor. Ich sah, wie er eine Handgranate vom Schultergurt riß und ins Gebüsch warf. Es gab einen lauten Krach, Schreie gellten auf, als Barton in den Hinterhalt einbrach.

So abrupt, wie sie losgeschlagen hatten, stellten die Vietkongs das Feuer ein und zogen sich in den Dschungel zurück. Auch die Milizsoldaten gaben nur noch vereinzelt Schüsse ab. Befehle wurden geschrien. Der Zug sammelte sich wieder auf dem Pfad.

Wie durch ein Wunder waren bei dem Gegenstoß nur drei Mann verwundet worden, einer war gefallen. Nun war heller Tag, Ritchie versorgte die Verwundeten, die von ihren Kameraden zurückgeschleppt wurden.

»Gut gemacht«, lobte Barton seinen Partner und klopfte ihm auf die Schulter. Vinh lächelte stolz. Hanh, der die Kolonne neu formierte, trat heran und erstattete eine Meldung. Bartons Dolmetscher übersetzte.

»Sergeant Hanh sagt, drei Tote neben Fluß, auch zwei Verwundete. Er geht mit Soldaten, bringt zurück. Er sagt, muß schnell sein. Vietkongs kommen wieder.«

»Hanh versteht seine Sache«, erwiderte Barton anerkennend. »Wir müssen rasch mit dem zweiten Zug Fühlung nehmen.« Der vietnamesische Sergeant ging mit einer Gruppe wieder zum Ufer. Als sie zurückkamen, trugen sie Gefallene und Verwundete.

Ritchie bemühte sich in aller Eile und nach besten Kräften um die Verwundeten, den schweren Fällen gab er Morphiuminjektionen. Dann setzten wir uns wieder in Marsch, um den Anschluß an Swiggerts Zug zu finden. Wenn man die Gefallenen und Verwundeten sowie jene Soldaten, die als Träger erforderlich waren, abrechnete, hatte der Zug nicht einmal mehr fünfzig Prozent seiner Kampfstärke. Trotz dieses Handikaps schlugen wir ein möglichst scharfes Tempo an. Lieutenant Vinh, der in das Mikrophon seines PRC-10-Funkgerätes sprach, winkte Barton heran; der Amerikaner kam die Reihe der Marschierenden entlang zu dem vietnamesischen Offizier, nahm ihm das Mikrophon aus der Hand, sprach einige Worte hinein und gab es Vinh wieder zurück. Dann blieb er stehen, bis Ritchie und ich ihn eingeholt hatten.

»Swiggert wartet auf uns, wir werden in zehn Minuten dort sein. Er sagt, wenn er neuerliches Feuer hört, kommt er und haut uns heraus.«

Die Verwundeten hielten uns, wie zu erwarten war, auf, Ritchie ging von einem zum anderen, um die hastig angelegten Verbände zu überprüfen. Wir schleppten fünf Häftlinge aus Saigon, deren Resozialisierung endgültig abgeschlossen war. Sie waren tot.

»He, Vinh!« rief Barton. »Wie wäre es mit Seitensicherung?« Der

Vietnamese nickte müde und gab den Befehl an Hanh weiter, der drei Mann dafür ausgesucht hatte, als das Dschungeldickicht rechts von uns plötzlich Feuer zu speien begann. Es war nun heller Tag, und wir boten deutliche Ziele. Wir stürzten vorwärts, die meisten Geschosse lagen zu hoch. Glücklicherweise waren die Vietkongs in diesem Hinterhalt keine hart geschulten Nordvietnamesen, sonst wäre ihre erste Salve verheerend gewesen.

Über den Pfad verstreut, zwischen Toten und Verwundeten, bot der erste Zug, der aus allen Rohren zurückfeuerte, einen traurigen Anblick. Wenn sie auch ungenau schossen, deckten uns die Vietkongs doch so dicht ein, daß Ritchie sich nicht um die schreienden Verwundeten kümmern konnte. Vinh lag neben Barton, Hanh war vorn bei der stark dezimierten Spitzengruppe.

Barton brüllte Vinh etwas ins Ohr, dann rollte er sich zu mir herüber. »Wir bleiben liegen, wir haben schon zu viele Leute bei dieser Erkundung verloren«, überschrie er das Getöse. »Bis der zweite Zug kommt und sie in der Flanke angreift, können wir uns halten. Höchstens fünf Minuten.«

Bald darauf hatte ich meine Magazine leergeschossen, und unser schwächer werdendes Abwehrfeuer zeigte an, daß dem ganzen Zug die Munition ausging. Der dröhnende Feuerschlag, der plötzlich mit den dumpfen Detonationen von Werfergranaten im Süden aufbrandete, klang wie Musik in unseren Ohren. Der zweite Zug hatte die Vietkongs überraschend angegriffen. Die hatten schon geglaubt, sie könnten uns fertigmachen. Die letzten feindlichen Werfergranaten heulten über unsere Köpfe hinweg, denn nun änderten die Vietkongs sofort die Feuerrichtung. Der zweite Zug trieb sie aus ihren Hinterhaltstellungen, und wir hörten, wie sich der Gefechtslärm nordwärts verzog und schließlich ganz erstarb, als sich die Kommunisten absetzten und im Dschungel verschwanden.

Barton stand auf und zählte unsere Verluste. Wir hatten Glück gehabt. Nur zwei weitere Gefallene und drei Frischverwundete. Der zweite Zug begann rund um uns einzusickern. Die Milizsoldaten waren in guter Stimmung, weil sie ohne eigene Verluste mehrere Vietkongs erledigt hatten. Swiggert und Barton halfen Lieutenant Vinh, die beiden Züge zu einer kampfkräftigen Einheit zusammenzufassen. Die sieben Gefallenen und zwölf gehunfähigen Verwundeten wurden in die Mitte der Kolonne genommen; wir warteten nur, bis Ritchie die Milizleute, die im zweiten Hinterhalt angeschossen worden waren, verarztet hatte, dann traten wir den Rückmarsch zum Lager an.

Während wir noch hielten, tauchte aus den Büschen eine kleine Gruppe von vier ehemaligen Häftlingen auf. Die Burschen grinsten von einem Ohr zum anderen. Keiner von ihnen war verwundet, doch zwei hatten Blutspuren an den getigerten Tarnanzügen. Swiggert warf ihnen böse Blicke zu, als sie ihren neiderfüllten Kameraden triefende rote Klumpen vor die Nase hielten.

»Widerliche kleine Kröten!« grollte der Mastersergeant. »Riskieren es, da drinnen erwischt zu werden, nur um toten Vietkongs die Herzen herauszuschneiden.«

Ossidian war von den Ergebnissen der Patrouille begeistert. Oberst Ling würde nun seiner Geliebten felsenfest vertrauen. Außerdem hatte die Aktion noch eine andere, unvermutete Folge: die leicht reizbaren jungen Strolche der D-Kompanie brannten darauf, den Vietkongs wieder auf den Leib zu rücken und ihre sieben Gefallenen zu rächen.

Als Ossidian von Lieutenant Barton über den gesamten Verlauf des Einsatzes unterrichtet war, fuhr er zur Schule und sagte Co Binh, sie könne Ling melden, daß die Besatzung von Nam Luong schwere Verluste erlitten habe. Zwanzig Tote und fünfunddreißig Verwundete. Die Vietkongs hatten ihren Kommandeuren wahrscheinlich noch höhere Zahlen angegeben, das wußte Ossidian, also würden die beiden Meldungen übereinstimmen. Co Binh sollte auch erwähnen, daß vom Stützpunkt aus keine weiteren Vorstöße unternommen würden, bis neue Milizsoldaten rekrutiert wären und sich das Lager von dieser moralischen Schlappe erholt hätte.

Am Montagabend veranstalteten die Amerikaner eine stille Feier, sie tranken von dem Bourbon-Whisky, den ich mitgebracht hatte, und sprachen über ihre Frauen oder ihre Freundinnen. Man ist immer wieder überrascht, wie sehr die meisten dieser Elitesoldaten an ihren Frauen und Familien hängen. Nur Ossidian hatte kein weibliches Wesen, das hoffte, er würde den Einsatzturnus in Vietnam mit heiler Haut überstehen.

Dienstag war Ruhetag. Das ganze Team, außer den beiden überbeanspruchten Sanitätern, verbrachte die Zeit damit, sich auf der Pritsche langzulegen oder Briefe zu schreiben. Am Abend kehrte Ossidian zurück, die Erregung leuchtete aus seinen schwarzen Augen. Morgen, Mittwoch, würde Oberst Ling in die Stadt kommen, um die ganze Nacht mit Co Binh zu verbringen. Das Liebesnest war in Mister Hinhs Haus bereitet.

Für den Syrier war der Moment der Erfüllung in greifbarer Nähe. Wie mir nun aufging, lebte Ossidian für diese seltenen großen Coups, die dem Berufsagenten nur unter besonders glücklichen Bedingungen gelingen, dem Außenseiter aber fast nie. Alles andere war für ihn bloßes Vegetieren.

Martell, ebenfalls ein erfahrener Berufsagent, wenn auch als Mann und als Soldat eine in sich viel geschlossenere Persönlichkeit, verstand Ossidian vollkommen und überließ ihm die gesamte Kleinarbeit der Planung, obwohl seine ganze Karriere auf dem Spiel stand, wenn etwas schiefging.

Die Lagebesprechung dauerte fast den ganzen Dienstagabend und führte unter den Teammitgliedern zu hitzigen Debatten. Doch mit Martells Unterstützung behauptete sich Ossidian und verschaffte sich Gehör. Das einzige, was Brandy gegen Ossidians Einwände durchsetzte, war die Abfassung einer streng geheimen Meldung an Major Fanshaw. Ossidian gab allerdings zu bedenken, daß Major Xuan, der das amerikanische B-Team dicht mit Spitzeln durchsetzt hatte, eine solche Meldung wahrscheinlich noch vor Fanshaw lesen und daraufhin den Provinzpräfekten und den vietnamesischen Divisionskommandeur benachrichtigen würde, die beide von Mister Hinh beträchtliche Bestechungssummen erhielten. Die ganze Aktion würde dadurch in Frage gestellt, und man müßte damit rechnen, daß der Gegner, wie schon öfter, die Agentin entlarven und beseitigen würde.

Captain Martell und Sergeant Ossidian schrieben die Meldung an Major Fanshaw immer wieder um, schließlich wurde sie in folgendem Wortlaut weitergegeben:

»A-2 (das war eine sehr hohe Einstufung für Co Binh, da die Agenten ihrer Verwendbarkeit nach genau klassifiziert wurden, von A-1, absolut verläßlicher Konfident, sichere Informationen, bis zu E-5, Gewohnheitslügner, unsichere Informationen) teilt uns mit, daß Oberst Ling, Kommandierender Offizier der Vietkongs in diesem Korpsbereich, morgen, Mittwoch abend, in die Provinzhauptstadt kommt. Erbitten Erlaubnis, ihn gefangenzunehmen. Erbitten ferner, daß dieser Bericht nicht an höhere Stäbe weitergeleitet wird und die Ergreifung des Genannten völlig dem Detachment A-681 überlassen bleibt. Erwarten ehestens Antwort. Martell, Captain.«

Diese Meldung wurde nach Mitternacht verschlüsselt an das B-Team durchgegeben, und um zwei Uhr traf bei den ungeduldig wartenden Männern des A-Teams die Antwort ein: die Erlaubnis wurde erteilt, mit der Einschränkung, daß Ling sofort nach seiner Ergreifung an den Provinzpräfekten zu überstellen sei.

»Gar nicht schlecht«, kommentierte Ossidian. »Wir werden ihn an den Provinzpräfekten überstellen – sobald wir mit ihm fertig sind . . .«

4

Hinhs Haus stand an der Kreuzung der Hauptstraße der Stadt und einer unbeleuchteten Querstraße. Ein großes Gebäude aus Stein und Beton, etwas vom Straßenrand zurückversetzt; und obwohl Hinh wahrscheinlich vor Anschlägen sicher war wie kaum ein anderer Mensch in der ganzen Provinz, zog sich rund um das Grundstück ein Concertina-Verhau. Das Haupttor wurde ständig von einem Doppelposten bewacht. So – und auch auf andere Art – zeigte sich der vietnamesische Divisionskommandeur dem bedeutendsten Kaufmann und Anwalt des Landes gefällig.

Um halb ein Uhr nachts fuhren Captain Martell und Sergeant Ossidian im Lagerjeep vor und parkten ihn an der Kreuzung, in einiger Entfernung von Hinhs Wohnsitz. Sie sahen deutlich die Lampen beim Eingang und die beiden vietnamesischen Infanteristen, die gelangweilt an den Wachhäuschen lümmelten. Ich saß auf dem Rücksitz, von wo ich die ganze Aktion gut verfolgen konnte. Zur selben Zeit, als Martell seinen Jeep abstellte, fuhr Sergeant Swiggert durch die Seitenstraße zu einem unübersichtlichen Punkt an der Hinterfront des Hauses und parkte neben dem Drahtverhau. Wenige Minuten später bremste hinter ihm Sergeant Targar in einem geschlossenen Sanitätswagen, den er sich von MAAG ausgeliehen hatte, um am nächsten Morgen einige seiner Verwundeten zu einer Transportmaschine zu bringen, die nach Saigon fliegen sollte.

Um null Uhr fünfundvierzig schlüpften sechs schwarzgekleidete, sorgfältig ausgewählte Freiwillige der D-Kompanie (›die besten Fassadenkletterer von Saigon‹, wie Swiggert gemeldet hatte) aus dem Lastwagen, an dessen Steuer der Mastersergeant saß. Zwei von ihnen trugen eine Leiter. Sie legten sie geräuschlos über die Concertina und balancierten hintereinander auf den Sprossen zum Haus hinüber. Zwei Gestalten schlichen zur Vorderfront; sie hielten sich immer im Dunkel, bis sie dicht hinter den Posten waren, jeder so, daß er mit einem kurzen Sprung seinen Mann überwältigen konnte. Lauernd hockten sie im Schatten, den die beiden Wachhäuschen warfen.

Die übrigen vier Mann der Einsatzgruppe suchten sich eine günstige Stelle in den rauhen Steinmauern aus und begannen zum ersten Stock hinaufzuklettern. Einer nach dem anderen fanden sie auf dem Gesims des Obergeschosses sicheren Stand.

Co Binh lag steif neben dem nackten Körper des Mannes, den sie haßte, und starrte zur Decke. Obwohl es den Gepflogenheiten der Vietnamesen widersprach, hatte sie den erregten und nachgiebig gestimmten Oberst Ling davon überzeugt, daß sie nur bei frischer Luft schlafen könne. Deshalb blieb das Fenster weit genug offen, um den kühlen Nachtwind hereinzulassen. Ling dachte nicht an das Fenster. Abgesehen davon, nahm er seit zwei Jahren in Hinhs Haus Quartier, wenn er in die Hauptstadt kam. Und war er nicht von wachsamen Regierungstruppen beschützt?

Auf die Sekunde genau um null Uhr fünfundfünfzig – Co Binh trug eine Uhr mit Leuchtzifferblatt, die ihr Ossidian gegeben hatte – regte sie sich. Sie überwand ihren Ekel und legte langsam ihre glatten Schenkel über die des Obersten, so daß sie auf Lings Leistenpartie ruhten. Es war eine schöne Sitte der Vietnamesinnen, in dieser Haltung mit ihren Geliebten zu schlafen, und übte eine erregende Wirkung auf beide Partner aus. Der Oberst bewegte sich. In dem Bewußtsein, sich nun unwiderruflich zum letztenmal dem Mann hingeben zu müssen, der ihre Eltern, ihren Bruder und Tausende andere zu Tode hatte foltern lassen, begann Co Binh ihre Schenkel sanft an Lings Leib zu reiben.

Ling griff sofort nach ihr. Er drehte sich herum, riß ihr die Beine auseinander, und mit einer Gier, die lange nicht mehr von etwas so Exquisitem gestillt worden war, nahm er Co Binh.

Sie stöhnte in gespielter Leidenschaft auf, und ihre Lustschreie wurden immer lauter, je wilder der Oberst in sie hineinstieß. Das hatte ihr Ossidian allmählich beigebracht, seit er sie zum erstenmal aufgefordert hatte, sich dem verhaßten Vietkongführer hinzugeben. Ihre kehligen, ekstatischen Ausbrüche, so ungewohnt bei der sonst verhaltenen und wohlerzogenen Vietnamesin, stachelten Lings Begierde nur an, und sein Stöhnen war deutlich durch das geöffnete Fenster zu hören.

Vier schwarze Schemen duckten sich, stießen die Fensterflügel ganz auf und sprangen in das Zimmer. Einige Sekunden lang genossen sie, wie sie meinten, wohlverdient, das Schauspiel. Dann schlugen sie Ling mit Sandbeuteln wuchtig auf den Nacken und den Hinterkopf.

Ossidian hatte genau vorausgesehen, wie seine kleinen Rowdys reagieren würden, wenn sie Ling von Co Binhs nacktem, jungem Körper hoben. Einen Moment vergaß jeder von ihnen den Auftrag und starrte lüstern auf das Bett. Doch dann kamen ihnen sogleich die schrecklichen Drohungen des Sergeanten in den Sinn. Sie dachten auch an den versprochenen einwöchigen Urlaub in Saigon, wo jeder fünftausend Piaster ausgeben konnte, wenn der Handstreich gelang. Als Co Binh ihre Decke eng um sich raffte und sich aufsetzte, war die Versuchung rasch besiegt. Ein Mann der Einsatzgruppe blieb zurück, um dem Mädchen beim Hinunterklettern zu helfen, während die anderen drei den bewußtlosen Ling abseilten.

Die beiden Milizsoldaten, die die Posten kampfunfähig machen sollten, warteten, bis die Minutenzeiger ihrer Uhren auf ein Uhr fünf standen. Dann sprang jeder sein Opfer an; er warf ihm die Garotte, eine 47 Zentimeter lange, weiche Nylonschnur, um den Hals und zog sie mit einem Ruck weit genug zu, daß jeder Laut in der Kehle erstarb. Den sicheren Tod vor Augen, starrten die Infanteristen die Männer in den schwarzen Blusen entsetzt an. Drei andere schwarzgekleidete Phantome, die einen nackten Mann trugen, eilten durch das Tor. Die Posten sahen weder den wohlbekannten Sanitätswagen vorfahren, noch die drei Eindringlinge mit ihrem Opfer hineinspringen, ehe das Fahrzeug davonbrauste.

Zwischen Leben und Tod, den glasigen Blick nach oben gerichtet, wunderten sich die beiden armen Teufel nur, wieso die tödliche letzte Drehung der Schnur so lange hinausgezögert wurde. Sie sahen nicht, wie der letzte Eindringling, der eine mangelhaft verhüllte Frau halb mit sich zog, halb schleppte, an ihnen vorbeistürmte und mit einem Satz in den Lastwagen sprang, der beim Tor bremste.

Dann wurden die Garotten angezogen, und den Soldaten schwanden die Sinne. Als sie wieder zu sich kamen, gab es nichts, was auf eine Störung hindeutete, und aus Mister Hinhs Haus drang kein Laut. Da sie lebten und unverletzt waren und keiner von beiden eine Schramme am Hals hatte, beschlossen sie, dem Beispiel ihrer Offiziere zu folgen und unerfreuliche Vorfälle nicht zu melden. Statt dessen patrouillierten sie weiterhin beim Eingang zum Wohnsitz des reichen Kaufmanns auf und ab, vielleicht etwas aufmerksamer als zuvor.

Der Treffpunkt war Co Binhs Wohnung hinter der Schule. Targar trat ein, er trug den verhältnismäßig schmächtigen Ling selbst. Der Oberst wurde nackt auf den Boden geworfen und der Strahl einer grellen Lampe auf ihn gerichtet. Seine drei Entführer sahen auf ihn nieder. Ossidian, Martell und ich waren zuerst angekommen, da wir sofort im Jeep mit Vollgas lospreschten, als wir sahen, daß der Handstreich geglückt war. Wenig später kamen Swiggert, Co Binh und die anderen drei Männer unserer Einsatzgruppe.

Oberst Ling begann zu stöhnen, Targar gab den drei Milizsoldaten einen Wink. Sofort waren sie über dem Gefangenen und hielten ihn fest, während der Sanitäter eine Injektionsnadel in die Vene an der Armbeuge stieß und Natriumpentothal ins Blut des Kommunisten spritzte.

Dann wurde Ling auf eine Pritsche gehoben. Nun war Ossidians großer Augenblick da! Mit Hilfe eines Dolmetschers, den er zwei Monate für seine Zwecke gedrillt hatte, verhörte er den Vietkongführer, der nun mit dem sogenannten ›Wahrheitsserum‹ vollgepumpt war. Drei Stunden lang. Das Verhör wurde auf Tonband aufgenommen.

Mittlerweile bemühte sich Brandy um Co Binh. Er sprach französisch mit ihr, das sie wie ihre Muttersprache beherrschte, half ihr dabei, all jene Dinge einzupacken, die sie behalten wollte, übergab ihr zehntausend Piaster und machte sie darauf aufmerksam, daß die lokalen Behörden nichts gegen Mister Hinh unternehmen würden, obwohl er ein Kollaborateur der Vietkongs war. Schließlich streute er ja nach beiden Seiten mit vollen Händen Geld.

Deshalb, so riet Brandy der jungen Vietnamesin eindringlich, sei es besser, wenn sie in aller Stille an ihre katholische Schule zurückkehre und bitte, man möge sie wieder anstellen. Sie hatte nun genug Geld, um ein oder zwei Jahre sorglos und unter dem Schutz der Anonymität leben zu können. Bis dahin würden die Vietkongs nicht mehr nach ihr fahnden, wenn sie das überhaupt taten.

Der Captain und ich brachten Co Binh zum Flugfeld der Provinzhauptstadt. Es war nun fast fünf Uhr morgens. Brandy bremste den Jeep, sprang heraus, befeuchtete den Zeigefinger, um die Windrichtung zu ermitteln, fuhr zum äußersten Ende der Start- und Landebahn und parkte dort den Wagen.

Er und Co Binh unterhielten sich kurz auf französisch. Sie sagte, sie sei glücklich und glaube fest daran, daß ihr die Kirche verzeihen werde, was sie gesündigt habe, um uns bei der Festnahme des Kommunistenführers zu helfen.

Wir hörten das Motorengeräusch eines Flugzeugs, und Brandy schaltete die Lampen des Jeeps ein. Fünf Minuten später landete direkt vor dem Kühler ein Hubschrauber der Type U-10.

Nur die ›Combined Studies Group‹, die Einsatzgruppe der Agency, flog in Vietnam solche Maschinen. Der Pilot, der Co Binh beim Einsteigen behilflich war, trug Zivilkleidung.

»Passen Sie gut auf dieses Mädchen auf«, sagte Brandy. »Sie hat viel geopfert, um zu verhindern, daß uns hier die Dinge über den Kopf wachsen.«

»Wird gemacht«, sagte der Pilot fröhlich. Als er sich überzeugt hatte, daß Co Binh sicher angeschnallt war, sprang er wieder in die Kabine. Gleich darauf begannen sich die Rotorblätter zu drehen, und die ›Kaffeemühle‹ erhob sich in die Luft.

Brandy sah der insektenhaften kleinen Maschine nach, als sie in einer Höhe von fünfzehn Meter abflog, dann stiegen wir wieder in den Jeep und fuhren der Stadt zu.

»Wissen Sie eigentlich, daß Co Binh die erste Agentin ist, die wir lebend herausholten?« sagte er nachdenklich. »Und um keine war mir so bang wie um sie.«

»Ossidian hat mir wegen dieser Aktion einen wüsten Krach gemacht«, fügte er vergnügt hinzu. »Er glaubte nämlich, die Kleine hätte Hinh überzeugen können, daß sie nichts mit unserem unerwarteten nächtlichen Besuch in seinem Haus zu tun hatte. Demnach hätte sie auch weiterhin für uns als Agentin arbeiten können, meint er.«

Wir bogen in Richtung zur Schule ab, Brandy war nun äußerst aufgekratzt. »Na also, jetzt bringen wir das Hurenhaus in Schwung und setzen eine neue Agentin ein. Mit dem Geld, das wir an den Nutten verdienen, können wir vielleicht zwei Lehrer bezahlen, damit sie die Schule hier weiterführen. Und dabei handeln wir doch ganz in Ossidians Sinn: wir treffen zwei Fliegen mit einem Schlag!«

FÜNFTES KAPITEL

Coup de grâce

I

Saigon ist ein Dorado für jeden Fronturlauber in Vietnam, der die Piasterscheine bündelweise in der Tasche hat. Fast alle Amerikaner kommen mindestens einmal während ihres Einsatzes in das ›Paris des Fernen Ostens‹. Dort kann man in den Restaurants exquisit essen und kann sich mit gefälligen Damen vergnügen, deren exotischer Reiz auf der Welt kaum seinesgleichen findet. Abgesehen von Demonstrationen der miteinander rivalisierenden religiösen Gruppen, deutet wenig in der Stadt auf den erbitterten Partisanenkrieg hin, der sich wie ein Krebsgeschwür in den übrigen Teilen des Landes ausbreitet.

Ja, Saigon ist ein Dorado – auch für Vietkongguerillas, die sich eine Atempause gönnen, wie ich bald entdecken sollte.

Da ich den Einsatz der Special Forces an den Brennpunkten des Kampfgeschehens schildern wollte, hielt ich mich nach Möglichkeit von Saigon fern, doch Major Fritz Scharne hatte dort seine Dienststelle. Er war von den Special Forces zu den vietnamesischen ›Rangers‹ abkommandiert worden, um die Ausbildung dieser nach amerikanischem Vorbild formierten Elitetruppe der Armee Südvietnams zu überwachen. Als gebürtiger Deutscher hatte Scharne den Schliff der Hitlerjugend mitgemacht. 1939, im Alter von fünfzehn, war er mit seinem Vater nach Amerika gekommen, wo dieser das florierende Geschäft eines verstorbenen Bruders in Milwaukee übernahm.

Fritz wandelte sich vom militanten jungen Deutschen zum militanten jungen Amerikaner, und von der Invasion in der Normandie bis zum Ende des Zweiten Weltkrieges diente er den USA mit dem vollen Einsatz seiner Kräfte. Er war eine Soldatennatur, und nachdem er das College absolviert und sich einige Jahre im Geschäftsleben versucht hatte, trat er in eine der Militärakademien ein. Bald trug er die goldenen Balken eines 2. Lieutenants. In Korea zweimal verwundet, wurde er 1953 auf die damals neue Waffengattung der Special Forces aufmerksam. Seither gehört er dazu. Für die Männer mit dem grünen Barett war er sogar so etwas wie eine legendäre Gestalt. Während seiner Dienstzeit bei der 10. Special Forces Group in Bad Tölz war er bei der Zivilbevölkerung so beliebt, daß ihn die Bayern zum Bürgermeister machen wollten. Scharne mußte dankend ablehnen. Bei der Armee besteht eine Verordnung, die Offizieren jede Nebenbeschäftigung untersagt; von dem strikten Verbot des Außenministeriums ganz zu schweigen, demzufolge amerikanische Staatsbürger im Ausland kein politisches Amt übernehmen dürfen.

Major Scharne gehörte zu den ersten Special-Forces-Soldaten, die in Laos gegen die Pathet-Lao-Kommunisten kämpften. Außerdem hatte er zwei Einsatzturnusse in Vietnam hinter sich. Überall, wo ich hinkam, erzählte man mir tolle Geschichten über Fritzie. Ich wurde natürlich neugierig und wollte ihn persönlich kennenlernen.

Ich hätte mir keinen ungünstigeren Zeitpunkt für die Fahrt nach Saigon aussuchen können. Die Hauptstadt Südvietnams erwartete zum zweitenmal in diesem Jahr ein großes politisches Ereignis – die Ankunft eines Düsenklippers voll hoher amerikanischer Beamter aus Washington. Bevor sie eintrudelten, wurde bei den amerikanischen Stäben allgemein Parole für optimistische Situationsberichte ausgegeben – diese wurden fein säuberlich auf kleine weiße Karten übertragen, die man dann bei Lagebesprechungen als Gedächtnisstützen verwenden konnte. Stabsoffizieren, die die unerfreulichen Tatsachen des täglichen Kampfes in Vietnam aus nächster Nähe kannten, war solche Schönfärberei immer ein Greuel.

Ich traf Major Scharne in seinem Büro im MAAG-Komplex, und an jenem Abend hoben wir auf der Dachterrasse seines Hotels manchen Doppelten. Wir hatten viele gemeinsame Freunde, darunter auch Captain Andy Bellman, der kurz nach seiner Versetzung von den Special Forces in Fort Bragg zur Dienstleistung als Scharnes Adjutant bei einem Gefecht der Rangers gefallen war. Bald plauderten wir wie gute alte Bekannte und erörterten die bevorstehenden Konferenzen mit den großen Tieren von drüben. Verdrossen erzählte mir Scharne, daß er die beiden letzten Tage damit verbracht habe, seinen Anteil an günstigen Einsatzberichten für das blöde Täuschungsmanöver mit den weißen Karten zusammenzustellen. Die unverdaulichen Wahrheiten, die er gern an die verantwortlichen Männer aus Washington weitergegeben hätte, wurden sofort vertuscht.

»Noch nie während meiner ganzen Dienstzeit habe ich so viele von panischer Angst befallene Colonels und Generale gesehen«, erklärte er mit seiner sonderbar hohen Stimme. »Ich war sogar bei einer Konferenz in der Botschaft. Alle fürchten, daß irgend jemand die Sache schmeißt. So geht es eben in einem Wahljahr zu.« Er schaute nachdenklich über die Dächer des Chinesenviertels von Saigon. »Alle, von denen man weiß, daß sie im unrechten Moment zu laut reden, werden kurzfristig aus der Stadt abkommandiert.«

Dann grinste mir Fritz zu. »Aber eines kann ich Ihnen sagen – unsere amerikanische Regierung ist vielleicht nicht gerade der Idealfall, trotzdem aber ist sie die beste, die es seit Menschengedenken auf der Welt gibt.«

Er trank sein Bier aus. »Sie wollen auch mich aus Saigon draußen haben, wenn nächste Woche der Minister mit seinen Leuten kommt. Deshalb werde ich mit dem Abschlußlehrgang der Ranger-Schüler einen Vorstoß gegen die Vietkongs unternehmen. Ich möchte gern sehen, wie sie sich im Einsatz gegen Ziele bewähren, die keine ›Pappkameraden‹ sind, sondern zurückschießen.«

Ich sagte, daß ich mich gern dieser Truppe anschließen würde.

»Seien Sie nicht zu übereifrig«, erwiderte Scharne. »Beim letztenmal wurde Andy Bellman ermordet.«

»Ermordet?«

»Jawohl, ermordet!« wiederholte er hart. »Ein Bataillon ausgekochter Kommunisten hatte uns angegriffen, Andy wurde an beiden Beinen verwundet. Wir mußten abziehen, sonst wäre die ganze Lehrgangseinheit aufgerieben worden. Als die Vietkongs schließlich im Dschungel verschwanden, kehrten wir zurück und fanden Andy, der aus einer Entfernung von etwa zwanzig Zentimetern mit einer Pistole durch den Kopf geschossen worden war. Der traditionelle Coup de grâce.«

»Das sieht aber gar nicht nach Vietkongs aus . . .«

»Gewisse Einzelheiten dieser Aktion sind Geheime Kommandosache«, sagte der Major.

Er winkte ab, das war mir klar. »Ich muß noch ein oder zwei Tage in Saigon bleiben«, sagte ich. »Vielleicht ergibt sich doch eine Story für mich. Aber lange werde ich es nicht aushalten, besonders, wenn es dann von hohen Tieren wimmelt. Nehmen Sie mich auf Ihre Patrouille mit?«

»Morgen ist Sonntag«, antwortete Scharne. »Kommen Sie morgen als mein Gast in den ›Cercle Racquette‹. Dann können wir das ausführlicher besprechen.«

»Klingt ja sehr vielversprechend.«

»Ich bin dem Klub vor ein paar Monaten beigetreten. Tennisplätze, ein großes Schwimmbad, viele junge hübsche Französinnen . . . Natürlich mögen sie die Amerikaner nicht.« Scharne lachte. »Jetzt weiß ich, wie meinen Vettern aus dem alten Vaterland zumute war, als sie im Krieg Paris besetzt hatten.«

»Die Franzosen können uns nicht so sehr hassen, wenn sie Amerikaner in ihren Klub aufnehmen«, wandte ich ein.

»Alles nur Berechnung. Die Erhaltung des ›Cercle‹ kostet eine Menge Geld, und es gibt halt nicht mehr so viele reiche Franzosen in Saigon.

Übrigens spreche ich dort immer französisch, dann fällt es nicht so auf, daß wir Amerikaner sind.«

»Auch Ihr Gast spricht französisch«, fügte ich hinzu.

»Um so besser. Ich werde Sie morgen vormittag mit meinem Jeep abholen.«

Punkt elf Uhr war Scharne im ›Continental Palace‹. Er trug weiße Tennishosen und ein weißes Sporthemd. Bis zum ›Cercle Racquette‹ fuhr man etwa fünfzehn Minuten. Der noble Klub war eine Oase inmitten der brütend heißen Stadt. Türen aus schwarzem Holz mit Messingbeschlägen in der hohen weißen Mauer führten zu gepflegten Rasenflächen, die von gestutzten Buchshecken eingefaßt waren. Wir gingen in das weitläufige, im Kolonialstil erbaute Klubhaus, wo wir uns umzogen. Dann legten wir uns in die Sonne, schwammen und ließen uns schließlich am Swimmingpool nieder und bestellten Pernod mit Wasser. Die ganze Zeit über sprachen wir französisch und flochten nur hin und wieder englische Fachausdrücke ein.

»Wie wär's mit einem Tennismatch vor dem Mittagessen?« fragte Scharne.

»Okay, wenn Sie einen zweiten Schläger auftreiben können.«

Er holte zwei Schläger aus seinem Klubspind, dann gingen wir zu den Tennisplätzen hinüber. Plötzlich fuhr Scharne zurück, er starrte wie gebannt zu einem Tennisplatz, wo ein Mixed Double gespielt wurde. Die Mädchen waren beide sehr hübsch, die eine hatte eine lange blonde Mähne, die um ihren Kopf wehte, wenn sie nach dem Ball lief. Aber es war ihr Partner, den der Major fixierte. »Das ist der Cowboy!« sagte Scharne, seine Stimme überschlug sich fast, so erregt war er. Er ließ den dunkelhaarigen, gutgebauten Mann im Netzhemd, der eben servierte, nicht aus den Augen.

»Welcher Cowboy?« fragte ich.

»Setzen wir uns eine Minute hin.« Ich folgte ihm zu einem Tisch im Schatten der nahen Bäume.

»Also was ist los, Fritz?« begann ich, als ich bequem in einem Korbstuhl saß.

Scharne antwortete nicht gleich, widerstrebend wandte er den Blick vom Tennisplatz. »Ich habe Ihnen gesagt, daß die ganze Sache in einem Geheimbericht festgehalten wurde. Sie haben Bellman ja gekannt.« Er schaute wieder zu den Tennisspielern hinüber, dann sah er mich an. »Der Kerl, der gerade gewonnen hat, führte das Vietkongbataillon, das uns während unseres letzten Vorstoßes angriff. Er ist Andys Mörder!«

»Aber er ist doch ein Weißer!«

»Das ist alles streng geheim. Es kostet mich die goldenen Blätter auf meinen Schulterklappen, wenn die Geschichte herauskommt und zu einem großen internationalen Zwischenfall aufgebauscht wird.«

»Sie können sich auf meine Diskretion verlassen, Fritz. Spannen Sie mich nicht auf die Folter.«

Scharne starrte den Tennisspieler an. »Wir nennen ihn den Cowboy. Er trägt einen breitkrempigen Hut, kämpft mit nacktem Oberkörper, hat eine Signalpfeife um den Hals hängen und immer Blue jeans und Wildweststiefel an. Natürlich ist er Franzose.«

»Dann ist also etwas Wahres an dem Gerücht, daß die Vietkongs französische Berater haben.«

»Sie sind nicht nur Berater, sondern befehligen die Truppen auch im Einsatz. Diese Leute denken eben realistischer als wir«, fügte Scharne bitter hinzu.

Ich schaute zum Tennisplatz hinüber. »Das ist der Mann, der Andy Bellman umgebracht hat?«

»Todsicher. Mit einer 45er-Kugel durch den Schädel. Ich selbst habe ihn durch den Feldstecher gesehen, allerdings wußte ich nicht, wer er ist. Das hier ist der Cowboy, ganz bestimmt. Auch andere Ranger- und Fallschirmverbände wurden von seinem Bataillon angegriffen. Er lauert einer oder zwei von unseren besten Kompanien auf, schlägt sie zusammen und erledigt alle Verwundeten. Auf die Amerikaner hat er es ganz besonders abgesehen.«

»Klingt, als ob der Cowboy unsere Kampfmoral erschüttern könnte.«

»Das muß man ihm lassen. Gerade jetzt, wo wir dabei sind, das Selbstvertrauen der sogenannten Eliteeinheiten der vietnamesischen Armee zu heben, vermasselt er uns alles. Jetzt werden die Vietnamesen glauben, daß die amerikanischen Berater nicht so gut sind wie der Cowboy und die anderen Franzosen, die mit den Kommunisten gemeinsame Sache machen.«

»Sind denn die amerikanischen Berater die besten?« Ich hoffte, eine Reaktion zu provozieren.

Scharne warf mir einen scharfen Blick zu. »Es ist ein großer Unterschied, ob man im Gefecht direkte Befehle geben kann oder nicht. Wenn ich Kommandeur eines vietnamesischen Ranger-Bataillons wäre, das ich selbst ausgebildet habe, dann könnte ich alles zerschlagen, was uns die Vietkongs an Truppen entgegensetzen. Ich würde es mit einem Regiment aufnehmen. Aber Sie wissen ja, was es heißt, nur Anregungen zu geben und dann zu warten, bis sich der vietnamesische Kommandeur zum Handeln entschließt. Wenn er überhaupt auf die Vorschläge eingeht.«

Während Scharne so dasaß, in der Schwimmhose, ein Handtuch um den Hals, verfolgte er jede Bewegung des Mannes auf dem Tennisplatz. »Weil diese verdammten Franzosen ihren Krieg hier nicht gewonnen haben und aus ihrer reichsten Kolonie hinausgeschmissen wurden, sind ihnen unsere Erfolge ein Dorn im Auge. Komischerweise bilden sie sich ein, daß sie mit den Kommunisten Geschäfte machen können. Wenn diese Leute« – mit einer Handbewegung schloß er die ganze anachronistische Gruppe von Kolonialfranzosen ein – ».und der französische Staat die USA dazu bewegen könnten, sich an den Verhandlungstisch zu setzen und Vietnam zu neutralisieren, dann würden ihnen die Kommunisten ihre großen Besitzungen lassen, glauben sie. So müssen sie sie der Kontrolle der Vietnamesen unterstellen, gemäß dem Vertrag von Genf, nachdem die Franzosen in Dien Bien Phu zur Sau gemacht wurden.«

Er zuckte die Achseln. »Und da uns in diesem Krieg die Hände gebunden sind, werden wir auch schließlich auf eine politische Regelung eingehen müssen. Aber für mich sind die Franzosen ein gemeines, geldgieriges, heimtückisches ...«

»Oho, mir scheint, da spricht der alte Deutsche aus Ihnen.« Ich konnte diese Bemerkung nicht unterdrücken.

»Ist ja egal. Aber dieser Schweinehund hat Andy umgebracht. Jetzt weiß ich wenigstens, wer er ist. Jetzt werden wir ihn umlegen.«

»Das möchte ich sehen.«

Das Match war beendet, offenbar hatten der Cowboy und seine hübsche Partnerin gewonnen. Nach einem kurzen Gespräch am Netz kam das Paar auf uns zu und setzte sich an den Nebentisch. Ein vietnamesischer Kellner tauchte hinter ihm auf, nahm die Bestellung entgegen und verschwand wieder.

»Die Franzosen werden hier prompt bedient«, polterte Scharne in gespielter Entrüstung auf englisch, als der Kellner einige Minuten später mit den Getränken erschien. Zu ihm sagte der Major in schlechtem, aber verständlichem Französisch: »Ich versuche, aus euren Rangers die besten Soldaten von ganz Vietnam zu machen, und wenn ich einmal hier ausspannen will, werde ich nicht einmal bedient!«

Der Vietnamese hätte einwenden können, daß er während der letzten eineinhalb Stunden den Wünschen des amerikanischen Offiziers alle Aufmerksamkeit gewidmet habe. Er hätte sogar seine Verwunderung über das plötzlich so mangelhafte Französisch des neuen Klubmitgliedes zeigen können. Doch verzog er keine Miene, als ihm Scharne sagte, er solle noch zwei Gläser Bamuiba-Bier bringen.

Dem Franzosen am Nebentisch war kein Wort entgangen, er rückte sogar auf seinem Stuhl, um Scharne direkt zu sehen, der ungeniert weiter auf englisch drauflos schimpfte.

»Manchmal frage ich mich, ob wir Amerikaner in diesem Klub überhaupt willkommen sind. Seit zwei Monaten bin ich hier Mitglied, aber ich finde nur mit anderen Amerikanern Kontakt.« Dann wechselte er wieder ins Französische über. »Je parle français tout le temps, mais malgré de cela, les Françaises ne parlent jamais à moi. Peut-être ils n'aiment pas les Americains.«

»Peut-être«, stimmte ich zu.

Scharne hatte den wunden Punkt erwischt. Der Franzose am Nebentisch räusperte sich und sagte in passablem Englisch: »Pardon, Monsieur, ich habe zufällig Ihr Gespräch mitangehört. Darf ich mich vorstellen und Ihnen versichern, daß wir uns sehr darüber freuen, Sie und die anderen Amerikaner zu unseren Klubmitgliedern zu zählen.«

Der Major drehte sich blitzschnell um und sah den lächelnden Franzosen an. »Ich danke Ihnen, Monsieur. Sie sind das erste Klubmitglied, das mich kennenlernen will. Ich bin Major Fritz Scharne.«

»Mein Name ist Henri Huyot«, erwiderte der Franzose. Er machte eine höfliche Geste zu der hübschen, sonnengebräunten Blondine. »Sie erlauben, daß ich Sie Mademoiselle Denise Levevre vorstelle.«

Scharne stand auf und verneigte sich vor der jungen Französin. »Enchanté, Mademoiselle«, sagte er überschwenglich. Er sah das Mädchen, dessen Tennisshorts und Büstenhalter ihre Erscheinung voll zur Geltung brachten, mit unverhohlener Bewunderung an, dann stellte er mich vor.

Ich hatte mich bereits erhoben. »Enchanté«, sagte ich mit einer kurzen Verbeugung.

»Aber bitte, Major«, sagte Huyot, »wollen Sie und Ihr Freund nicht bei uns Platz nehmen?«

»Sehr freundlich von Ihnen, doch ich fürchte, wir stören.«

»Mais non, Monsieur.« Mademoiselle Levevre sah mit großen Augen lächelnd zu Scharne auf, seine Bewunderung schmeichelte ihr. »Wir wären sehr – wie sagen Sie nur? – gekränkt, wenn Sie sich nicht zu uns setzten.«

Mehr Aufmunterung brauchte der Major nicht. Er gab sich nun in komischer Übertreibung so, wie sich nach Meinung der Ausländer ein amerikanischer Soldat benimmt, wenn er die Bekanntschaft eines schönen Mädchens macht. Mit unnötigem Kraftaufwand nahm er seinen Stuhl, schwang ihn in die Höhe und stellte ihn zwischen Huyot und seiner Begleiterin nieder. Ich schob meinen Stuhl zur anderen Kante des Tisches.

»Sind Sie in Saigon auf Urlaub?« fragte Huyot Scharne auf französisch. »Oder sind Sie vielleicht dauernd hier stationiert?«

»Ich habe ein Büro in Saigon, aber mein eigentlicher Dienst spielt sich draußen im Gelände ab.« Scharnes starker amerikanischer Akzent entlockte Mademoiselle Levevre ein flüchtiges Lächeln.

»Da müssen Sie ja eine sehr interessante Arbeit haben«, sagte sie. Es war klar, daß sie versuchte, ihn auszuhorchen.

Beide, Huyot und das Mädchen, taten so, als seien sie brennend an den Aktionen der Amerikaner in Vietnam interessiert. Huyot verstieg sich sogar zu der Bemerkung: »Wir konnten den Krieg hier nicht gewinnen, aber vielleicht seid ihr Amerikaner dort erfolgreich, wo wir Rückschläge erlitten haben.«

»Wir kämpfen nicht, Huyot«, sagte Scharne rasch. »Wir beraten nur die Vietnamesen bei ihrer Kriegführung. Dies ist kein Krieg der Amerikaner.«

»Und ob es ein Krieg der Amerikaner ist!« widersprach Huyot voll Überzeugung. Dann fuhr er in ehrlicher Erbitterung fort: »Wir hätten den Krieg 1954 nicht verlieren müssen. Aber unsere Generale und Obersten waren lauter konventionelle Soldaten, ungeeignet für den Kampf in Vietnam. Unsere an der Militärakademie von Saint-Cyr ausgebildeten Führer wollten nicht einsehen, daß auf diesen Krieg nicht die Regeln anzuwenden waren, die sie gelernt hatten. Sie wußten wenig von Partisanentaktik und hatten keine Vorstellung davon, wie der Dschungelkämpfer denkt. Das Ergebnis? Zu dem Zeitpunkt, als wir Dien Bien Phu endgültig verloren, waren zweihunderttausend Franzosen gefallen oder verwundet. Ich war dort eingesetzt, ich weiß Bescheid.«

Denise streckte den sonnengoldenen Arm über den Tisch und ergriff

Huyots Hand. »Henri, bitte rege dich nicht auf.« Sie wandte sich zu Scharne. »Henris Vorfahren gehörten zu den ersten Familien, die sich in Vietnam niederließen. Von ihnen hat er eine der größten Gummiplantagen im ganzen Land geerbt, die Henri so lange weiterführt, bis er dafür annähernd so viel bekommt, wie sie wert ist. Wir müssen die Besitzungen an die Vietnamesen übergeben, wie Sie ja wissen.«

Scharne nickte verständnisvoll, aber Henri konnte eine heftige Antwort nicht unterdrücken. »Ich sagte, die Amerikaner könnten gewinnen.« Er lachte verächtlich. »Oui, aber in gewisser Hinsicht begeht ihr die gleichen Fehler wie wir. Und, was das schlimmste ist: ihr habt nicht einmal das Kommando über die eingesetzten Truppen.« Huyot winkte ab. »Eure ›Straight legs‹ in den höheren Stäben werden hier auch euer Ende sein.«

Der Major war wirklich beeindruckt. Hier hörte er seine eigenen Worte von dem Mann, den er vernichten wollte.

»Sie wissen einiges über uns, wie ich sehe.« Scharnes Französisch wurde auffallend fließend und akzentfrei, und ich fürchtete, daß er sich verraten könnte. »Sie kennen sogar unsere gängige Bezeichnung für Soldaten der konventionellen Waffengattungen, die nicht per Fallschirm abspringen.«

»Ich war selbst Parachutiste«, sagte Huyot stolz. »Mein Bataillon gehörte zu den letzten Einheiten, die zur Befreiung Dien Bien Phus angesetzt wurden, aber es war zu spät. Unsere konventionellen Generale in Paris hatten den Krieg bereits verloren, und Offiziere wie ich hatten genug von einer Armee, in der den Soldaten, die den Kampf in Vietnam kannten, jeder Einfluß auf die Planung der Operationen verweigert wurde.«

Scharne schien ganz in die Diskussion mit seinem Feind vertieft. »Wenn es nach den ›Straight legs‹ ginge, würden die Special Forces ganz aus Vietnam abgezogen werden.«

»Mißtrauen gegen das Andersartige, das in kein herkömmliches Schema paßt, ist im militärischen Denken allgemein«, kommentierte Huyot mißmutig. Er ließ es sich nicht nehmen, noch eine Runde zu bestellen. Der Franzose und der amerikanische Major hatten offenbar schon viele Berührungspunkte gefunden, die eine Verständigung anbahnten.

»Wo ist Ihre Plantage?« fragte Scharne.

»In der Provinz Tai Ninh.«

»Henris Familie hat viele Besitzungen in Vietnam«, fügte Denise hinzu.

Huyot lächelte das Mädchen zärtlich an. »Sie hat die weite Reise von Frankreich auf sich genommen, um hier eine neue Heimat zu finden. Sie liebt das Land und hängt so sehr an den Besitzungen, daß ich mich manchmal frage, ob sie eigentlich mich heiraten will oder die Plantagen.«

Wir beide, Scharne und ich, hatten den großen Diamanten bemerkt, der an Denises Ringfinger funkelte. »Vietnam ist wunderschön«, warf ich ein. »Ich habe in den Tropen noch nie auf so begrenztem Raum so verschiedenartige Landschafts- und Klimaformen erlebt.«

»Oh, ich bete zu Gott, daß wir immer hier leben können«, rief Denise hingerissen. Dann flog ein Schatten über ihr frohes Gesicht, als sie Huyots

Blick begegnete. »Wir werden doch hierbleiben können, Henri? Immer? Und werden wir jedes zweite Jahr nach Frankreich fahren?«

Ihr Verlobter lachte bitter. »Aber natürlich, Liebling. Ich bin überzeugt davon, daß mir die Vietnamesen einen Posten auf einer der Plantagen geben, wenn sie schließlich unser gesamtes Eigentum übernehmen. Als Dienerpaar kommen wir sicherlich unter. Durch ihre Diebereien bei den Amerikanern werden die Vietnamesen so widerlich reich, daß sie sich jetzt französisches Personal leisten können.«

Denise schüttelte fast unmerklich den Kopf und lehnte sich in ihren Stuhl zurück. Huyot wandte sich zu Scharne. »Genug von unseren Problemen. Es interessiert mich, wie ihr Amerikaner die Vietnamesen drillen wollt, damit sie Aussichten haben, diesen Krieg zu gewinnen. Wenn ich Sie recht verstanden habe, bilden Sie die vietnamesischen Rangers aus.«

»Ich leite die Ausbildung in Duc Phung«, erklärte Scharne. »Wir sind soweit ganz zufrieden mit den Mannschaften der Lehrgänge. Ich würde meine Rangers – vorausgesetzt, daß sie unter guter Führung stehen – gegen die besten Einheiten der Vietkongs ansetzen.«

Ganz beiläufig griff Huyot nach seinem Glas. »Haben Sie Ihre Schüler schon im richtigen Gefecht beobachten können?«

»Alle paar Wochen machen wir mit dem Abschlußlehrgang eine Bewährungsübung gegen einen, wie wir hoffen, zahlenmäßig schwächeren Truppenverband der Kommunisten. Leider haben wir vor vierzehn Tagen schwere Verluste erlitten, ein Amerikaner ist gefallen, und ein zweiter wurde verwundet.« Zu meiner Erleichterung hörte ich, daß Scharne wieder mit deutlichem Akzent französisch sprach, da er unauffällig in seine Rolle zurückfand.

Huyot lenkte das Gespräch in die gewünschte Richtung. »Sie stießen auf stärkeren Widerstand, als Sie dachten?«

»Kann man wohl sagen. Ich hatte dreihundert Mann draußen, unter dem Kommando der besten Offiziere im Lager. Wir machten uns daran, eine, wie wir glaubten, kompaniestarke Einheit der Vietkongs aufzustöbern, und sahen uns einem Bataillon gegenüber. Wir Amerikaner versuchten, den vietnamesischen Offizieren beim Einsatz ihrer Leute zu helfen, aber es klappte nicht mit der Funkverbindung, und die Vietkongs waren überraschend gut geführt.« Scharne schüttelte den Kopf. »Ich verstehe das nicht. Die Kommunisten schossen sehr flach und entwickelten sich rund um uns im Gelände wie eine Kampfgruppe erfahrener alter Frontsoldaten. Unsere Aufklärung hatte uns kein Elitebataillon der Vietkongs in diesem Abschnitt gemeldet.«

Ich beobachtete Huyot aus den Augenwinkeln. Kein Zweifel, diese Eröffnungen schmeichelten seiner Eitelkeit.

»Nach einer solchen Niederlage werden Sie diese Übungen wohl aufgeben, oder?«

»Das möchte das vietnamesische Kommando gern tun. Typisch vietnamesische Reaktion auf einen Rückschlag. Ich habe ihnen geraten, noch einen letzten Versuch zu wagen, und nach einigem Widerstreben haben sie sich dazu entschlossen. Leider ist der neue Lehrgang zahlenmäßig schwächer als der vorige. Auch der Kampfwert ist geringer. Aber ein kleines Feuergefecht wird die Burschen auf Trab bringen.«

»Sie werden mit der Truppe wieder in denselben Sektor vorstoßen?« fragte Huyot und zog die Augenbrauen hoch. »Nach diesen Erfahrungen?«

Scharne lächelte schlau. »Ich suche mir einen bestimmten Abschnitt aus, und den kämme ich mit meinen Rangers durch; und zwar nicht in der übernächsten Woche, wie es unserem Turnus entsprechen würde, sondern schon in der nächsten Woche. Die Vietkongs kennen unsere Diensteinteilung, davon bin ich überzeugt. Sobald wir morgen in einer Woche im Dschungel sind, werden sie den Zeitpunkt verpaßt haben, uns nach der Reihe aufs Korn zu nehmen.«

»Das ist sehr klug«, sagte Huyot.

»Wir werden nur ein paar Kommunisten aufscheuchen, ohne dabei eigene Verluste zu riskieren. Nichts hätte schlimmere Folgen für die gesamte Ranger-Ausbildung als ein neuerlicher Rückschlag. Dann wäre es aus mit den Bewährungsübungen gegen einen wirklichen Feind — und das ist der wichtigste Teil des Lehrgangs.«

»Es ist schwer, mit den vietnamesischen Obersten und Generalen zusammenzuarbeiten, nicht wahr?«

»Für gewöhnlich schon. Manchmal frage ich mich, warum wir uns überhaupt exponieren. Sollen sie doch selbst draufkommen, was geschehen würde, wenn wir nicht da wären.«

»Völlig richtig«, erwiderte Huyot. »Warum setzt ihr Amerikaner überhaupt für dieses Volk euer Leben aufs Spiel, zwölftausend Meilen von der Heimat? Die Kerle lassen doch alles, was ihr ihnen liefert, verschwinden und sind zu feig, um selbst für ihr Land zu kämpfen.«

Das war das Echo von Scharnes eigenen Worten. Ich war gespannt, wie er darauf reagieren würde.

Der Major überlegte kurz. »Aus zwei Gründen. Beide werden Ihnen einleuchten. Erstens bin ich Berufssoldat, ich nehme Befehle entgegen und tue, was man von mir fordert. Zweitens will ich nicht, daß sich meine Kinder einmal in der Heimat gegen die Kommunisten zur Wehr setzen müssen.«

Huyot nickte. »Gute Gründe.« Er blickte auf die Uhr, dann sah er Denise an. »Liebling, wir haben nicht mehr viel Zeit, wenn wir noch alles vorbereiten wollen.«

Zu Scharne sagte er: »Major, es war mir ein Vergnügen, Ihre Bekanntschaft zu machen. Ich werde fast die ganze Woche in Saigon sein und hoffe, Sie wiederzusehen, ich komme täglich zum Lunch in den Klub. Es interessiert mich brennend, zu erfahren, wie Sie die Vietnamesen ausbilden. Während unseres Krieges hier habe ich versucht, Fallschirmspringer aus ihnen zu machen. Vielleicht können wir Erfahrungen austauschen.«

»Ihre Erfahrungen wären für mich sicherlich sehr aufschlußreich«, antwortete Scharne.

»Ein äußerst attraktives Paar«, sagte Fritz. »Es ist ein Jammer — dieser

Scheißkrieg! Ich möchte wissen, ob Denise in Vietnam bleibt, wenn ihr Bräutigam umgelegt wird ...«

2

Die folgende Woche war so deprimierend, wie ich es erwartet hatte. Ich stand mitten unter den anderen Pressevertretern, als die wohlbekannte weiß-blaue Düsenmaschine der amerikanischen Regierung in Tan Son Nhut, dem internationalen Flughafen von Saigon, landete. Am Protokoll änderte sich nie etwas. Neben der Ehrenkompanie, die an der kurzen Strecke von der letzten Stufe der Gangway bis zum Eingang der exklusiven Empfangsräume des Flughafengebäudes Spalier stand, war ein Lastwagen mit langer, flacher Plattform aufgefahren, vollgepackt mit Fotografen und TV-Kameraleuten.

Wir sahen zu, wie ein eindrucksvolles Aufgebot von Beamten aus Washington das Flugzeug verließ. »Großer Ringelpitz mit allem Drum und Dran«, bemerkte einer der Reporter. Der übliche Rattenschwanz von beflissenen, hoffnungsvollen jungen Männern aus verschiedenen Regierungsdienststellen und -ämtern bildete den Schluß der Gruppe.

Die Reden, die auf dem Flughafen gehalten wurden, hatten wir im fast gleichen Wortlaut schon bei früheren Anlässen gehört, und dann brausten schwarze Limousinen mit den Ehrengästen davon. Die Korrespondenten sahen einander an, zuckten die Achseln und wischten sich den Schweiß von der Stirn; denn außerhalb der Empfangsräume mit Klimaanlage für die ›VIPs‹, die ›very important persons‹, herrschte drückende Hitze. Der Vietnamreporter unseres größten Nachrichtenmagazins hatte noch einen Platz im Auto frei. Ich fuhr mit ihm nach Saigon zurück.

»Dieser Besuch gibt keine brauchbare Story her«, sagte mißmutig ein Journalist, der von einer Agentur in Hongkong hergeschickt worden war.

»Wann kann man da überhaupt je was draus machen?« fragte unser Mann in Saigon.

Für den nächsten Tag war ein informativer Hubschrauberflug zu einigen von der Regierung angelegten Wehrdörfern geplant und zu einem Gelände, wo vor kurzem ein Gefecht stattgefunden hatte. Ich fuhr wieder hinaus nach Tan Son Nhut, um die hochoffizielle Picknickrunde abfliegen zu sehen. Zwei Special-Forces-Offiziere waren als Beobachter anwesend. Der eine von ihnen war der Territorialspezialist des Sektors, den die Amerikaner an diesem Tag besuchen würden.

»Für diese Hubschrauber wüßte ich heute sechs dringende Einsätze in meinem Korpsbereich«, sagte der Territorialspezialist resignierend, als die ›Kaffeemühlen‹ davonzogen. »Glauben Sie, besteht Aussicht, daß der Staatssekretär oder irgend jemand, auf den er hört, auch dorthin kommt, wo es wirklich hart auf hart geht? Es gibt eine Menge Leute, die ihm Bescheid stoßen könnten, was sich hier tut, und hoffen, daß er sich zu ihnen hinaus verirrt.«

Ich gab dem Captain einen hektographierten Waschzettel. »Das ist ein Teil seines Reiseplans. Malen Sie sich selbst aus, wofür er Zeit haben könnte.«

»Es wäre gut, wenn die was täten. Der ganze Krieg stockt, solange die Brüder im Land sind.«

In Saigon hatte eine Psychose um sich gegriffen, alles war in Aufruhr. Jeder Stabsoffizier schien nur mit zwei wichtigen Fragen beschäftigt: Wo, wann und für wen die nächste Konferenz abgehalten werden soll und ob frisch gestärkte Dschungelgarnituren greifbar sind, falls eine unvorhergesehene Lagebesprechung stattfinden sollte. Saubere, glatt gebügelte schilfgrüne Uniformhemden und -hosen standen hoch im Kurs, die Offiziere verschafften sich solche Monturen auf jede nur mögliche Weise und zogen sich täglich zwei- bis dreimal um, da diese Baumwolluniformen in der sengenden Hitze und tropischen Feuchtigkeit bald verschwitzt und verdrückt waren und dann wie Sträflingsdrillich aussahen. Das Hotelpersonal war mit dem Waschen und Bügeln der Dschungelgarnituren voll ausgelastet und verdiente dabei ein hübsches Stück Geld.

Mir wurde bei diesem hektischen Hochbetrieb in den Stäben ganz dusselig im Kopf, und ich richtete es so ein, daß ich bald ins Ausbildungslager der Rangers fliegen konnte. Dort sah ich ein paar Tage lang den durchs Gelände robbenden Vietnamesen zu und faßte meine Ausrüstung für die Übung, die laut Planung am Montag starten sollte. Scharne versuchte, der Form halber, mich von meinem Vorhaben abzubringen. Doch ich wußte, daß er sich in Wahrheit freute, wenn ein Außenstehender, noch dazu ein Schriftsteller, der die Sicherheitsbestimmungen respektierte und nichts verriet, ehe die Informationen nicht freigegeben waren, die Realisierung seines Planes miterleben würde.

Am Dienstag der Vorwoche hatte der Major im ›Cercle Racquette‹ den Cowboy wieder getroffen. Bei einigen freundschaftlichen Drinks hatte Scharne das Datum der Patrouille erwähnt und gesagt, er sei besorgt, weil dieser Lehrgang zum Unterschied von früheren Schuleinheiten nicht viel wert sei. Ganz beiläufig hatte ihn Huyot über das Einsatzgebiet befragt, doch Scharne hatte erwidert, dies sei Geheime Kommandosache.

Am Sonntagabend setzte Scharne mir und den beiden Offizieren des Aufstellungsstabes, Lieutenant Dant und Captain Paul, der Bellmans Funktionen übernommen hatte, in allen Einzelheiten auseinander, wie er den Cowboy zur Strecke bringen würde. Er wollte bei dieser Aktion zwei Kompanien ins Gefecht führen.

»Wir werden den vietnamesischen Offizieren sagen, daß sie mit ihren Leuten morgen vor Sonnenaufgang in den Dschungel vorstoßen sollen«, sagte Scharne im Einsatzzentrum. »Sie, Paul, und Sie, Dant, ihr beide laßt die Vietnamesen ganz nach eigenem Ermessen handeln, was so viel bedeutet, als daß sie erst lange nach Tagesanbruch abmarschieren werden. Huyots Späher werden genau sehen, welche Richtung wir einschlagen – direkt nach Norden. Wir haben nur zweihundert Schüler, also werden sich die Vietkongs in Sicherheit wiegen. Ich nehme an, sie werden uns den ganzen Tag über marschieren lassen und erst am Spätnachmittag angreifen. Der Cowboy wird sich die Hände reiben! Drei Amerikaner und der Abschlußlehrgang des Ranger-Ausbildungslagers bequem auf dem Präsentierteller, er braucht nur zuzugreifen!«

Nachdenklich betrachtete ich die Landkarte. »Ich habe den gleichen Eindruck, mein Lieber, nur wird er nicht drei Amerikaner, sondern vier erwischen.«

Auf der Azetatfolie zog Scharne eine rote Linie vom Lager nordwärts durch das Hügelland. »Um vierzehn Uhr werden wir durch dieses Tal marschieren und ungefähr um fünfzehn Uhr dreißig die offene Ebene erreichen. Sie ist von Bergen umgeben.«

Er zeichnete einen roten Kreis um die Ebene. »Das wäre das ideale Terrain, um gegen uns loszuschlagen. Rückzug in den Dschungel ausgeschlossen. Wir würden uns im übersichtlichen Flachland zum Kampf stellen müssen, und das Vietkongbataillon würde uns bis zum letzten Mann aufreiben. Eine fürchterliche Katastrophe für die amerikanischen Berater und die vietnamesischen Rangers. Diese Schlappe würde uns mit der Ausbildung um ein Jahr zurückwerfen — wahrscheinlich wäre die Ranger-Truppe dann überhaupt erledigt.«

Scharne warf mir einen beziehungsreichen Blick zu, während ich die Karte anstarrte, auf der das Vernichtungswerk theoretisch bereits vollendet war. Der Major griff nach einem Blaustift und fuhr fort: »Aber in Wirklichkeit werden Huyot und seine Vietkongs dran glauben müssen — gerade in dem Augenblick, in dem sie sich schon als Helden des ›Nationalen Befreiungskampfes‹ fühlen.«

Östlich und westlich der roten Linie, die unsere Marschroute für den nächsten Tag bezeichnete, zog Scharne vier blaue Kreise. »Jeder dieser Ringe bedeutet eine kriegsstarke vietnamesische Milizkompanie aus den beiden Special-Forces-Stützpunkten in dieser Provinz. Zwei Kompanien ostwärts von uns, zwei westwärts. Jede der Kompanien steht unter der Einsatzkontrolle von zwei amerikanischen Spezial-Forces-Sergeanten. Im Moment sind die Burschen da draußen, und morgen werden sie den ganzen Tag unsere Seitensicherung übernehmen. Sie haben bei dieser Operation die eigentlichen Guerillaaufgaben. Der Cowboy und seine Vietkongs werden von dieser Kräfteverteilung nichts ahnen — bis es zu spät ist.«

»Wir sind also bei dieser Falle der Köder«, sagte ich.

»Genau. Und wir werden uns mit dem nackten Arsch auf eine ziemlich heiße Kochplatte setzen müssen. Wenn Huyot zuschlägt, werden wir uns so lange behaupten müssen, bis ihn die Milizkompanien im Rücken packen können. Die Vietnamesen werden nie weiter als etwa einen Kilometer von uns weg sein, nach Möglichkeit noch näher. Natürlich bleiben wir die ganze Zeit mit ihnen in Funkverbindung.«

»Das habe ich schon einmal irgendwo gehört — und dann sind die Radiobatterien ausgefallen«, warf ich ein.

»Bevor ich mich aufs Ohr lege, werde ich persönlich dafür sorgen, daß frische Batterien in die Geräte kommen«, erwiderte Scharne.

»Der Schlachtplan hat's in sich«, gab ich zu. »Ich möchte nur Huyots Gesicht sehen, wenn er glaubt, er kann uns den Gnadenstoß versetzen, und plötzlich packt ihn die Miliz von hinten und haut ihn in die Pfanne.«

»Ich auch«, sagte Scharne grimmig.

Ich sah mir die Situation in aller Ruhe auf der Karte an. Der Plan des Majors schien tatsächlich das Todesurteil für den Cowboy zu bedeuten, wenn dieser uns in der Stärke angriff, die er den Schätzungen nach zur Verfügung haben mußte. Vier Kompanien gutausgebildeter, schwerbewaffneter Milizsoldaten, auf einen Einsatzraum von fünf Kilometer Breite verteilt, würden gewiß in der Lage sein, jedes angreifende Bataillon empfindlich zu treffen.

Es leuchtete mir auch ein, daß Scharne damit rechnete, der Cowboy werde uns in der weiten, offenen Ebene südlich der großen Teeplantage angreifen, die den Nordrand des fruchtbaren Flachlandes beherrschte.

Die Hauptverbindung in der Ost-West-Richtung verlief durch die Teepflanzung und weiter zur Provinzhauptstadt, deren Bevölkerung regierungstreu war, weil eine vietnamesische Infanteriedivision das gesamte Gebiet gegen Vietkongüberfälle absicherte. Doch wenn weniger als zehn Meilen entfernt, in der Nähe der Straße, zwei Kompanien bester Sturmtruppen der vietnamesischen Streitkräfte abgeschlachtet würden und mehrere Hundert Tote dort liegenblieben, so daß die Bevölkerung und die Beamten dieser wichtigen Provinz die Spuren des Massakers mit eigenen Augen sehen könnten, so wären die negativen Auswirkungen auf die allgemeine Moral unausdenkbar.

»Saubere Arbeit, Fritz«, sagte ich anerkennend. »Ich sehe nur ein Problem.«

»Und zwar?«

»Na ja — zwei Lager der Special Forces werden an der Aktion beteiligt sein, stimmt's?«

»Stimmt. Captain De Grasso im Westen, also links von uns, und Captain O'Malley rechts.«

»Das muß eine ganze Menge von Planungsvorarbeiten erfordert haben. Es ist zu erwarten, daß die Special Forces nun sehr bald der MAAG unterstellt werden. Sicherlich wurden Ihre Freunde bei der MAAG befragt, ebenso der Provinzpräfekt und der vietnamesische Divisionskommandeur. Mehrere vietnamesische Offiziere mußten sich einverstanden erklären.«

Ein listiges Lächeln glitt über Scharnes Gesicht. »Ich verstehe schon, was Ihnen Kopfzerbrechen macht. Ich persönlich zum Beispiel weiß von einem vietnamesischen Captain im Divisionsstab, der mit den Vietkongs sympathisiert, und bin überzeugt, daß es noch andere derartige undurchsichtige Figuren gibt. Deshalb gehen wir diesmal anders vor und haben die Operation mit meinen Kameraden in der MAAG nicht besprochen. Die wären nämlich verpflichtet, dem Provinzpräfekten und dem Divisionskommandeur für die Genehmigung der Aktion ganze vier Tage Zeit zu geben.«

Scharne wandte sich wieder zur Karte. »Nein, diesmal haben wir ganz besonderes Soldatenglück. So ein Fall kommt, glaube ich, nie mehr vor.

Die Special Forces haben noch eine Gnadenfrist, bevor sie ihre Handlungsfreiheit verlieren und uns Huyot endgültig durch die Lappen geht.«

»Das wollte ich nur wissen, Fritz. Wenn der Cowboy sich nur ungefähr so verhält, wie Sie vermuten, wird das morgen eine tolle Sache.«

»Er *wird* uns angreifen. Wenn nicht morgen, dann übermorgen. Meine Spione im ›Cercle Racquette‹ haben mir mitgeteilt, daß er sofort nach unserer Begegnung am Dienstag Saigon verlassen hat. Warum sollte sich ein Mann, noch dazu ein Franzose, von einer so schönen und zweifellos leidenschaftlichen jungen Frau wie Denise trennen, wenn ihn nicht eine noch mächtigere Leidenschaft treibt?«

Der Major kniff die Augen zusammen. »Zum Beispiel der Drang, amerikanische Militärberater umzubringen und meine ganze Einheit von Ranger-Schülern zu vernichten . . .?«

3

Lieutenant Dant fungierte als Berater der Ersten Ranger-Kompanie, Captain Paul war der Zweiten Kompanie zugeteilt, Major Scharne und ich marschierten zwischen den beiden Einheiten. Vor uns ging ein Ranger-Schüler, der das Tornisterfunkgerät PRC-10 auf dem Rücken trug, und an Scharnes Seite hatte sich Major Lim, der Kommandeur des vietnamesischen Ranger-Ausbildungslagers Duc Phung, eingereiht. Theoretisch mußte sich Lim zur Zeit von Scharnes Versetzung in die Heimat alle Erfahrungen angeeignet haben, die sein amerikanischer Berater in jahrelangem Einsatz während des Zweiten Weltkrieges, dann in Korea, in Laos und in Vietnam gesammelt hatte.

Der Truppenverband verließ das Lager und marschierte nordwärts. Jeder Späher, der den Stützpunkt von den Höhen aus beobachten mochte, konnte die Soldaten und ihre geschulterten Waffen sehen, die von der aufgehenden Sonne scharf ins Licht gehoben wurden. Mit einem höhnischen Lächeln überblickte Scharne die Hügelzüge, zwischen denen wir bald vorgehen würden. Ehe der letzte Mann der Zweiten Kompanie die schützende Deckung des Dschungels erreichte, würde es heller Tag sein.

»Zu dumm, daß Ihre Offiziere die Leute nicht rascher in den Dschungel führen konnten«, bemerkte Scharne zu Major Lim.

Der Vietnamese schwieg. Es war taktlos von dem amerikanischen Offizier, so bestimmt auf einen unerheblichen Fehler in der Zeiteinteilung hinzuweisen. Während des weiteren Marsches auf die Hügel zu blieben immer wieder Soldaten zurück, um auszutreten, und ihre Kameraden hielten mittlerweile die Kolonne auf.

»Wenn das eine amerikanische Einheit wäre, müßten die Kerle von mir aus in die Hosen scheißen und den ganzen Tag angeschissen herumlaufen«, grollte Scharne vernehmlich. Er blickte nach Osten, wo die Sonne emporstieg. »Nicht einmal der Spitzensicherer der Ersten Kompanie erreicht vor Tagesanbruch den Dschungel.« Achselzuckend sah er mich an.

Die Sonne hatte gerade begonnen, mich höchst unangenehm zu blenden, als wir im Grün des Urwalds untertauchten. Von links hörten wir das Gurgeln eines Flusses, und manchmal, wenn uns der Pfad näher ans Ufer führte, eröffnete sich uns der Blick auf die glitzernde Wasseroberfläche.

Zu beiden Seiten erhoben sich Berge. Obwohl man nichts von ihnen sah und hörte, war es doch beruhigend, zu wissen, daß dort oben auf den Höhenrücken eigene Guerillakämpfer unter Führung von Männern der Special Forces mit uns Schritt hielten. Unsere Ranger-Kompanien sorgten selbst für Nahsicherung gegen einen Hinterhalt, und die Hauptkolonne marschierte in der Niederung des Dschungels auf dem Pfad nach Norden.

Stündlich legten wir eine Pause von zehn Minuten ein, die sich gegen Mittag auf fünfzehn und zwanzig Minuten ausdehnte. Wir trugen alle die gleichen tarngefleckten Garnituren, die weichen Schirmmützen und das Sturmgepäck mit eiserner Ration für drei Tage. Am Gürtel hingen zwei Feldflaschen. Im Dschungel war es schwül, und man brauchte sehr viel Trinkwasser, um auf dem Damm zu bleiben. Alle zwei Stunden schluckten wir Salztabletten.

Scharne hatte seine Lieblingswaffe umgehängt, einen automatischen Klappschaftkarabiner. Major Lim ließ seine Ausrüstung von einem Ranger tragen, er selbst hatte seinen Webstoffgürtel nur mit zwei Feldflaschen und einer Pistolentasche beschwert. Die Amerikaner, Offiziere wie Sergeanten, hatten ihre gesamte Ausrüstung, jeder für sich, auf den Buckel und um den Leib geschnallt.

Während der Mittagsrast ging Scharne mit dem Soldaten, der das Tornisterfunkgerät trug, zum Fluß, wo eine Lichtung war. Er nahm mit De Grasso und O'Malley Funkverbindung auf und gab ihnen die Koordinaten unseres Standortes durch. Dies sei unnötig, funkten die Offiziere von oben herunter, sie hätten uns die meiste Zeit über im Blickfeld. Außerdem machten unsere Rangers so viel Lärm, daß uns die Miliz folgen konnte, ohne uns zu sehen. Bis jetzt wären keine feindlichen Truppen gesichtet worden. Scharne sagte, er werde sich um fünfzehn Uhr wieder melden, dann würden wir schon durch die Ebene vorstoßen, drei Kilometer südlich von der Ost-West-Straße, die durch die Teeplantage lief.

Wir setzten den Marsch fort, und die zweihundert Mann, die auf dem Pfad dahintrotteten, verteilten sich immer lockerer, bis aus der Marschordnung eine regellose, lange Menschenschlange geworden war. Etwa dreißig Meter zu beiden Seiten stapften die Sicherungsgruppen raschelnd durchs Dickicht.

Scharne schüttelte den Kopf. »Das ist doch der ärgste Sauhaufen, der mir je untergekommen ist. Komisch, daß manche Lehrgänge erstklassig sind und andere wieder glatter Ausschuß.«

Um fünfzehn Uhr sahen wir die Ausläufer des Hügellandes und wußten, daß nun die Ebene vor uns lag. Major Scharne machte seinem Kommandopartner, Major Lim, den Vorschlag, die beiden Kompanien vor dem Weitermarsch ins Flachland am Rand des Dschungels halten zu lassen. Lim stimmte zu, und Scharne beorderte per Funk Lieutenant Dant von der

Ersten und Captain Paul von der Zweiten Kompanie zu einer kurzen Lagebesprechung. Dann nahm er mit O'Malley und De Grasso Funkverbindung auf. Sie beobachteten uns und würden uns mit ihren 81-mm-Granatwerfern Feuerschutz geben, sobald wir ins offene Terrain vorstießen.

Dant und Paul meldeten sich bei ihrem Major. »Sorgt dafür, daß eure Leute von jetzt ab mit uns Tuchfühlung halten«, sagte Scharne. »Zwischen hier und der Teeplantage gibt es verteufelt viel hohes Buschwerk. Es könnte leicht sein, daß gerade jetzt ein Vietkongbataillon auf der Lauer liegt und wir es erst merken, wenn uns die Burschen Zunder geben.«

Scharne wandte sich an Captain Paul. »Sie sind nach mir der rangälteste Berater – falls es mich erwischt. Und wenn Paul ausfällt, übernehmen Sie das Kommando, Dant. Setzt alles daran, daß die Leute in geschlossenen Gruppen beisammenbleiben und höchste Feuerkraft entwickeln, wenn wir angegriffen werden. Bevor uns die Munition ausgeht – und gerade darauf werden die Vietkongs warten –, rücken ihnen die vier schwerbewaffneten Milizkompanien auf den Pelz.«

»Mein Kommandopartner wünscht keine Ratschläge, Sir«, sagte Lieutenant Dant verdrossen.

»Er wird sich's überlegen, wenn erst die Schießerei anfängt. Wahrscheinlich werden Sie das Kommando übernehmen müssen. Wir haben so schlechte Rangers wie noch nie. Das wird eine ungemütliche Tour, soviel kann ich euch versichern.« Mit einem scharfen »Los!« setzte sich Scharne wieder in Bewegung.

Die beiden Kompanien gingen langsam über die stellenweise von Gestrüppstreifen bestandene Fläche vor, ohne sich um Sprechverbot, Feuerbereitschaft und andere Grundregeln des Felddienstes zu kümmern. Gewiß, es ist ermüdend, auf einem langen Marsch ein Gewehr immer quer vor den Leib zu halten, doch im Feindgebiet ist dies unbedingt nötig, damit man bei einem plötzlichen Angriff die Waffe sofort anschlagen kann.

Etwa drei Meilen weiter vorn sah man deutlich die hohen Speichertürme der Teeplantage. Die Ranger-Schüler machten sich offenbar auf nichts anderes als eine leichte Patrouille ohne Feindberührung gefaßt. Sie wußten, daß sie sich innerhalb des Bereiches befanden, den die vietnamesische Infanteriedivision sicherte. Doch diese scheinbare Sorglosigkeit paßte genau in Scharnes Pläne. Er behielt das Gelände rundum scharf im Auge. Die Hügelzüge traten nun zu beiden Seiten etwa eineinhalb Meilen zurück, vor der Kolonne erstreckte sich das lange, ovale Tal.

Scharne blieb stehen, nahm den Feldstecher aus der Ledertasche und beobachtete die französische Teeplantage. Sie war ein Schlupfwinkel der Vietkongs, davon war er überzeugt. Wenn die Regierungstruppen jemals die Speicher durchsuchen könnten, würden sie wahrscheinlich unter den Teeblättern ein großes geheimes Waffenlager entdecken. Captain De Grasso und Captain O'Malley schworen darauf, daß die Vietkongs Funkgeräte mit weitem Sendebereich hatten, die von der Plantage aus Meldungen durchgaben, und daß sich in dem einige Quadratkilometer großen Areal, das den Besitz ausmachte, ständig Offiziere der kommunistischen Kerntruppen aufhielten.

Als wir uns der Pflanzung näherten, erweiterte sich das Tal auf eine Breite von fast zwei Meilen – und damit verließen wir den Aktionsradius der 81-mm-Granatwerfer der Miliz, die uns vom Rand des Dschungels Feuerschutz geben sollte.

Scharne schien seiner Sache nicht ganz sicher zu sein. Er hatte den Angriff früher erwartet. Wir waren nun weniger als eine Meile von der Teeplantage entfernt.

Ich wollte einen Witz machen. »Vielleicht ist Huyot doch lieber zu Denise zurückgefahren.«

Der Major gab keine Antwort. Das war auch nicht nötig. Vorn bellten mit dumpfem Ton BAR los, die unsere Kolonne bestreuten. Lieutenant Dants Erste Kompanie nahm den Feuerkampf auf. Die Geschoßgarben, die vor ihnen aus dem Buschwerk sprühten, verwandelten diese vietnamesischen Infanteristen, die sich freiwillig zur Ranger-Ausbildung gemeldet hatten, augenblicklich in disziplinierte Kämpfer. Sie erwiderten mit heftigem Abwehrfeuer und zogen sich geordnet zurück. Die Soldaten der Vorhut warfen Handgranaten in die feindliche Hinterhaltsstellung.

Der erste Feuerschlag tötete oder verwundete einige Vietnamesen, ihre zurückgehenden Kameraden schleppten sie mit. Die Rangers, die M-79->Elefantenbüchsen< trugen, gaben genau gezielte Schüsse auf die dichten Gestrüppstreifen ab, aus denen die Mündungsblitze zuckten. Die Geschosse der Elefantenbüchse – Kaliber 40 mm – vernichten alles Leben im Umkreis von fünfundzwanzig Meter um die Aufschlagstelle. Der Druck der Vietkongs ließ fühlbar nach, als die Gewehrgranaten in die Büsche fetzten und explodierten. Da die M-79 noch auf eine Distanz von über zweihundert Meter wirksam ist, konnte die Erste Kompanie ihren Rückzug fortsetzen und gleichzeitig den Feind mit den mörderischen Geschossen eindecken.

Scharne packte das Kleinfunkgerät und sprach aufgeregt hinein. Mittlerweile schloß die Zweite Kompanie auf, bis sie den provisorischen Gefechtsstand des Majors erreicht hatte.

Für kurze Zeit verstummte das Feindfeuer gänzlich, dann erhob sich ein anderer gefürchteter Ton: Hornklänge gellten durchs Tal.

Als sofortige Antwort auf das Hornsignal stürmten schwarzgekleidete Gestalten aus dem Mittelabschnitt der Stellungen. Außerhalb des Feuerbereichs unserer Handfeuerwaffen umgingen sie die Kolonne, und wir konnten beobachten, wie zwei Stoßkeile der Vietkongs in einer gegen die Erste Kompanie gerichteten Zangenbewegung heranpreschten, um die Kompanie in zwei Hälften zu spalten. Von links und von rechts drangen je hundert Mann vor und griffen einen kleinen Teil der Kolonne an. Die Ranger-Schüler wehrten sich mit einem Feuerhagel und versuchten verzweifelt, die beiden Backen des Zangenmanövers mit Handgranaten und automatischen Waffen daran zu hindern, die Spitze der Ersten Kompanie von der übrigen Kolonne abzuschneiden. Als die Vietnamesen die erste

Einkreisung abwehrten, sprangen zwei weitere Züge Vietkongs, wieder genau auf das Signal des unheimlichen Hornes, aus dem dichten Unterholz und setzten zu einer zweiten Zangenbewegung an. Diesmal waren die Spitzen gegen Scharnes Gefechtsstand gerichtet. Es pfiff um unsere Ohren und über unsere Köpfe hinweg.

Die Taktik der Vietkongs war nun offenkundig: Aufeinanderfolgende Zangenangriffe sollten die beiden Kompanien in Gruppen von ungefähr vierzig Mann aufspalten, die dann nacheinander von der Übermacht zerschlagen werden konnten, ohne daß auch nur ein einziger der Vernichtung entginge.

»Dant!« schrie Scharne in das Funkgerät. »Hören Sie mich?«

»Verständigung gut, Sir.«

»Stellung halten! Nicht weiter zurückgehen! Können Sie sich halten?«

»Jawohl, Sir.«

»Okay. Weiterhin Widerstand leisten und gelbe Rauchgranaten in die Hauptgruppe werfen! Wir arbeiten uns an euch heran!«

Scharne schwieg, duckte sich, das Kleinfunkgerät in der Linken, und deutete mit seinem Karabiner hinaus auf die Angriffsspitze der schreienden, schießenden Vietkongs, die direkt auf uns zukamen.

»Paul!« brüllte er ins Mikrophon. »Hören Sie mich?«

»Verständigung gut, Sir.«

»Schließen Sie an und geben Sie auf Ihre Flanken acht! Wir müssen die Kolonne straff zusammenfassen!«

»Schließe an, Sir. Wir wurden hier noch nicht beschossen.«

»Das kommt schon noch! Rasch anschließen!«

Bitterer Pulverdampf von den heißgeschossenen Gewehren und MGs zog in Schwaden über das Gefechtsfeld. Die Vietnamesen wehrten die Zangenangriffe ab, einer stand auf, zielte mit seiner Elefantenbüchse genau und feuerte. Achtzig Meter vor unserer rechten Flanke detonierte die Gewehrgranate, drei Männer in Schwarz stürzten zu Boden und blieben liegen.

»Vorgehen!« schrie Scharne. »An die Spitze anschließen!« Er wiederholte das Kommando auf vietnamesisch.

Wir arbeiteten uns an die Erste Kompanie heran. Die Soldaten an der Spitze der Zweiten hinter uns hatten nun den Geländeabschnitt erreicht, wo sich die Vietkongs verbissen bemühten, einen Keil in die Truppe zu treiben. Sofort nahm die Zweite Kompanie den Feuerkampf gegen die Angreifer auf.

Wieder übertönte das Signalhorn den Gefechtslärm. Die Zange öffnete sich allmählich, die Vietkongs an den Spitzen der beiden Zangenbacken zogen sich aus dem Bereich des vernichtenden Gegenfeuers zurück. Aus sicherer Entfernung beschossen sie uns weiterhin von den Flanken her.

»Mit der Ersten Kompanie Fühlung aufnehmen!« brüllte Scharne.

Major Lim, der hin und wieder aus seiner Pistole wirkungslose Schüsse auf die Vietkongs abgab, schien unfähig, Befehle zu erteilen.

Vor uns wirbelte dicker, gelber Qualm auf, er bezeichnete die Position der feindlichen Hauptmacht, die noch immer die Erste Kompanie mit einem Geschoßhagel eindeckte.

Scharne sah zu, wie der Rauch immer höher stieg, und grinste perfid. In einer kurzen Feuerpause rief er mir zu: »Die Kerle glauben, sie haben uns schon in der Tasche! Sie wollen keine zu großen Verluste riskieren, sondern uns zersprengen und in aller Ruhe fertigmachen, sobald uns die Munition ausgegangen ist.«

Mit dem Feldstecher suchte Scharne die beiden Ränder des Tales ab, dann grunzte er befriedigt. »In etwa vier Minuten wird Monsieur Huyot eine Überraschung erleben, die wird ihm den Rest geben.«

Aus allen Richtungen fetzten weiterhin Geschosse in die Kolonne. Der Major war mit seinen taktischen Schachzügen so beschäftigt, daß er offenbar gar nicht bemerkte, daß wir alle mindestens mit einem Fuß im Grab standen.

Von vorn hörten wir das Wummern der Vietkonggranatwerfer. Als die 60-mm-Granaten heranrauschten, krallten wir uns in der Erde fest. Die ohrenbetäubenden Detonationen schienen das Schicksal der Kolonne zu besiegeln. Im Vorfeld fing ein Mensch in Todesqual zu brüllen an.

Allmählich erstarb das Geschrei des Verwundeten. Scharne hob den Kopf, richtete sich halb auf und überblickte beide Teile der Einheit. Wieder trat eine Feuerpause ein. Plötzlich hörte man aus der Ferne, erst im Osten, dann im Westen, das hohle Krachen der ersten eigenen 81-mm-Werfergranaten, die die Rohre verließen. Wir hätten uns an diesem Tag keine schönere Musik denken können als diese hallenden Abschüsse.

Und wieder donnerte es näher im Gelände vor uns – eine neue Lage feindlicher Werfergranaten.

»Das wird die letzte Fuhre sein!« rief Scharne triumphierend, ehe er sich flach in den Dreck schmiß.

Unter den detonierenden Granaten erzitterte der Boden, Splitter flogen jaulend über uns hinweg. Einige der Ranger-Schüler wurden getroffen.

Im Vorfeld der Ersten Kompanie wurde die Hauptmacht der Vietkongs, durch die gelben Rauchzeichen deutlich markiert, von einem vernichtenden Höllengewitter zerschlagen. Die Miliz machte uns mit ihren 81-mm-Granatwerfern endlich doch Luft. Scharne sprang auf die Beine, den Blick gegen Norden gewendet. Er griff nach dem Funkgerät.

»Able, Able, hier spricht Sierra«, rief er. »Wie nahe sind Ihre Werfer aufs Ziel eingeschossen?«

»Sierra, hier spricht Able. Setzen Sie das Gefecht fort. Die Treffer liegen mitten im Ziel.«

Scharne schaltete am Tornistergerät auf andere Frequenzen um, sprach die Kommandeure der Milizeinheiten an und forderte Dauerfeuer der Werfer. Seit dem ersten Feuerschlag hatten die Werfer des Feindes geschwiegen.

Er richtete seinen Feldstecher gegen Osten, dann gegen Westen. Gleich darauf reichte er mir das Glas und deutete nach Osten. Ich konnte die beiden Milizkompanien ausmachen, die sich durch das Gestrüpp an die ahnungslosen Vietkongs heranarbeiteten, die ihrerseits unsere Kolonne in der ganzen Länge mit Infanteriefeuer bestreuten. Als ich den Feldstecher nach Westen schwenkte, sah ich mit großer Erleichterung auch dort vordringende Soldaten in Tarnanzügen.

Dann schrillten in den kommunistischen Stellungen Trillerpfeifen, schmetternd fielen Signalhörner ein. Die Guerillas in ihren schwarzen, losen Gewändern traten neuerlich zum Angriff an. Der unerwartete Gegenschlag unserer Granatwerfer hatte den Cowboy wahrscheinlich bewogen, uns nun endgültig zu erledigen und sich dann mit seiner Streitmacht abzusetzen. Als die Vietkongs wieder versuchten, die Truppe durch gleichzeitige Zangenangriffe aufzuspalten, schossen die Ranger-Schulmannschaften Rücken an Rücken aus allen Rohren.

Plötzlich faßte schweres Feuer aus automatischen Gewehren und MGs die anstürmenden schwarzuniformierten Partisanen von hinten. Die Ranger-Schüler jubelten, als die Kommunisten reihenweise blutüberströmt zur Erde kollerten. Von beiden Seiten wurden sie mit dichten Geschoßgarben bestrichen. Wir preßten uns an die Erde, um nicht von den Kugeln unserer eigenen Leute getroffen zu werden.

Vor uns zerpflügten neuerlich einschlagende 81-mm-Granaten die kommunistische Hauptstellung. Die Vietkongs kamen nicht mehr zum Schießen. Aus ihrem Gefechtsstand drangen mehrmals hintereinander abgerissene Hornrufe und gellende Pfiffe. Auf diese Signale hin zogen sich die Vietkongs sofort zurück. Aber noch ehe sie sich überhaupt richtig absetzen konnten, drängten die Milizkompanien scharf gegen ihre Linien nach.

Noch vor wenigen Minuten hatten sie geglaubt, sie würden uns Mann für Mann niedermachen können. Nun waren sie zwischen ihren mutmaßlichen Opfern und schwerbewaffneten Truppen, die aus dem Nichts aufgetaucht waren, wie zwischen Mühlsteinen eingeklemmt und suchten verzweifelt nach einem Ausweg. Sie hatten nur eine Möglichkeit: nach Süden zu entfliehen. Was bedeutete, daß ihr Bataillon sich auflöste. Als sie diese Richtung einschlugen und durchs Gelände hasteten, gerieten sie ins Schußfeld der Zweiten Kompanie und wurden niedergemäht. Wenigen Überlebenden gelang es, aus Scharnes Falle, die mit tödlicher Präzision angelegt war, in das gebirgige Dschungelgebiet zu entkommen, aus dem wir an diesem Morgen heranmarschiert waren.

Scharne hielt das Kleinfunkgerät ans eine Ohr und horchte angespannt, während er sich das andere gegen den Lärm des Plänklerfeuers zuhielt.

»Verfolgt sie!« hörte ich ihn ins Mikrophon sagen. Er rammte es wieder in den Funktornister.

»Huyot und seine Vietkongs weichen nach Norden aus!« rief er mir zu. »Jetzt ist es Zeit, daß wir ihn holen!«

Die Schulmannschaften der Ersten Kompanie, geführt von ihrem Leutnant mit Dant an seiner Seite, robbten, aus MGs feuernd und Handgranaten werfend, gegen die feindliche Hauptstellung vor.

Das sporadische Abwehrfeuer bewies, wie überrascht, entmutigt und angeschlagen die Vietkongs waren. Während die Miliz die beiden kommunistischen Kompanien niederkämpfte, die von den Seiten her gegen uns angesetzt worden waren, erstürmten die Rangers den Hinterhalt, aus dem die Vietkongs das Feuer auf uns eröffnet hatten. Die vielen Gefallenen, die den Boden bedeckten, deuteten auf übereilten, ungeregelten Rückzug der Überreste des Bataillons.

Weniger als eine halbe Meile vor uns, fast vor den Toren der Teeplantage, flackerte ein neues Feuergefecht auf. »Das ist O'Malley!« schrie Fritz. »Er hat gesagt, daß er, wenn nötig, die französische Pflanzung unter Beschuß nehmen wird!«

Scharne und seine Vietnamesen rannten in Richtung des Kampflärms. Wieder erklangen Hornsignale, die mit einem schrillen Mißton abbrachen. Dann lösten sich etwa achtzig bis hundert Vietkongs, die sich in der Plantage hatten verschanzen wollen, von O'Malleys Milizsoldaten, die einen Sperriegel gelegt hatten, und flüchteten ostwärts, gegen den Dschungel und das Hügelland.

Scharne schwenkte nach rechts ab, um ihnen den Fluchtweg abzuschneiden. Als sich der Abstand zwischen uns und den Vietkongs verringerte, wies der Major, der nun die beiden Ranger-Kompanien führte, mit ausgestrecktem Arm nach vorn. An der Spitze der fliehenden Kommunisten hetzte ein großer Weißer dahin, mit nacktem Oberkörper, einem Cowboyhut, Blue jeans und Wildweststiefeln. Er hatte eine Maschinenpistole in den Händen. Rasch näherte er sich dem schützenden Bereich der bewaldeten Hänge.

In vollem Lauf schossen die Rangers den total demoralisierten Vietkongs nach. Schwarze Gestalten stürzten nieder, blieben als reglose Bündel liegen, getroffen von den Kugeln der Rangers und der Milizsoldaten, die nun auch die Verfolgung aufgenommen hatten.

Während seine Leute die Kommunisten wie Hasen über die Ebene jagten, griff Scharne, der wild um sich blickte, plötzlich zu und hatte einen Ranger-Schüler beim Hemdkragen. Zusammen sprangen sie aus der Kolonne der Verfolger. Ich hielt mich dicht neben ihnen.

Der Mann trug eine M-79. Scharne packte die Elefantenbüchse, die wie ein ungewöhnlich großes einläufiges Jagdgewehr aussieht, und riß den Verschluß auf. Er nahm das 40-mm-Geschoß, das ihm der Soldat reichte, und lud die Waffe. Dann richtete er das Visier auf maximale Distanz. Wir waren noch immer an die dreihundert Meter vom Cowboy entfernt, der fast den Rand des Dschungels erreicht hatte. Scharne zielte genau und zog ab.

Ohne auf die Detonation der Gewehrgranate zu warten, nahm der Major ein zweites Geschoß, lud wieder, zielte und feuerte. Er schoß weiter, so rasch er nachladen konnte, und der Vietnamese warf ihm eine Patrone nach der anderen prompt in die aufgehaltene Hand.

Der erste Schuß, bewußt zu weit genommen, traf weit hinter dem Cowboy und seinen Partisanen auf. Durch die Explosion aus der Bahn abgedrängt, schwenkten die rennenden Vietkongs herüber und liefen auf uns zu. Die zweite und dritte Gewehrgranate, mit erstaunlicher Genauigkeit gezielt, verwundeten wieder mehrere der fliehenden Kommunisten. Das vierte Geschoß endlich schlug direkt vor dem Cowboy ein. Er wurde zurückgeschleudert, als ob er gegen eine unsichtbare Wand gerannt wäre.

Scharne gab dem Ranger die Elefantenbüchse zurück und lief zu dem Mann, den er niedergestreckt hatte. Ich folgte ihm.

Huyot lebte noch, doch er war fast unkenntlich. Sein hübsches Gesicht war von Splittern zerfetzt, die zerschmetterte Nase lag auf der einen Wange. Blut strömte aus scheußlich klaffenden Rissen in seiner nackten Brust. Auch die Wunden an seinen Armen, Lenden und Beinen bluteten stark. Seine Augen waren geöffnet und starr auf Scharne gerichtet, der vor ihm stand und auf ihn hinuntersah.

Der Franzose bewegte die Lippen, aber er konnte nicht sprechen.

Andere vietnamesische Soldaten versammelten sich um den einst gefürchteten Cowboy, der nun kaum mehr als Europäer erkennbar war, außer vielleicht durch seine Körpergröße. Scharne blickte ungerührt zu ihm hinunter, bis Huyot schließlich mit einem krächzenden Laut noch einmal alle Muskeln spannte und starb.

Fritz wandte sich von dem toten Franzosen ab und sah mich an. »Er wußte, wer ich bin. Er wußte, wer ihn erledigte.«

Zu dem Ranger-Offizier, der neben ihm stand, sagte er: »Sanitäter vor! Verwundete versorgen! – Dann marschieren wir zurück und durchkämmen die Plantage.«

Ich war wie benommen vom Anblick der fürchterlichen Verstümmelungen, die das Geschoß der Elefantenbüchse dem noch vor wenigen Minuten starken, lebendigen Henri Huyot zugefügt hatte.

Scharne sah sich kurz nach dem Opfer der M-79 um. »Der arme Narr hat geglaubt, er kämpft für den Ruhm Frankreichs und die Erhaltung seines Familienbesitzes in Vietnam. Ich hätte ihn entkommen lassen, wenn er nicht Andy Bellmans Mörder gewesen wäre.«

Er schüttelte den Kopf. »Ich hoffe, sein Mädchen hat hier gute Freunde. Vielleicht könnten Sie sich überlegen, wie man ihr die Nachricht am besten beibringt?«

»Werde ich tun, Fritz.«

Er kehrte dem verkrampften Leichnam den Rücken. »Eines habe ich ihm übrigens zu danken: daß ich den großen Tieren von drüben doch einen günstigen Bericht liefern kann. Huyot hat mir gezeigt, daß unser Ranger-Lehrgang hier viel schneidiger ist, als ich vermutete, bevor dieses kurze Gefecht heute begann.«

SECHSTES KAPITEL

Heim zu Nanette

I

Major Bernard Arklin, der mir knapp nach seiner Rückkehr aus dem Bergland von Laos diese Geschichte erzählte, war ein hagerer Mann, er bestand fast nur aus Haut und Knochen. Um den Mund hatte er einen verkniffenen Zug, das kurzgeschorene, schütter werdende Haar war hellblond und grau meliert.

An jenem ersten Abend in der Bar des Offiziersklubs im Dachgeschoß des ›Rex‹-Hotels in Saigon ging er noch nicht so recht aus sich heraus. Kein Wunder, schließlich war ich ein Zivilist, ja schlimmer noch, ein Schriftsteller.

Gemeinsame Freunde bestätigten Arklin, daß ich an Kampfhandlungen teilgenommen hatte, genau wie ein Soldat. So begann unsere Freundschaft. Als Bernie dann zehn Tage später von Saigon in die Heimat abflog, hatte er mir alles über sein Leben als Anführer eines tapferen, kleinen Bergvolkes in Laos erzählt.

Nach dem Abschluß des Vertrages von Genf im Oktober 1962, der Laos — zumindest theoretisch — neutralisierte, zogen die USA ihre Militärhilfe offiziell aus dem Land ab. Zum Glück waren einige hohe amerikanische Politiker so gewitzigt, daß sie den Kommunisten trotz der feierlichen Unterzeichnung des Paktes nicht trauten. Es war vorauszusehen, daß die Pathet Lao, mit Unterstützung von ›Onkel Ho‹ in Nordvietnam, versuchen würden, in Laos an die Macht zu kommen.

Die königlich-laotische Armee war durch die innenpolitischen Unruhen in eine kritische Situation geraten und konnte einem entschlossen vorangetragenen kommunistischen Vorstoß kaum die Stirn bieten. Deshalb setzte die ›Agency‹, die damals die Kontrolle über die Aktionen der Special Forces in Laos hatte, alle Hoffnung auf eine Gruppe von Kämpfern, die für Partisanenaktionen gegen die Pathet Lao und die nordvietnamesischen Vietkongtruppen oder Viet Minh, wie sie in Laos noch immer genannt werden, besonders geeignet schienen — die Krieger vom Stamm der Meos. Von anderer ethnischer Herkunft als die verweichlichten Laoten, würden sie ihre Heimstätten in den Bergen zäh verteidigen. Dazu brauchten sie nichts als gute, erfahrene Führer und moderne Waffen. Aus diesem Grund schickte die Agency Special-Forces-Teams zu den Meos und ließen sie für den ›Tag X‹ der kommunistischen Aggression ausbilden.

Major Bernard Arklin gehörte zu den Offizieren, die sich in der Zusammenarbeit mit diesen Montagnards besonders bewährten. Unter der Leitung der Agency bildete sein A-Team eine zahlenmäßig starke Gruppe von Meos aus, die dann 1962 den Pathet Lao schwere Verluste an Menschen und Material zufügten, als die Kommunisten – ohne Gegenwehr der fliehenden Truppen des Königs – durch das Dschungelgebiet in Richtung der Hauptstadt Vientiane vordrangen.

Bei Beendigung der offiziellen Militärhilfe entschied die Agency, daß sie auf Männer wie Arklin nicht verzichten könne. Es galt, die Meos für geheime Einsätze in Bereitschaft zu halten, falls die Pathet Lao unter Mißachtung des Genfer Abkommens neuerlich losschlagen sollten.

Arklin hatte sich gerade erst wieder daheim in Fort Bragg bei seiner Frau und seinen drei Kindern eingewöhnt und wollte nun endlich ein normales Familienleben führen, als die Agency ihn in Sondermission nach Thailand beorderte.

Als er in Bangkok ankam, war er seelisch bereits darauf eingestellt, bald wieder zu seinen Stammeskriegern in den Bergen östlich der strategisch wichtigen Ebene von Jars zurückzukehren. Diesmal würde er keine Uniform tragen, sondern sich wie die Montagnards kleiden: in einen Tarnanzug; meist aber würde der stammesübliche Lendenschurz genügen. Nur eines bedrückte Arklin: daß er Post weder abschicken noch empfangen durfte. Mr. Metuan, sein Verbindungsmann bei der Agency, würde die obligatorischen Soldatenbriefe an Arklins Frau schreiben: »Ich bin gesund, es geht mir gut.« Zu diesem Zweck unterschrieb der Major einen Stapel leerer Blätter mit offiziellem Briefkopf.

Mitte Juni 1963 flog er von einem kleinen Rollfeld im Norden Thailands, nahe an der laotischen Grenze, ab. Er hatte ein sehr leistungsstarkes Sendegerät, einen großen Sanitätskasten – Arklin war auch ausgebildeter Sanitäter – und so viele Waffen und Munitionskisten mit, als die einmotorige Maschine nur faßte. Es war sein dritter Flug von der Einsatzgruppe der Agency zu seinem Meo-Lager. Nun würde er dort bleiben.

Arklin hatte bereits vorher mit seinem alten Freund Pay Dang, dem Häuptling der Meos im Bergland um die Ebene von Jars, Fühlung aufgenommen. In der Nähe der Hochfläche, wo der Major und sein A-Team eineinhalb Jahre früher ihren Stützpunkt angelegt hatten, gab es an einer etwas weniger abschüssigen Stelle eine nur zweihundertdreißig Meter lange, gestampfte Landepiste. Deshalb setzte die Agency für diesen Flug eine U-10 ohne Hoheitszeichen ein: diese Type ist dafür gebaut, auf kurzen, zerpflügten Rollfeldern schwere Lasten abzuladen oder aufzunehmen.

Vor Arklins erster Landung kreiste das Flugzeug zehn Minuten über dem Berglager der Meos. Als er auf das Dorf hinunterblickte, gab es ihm einen Stich. Er und seine Special-Forces-Soldaten hatten die Montagnards zu Ordnung und Sauberkeit erzogen. Nun waren die Hütten wieder verwahrlost, und die Brücke über den Wassergraben, der die Ansiedlung umgab, sah aus, als würde sie schon bei einem leisen Lufthauch einstürzen. Braune Gestalten schauten herauf und winkten lebhaft, als sie den Flugzeugtyp, den die Amerikaner schon öfter eingesetzt hatten, erkannten. Man konnte deutlich ausnehmen, daß sie im Laufschritt den Weg zum Rollfeld einschlugen.

Arklin und der Pilot mußten nach der Landung über eine Stunde warten, bis die Meos herunterkamen. Schließlich tauchte der erste auf. Die amerikanische Dschungelgarnitur hing ihm in Fetzen vom Leib. Vorsichtig pirschten sich die Montagnards aus dem Dickicht an die überwachsene Piste heran, auf der nur die unglaublich robuste U-10 landen konnte.

Der Major fühlte ein Würgen in der Kehle, als er das wüste Sammelsurium von Waffen sah. Die meisten der Männer trugen Armbrüste, einige hatten uralte, zum Teil selbstverfertigte Flinten, denn die Meos waren darauf verfallen, in mühevoller Arbeit lange Eisenzylinder mit weißglühenden Stangen auszubohren und daraus Gewehrläufe zu machen. Beim Abzug aus dem Dorf hatte Arklings A-Team pflichtgemäß die Stammeskrieger entwaffnet. Eine heikle Sache, weil die Montagnards sich von den modernen Waffen, mit denen sie seit der Ausbildung durch die Amerikaner gut umzugehen wußten, sehr ungern trennten.

Die Meoanführer waren völlig im Recht, als sie gegen die Entwaffnung protestierten, das war Arklin schon damals klargeworden. Die Häuptlinge hatten keine Ahnung von Genf, von der Politik der USA und am wenigsten vom Prinzip der Neutralität. Sie wußten nur, daß die Amerikaner zu ihnen gekommen waren, ihnen Gewehre gegeben und sie beim Kampf gegen die verhaßten Pathet-Lao-Kommunisten unterstützt hatten. Dann hatten ihnen die Amerikaner die Gewehre wieder weggenommen. Ganz egal, was die großen, klugen Männer in Amerika auch sagen mochten, die Meos wußten, daß die Kommunisten angreifen würden, sobald die renitenten Bergbewohner wehrlos waren.

Es war ein Zeichen ihrer besonderen Sympathie für Arklin und seine Soldaten, daß die Montagnards schließlich ihre Waffen abgaben — zumindest die meisten. Obwohl es gegen den Vertrag verstieß, den seine Regierung unterzeichnet hatte, und das Kriegsgericht solche Vergehen ahndete, übersah Arklin absichtlich, daß sein Waffensergeant zwei Maschinenpistolen und größere Munitionsvorräte zurückließ. Damit würden die Meos sich die Kommunisten wenigstens eine Weile vom Leib halten können.

Aus der Gruppe der Eingeborenen, die sich nur zögernd dem Flugzeug näherte, löste sich ein Mann, dessen Tarnanzug noch etwas weniger arg mitgenommen aussah. Arklin erkannte Pay Dang. Sie gaben einander die Hände, wobei — nach der Sitte der Montagnards — die Linke das Handgelenk umschloß.

Die Begrüßung erfolgte im Meodialekt, den der Major fließend sprach. Die erste Frage des Häuptlings war, ob die Amerikaner wiederkämen. Arklin sagte, daß er allein zurückgekehrt sei.

»Bringst du Gewehre mit?« fragte Pay Dang gespannt.

Als Arklin nickte, stieß der Häuptling einen Ruf aus, schwang seine Armbrust und gab die Nachricht an seine Leute weiter. Unter Freudengebrüll schwenkten alle ihre primitiven Waffen.

»Zweimal haben uns die Pathet Lao in kleinen Gruppen angegriffen«, sagte Pay Dang. »Nur weil wir die beiden Maschinenpistolen fanden, die du ›vergessen‹ hast, konnten wir die Feinde besiegen. Sie werden es wieder versuchen.« Sein Gesicht verfinsterte sich. »Euer Großer Häuptling in Amerika weiß nichts von den Pathet Lao und den Viet Minh. Sie belügen ihn und sagen, sie wollen Frieden. Ihr glaubt ihnen. Ihr geht fort und nehmt eure Gewehre mit. Nun können die Pathet Lao kommen und die Meos töten!«

»Ich bin da, um euch wieder zu helfen, Pay Dang. Sag deinen Männern, sie sollen die Waffen aus dem Flugzeug holen. Beim nächstenmal bringe ich wieder welche mit.«

Pay Dang rief seine Befehle, jubelnd warfen die Meos ihre Armbrüste und Donnerbüchsen ins Gras und liefen zu der U-10. Rasch hatten sie die Fracht ausgeladen.

»Du bist mir für diese Waffen verantwortlich, Pay Dang«, sagte Arklin streng. »Wenn ich zurückkomme, werden wir wieder mit der militärischen Ausbildung beginnen. Steht der alte Schuppen noch, den wir als Waffenlager verwendet haben?«

Der Häuptling schüttelte den Kopf. »Die Leute haben die Bretter für ihre Häuser gebraucht.«

»Bald werde ich ganz bei euch bleiben. Mittlerweile werde ich euch noch mehr Gewehre bringen. Ich wünsche, daß von nun an das Lager ständig bewacht wird.«

»Der Landeplatz wird gesichert sein«, versprach der Meo. »Sollen wir das Gebüsch abholzen und alles so machen, wie es früher war?«

»Nein. Für dieses Flugzeug ist die Piste gut genug. Die Pathet Lao dürfen keinen Verdacht schöpfen.« Major Arklin umfaßte mit einem letzten Blick den Berg, der nun wieder für ihn Heimat sein würde. »Ich muß jetzt fort, Pay Dang. Das Flugzeug ist schon zu lange hier. Künftig habt ihr fürs Ausladen nur fünf Minuten Zeit. Der Pilot wird den Motor nicht abstellen. Sag also deinen Leuten, sie sollen dem Propeller ausweichen.«

»Jawohl, Major.«

»Und hole die besten Männer aus den anderen Dörfern zusammen. Aber überlege dir genau, was du ihnen erzählst. Jetzt darf niemand wissen, daß die Amerikaner hier sind.«

»Tod den Pathet Lao!« rief Pay Dang.

»Wenn ich es befehle«, antwortete Arklin bestimmt. »Doch es muß streng geheim bleiben, daß ich hier bin, verstehst du?«

»Großes Geheimnis«, bekräftigte Pay Dang feierlich.

Der Major kletterte wieder in die U-10. Der Pilot ließ die Maschine bis zum Rand des Grasstreifens rollen und brachte den Motor auf Touren. Das forcierte Startmanöver gelang, glatt hob sich das Flugzeug vom Boden.

Im Einsatzzentrum der Agency besprach Arklin mit Frank Methuan alle Vorbereitungen und gab ihm eine Liste der Versorgungsgüter, die eingeflogen werden mußten. Methuan las das Verzeichnis durch.

»Ein bißchen viel für ein so leichtes Flugzeug, noch dazu bei Transporten unter Geheimorder.«

»Setzt ihr niemals Hubschrauber ein?«

»Manchmal. Doch zur Zeit hat die Agency keine eigenen hier. Mit der U-10 lassen sich solche Flüge sowieso besser durchführen. Bei den Hubschraubern braucht man zuviel Wartung, da sind zu viele Leute an der Sache beteiligt. Denk daran, Bernie«, sagte Methuan mit Nachdruck, »diese ganze Aktion ist Gekados nach den schärfsten Bestimmungen. Unsere Regierung will doch immer mit offenen Karten spielen und sich auf keinen Fall einen Verstoß gegen das Genfer Abkommen zuschulden kommen lassen. Sollen die Kommunisten den Vertrag mißachten und auf eine gewaltsame Machtübernahme lossteuern – wir müssen uns an die Spielregeln halten.«

»Ich weiß schon, was ich zu tun habe, Frank. Ich trag' die grüne Mütze schon lang genug – zu lang fast!«

»Jetzt kotzt dich schon alles an, wie?«

»Ich habe eine bessere Frau, als ich verdiene, und drei Kinder, zwei davon sind Jungen. Weißt du, wie oft ich die in den letzten Jahren gesehen habe?«

»Nicht oft. Kann ich mir denken.«

»Nicht oft ist gut. Ich will mich nicht beklagen«, fügte Arklin rasch hinzu, »aber wenn man auf die Vierzig zugeht und sich der Familie nicht so widmen konnte, wie man möchte, dann . . .« Er zuckte die Achseln. »Na ja, ist ja einerlei. Du weißt, wie das ist, wenn man zu lang bei den Special Forces bleibt. Ich möchte eines Tages wieder zu einem konventionellen Truppenteil versetzt werden, das Barett an den Nagel hängen und ein richtiges Familienleben führen. Bei mir ist jetzt bald die Beförderung zum Lieutenant Colonel fällig.«

Er lächelte seinen Verbindungsmann verlegen an. »Na, ich wollte nicht miesmachen. Aber was mir bei der Geschichte am meisten gegen den Strich geht, ist die Postsperre. Es ist hart, wenn man monatelang nichts von seinen Angehörigen weiß.«

»Wenn sich bei dir zu Hause etwas Wichtiges tut, geb' ich dir einen Funkspruch durch. Und ich werde deiner Frau so schöne Briefe schreiben, daß sie sich keine Sorgen macht.«

Und nun – einen Monat später – flog der Major zum letztenmal zu dem Meodorf. Der Pilot führte mit der vollgeladenen U-10 sein geschicktes Landemanöver durch und ließ die Maschine vor einem hohen, ausgedehnten Dickicht ausrollen. Sofort tauchten rund um das Feld Montagnards in neuen Tarnanzügen auf. Die Hälfte des Trupps war bewaffnet. Die Meos, die da mit leuchtenden Augen und grinsend gebleckten Zähnen geschmeidig zum Flugzeug herantigerten, hatten sich wieder in richtige Soldaten verwandelt. Diejenigen, die keine Gewehre trugen, luden im Zeitraffertempo die Nachschubgüter aus. Nach knappen sechs Minuten konnte sich das Flugzeug wieder vom Boden heben.

Arklin sah der abfliegenden Maschine gar nicht nach, so sehr war er damit beschäftigt, Mannschaft, Waffen und Ausrüstung rasch in den Dschungel zu bringen. Nach acht Monaten würde er nun wieder die Lebensweise der Montagnards aufnehmen. Aber jetzt war er ganz auf sich allein gestellt, mußte alle Kenntnisse und Fähigkeiten eines kompletten A-Teams von zwölf Mann in sich vereinigen.

Pay Dang wußte sich vor Freude über die Rückkehr des Majors kaum zu fassen. Als sie den steinigen Bergpfad hinaufstiegen, erklärte er, daß alle Meos Arklin bedingungslos als Anführer anerkannten. Früher war Pay Dang ihr Kommandeur gewesen. Die Amerikaner hatten sich auf die Funktionen von Beratern und Lehrern beschränkt und die Montagnards mit Waffen, Munition und Material versorgt. Auch hatte der Häuptling seine Autorität eifersüchtig gewahrt. Den Special-Forces-Männern war das ganz recht gewesen, sie hatten Pay Dang nie ihre Überlegenheit fühlen lassen, als sie ihn und seine Unterführer schrittweise für den modernen Partisanenkampf schulten.

Frauen in bunter Kleidung, mit blauen und weißen Turbanen und Halsketten aus schwerem Silber, Greise im Lendenschutz oder in den stammesüblichen blauen und weißen weiten Hosen und Blusen, und neugierige Kinder standen beim inneren Tor des Lagers Spalier, als Arklin und die Meos zu der Brücke kamen. Der Major sah den schmächtigen Montagnards zu, wie sie katzenhaft über den brüchigen, schwingenden Steg turnten, den sein Team vor fast einem Jahr gebaut hatte. Die Meos nahmen darauf Bedacht, daß niemals zwei Männer gleichzeitig auf der Brücke waren.

»Als erstes werden wir diese Brücke wieder in Ordnung bringen«, sagte Arklin zu Pay Dang. »Hast du das Seil, das ich euch mitgebracht habe?«

»Alles liegt bereit, Major.«

Der letzte Montagnard hatte den Steg sicher überquert. Nun bedeutete Pay Dang seinem Freund, er solle vorausgehen. Halb und halb darauf gefaßt, daß die Brücke unter dem Gewicht eines ausgewachsenen Amerikaners auseinanderbrechen würde, trat Arklin vorsichtig auf die morschen Bretter und hielt sich am zerfaserten Seilgeländer fest. Wohlbehalten erreichte er die andere Seite. Die Meos begrüßten ihn mit Freudengeschrei.

»Ich zeige dir dein Haus, Major«, sagte der Häuptling und führte Arklin zu einer strohbedeckten großen Bambushütte auf Pfählen. Man merkte deutlich, daß die Montagnards in letzter Zeit sehr fleißig gewesen waren. Neben der Tür stand, ebenfalls auf Pfählen, ein Behälter voll Gemüse, Reis, Maniok und anderen Nahrungsmitteln.

Von der Schwelle des Hauses hing ein gekerbter Steigbaum herunter. Pay Dang machte eine einladende Geste. Arklin nahm den Tornister ab und warf ihn durch die Tür. Dann kletterte er mit ungehängter AR-15 hinauf. Das Haus war sauber und ordentlich; gerührt stellte Arklin fest, daß die Meos nicht vergessen hatten, wie amerikanische Möbel aussahen. Es gab einen klobigen, aber brauchbaren Tisch samt Stuhl, und ein rechteckiger Rahmen auf dem Boden war mit frischem Gras und Palmwedeln ausgestopft – das Bett. Die Montagnards selbst schliefen nur auf einer Matte. Arklin bemerkte, daß eine solche auch neben seinem Bett lag.

»Ich danke dir, alter Freund«, sagte er zu Pay Dang. »Das ist eine schöne Heimstätte. Von nun an wird dieses Haus unsere Befehlsstelle sein. Sag den Trägern, sie sollen die Funkausrüstung hereinschaffen.«

Der Major durchmaß mit langen Schritten seine neue Wohnung. Der Raum war etwa sechs Meter lang und drei Meter breit – nach den Gegebenheiten des Berglandes geradezu ein Palast für einen einzelnen Menschen.

»Das Haus ist noch nicht Heimstätte«, antwortete Pay Dang und ließ grinsend die Zähne blitzen. Er trat zur Tür und rief eine Gruppe von Frauen. Drei Mädchen kamen heran. Ihre vollen Brüste spannten die um den Oberkörper geschlungenen Tücher fast zum Zerreißen. Alle drei waren schlank gewachsen und hatten regelmäßige Gesichtszüge. Die blauen, sorgsam gefälteten Röcke reichten kaum bis zu den Knien.

Arklins Blick blieb an einem der Mädchen hängen. Es war von viel hellerer Hautfarbe als die beiden anderen, hatte kleinere Brüste und zartere Glieder.

Pay Dang lachte. »Sie ist halbe Französin«, erklärte er. »Ihr Vater kam zu uns auf den Berg, als der Krieg gegen die Viet Minh begann. Er half uns beim Kampf, genau wie du.«

»Ich kann mich nicht an sie erinnern«, sagte Arklin. »Wenn wir, meine Leute und ich, sie je gesehen hätten, dann hätten wir sie nie vergessen.«

»Sie war in einem anderen Dorf. Außerdem war sie damals zu jung. Aber jetzt ist sie fünfzehn«, erwiderte der Häuptling stolz. »Sie wird dein Haus betreuen und für dich kochen.«

Der Major schwieg.

»Wir dachten, daß sie dir gefallen würde«, wandte Pay Dang betreten ein.

Arklin, der in der Tür stand und hinunterblickte, schüttelte den Kopf. »Pay Dang, du mußt es doch noch von früher wissen: Die Amerikaner nehmen sich keine Mädchen aus dem Dorf.«

»Aber das ist nicht dasselbe. Jetzt bist du allein hier. Du bist unser Anführer, Major. Das ist nicht dasselbe«, beharrte der Meo. »Meine Stammesbrüder werden es nicht verstehen, wenn du keine Frau in dein Haus aufnimmst. Du gehörst jetzt zu uns und wirst uns im Kampf gegen die Pathet Lao und Viet Minh führen.«

»Ich kann euch nicht führen, Pay Dang«, antwortete Arklin ruhig. »Ich werde euch wieder ausbilden, dafür sorgen, daß wir immer genug Waffen und Kriegsmaterial haben, euch sagen, wann ihr die Kommunisten angreifen sollt, und jeden Einsatz mit euch mitmachen. Aber ich bin trotzdem nur euer Berater. Amerika beteiligt sich nicht mehr an diesem Krieg, es hilft nur seinen Freunden. Der Häuptling und Anführer bist du, Pay Dang.«

»Das sind die Worte der Politik«, sagte der Häuptling, der Arklins Erklärungen nicht gelten ließ. »Aber das Mädchen« – seine Augen leuchteten auf –, »das ist etwas Wirkliches. Die Meos werden dich als einen der Ihren betrachten, wenn das Mädchen zu dir gehört. Sie wird deine Frau sein, sie hat noch keinen Mann.«

»Ich habe eine Frau, Pay Dang.«

»Ich hatte viele, jetzt sind es drei«, parierte der Häuptling.

Arklin zögerte. Dann sagte er: »Also gut. Es wäre mir eine Ehre, wenn die Tochter eines Mannes, der auch von weither gekommen ist, um deinem Volk zu helfen, in meinem Haus wohnen würde.«

Pay Dang klopfte dem Major auf die Schulter und stieß einen lauten Ruf aus. Das Mädchen Ha Ban – oder Nanette, wie ihr Vater sie genannt hatte – war dazu bestimmt, die Frau des neuen Anführers der Meokrieger zu sein.

Nanette schlug schüchtern die Augen zu Boden, die beiden anderen Mädchen wandten sich, sichtlich enttäuscht, zum Gehen. Pay Dang stieg über den wackeligen, gekerbten Pfosten hinunter, nahm die junge Eurasierin bei der Hand und half ihr hinauf. Die silberne Kette leuchtete über ihrem fast nackten Busen. Auch eine Zahnbürste hing an ihrem Hals.

»Ha Ban ist deine Frau!« verkündete Pay Dang strahlend. »Nun werden wir ein Schlachtopfer bringen. Und ab morgen rüsten wir uns zum Kampf gegen die Pathet Lao und Viet Minh.«

Der Major fügte sich ins Unvermeidliche. Aber er durfte die Disziplin nicht vernachlässigen. »Pay Dang, solange ich bei euch bin, muß das Lager ständig bewacht werden. Kein Mann auf Posten darf Meoschnaps trinken. Ist das klar? Sonst gibt es kein Opfer.«

Im ersten Moment machte Pay Dang ein verblüfftes Gesicht. Dann begann er zu grinsen und lachte schließlich laut heraus. »Du bist der Häuptling, Major. Wir werden zweimal feiern. Die eine Hälfte der Mannschaft hält heute abend Wache, die zweite morgen abend.«

Aus seinen gründlichen Erfahrungen mit vielen verschiedenen Bergstämmen wußte Arklin, daß es zwecklos war, die Montagnards durch Zureden, Befehle, Bitten oder Drohungen von einem einmal beschlossenen Fest abhalten zu wollen.

»Es soll so sein, wie du sagst, Pay Dang«, stimmte Arklin zu. »Zwei Feiern, und an beiden Abenden muß die Hälfte der wehrfähigen Dorfbewohner in Alarmbereitschaft sein.«

Der Häuptling schwang sich hinunter mit der frohen Ankündigung, er werde einen Büffel zur Schlachtung auswählen – das traditionelle Vorspiel zu allen Festen der Meos ...

»Vous parlez français, Nanette?« fragte der Major, als sie allein waren.

»Mais certainment, Monsieur. J'avais cinq ans quand les Viet Minh ont tué mon père. Ma mère parle français aussi, et il y a beaucoup d'hommes ici qui ont été avec Armée Française.«

»Bon, Nanette. Dann werden wir miteinander französisch sprechen. Wir sollen zusammen in diesem Haus wohnen.«

»Ja, Herr«, erwiderte sie mit einem strahlenden Lächeln.

»Du brauchst keine Angst zu haben, Nanette. Du wirst hier kochen und schlafen, aber ich werde nicht . . .« Arklin suchte in seinem Wortschatz nach französischen und Meoausdrücken, um ihr klarzumachen, daß er nicht die Absicht habe, diese Ehe nach Montagnardsitte auch wirklich zu konsumieren. An ihrem Leben eines fröhlichen, unschuldigen jungen Mädchens würde sich nichts ändern. Doch als er das sagte, flog ein Schatten über ihre feinen Züge. Arklin vermied es, Nanettes feste Brüste anzusehen, die das um den Oberkörper geschlungene Tuch kaum bedeckte.

»Meine eigene Tochter ist nur zwei Jahre jünger als du, Nanette«, schloß er unsicher.

Diese Eurasierin war in ihrem Wesen offenbar weit mehr Meo als Französin. Nach ihrer Auffassung wäre es wahrscheinlich eine Beleidigung und eine Schande, wenn sie zusammenlebten, ohne daß er die ehelichen Freuden genösse, die sie zu bieten und – so vermutete der Major mit einem Blick auf ihren großen, sinnlichen Mund und ihre schweren Augenlider – die sie auch zu empfangen bereit war.

Er lächelte ihr freundlich zu. »Wir werden später darüber sprechen. Vielleicht bei einer Kürbisflasche Meoschnaps.«

Sofort erhellte sich das Gesicht des Mädchens. Nanette stellte sich ganz nahe vor ihn hin und hob den Kopf. Er rieb seine Nasenspitze an ihrer. Sie lachte glücklich.

»Ich muß jetzt in diesem Dorf wieder militärische Disziplin einführen, Nanette.« Er schaute zur Tür hinaus. Die Sonne stand schon tief im Westen. »Nicht mehr viel Zeit, bevor es dunkel wird«, sagte er, mehr zu sich selbst. »Ich brauche ein sicheres Depot für die Waffen. Wir werden Munitionsbunker und MG-Stellungen bauen müssen.«

Arklin kletterte auf dem Steigbaum zur Erde. Er prägte sich genau ein, was er unternehmen müsse, um das Dorf gegen die unausbleiblichen kommunistischen Angriffe zu sichern. Irgendwann würde der Kampf beginnen, das wußte er. Eines Tages, wenn Peking, Hanoi und die Führung der Pathet Lao den Zeitpunkt für gekommen hielten, um den Vertrag von Genf zu brechen.

2

Arklin war entschlossen, die Beziehungen zu seiner Gefährtin platonisch zu erhalten. Aber er hatte nicht mit Nanettes Energie gerechnet. Sie fühlte sich als liebende Gattin und wollte von ihm auch als solche behandelt werden. Gewiß, der Major hatte zwei wüste Hochzeitsfeiern über sich ergehen lassen, doch Nanette hatte er nicht angerührt. Daraufhin wurde sie launenhaft, fiel aus trotzigem Schweigen in Anwandlungen von Trübsinn.

Nicht nur das. Jeder Meo im Dorf wußte, weshalb Ha Ban immer verstimmt war, und Arklin merkte, wie in der Gemeinschaft allmählich ein stummer Groll gegen ihn Platz griff. Die Montagnards begannen ihm sehr bald Schwierigkeiten zu machen, und wenn sie überhaupt arbeiteten, dann nur noch widerwillig und schluderhaft. Eine Woche war bereits vergangen, und das gesicherte Waffenlager war noch immer nicht fertig.

Schließlich kam es so weit, daß Pay Dang einmal im Gespräch ziemlich unverblümt durchblicken ließ, der Amerikaner dünke sich offenbar zu gut für die Meos. Da erkannte Arklin, daß sein Pflichtenkreis mehr umfasse als die militärische Ausbildung von laotischen Bergbewohnern.

In Wahrheit hatte er dieses Mädchen, das ihm die Meos als Braut zugeführt hatten, sehr gern. Sie las ihm jeden Wunsch von den Augen ab. Sie trug seine von der schweren Arbeit in der beständigen Hitze schmutzigen und verschwitzten Dschungelgarnituren zum Strom hinunter und wusch sie ohne jede fremde Hilfe. Sie war auf alles bedacht, was das Hauswesen betraf. Er hatte da in der Tat eine prächtige Frau. Auch in der zivilisierten Welt hätte er keine bessere finden können, das war ihm klargeworden. Arklin hatte sich dazu erzogen, seine natürlichen Begierden zu unterdrücken. Doch im Zusammenleben mit Nanette oder Ha Ban, wie er sie vor den Meos nannte, die Tag für Tag ihre Reize auf ihn wirken ließ, mußte er fast übermenschliche Beherrschung aufbringen, um sich in der Nacht auf die Seite zu drehen und so zu tun, als ob er schliefe.

Am sechsten Abend nach ihrem zweiten Hochzeitsfest gab es wieder ein Schlachtopfer, diesmal zur Feier der Rückkehr eines Meo, der einige Jahre vom Dorf fern gewesen war. In seiner Verzweiflung darüber, daß er sich nicht über seine moralischen Bedenken und sein nahezu unbeugsames Verantwortungsgefühl hinwegsetzen konnte, soff Arklin drei Kürbisflaschen Meoschnaps leer. Dann entjungferte er Nanette und schenkte ihr alle Wonnen, die ein Mann einem jungen Weib nur schenken kann.

Als die Meos am nächsten Tag die glückstrahlende Nanette sahen, wußten sie sofort, daß der Amerikaner nun ganz zu ihnen gehörte. Überall, wo er auftauchte, klopften sie ihm anerkennend auf die Schulter und machten derbe Scherze. Schließlich waren sie ja Männer unter sich.

Jetzt kamen die Arbeiten in Schwung. Das Waffenlager war binnen kurzem fertig, und Arklin trug den Schlüssel dazu immer um den Hals. Sandsäcke wurden angefüllt, Stellungen damit gebaut, und auf dem Schießplatz übten die Meos mit wahrem Feuereifer, um gute Schützen zu werden. Der Major erreichte es, daß sie sich wieder angewöhnten, das Trinkwasser zu klären, wodurch die weitverbreitete Ruhr fast völlig erlosch.

Sogar die Brücke reparierten die Meos, so daß man sie wieder gefahrlos benützen konnte.

Drei Monate waren seit Arklins erstem Flug zur Ansiedlung der Montagnards vergangen, da meldete sich sein Verbindungsmann bei der Agency wieder. Alle Funksprüche wurden verschlüsselt nach Bangkok gesendet und ergaben stichwortartige Geheimberichte über die Bewegungen der Pathet Lao. Man wollte nicht ohne zwingende Notwendigkeit Einflüge ins Gebiet der Meos riskieren. Wenn Prinz Souphanouvong, der Führer der Kommunisten in der Dreiparteienregierung von Laos, entdeckte, daß die Amerikaner militärische Aktionen im Bergland unterstützten, wären sogar Sondermissionen von verhältnismäßig untergeordneter Bedeutung, wie Arklin sie durchführte, in Frage gestellt gewesen.

Bei den Meos wurde die Munition schon knapp. Da erhielt der Major im Herbst 1963 eine Meldung, daß am 20. Oktober um sechs Uhr fünfundvierzig zwei mit Kriegsmaterial beladene Maschinen der Type U-10 bei ihm landen würden. Der Funkspruch besagte ferner, daß Frank Methuan von der Einsatzgruppe der Agency an Bord sein werde und Arklin sich bereithalten solle, ihn zu empfangen.

Je näher der Termin heranrückte, desto nervöser wurde der Major. Vielleicht bekam er auch einige Briefe von daheim? Bernard, sein Junge, würde nun schon in die Höhere Schule gehen, und seine Tochter kam gerade ins problematische Alter. Ein dreizehnjähriges Mädchen braucht den Vater. Noch nie während seiner ganzen Dienstzeit war er von seiner Familie vollkommen abgeschnitten gewesen. Aber er war eben Berufssoldat. Und mehr als das: er war Offizier der Special Forces. Dennoch war er jetzt entschlossen, seine längst fällige Versetzung zu einer konventionelleren Truppe zu erwirken. Er wollte seine Kinder heranwachsen sehen, wollte immerhin Lieutenant Colonel und Colonel werden, und es gab keinen Grund, weshalb er nicht als Brigadier General in den Ruhestand treten sollte.

Major Arklin lächelte vor sich hin, als er sich in dem Dorf umsah, das er in einen richtigen paramilitärischen Stützpunkt verwandelte. Was wohl die großen Tiere bei MAC-V sagen würden, wenn sie ihn so sähen? Sein Haar war schon seit langem fast genauso verwildert und dreckig wie das seiner Montagnards – er hatte Friseurscheren angefordert. Rasierklingen waren so rar, daß er sich selten das Kinn schabte. Sein Tarnanzug war wohl sauber, aber keineswegs so adrett wie die gestärkten und gebügelten Garnituren, die er sonst getragen hatte. Und vor allem – was würden die Schreibtischoffiziere sagen, wenn sie Nanette sähen, die ihm mit fast nackten Brüsten stolz in einem Respektabstand von zwei Schritten folgte?

Sein Lachen wurde zu einem Seufzer, als er an seine Frau drüben in Fayetteville dachte. Würde sie je verstehen, daß er in diesem Einsatz ein Leben wie auf einem anderen Stern führte?

Major Arklin und Pay Dang bestimmten einen Zug der Dritten Meomilizkompanie als Sicherung rund um die Landepiste. Arklin hatte die dreihundertfünfzig kampffähigen Montagnards, die ihm zur Verfügung standen – wobei er dauernd Zuzug erhielt –, in drei Kompanien zu je hundertzwanzig Mann eingeteilt; jede Kompanie stand unter dem Kommando eines Captains, dem eine entsprechende Anzahl von Zug- und Gruppenführern zugeteilt war. Er hatte auch Rang- und Gradabzeichen mitgebracht, und immer, wenn ein Meo im Rahmen einer militärischen Feier zum Offizier oder Sergeanten ernannt wurde, heftete ihm Arklin die Winkel oder Balken an den Tarnanzug. Pay Dang hatte er die drei Silberknöpfe überreicht, die in vielen südostasiatischen Armeen den Rang des Obersten bezeichnen. Der Häuptling trug sie voll Stolz.

Da Nanette die Frauen in allerlei nützlichen Dingen unterwies, konnte Arklin für gewisse sanitäre Verbesserungen sorgen. Auf seinen Befehl hin wurden neue Latrinen angelegt und die Schweine in einem gemeinsamen Koben eingeschlossen, damit sie nicht durch das ganze Dorf trotteten und Wege und Häuser beschmutzten. Sämtlicher Abfall wurde von nun ab außerhalb des Lagers vergraben; bei seiner Ankunft hatte Arklin bergeweise angesammelten fauligen Mist vorgefunden.

Der Major und Pay Dang verließen mit vierzig bewaffneten Milizmännern am Nachmittag des Stichtages rechtzeitig das Lager, um zur angegebenen Stunde auf der Landepiste zu sein. Arklin konnte mit Befriedigung feststellen, daß sich die Monate des neuerlichen militärischen Drills günstig auswirkten. Jeder Mann trug das Gewehr schußbereit wie ein richtiger Soldat. Der Zugführer kommandierte Gruppen ab, die zu beiden Seiten der Kolonne als Sicherung gegen Feuerüberfälle vorgingen. Während der Rast hielten die Meos die Ränder des Pfades unter scharfer Beobachtung.

In den Sicherungszug war ein unbewaffneter Trupp von zwanzig Mann eingereiht. Sie sollten die Nachschubgüter zurücktragen. Arklin hatte dazu Meos ausgesucht, mit deren Treffsicherheit oder Disziplin es nicht zum besten stand, aber er ließ keinen Zweifel darüber, daß ein Angehöriger der Miliz jederzeit aus dem Arbeitskommando in die Kampfeinheit aufsteigen konnte, wenn er sich richtig verhielt und als Soldat bewährte. Im großen und ganzen war der Major mit seinem Meobataillon zufrieden. Sobald er die Waffen der neuen Lieferung zur Verfügung hatte, würde er zwei weitere Schützenkompanien ausrüsten können.

Knapp vor Einbruch der Abenddämmerung erreichten sie das zerfurchte, verwachsene Rollfeld. Pay Dang übernahm persönlich die Aufgabe, die Sicherungsposten ringförmig um den Landeplatz zu verteilen. Er überzeugte sich auch, daß das Arbeitskommando am Rand des Feldes kampierte, bereit, hinauszulaufen und die Frachten auszuladen, sobald die Flugzeuge im Morgengrauen gelandet waren. Dann breitete er seinen Umhang und seine Decke neben Arklin aus. Sie saßen da und sprachen bis tief in die Nacht hinein. Der Meoanführer rauchte dabei in seiner Pfeife den Eigenbautabak des Stammes.

Pünktlich auf die Minute kamen die zwei U-10 am nächsten Morgen in der roten Glut des Sonnenaufgangs über die Bergkette gezogen und landeten auf der halsbrecherischen Piste.

Beide Piloten stoppten die Motoren, als die zwanzig Meoträger über das Feld gerannt kamen. Auch Arklin und Pay Dang näherten sich rasch den Maschinen. Die großen Türen flogen auf, starke braune Arme griffen hinein und holten die schweren Kisten aus dem Verladeraum.

Aus der ersten U-10 kletterte Frank Methuan und schüttelte Arklin die Hand.

»Du siehst prächtig aus, Bernie«, sagte er. »Einen Moment lang habe ich dich für einen ungewöhnlich großen Montagnard gehalten.«

»Ich komme mir allmählich selber so vor«, erwiderte Arklin. »Hast du mir die Rasierklingen und die Scheren mitgebracht?«

»Natürlich. Aber wo wirst du einen Friseur auftreiben?«

»Wenn es sein muß, schneide ich mir die Mähne selbst. Hast du auch Post mit?«

Methuan griff in die Kabine und zog einen orangegelben Postsack heraus. »Damit wirst du eine Weile zu tun haben. Ich habe alle Briefe für dich beantwortet. Du hast nur vergessen, mir zu sagen, daß du nicht Tennis spielst. Ich habe nämlich deiner Frau geschildert, wie du mit hohen Offizieren über den roten Sand fegst, und Nancy fragte prompt an, wo und wann du Zeit gefunden hättest, Tennis zu spielen.«

»Und was habe ich geantwortet?«

»Ach, du warst wieder einmal zu einer Dienststelle außerhalb von Bangkok abkommandiert. Dort gab es einen Tennisplatz, und weil du nicht sonderlich viel zu tun hattest, hast du es eben mit Tennis versucht.«

»Tennis!« schnaubte der Major. »Du könntest ja eine Woche hierbleiben und mit mir ein bißchen den Ball schlagen. Was geht draußen in der Welt vor?«

»In Laos ist es ziemlich ruhig, abgesehen davon, daß die Vietkongs auf ihrem ›Ho-Chi-Minh-Pfad‹ an der vietnamesischen Grenze herunterkommen. Aber vorläufig sieht es so aus, als würden sich Prinz Souphanouvoung und seine Pathet Lao an die Vereinbarung halten. Unsere Leute in Vientiane glauben felsenfest, daß eine von den beiden Seiten noch vor Jahresende oder im nächsten Jahr losschlagen wird. Haben deine Patrouillen keine Truppenbewegungen der Pathet Lao gemeldet?«

»Nichts. Aber wir sind immer alarmbereit. Es wäre günstig, wenn du mir noch mehr Waffen bringen könntest, bevor der ganze Rabatz losgeht. Ich habe drei Kompanien, und die Waffen reichen nicht einmal für zwei.«

»Ich habe dir vier Panzerabwehrrohre und hundert Schuß Munition dazu gebracht. Bewähren sich im Dschungelkampf auch gegen menschliche Ziele. Vor Ende des Jahres werde ich dir wieder Munition schicken. Ja, und außerdem haben wir ein paar andere nette Kleinigkeiten mit. Auch einige Dosen mit C-Rationen, falls du die gute alte amerikanische Hausmannskost vermissen solltest.«

Arklin dachte an den Herbst daheim, an das Danksagungsfest, an Weihnachten. »Wie lange soll ich denn überhaupt noch hier bleiben, hinter Gottes Angesicht?«

»Ich weiß, es ist eine verflucht harte Sache, Bernie«, sagte Methuan verständnisvoll. »Wenn du es nicht mehr aushältst, werden wir dich ablösen lassen.«

»Nein, ich bleibe. Jetzt klappt die Zusammenarbeit mit den Montagnards, da kann mich niemand ersetzen. Zumindest nicht ohne gründliche Vorbereitung. Diese Leute betrachten mich als einen Stammesbruder.« Er blickte an sich nieder und fuhr mit der Hand über sein verfilztes Haar. »Ich glaube, ich bin's auch.«

»Hast du ein nettes Meomädchen, das sich um dich kümmert?«

Der Major warf seinem Verbindungsmann einen bösen Blick zu.

Methuan lachte. »Du bist nicht der einzige Special-Forces-Offizier, der mit den Montagnards zusammenlebt. Alle sagen, wenn man sich keine Frau aus dem Stamm nimmt, ist nichts zu machen.«

»Das stimmt ungefähr«, antwortete Arklin einsilbig. Er bemerkte, daß die Flugzeuge ausgeladen waren. »Na, damit hätten wir's wohl.«

»Ja, Bernie. Übrigens verbrenn die Briefe, wenn du sie gelesen hast. Wir wollen nicht, daß was herumliegt, wodurch man dich als Amerikaner identifizieren könnte.« Methuan schlug ihm auf die Schulter. »Haltet die Pathet Lao mit Patrouillen und Spähern unter Beobachtung. Eines Tages werden die losschlagen, das ist ganz gewiß. Und dann können nur die Meos unter Führung von Männern wie du ihren Vormarsch gegen Vientiane verzögern.«

»Wie viele unserer eigenen Leute sind hier im Einsatz?«

»Das ist streng geheim. Es genügt, wenn es die Agency weiß. Mach es den Kommunisten in deinem Gebiet sauer, wenn sie einmal wirklich versuchen, das Land durch einen Vorstoß in die Ebene von Jars in zwei Hälften zu schneiden. Wenn ihr hier in der Wildnis für uns eine Woche oder zehn Tage Zeit gewinnen könnt, bevor Laos endgültig fällt, wird der gute alte Uncle Sam wahrscheinlich eingreifen.«

»An uns soll's nicht fehlen«, sagte Arklin. »Dann sehe ich dich also beim nächsten Transport.«

»Genau. Alles Gute bis dahin und fröhliche Weihnachten.«

»Wünsch meiner Frau auch gleich in meinem Namen ein glückliches neues Jahr«, erwiderte der Major trocken. »Und vergiß nicht, den Kindern ein paar Geschenke zu schicken.«

»Die Agency hat für ihre Leute im Einsatz einen wunderschönen Weihnachtsbasar eingerichtet. Und, Bernie, in einer Schachtel mit deiner Codenummer drauf wirst du etwas für deine kleine Meofreundin finden.« Mit einem rauhen Lachen schloß Methuan die Kabinentür. Sofort warfen die Piloten die Motoren an. Arklin und seine Montagnards verschwanden rasch von der Landepiste.

Um Mitternacht kam der Zug ins Dorf zurück. Arklin sorgte dafür, daß alle neuen Waffen und Ausrüstungsgegenstände im Depot verwahrt wurden. Dann nahm er den Postsack und die Holzkiste und ging zu seinem Haus. Drin brach er die Kiste auf.

Er begann laut zu lachen, als er einen Pullover aus rosa Angorawolle herauszog. Prüfend hielt er ihn Nanette an den Oberkörper. Da mußte einer beim Nachschub Sinn für Humor haben, dachte er.

»Nimm!« Er gab ihr den Pullover in die Hand. »Damit dir am Morgen nicht kalt ist.«

»Aber ich habe doch dich«, wehrte Nanette entschieden ab.

»Probier ihn einmal«, drängte Arklin. »Ich hoffe nur, er läßt sich dehnen.«

»Wenn es dir Freude macht ...«

Sie streifte den Pullover über den Kopf. Arklin lachte vergnügt in sich hinein. »Mein Gott, du bist ja wie geschaffen für enge Pullis. Wenn dich die Mädchen drüben in meiner Heimat sehen könnten, würden sie vor Neid zerplatzen.«

»Ist es gut so?« fragte sie ängstlich.

Er nickte und schaute wieder in die Kiste. »Mal sehen, was noch drin ist.« Er zog einen Spiegel mit langem Griff, einen Kamm und eine Bürste heraus und gab alles Nanette. Sie betrachtete sich entzückt im Spiegel und begann ihr Haar zu kämmen.

Tiefer unten in der Kiste war eine komplette Garnitur Empfängnisverhütungsmittel, sowohl für Männer als auch für Frauen. »Das ist die Höhe!« schimpfte er laut. »Wenn wir jetzt nur nicht die Stalltür verriegeln, nachdem das Pferd bereits fortgelaufen ist.« Er streifte Nanette mit einem prüfenden Blick und rechnete rasch nach. »Vielleicht doch noch nicht.« Er nahm sich vor, das Mädchen in gewisse intime Praktiken einzuweihen.

»Stöbere nur weiter in der Kiste, Nanette. Ich habe noch eine Fleißaufgabe zu erledigen.«

Er ging zur Tür, durch die das Tageslicht hereinflutete, setzte sich auf den Boden und zog einen dicken Pack Briefe heraus.

Sorgsam, Umschlag für Umschlag, sortierte er die Briefe nach dem Datum und begann mit dem ältesten. Er war in die Neuigkeiten von zu Hause so versunken, daß er überrascht aufblickte, als plötzlich ein Schatten auf das Blatt fiel. Er mußte sich erst besinnen, wo er eigentlich war. Nanette starrte ihn an. Ihre Augen wanderten von seinem Gesicht zu dem Stoß von Briefen und wieder zu seinem Gesicht. In dem Angorapullover hätte sie ein sonnengebräunter Teenager aus den USA sein können. Sie hatte ihr glattes schwarzes Haar kräftig mit Kamm und Bürste bearbeitet.

»Ich wünschte, ich könnte auch Briefe schreiben«, sagte sie. »Würdest du sie lesen, wenn ich sie dir in deine Heimat nachschickte?«

»Natürlich.«

»Und deine andere Frau hätte nichts dagegen? Ich werde schreiben lernen.«

Arklin überlegte die passende Antwort zu lange.

»Deine andere Frau würde mich hassen!« stieß Nanette hervor.

»Vielleicht nicht«, sagte der Major nachdenklich, ». . . wenn sie diese Welt hier begreifen könnte.«

»Was würde sie sagen, wenn sie von mir wüßte?« forschte Nanette.

»Sprechen wir nicht darüber«, entgegnete er ruhig. »Ich bin bei dir. Wir leben und arbeiten zusammen. Nur darauf kommt es jetzt an.«

»Aber du wirst mich verlassen und zu deiner amerikanischen Frau zurückkehren!« Nanette begann zu schluchzen. Arklin trat auf sie zu und nahm sie in die Arme. Der Pullover störte sie, ungeduldig riß sie ihn über den Kopf und drängte dem Mann, den sie liebte, die nackten Brüste entgegen.

Sie ließ sich auf die Decken fallen, zog Arklin im Fallen mit sich nieder und küßte ihn. Ihre Hand nestelte an seiner Hose, glitt in den ge-öffneten Schlitz.

Arklin stöhnte innerlich auf. Er hing sehr an Nanette. Aber gerade jetzt — nachdem er die Briefe seiner Frau und seiner Kinder gelesen hatte ...

Sanft löste er sich aus ihrer Umarmung. »Ich bin sehr müde, Nanette. Die beiden letzten Tage waren sehr anstrengend.«

»Du liebst mich nicht mehr! Du willst nur deine andere Frau!« schrie sie. »Mich wirst du verlassen und vergessen, wenn die Meos tun, was du von ihnen verlangst.«

Sie stand auf, ihr Gesicht war eine starre Maske der Erbitterung. »Wir sind für dich alle nur Werkzeuge, damit du deine Absichten durchsetzen kannst. Dann verläßt du uns, wie du uns schon einmal verlassen hast.« Mit hocherhobenem Kopf ging sie zur Tür, kletterte den Steigbaum hinun-ter und verschwand in der Dunkelheit.

Im Grunde genommen hat sie recht, dachte Arklin betroffen. Dann fiel ihm Methuans letzte Warnung ein. Er faßte die Briefe zu einem dik-ken Bündel zusammen, stieg hinunter, und beim nächsten Feuer nieder-hockend, verbrannte er traurig ein Blatt nach dem anderen, und jeden Umschlag. Wie gern hätte er das alles behalten und immer wieder ge-lesen! Aber ...

Erst als der letzte Brief zu Asche geworden war, straffte er sich und ging zum Haus zurück. Plötzlich stürmte Nanette aus der tiefen Nacht auf ihn zu, warf die Arme um seinen Hals, küßte ihn, ergriff seine Hand und legte sie zwischen ihre kräftigen Schenkel.

»Du liebst *mich*, nicht die andere!« rief sie. »Du hast ihre Briefe ver-brannt!«

Ungestüm zog sie ihn mit sich ins Haus, immer wieder rief sie glück-lich: »Du hast ihre Briefe verbrannt, du liebst *mich!*«

Doch bevor sie sich miteinander auf sein Bett streckten, brauchte er einen tüchtigen Schluck. Er kramte in der Kiste, bis er eine Flasche Bourbon-Whisky fand.

3

Das Jahr 1964 begann in Laos friedlich. Die Laoten kümmerten sich nicht um die Vietkongs aus Nordvietnam, die das Land ganz offen dazu be-nützten, um hier in aller Sicherheit ihre Streitkräfte für die Infiltration von Südvietnam bereitzustellen. Schließlich machten die Vietkongs ja nur den Südvietnamesen zu schaffen. Und die meisten westlichen Diplomaten in Vientiane genossen die Annehmlichkeiten, die die Stadt bot, denn die Pathet Lao schienen ihre Umsturzpläne aufgegeben zu haben.

Doch kein einziger Meo zweifelte daran, daß die Kommunisten bald wieder aktiv werden würden. Deshalb konnte Arklin sie unschwer davon überzeugen, daß sie ständig bereit sein müßten, die Pathet-Lao-Partisanen anzugreifen und zu vernichten. Ja Pay Dang machte sich sogar zum Sprecher aller seiner Stammesbrüder, als er sagte, sie sollten mit ihren neuen Waffen einen Überraschungsangriff führen. In diesem Fall würden sie den Gegner empfindlich treffen und selbst nur geringe Verluste riskieren.

Arklin versuchte ihnen das Genfer Abkommen zu erklären: daß die Pathet Lao, die Neutralisten und der Rechte Flügel versprochen hätten, in Frieden zusammenzuleben; daß die ausländischen Mächte sich verpflichtet hätten, jede militärische Hilfe an eine der drei Parteien einzustellen, die die Regierung bildeten; daß es den politischen Prinzipien demokratischer Länder zuwiderlaufe, den kommunistischen Aggressionsplänen zuvorzukommen und zuerst anzugreifen. Doch solche Erwägungen überstiegen das Begriffsvermögen der realistisch denkenden Meos.

Als die Patrouillen und Kundschafter meldeten, daß starke kommunistische Verbände und Nachschubtransporte auf einer nur fünfunddreißig oder vierzig Meilen entfernten Route ungehindert nach Süden zögen, drängte Pay Dang immer entschiedener darauf, eine Kompanie einzusetzen, um eine Kolonne der Pathet Lao in einen Hinterhalt zu locken. Die Montagnards konnten es nicht erwarten, den verhaßten Feinden an die Kehle zu fahren. Immer häufiger mußte Arklin Tieropfer und Gelage erlauben, um den Blutdurst seiner Meos zu zügeln.

Die Kommunisten ließen in aller Stille die Zeit verstreichen. Arklin wünschte sich, daß sie endlich angreifen würden, er war ständig in Sorge, daß einige seiner Leute die strengen Weisungen mißachten und auf eigene Faust ein Pathet-Lao-Dorf überfallen könnten. Mittlerweile brachten die U-10 laufend Nachschub: Material und Waffen.

Im März 1964 lagerten im Depot genug leichte und schwere Infanteriewaffen für Operationen auf Bataillonsbasis. Arklin hatte mehr als vierhundert Mann zur Verfügung. Sie wurden monatlich in laotischer Währung besoldet, das Geld brachten die Flugzeuge mit. Die Moral der kleinen Truppe war gut, und als eine Patrouille von ersten Anzeichen militärischer Aktionen der Pathet Lao berichtete, steigerte sich die Kampflust der Meos derart, daß sie kaum noch zu halten waren.

Im April setzten sich – nur zwanzig Meilen weiter nördlich – kommunistische Einheiten in Bewegung und marschierten südwärts zum Hauptquartier der Pathet Lao in Khang Khay. Arklin gab die Meldung sofort an die Einsatzgruppe der Agency durch und bat um die Erlaubnis, die Verbände, die nun auf Dschungelpfaden innerhalb des Aktionsbereiches des stark befestigten Meodorfes dahinzogen, zu überfallen.

Der Angriff wurde untersagt beziehungsweise auf so lange verschoben, bis die Kommunisten ihre Aggressionsabsichten deutlicher zeigen würden. Doch während der ersten Maiwoche kam ein Funkspruch, daß Frank Methuan am nächsten Morgen wieder eingeflogen werde. Mit einer Kompanie in voller Stärke machte sich Arklin auf den Weg zum Landeplatz.

Die Meoträger liefen auf die beiden U-10 zu, um die Fracht auszuladen. Methuan kletterte aus der Kabine, ziemlich verdrossen, wie der Major sofort bemerkte.

»Was ist los, Frank? Ich hätte mehr Grund, so dreinzuschauen wie du.«

»Und so eine Jammergestalt schimpft sich Major«, gab der Verbindungsmann bissig zurück.

Betroffen mußte Arklin zugeben, daß er sich vernachlässigt hatte. Trotz seiner Vorsichtsmaßregeln hatte er sich eine leichte Ruhr eingewirtschaftet und sah ziemlich mitgenommen aus, ganz zu schweigen von seinem schon längst sehr verminderten Bedürfnis, sich mit militärischer Sorgfalt zu kleiden.

»Tut mir leid, Frank. Sicherlich, ich bin seit letzter Zeit etwas versaut. Aber das hat dich früher doch nie gestört.«

»Ach, Scheiße, Bernie, nichts für ungut. Ich wäre tausendmal lieber bei dir, als ewig dort diesen blödsinnigen Papierkrieg auszufechten! Jeder Dreck wird über Saigon und Bangkok an das Pentagon und das Außenministerium weitergeleitet!«

»Erzähl, Frank.«

»Es hat einen Riesenkrach zwischen dem Kommando der Militärhilfe und den übrigen amerikanischen Dienststellen in Vietnam und Thailand gegeben.«

»Ich bin ein einfacher Major. Ich erfahre nichts von Streitereien auf höchster Ebene«, sagte Arklin schlicht. »Jedenfalls nicht, solange ich mit einem Haufen kampflustiger Montagnards in den Dschungeln herumtigere.«

»Die Sache geht jetzt aber auch dich und deine Meos an. Erstens werden alle Angehörigen der Special Forces in Vietnam direkt dem Kommando der Militärhilfe unterstellt. Die Herren versuchen eben, alles zu rationalisieren — glauben sie zumindest. Aber was steckt in Wahrheit dahinter? Konventionelle Generale bestimmen jetzt über die Kriegführung der Special Forces und der Agency.«

»Auch hier in Laos?«

»Bis Laos sind sie noch nicht vorgedrungen. Das kann noch eine Weile dauern; die Herren in den Stäben wollen sich nämlich nicht gern eingestehen, daß Amerikaner bindende Verträge verletzen — selbst dann nicht, wenn die Kommunisten Anstalten machen, dieses hübsche kleine Land zu überrennen, das zufällig eine so wichtige strategische Lage hat.«

Arklin hob den Kopf. »Das ändert die Sache allerdings gewaltig. Wenn ich dich recht verstehe, werden konventionelle Offiziere, die in bequemen Büros sitzen, die Dienstbeschreibungen jener Special-Forces-Kommandeure verfassen, die versuchen, mit den Kommunisten fertig zu werden, obwohl ihnen die Hände gebunden sind.«

»Genau das ist die Situation. Seit dem ersten Mai.«

»Und mein Sondereinsatz hier? Werden wir die Meos wieder bescheißen? Ihnen die Waffen abnehmen, wie schon gehabt? Und sich selbst überlassen, damit sie von den Pathet Lao abgeschlachtet werden?«

»Nicht, solange die Agency den Laden führt.«

»Okay. Dann seht zu, daß es so bleibt. Wir hier sind bereit. Schon seit sechs Monaten.«

»So lange wird es kaum mehr dauern, bis ihr zu tun haben werdet. Sehr bald sogar, mein Lieber. In Vientiane gab es einen lahmarschigen Staatsstreich. Nicht der Rede wert. Ein neuer General hat die Macht an sich gerissen. Rechtsextremist. Geht vorüber. Aber es genügt den Kommunisten, um sofort auf Vientiane zu marschieren.«

Methuan wies hinunter zur weiten Ebene von Jars, die sich im Osten erstreckte. »General Kong Le hat einige tausend Mann da drüben. Das ist alles, was zwischen den Pathet Lao und seinem Hauptquartier in Vang Vieng steht. Wenn die Kommunisten Vang Vieng einnehmen, sind sie nicht mehr als fünfzig Meilen von Vientiane entfernt. Nur fünfzig Meilen bis zur Eroberung von Laos! – Deine Aufgabe besteht also darin, alles zu tun, was in deiner Macht steht, um den Vormarsch der Pathet Lao zu verzögern. Wir können dir nur sagen, daß die Bande am Zug ist. Alles andere ist dir überlassen.«

»Scheiße.«

»Wenn Gefahr besteht, daß sie euch überrennen, werden wir versuchen, euch mit Hubschraubern herauszuholen. Ich würde dir also raten, beim Dorf einen Landeplatz freizuschlagen.« Methuan legte Arklin die Hand auf die Schulter. »Das nächstemal wirst du vielleicht mit einem Verbindungsmann von MAC-V verhandeln müssen. Übrigens« – er händigte dem Major den wohlbekannten Postsack aus – »zu Hause ist alles in Ordnung.«

»Danke«, murmelte Arklin. Er griff in die Tasche und zog einen dicken Brief heraus. »Bitte, schick das an Nancy. Es steht natürlich nichts über meinen Einsatz drin.«

»Irgend jemand wird den Brief zur Sicherheit durchlesen müssen, Bernie«, sagte Methuan. »Aber dann wird er weitergeleitet, das verspreche ich dir.«

Er schwang sich wieder ins Flugzeug. Bevor er die Kabinentür schloß, rief er: »Wenn du sicher bist, daß die Pathet Lao losschlagen, dann funk uns an, bevor du losschlägst. Und laß dich nicht fangen, Bernie!«

Arklin sah zu, wie die beiden Maschinen steil in die Höhe schossen. Dann machte er sich an den nun schon gewohnten anstrengenden Aufstieg zum Lager. Den Postsack schob er in seinen Tornister. Diesmal würde er es so einrichten, daß ihn Nanette nicht beobachten konnte – und plötzlich wurde ihm bewußt, wie gern er zu dem Mädchen und zu seinem Haus im Meodorf zurückkehrte ...

Am Abend, als er mit Nanette im Freien vor einem Feuer saß, kam Pay Dang mit einem barfüßigen Montagnard in Lendenschurz und Decke daher. Die beiden setzten sich zum Major. Pay Dang sagte, daß der Neuankömmling aus einem Meodorf zwanzig Meilen weiter nördlich stamme; es sei größtenteils von alten Leuten, Frauen und Kindern bewohnt; sie bauten Mohn zur Opiumgewinnung.

»Einige der Männer halten zu uns«, erklärte Pay Dang. »Sie verlassen das Dorf, weil die Pathet Lao und die Viet Minh nach Westen vorstoßen. Aber die Meos wollen nicht für sie kämpfen.«

»Frag ihn, wie viele Kommunisten im Anmarsch sind«, sagte Arklin. »Aber er soll eine möglichst genaue Zahl angeben. Mit solchen Meldungen wie ›viele, viele Pathet Lao kommen‹ können wir nichts anfangen.«

Der Häuptling befragte den jungen Menschen eingehend. Schließlich wandte er sich wieder zu Arklin. »Er sagt, mehrere hundert Mann.«

Der Major hatte seinen Entschluß gefaßt. »Okay, Pay Dang. Der Junge soll einen Zug in das Gebiet führen, wo die Pathet Lao vordringen. Nimm auf jeden Fall einen guten Späher mit, der zählen kann. Sag deinen Leuten, sie sollen alle Montagnards, die sie treffen, hierher zurückbringen. Wenn sie einen Pathet Lao fangen können, um so besser.«

»Jawohl, Major.« Pay Dang stand auf. Er fletschte grinsend die Zähne. »Bald werden wir die Pathet Lao und die Viet Minh töten.«

»Wenn sie uns nicht zuerst erledigen. Sag deinen Leuten auch, sie sollen so bald als möglich wieder zurückkommen.«

Als die beiden Meos fort waren, schmiegte sich Nanette ängstlich an Arklin. »Wird der Krieg bald wieder beginnen?«

»Es sieht ganz so aus, Nanette.«

»Wir hatten so wenig Zeit füreinander.«

»Wir werden noch viel Zeit haben.« Er merkte selbst, wie unecht seine herzlich gemeinten Worte klangen.

Nanette stand schweigend auf und ging auf das Haus zu. »Ich werde da drin auf dich warten. Mit dem Flugzeug kommt immer Post für dich.«

Arklin sah ihr nach, als die schlanke Gestalt, den Oberkörper über dem fest geknoteten Kittel nackt, geschmeidig den Steigbaum erklomm und im dunklen Bambushaus verschwand. Seufzend griff er nach dem Postsack ...

Während der nächsten eineinhalb Tage mußten alle Kompaniechefs auf Befehl des Majors die Ausrüstung ihrer Mannschaft genau überprüfen. Spannung lag in der Luft. Die Meos schienen die Nähe des Feindes zu spüren. Doch Arklin wollte sich nicht nur auf den sechsten Sinn der Montagnards verlassen, wenn er eine Aktion plante.

Am Spätnachmittag kam ein Funkspruch von der Einsatzgruppe der Agency: Die Pathet Lao hatten ein von der laotischen Regierung angelegtes und befestigtes Dorf in der Nähe der chinesischen Grenze angegriffen — der erste offene Bruch der Neutralität. Vierundzwanzig Stunden später kehrte der Spähtrupp zurück, den Arklin zur Erkundung der kommunistischen Positionen ausgeschickt hatte. Der Major erwartete die Meos bei der Brücke. Die beiden Kundschafter, die er im Aufklärungsdienst, im Kartenlesen und in der Benützung der Marschbussole sorgfältig ausgebildet hatte, setzten sich zusammen mit Pay Dang und dem Zugführer um das Feuer. Der eine von ihnen, noch ein Halbwüchsiger, aber außerordentlich gelehrig, breitete auf dem Boden eine Landkarte aus und beschrieb den Weg, den die Patrouille eingeschlagen hatte.

»Marschrichtung siebzig Grad, nur zwanzig Kilometer von diesem Punkt entfernt, haben wir gestern nacht eine biwakierende Pathet-Lao-Kompanie gesichtet. Bis zum Morgen hielten wir uns versteckt und beobachteten sie, als sie südwärts weiterzogen. Ich habe etwa fünfzig Viet Minh in ihren braunen Uniformen bei ihnen gesehen. Auf dem Pfad marschierten ungefähr zweihundert Mann.«

Die Viet Minh stießen also gemeinsam mit den kommunistischen Laoten nach Süden vor, dachte Arklin. Das war ein untrügliches Zeichen, daß die Nordvietnamesen die Pathet Lao drängten, eine neuerliche Offensive zur Eroberung von Laos zu starten. Wenn ein so starker Truppenverband seinen Bestimmungsort erreichte, dann würde er die Regierungsstreitkräfte sicherlich auch angreifen. Wenn man aber den Vormarsch dieser kommunistischen Einheit verzögerte, wäre Zeit gewonnen, und die königlich-laotische Armee könnte Verteidigungsstellungen beziehen.

Arklin studierte eine Weile schweigend die Karte. Dann wandte er sich zum Häuptling: »Wenn wir heute abend die Dritte und die Vierte Kompanie in Marsch setzen, Richtung Südosten, könnten wir oberhalb des Hauptquartiers der Pathet Lao einen Sperriegel legen und die vordringenden Truppen in einen Hinterhalt locken.« Der Major zeigte die Route auf der Karte. Pay Dang und die anderen Meos sahen aufmerksam zu. »Dann könnten wir die halbe Kompanie oder sogar mehr vernichten.«

»*Jetzt* sollen wir abmarschieren? In der Nacht?« fragte Pay Dang. Die Montagnards waren noch immer abergläubisch, obwohl Arklin sie sechs Monate lang im Nachteinsatz ausgebildet hatte.

Der Amerikaner zuckte die Achseln. »Vielleicht kommt einmal ein *Tag*, an dem wir die Pathet Lao erledigen können.« Er ging auf sein Haus zu.

»Nein!« schrie Pay Dang rasch entschlossen. »Wir sind bereit, Major. Wir werden jetzt marschieren. Ich gebe Alarm.« Er sah Arklin forschend an. War der Major einverstanden? »Deine großen Politiker werden nichts dagegen haben?«

»Nur dann, wenn wir rasch genug zuschlagen und uns sofort wieder zurückziehen«, antwortete Arklin. »Ich will nicht, daß auch nur ein einziger unserer Leute lebendig gefangen wird. Verstehst du mich? Die Pathet Lao würden jeden Gefangenen zum Reden bringen. Und wenn einer deiner Meos ihnen sagt, daß ein Amerikaner auf eurer Seite kämpft, ist der Teufel los.«

»Sobald der Mond am Himmel steht, marschieren wir ab. Dann finden wir den Weg leichter«, erklärte Pay Dang.

»Gut. Die beiden Kompaniechefs und die Zugführer sollen sich bei mir melden.«

Der Häuptling verschwand im Laufschritt, um die zwei Kompanien zu alarmieren. Arklin bedeutete einem kräftigen Meojungen, ihm zu folgen, und stieg zur Tür seines Hauses hinauf. Nanette sah, daß sich der Junge auf den Sitz des Generators hockte und mit beiden Händen die Kurbeln zu drehen begann, um Strom für das Sendegerät zu erzeugen. Nach seinem Codeschlüssel chiffrierte Arklin die Nachricht, die er an die Einsatzgruppe der Agency über hundertfünfzig Meilen weit drüben in Thailand senden wollte. Diese vorgeschobene Dienststelle würde die Meldung nach Bangkok weitergeben, und dort würde man entscheiden, ob der Major richtig gehandelt habe oder nicht. Die Agency wäre einverstanden, davon war er überzeugt. Er hatte den Befehl, den Vormarsch der Pathet Lao durch Hinhaltemanöver zu verzögern. Er wußte – vielleicht als einziger Amerikaner –, daß sie wieder zur Offensive antraten. Wenn er jetzt nicht Widerstand leistete, wäre die schwache, unfähige laotische Regierung wahrscheinlich hinweggefegt, ehe sie ihre Truppen zum Kampf gegen die Kommunisten mobilisieren konnte. Dann wäre es auch für die USA zu spät, Laos zu Hilfe zu kommen und die Neutralität des Staates zu verteidigen.

Der Major funkte die Meldung in seinem langsamen, aber gleichmäßigen Tempo. Dann sagte er zu dem Jungen, er solle aufhören zu kurbeln. Der Empfänger wurde mit Batterien betrieben. Sofort kam die Bestätigung seines Funkspruchs durch. Arklin wartete gespannt darauf, daß sein Angriffsplan genehmigt werde.

Pay Dang tauchte auf. Er war feldmäßig ausgerüstet, hatte den Gürtel und die Schultergurte mit Patronentaschen und Handgranaten beschwert und das automatische Gewehr umgehängt.

»Wir sind marschbereit, Major. Meine Männer wollen die Pathet Lao und die Viet Minh killen!«

Arklin nickte. Das Empfangsgerät schwieg noch immer. Er gab die Hoffnung auf, hakte den Webgürtel zu, ließ die Karabiner der Schultergurte einschnappen, ergriff die AR-15, rieb seine Nase an der Nase Nanettes, küßte sie auf den Nacken und folgte dem Meohäuptling.

Die beiden Kompanien waren angetreten. Arklin versammelte die Kompaniechefs und Zugführer und informierte sie ausführlich über den bevorstehenden Einsatz. Zwölf Meilen vom Fuß des Berges entfernt, sollte an der Straße nach Khang Khay ein Hinterhalt in der Länge von zweihundert Meter gelegt werden. Die Meos würden das Marschziel noch vor Morgengrauen erreichen, in Stellung gehen, warten, bis die Kommunisten in der Feuerzone wären, und sie dann aus allen Rohren unter Beschuß nehmen.

Arklin und Pay Dang hatten sich beim Abmarsch der Kolonne in der Mitte eingereiht. Sie schickten Kundschafter voraus, um sicher zu sein, daß sie der richtigen Route folgten. Der Major verglich die Zeit: es war einundzwanzig Uhr dreißig. Ihm war nicht ganz wohl bei dem Gedanken, wie man in den höheren amerikanischen Stäben die Meldung aufnehmen würde, daß er und seine Montagnards in diesem neuen kommunistischen Feldzug zur Eroberung des neutralen Laos die ersten Schüsse abfeuern wollten. Eines stand fest: Wenn die Aktion planmäßig verlief und keiner seiner Leute gefangen oder versprengt wurde, konnten die Pathet Lao das Hinterhaltgefecht nur als innenpolitischen Zwischenfall deklarieren.

Der Weg zu der Straße nach Khang Khay verlief fast ununterbrochen bergab. Arklin machte sich schon jetzt Sorgen wegen des Rückmarsches mit Toten und Verwundeten. Es würde selbst für die zähen Meos, die ihr ganzes Leben lang bergauf und bergab zogen, schwierig sein, da sie auf dem Rückweg dem Gegner ausweichen mußten und deshalb dem Pfad nicht würden folgen können.

Vor Tagesanbruch erreichten sie die Straße im noch friedlichen Pathet-

Lao-Territorium. Obwohl das Hauptquartier der Kommunisten in Khang Khay kaum zehn Meilen entfernt war, gab es weit und breit keine Vorposten oder Straßensperren. Arklin beschränkte sich auf kurze Anweisungen, während Pay Dang und die beiden Kompaniechefs den Hinterhalt legten. Jede Kompanie hatte hundert Meter der Straße als Feuerzone. Am Beginn und am Ende der Schützenlinie erstreckte sich je ein L-Querbalken von schwerbewaffneter Mannschaft fünfzig Meter weit in den Dschungel hinein. Das waren Verteidigungsstellungen, um die Pathet-Lao- oder Viet-Minh-Truppen daran zu hindern, sich zu sammeln und den Meos in die Flanke zu fallen. Arklin war stolz darauf, mit welcher soldatischen Disziplin und Präzision sich seine sogenannten primitiven Eingeborenen darauf vorbereiteten, die Kommunisten zu empfangen.

Die beiden Kompaniechefs nahmen an den äußersten Punkten des Hinterhalts Aufstellung, jeder hatte ein Kleinfunkgerät. Wenn der letzte feindliche Soldat in die Feuerzone kam, würde der Kompaniechef am nördlichen Ende der Schützenlinie mit der Sendetaste ein Signal geben. Pay Dang, der auf einer Bodenerhebung in der Mitte des Hinterhalts stand und fast die ganze Straße im Blickfeld hatte, trug ebenfalls ein Funkgerät. Er würde nach Arklins Weisung den Feuerbefehl geben. Sollte aber die feindliche Kolonne länger als erwartet sein und die Vorhut im Süden die Feuerzone passieren, ehe die Nachhut in den Aktionsbereich der Meos kam, dann würden der Häuptling und der Major entscheiden, wann der Beschuß einsetzen sollte. Einen kommunistischen Gegenstoß in die Flanken brauchten sie nicht zu befürchten, den konnten die im Dschungel postierten Meos abwehren.

Als das Tageslicht voll durch das Blättergewirr drang, waren alle Montagnards in Stellung, die MGs, automatischen Gewehre und schweren älteren Infanteriegewehre M-1 auf die Straße gerichtet. Jeder Mann hatte die Handgranaten griffbereit am Gürtel und an den Schultergurten hängen, um sie sofort abziehen zu können. Und jeder einzelne Mann kannte seine Aufgabe und wußte den Rückzugsweg.

Sie warteten. Arklin überdachte alle Möglichkeiten, die seine Aktion zum Scheitern bringen könnten. Wie, wenn die Pathet Lao diesen Punkt bereits passiert hatten? Das war unwahrscheinlich. Viel schwerer wog der Umstand, daß er selbst an dem Überfall teilnahm. Er trug zwar keinerlei Abzeichen auf seinem Tarnanzug, und kein einziges Stück seiner Ausrüstung stammte aus amerikanischen Heeresbeständen. Aber wenn er in Gefangenschaft geriete oder seine Leiche gefunden würde, ließe es sich nicht verheimlichen, daß ein Weißer auf der Seite der Montagnards gekämpft hatte. Für die Kommunisten wäre das ein Propagandaschlager, und die amerikanische Regierung wäre kompromittiert. Alles hing davon ab, daß die Meos Disziplin hielten. Nun hatten sie ihre Feuerprobe zu bestehen.

Die Spannung wuchs. Der Major und Pay Dang blieben auf ihren Plätzen über der Mitte des Hinterhalts, im dichten Dschungel verborgen. Die Kühle des Morgens wich dem schwülen Brüten des tropischen Tages. Arklin blickte zu dem schlammigen Abzuggraben auf der anderen Straßenseite hinüber. Dort würden die Kommunisten in der ersten Verwirrung Deckung suchen. Ein harter Glanz trat in seine Augen, um die zusammengepreßten Lippen spielte ein Lächeln ...

Viermal klickte es leise im Funkgerät. Die Pathet-Lao-Kolonne war gesichtet. Der Häuptling stieß den Amerikaner aufgeregt in die Seite. Arklin legte dem Meo beruhigend die Hand auf die Schulter. Völlige Stille. Sie warteten. Dann drückte der Kompaniechef im Norden dreimal auf die Sendetaste, drei knackende Geräusche kamen aus Pay Dangs Gerät. Die Spitze der Kolonne hatte den Bereich des Hinterhalts betreten. Einige Minuten später sahen Arklin und Pay Dang die ersten Gruppen des kommunistischen Verbandes, der unterwegs war, um sich in Khang Khay mit den Paethet-Lao-Bataillonen zum Vormarsch durch die Ebene von Jars zu vereinigen. Die Soldaten trugen bunt zusammengewürfelte Uniformen − schwarze Bauernkleidung, khakifarbene Garnituren und Tarnanzüge. Sie waren gut bewaffnet und hielten stramme Marschordnung. Offiziere in Khaki liefen die Kolonne entlang auf und ab.

»Viet Minh!« flüsterte der Häuptling, als Männer in schwarzen Blusen mit flachen Helmen und MGs auftauchten, dicht durchsetzt mit schäbigeren Pathet Lao.

Arklin sandte ein Stoßgebet zum Himmel, daß sich seine Leute nach der mühevollen Ausbildung nun bewähren würden. Die Soldaten der laotischen Regierungstruppen gerieten schon bei der bloßen Erwähnung des Wortes Viet Minh in Panik. Sie glaubten unerschütterlich an die Grausamkeit und Unbesiegbarkeit der Kommunisten, und der Gedanke, gegen sie kämpfen zu müssen, erfüllte die Laoten mit lähmender Angst. Um sie zu terrorisieren und in die Flucht zu schlagen, genügte eine geringe Zahl von Nordvietnamesen. Auch die Meos fürchteten die Viet Minh, obwohl sie das nicht zugaben. Doch ihr Haß gegen den Kommunismus war stärker, deshalb würden sie das Gefecht aufnehmen.

Der Major war auf erste Anzeichen sinkenden Mutes bei seinen Montagnards gefaßt, falls die Viet Minh einen entschlossenen Gegenangriff auf den Hinterhalt starten konnten. Von den Zugführern bis hinauf zu Pay Dang wußten alle Meos, daß sie ihre Leute zwingen mußten, die Stellung zu halten, bis das Signal zum Rückzug unter Mitnahme aller Gefangenen und Verwundeten erfolgte.

Während die Pathet Lao und die Viet Minh vor ihnen auf der Straße dahinzogen, erkannte Arklin, daß er richtig gehandelt hatte: Für diesen Überfall brauchte er tatsächlich zwei Kompanien in voller Stärke. Entweder hatten seine Kundschafter falsch gezählt, oder es waren für den kommunistischen Vorstoß mittlerweile mehr Einheiten aufgeboten worden.

Im Funkgerät knackte es zweimal. Die Vorhut der Kolonne hatte den Standort des zweiten Kompaniechefs im Süden passiert und befand sich bereits außerhalb der Feuerzone. Der Major wartete auf das Zeichen, daß die Nachhut in den Bereich des Hinterhalts gekommen sei. Er blickte zu dem Baum hinauf, in dessen Ästen ein Späher postiert war. Der Meo schüttelte energisch die geballte Faust. Arklin flüsterte Pay Dang zu: »Er sieht das

Ende der Kolonne. Wir können nicht warten, bis die letzten Gruppen nahe genug heran sind, sonst entfernt sich die Spitze zu weit. Feuer frei!«

Diese zwei Worte elektrisierten Pay Dang. Über den Lauf seines automatischen Karabiners zielend, drückte er ab. In dem Feuerstoß, der die Stille des frühen Morgens zerriß, stürzten zwei Nordvietnamesen in Khakiuniformen zu Boden. Sofort begannen die Meos zu schießen. Auf der ganzen Linie knatterte Gewehrfeuer los. Die Kommunisten, die sich in feindfreiem Gebiet wähnten, erstarrten vor Schreck und Überraschung. Der Vormarsch geriet ins Stocken. Die Viet-Minh-Offiziere brüllten ihre Soldaten an und schossen zurück, während die Meos in die Reihen pfefferten, was das Zeug hielt. Die Pathet Lao und Nordvietnamesen knallten wild in die Gegend, aber sie sahen keine Ziele. Ein Hagel von Geschossen und Handgranaten überschüttete die Kolonne. Jene Kommunisten, die den ersten schweren Feuerschlag überlebt hatten, stolperten in den Graben auf der anderen Straßenseite und ballerten aus der Deckung drauflos.

Die Feindkräfte, die den Feuerbereich in Richtung Süden passiert hatten, machten kehrt und arbeiteten sich durch den Dschungel vor, um den Angreifern in den Rücken zu fallen. Das gleiche vollzog sich am Nordende des Hinterhalts. Pay Dang stieß urtümliche Freudenschreie aus, während er in die Kommunisten hineinschoß, die im Graben festsaßen. Das Triumphgebrüll des Meohäuptlings übertönte sogar den donnernden Gefechtslärm. Innerhalb weniger Minuten war der Kampf abgeflaut. Die Pathet Lao und Nordvietnamesen, die nicht tot oder verwundet auf der Straße lagen, unterhielten vom Graben aus schwaches Abwehrfeuer oder plänkelten nord- und südwärts gegen die Sicherungsstellungen.

»'raus hier, Pay Dang!« befahl Arklin. Er zog eine Leuchtkugelpistole aus dem Halfter.

»Wir bleiben und töten noch mehr Kommunisten!« rief der Häuptling.

Der Major packte den kleinen Montagnard bei der Schulter und riß ihn herum. Seine Augen blitzten. »Wir ziehen uns jetzt zurück und greifen später wieder an!«

Pay Dang bekam sich in die Gewalt. »Wir ziehen uns zurück, Major.«

»Aber zuerst ...« Arklin warf ihm die Signalpistole zu und nahm ein Zündgerät auf. Mit einem scharfen Ruck drehte er den Griff. Eine ohrenbetäubende Detonation dröhnte über die ganze Länge des Hinterhalts. Schrille Schreie aus dem Graben. Zerfetzte Arme, Beine, Köpfe und unkenntliche rote Fleischklumpen klatschten auf die Straße. Die Meos begleiteten das Vernichtungswerk, das unter ihren Feinden wütete, mit gellendem, blutrünstigem Gebrüll.

Arklin riß Pay Dang, der wie gebannt die verwüstete Deckung anstarrte, die Leuchtkugelpistole aus der Hand, schoß eine rote Leuchtkugel ab, lud nach und schoß noch zweimal.

Sofort begannen sich die Montagnards aus ihren Stellungen zurückzuziehen. Geduckt rannten sie durch den Dschungel und formierten sich eine halbe Meile weiter hinten am Sammelpunkt zu einer geordneten, abwehrbereiten Einheit. Im Laufen überdachte Arklin nochmals seine entscheidende Kriegslist: nie vorher hatte er so verheerende Wirkungen einer Sprengschnur gesehen. Es hatte nur zehn Minuten gedauert, um das hochexplosive Kabel mit einem Durchmesser von eineinhalb Zentimetern in der ganzen Länge des Grabens auszulegen. An den Stellen, wo eine Flucht aus der Deckung möglich war, hatte Arklin das Kabel mehrfach verknotet, um die Sprengkraft zu verstärken. Es war ganz einfach gewesen, den dünnen elektrischen Verbindungsdraht über die Straße zu spannen und mit Staub zu tarnen. Alle Kommunisten im Graben mußten tot oder schwer verwundet sein.

Diesmal haben wir zuerst und mit aller Härte zugeschlagen, dachte der Major. Nun stand er vor dem Problem, seine Meos ins Dorf zurückzuführen, ohne einer anderen Einheit des Feindes in die Arme zu laufen.

Auf dem Sammelplatz zählten die Kompaniechefs in aller Eile ihre Leute ab. Der Überfall war ein voller Erfolg gewesen. Arklin schätzte, daß zwei Drittel der kommunistischen Kolonne getötet oder fürchterlich verstümmelt waren. Beim Appell kamen dann auch die eigenen Verluste zutage: drei Gefallene, sieben Verwundete. Die Leichen wurden an Stangen gebunden, die sich je zwei Mann auf die Schultern luden. Die gehfähigen Leichtverwundeten wurden von ihren Kameraden gestützt. Drei Mann waren schwer verletzt und mußten getragen werden. Arklin gab jedem von ihnen eine Morphiuminjektion, damit sie nicht durch ihr lautes Stöhnen und Jammern die Position der Truppe verrieten.

Nun begann der lange Rückmarsch bergauf zum Dorf. Auf Befehl des Majors schlugen die Meos einen Umweg ein. Obwohl Pay Dang wußte, daß dies einer der Grundsätze des Partisanenkrieges ist, versuchte er Arklin zu überreden, den leichteren und kürzeren direkten Pfad zu wählen. Der Amerikaner lehnte ab.

Es war mühsam, mit den Toten und Verwundeten durch den Dschungel vorzudringen, aber die Montagnards hielten sich gut. Arklin und Pay Dang gingen immer wieder die lange, gewundene Kolonne auf und nieder und sprachen den Männern Mut zu. Einmal kamen sie dem ausgeschlagenen, weniger steilen Pfad, auf dem sie vom Dorf heruntermarschiert waren, so nahe, daß der Major einen neuerlichen Wortwechsel mit dem Häuptling befürchtete. Aber Pay Dang schwieg. Am Spätnachmittag waren sie noch immer sechs Stunden vom Lager entfernt. Die Meos waren erschöpft. Sie erstiegen den Gipfel eines Berges, an dem ein Strom vorbeifloß. Arklin ließ rasten, teilte aber die Hälfte der Mannschaft zum Wachtdienst ein.

Als alle Nachzügler die Höhe erreicht hatten, machte sich der Major auf die Suche nach den Verwundeten, um sie zu versorgen und ihnen weitere schmerzstillende Injektionen zu geben. Er brach durch dichtes Gestrüpp, trat fast auf die Männer, die ausgepumpt auf dem Boden lagen, aber nirgends stieß er auf die drei Schwerverwundeten und die vier marschfähigen leichteren Fälle.

Er kehrte zu seinem improvisierten Gefechtsstand zurück. Der Häuptling saß auf dem Boden, mit dem Rücken an einen Baum gelehnt, und paffte seine kurze Pfeife.

»Pay Dang«, sagte Arklin scharf, »ich finde die Verwundeten nicht.«

Der Meo sah ihn nur sanft an, ohne etwas zu erwidern.

»Weißt du, wo sie sind?« forschte der Major.

Pay Dang schwieg noch immer. Arklin sah klar. »Haben die Träger mit den Verwundeten den anderen Weg eingeschlagen, als wir vorbeikamen?«

»Ich konnte sie nicht daran hindern«, entgegnete Pay Dang schließlich. »Sie sind Männer. Wir halten Männer nicht davon ab, das zu tun, was sie tun müssen.«

»Aber das ist ein militärischer Einsatz! Du führst das Kommando! Du richtest dich nach meinem Rat, und deine Leute haben deine Befehle zu befolgen!«

Der Häuptling sog stur an seiner Pfeife. Arklin sah ein, daß er im Moment nichts unternehmen konnte. »Ich hoffe nur, daß sie sich zum Dorf durchschlagen. Haben sie eine Sicherungsgruppe mit?«

»Zwanzig Mann.«

Arklin sah auf die Uhr. Es war vier Uhr nachmittags. »In einigen Stunden müßten sie oben sein.« Er blickte den Anführer der Montagnards fest an. »Pay Dang, das ist für uns alle sehr gefährlich. Begreifst du, was geschieht, wenn sie erwischt werden? Die Kommunisten werden sie foltern. Die Verwundeten werden den Pathet Lao sagen, daß zwei Drittel der Mannschaft nicht im Lager sind. Vielleicht greifen sie dann an.«

»Meine Leute werden in keinen Hinterhalt geraten oder gefangen werden«, sagte Pay Dang sehr selbstsicher. »Die Feinde wagen sich nicht in die Berge.«

»Das haben die Pathet Lao heute morgen auch gedacht, bevor sie uns in die Falle gingen.«

Dieser Einwand gab dem Häuptling einen Moment lang gründlich zu denken. Schließlich meinte er: »Ich habe nichts gesehen, wie meine Leute abschwenkten. Ein Gruppenführer hat es mir gesagt. Ich habe geschwiegen, weil ich nicht wollte, daß dich nach diesem großen Sieg etwas bedrückt.«

»Hör mir genau zu«, sagte Arklin eindringlich. »Ich weiß, daß die Leute todmüde sind. Auch ich spüre es in allen Knochen. Aber wir müssen sofort aufbrechen, damit wir so schnell wie möglich das Dorf erreichen.«

Pay Dang riß überrascht die Augen auf.

»Verstehst du nicht? Wenn die Meos, die sich von uns abgespalten haben, in eine Falle gehen und gefangen werden, dann ist vielleicht das Dorf verloren. Die Pathet Lao würden draufkommen, daß wir noch weit weg sind. Wir haben den Großteil der Waffen mitgenommen. Die Kommunisten könnten das Lager überrennen.«

Dem Meohäuptling dämmerte allmählich der ganze Ernst der Situation. Er stand auf und straffte sich. »Meine Stammesbrüder werden tun, was du befiehlst, Major. Aber sie sagen, du bist zu streng mit ihnen. Jetzt ist weit und breit kein Pathet Lao in unserer Nähe. Die Meos sind glücklich, weil sie so viele Feinde getötet haben. Sie wollen jetzt rasten.«

»Pay Dang«, beharrte der Major, »sag deinen Leuten, den Kompanie-chefs, den Zugführern und den Gruppenführern, daß sie mir folgen sollen. Sag ihnen, daß wir weitermarschieren müssen. Vor Tagesanbruch werden wir daheim sein. Wir haben helles Mondlicht.«

Arklin bemerkte, daß Pay Dang schon halb gewonnen war. Doch er wußte, daß man die Meos auch immer bei der menschlichen Seite packen mußte, um bei ihnen etwas zu erreichen. Er dachte kurz nach. Dann ging er lächelnd auf den pfeiferauchenden, noch immer nicht völlig überzeugten Häuptling zu und legte den Arm um die bärenstarken Schultern des kleinen Mannes. Bedeutungsvoll blinzelnd, flüsterte der Major: »Sag den Männern, daß ich Ha Ban versprochen habe, sie noch vor dem Morgen-grauen zu ficken wie noch nie.«

Dabei schlug er sich mit der linken Hand auf den rechten Oberarm und ballte die starr emporgereckte rechte Faust. Diese Gebärde war auf der ganzen Welt verständlich. »Wenn wir nicht zurückkehren, wird sie viel-leicht zu dem großen Captain gehen, den wir mit der Wache im Dorf zu-rückgelassen haben.«

Mit brüllendem Gelächter spuckte Pay Dang die Pfeife aus, hustete krampfhaft, weil ihm der beißende Rauch seines Eigenbautabaks in die Kehle gekommen war, beugte sich vor, hob mit lahmem Griff die Pfeife auf und schob sie mit einem Ruck wieder in den Mund. »Okay, wir mar-schieren weiter«, sagte er. »Wir bringen den Major zu Ha Ban zurück.« Er verschwand, um seine Offiziere zu verständigen und die Truppe zum Ab-marsch zu sammeln.

Arklin zog die Landkarte heraus und orientierte sich kurz. Nur noch zweieinhalb Stunden Tageslicht, dann Finsternis, bis der Mond aufging. Er beschloß, eine andere Route zu nehmen, näher zum direkten Pfad, aber noch immer weit genug von diesem entfernt, so daß sie einem Hinterhalt auswichen, in dem die gerissenen Pathet Lao und deren noch heimtücki-schere Lehrmeister, die Viet Minh, vielleicht lauerten.

Zehn Minuten später war Pay Dang wieder da. Er grinste noch immer. Die Meos würden weitermarschieren, meldete er. Schon deswegen, weil sich einige von ihnen um ihre Frauen sorgten. Viele der Mannschaften der Fünften Meomilizkompanie, die als Bedeckung des Lagers eingeteilt war, stammten aus einem anderen Dorf und hatten ihre eigenen Weiber nicht mitgebracht.

Die beiden Kompanien arbeiteten sich mit Buschmessern wieder durch das Gestrüpp und Lianengewinde des dichten Dschungels vorwärts. Arklin hielt sich diesmal an der Spitze, er wollte verhindern, daß sie von der neuen Richtung abkamen.

Es war fast dunkel, als das eintrat, was sie befürchtet und dennoch, so widersinnig es schien, fast gehofft hatten. Im Norden setzte plötzlich wie mit einem Donnerschlag dröhnender Gefechtslärm ein. Das unverkennbare peitschende Knattern der leichten automatischen Waffen, das dumpfe Bel-len von BAR und das laute Krachen von Granaten und Geschossen aus Panzerabwehrrohren hallte durch den Dschungel. Arklin blickte auf seine

Uhr. Es war achtzehn Uhr fünfunddreißig. Jeder Mann in der Kolonne horchte mit angehaltenem Atem auf den wilden Feuerkampf. Er dauerte nur wenige Minuten. Noch einige vereinzelte Schüsse – dann breitete sich geheimnisvolle Stille über das Bergland aus. Die Abenddämmerung senkte tiefe Schatten zwischen die Bäume. Es wurde dunkel. »Rasch weiter! Rasch! Sag das deinen Leuten!« flüsterte Arklin dem Häuptling zu. »Es wird nicht lange dauern, bis die Pathet Lao Bescheid wissen.«

Das fröhliche Geschnatter der Montagnards war verstummt. Verbissen stapften sie dahin. Es ging ständig bergauf. Dem Major wurde vor Erschöpfung beinahe übel, aber er riß sich immer wieder zusammen, blieb nur hin und wieder kurz stehen, um einen Schluck Wasser aus seiner Feldflasche zu nehmen. Nach einer Stunde gab er das Zeichen zur Rast und fiel wie ein Sack zur Erde. Er keuchte vor Anstrengung, die Beine schmerzten und drohten den Dienst zu versagen. Mit zitternden Fingern griff Arklin nach seiner Sanitätstasche und wühlte darin herum, bis er das Gesuchte gefunden hatte. Er schob zwei Pep-Tabletten in den Mund, aber Zunge und Gaumen waren so trocken, daß er nicht schlucken konnte. Aus seiner fast leeren Feldflasche trank er nur soviel Wasser, um die Tabletten hinunterzuspülen. Eine einzige Tablette enthielt genug Wirkstoffe, um bei akuter Übermüdung die volle Leistungsfähigkeit für kurze Zeit wiederherzustellen. Doch Arklin konnte von Glück reden, wenn er mit den zwei Tabletten im Leib nicht trotzdem unterwegs zusammenbrach.

Zehn Minuten lang lag er völlig erschlafft da, dann begann das Mittel zu wirken. Nach fünfzehn Minuten war der Major wieder marschbereit.

Alle zwanzig Minuten hielt die Kolonne, und die Führer horchten gespannt in die Dunkelheit. Über die Schießerei, die sie gehört hatten, brauchten sie kein Wort zu verlieren. Jeder Mann in der Kolonne wußte nur zu gut, daß die Pathet Lao den Meopfad gefunden und auf ihre Rückkehr gelauert hatten.

Die Montagnards in Arklins Nähe reagierten auf sein leisestes Signal, gaben jeden geflüsterten Befehl sofort weiter. Einer hinter dem anderen kletterten sie im Mondlicht durch das Dschungeldickicht. Kompaß und Uhr ständig überprüfend, rechnete sich der Major aus, daß sie etwa in einer Stunde das Lager erreichen müßten. Er war klar und hellwach, wie losgelöst von seinem erschöpften Körper. Vor Tagesanbruch würden sie im Dorf sein, und wenn sie auch übermüdet waren, konnten sie dennoch genügend Feuerkraft entwickeln, um einen kommunistischen Angriff normalen Ausmaßes zurückzuschlagen. Während ihn seine Beine aufwärtstrugen, überblickte Arklin im Geist die ganze gegenwärtige und zukünftige Situation. Sein Einsatz hier war sinnvoll. Seine Bemühungen mit den Montagnards, die tägliche Kleinarbeit, die monatelange Verbannung in die Wildnis – all das würde zumindest nicht vergebens gewesen sein. Die Kommunisten würden erst die kleine Festung, die er da oben in den Bergen geschaffen hatte, überrennen und zerstören müssen, ehe sie die Ebene von Jars für ihre Operationen als gesichert betrachten konnten.

Methuan brauchte zehn Tage Zeit. Na schön. An Arklin sollte es nicht liegen. Und dann konnte er heimfahren. Er sah deutlich seinen Namen auf der Liste der zu Lieutenant Colonels beförderten Majore vor sich. Seine Gedanken wanderten zu dem gepflegten Haus in Fayetteville, wo man am Morgen als normaler Mensch erwachen, eine saubere Uniform anziehen und in die tadellos aufgeräumte Dienststelle fahren konnte . . .

Pay Dang, der vor ihm ging, blieb stehen und streckte die Hand aus. Auf der Höhe des Berges über ihnen leuchtete der Widerschein verlöschender Feuer. Bald würden sie auf die Horchposten und den äußeren Sicherungsgürtel des Lagers stoßen.

Plötzlich zuckten vor ihnen die Mündungsblitze automatischer Waffen auf, es krachte und knatterte im Dschungel. Arklin stöhnte dumpf. Die Kommunisten griffen bereits das Dorf an. Waren seine Meos zu erschöpft, um zu kämpfen?

»Pay Dang!« überschrie der Major mit gellender Stimme den Gefechtslärm. »Sag deinen Leuten, sie sollen ausschwärmen und den Pathet Lao in den Rücken fallen. Führ einen Zug zur Brücke!«

Der Häuptling brüllte seine Befehle. Die Montagnards bildeten Schützenketten. Aus dem Lager kam nur schwaches Abwehrfeuer. Irgendwo vor ihnen sauste eine Werfergranate mit hohlem Knall aus dem Rohr. Zwanzig Sekunden später detonierte sie im Lager. Flammen loderten hoch auf.

»Phosphorgranaten!« rief Arklin. »Der Werfer muß weg!«

Pay Dang, der Major und eine Gruppe Meos brachen durch das Dickicht. Das Aufblitzen beim Abschuß zeigte deutlich die Stellung der Waffe an. Zwanzig Meter vor sich sahen sie sogar die Bedienungsmannschaft.

»Los!« brüllte Arklin und drängte sich durch das dichte Laubwerk. Er riß eine Handgranate vom Gürtel, zog ab, holte weit aus und warf.

Eine ohrenbetäubende Explosion. Eine grelle Stichflamme. Das Rohr des Granatwerfers flog durch die Luft. Die Meos stürzten sich auf die Kommunisten, jagten ihnen Feuerstöße entgegen und hieben mit ihren Haumessern auf Lebende und Tote ein.

Überall rund um das Lager hatten die Pathet Lao kehrtgemacht und schossen in die Finsternis, die von erbitterten Meos wimmelte. An den schrillen Pfeifsignalen und den lauten Kommandorufen erkannte Arklin, daß der Feind die Umzingelung zu durchbrechen versuchte. Schreie, Gewehrfeuer und das Krachen der Werfergranaten verwandelten die Nacht in ein Inferno.

Arklin hob die Signalpistole und schoß eine grüne Leuchtkugel über das Dorf ab, zum Zeichen dafür, daß die Verteidiger das Feuer einstellen sollten. Jeder Schuß von drinnen würde nun wahrscheinlich eher einen Meo als einen Pathet Lao töten.

»Pay Dang!« rief der Major. »Die Kommunisten laufen davon. Sag deinen Leuten, sie sollen nicht mehr schießen, sonst bringen sie sich gegenseitig um!« Er schoß noch zwei grüne Leuchtkugeln ab. Der Häuptling gab die Befehle weiter. Langsam verebbte das Schützenfeuer.

»Los! Ins Lager, Pay Dang!«

Arklin blieb bei der zerstörten kommunistischen Granatwerferstellung stehen. Zwei Montagnards hackten auf die hingestreckten Gestalten los. Einem stöhnenden halbtoten Pathet Lao waren die Ohren und die Hände abgeschlagen.

»Ins Dorf!« schrie ihnen der Major in der Meosprache zu. Die beiden blickten von ihrer grauenvollen Schlächterei auf, und als sie den Amerikaner vor sich sahen, gehorchten sie sofort. Ihre blutigen Trophäen nahmen sie mit.

Die Meos rannten auf die Brücke zu, brüllten das Losungswort ins Dunkel hinein, turnten über den Steg und zerstreuten sich im Dorf, das von den flackernden Bränden schrecklich erleuchtet war. Die Phosphorgranaten des Gegners hatten ganze Arbeit geleistet.

Klagerufe, die durch die Nacht hallten, kündeten vom Tod der Frauen und Kinder. Arklin hastete zu seinem Haus. Mit einem tiefen Seufzer der Erleichterung blieb er stehen. Es war unbeschädigt. Er rief nach Ha Ban und fand sie zusammengekauert unter den Pfählen. Weinend warf sie sich in seine Arme.

»Du mußt mir helfen, Nanette«, sagte er. »Weißt du noch alles, was ich dir über Wundverbände und Behandlung von Brandwunden beigebracht habe?«

Sie nickte. Nun war sie wieder gefaßt. »Ich hole den Sanitätskasten.«

Bei Sonnenaufgang konnte der Major das volle Ausmaß der Schäden überblicken. Eine Gruppe von Häusern war bis auf den Grund niedergebrannt. Nur die völlige Windstille hatte das Dorf davor bewahrt, in einem Flammenmeer unterzugehen. Zehn bis zur Unkenntlichkeit verkohlte Leichen wurden im Freien auf den Boden gelegt; man würde sie später bestatten.

Arklin hatte einen Hilfsplatz eingerichtet, dort betreuten Ha Ban und einige andere Frauen die verletzten Dorfbewohner. Pay Dang begleitete den Major auf seinem Rundgang, er machte ein ebenso grimmiges Gesicht wie dieser. Er und alle Meos wußten, daß dieser Überfall vermieden worden wäre, wenn sie die Befehle ihres amerikanischen Anführers befolgt hätten.

»Das Waffendepot haben sie nicht getroffen«, sagte Arklin, und das sollte optimistisch klingen.

Beim Appell stellte sich heraus, daß zweiunddreißig Mann vermißt waren. Als die Sonne über den Bergen stand, verließ der Major mit einem Arbeitskommando das Lager. Die meisten gefallenen Kommunisten, auch die von den Meos verstümmelten, waren von heimlich zurückgekehrten Pathet Lao weggeschleppt worden, und die meisten der auf dem Kampffeld verstreuten Waffen hatte der Gegner gleichfalls geholt.

Drei tote Meos, die, wie Arklin vermutete, von den Verteidigern irrtümlich erschossen worden waren, wurden ins Dorf gebracht und neben die anderen gelegt.

Gegen Mittag waren die meisten Spuren des Gefechtes beseitigt. Die gefallenen und verbrannten Meos hatte man in geflochtene Bambushütten auf der Begräbnisstätte geschafft. Erst wenn die hölzernen Totenmale geschnitzt waren, sollten sie bestattet werden.

Die niedergebrannten Häuser wurden bereits von einem Arbeitskommando wieder aufgebaut, und die drei Kompaniechefs hatten genaue Verlustlisten erstellt und ihre Einheiten neu gruppiert.

Arklin war aschgrau im Gesicht und schlotterte vor Erschöpfung. Die Wirkung der Pep-Tabletten hatte sich verflüchtigt, er wagte nicht, sich irgendwo niederzusetzen, denn er wußte, daß er sofort in einen totenähnlichen Schlaf fallen würde. Er beorderte die gesamte Fünfte Meomilizkompanie, die während des Hinterhaltgefechtes als Bedeckung im Lager geblieben war, zum Wachdienst am inneren und äußeren Verteidigungsgürtel.

Pay Dang wollte ein Suchkommando in Zugstärke aussenden, um nach den Montagnards zu fahnden, denen die Pathet Lao auf dem Pfad aufgelauert hatten. Der Major stimmte zu, bestand aber darauf, daß eine Gruppe zur Seitensicherung eingeteilt werde. Als alles geregelt war, ging er mit schleppenden Schritten zu seinem Haus, erklomm mühsam den Steigbaum und streckte sich auf den Boden. Im nächsten Moment wußte er nichts mehr von sich.

Die Hitze und das Sonnenlicht, das durch die offene Tür hereinflutete, weckten ihn nach Stunden allmählich wieder. Er öffnete die Augen und fand seinen Kopf zwischen Nanettes Brüste gebettet. Ihr vertrauter Moschusgeruch drang ihm erregend in die Nase.

Sofort stürmte die Wirklichkeit auf ihn ein. Der kommunistische Angriff konnte wiederholt werden! Arklin mußte sofort eine Meldung an die Einsatzgruppe der Agency durchgeben!

Nanette, die merkte, daß er wach war, streichelte seine Stirn. Der Major seufzte müde und stützte den Kopf in die Hand. »Nächstesmal werden die Pathet Lao das Lager mit stärkeren Einheiten angreifen. Wir werden es alle verlassen müssen, und zwar rechtzeitig.«

»Wenn ich bei dir bleiben kann, ist es mir gleich, wohin wir gehen.«

»Das kann ich dir nicht versprechen.«

Mit jähem Griff umklammerte sie seine Arme. Für eine Frau hat sie starke Hände, dachte er. Einige Herzschläge lang sagte sie nichts. Dann ließ sie die Schultern sinken, ihre Finger erschlafften, ihr Kopf fiel an seine Brust. Er drückte sie an sich. Es war alles verfehlt mit diesem Mädchen da, das, halb Französin und halb Meo, zwischen den Rassen stand. Doch im tiefsten Inneren wußte er, daß sie ihm viele Brücken der Verständigung zu den Montagnards da draußen gebaut hatte. Sosehr er seine Familie und sein Heim vermißte, bei Nanette hatte er den seelischen Halt gefunden, den er hier brauchte. Er war nur ein Mensch, verdammt noch mal, und sie hatte ihm die wenigen einfachen Freuden gewährt und die menschliche Bindung geboten, ohne die es ihm unmöglich gewesen wäre, ein Jahr lang in der Wildnis hier zu leben und seine Pflicht zu tun.

Arklin erkannte, daß er mit Nanette bald über die Zukunft sprechen mußte. Als sie sein verdüstertes Gesicht sah, hob sie ihm die Lippen entgegen, zog ihn auf die Liegestatt nieder und streifte unter stürmischen Zärtlichkeiten Schultertuch und Rock ab . . .

Nachher rappelte er sich widerstrebend und mit Anstrengung hoch. Jetzt mußte er endlich mit Methuan Funkverbindung aufnehmen.

Er rief einen Jungen herein, befahl ihm, den Generator anzukurbeln, und setzte sich zur Morsetaste. Er nahm den Codeschlüssel vor und funkte in Schlagworten seine Meldung.

»Hinterhalt Erfolg. Feindkompanie vernichtet. Eigene Verluste: dreißig Tote und Vermißte.«

Dann horchte er angespannt auf die Antwort. Man bestätigte ihm seine Meldung; weitere Anweisungen würden folgen. Es dauerte zwanzig Minuten, bis der Empfänger wieder Punkte und Striche zu tuten begann. Arklin schrieb den Funkspruch Buchstaben für Buchstaben auf und dechiffrierte ihn.

Die Gegenmeldung lautete: »Weiterhin je nach Situation angreifen. Sofort Hubschrauberlandeplatz beim Dorf bezeichnen.« Methuans Chiffre war beigefügt.

Arklin ging, um einen geeigneten Landeplatz ausfindig zu machen. Ein leerer Fleck, noch vergrößert, seit dort einige Häuser nach dem Phosphorgranatenbeschuß niedergebrannt waren, hatte die richtigen Ausmaße. Er befahl den Meos, die verkohlten Balken wegzuräumen. Als er ins Haus zurückkam, sagte ihm Nanette ganz aufgeregt, daß das Empfangsgerät mehrmals laut geknackst hatte. In aller Eile holte Arklin wieder den Jungen, der den Generator antrieb, und gab durch: »Funkspruch nicht erhalten, erbitte Wiederholung.« Die Meldung, die er dann nach den Morsesignalen aufschrieb, fiel sehr lang aus. Einige Worte waren verstümmelt. Arklin brauchte eine ganze Weile, bis er den Sinn der Mitteilung voll enträtselt hatte. Sie stammte von Methuan.

Die Einsatzgruppe der Agency meldete ihm, daß die Kommunisten bereits wegen eines von den Amerikanern angezettelten Angriffs auf ihr Hauptquartier Protest erhoben hatten. Die höheren amerikanischen Stäbe waren von diesem Handstreich, der, wie die Kommunisten sagten, Verhandlungen ausschließe, nicht so begeistert wie die Agency. Kundschafter der Einsatzgruppe hatten von einem Pathet-Lao-Lager nordwestlich von Khang Khay berichtet, die Besatzung solle Regimentsstärke haben. Ferner wurde gemeldet, daß den Truppen rotchinesische Offiziere als Berater zugeteilt seien. Methuan ließ durchblicken, daß die Gefangennahme eines oder mehrerer chinesischer Berater den USA die Handhabe bieten würde, alle erforderlichen Schritte zu unternehmen, um der weiteren militärischen Aggression der Kommunisten in Laos Einhalt zu gebieten.

In der Meldung waren die Koordinaten der kommunistischen Bereitstellung angegeben. Arklin trug den Punkt in seine Karte genau ein. Während Khang Khay direkt südlich vom Dorf lag, befanden sich die neuen Positionen südwestlich, fast am Rand der Ebene von Jars, aber noch im Dschungelterrain. Dort war offenbar das Aufmarschgebiet für eine groß angelegte kommunistische Offensive, deren Stoßkeile quer durch den letzten noch in den Händen der Regierung befindlichen Teil des Landes zielten.

Der Major entwarf einen Plan für einen Handstreich, um Rotchinesen gefangenzunehmen. Er ging zum Waffendepot, schloß die Tür auf und überprüfte die Bestände. Für die Panzerabwehrrohre, die wirksamste Waffe, die er zur Verfügung hatte, war genug Munition vorhanden. Diese Panzerabwehrrohre, die im Dschungelkrieg gegen menschliche Ziele eingesetzt wurden, sollten in der Aktion, die Arklin plante, die entscheidende Rolle spielen.

Jede der drei Meokompanien hatte einen Zug für schwere Waffen, doch ließ die Ausbildung der Montagnards am Panzerabwehrrohr noch zu wünschen übrig. Aber es gab bei jeder Kompanie vier Zweimannteams, die mit den Bazookas umgehen konnten, im ganzen Lager demnach zwölf Teams. Arklin würde die vier besten ermitteln müssen, und er wußte auch, auf welche Weise. Als er das Depot verließ, grinste er vor sich hin. Er dachte wirklich schon wie ein geborener Meo.

Man mußte ein Wettschießen veranstalten, um festzustellen, wer die besten Bazooka-Schützen waren. Nachher würden die Gewinner bei einem Umtrunk gefeiert und dann für den ehrenvollen Auftrag ausersehen werden, die tödlichen Raketen auf das Pathet-Lao-Lager abzufeuern. Als Ehrengäste beim Fest der Dorfbewohner würden sie lieber sterben, als im Einsatz versagen. Um Montagnards dazu zu bringen, im Kampf und bei Arbeiten ihr Bestes zu geben, mußte man sich immer verschiedene Tricks und Spiele ausdenken, die ihren Ehrgeiz anspornten. Das galt als Regel. Außerdem würden das Wettschießen und das anschließende Fest sie von der Erinnerung an den Überfall auf das Lager ablenken.

Arklin hatte diesen taktischen Schachzug gerade im Geist festgelegt, als er in der Ferne ein Büffelhorn hörte – das Signal, daß sich eigene Truppen dem Dorf näherten. Die Vorhut von Pay Dangs Suchkommando tauchte beim Haupttor auf. Der Major sah mit grimmigem Gesicht zu, wie ein Toter nach dem anderen vorbeigetragen wurde, mit Händen und Füßen an schwere Stangen gebunden oder den Kameraden auf die Rücken geladen.

Im Lager herrschte völlige Stille. Die Meos überquerten die Brücke, gingen zum Begräbnisplatz und legten die Gefallenen auf den Boden. Als die traurige Prozession zu Ende war, lagen fünfzehn Leichen nebeneinander. Arklin wandte sich schaudernd ab. In der grausigen Verstümmelung gefallener Gegner gaben die Kommunisten den Montagnards nichts nach. Voll stoischer Ruhe starrten die Dorfbewohner auf die Toten nieder. Einige Frauen, deren Männer nicht unter den Gefallenen waren, die man ins Lager geschafft hatte, gingen angstvoll zum Tor, um zu sehen, ob nicht noch weitere Tote gebracht würden.

Die letzten Männer des Suchkommandos trugen auf einer Bambustragbahre einen Verwundeten zur Sanitätsstation. Seine Frau war bereits neben ihm und versuchte den Notverband wegzureißen. Arklin schob sie sanft beiseite und schnitt den Stoff rund um die Brustwunde aus. Das Geschoß hatte den Mann quer über die Brust gestreift, eine lange blutige Schramme gerissen, war aber glücklicherweise nicht in die Lunge eingedrungen. Der Blutverlust hatte den Montagnard so geschwächt, daß er nicht gehen konnte. »Er ist in den Dschungel gelaufen. Die Pathet Lao haben ihn gesucht, aber nicht gefunden«, erklärte Pay Dang.

Arklin hängte eine Blutkonserve an einem Pfahl auf und führte die Kanüle in die Armvene des Mannes ein. Das Meoweib jammerte leise vor sich hin und verfolgte alle Bewegungen mit entsetzt geweiteten Augen.

»Konnte er dir irgend etwas sagen?« fragte Arklin.

»Er sagte, sie wurden plötzlich beschossen. Er marschierte am Ende der Kolonne und lief davon. Er versteckte sich im Dschungel, bis die Pathet Lao wieder abzogen. Sie haben die Verwundeten zu Tode gefoltert und dann das Dorf angegriffen.«

»Wie viele Pathet Lao waren im Hinterhalt?«

»Er sagt viele, sehr viele, hundert, kann sein auch zweihundert.«

»Wahrscheinlich eine Horde von dreißig Mann.« Der Major hatte die Wunde gereinigt und verband sie nun. Als er damit fertig war und sich zum Gehen wandte, folgte ihm Pay Dang ängstlich auf den Fersen.

»Was werden wir tun, Major?«

Arklin zuckte die Achseln. »Wenn deine Leute unseren Befehlen nicht gehorchen, kann ich sie nicht mehr gegen die Pathet Lao und die Viet Minh führen. Das ist schlimm. Ich habe einen sehr guten Plan, wie man viele Kommunisten erledigen könnte.«

Pay Dang, der aussah wie das leibhaftige schlechte Gewissen, hielt Arklin fest. »Die Meos werden nie wieder deine Befehle mißachten, Major. Das schwöre ich dir. Ich werde jeden töten, der nicht tut, was du sagst.«

Sie hatten das Haus des Majors erreicht und stiegen zum Eingang hinauf. Drinnen wies Arklin auf die Landkarte, die an der Wand hing. »Also gut, Pay Dang, wir werden es noch einmal versuchen und die Pathet Lao und Viet Minh angreifen.«

Der Meo stieß einen Freudenschrei aus.

»Dieser Einsatz wird alle Kräfte erfordern. Jeder Mann muß seine Aufgabe genau kennen. Für die Angriffsübung werden wir nur einen Tag Zeit haben, dann packen wir die Kommunisten in ihrem neuen Lager.«

»Tod den Pathet Lao!« rief Pay Dang.

Arklin setzte ihm seinen Plan mit allen Einzelheiten auseinander. Eine Stunde später verließ der Häuptling das Haus, um alle Vorbereitungen für die Operation zu treffen. Er schickte die vier besten Späher des Lagers zu Arklin.

»Ihr werdet eure alte Meokleidung tragen«, sagte der Major zu ihnen.

»Lendenschurz und Decke. Natürlich werdet ihr barfuß gehen.« Die Montagnards zogen schiefe Gesichter. Schuhe, robuste Armeeschuhe, bis über die Knöchel zu schnüren, waren zu einem der markantesten Symbole ihres neuen Standes geworden. Obwohl das harte Leder die breiten Spreizfüße der Naturmenschen drückte und beengte, nahmen sie in ihrem Stolz lieber alle Unbequemlichkeiten in Kauf, als auf diese Schuhe zu verzichten.

»Ihr werdet keine Waffen mitnehmen, außer euren eigenen Jagdarmbrüsten. Beobachtet das Pathet-Lao-Lager und haltet nach Chinesen Ausschau. Habt ihr mich verstanden?«

Die vier Kundschafter nickten eifrig.

»Ihr werdet heute nacht losziehen und morgen den ganzen Tag auf euren Beobachtungsposten bleiben. Zwei von euch werden morgen abend den Rückmarsch antreten und vor Sonnenaufgang wieder hier sein.« Arklin bestimmte die zwei Meos durch einen Schlag auf die Schulter. »Und ihr beiden anderen werdet das Lager weiterhin beobachten und euch den Platz merken, wo die Chinesen einquartiert sind. Und ihr«, sagte er zu den Kundschaftern, die er vorher eingeteilt hatte, »ihr werdet uns zum Pathet-Lao-Lager führen.«

Als nächstes brachte Arklin ein Arbeitskommando auf Trab, das den Hubschrauberlandeplatz säubern sollte. Schließlich — knapp vor Einbruch der Dunkelheit — rief er die Bazooka-Schützen zum Appell.

Mittlerweile hatten die alten Leute und die Frauen alles für das Massenbegräbnis vorbereitet. Die Verwandten jener Gefallenen, deren Leichen ins Dorf zurückgebracht worden waren, arbeiteten guten Mutes an den hölzernen Malen für die Gräber: Nach dem Glauben der Montagnards würden die Seelen aus dem heimatlichen Dorf in die Erlösung eingehen. Die Angehörigen der Männer aber, die spurlos verschwunden waren und verschollen blieben, hielten in tiefem Gram ihre Totenklage. Für einen toten Meo und seine Familie gibt es kein schlimmeres Los, als daß die Leiche nicht nach Sitte und Überlieferung in der Heimaterde bestattet wird. Der Geist eines solchen Gefallenen muß bis in alle Ewigkeit in den Bergen herumirren ...

Am Morgen, als die Totenfeier beendet und die üblen Nachwirkungen des Begräbnisumtrunks überwunden waren, führte Arklin zehn Bazooka-Teams zu einer Lichtung im Dschungel, etwa eine halbe Meile vom Dorf entfernt. Auf Wunsch des Majors wurde die ganze Dorfbewohnerschaft einschließlich der Frauen als Zuschauer eingeladen. Das würde den Ehrgeiz der Schützen noch viel mehr anstacheln. Alle Meos wußten, daß die vier siegreichen Teams die Pathet Lao und die Viet Minh bald mit feurigem Tod treffen würden.

Arklin hatte unter seinen Montagnards möglichst viel Stimmung für das Wettschießen gemacht. Die Gewinner würden die Helden des Lagers sein. Er bezweifelte zwar, daß viele von diesem Sondereinsatz lebendig zurückkommen würden, doch hing das Gelingen des Handstreichs nun einmal davon ab, daß sie ihren Auftrag furchtlos durchführten.

Von der Lichtung aus überblickte man eine andere kahle Stelle im Dschungel, zweihundertfünfzig Meter weiter und etwas tiefer am Hang gelegen. In der Mitte dieser Lichtung war mit Bambuspfählen ein Kreis abgesteckt. Jedes Team hatte drei Übungsraketen. Die Aufgabe der Schützen bestand darin, dreimal in den Kreis zu treffen. Pay Dang und die Kompaniechefs waren Preisrichter. Die Zweimannteams mußten im Laufschritt aus dem Dschungel vorpreschen, sich niederwerfen, die Bazooka anschlagen, laden und feuern. Von dem Augenblick an, da die beiden Meos in Deckung gingen, hatten sie genau eine Minute Zeit, um die drei Raketen abzuschießen, keine Sekunde mehr.

Arklin, der vom schattigen Rand des Dschungels aus zusah, war es gleichgültig, wer den Wettbewerb gewann oder ob Volltreffer erzielt wurden. Im Ernstfall würden die Bazooka-Teams Phosphorgranaten feuern, und zwar nicht auf ein Punkt-, sondern auf ein Flächenziel. Aber die erregende Wirkung des Wettschießens übertrug sich auf alle Männer des Dorfes, von denen jeder darauf brennen würde, den sorgfältig geplanten Angriff mitzumachen. Und das war die Hauptsache.

Das erste Team stürmte aus dem Dickicht, schmiß sich zu Boden, der eine Meo legte das Rohr auf die Schulter und visierte das Ziel an, der andere zog eine neun Pfund schwere Rakete aus der Tragtasche, schob sie ein und duckte sich rasch. Der Schütze drückte ab.

Ein Feuerstrahl fuhr aus der hinteren Öffnung des Rohres. Aller Augen waren gespannt auf den Kreis in der Lichtung unten gerichtet. Einige Sekunden später schlug die Übungsrakete mit einem dumpfen Knall und einem Rauchwölkchen im Gras ein. Daneben.

Unter dem Gelächter und Gejohle der Menge lud der Meo zum zweitenmal. Das Geschoß riß einige Bambuspfähle heraus, die den Rand des Ziels bezeichneten.

Nun visierte der Schütze etwas länger, bevor er abzog – und die dritte Rakete saß genau im Kreis. Alle drei Schüsse waren in einer knappen Minute abgefeuert worden.

Während das Wettschießen, von den Zuschauern mit unerhörter Spannung verfolgt, weiterging, schlich sich Arklin davon und kontrollierte persönlich die Wachen, die rund um das Dorf aufgestellt waren. Wie er vermutet hatte, versuchten sie, sich der Lichtung so weit zu nähern, daß sie auch etwas von den Begebenheiten sahen. Zornig jagte sie der Major auf ihre Posten zurück.

Die Sonne stand schon im Zenit und begann ihren Lauf gegen Westen, als die Meos den Schauplatz des Wettschießens verließen, um das versprochene Fest zu feiern. Arklin wußte, daß es bei den Montagnards nicht ohne Gelage abging; aber auf seinen Befehl durfte heute nach neun Uhr abends kein Tropfen Schnaps mehr getrunken werden. Am anderen Morgen sollte die Aktion gegen das kommunistische Lager starten.

Nachmittags hatten alle außer den Posten ihre Tarnanzüge abgelegt. In Lendentüchern tranken und aßen sie nach Herzenslust vom Fleisch der Opfertiere, einem Büffel und einem Schwein. Das Begräbnis und die Toten waren in der Erwartung des neuen Abenteuers fast vergessen. Auch Arklin, immer bestrebt, sich den Meos anzugleichen, hatte seine Dschungelgarnitur daheimgelassen und trug einen Montagnardlendenschurz. Seine sonnenverbrannte Haut war kaum mehr heller als die der Eingeborenen; nur an den dichten, ergrauenden Bartstoppeln erkannte man ihn als Angehörigen der weißen Rasse. Bedächtig sog er mit einem Bambushalm den scharfen, stark riechenden Meoschnaps aus der Kürbisflasche, immer darauf gefaßt, daß die Wachen im Dorf Alarm schlugen, sobald sich etwas Verdächtiges zeigte.

Plötzlich schreckte der Major auf. Er hörte ein fernes Knattern hoch in der Luft. Sofort erkannte er das Geräusch: ein Hubschrauber überflog das Gebiet. Arklin traute seinen Ohren nicht. Da nur fünfzehn Meilen weiter weg ein großes Pathet-Lao-Lager entstand, war es unwahrscheinlich, daß eine amerikanische Maschine diesen Kurs einschlug. Die Laoten aber besaßen keine Hubschrauber, und er hatte auch nie gehört, daß die Nordvietnamesen welche eingesetzt hätten.

Mit einem lauten Ruf unterbrach er die schrille Musik und das Stimmengewirr der Meos. Alle verstummten, als er zum Himmel wies. Die Montagnards horchten – dann sahen sie den Hubschrauber, der sich dem Dorf näherte.

Die Agency hatte also genau gewußt, warum sie die Anlage eines Hubschrauberlandeplatzes befohlen hatte, dachte Arklin. Er lief hinüber zum Landeplatz. Nanette folgte ihm auf dem Fuß. Aus einem der kleinen Behälter am Rand des gerodeten Streifens nahm Arklin eine gelbe Rauchgranate. Der Hubschrauber ging tiefer, und der Major erblickte zu seiner Überraschung die Kennzeichen der amerikanischen Heeresfliegertruppe. Er zog ab und warf die Granate in die Mitte des Landeplatzes. Dicker, gelber Rauch quoll in die Höhe. Sofort hielt der Hubschrauber auf die Stelle zu.

Die Meos schlossen einen Ring um den Landeplatz und starrten hinauf. Viele von ihnen sahen ein solches Flugzeug zum erstenmal. Die ›Kaffeemühle‹ schwebte ein paar Sekunden lang direkt über dem Dorf und senkte sich dann in die Landezone. Je tiefer sie sich herunterschraubte, desto stärker drückte sie ihren ›Luftpolster‹ zusammen, eine Sturmbö wirbelte Staubwolken über das Feld und jagte die Montagnards auseinander. Arklin packte Nanette und drehte sie so lange mit dem Rücken zu den Druckwellen, bis der Hubschrauber gelandet war.

Unter den Rotorblättern, die nun ausschwangen, kam ein Sergeant mit einem automatischen Gewehr M-14 zum Vorschein. Hinter ihm kletterte ein Colonel aus der Maschine, in einer sauberen, glattgebügelten, vor Stärke knisternden Dschungelgarnitur, wie sie Arklin seit einem Jahr nicht mehr gesehen hatte. Auf der zylindrischen, nach vorn abgeschrägten Feldmütze blinkte der silberne Adler. Der Namensstreifen über der rechten Brusttasche besagte, daß der Colonel Williston hieß. Und dieser Colonel Williston blickte nun ungeduldig um sich, als erwarte er, von jemandem empfangen zu werden, der nicht da war.

In dem peinlichen Bewußtsein, wie verwildert er aussah, trat Arklin vor und salutierte. »Sir, ich bin Major Arklin und habe den Auftrag, die Meos in diesem Sektor militärisch auszubilden und zu beraten.«

Der Colonel blickte ihn ungläubig an. Zweimal öffnete er den Mund zu einer Entgegnung, besann sich aber eines Besseren. Schließlich erwiderte er nur stumm Arklins Gruß. Nanette, die hinter Arklin stand, betrachtete den Eindringling mit gemischten Gefühlen, halb mit Neugierde, halb mit Furcht. Der Sergeant fummelte an seinem Gewehr herum und grinste dreckig. Als er Nanettes pralle nackte Brüste sah, bekam er Stielaugen.

Langsam wagten sich die Meos, die vor dem Luftdruck davongelaufen waren, wieder heran. Die Wachtposten aus dem Dorf umringten die Maschine mit schußbereiten Waffen und warteten nur auf ein Zeichen von Arklin, um sich auf die Feinde zu stürzen, falls es welche sein sollten.

Der Colonel fand noch immer keine Worte, sondern faßte nur diese sonderbare Versammlung teils fast nackter, teils militärisch adjustierter Montagnards einen nach dem anderen scharf ins Auge. Arklin, der bemerkte, daß die beiden Amerikaner, sowohl der Colonel als auch der Sergeant, das Ärmelabzeichen des Military Assistance Command trugen, brach schließlich das betretene Schweigen.

»Wir sind hier nicht allzu sicher vor Erdbeschuß, Sir«, sagte er.

»Es hat den Anschein, daß Sie hier überhaupt vor nichts sicher sind«, erwiderte Williston. »Was haben Sie auf diesem Berg für einen Affenzirkus, Major?«

»Ich bin der Agency von den Special Forces zum Sondereinsatz zugeteilt, Sir.«

Der Colonel maß ihn von oben bis unten. Arklin sah, daß der Offizier kein Fallschirmspringerabzeichen trug. Ein ›Straight leg‹ also, ein Dienstscheißer vom Stab der Militärhilfe.

Dem Colonel schien nun eingefallen zu sein, was er hatte sagen wollen. Er herrschte Arklin an: »Ich bin Colonel Williston vom MAC. Wir übernehmen jetzt die Kontrolle der Einsätze von Special-Forces-Teams und lösen als Kommando auch die Agency bei einer Anzahl von Sondermissionen ab. Auch Sie werden uns unterstellt, Major.«

»Darüber hat mich mein Verbindungsmann bei der Agency noch nicht informiert, Sir.«

»Ich sehe mir heute nur einmal die Situation an. Es wird noch ein oder zwei Wochen dauern, vielleicht auch länger, bis wir hier in Laos Ordnung machen mit diesem Sauhaufen und einer Kriegführung nach Art von Halsabschneidern und Wegelagerern.«

»Wie schon gesagt, Sir, hier ist es im Moment ziemlich brenzlig. Überall Pathet Lao und Viet Minh. Wenn die Brüder Ihren Hubschrauber gesehen haben, werden sie genau wissen, daß wir eine Operation gegen sie planen.«

Dieser versteckte Tadel ärgerte Williston. »Major, mir kommt es ganz so vor, als wären Sie schon in der Klemme, wenn der Gegner auch nur einen Zug zum Angriff einsetzt«, sagte er. Er trat heran und blieb naserümpfend dicht vor Arklin stehen. »Ich habe den Eindruck, daß Sie hier eine Sauferei veranstalten, Major. Ich hätte es nie für möglich gehalten, daß ich einen amerikanischen Offizier, noch dazu einen Stabsoffizier, in einer so erbärmlichen Verfassung sehen würde.«

»Das ist keine Operation nach den herkömmlichen militärischen Begriffen, Sir. Ich versuche die Meos für uns zu gewinnen. Sie sind die einzigen antikommunistischen Kämpfer in Laos, auf die wir zählen können. Aber man muß sie anders behandeln als eine reguläre Einheit.«

»Aber das hier« – der Colonel beschrieb mit der Hand einen großen Kreis und blickte in die Runde –, »das hier ist ungeheuerlich, Major. Am hellen Nachmittag ein Gelage. Und Sie, Major, halten mit! Wie ich annehme, ist das« – er deutete auf Nanette – »Ihre Freundin. Ich bin überzeugt davon, daß die Agency nicht weiß, was sich hier abspielt. Oder vielmehr, sie weiß es nur zu gut. *So* stellt man sich dort einen geheimen Sondereinsatz vor. Na!« Williston lachte gereizt. »Wir hätten hier schon viel früher den Laden in die Hand nehmen sollen. In Vietnam war es ja genauso. Ihr von den Special Forces verwildert dann immer sehr bald. Zurück zum Lendenschurz, wie?«

»Sir«, begann Arklin, der sich mühsam beherrschte, »ich glaube, daß wir gestern unseren Kampfwert unter Beweis gestellt haben. Wir haben eine Kompanie von Pathet Lao und Viet Minh, die für einen Vorstoß in die Ebene von Jars zusammengezogen wurden, aus dem Hinterhalt angegriffen und mindestens zwei Drittel davon vernichtet oder verwundet.«

»Davon habe ich gehört, Major. Sie haben einfach auf eigene Faust gehandelt. Daraus könnten sich ernste internationale Komplikationen ergeben. Der Botschafter versucht noch immer, die Koalitionsregierung in Vientiane davon zu überzeugen, daß sich die USA aus diesem ganzen Konflikt heraushalten.«

»Ich habe eine Meldung an meinen Verbindungsmann bei der Agency gefunkt, Sir. Die Agency hat mich ermächtigt, die Kommunisten nach eigenem Ermessen anzugreifen.«

»Aber wir bemühen uns doch noch immer, mit ihnen zu verhandeln!« wandte der Colonel ein.

»Je schwächer sie sind, desto leichter wird man mit ihnen verhandeln können.«

»Wir hätten von dem Angriff wissen müssen, Arklin«, sagte Williston etwas ruhiger. »Deshalb übernehmen wir in diesem Einsatzraum mit seinen schwer überschaubaren geheimen Einzelaktionen selbständiger Gruppen das Kommando.«

»Sir, hier im Dschungel kann man die Kommunisten nur so bekämpfen, wie wir es jetzt tun.«

»Können Sie nicht wenigstens soviel auf sich halten, wie man es von einem Offizier erwartet?« war Willistons Antwort.

»Tut mir leid, wenn ich nicht wie ein Offizier aussehe, Sir. Mir macht die ganze Sache auch keinen Spaß. Ich wurde hierhergeschickt, um mit diesen Montagnards zusammenzuleben, als ihr Häuptling, wenn Sie wollen. Und wenn plötzlich drei gutausgebildete Schützenkompanien gebraucht werden, um einen Sperriegel gegen die Kommunisten zu legen, die laut offizieller Annahme gar nicht vorhanden sind, dann werden meine Meos dazu bereit sein.«

»Ich bin nicht gekommen, um mit Ihnen zu streiten, Major. Es geht um wichtigere Dinge.« Der Colonel blickte Arklin mit unverhohlener Abscheu an. »Mein Gott, und Sie stehen vor der Beförderung zum Lieutenant Colonel!« Er schüttelte den Kopf. »Innerhalb eines Monats muß ich Ihre Dienstbeschreibung abgeben!«

Das traf Arklin wie ein Schlag ins Genick. Er wußte, was das bedeutete. Keine silbernen Blätter auf den Schulterklappen. Alles umsonst. Scheiße! Dieser geschniegelte Etappenhengst hatte doch keine Ahnung davon, wie einem zumute war, wenn man allein unter Montagnards leben mußte! ...

Die Meos hatten sich allmählich zurückgezogen, ließen wieder die Kürbisflaschen kreisen und kauten mit vollen Backen gebratenes Büffelfleisch.

»Major, ich sollte Sie auf der Stelle Ihres Kommandos entheben. Dieses ganze Lager ist eine Schande, die zum Himmel stinkt. Warum tragen Ihre Leute, von Ihnen gar nicht zu reden, keine Dschungelgarnituren?«

»Sie werden bemerken, Sir, daß alle Männer, die zum Wachdienst eingeteilt sind, das ist eine Kompanie in voller Stärke, ihre Tarnanzüge anhaben.«

Der Colonel schaute sich um, sah die bewaffneten, vorschriftsmäßig uniformierten Posten, die einen Kreis um ihn und den Major gebildet hatten, und schwieg.

»Und Sie, Major?«

»Die Meos haben gerade ein Wettschießen mit scharfer Munition hinter sich. Wir veranstalten eine kleine Feier. Morgen wird es ernst. Die Männer, denen im Einsatz die schwersten Aufgaben zufallen werden, haben es sich bequem gemacht, deshalb der Lendenschurz. Und da ich sie morgen führen werde, passe ich mich ihren Gepflogenheiten an. Das erleichtert vieles.«

»*Sie* werden morgen den Angriff führen?« schrie Williston. »Wer hat Ihnen überhaupt den Befehl dazu gegeben?«

»Ich unterstehe noch immer der Agency, Sir.« Innerlich bäumte Arklin sich auf, als er hinzufügte: »Außer Sie haben gegenteilige Order für mich.«

»Noch nicht, Arklin, aber bald.«

Der Major seufzte erleichtert auf. »Jawohl, Sir. In diesem Fall richte ich mich noch nach den Weisungen der Agency. Ich werde Stör- und Hinhaltemanöver unternehmen, wenn die Kommunisten versuchen, einen neuen Angriffskeil vorzutreiben und Laos in zwei Hälften zu spalten.«

»Ich *kann* Sie nicht hier lassen, Arklin«, sagte der Colonel plötzlich entschlossen. »Sie gefährden die Aktionen von MAC. – Ich enthebe Sie hiermit Ihres Kommandos. Holen Sie Ihr Zeug. Weg mit diesen dreckigen Lumpen! Ziehen Sie sofort Ihre Dschungelgarnitur an, und dann werden wir zusammen abfliegen. Ich werde einen Offizier herschicken, der sich morgen um diese Eingeborenen kümmert.«

Arklin, in seinem Lendenschurz, blickte Colonel Williston und dessen adrette Felduniform gleichmütig an. Sonderbar, daß man so ruhig bleibt, wenn man weiß, daß die Karriere im Eimer ist und die Zukunft in Scherben geht! – Vielleicht erriet der Colonel Arklins Gedanken, denn er sagte gönnerhaft: »Die Agency sollte ihre Leute nicht solchen Belastungen aussetzen. Auf die Dauer hält das keiner aus. Sie kommen mit mir. Eine oder zwei Wochen unter Landsleuten, saubere, neue Uniform, geregelte Mahlzeiten, anständige Lebensbedingungen, und Sie werden wieder das Kommando einer richtigen Truppe übernehmen können. Los jetzt. Ich gebe Ihnen mein Wort, daß ich Ihnen die Beförderung nicht vermasseln werde.«

Der Major glaubte ihm. Er konnte noch immer seine Karriere retten. War er denn wirklich schon ein Meo geworden? Sah er alles aus dem Blickwinkel der Montagnards?

Er schaute an sich hinunter. Seine Haut war dunkel und mit Schmutz überkrustet. Von hinten mußte er tatsächlich wie nackt wirken, denn das Lendentuch verschwand in der Falte zwischen den Hinterbacken.

Nanette sah ihn angstvoll an. Sie verstand nicht, was gesprochen wurde, aber sie fühlte, daß sie ihren Geliebten bald verlieren würde. Eines Tages mußte es ja so kommen. Auch Pay Dang war beunruhigt. Die Wachen und die Festgäste drängten allmählich an den Colonel und ihren Major heran.

Arklin blickte um sich: Kopf an Kopf die derben, vertrauten Gesichter der Montagnards. Der kühle, saubere, stramme Colonel sprach noch immer. Doch der Mann im Lendenschurz hatte sich bereits entschieden. Er war immer noch Major Arklin, der Anführer der Meos, nicht mehr und nicht weniger.

»Colonel Williston, vielleicht hat man Sie nicht genau über unseren Einsatz unterrichtet. Ich muß noch einige Wochen hier bleiben. Bis dahin werden entweder wirksame Machtmittel zur Anwendung kommen oder wir werden uns damit abfinden müssen, daß nun auch Laos für die freie Welt verloren ist. Meine Aufgabe besteht darin, für die weiteren Operationen Zeit zu gewinnen, und deshalb bleibe ich.«

Williston sah seinen Sergeanten mit dem Gewehr an. Im Hubschrauber saß noch ein bewaffneter Soldat.

Arklin erriet die Gedanken des Colonels. »Man wird mich nicht zwingen können, meinen Posten aufzugeben, Sir. Das werden meine Meos nicht zulassen.«

Pay Dang und die Meowachen erfaßten die Situation sofort. Sie scharten sich enger um ihren amerikanischen Anführer und richteten die Mündungen ihrer Gewehre auf das Flugzeug und den Sergeanten. Der Colonel drehte sich scharf auf dem Absatz um und ging auf den Hubschrauber zu. Bevor er einstieg, warf er Arklin noch einen Blick zu. »Es wäre gut, wenn Sie sich jetzt auf Abruf bereit hielten, Major. Die ganze Sache wird noch heute dem Kommandierenden General gemeldet.«

»Ich gehe erst von hier weg, wenn mein Auftrag erfüllt ist, Sir. Und in ein paar Tagen, wenn die Pathet Lao dieses Land mit der Dampfwalze überrollen, wird so mancher General froh sein, daß ich noch hier bin!«

»In einer Woche sind Sie Ihres Kommandos enthoben und stehen vor dem Kriegsgericht, Major. Darauf können Sie sich verlassen!«

»Colonel, wenn es so ist, dann habe ich in dieser Armee nichts mehr zu suchen! Und dann ist es auch scheißegal, ob ich die silbernen Blätter trage oder nicht!«

Williston wandte sich brüsk ab. Als er den Sicherheitsgurt einhakte, setzte der Pilot bereits die starken Turbinen in Gang. Arklin sah zu, wie die Rotorblätter rasch zu kreisen begannen. Die Meos flüchteten vor den wirbelnden Druckwellen, und der Hubschrauber löste sich vom Boden.

Die Montagnards schienen zu merken, daß in Arklins Leben eine Krise eingetreten war. Sie wußten, daß er irgendwie gegen seine eigenen Leute für sie Partei ergriffen hatte, und fühlten, daß der zornige Mann, der nun davonflog, versuchen würde, ihrem Major zu schaden.

Pay Dang verfiel auf die einfachste Lösung: Er reichte Arklin eine Kürbisflasche voll starken Schnaps. Der Amerikaner trank sie in einem Zug leer. Lächelnd trat Nanette auf ihn zu, und Arklin legte ihr den Arm um die Schulter, zog sie so eng an sich, wie er es noch nie vor seinen Meos getan hatte. Sie jubelten ihm zu, und das Fest begann von neuem. Die Trommeln dröhnten, mit schrillem Klang setzten die Saiteninstrumente und Flöten ein und steigerten die wilde Ausgelassenheit der Montagnards ins Orgiastische.

Arklin zeigte auf seine Armbanduhr. »Denk daran, Pay Dang — um neun ist Schluß.«

5

Zeitig am Morgen kam der erwartete Funkspruch von Methuan durch. Kurz und bündig: »Greift Pathet Lao weiterhin an. Agency steht hinter euch. Versucht Chinesen zu fangen.«

Die beiden Späher kehrten plangemäß zurück. Sie bezifferten die Feindstärke mit etwa fünfhundert Mann, also ein Bataillon; sie hatten viele Viet Minh und auch einige Chinesen gesehen. In den Staub zeichneten sie einen Übersichtsplan des kommunistischen Lagers und markierten jenen Sektor, wo die chinesischen und die Viet-Minh-Offiziere in rasch errichteten Bambushäusern wohnten. Die Pathet-Lao-Truppen kampierten im Freien. Arklin sagte den beiden Meojungen, sie sollten tagsüber schlafen und sich vor Einbruch der Dunkelheit für weitere Erkundungen bereit halten.

Den Rest des Tages verbrachte der Major damit, seine Leute im Felddienst zu drillen. Eigentlich war es eine Einsatzübung nach gegebener Situation. Aus Bambuspflöcken baute er nach der Planskizze und den Beschreibungen der Kundschafter ein Modell, damit die Meos eine annähernde Vorstellung von der Einteilung des Stützpunktes hatten.

Am Spätnachmittag des darauffolgenden Tages war Arklins Operation im Gang. Vorher hatte er noch einen Zug zur Sicherung des Landeplatzes ausgeschickt. Zum Schutz des Dorfes war eine vollzählige Kompanie zurückgelassen worden, mit dem Befehl an den Kompaniechef, die Verteidigungsanlagen ständig mit der Hälfte der Mannschaft besetzt zu halten.

Knapp vor dem Abmarsch aus dem Lager hatte der Major eine Funkmeldung an die Einsatzgruppe der Agency durchgegeben und für Tagesanbruch eine U-10 angefordert.

Der neue Stützpunkt der Pathet Lao befand sich zehn Meilen südwestlich vom Landeplatz. Arklin und seine Meos würden ohne Umwege auf dem Dschungelpfad von der Piste bis zum Ziel vorgehen. Mit einer Kompanie plus zwei Zügen und den vier Bazooka-Teams — jedes Team durch einen dritten Mann verstärkt, der die Raketen trug — erreichte er den Landeplatz noch bevor es dunkelte. Dort überprüfte er rasch die Sicherungsmaßnahmen, dann verschwand er, von Pay Dang begleitet, wieder im Dschungel und zog mit seiner Kampfgruppe auf dem Pfad weiter, der zu der kommunistischen Bereitstellung führte.

Der Meokompanie fiel die Aufgabe zu, die ganze Marschroute von der Piste bis zum Einsatzpunkt zu sichern. Da es auf jede Minute ankam und der Rückzug so schnell wie möglich erfolgen mußte, würden die Angreifer, entgegen der Regel, beide Male denselben Weg nehmen.

Während des Marsches durch die Finsternis kommandierten Pay Dang und der Kompaniechef nach der Reihe Meos ab, die sich in regelmäßigen Abständen in die Büsche zu schlagen hatten. Als schließlich eine Meile vor dem Pathet-Lao-Lager ein provisorischer Gefechtsstand errichtet wurde, war zu beiden Seiten des Pfades über die ganze Strecke eine kriegsstarke Meokompanie aufgefädelt. Arklin wußte genau, daß dies eine sehr schwache Sicherung war. Dennoch würde es den Kommunisten nicht gelingen, auf dem Rückzugsweg einen Hinterhalt zu legen, ohne auf diese Posten zu stoßen, und jeder Feuerwechsel bei Feindberührung wäre für ihn das Signal, die andere Route zum Landeplatz einzuschlagen, mitten durch den Dschungel, unter Vermeidung gebahnter Pfade.

Die beiden Späher, die in der Nähe des Pathet-Lao-Lagers geblieben waren, meldeten sich im Gefechtsstand. Sie berichteten, daß die chinesischen und die Viet-Minh-Offiziere noch immer in dem Bambushaus an der östlichen Seite der Einfriedung wohnten und daß ununterbrochen weitere Pathet-Lao-Truppen in der Bereitstellung einträfen.

Mitternacht war vorüber, als Pay Dang und der Major die vier Bazooka-Teams in einer Entfernung von zweihundertfünfzig Metern von der nördlichen Einfriedung postierten. Ein Mann pro Team hatte eine Uhr. Nach Arklins Befehl sollte das Feuer um zwei Uhr dreißig eröffnet werden. Der Major und seine Meos umkreisten auf Schleichwegen das Lager, sie achteten darauf, außer Hörweite der kommunistischen Horchposten zu bleiben. Fast zwei Stunden lang krochen sie durch den Dschungel, bis sie an der Ostseite des Lagers in Stellung gingen . . .

Die Kommunisten waren sehr sorglos. Sie lärmten und hatten auch keine Vorkehrungen zur Verdunkelung getroffen. Überall im Lager, dessen Ausmaß Arklin auf hundert Quadratmeter schätzte, flackerten Kochfeuer. Als die Späher ihm zuflüsterten, daß sich die Kampfgruppe genau dem Offiziersquartier gegenüber befinde, gab er mit erhobener Hand das Zeichen zum Halten.

Eine halbe Stunde rasteten sie im finsteren Dickicht. Um zwei Uhr fünfzehn robbten sie bis zum Rand des Lagers vor. Die Eintriedungen waren nicht deutlich markiert. Es gab keinen Drahtverhau, nur einen Zaun aus Bambusstäben, der eher dazu gemacht schien, die Soldaten daran zu hindern, ihren Offizieren davonzulaufen, als dem Gegner das Eindringen zu verwehren. Vor den Meos glitt schattenhaft ein Sonderkommando durch den Dschungel. Dieser Stoßtrupp hatte die Aufgabe, die Wachen lautlos zu töten. Arklin wollte sich so nahe wie möglich an das Lager heranpirschen, bevor der Beschuß einsetzte.

Plötzlich hielten sie und duckten sich. Ein Pathet-Lao-Posten kam achtlos dahergelatscht. Der Major und seine Montagnards sahen seine Silhouette deutlich gegen das schwache Licht aus dem Bambushaus. Im nächsten Moment schien die Gestalt emporzuwachsen – dann verschwand sie, wie vom Erdboden verschluckt.

Die Angreifer arbeiteten sich weiter vor. Sie schlichen an der Leiche des Wachsoldaten vorbei, sein Hals war eine einzige klaffende Wunde. Arklin und seine Leute hielten wieder an. Pay Dang würde den eigentlichen Handstreich gegen das Offiziersquartier führen und die chinesischen Kommunisten gefangennehmen.

Der Major schaute auf die Uhr. Zwei Uhr siebenundzwanzig. Schweigend wartete er mit seiner Sicherungsgruppe, während Pay Dang und die übrigen Meos schon fast Tuchfühlung mit den Kommunisten hatten ... Und dann brüllten im Norden die Bazookas auf. Die Geschosse krepierten mitten im Lager und erhellten es mit grellweißem Phosphorlicht. Dort brach ein Hexensabbat los. Verwundete schrien. Soldaten liefen aufgescheucht und völlig verwirrt durcheinander, feuerten blindlings in den Dschungel. Arklin und seine Sicherungsgruppe beobachteten mit schußbereiten automatischen Gewehren, wie Pay Dang und seine Männer zu dem Bambushaus vorstürmten und es umzingelten. Vier Raketen wummerten ins Ziel, diesmal Sprenggeschosse. Im Stützpunkt, in dem es nun wie auf einem Ameisenhaufen wimmelte, sprühte ein verheerender Splitterregen über stürzende Körper. Hilflos stolperten Pathet Lao zwischen auflodernden Bränden herum. Aus den Türen an beiden Schmalseiten des Offiziersquartiers drängten Kommunisten, die in fliegender Hast ihre Blusen zuknöpften und die Gürtel umschnallten. Sie fielen unter den Feuerstößen der Meos. Pay Dang, den automatischen Karabiner wie zum Stoß erhoben, war mit einem Satz in der großen Bambushütte, dicht gefolgt von seiner Gruppe. Auch von der anderen Seite drang eine Gruppe ein. Wenige Sekunden später stand das Haus in Flammen. Die Meos hatten ihre Thermitladungen gezündet.

Noch eine Raketensalve fetzte in das Lager, wie die vorigen genau gezielt, um die eigenen Leute im Bambushaus nicht zu gefährden. Einigen der Pathet-Lao-Führer gelang es, ihre demoralisierten Truppen zu sammeln und mit ihnen nach Norden zu fliehen. Im Feuerschein des lichterloh brennenden Offiziersquartiers tauchten Pay Dang und seine Meos wieder auf; sie schleppten zwei Männer in fremden Uniformen mit.

Arklin zog eine Blechdose aus der Tasche. Gleich darauf stand der Häuptling vor ihm. Die triumphierenden Montagnards warfen zwei übel zugerichtete, eindeutig als Chinesen erkennbare Gefangene auf den Boden. Blitzschnell stieß der Major die starke Nadel einer Injektionsspritze in den entblößten Arm des einen chinesischen Kommunisten und drückte den Schuber nieder. Der Gefangene schrie auf. Ein Schlag mit dem Gewehrlauf gegen die Schläfe brachte ihn sofort zum Schweigen. Wenige Sekunden später war auch der zweite Chinese überwältigt und bekam seine Dosis des schweren Beruhigungsmittels verpaßt. Die Meos banden die beiden mit den Hand- und Fußgelenken an dicke Stangen, die sie zu diesem Zweck bereits abgeschnitten hatten, hoben diese auf die Schultern und schritten mit den schlaff herabhängenden Gefangenen in den Dschungel, während im Lager detonierende Raketen dröhnend neue Erdfontänen in den Nachthimmel warfen.

Der Major wußte, daß seine Kampfgruppe noch lange nicht in Sicherheit war. Er schätzte die Besatzung der kommunistischen Bereitstellung auf mehr als sechshundert Mann. Die Viet Minh würden ihre Verfolgung bald aufnehmen. Die Entscheidung hing noch immer von den Bazooka-Teams ab. Was die jetzt wohl taten? dachte Arklin, als er durch den Dschungel stapfte.

Sie hatten Gruben ausgehoben und sorgfältig getarnt. Nachdem jeder Schütze vier Raketen abgeschossen hatte, würden sie die Rohre und die übrige Munition in der Grube verstecken und sich im Dickicht unsichtbar machen, während die Kommunisten nachstießen. Wenn die Meos so handelten, wie es der Einsatzplan vorsah, konnte die Hauptmacht der Angriffstruppe mit den beiden chinesischen Gefangenen ohne Verluste den Landeplatz erreichen.

Am Sammelpunkt, einer kleinen Lichtung, die durch drei Mann mit Maschinenpistolen gesichert war hielten Arklin und Pay Dang nur wenige Augenblicke, gruppierten ihre Einheit um und zogen weiter. Die Männer, die die Stangen mit den bewußtlosen Chinesen trugen, wurden alle fünf Minuten abgelöst, damit das scharfe Marschtempo beibehalten werden konnte. Arklin ging neben den Trägern, in der Mitte zwischen den beiden Zügen.

Sie passierten die ersten Sicherungsposten auf dem Pfad. Die Meowachen würden noch eine Stunde warten, um den Durchmarsch der Bazooka-Teams zu sichern, dann zurückgehen und die Nachhut der Kolonne bilden.

Hinter ihnen im Dschungel fielen vereinzelt Schüsse. Als sie den Pfad erreichten, kam der Kampflärm näher. Es knackte und rauschte im

Dickicht, Kommandorufe hallten durch die Nacht. Kein Zweifel – die Kommunisten stießen nach. Sobald die Meoeinheit entdeckt würde, das wußte Arklin, wäre ihr das halbe Lager auf den Fersen.

Er sah auf das Leuchtzifferblatt seiner Uhr. Es war drei. Um diese Zeit müßten die Pathet Lao schon an den Verstecken der Bazooka-Teams vorbeigekommen sein. Die Montagnards würden von den Bäumen klettern oder sich aus dem Gestrüpp herausarbeiten und zu ihren verborgenen Waffen zurückkriechen. Lautlos und behutsam würden sie die Tarnungen von den Gruben entfernen, die Rohre und die Raketen herausholen und sich für vier weitere Salven feuerbereit machen.

Das Schützenfeuer näherte sich immer mehr, während die Meos fast im Laufschritt auf dem Pfad dahineilten. Arklin blieb zurück, um die Nachhutverteidigung zu organisieren. Nun konnten sie nicht mehr vom gebahnten Pfad abweichen, sie würden diese Route bis zum Landeplatz einhalten müssen.

Plötzlich donnerten die Raketen durch den Dschungel. Der Major atmete, wie von schwerer Last befreit, tief auf. Die Bazooka-Teams hatten ihre Waffen wieder aufgenommen. Jählings erstarb der Gefechtslärm, die Kommunisten gaben die Jagd auf und schlugen sich durchs Gestrüpp, um ihr Lager zu erreichen, das einem neuen direkten Angriff ausgesetzt schien. Zwanzig Sekunden nach der ersten Salve erschütterten wieder vier gleichzeitige Abschüsse die Luft, und nochmals krachten die Bazookas.

Unwillkürlich rief Arklin den Meos im Geist zu, sie sollten sich absetzen, solange es noch möglich war. Sie hatten ihre Aufgabe sehr gut gelöst. Das Ablenkungsmanöver war gelungen, die Verfolger waren abgeschüttelt.

Sein Herz blieb fast stehen, als er hörte, wie hinter ihm neuerliches Schützenfeuer aufflackerte. Hatten die Pathet Lao die Meos aufgestöbert? Das scharfe Knattern der Handfeuerwaffen hielt einige Minuten an. Alle Bazooka-Bedienungen hatten automatische Karabiner und schienen, wie der Major befürchtete, nun in einen Nahkampf verwickelt zu sein. Er ließ die Kolonne vorausziehen und trottete nach, in der Hoffnung, daß einige der Meos sich bis zum Pfad durchschlagen würden.

Nach einer Stunde gab Arklin die Hoffnung auf. Nun würde sich hinter ihnen bereits die Nachhut formieren. Wenn die tapferen Montagnards den Pfad bis jetzt nicht erreicht hatten, würden sie ihn nie mehr erreichen. Arklin wäre den ganzen Weg zurückgegangen – doch er hatte die Pflicht, die gefangenen Chinesen zu überwachen, bis sie an die Agency ausgeliefert würden.

Fahler Dämmer erhellte den Himmel im Osten. Der Sicherungsposten beim Landeplatz rief die Vorhut an. Als das gesamte Meokontingent um die Piste versammelt war, tagte es bereits. Zu Arklins Freude waren drei der Bazooka-Teams nach einem Geplänkel im Dschungel unverwundet davongekommen. Ein Mann vom vierten Team war vermißt, und zwei Verwundete wurden herangeschafft. Die verdankten ihre Rettung den Sicherungsposten, denn diese Meos hatten länger als befohlen gewartet und den verwundeten Kameraden sofort unter die Arme gegriffen, als sie taumelnd und stolpernd aus dem Dschungel auftauchten.

Gerade als die Sonne hinter den Bergen aufging, hörte man das ferne Brummen von Flugzeugmotoren, und im Westen kamen zwei Maschinen in Sicht. Arklin warf eine gelbe Rauchgranate. Die Flugzeuge steuerten direkt auf die Piste zu. Nacheinander landeten die beiden grauen U-10 ohne Kennzeichen. Aus der einen Maschine sprang Frank Methuan, lief auf den Major zu, drückte ihm die Hand und schlug ihm fröhlich auf die Schulter.

»Gute Hinhaltemanöver, Bernie!« rief er. »Die Kommunisten bereiten einen Angriff auf den armen, alten Kong Le und seine Bataillone vor. Bei den Regierungstruppen desertieren sie rudelweise.«

Methuan blickte auf dem Landeplatz um und sah dann wieder Arklin an. »Chinesische Kommunisten hast du wohl keine für uns schnappen können, oder? Wir würden dringend wenigstens einen brauchen, für Propagandazwecke. Wenn wir beweisen könnten, daß die Brüder die Hand im Spiel haben, wären wir nämlich hochweiß.«

Arklin lachte. »Zwei haben wir, bitte sehr, ganz nach Wunsch!« Er rief Pay Dang etwas zu, und der Häuptling kam stolz mit den Trägern heran, zwischen denen die Chinesen von den Stangen schlenkerten.

Methuan stieß einen Pfiff zwischen den Zähnen hervor. »Saubere Arbeit, Bernie. Aber die leben doch hoffentlich?« rief er besorgt.

»Klar. Ich habe sie nur mit Nembutol ein bißchen eingeschläfert. Um die Zeit, wenn ihr daheim landet, werden sie schon aufwachen.«

»Prima!«

»Bedank dich bei Pay Dang und seinen Meos. Die haben in der kommunistischen Bereitstellung nicht schlecht gehaust und eine ganze Menge Viet-Minh- und Pathet-Lao-Offiziere erledigt, als sie diese beiden hübschen Exemplare da herausholten. Wo sollen wir sie verfrachten?«

»Im anderen Flugzeug. Dort ist ein Wachtposten drin.«

»Noch weitere Befehle?«

»Ja. Du steigst mit mir in diese Maschine. Du hast mehr als deine Pflicht getan.«

»Ich kann doch nicht meine Leute im Stich lassen, Frank!« protestierte Arklin.

»Sag ihnen, daß wir sie alle mit Hubschraubern und Transportflugzeugen evakuieren werden.«

»Aber sie brauchen mich doch!«

»Bernie, in diesen Bergen gibt es eine Pathet-Lao-Einheit in Regimentsstärke! Deine Mission ist erfüllt. Wir wollen dich nicht zum Schluß verlieren. Wenn dich die Kommunisten erwischen, werden sie mit dir ihre netten, kleinen Spielchen treiben, mein Junge.«

»Aber die Meos können sich nicht allein auf die Evakuierung vorbereiten. Ich *muß* ihnen dabei helfen.«

»Also – Befehl ist Befehl, mein Lieber.«

»Du könntest den Befehl abändern, Frank. Ich möchte selbst dafür sorgen, daß die Leute hier sicher herauskommen. Das sind wir ihnen schuldig, sie haben sich großartig gehalten.«

»Ich verspreche dir, daß wir sie herausholen, bevor ihr Dorf überrannt wird. Und das kann jetzt verdammt bald der Fall sein.«

»Frank, denk daran, wir haben die Montagnards schon einmal beschissen. Wir haben uns einfach dünngemacht, ihnen die Waffen abgenommen, und sie waren den Kommunisten auf Gnade und Ungnade ausgeliefert. Wenn ich jetzt sang- und klanglos abgondle, werden sie uns nie mehr vertrauen. Sie werden für uns verloren sein. Bitte, Frank, versuch mich zu verstehen. Ich würde mir mein ganzes weiteres Leben lang Vorwürfe machen, wenn ich nicht alles tue, um die Meos zu retten. Wenn wir heute nacht im Dorf angegriffen werden, dann brauchen sie mich.«

Methuan sah ihn forschend an. »Dieser blöde Dienstscheißer, dieser Williston hat recht – du gehörst wirklich zu ihnen.«

»Ja, ja, meine Karriere ist wahrscheinlich im Eimer. Laß mich also zumindest noch diese eine Aktion hier zu Ende führen. Was dann kommt – Schwamm drüber. Aber ich werde mir wenigstens in die Augen sehen können.«

»Okay, Bernie«, sagte der Mann von der Agency entschieden. »Wenn dir so viel daran liegt ... Wir werden unser möglichstes tun, um euch herauszuholen. Und so nebenbei – wegen deiner Karriere mach dir ja keine Sorgen. Williston hat natürlich Feuer gespuckt, Pech gekotzt und Schwefel geschissen, doch daraufhin haben einige sehr einflußreiche Leute in der Agency ihre Verbindungen spielen lassen. Der Colonel wird bis zu seiner Pensionierung irgendwo in einem Winkel des Pentagon hinter einem Schreibtisch verbannt bleiben. Das Kommando der Militärhilfe macht Schwierigkeiten, klar. Aber zerbrich dir nicht weiter den Kopf darüber. Ja, ich hab' dir übrigens was mitgebracht. Hatte schon so eine Ahnung, daß du nicht gleich nach Hause kommen würdest wie ein braver Junge.« Er wühlte in der Tasche seines Overalls, zog eine kleine Pappschachtel heraus und gab sie Arklin.

»Da sind deine Silberblätter drin. Herzlichen Glückwunsch, Lieutenant Colonel.«

Arklin blickte auf die Schachtel nieder, dann lächelte er Methuan dankbar an. »Frank, sag ihnen, ich werde mit der letzten Fuhre kommen, wenn ihr meine Meos und deren Angehörige evakuiert habt.«

Die halb bewußtlosen Chinesen wurden ohne Umstände in der hinteren Kabine der zweiten U-10 verstaut, und das Flugzeug startete.

Die beiden Amerikaner schüttelten einander die Hände.

»Eine Weile können wir uns noch halten. Die Pathet Lao werden zwei Bataillone auf unsere Spur setzen müssen. Wenn sie uns nicht angreifen, können sie nicht weiter vorstoßen. Dadurch würden Kong Le und die Regierung noch einige Tage Zeit gewinnen.«

»Wir holen alle 'raus, Bernie.« Methuan grinste. »Williston sagte, daß du mit einem nackten Montagnardmädchen zusammenlebst. Was wirst du mit ihr anfangen?«

Arklin senkte den Kopf. »Das ist eine der vielen tausend kleinen Tragödien in einem solchen Krieg ... Nanette und ich, wir werden eben voneinander Abschied nehmen müssen. Sie hat mir sehr viel geholfen.«

Methuan nickte und kletterte in das Flugzeug. »Du hast vier, fünf Tage Zeit für diesen Abschied. Auf Wiedersehen in Vientiane – dorthin bringen wir euch!«

Er schloß die Kabinentür. Der Motor blubberte los, der Propeller begann zu kreisen. Arklin trat zurück und sah zu, wie sich die U-10 gegen den Wind drehte, anrollte und glatt vom Boden hob.

Er blickte der Maschine nach, bis sie hinter dem Horizont verschwand und das Dröhnen des Motors verklang. Dann sagte er: »Gehen wir, Pay Dang. Wir haben noch manchen harten Kampf vor uns.« Er lächelte seinem Meofreund zu. »Außerdem wird sich Ha Ban wundern, wo wir so lange bleiben ...«

SIEBENTES KAPITEL

Vierzehn gefangene Vietkongs

Das schwerste in Vietnam ist, sich Transportmöglichkeiten zu sichern. Fast immer hapert es mit den letzten fünfzig Meilen. Es war nicht allzu problematisch, mit dem täglichen Nachschubflugzeug bis Da Nang, etwa vierhundert Meilen nördlich von Saigon, zu fliegen, aber auf einen Flug über fünfzig Meilen gebirgigen Dschungelterrains zum Special-Forces-Lager in Lua Vuc mußte ich zweieinhalb Tage warten.

Allerdings gab es auch in Da Nang beim Special-Forces-B-Team interessante Dinge zu hören und zu sehen. Dort war als Leiter des Zivilhilfsprogramms der Special Forces im Bereich des I. Korps Lieutenant Colonel Tex Quentin tätig, oder ›Colonel Tex‹, wie er allgemein genannt wurde, ein magerer, weißhaariger, erfahrener Besatzungsoffizier.

Colonel Tex machte mich mit Dr. Portland Francis bekannt, einem Missionar und Arzt, der seit seiner Promotion zum Doktor der Medizin vor zehn Jahren in diesem Teil Vietnams wirkte. Die Special Forces hatten Techniker, Material und Geld beigestellt, um Dr. Francis und dem Personal seiner Missionsstation bei der Errichtung eines Leprosoriums und eines Waisenhauses zu helfen. Als der Arzt erfuhr, daß ich auf dem Weg nach Lua Vuc sei, nahm er sich Zeit, um mich ausführlich über die Probleme der Montagnards in diesem Terrain zu informieren, wo der Großteil der Bevölkerung dem Stamm der Brus angehörte.

Zwischen den Vietnamesen, die im Tiefland siedeln, und den Bergbewohnern herrscht erklärte Feindschaft, sagte er mir. Die Vietnamesen verachten die Montagnards und nennen sie ›Mois‹, was soviel wie ›dreckige Wilde‹ bedeutet. Der Legende zufolge besaßen die Montagnards einst das gesamte Gebiet des heutigen Zentralvietnams, ihre Hauptstadt war das an der Küste gelegene Nha Trang. Der Niedergang begann damit, daß sich ihr König in eine Prinzessin aus dem südlichen Flachland verliebte und sie ehelichte. Doch sie ließ ihn ermorden, und die nunmehr führerlosen Montagnards wurden von den Bewohnern des Tieflandes in die Berge zurückgetrieben und seither dort wie in einem großen Getto konfiniert. Diesen Gewaltstreich haben die Montagnards den Vietnamesen niemals verziehen.

Dr. Francis und seine Missionshelfer bildeten vietnamesische Prediger aus, die das Wort Gottes zu den Bergstämmen bringen sollten. Sie wirkten auch im Sinne einer Versöhnung und bemühten sich mit einigem Erfolg, die alten Gegensätze zwischen Montagnards und Vietnamesen zu überbrücken. Aber, so betonte Doktor Francis, ich würde trotzdem noch viele tragische Beispiele dieses unvernünftigen Hasses aus eigener Anschauung kennenlernen. Er blickte Colonel Tex an, denn er wollte nicht zuviel sagen.

»Ja«, meinte der Offizier, »unser Freund wird schon selber draufkommen. Warten wir ab, bis er sieht, wie die vietnamesische Luftwaffe ein nicht unter Regierungskontrolle stehendes Dorf bombardiert.«

»Das ist doch nicht Ihr Ernst!« rief ich.

»Leider ja. Die Kerle haben einen absolut stichhaltigen Vorwand: Wenn sich ein Montagnard weigert, in einem von der Regierung angelegten, militärisch gesicherten Dorf zu wohnen, muß er ein Vietkong sein.«

»Warum bleiben dann die Montagnards nicht in den Wehrdörfern?« fragte ich. »Ich kenne eine ganze Reihe davon; sie sind in Ordnung, und es gibt dort sogar tadellose Sanitätsstationen.«

»Sie sträuben sich eben gegen die Gleichmacherei durch die Vietnamesen. Und diese wiederum betrachten die Bergstämme als minderwertiges Gesindel. Abgesehen davon, bieten die vietnamesischen Truppen nicht viel Schutz gegen die Vietkongs, Die Kommunisten kommen nach Einbruch der Dunkelheit, wenn die Vietnamesen nicht mehr ausrücken, schnappen die intelligentesten Montagnardführer und schicken sie zur Gehirnwäsche nach dem Norden. Und die jämmerlich geringe Menge an Versorgungsgütern, die die Montagnards von der Regierung, der USOM und amerikanischen Dienststellen, wie den Special Forces, erhalten, nehmen ihnen die Vietkongs weg.«

»Ganz gleich, was diese armen Teufel tun, sie sind immer die Verlierer«, sagte Dr. Francis traurig. »Von den Vietkongs werden sie terrorisiert, weil sie in organisierten Ansiedlungen wohnen und nicht draußen im Dschungel, wo sie den Kommunisten helfen könnten. Und wenn die Montagnards versuchen, sich dem Einfluß beider Gruppen, der Vietnamesen und der Vietkongs, zu entziehen, und ihre eigenen Dörfer errichten, dann wirft ihnen die vietnamesische Luftwaffe Bomben auf die Köpfe.«

»Nur deshalb, weil sie nicht von der Regierung sanktioniert sind?« fragte ich ungläubig.

»Angeblich ja«, sagte Colonel Tex. »Alle vietnamesischen Piloten haben Dauerbefehl vom vietnamesischen Oberkommando, auf dem Rückflug von Kampfeinsätzen Montagnarddörfer, die nicht von der Regierung angelegt wurden, als Gelegenheitsziele anzugreifen und dort die Bomben abzuladen, die sie bei den Vietkongs nicht mehr losgeworden sind. Und bei der Einstellung der Vietnamesen gegenüber den Mois lassen sie sich so etwas nicht zweimal sagen. Ja, ich fürchte, Sie werden in der Umgebung von Lua Vuc einer Menge Montagnards begegnen, die man durch solche idiotische Maßnahmen den Kommunisten in die Arme getrieben hat.«

»Soviel ich weiß, haben alle Missionare bei den Stämmen«, wandte ich ein. »Die werden doch, soweit es in ihrer Macht steht, dem Kommunismus entgegenwirken.«

Dr. Francis schüttelte den Kopf. »Das war einmal. Ich mußte meine Prediger zurückrufen, nachdem die Heimstätte der Familie Taggert von den Vietkongs bombardiert worden war. Reverend Taggert, seine Frau und seine kleine Tochter lebten fast zwei Jahre lang mit den Brus zusammen. Sie leisteten sehr viel im Dienst des Christentums und hielten kommunistische Einflüsse von den Brus fern. Und nun, drei Monate später, ist die ganze Familie noch immer in Spitalspflege, drüben in den Staaten.«

Der Arzt führte mich durch das Leprosorium und das Waisenhaus. Dort wurde ich mit der erschreckenden Tatsache konfrontiert — erschreckend zumindest für einen Amerikaner —, daß ein Zustand, der praktisch auf Kindersklaverei hinausläuft, in Vietnam nichts Ungewöhnliches ist. Ein vietnamesisches oder ein Montagnardkind, das seine Eltern verloren hat oder von ihnen getrennt wurde, findet rasch ein neues Heim. Aber was für ein Heim! Die Zieheltern halten so ein Kind wie einen Kuli, ja sie scheuen nicht davor zurück, es sogar als Arbeitskraft anderen Leuten zu verkaufen. Deshalb waren Dr. Francis und mit ihm die Soldaten der Special Forces, von denen viele etwas aus eigener Tasche beisteuerten, auf das hübsche, helle Waisenhaus in der schönen Küstenlandschaft so besonders stolz.

Die Aufbauarbeit der Missionare und der Zivilhilfsgruppen der Special Forces war so etwas wie eine tröstliche Offenbarung inmitten des namenlosen Leids dieses Krieges. Ich ließ mir möglichst viel davon zeigen, bevor ich mich auf dem Flugplatz von Colonel Tex verabschiedete. Der Hubschrauber des Marinekorps sollte Nachschubgüter und Mannschaften zu einigen entlegeneren Vorposten bringen, zusammen mit zwei ebenfalls schwer befrachteten H-34 und zwei bewaffneten HU-21-b-Hubschraubern als Begleitschutz.

Obwohl diese beiden HU-21-b über uns flogen, durchschlugen Geschosse der Vietkongs unsere Maschine, als sie zur Landung auf der Piste von Lua Vuc ansetzte. Ich duckte mich und zog die kugelsichere Weste enger um den Körper.

Captain Vic Locke, seit drei Jahren im Dschungelkrieg eingesetzt und damals amerikanischer Kommandeur in Lua Vuc, war bei den Special

Forces eine Berühmtheit. Er hatte keine Skrupel, wenn es galt, einen Auftrag durchzuführen. Mehr als einmal hatte er kaltblütig die laotische Grenze überschritten, um Vietkongbonzen, die sich fern vom Schuß und unangreifbar wähnten, umzulegen oder gefangenzunehmen.

Locke und zwei seiner Sergeanten erwarteten den Hubschrauber auf dem Landeplatz. Während die Soldaten mit den grünen Baretten ihre Nachschubgüter ausluden – und das dauerte eine geraume Weile –, hatte der Captain offensichtlich eine hitzige Auseinandersetzung mit dem Piloten, der immer wieder stur den Kopf schüttelte. Kaum stand die letzte Kiste auf dem Boden, da schraubte er seine Maschine rasch wieder in die Höhe.

Captain Locke, der am linken Handgelenk das dünne Messingarmband der Montagnards trug – als Zeichen, daß er ehrenhalber in einen Stamm aufgenommen worden war –, ging mit mir zu dem bereitstehenden Lastwagen. Eine Gruppe stämmiger Montagnards hatte eben die Verladearbeiten beendet. Wir stiegen ein und fuhren zum Lager zurück. Vom Verdeck starrten die Mündungen der Gewehre nach allen Seiten.

»Kommen die Vietkongs so nahe an den Stützpunkt heran?« fragte ich.

»In einem Territorium wie diesem weiß man nie, wo sie sind«, antwortete Locke. »Hin und wieder tauchen sie auf und vergraben auf dieser Straße eine Mine.«

Der Boden des Lastwagens war mit einer dicken Lage von Sandsäcken bedeckt; so mancher Soldat der Special Forces verdankte dieser Sicherungsmaßnahme seine gesunden Glieder, wenn nicht sogar sein Leben.

Der Stützpunkt war ein von Stacheldraht umgebenes Dreieck aus Lehmmauern und Sandsackbarrieren. An jedem der drei Eckpunkte befand sich ein großer, hoher MG-Bunker, und in jede Mauer waren einige kleinere MG-Stellungen eingebaut.

Die Montagnardposten beim Haupttor salutierten, als wir durch den äußeren Verteidigungsgürtel fuhren. Wir hielten vor dem Teamquartier. Locke schlug vor, daß wir zunächst einmal einen Happen essen sollten. Wir traten ein. Lieutenant Grannum, Lockes XO, stand sofort auf.

»Hallo, Peking-Joe!« rief er zur Küche hin. »Bring einen Schlag für den Captain und seinen Gast. Aber was Warmes!«

Grinsend und unter Verbeugungen trippelte der chinesische Koch herein. »Okay, okay! Peking-Joe blingt! Im Laufschlitt!« Er kniff die Augen zusammen, offenbar aus reiner Freude darüber, daß er wieder etwas von seinen Gerichten ausgeben konnte.

Locke sah ihm nach, als er verschwand. »Wir müssen ihn auf Trab halten. Er wird faul und läßt Tillie, sein Mädchen, die ganze Arbeit tun. Sie gehört seit zehn Jahren zu ihm.«

Ein lächelndes, breitgesichtiges Mädchen, das aussah wie eine Kreuzung sämtlicher Völkerschaften, die je durch Vietnam gezogen waren, trat graziös ein und stellte eine dampfende Schüssel mit Reis und Fleisch vor uns hin.

»Sie ist hübsch, sie ist rund, und sie gehört Peking-Joe ganz allein«, sagte einer der Sergeanten und stieß einen schrillen Pfiff aus. Tillie strahlte ihn an, schüttelte ihr langes schwarzes Haar und ging in die Küche zurück.

Alle lachten, außer einem jungen, sehr ernsten Sergeanten, der kein Wort gesprochen hatte, seit wir hereingekommen waren.

Lockes Lächeln verschwand. »Sergeant Binney ist der Leiter unserer Sanitätsstation.« Er stand auf und ging zu dem Mann hinüber. »Können Sie noch immer nichts unternehmen?«

»Nein, Sir. Wir müssen sie ins Lazarett nach Da Nang bringen lassen, sonst stirbt sie. Ich kann nicht an so einem Fall herumpfuschen. Jetzt ist Manelli bei ihr.«

»Kommen Sie mit«, sagte der Captain zu mir. »Sehen Sie selbst, mit welchen Problemen wir hier fertig werden müssen.«

Wir gingen über den gestampften Appellplatz in ein anderes Gebäude. »Das ist unsere Sanitätsstation, zugleich Ambulanz und Spital«, erklärte mir Locke.

Rechts befand sich die Feldapotheke, in der zwei LLDB-Sanitäter arbeiteten. Links war ein Warteraum. Auf den Bänken saßen mehrere Montagnardfrauen. Die meisten von ihnen hielten Kleinkinder auf dem Arm. Etwa ein Dutzend Männer in Tarnanzügen wartete ebenfalls darauf, vom amerikanischen Sanitäter verarztet zu werden.

Wir gingen an Behandlungsräumen vorbei, durch ein Krankenzimmer, darin lagen zehn oder zwölf Männer. Fast alle hatten eingegipste, geschiente Arme oder ein Bein in der Streckvorrichtung zur Decke gehoben.

»Das sind einige der Verwundeten von unserer letzten Patrouille. Eine Vietkongkompanie, die über die Grenze aus Laos vorstieß, hat uns ganz schön Zunder gegeben.«

Der letzte Raum war ein kleines Krankenzimmer für Angehörige der Milizsoldaten. Ein amerikanischer Sergeant bemühte sich gerade um eine ausgemergelte, fiebernde Montagnardfrau, die, bis zu den Schultern zugedeckt, stöhnend auf einer Pritsche lag. Ihre Haut war gelblich, über den Backenknochen straff gespannt, die Augen waren tief in die Höhlen gesunken.

»Sieht nicht gut aus, was, Manelli?«

Der Sanitäter schüttelte den Kopf. »Nein, Sir. Könnten Sie die Frau nicht nach Da Nang schaffen lassen?«

»Hab' leider noch kein Glück gehabt.« Der Captain beugte sich zu der Montagnarde nieder, die ihn mit glasigem Blick ansah.

Locke nahm mich beiseite. »Ihr Baby ist gestern morgen während der Geburt gestorben. Aus irgendeinem verdammten Grund — vielleicht hat sie ein zu schmales Becken — ist das Kind steckengeblieben, und die Sanitäter hatten keine Möglichkeit, es herauszukriegen, ohne eine Infektion zu riskieren, die sie dann hier nicht behandeln könnten. Ich habe versucht, die Frau per Flugzeug herausholen zu lassen, aber die vietnamesischen Luftwaffeneinheiten in diesem Korpsbereich haben den strikten Befehl, keine Zivilisten zu transportieren. Natürlich ist sie eine Montagnarde, und das macht alles noch schlimmer. Ihr Mann ist bei der Miliz und weiß, daß sie durch einen raschen Transport ins Lazarett gerettet werden könnte. Wie sollen wir diese Leute für die Sache der Saigoner Regierung gewinnen, wenn man so mit ihnen verfährt?«

»Hätten Sie sie nicht in den Hubschrauber verfrachten können, der mich herbrachte?«

»Deswegen habe ich ja mit dem Piloten beinahe gestritten. Aber er hatte noch einen schweren Einsatz vor sich, und außerdem will er keinen Stunk mit den vietnamesischen Verbindungsoffizieren bei seiner Gruppe.« Locke blickte auf die todkranke Frau nieder. »Scheißkrieg! Ist es in Vietnam überall so?«

»Mehr oder weniger schon.«

»Ich habe eine Frau und drei Kinder in Okinawa«, sagte der Captain. »Und ich glaube, daß die Frau hier ihrem Mann genauso viel bedeutet wie mir die meine. Ich weiß, wie mir zumute wäre, wenn das Land, für das ich kämpfe, meine Frau verrecken ließe.«

»Was ist mit dem vietnamesischen Lagerkommandeur? Kann der nichts unternehmen?«

»Captain Nim?« Locke lachte laut auf. »Er sagt, man würde ihn einsperren, wenn er sich unterstünde, ein Flugzeug zum Abtransport einer kranken Montagnarde anzufordern. Wenn wir Vietkongs gefangen haben, ja, dann sind die vietnamesischen Hubschrauber natürlich sofort da. Mit denen machte sie dann eine kleine Vergnügungsreise nach Da Nang, wo die Kommunisten von der vietnamesischen Abwehr gefoltert werden. Aber dieses arme Weib — wer würde glauben, daß sie erst neunzehn ist?«

Ich traute meinen Ohren nicht. »Die muß doch schon mindestens fünfunddreißig oder vierzig sein!«

»Sie hätten miterleben müssen, was die in den letzten Tagen durchgemacht hat. Gehen wir. Ich habe da einen Mann, der versucht, ein Sampan aufzutreiben, um sie auf dem Fluß nach Da Nang zu bringen. Ich glaube nicht, daß sie viel Aussicht hat, die zweitägige Bootfahrt zu überstehen. Aber besser so, als daß sie hier stirbt.«

Wir gingen über den Appellplatz und betraten das Einsatzzentrum des Teams. Eine große Landkarte, mit Tarnstoff bedeckt, beherrschte die eine Wand des Raumes. In roten Buchstaben stand auf dem Vorhang ›KIN‹, das vietnamesische Wort für ›Streng geheim‹.

»Ich werde Ihnen kurz die Lage schildern und Ihnen erklären, was wir uns von der Patrouille erhoffen, die morgen losmarschiert«, sagte Locke. Er zog die Bedeckung beiseite und deutete auf ein rotes Rechteck. »Hier ist Lua Vuc, wie Sie sehen, nur rund fünf Kilometer von der laotischen Grenze entfernt.«

Sein Finger glitt von Lua Vuc zu einem Punkt etwa fünfzehn Kilometer weiter südwärts, der allem Anschein nach fast schon auf laotischem Gebiet lag. »Hier ist ein Dorf, bewohnt von ungefähr zweihundert Brus, Männern, Frauen und Kindern. Die Vietkongs beuten sie aus, zwingen sie zur Feldarbeit. Unsere Kundschafter haben berichtet, daß die Kommunisten planen, die Männer über die Grenze zu verschleppen, auszubilden und dann zusammen mit einem Bataillon geeichter Vietkongtruppen bei einem Angriff auf unser Lager einzusetzen. Wir haben nun die Aufgabe, das Dorf zu umzingeln und die Montagnards hierherzubringen. Später werden wir den Brus dabei helfen, ihr eigenes Dorf aufzubauen, und werden sie entsprechend versorgen. Auf diese Weise rekrutieren wir die Brumänner für unsere Miliz und schnappen sie den Kommunisten weg.«

»Und wieso glauben Sie, daß sich die Leute umsiedeln lassen werden?«

»Einige meiner Brumilizsoldaten waren im Dorf und haben mit dem Häuptling gesprochen. Er erklärte sich bereit, selbst zu kommen und möglichst viele seiner Leute mitzubringen. Wir haben ihnen zugesichert, daß das neue Dorf unter amerikanischem Schutz steht. Aber es wird nicht leicht sein. Einige der Brus sympathisieren sehr mit den Kommunisten. Wir werden versuchen, sie zu neutralisieren, während der Häuptling die Loyalen umsiedelt.«

»Neutralisieren?«

»Indem wir sie mit einer Übermacht umzingeln. Dann bringen wir sie hinter den anderen unter Bewachung hierher.«

Locke ließ das Tuch wieder über die Karte fallen und setzte sich auf die Tischkante. »Wir könnten dabei ernstliche Schwierigkeiten haben, das weiß man vorher nie. Die Brus werden auf den Schutz der Amerikaner vertrauen. Ich habe unserem vietnamesischen Lagerkommandeur klarzumachen versucht, daß es am besten wäre, wenn keine LLDB-Soldaten an diesem Einsatz teilnähmen. Wenn die Brus auch nur vermuten, daß diese Aktion unter vietnamesischem Kommando steht, wäre wahrscheinlich alles verschissen.«

»Na, und – Glück gehabt?«

»Keine Idee! Captain Nim sagt, er wird diese Patrouille persönlich führen. Er nimmt zwei Sergeanten mit. Du lieber Gott, warum sind die Politiker in Saigon so vernagelt und begreifen nicht, daß die Montagnards nur dann für Südvietnam kämpfen, wenn man ihnen Offiziere gibt, die aus ihren eigenen Reihen stammen! In der vietnamesischen Armee dienen viele gute Montagnardoffiziere, sie sind treue Gefolgsleute Saigons, obwohl man sie dauernd diskriminiert. Wenn ein Montagnard den Rang eines Captains erreicht, hat er Glück gehabt. Stabsoffizier wird er nie.« Er seufzte. »Na, genug davon. Jetzt werden wir sehen, daß wir eine Waffe für Sie auftreiben. Abmarsch morgen bei Tagesanbruch. Wenn alles gut geht, können wir das Dorf vor Morgengrauen umzingeln.«

Captain Locke, Sergeant Binney und der Teamsergeant, ein blonder Riese namens Svenson, bildeten die amerikanische Beratergruppe. Es überraschte niemanden, daß sich die Patrouille erst um neun Uhr morgens in Bewegung setzte. Der LLDB-Captain war selbst nicht vor acht fertig gewesen und brauchte eine volle Stunde, um alle Zugführer und deren Mannschaft zusammenzutrommeln und auf dem Appellplatz antreten zu lassen.

Mit einer Kompanie von etwa hundertdreißig Montagnards marschierten wir entlang der laotischen Grenze südwärts. Ein amerikanischer Sergeant begleitete den ersten Zug, der andere den dritten. Captain Nim, Captain Locke und ich marschierten an der Spitze des zweiten Zuges, die beiden LLDB-Sergeanten folgten ihrem Kommandeur wie Schatten.

Der Weg führte bergauf, bergab, durch die hügelige Dschungelregion, aber den ausdauernden kleinen Bergbewohnern war dieses Terrain von Kindheit an vertraut. Waffen und Ausrüstung beschwerten sie nicht, während sie geschmeidig durchs Dickicht glitten. Dornige Lianen, die sich festhakten, hieben sie mit dem Buschmesser durch.

Als Captain Locke, der mehrmals die Karte entfaltet und nach dem Kompaß die Marschrichtung überprüft hatte, schließlich Captain Nim mitteilte, daß wir uns vier Kilometer vor dem Montagnarddorf befänden, war zur Abwechslung einmal ich ziemlich fertig. Der Captain riet seinem vietnamesischen Kommandopartner, einen Spähtrupp vorzuschicken. Gleich darauf marschierte ein Reis und Trockenfisch kauender Zug Brus ab. Wir übrigen mußten einige Stunden schlafen.

Es war kühl geworden, als mich Locke wachrüttelte und sogleich warnend den Finger an die Lippen legte. Da ich rundum überall lautlose Marschvorbereitungen sah, nahm ich mein Sturmgepäck auf und hängte den Klappschaftkarabiner um. Ich sah auf die Uhr: ein Uhr nachts. Das bedeutete, daß wir nur noch einen Kilometer pro Stunde zurückzulegen hatten, um vor Sonnenaufgang beim Brudorf in Stellung zu gehen.

Unter völligem Schweigen zogen wir langsam und vorsichtig auf dem Dschungelpfad dahin, der teilweise vom blassen, schmalen Mond beleuchtet war. Zweimal durchfurteten wir Bergflüsse, und nach einer Ewigkeit, wie mir schien, erreichten wir unser Ziel. Auf Handzeichen schwärmten der erste und dritte Zug rund um das Dorf aus, während der zweite eine Plänklerkette bildete, bereit, das Dorf durchzukämmen.

Nim und Locke überblickten den Einsatzraum. Nochmals riet der Amerikaner dem Vietnamesen davon ab, das Feuer zu eröffnen. Einige unbotmäßige Brus würden vielleicht ein paar Schüsse in das Dschungeldickicht abgeben, aber wenn die Truppe das Feuer nicht erwiderte, würden der Häuptling und seine Dorfbewohner sich friedlich verhalten.

Im fahlen Licht vor der Morgendämmerung tat Nim sich keinen Zwang mehr an, seine wahren Gefühle zu verbergen. Unverhohlen erklärte er, den ersten dreckigen Mois, der auf ihn schieße, würde er umlegen. Als Locke die Maschinenpistole, die einer der beiden LLDB-Sergeanten trug, mit der Mündung nach unten drückte, schnitt der Captain eine verächtliche Grimasse.

Die beiden Brus, die schon früher mit dem Häuptling Verbindung aufgenommen hatten und ihn jetzt dazu bewegen sollten, seine Leute zu sammeln, bevor die Vietkongs kamen, machten sich bereit. Als sich der Himmel über den Bergen rosig färbte, betraten sie als Unterhändler das Dorf. Sie kamen zum größten der Langhäuser. Der eine Montagnard ließ sich von seinem Kameraden die Räuberleiter machen, schwang sich hinauf und verschwand durch die dunkle Tür. Einen Moment später kam er mit dem

Steigbaum heraus, senkte ihn auf den Boden, der andere Montagnard kletterte auch hinauf und huschte ins Haus. Gleich darauf tauchten beide mit dem grauhaarigen alten Brushäuptling auf, der einen Lendenschurz und über die Schulter eine schwarze Decke trug.

Es war frostig um diese Morgenstunde. Ich fragte mich unwillkürlich, wie sich diese Menschen in ihrer spärlichen Kleidung gegen die scharfe Bergluft eigentlich schützten.

Der Brushäupling führte unsere beiden Milizsoldaten zu einer freien Stelle, die wie ein kleiner Dorfplatz aussah. Er preßte die Arme an den Oberkörper, um sich zu erwärmen, ging auf und ab, um das Blut in Bewegung zu bringen. Wenig später kletterten zwei junge Brus über den Steigbaum aus dem Haus des Häuptlings herunter. Jeder von ihnen trug ein Ding, das wie ein Wasserbüffelhorn aussah.

Als die Sonne schon fast über den Berggipfel emporgestiegen war, gab der Häuptling den beiden Männern ein Zeichen, und im nächsten Augenblick hallte das Dorf wider von den blökenden Tönen der Hörner.

Sofort lugten aus allen Pfahlhäusern Köpfe hervor, Steigbäume wurden heruntergelassen. Montagnards im Lendenschurz, die Schultern mit Decken umhüllt, kamen barfuß auf den Versammlungsplatz. Frauen mit nackten Brüsten tauchten auf, Kinder im Arm.

Der Häuptling begann laut zu sprechen – und plötzlich wendeten sich die Leute zu uns um und blinzelten in die Sonne. Etwa zwanzig oder dreißig Männer und Frauen lösten sich aus der Schar und liefen auf ihre Häuser zu.

Captain Nim hob den Karabiner an die Schulter und rief seinen Sergeanten einen Befehl zu. Der Dolmetscher übersetzte. Die Montagnards unserer Miliz schlugen ihre Waffen an.

»Sind nicht lange wehrlos«, erwiderte Nim. »Wir töten jetzt.«

»Warte, Dai-uy!« beschwor ihn Locke. »Die Leute können sowieso nicht auf euch schießen, die Sonne blendet sie!«

Aus den Häusern, auf die die Brus zurannten, reichten Frauen Gewehre herunter. Die Männer packten sie, warfen sich zu Boden und zielten auf den Dschungel. Der Häuptling gestikulierte wild. Eine Frau, die im Türrahmen eines Hauses stand, schrie ihm etwas zu, ergriff eine lange alte französische Donnerbüchse und ballerte damit in unsere Richtung.

»Nicht schießen, Nim!« rief Locke.

Ermutigt durch die Tollkühnheit des Flintenweibes, knallten auch einige der Vietkonganhänger in den Dschungel.

Für einen Moment verebbte das Feuer. Dann pfiff eine Kugel so knapp an Captain Nims Ohr vorbei, daß er zur Seite sprang, und plötzlich ging sein automatischer Karabiner los. Sofort eröffneten seine beiden Sergeanten mit ihren Maschinenpistolen das Feuer, und die Milizsoldaten, obwohl zum Großteil selbst Brus, deckten das Dorf mit einem dichten Geschoßhagel ein.

Von unten knatterte uns starkes Abwehrfeuer entgegen, denn jetzt nahmen weit mehr Montagnards den Kampf auf, als wir erwartet hatten.

Unsere beiden Unterhändler versuchten den schützenden Dschungel laufend zu erreichen. Sie wurden von hinten niedergeschossen.

Nim und seine Sergeanten warfen Handgranaten, die die leichtgebauten Hütten zerfetzten. Die Brus leisteten erbitterten Widerstand und schienen drauf und dran, uns anzugreifen, als unsere beiden Reservezüge mit ihrer ganzen Feuerkraft losschlugen.

Blitzschnell erkannten die kommunistischen Montagnards, daß das Gefecht eine jähe Wendung nahm, und flüchteten mit katzenartiger Behendigkeit aus dem Dorf. Die anderen Brus, die bereit gewesen waren, nach Lua Vuc mitzukommen, liefen in panischer Angst in den Dschungel. Und da man deutlich sah, daß sie unbewaffnet waren, schossen ihnen die Milizsoldaten nicht nach.

Im Dorf bot sich uns ein trauriges Bild. Achtzehn gefallene Montagnards lagen über den Platz verstreut, ihr Blut sickerte in die Erde. Die meisten hatten Gewehre nahe zur Hand, sie waren tatsächlich Vietkongmitläufer gewesen. Doch auch andere hatten den Tod gefunden, darunter der alte Häuptling. Er hatte nur eines gewollt: daß sein Volk in diesem Krieg, den er nicht verstand und in dem es nichts gewinnen konnte, von beiden Parteien unbehelligt sein bescheidenes Leben führen durfte ...

Aus vielen Häusern drangen Schreie und Klagelaute. Suchkommandos schwärmten aus. Zwanzig Minuten später wurden fünfzehn verletzte Kinder im Alter von etwa zwei bis zehn Jahren vorsichtig auf den Versammlungsplatz gebettet.

Auf unserer Seite waren außer den beiden von hinten Erschossenen zwei Milizsoldaten gefallen. Sieben waren verwundet. Captain Nim trat auf seinen amerikanischen Kommandopartner zu.

»Vier tot, sieben verwundet«, sagte er arrogant. »Warum du mich nicht zuerst schießen lassen? Wir alle töten, keiner von uns sterben.«

»Wenn du nicht das Feuer eröffnet hättest, wäre überhaupt niemand gefallen. Wir hätten unseren Auftrag durchführen und die Leute mitnehmen können. Sie wollten nicht wirklich kämpfen.«

Der Anblick der verletzten Kinder drehte einem das Herz im Leibe um. Viele hatten schwere Verbrennungen davongetragen, als die detonierenden Handgranaten die Häuser in Brand setzten. Ein kleiner Junge hatte das linke Auge verloren. Fast alle Kinder wiesen mehr oder minder gefährliche Schußwunden auf. Sie waren vollkommen verschreckt, rußgeschwärzt und sonderbar still, als fürchteten sie, die Aufmerksamkeit der fremden Männer auf sich zu ziehen.

Die Sergeanten Binney und Svenson verbanden die kleinen Brus, stillten die Blutungen und versuchten die verängstigten Kinder zu beruhigen. Als alle versorgt waren, wurden Tragbahren gemacht.

Eine Stunde nach dem Ende des Feuergefechtes traten wir den Rückmarsch nach Lua Vuc an. Die fünfzehn Kinder wurden mitgetragen.

Wir mußten oft halten, damit Sergeant Binney die Verbände wechseln, Morphiuminjektionen geben und allfällige Schockwirkungen feststellen konnte. Wir hatten keine Möglichkeit, Bluttransfusionen durchzuführen.

Ein kleines Mädchen, das eine Rückgratverletzung erlitten hatte, starb auf dem Weg. Knapp vor Einbruch der Dunkelheit kamen wir nach Lua Vuc. Manilli und der unermüdliche Binney schafften die kleinen Verwundeten sofort in ihre Sanitätsstation. Mit Blutplasma und, wenn nötig, mit operativen Eingriffen würden sie die Kleinen über Nacht am Leben erhalten.

»Sie müssen diese Kinder nach Da Nang bringen lassen, Sir«, bat Binney seinen Captain inständig. »Ich kann nicht Projektile aus der Brusthöhle entfernen. Spätestens morgen früh brauchen sie ärztliche Hilfe.«

»Nach den Bestimmungen sind das Zivilisten, Binney. Sie kennen doch den faulen Zauber. Übrigens, ist diese Frau per Sampan nach Da Nang geschafft worden?«

Der Sergeant nickte grimmig. »Jawohl, Sir. Das Boot kam vor einigen Stunden zurück. Sie ist auf dem Fluß gestorben. Ihr Mann hat die Leiche – oder, besser gesagt, die Leichen.« Er trat zu einem leise wimmernden, kleinen Mädchen. »Sir, gibt es keine Möglichkeit, die Kinder ins Lazarett von Da Nang zu schaffen?«

Locke sah die kleinen Gestalten an, die nun das Krankenzimmer der Frauen füllten. »Ich glaube schon«, sagte er entschlossen. »Jetzt werde ich mich selbst darum kümmern. Sorgen Sie dafür, daß alle die Nacht überleben.«

»Wir bringen sie durch, Sir.«

Der Captain schloß sich den ganzen Abend lang in der amerikanischen Funkstelle ein. Spät in der Nacht kam er wieder zum Vorschein. Captain Nim erwartete ihn im Teeraum. Ich hörte, wie er nach den Kindern fragte.

»Wenn wieder gesund«, sagte er, »vielleicht meine Frau und Freunde nehmen sie auf.«

Locke blickte den Vietnamesen fest an. »Danke, Dai-uy. Aber das B-Team der Special Forces unterhält in Da Nang ein Waisenhaus, und dorthin werden die Kinder wahrscheinlich gebracht werden.«

»Besser bei Familie. Vielleicht eine Woche, zwei Wochen, wieder gesund. Ich haben Freund bei vietnamesische Luftwaffe. Vielleicht er mit Hubschrauber herfliegen und Kinder holen. Meine Frau, meine Freunde nehmen Kinder nach Hause.«

»Warum konnte dieser Freund nicht die Frau holen, deren Kind bei der Geburt starb?«

»Viel Planung nötig.«

»Warum kann dieser Freund nicht morgen früh kommen und die Kinder ins Lazarett von Da Nang schaffen? Vielleicht sterben sie, wenn sie nicht ins Spital gebracht werden.«

»Luftwaffe keine Zivilisten holen. Viel Planung nötig.«

»Okay, Nim, wir werden sehen, was sich machen läßt.« – »Wissen Sie, was der Kerl wollte?« fragte mich Locke, als der vietnamesische Offizier hinausgegangen war. »Nachdem er uns den friedlichen Einsatz vermasselt hatte, weil er keine Feuerdisziplin halten konnte, mochte er diese Kinder zu Sklaven machen.« Der Captain seufzte. »Was ist das überhaupt für ein Krieg, Himmel, Arsch und Zwirn noch einmal! Aber so oder so, Nummer eins für den morgigen Dienstplan: Abtransport der Kinder per Hubschrauber.«

»Wie haben Sie denn das geschaukelt?« fragte ich überrascht.

»Ganz einfach. Ich meldete, daß wir vierzehn verwundete gefangene Vietkongs haben, die sofort von hier abtransportiert werden können.«

Er sah, daß ich erstaunt die Stirn runzelte. »Was ist denn dabei? Diese Brus sind verwundet und stammen sicherlich aus Familien, die mit den Vietkongs sympathisierten, zumindest einige von ihnen. Und sie werden bestimmt nicht durchbrennen, also kann man sie wohl als Kriegsgefangene bezeichnen, oder nicht?« Er lachte nervös auf.

»Wird man nicht einen vietnamesischen Abwehroffizier mit dem Hubschrauber mitschicken?« fragte ich. »Das ist eigentlich kein Einsatz für vietnamesische Hubschrauberpiloten.«

»Amerikanische ›Kaffeemühlen‹ werden kommen«, sagte Locke. »Ich habe dem B-Team häufigen Beschuß durch Vietkongs gemeldet, und unsere Leute gaben den Funkspruch im vollen Wortlaut an die vietnamesische Luftwaffe weiter. Ganz plötzlich waren keine vietnamesischen Hubschrauber und auch keine Piloten mehr verfügbar, und das Luftwaffenkommando verlangte, daß das Heer oder das Marinekorps den Einsatz fliegt. Aber Sie können Gift darauf nehmen, daß die vietnamesischen Abwehroffiziere auf dem Flugplatz in Da Nang warten werden.«

Er lachte laut heraus. »Die Gesichter, wenn die ihre vierzehn Kriegsgefangenen sehen! Im Moment juckt es sie wahrscheinlich schon in den Fingern bei dem Gedanken, tagelang Vietkongs foltern zu dürfen.«

»Was wird mit den Kindern geschehen, wenn sie ankommen? Ich hoffe, es wird irgend jemand dasein, der sie in Empfang nimmt.«

»Ich habe eine verschlüsselte Meldung an Colonel Tex geschickt. Er wird wissen, was zu tun ist.«

Zeitig am nächsten Morgen warteten wir auf dem kleinen Hubschrauberlandeplatz, bis wir in der Ferne das Knattern der Maschinen hörten. Ein Sergeant warf eine Rauchgranate über die Piste. Zwei H-34 des Marinekorps gondelten heran. Über ihnen zogen als Geleitschutz zwei bewaffnete Hueys ihre Schleifen und hielten das Gebiet unter Beobachtung, bereit, beim ersten Anzeichen von Fliegerabwehr der Vietkongs mit Raketen und MGs zu antworten.

Die Soldaten des A-Teams hatten die Kinder auf Tragbahren zum Landeplatz geschafft. Die Sanitäter überprüften zum letztenmal die Verbände. Einige Brusfrauen, die die ganze Nacht bei den Kindern gewacht hatten, waren mitgekommen, um sich von den Kindern zu verabschieden.

Captain Nim und sein XO sahen neugierig zu. »Was ist mit Kinder hier?«

Locke wandte sich von dem Jungen mit dem ausgeschlagenen Auge ab und starrte auf seinen Kommandopartner hinunter. »Ich mache mir Sorgen um sie und habe Hubschrauber angefordert, damit sie ins Lazarett von Da Nang gebracht werden.«

»Aber nicht möglich, sie mit Flugzeug holen«, protestierte Nim. »Zivilisten!«

»In zehn Minuten wirst du sehen, wie die Kinder hier ausgeflogen werden, Captain.«

»Muß nein sagen! Das gegen vietnamesische Vorschrift!«

Locke wußte genau, wann er seinen Siedepunkt erreichte, deshalb ließ er sich in keine längeren Debatten ein. Ohne Nim weiter zu beachten, machte er sich wieder daran, seine kleinen ›Kommunisten‹ zu versorgen. Der Captain folgte ihm und redete erregt auf ihn ein. Schließlich hatte der Special-Forces-Offizier genug.

»Nim«, sagte er, »dein Volk und die Amerikaner haben sehr verschiedene Ansichten darüber, was recht und was unrecht ist. Fünf Monate lang habe ich diesen Zirkus mitgemacht. Aber ich habe selbst drei Kinder und liebe alle Kinder, wie die meisten Amerikaner. Es kotzt mich und die Männer meines Teams an, daß wir uns alle möglichen Tricks ausdenken müssen, um diese kleinen Geschöpfe zu retten!«

Er wies auf die vierzehn winzigen Verwundeten, um die sich alle erreichbaren Soldaten des A-Teams bemühten. »Wir müssen sie nicht nur davor bewahren, daß sie hier zugrunde gehen oder für ihr ganzes Leben Krüppel bleiben, weil wir sie nicht entsprechend behandeln können, sondern wir müssen ihnen auch das Los ersparen, daß man sie zu Kulis macht – oder gar wie Sklaven verkauft!«

Nim war verblüfft. Er wich vor dem kaum beherrschten Ingrimm seines Kommandopartners zurück. »Du Amerikaner. Nur Berater. Ich geben Befehle. Amerikaner nicht gut für Vietnam. Verstehen nicht Vietnam.«

Locke würdigte ihn nicht einmal mehr einer Antwort. Die Hubschrauber senkten sich, ein amerikanischer Sergeant wies sie auf die Landepiste ein. Als die ›Kaffeemühlen‹ des Marinekorps aufsetzten, bedeuteten die Amerikaner den Milizsoldaten, die Kinder an Bord zu schaffen. Nim schrie mit überschnappender Stimme Befehle – sofort stellten die Montagnards die Tragbahren wieder hin.

Locke erfaßte die Situation. Er rannte zur nächsten Tragbahre, winkte mir und packte an einem Ende zu. Ich ergriff das andere Ende, und wir rannten, das Kind sicher zwischen uns, auf den großen Transporthubschrauber zu, dessen Rotorblätter noch immer kreisten, damit der Pilot rasch wieder starten konnte. Im nächsten Moment folgte das A-Team dem Beispiel seines Kommandeurs.

Ein Offizier stieg aus der Pilotenkabine und sah erstaunt zu, als der Captain und ich die Tragbahre zum Bordschützen und dem Bordmechaniker hinaufhoben. Vorsichtig nahmen sie die Last und stellten sie im Innern der Maschine ab.

»Captain Locke? Ich bin Captain Starret«, stellte sich der Pilot vor. »Sie haben vierzehn gefangene Vietkongs, die zum Verhör durch die vietnamesische Abwehr nach Da Nang gebracht werden sollen.«

»Wir schaffen die Gefangenen gerade an Bord, Captain. Die meisten von ihnen können noch nicht sehr gut sprechen, es wird also für die Abwehr nicht ganz leicht sein, sie zu verhören.«

Starret blickte sich um. »Sind Sie sicher, daß wir diese Kinder mitnehmen sollen, Captain? Es verstößt gegen die Vorschriften, Zivilisten zu evakuieren.«

»Das weiß ich mindestens so gut wie Sie, Starret«, erwiderte Locke. »Aber das sind Vietkongs, gefangen in einem Dorf, aus dem Partisanen auf uns geschossen haben.«

Starret stand unentschlossen neben der geöffneten Kabinentür, während die Kinder in die beiden Hubschrauber verladen wurden. »Mag sein«, murmelte er. »Aber ich muß schon sagen, das ist eine sehr weithergeholte Auslegung der Befehle, die an die Marinekorpsfliegerei ergingen.«

»Wenn die Kinder nicht sofort in Spitalsbehandlung kommen, werden sie sterben. Außerdem«, fügte Locke hinzu, »habe ich in meinem Bericht darauf hingewiesen, daß ich nach ersten Verhören den Eindruck gewann, diese gefangenen Vietkongs könnten bei richtiger Anleitung von ihren kommunistischen Überzeugungen voll und ganz bekehrt werden.«

Starret lachte laut auf. »Verflucht noch mal, ihr von den Special Forces geht die Dinge aber verdammt gründlich an.« Er runzelte die Stirn. »Auf dem Flugplatz in Da Nang wird ein ganzer Haufen vietnamesischer Abwehroffiziere und Folterknechte warten. Die werden überrascht sein und eine Stinkwut bekommen.«

»Da kann ich leider nichts machen, Starret«, antwortete Locke fröhlich.

Der Captain des Marinekorps sah, wie der wild gestikulierende Nim vergeblich versuchte, die Amerikaner daran zu hindern, die letzten Tragbahren zu verladen.

»Wer ist denn dieses Arschgesicht?«

»Das ist mein Kommandopartner, der Lagerkommandeur Captain Nim. Dieses Manöver geht ihm sehr gegen den Strich. Er sagt, ich hätte die Vorschriften umgangen.«

»Es gibt eine ganze Menge Leute, die dasselbe sagen werden«, kommentierte Starret lächelnd. »Freut mich, daß ich mit von der Partie war. Alles Gute, Locke.«

»Danke, Starret.«

Locke riet mir, gleich mitzufliegen. »Vielleicht werden Sie zu unseren Gunsten schreiben, wenn es zu brenzlig wird.«

Wir schüttelten einander die Hand, ich schwang mich hinauf und setzte mich neben den Piloten. Die Kinder schwiegen, sie hielten die Augen geschlossen oder starrten zur Decke.

Bevor wir starteten, sah ich Lockes grünes Barett in der Tür auftauchen. »Richten Sie es bitte so ein, daß Colonel Tex als erster bei den Kindern ist.«

»Wird besorgt!« überschrie ich das Motorengedröhn. »Und vielen Dank für die Gastfreundschaft!«

Eine knappe Stunde später überflog die H-34 das große, neue Rollfeld für Düsenmaschinen in Da Nang und setzte auf dem Landeplatz des Marinekorps auf.

Auf der Fahrbahn standen zwei amerikanische Sanitätswagen, zwei Lastautos und außerdem zwei Jeeps mit vietnamesischen Kennzeichen. Zu meiner Erleichterung sah ich Colonel Tex, der von einer Gruppe von Special-Forces-Soldaten umgeben war. Ich sprang heraus und drückte ihm die Hand.

Als ich das Rudel vietnamesischer Offiziere bemerkte, die sich, gefolgt von Wachen mit schußbereiten Karabinern, erwartungsvoll grinsend den Hubschraubern näherten, fragte ich den Colonel, ob die Vietnamesen Bescheid wüßten.

Tex gab seine Befehle, und sofort begannen die Amerikaner und Vietnamesen des B-Teams vor den entgeisterten Blicken der Abwehroffiziere die Kinder herauszuheben.

Ein vietnamesischer Major schaute in den ersten Hubschrauber hinein, sagte etwas zu seinem Adjutanten, ging dann mit raschen, kurzen Schritten zur zweiten Maschine und sah auch dort hinein. Der Zorn stand ihm deutlich ins Gesicht geschrieben, als er herankam und sich vor Colonel Tex aufpflanzte.

Als Absolvent mehrerer amerikanischer Militärschulen sprach der Vietnamese geläufig englisch. »Was soll das bedeuten, Colonel? Wo sind die gefangenen Vietkongs, die wir abholen wollten?«

»Hier«, sagte der Colonel mit einer freundlichen Handbewegung auf die Kinder, die in die Sanitätsautos verfrachtet wurden.

»Das ist doch nicht möglich!« stieß der kleine Major hervor. »Das sind ja Kinder!«

Der hochgewachsene, hagere, weißhaarige Colonel warf ihm einen vagen Blick zu. »Ja, in der Tat, Sie haben recht, Major – vierzehn Kinder.«

»Dann haben uns die Amerikaner in Lua Vuc getäuscht«, sagte der Vietnamese unheildrohend. »Sie haben sich verschworen, um die vietnamesischen Vorschriften zu übertreten. Ich werde den Vorfall dem General melden. Der Bericht wird nach Saigon weitergeleitet werden. Der Amerikaner, der dafür verantwortlich ist, muß unverzüglich seines Kommandos enthoben werden.«

»Warum, Major?« fragte Colonel Tex sanft.

»Der Funkspruch besagt, daß vierzehn verwundete gefangene Vietkongs abtransportiert werden sollen. Statt dessen finden wir hier eine Horde dreckiger Moiskinder.«

Aus den Augenwinkeln sah der Colonel, daß die Sanitätswagen abgefertigt waren und die Fahrer nur noch auf den Starter zu drücken brauchten. Er wandte sich wieder dem erregten Vietnamesen zu. »Major, geben Sie zu, daß diese vierzehn Kinder in einem Sektor gefangen wurden, der von Vietkongs kontrolliert wird?«

»Natürlich, Colonel, aber . . .«

»Würden Sie sagen, daß es sich also um Vietkongs handelt?«

»Gewiß, aber ...«

Colonel Tex fuhr ungerührt fort: »Und man kann sie auf jeden Fall als Gefangene bezeichnen, oder nicht? Verwundet sind sie auch, alle, ohne Ausnahme. Ich finde also, daß Ihnen der Special-Forces-Kommandeur in Lua Vuc genau das geschickt hat, was die Meldung besagt — vierzehn verwundete gefangene Vietkongs.«

»Aber das sind doch Kinder!« schrie der Vietnamese.

»Major«, erwiderte der Colonel langsam und deutlich, »wenn Sie besondere Wünsche haben, welche Art von verwundeten Vietkongs Sie übernehmen wollen, warum sind Sie dann heute morgen nicht selbst nach Lua Vuc geflogen, um die Entscheidung an Ort und Stelle zu treffen?«

Ob ich wollte oder nicht, ich mußte grinsen, als ich sah, wie der Major vor Wut krebsrot anlief.

»Vielleicht haben Sie eine Erklärung, die ich an das vietnamesische Korpskommando weitergeben kann, warum nicht ein einziger vietnamesischer Abwehroffizier an diesem offiziellen Flug nach Lua Vuc teilnahm?« fuhr Colonel Tex fort. »Ich weiß wohl, daß es heute da oben nicht geheuer war. In den letzten drei Tagen haben die Vietkongs alle Flugzeuge beschossen, wurde uns gemeldet. Aber würde sich ein vietnamesischer Offizier je dadurch abhalten lassen, seine Pflicht zu erfüllen?«

Zornig salutierte der kleine Major vor dem Colonel, der den Gruß lässig erwiderte. Gefolgt von seinem Stab, stieg der Vietnamese in seinen Jeep, der mit aufheulendem Motor, wie vom Katapult geschnellt, davonbrauste.

Colonel Tex sah ihnen nach. »Gehen wir in den Schatten, hier ist es zu heiß«, sagte er zu mir. »Erzählen Sie mir die ganze Geschichte, dann werden wir Dr. Francis besuchen. Die Zivilhilfsgruppe hat ihm bereits Geld zur Verfügung gestellt, damit er sein Waisenhaus ausbauen kann.«

»Wird im Lazarett für die Kinder gesorgt werden?«

»Sie kommen in ein USOM-Spital. Das gesamte Personal dort steht unter amerikanischer Oberaufsicht.«

In einem kühlen, dunklen Hangar bei einer Flasche Coca-Cola fragte ich, ob einer der Amerikaner wegen dieser eigenmächtigen Handlungsweise in die Klemme geraten werde.

Aus Tex' Augen verschwand die Heiterkeit. »Ein Verstoß wie dieser da — Special-Forces-Leute, die sich miteinander verabreden, um vorsätzlich die Verordnungen der Republik Vietnam zu umgehen —, das wäre ein Fressen für viele ›Straight legs‹ unter unseren Colonels und Generalen.« Er lächelte verlegen. »Na ja, wenn ich auch niemals die Fallschirmspringerausbildung durchgemacht habe — im Herzen bin ich doch kein ›Straight leg‹.«

Er trank sein Coca-Cola aus und stellte die Flasche auf das Bord. »Ja, eine Menge konventioneller Offiziere in den Stäben, die die Special Forces am liebsten völlig ausschalten möchten, würden sich auf so was stürzen, wenn sich Ihnen die Möglichkeit dazu böte. Wir würden alle, alle abgelöst werden, vom B-Team-Kommandeur bis hinunter zum letzten Sergeanten in Lockes Team. — Glücklicherweise haben wir diesmal nichts zu befürchten«, schloß er. »Es gibt nämlich nur eines, wovor diese Vietnamesen mehr Angst haben als davor, Leib und Leben in Gefahr zu bringen, und das ist, das Gesicht zu verlieren.«

Colonel Tex ging zu seinem Jeep. »Fahren wir zum Spital hinüber und schauen wir nach, was mit Dr. Francis los ist. Er hat mir versprochen, daß er sich um unsere verwundeten Vietkongs kümmern wird — für die nächsten zehn Jahre ungefähr.«

ACHTES KAPITEL

Der unbescheidene Mister Pomfret

I

Sanitätsflugzeuge sind für die Kampfmoral der Special-Forces-Soldaten, die durch das gebirgige Dschungelterrain von Vietnam patrouillieren, der Faktor Nummer eins. Diese unbewaffneten Hubschrauber, mit denen Piloten der amerikanischen Heeresfliegertruppe Transportflüge durchführen, haben Hunderten Amerikanern, die im erbitterten Dschungelkrieg verwundet wurden, das Leben gerettet.

Ich glaube, nicht weniger als zwei Dutzend Special-Forces-Männer bei A-Teams, die dem B-Detachment in Da Nang unterstanden, baten mich, Mister Pomfret von ihnen zu grüßen, wenn ich ins Kommando des I. Korps im nördlichsten Teil von Südvietnam käme. Sie alle sagten fast Wort für Wort genau dasselbe: »Solange Chief Warrant Officer Pomfret von Da Nang aus seine ›Kaffeemühle‹ fliegt, mache ich noch einen weiteren Turnus.«

Ich machte mich also auf so etwas wie eine Idealgestalt gefaßt. Aber als ich dann Chief Warrant Officer Pomfret im Bereitschaftsraum der Heeresflieger traf, war es genauso wie damals, als ich den ersten Soldaten der Special Forces sah, der aus dem Einsatz kam und sein grünes Barett trug. Es dauerte eine Weile, bis ich erkannte, daß er nicht zwei Meter siebzig groß war und nicht die Stärke von zehn Männern besaß. Mr. Pomfret hatte sich eben mehr Kenntnisse angeeignet und sich einem härteren Training unterzogen als die meisten anderen Soldaten. Und er kannte einfach seine Maschine gründlicher als die meisten anderen Hubschrauberpiloten und war außerdem noch ein sehr tapferer Mann.

Hageres Gesicht, helle Augen, dichtes, hellblondes Haar — das war Mister Pomfret. (Einer traditionellen Gepflogenheit der amerikanischen Streitkräfte folgend, werden die höchsten Unteroffiziersgrade, die Warrant Officers, mit ›Mister‹ angesprochen.) Nach den tiefen Furchen um die Augenwinkel und um den Mund hätte man ihn für einen Vierziger gehalten, er war aber jünger. Neben ihm saß ein rothaariger Lieutenant. Ich stellte mich vor und nannte die Namen einiger gemeinsamer Freunde, die Mister Pomfret aus brenzligen Situationen herausgeholt hatte.

»Wop Pascelli?« Der Pilot erinnerte sich gern daran. »Wie geht's dem unverwüstlichen alten Frontschwein? Ist sein Bauch in Ordnung?«

»So gut wie neu«, antwortete ich. »Ich soll Ihnen ausrichten, daß er zurückkommt, sobald seine Alte in Okinawa ihn wieder ziehen läßt.«

»Wop Pascelli!« Pomfret schüttelte den Kopf. »Eine Wildsau. Die Vietkongs hatten ihm eine Kugel in den Wanst verpaßt«, erzählte er dem jungen Lieutenant, der ihm mit unverhohlener Verwunderung zuhörte. »Das verdammte Geschoß traf den Hakenverschluß seines Gürtels, prallte ab, durchschlug den Webstoff, riß den Bauch auf und fetzte ein Stück des Gürtels direkt in die Wunde. Und was macht der Kerl? Er schnappt ein Funkgerät und fordert für sich selbst, einen verwundeten LLDB-Sergeanten und ein paar übel zugerichtete Milizleute Hubschraubertransport an. Während er seinen Bauch mit der Hand hielt, ließ er von Milizsoldaten einen Landeplatz aushacken, wies mich ein, half den anderen Verwundeten in die Kiste und stieg schließlich selber nach. Dann war er allerdings fertig und fiel um wie ein Sack. Als ich ihn eine Woche später im Lazarett besuchte, war er drauf und dran, seine Klamotten aus dem versperrten Spind zu stehlen, und wollte mich dazu bewegen, ihn durchzuschmuggeln, zurück zu seinem A-Team.«

»Das sieht Pascelli ähnlich«, pflichtete ich bei. Gleich darauf sollte ich zum erstenmal das Gerücht bestätigt finden, daß Bescheidenheit nicht zu Mister Pomfrets hervorstechenden Eigenschaften gehörte.

»Die grünen Teufel sind die verwegensten Soldaten der ganzen Welt«, sagte er. »Aber ich weiß nicht, was sie täten, wenn ich nicht da wäre. Es gibt keinen anderen Piloten, dem ich zutraue, daß er hinausfliegt, wenn es wirklich heiß hergeht.« Er wandte sich zu dem Lieutenant. »Sie sind vielleicht die einzige Ausnahme, Sir.«

Der junge Offizier — er hieß Nichols — strahlte über dieses Lob. »Der Lieutenant hier ist der einzige Sanitätshubschrauberpilot, der mich ersetzen könnte, damit ich vielleicht doch einmal beruhigt heimfahren kann. Zwei Turnusse hintereinander, zwei Jahre lang habe ich den Schädel hingehalten, weil ich nicht will, daß die Kameraden von den Special Forces draußen verrecken, weil sich irgend so ein Scheißkerl davor fürchtet, in die Feuerzone einzufliegen. Aber jetzt ...« Pomfret grinste Nichols an. »Meine Holde wird Sie in Gedanken küssen, Sir.«

Das Telefon klingelte, ein Captain der Heeresfliegertruppe hob ab. Pomfret sprang sofort auf, ging hinüber und sah gespannt zu, wie der Offizier auf der riesigen Karte hinter seinem Schreibtisch nach den Koordinaten, die ihm durchgegeben wurden, das Einsatzziel fixierte.

»Major Sullivan«, sagte der Captain, »ich kann von keinem Piloten verlangen, daß er jetzt noch startet, es ist fast siebzehn Uhr, gleich wird es zappenduster sein. Das Marinekorps würde eine H-34 nicht einmal unter Begleitschutz loslassen ...«

Offenbar unterbrach ihn der Major am anderen Ende des Drahtes sehr energisch, denn der Captain übergab schließlich mit einem kurzen »Jawohl, Sir, er ist da« den Hörer an Mister Pomfret.

Der Warrant Officer hörte dem Kommandeur des Special-Forces-B-Teams aufmerksam zu. »Ist es seine einzige Chance, daß man ihn noch heute abend herausholt?« fragte er ruhig. Dann: »Okay. Ich werde es versuchen, Sir.« Wieder eine Pause. Dann: »Bedaure, Sir, ich kann nicht warten, bis Sie hier sind. In fünf Minuten starte ich.«

»Lieutenant Nichols«, sagte Mister Pomfret, als er den Hörer auflegte, »wollen Sie mit mir in die Gegend bei Kham Don fliegen? Ein Captain wurde auf einer Patrouille schwer verwundet. Brustschuß. Der Sanitäter draußen meint, daß er durchkommt, wenn man ihn in den nächsten zwei Stunden auf den Operationstisch legt.«

»Los! Ab durch die Mitte!«

»Ich kann Ihnen keinen Begleitschutz mitgeben, Mister Pomfret«, sagte der Captain. »Um diese Zeit sollte man überhaupt nicht in die Berge fliegen. Wenn Sie sich ins falsche Tal verirren, werden Sie nie hinkommen.«

»Sir, ich kenne jedes Tal von hier bis Laos. Lieutenant Nichols und ich, wir werden es schon schaffen. Und was den Begleitschutz anlangt – wir können nicht riskieren, noch eine Huey zu verlieren. Es ist schon bedenklich genug, wenn ich fliege.«

»Haben Sie was dagegen, wenn ich mitkomme?« fragte ich.

Mister Pomfret warf mir einen prüfenden Blick zu. Dann hellte sich sein Gesicht auf. »In Ordnung. Je mehr mit von der Partie sind, desto lustiger wird es.«

Im Handumdrehen hatte Mister Pomfret die HU-21-b-Turbojet auf Touren gebracht. Sein Mechaniker und die Bordschützen halfen mit. Das sind allerdings keine Bordschützen im herkömmlichen Sinn, sondern Soldaten, die bei Landung und Start im Einsatzziel mit ihren automatischen Gewehren durch die geöffnete Kabinentür das Feindfeuer erwidern.

Als sich der Hubschrauber in die Luft hob, sah ich auf die Uhr. Überrascht stellte ich fest, daß seit Pomfrets Gespräch mit Major Sullivan tatsächlich erst fünf Minuten vergangen waren.

In der Mitte des langen Rücksitzes hockend, stülpte ich mir einen Flughelm mit eingebauten Kopfhörern über und klappte das kleine Mikrophon vor den Mund. So war ich an den internen Sprechfunk angeschlossen und konnte mithören, was Pomfret und Nichols sagten. Ehe wir aufstiegen, waren die beiden in ihre kugelsicheren Westen geschlüpft, vorsichtshalber zog auch ich eine an.

»Okay, Lieutenant, Sie übernehmen das Steuer«, sagte Pomfret. »Ich werde nur aufpassen.« Nichols verstand und hielt Kurs auf die Berge. Die Sonne des Spätnachmittags stand schon tief, und die schwere Wolkendecke verhieß nichts Gutes. Wir steuerten direkt auf das Bergland zu. »Folgen Sie dem Fluß, wo er nach der Gabelung nordwärts verläuft, ist das Tal, in das wir einfliegen müssen.«

»Verstanden.«

Bald hing die Wolkendecke so tief, daß es mir vorkam, als flögen wir durch einen Tunnel. Wir konnten uns nicht nach Sicht orientieren. Die beiden Bordschützen warteten gespannt, mit schußbereiten Waffen. Aber gegen Feindfeuer aus dem von den Vietkongs durchsetzten gebirgigen Dschungelgebiet hätten sie nichts ausrichten können.

Die Wolkendecke senkte sich immer tiefer über uns herab. Fünfundvierzig Minuten nach dem Start sagte Nichols: »Wenn die Koordinaten stimmen, müssen wir jeden Moment den Landeplatz sichten.« Zehn Minuten später rief Mister Pomfret, der das hundert Meter unter uns liegende Gelände beobachtete: »Dort sind sie, Lieutenant! Du lieber Gott, das soll ein Landeplatz sein? Da haben sie ja eine Fläche, nicht größer als ein Bettlaken, ausgehackt, noch dazu auf einem Hang!«

Dann meldete sich über Sprechfunk die Truppe auf dem Boden.

»Liftboy, Liftboy, hier spricht Eichelhäher. Hören Sie mich? Bitte melden!«

Pomfret nahm Verbindung auf, während Nichols zum Landemanöver ansetzte. Die Bordschützen fingerten an ihren schweren M-14-Gewehren und schalteten auf Dauerfeuer.

Nun hörte ich, wie Nichols rief: »Eichelhäher, hier spricht Liftboy. Ist der Landeplatz gesichert?«

»Aber Lieutenant!« unterbrach ihn Pomfret. »Sie wissen doch, daß in diesem Sektor Landeplätze niemals hundertprozentig gesichert sind. Sollen uns die Burschen da unten vielleicht aus Gefälligkeit anlügen?«

Nun konnte die Entfernung zwischen der Wolkendecke und dem Boden kaum mehr als zweihundert bis zweihundertfünfzig Meter betragen. Auf dem Rückflug würden wir die ganze Strecke lang im Feuerbereich der Vietkongs sein.

»Setzen Sie den Vogel auf, Sir«, sagte Pomfret. »Jetzt sind wir soweit.«

Mir wurde anders, als ich hinuntersah, denn der Landeplatz mußte eine Steigung von mindestens fünfundzwanzig Grad haben. Wie Pomfret oder Nichols hier landen sollten, war mir ein Rätsel. Ich sah eine behelfsmäßige Tragbare, auf der ein Mann lag; daneben standen ein Soldat des Special Forces und ein Montagnard. Mit angehaltenem Atem und einem mulmigen Gefühl im Magen verfolgte ich das Weitere. Vorsichtig ging Nichols nieder, die Nase des Hubschraubers gegen die Böschung des Abhangs gerichtet.

»Sir«, sagte Pomfret. »Ihre letzten paar Landungen waren Klasse, fast so gut wie meine eigene Technik.«

Nichols antwortete nicht, er senkte die Maschine noch tiefer. Dann hörte ich im Kopfhörer einen scharfen, hellen Laut: Ping! Und gleich darauf nochmals: Ping! Jeder, der solche Landungen mitgemacht hatte, kannte dieses Geräusch: Projektile trafen den Metallrumpf des Hubschraubers.

»Kümmern Sie sich nicht darum, Sir«, sagte Pomfret gleichmütig. Wieder: Ping! Ich sah ein kleines Loch in der Wand des Rumpfes. Die zwei Bordschützen erwiderten nun das Feuer. Das Knattern ihrer Gewehre ging im Motorengedröhn unter. Lieutenant Nichols, der beim Seitenfenster hinausblickte, hatte die Huey so weit gesenkt, daß die Kufen nur mit der vorderen Krümmung den Boden berührten. So schwebte die Maschine etwa einen halben Meter über dem abschüssigen Landeplatz. Sofort wurde die Tragbahre, auf der der Captain sicher angeschnallt war, hereingeschoben. Ich sah die Soldaten, die aus allen Rohren gegen die Vietkongs schossen. Die Kommunisten hatten in Deckung auf das Flugzeug gewartet, um es zu erledigen. Unsere Bordschützen zogen die Tragbare ganz in den Verladeraum, rammten volle Magazine in ihre Gewehre und deckten die Vietkongstellung mit schwerem Beschuß ein.

Statt sofort aufzusteigen, zog die HU-21-b dicht über den Baumkronen dahin, um dem Feindfeuer auszuweichen. Dann hob sie sich langsam, bis die Rotorblätter über uns in der dicken Brühe quirlten. Nichols brauste mit Höchstgeschwindigkeit aus dem Tal.

Vierzig Minuten lang flogen wir durch ein Labyrinth, wie mir schien. Wenn man nach vorn blickte, konnte man meinen, daß der Hubschrauber im nächsten Moment an einer Bergwand zerschellen würde. Doch immer wieder öffnete sich ein Tal. Schließlich überflogen wir den breiten Fluß, und als die Dunkelheit einfiel, sichteten wir die Lichter von Da Nang.

Pomfret lehnte sich zurück – trotz des Lärms hörte man, wie er erleichtert aufseufzte. Dann sagte er trocken: »Jawohl, Sir, jetzt kann ich beruhigt heimfahren.«

2

Bei meiner Rückkehr nach Da Nang erfuhr ich, daß Captain Tom Harvey zum Major befördert worden war. Diese – schon längst fällige – Beförderung mußte natürlich nach altem Soldatenbrauch entsprechend gefeiert und begossen werden.

Tom führte ein A-Detachment, das hauptsächlich im Vorpostendienst an der laotischen Grenze eingesetzt war. Schon vor Monaten hatte ich ihm versprochen, an einer Patrouille seiner Milizsoldaten teilzunehmen. Eine Beförderungsfeier draußen an der Grenze, sozusagen zwischen den Arschbacken der Welt, das war für mich etwas ganz Neues. Deshalb deckte ich mich beim PX mit gutem Bourbon-Whisky ein und meldete mich für einen Transportflug vom B-Team zu Major Harveys Stützpunkt Quam Duc an.

Ein sehr diensteifriger Captain der australischen Armee flog mit derselben Maschine. Er hieß Ian Frisbie und wurde im Verband der US Army Special Forces als Berater ausgebildet. Von ihm erfuhr ich, daß ein Vorstoß von Quam Duc nordwärts entlang der Grenze geplant war, um das Gelände für ein neues Special-Forces-Lager zu bestimmen, dem er für einige Monate zugeteilt werden sollte. Eines Tages, so versicherte mir der ›Aussie‹, würden die Amerikaner eine Wachablösung vornehmen können und einen großen Teil der Antiguerillaaktionen in Südostasien den Australiern übertragen.

Frisbie und ich streiften die Traggurte des Sturmgepäcks über, als wir auf der montierten Metallpiste bei Major Harveys isoliertem Montagnardstützpunkt abgesetzt wurden. Ein Lastwagen rollte heran, Sergeant Milt Raskin, der Sanitäter des Teams, sprang heraus und schüttelte mir die Hand. Auf dem Verdeck hockte eine Sicherungsgruppe von acht Montagnards mit schußbereiten Waffen. Wir beide warfen ihnen unsere Ranzen vor die Füße und kletterten in den Verschlag zum Fahrer.

Major Harvey begrüßte uns vor seinem Kommandobunker in Quam Duc. Ich bemerkte, daß er noch immer die Rangabzeichen eines Captains trug. In diesem Moment trat ein LLDB-Lieutenant auf ihn zu. »Dai-uy, der Lagerkommandeur bittet, Sie kommen.«

»Wieso Dai-uy?« fragte ich rasch. »Das ist doch Major Har...«

Der Major schüttelte den Kopf und hielt den Finger an die Lippen. Er nahm mich und Frisbie beiseite. »Mein Partner hier, Captain Ling, weiß noch nicht, daß ich Major bin. Wir haben sehr gut zusammengearbeitet, auf gleich und gleich, ein Dai-uy mit dem anderen. Deshalb möchte ich, daß alles beim alten bleibt.«

»Also keine Beförderungsfeier in den Bergen«, sagte ich resignierend. »Ich habe zwei volle Flaschen ›Jim Beam‹ mitgebracht.«

Harvey grinste über das ganze Gesicht. »Die saufen wir aus, mach dir keine Sorgen. Übermorgen geht's los. Warum sollten wir heute abend nicht einen Flasche den Hals brechen? Captain Ling ist in Amerika dem Bourbon auf den Geschmack gekommen.«

»Der neue LLDB-Oberst ist der größte Glücksfall, den es in diesem Krieg gibt«, erklärte Harvey. »Er teilt Arschtritte aus, daß alles kracht, und sieht sich seine Leute genau an. Für mich hat er Ling ausfindig gemacht, und der Bursche ist ganz große Klasse.«

Am zweiten Tag der Patrouille hatten wir Feindberührung. Nicht weiter schlimm. Major Harvey, Sergeant Raskin, Captain Frisbie und ich marschierten zwischen den beiden Zügen, aus denen die Einheit bestand. Lieutenant Duong, der XO des LLDB-Teams, hielt sich an der Spitze des ersten Zuges, als wir plötzlich aus dem Hinterhalt angegriffen wurden. Sofort machte er einen Gegenstoß. Verluste gab es nur bei der Spitzengruppe, die Angreifer wurden rasch zurückgeschlagen.

Einer unserer Montagnardmilizsoldaten war gefallen. Daß es auch Montagnards waren, die als Mitläufer der Vietkongs den Hinterhalt gelegt hatten, erkannten wir daran, daß der Milizmann mit einem Bambuspfeil getötet worden war. Zwei andere unserer eigenen Montagnards hatten Schußwunden, der eine in der Brust, der andere sonderbarerweise im Bein. Meistens schossen Vietkongmontagnards zu hoch. Major Harvey schloß daraus, daß es irgendwo im Umkreis eine nordvietnamesische Kadertruppe geben mußte, die zum Kampf auf kommunistischer Seite angeworbene oder gezwungene Bergbewohner ausbildete.

Nun hatten wir zwei Verwundete, die nicht weitermarschieren konnten. Der Gefallene machte uns auch zu schaffen. Sein Bruder und einige nahe Verwandte gehören der Milizeinheit an. Für sie war es ein unbedingtes Gebot, den Toten zur Beerdigung ins Heimatdorf zurückzubringen.

Special-Forces-Männer sind mit den Sitten und dem Aberglauben der Bergstämme gründlich vertraut. Sie achten die Überlieferungen der Montagnards, und gerade dadurch haben sie sich das Vertrauen und die Freundschaft dieser Naturmenschen erworben. Major Harvey wußte, daß es nur eine Lösung gab. Die Mannschaften mußten eine zum Teil baumfreie flache Stelle suchen, die rasch als Hubschrauberlandeplatz ausgehackt werden konnte. Eine halbe Meile vom ausgeräucherten Hinterhalt entfernt fanden wir einen geeigneten Geländestreifen. Während Raskin die Verwundeten versorgte, schwärmte ein Zug rund um die kleine Lichtung aus, der andere begann alle Bäume zu fällen und Hindernisse zu beseitigen. Der Major nahm mit seinem XO im Stützpunkt Funkverbindung auf, gab ihm nach der Landkarte die Koordinaten durch und forderte sofortigen Abtransport der Verwundeten an.

Während wir gespannt auf den Hubschrauber warteten, klärte Harvey den Australier über unsere Situation auf.

»Was Schlimmeres hätte uns nicht passieren können«, sagte der zu dem begierig zuhörenden Frisbie. »Jetzt wissen die Vietkongs, daß wir Verwundete haben und sie wegbringen lassen müssen – tun wir das nicht, werden wir mit den Montagnards unsere Wunder erleben. Die gehen uns auf keine Patrouille mehr mit.«

Harvey sah zum stark bewölkten Himmel hinauf. »Jetzt ist es erst dreizehn Uhr, und die Wolkendecke senkt sich schon. Die Hubschrauber werden in ziemlich geringer Höhe die ganze Strecke bis hierher von Tal zu Tal am Ostrand des Gebirges fliegen müssen.«

Er blickte über das Gelände in unserer nächsten Nähe. »Die Vietkongs werden versuchen, sich ungesehen so nah als möglich an uns heranzuarbeiten. Wir können sie bestenfalls einige hundert Meter vom Landeplatz fernhalten. Wenn diese verdammten Hubschrauber rasch kommen, wird wahrscheinlich alles gut abgehen. Die Vietkongs können den Maschinen vielleicht ein paar Treffer verpassen, aber es wird eine Weile dauern, bis sie schwere MGs herangeschafft haben. Deshalb muß alles ruck-zuck gehen: Landeplatz anlegen – Anflug – Landung – Verwundete 'rein – Abflug, bevor die Kommunisten schwerere Waffen einsetzen können. Darauf sind sie ja in Wirklichkeit aus, wenn sie uns aus einem kleinen Hinterhalt angreifen: Verluste beibringen, dann kommen die Hubschrauber. Schießt man einen ab, ist das ein größerer Vietkongsieg.«

»Ich glaube, ein einziger Hubschrauber kostet mehr Geld, als die ganze Vietkongpartisanenarmee in einem ganzen Monat braucht«, sagte Frisbie.

Harvey nickte. »Stimmt ungefähr. Wenn man diesen Krieg überhaupt in Geld umrechnen kann.«

Lieutenant Duong kam mit einem Montagnard, der das Tornisterfunkgerät auf dem Rücken trug. »Sir«, sagte der vietnamesische Offizier, »A-Team will sprechen.«

Der Major nahm das Mikrophon. Sein XO im Lager meldete sich. »Grant, Grant, hier spricht Handy, Handy!«

»Verständigung gut, Handy. Hier spricht Grant.«

»Hubschrauber unterwegs von Da Nang. Die vietnamesische Luftwaffe übernimmt die Aktion.«

Harvey warf den beiden Verwundeten einen mitleidigen Blick zu. »Handy, hier spricht Grant. Verstanden. Vietnamesische Hubschrauber unterwegs.«

»Verstanden, Grant. Tut mir leid. Habe versucht, eine unserer ›Kaffeemühlen‹ zu bekommen, ist aber nicht möglich, wenn es keine amerikanischen Verwundeten sind.«

»Verstanden, Handy.«

»Grant, hier spricht Handy. Ich bleibe am Gerät. Wenn der übliche Fall eintritt, werde ich versuchen, für morgen eine amerikanische Sanitätsmaschine anzufordern. Wolkendecke senkt sich hier rasch.«

»Danke Handy. Grant Ende.«

»Handy Ende – bleibe am Gerät.«

Major Harvey machte ein ernstes Gesicht, als er das Mikrophon wieder einrasten ließ. »Frisbie, in einigen Minuten werden Sie was Tolles erleben.«

»Was denn, Sir?«

»Passen Sie nur auf, Sie werden schon sehen.«

Er wandte sich zu Lieutenant Duong. »Überprüfen Sie die Sicherungsmaßnahmen. Sie wissen: Mindestentfernung hundert Meter vom Landeplatz.«

»Jawohl, Dai-uy.« Von vier Montagnards gefolgt, verschwand Duong in die Büsche.

»Wann werden die Sanitätsmaschinen kommen, Sir?« fragte Frisbie.

Harvey wies in das Tal hinunter gegen Osten, wo die Wolkendecke an den Berggipfeln hing und immer tiefer heruntergedrückt wurde. »Blicken Sie nur immer in diese Richtung. Es wird nicht mehr lange dauern.«

Wir starrten angestrengt in den dunkelgrauen Himmel über dem Tal. Nach zehn Minuten hörten wir das unverwechselbare Geräusch des Rotors und der Motoren. Dann sahen wir die vietnamesischen T-28-Kampfflugzeuge mit den gelben Dreiecken auf dem Rumpf. Sie stießen von oben aus den Wolken, hielten sich aber so hoch als möglich. »Und das«, sagte Major Harvey, »nennt man bei der vietnamesischen Luftwaffe Begleitschutz! Immer außerhalb des Bodenfeuerbereiches bleiben!«

»Die Arschlöcher sehen uns doch!« grollte der Sanitäter. »Warum kommen sie nicht herunter?«

Hoffnungsvoll schauten die Milizsoldaten in die Höhe. Einer der Hubschrauber senkte sich zögernd auf den Landeplatz. Immer tiefer schraubte der Pilot die Maschine hinunter. Als sie mit wirbelnden Rotorblättern nur noch etwa viereinhalb Meter vom Boden entfernt war und uns eine scharfe Druckwelle ins Gesicht schlug, brüllte Major Harvey: »Bei Gott, die Kerle bessern sich!«

Die beiden Verwundeten wurden zur geöffneten Tür des Hubschraubers getragen. Auch die Bahre mit dem Gefallenen war rechtzeitig auf starke Montagnardschultern gehoben worden, um sie in die H-34 zu schieben ...

Peng, peng, peng!

Drei Kugeln durchschlugen den Rumpf des Flugzeugs. Der Montagnard mit der Beinwunde hatte schon die Hand am Türrahmen, da verstellte der Pilot unter lautem Aufbrummen des Motors die Rotorblätter. Der Hubschrauber machte einen Satz in die Höhe, stieg, so rasch er nur konnte, aus dem Feuerbereich empor, kreiste noch einmal über dem Landeplatz und verließ das Tal in Richtung Da Nang.

Major Harvey sah schweigend zu, als die Maschinen verschwanden. Die Milizsoldaten schrien den feigen Piloten Flüche nach.

»Vierzehn Uhr«, sagte der Major. »Vielleicht kommt doch noch ein amerikanisches Transportflugzeug.« Aber der Ton, in dem er das sagte, strafte seine Worte Lügen. »Duong, nehmen Sie eine Gruppe und stöbern Sie diesen Scharfschützen auf. Rasch!«

»Jawohl, Dai-uy.«

»Sir, ich gehe mit Duong«, rief Captain Frisbie spontan. »Wir Australier spezialisieren uns auf die Bekämpfung von Scharfschützen.«

Harvey nickte. »In Ordnung. Aber seid vorsichtig.« Er blickte zu der drohenden Wolkendecke empor. »In ein oder zwei Stunden wird niemand mehr durch diese Erbsensuppe fliegen können, nicht einmal Mister Pomfret.« Mit gerunzelter Stirn blickte er Frisbie und Duong nach, die ins dichtbewaldete Gelände vordrangen. Eine Gruppe von zwölf Montagnards folgte ihnen. »Eigentlich sollte ich den ›Aussie‹ nicht gehen lassen, er hat noch keine Erfahrung.«

»Nur im Einsatz kann er Erfahrungen sammeln, Sir. Bei uns war es auch nicht anders«, sagte Sergeant Raskin.

Der Major palaverte eine halbe Stunde per Funk, das A-Team im Stützpunkt diente dabei als Verbindungsstelle zum Kommando der Heeresfliegerei in Da Nang. Diesmal forderte Harvey klipp und klar einen amerikanischen Piloten an. Schließlich kam der Bescheid, die vietnamesische Luftwaffe würde einem amerikanischen Flieger nicht erlauben, landeseigene Milizsoldaten abzutransportieren. Am nächsten Morgen würden vietnamesische Maschinen einen neuerlichen Landeversuch machen — vorausgesetzt, daß der Landeplatz gesichert sei.

»Bis morgen früh wird es hier von Vietkongs wimmeln!« tobte Harvey. »Wir können den Landeplatz unmöglich so absichern, wie es die Vietnamesen wollen.«

»Arschgesicht, verdammtes! Der Hubschrauberpilot hätte leicht landen und wieder starten können«, fluchte Raskin. »Ein einziger Scharfschütze, und dieser Scheißkerl läßt sich verjagen!«

»Jetzt können wir nur warten und hoffen, daß Duong und Frisbie ihn erwischen.« Harvey setzte sich nieder und lehnte den Rücken gegen einen Baum.

»Als ich unlängst beim B-Team in Da Nang war, bildeten die MAAG-Berater beim I. Korps gerade eine vietnamesische Infanteriedivision in der Bekämpfung von Scharfschützen aus«, erzählte der Major. »Das war vielleicht ein Krampf! Jedesmal, wenn ein Scharfschütze das Feuer auf ein Bataillon eröffnete, zogen sich alle drei Kompanien in voller Auflösung zurück und die Offiziere bliesen die ganze Aktion ab.« Harvey blickte in die Richtung, wo seine Leute verschwunden waren. »Schließlich brachten die ranghöchsten Berater die Vietnamesen dazu, einen Ausbildungsbefehl über die Bekämpfung von Scharfschützen zirkulieren zu lassen. Ich habe den Text gesehen, einwandfrei, direkt aus der Infanterieschule in Fort Benning. Da wird genau erklärt, wie Jagdkommandos zu formieren und zu bewaffnen sind – alles stand drin. Bei der MAAG in Da Nang strahlten alle vor Glück. Keine Vietkongscharfschützen mehr, die ein ganzes Bataillon in die Flucht schlagen konnten.«

Harvey schob die tarngefleckte Dschungelmütze aus der Stirn. »Ja, Scheiße, so leicht werden wir die Vietnamesen nicht ändern. Drei Wochen später gab der Divisionskommandeur den Befehl heraus, übersetzt, wir bekamen auch ein Exemplar. Und was steht drin? Alle Bataillonskommandeure werden angewiesen, bei Beschuß durch Scharfschützen die Einheit zurückzunehmen und Hinterhalte zu legen.«

So bedenklich unsere Situation auch war, Raskin und ich lachten herzlich – und verstummten jäh. Im Westen hörten wir Gewehrfeuer, gefolgt vom Krachen krepierender Handgranaten. Dann Stille. Zwanzig Minuten später tauchte Lieutenant Duong wieder auf. Neben ihm ging, über das ganze Gesicht grinsend, ein Montagnard, der ein abgeschnittenes menschliches Ohr schwang. Auch die übrigen Milizsoldaten traten auf die Lichtung heraus. Einer trug die Waffe des erledigten feindlichen Scharfschützen, eine schwere US-M.-1-Garand mit Zielfernrohr. Als wir die beiden letzten Montagnards erblickten, sprangen wir alle erschrocken auf. Sie schleppten Captain Frisbie. Sein Gesicht war schmerzverzerrt.

Den Australier sehen und mit der Sanitätstasche in der Hand über den Landeplatz laufen, war für Raskin eins. Als wir die Stelle erreichten, wo Frisbie lag, hatte der Sanitäter bereits das Hosenbein aufgeschnitten und untersuchte die böse Verletzung. Neben dem Schienbein und hinten an der Wade hatte der Australier blutverkrustete Löcher.

»Bambusspitze, verdammte Sauerei«, fluchte Raskin. Er nahm eine Morphiumampulle, zog den Inhalt in eine Injektionsspritze auf und jagte die Nadel in Frisbies Arm.

»Das war idiotisch von mir, Sir«, stieß der Australier zwischen den zusammengebissenen Zähnen hervor.

»Diese Fallen sind schwer zu erkennen«, erwiderte Harvey. »Solche Verwundungen gibt's bei uns häufig.«

Das Morphium begann zu wirken. Frisbie sank zurück und streckte sich.

Schweigend reichte Raskin dem Major drei lange Bambussplitter. »Einer der Montagnards hat sie aus der Wunde des Captains gezogen.«

Mit tief gefurchter Stirn betrachtete Harvey die messerscharfen Bambusspitzen, die im dichten Gras in einem Winkel von etwa 45 Grad überall dort eingerammt werden, wo ein Vorstoß der Amerikaner und Vietnamesen zu erwarten ist. Er gab mir eine. Wie wir befürchtet hatten, waren sie mit einer stinkenden schwarzbraunen Masse beschmiert – mit menschlichem Kot, den die Vietkongs zum Vergiften der Bambusspitzen verwendeten.

»Wir müssen ihn rasch wegschaffen, Sir.« Raskin drehte den Australier auf den Bauch, schnitt ihm den Hosenboden auf und verpaßte ihm eine Injektion in den blanken Hintern. Harvey nickte. Vielleicht könnten die Ärzte das Bein retten, wenn Frisbie schnell genug ins Lazarett von Nha Trang gebracht würde. Ich habe gesehen, wie von solchen Wunden innerhalb weniger Stunden entsetzliche Infektionen ausgingen.

Der Major winkte dem Montagnard mit dem Tornisterfunkgerät und ging mit ihm außer Frisbies Hörweite.

»Handy, Handy, hier spricht Grant. Bitte kommen.«

»Grant, hier spricht Handy.«

»Handy, der ›Aussie‹ hat eine Bambusspitze im Bein. Natürlich in Scheiße getaucht. Wenn wir ihn nicht heute wegschaffen, muß das Bein wahrscheinlich abgenommen werden. Versuchen Sie, über das B-Team direkte Verbindung mit der Heeresfliegerei aufzunehmen. Mister Pomfret wird kommen. Den Scharfschützen haben wir erledigt. Das soll nicht heißen, daß die Vietkongs nicht andere Scharfschützen einsetzen und vielleicht sogar schwere MGs heranbringen werden. Aber wenn Mister Pomfret die ganze Situation kennt, wird er den Versuch wagen, nur er, kein anderer!«

»Verstanden. Werde sofort die Heeresfliegerei anfunken. Melde mich, sobald die Verbindung hergestellt ist. Handy Ende.«

Harvey holte tief Luft. »Ich habe doch gewußt, daß ich Frisbie nicht hätte mitgehen lassen sollen. Es gehört verteufeltes Geschick dazu, den Bambusspitzen auszuweichen. Wir hätten ihn zuerst eine Woche lang im Dschungelkampf schulen sollen.« Er trat wieder zu dem Australier. »Na, geht's schon besser?«

»Danke, Sir. Das Morphium wirkt.«

»Ich habe ein amerikanisches Transportflugzeug angefordert, Frisbie. Es gibt nur einen Mann, der Sie hier 'rausholen kann. Mister Pomfret. Er ist der beste Rettungsflieger der ganzen Welt. Vor sechs Monaten hätte er sich ablösen lassen können, aber er sagt, er würde keine Nacht ein Auge zutun, wenn er wüßte, daß dann niemand mehr da ist, der Special-Forces-Männer so geschickt aus dem Dschungel herausholt wie er.«

Der Mann mit dem Tornisterfunkgerät rief Harvey. Funkspruch vom A-Team. Gleich darauf war der Major wieder da. »Ein einzelner Hubschrauber wird versuchen, sich hereinzuschmuggeln. Begleitschutz kann man nicht riskieren.« Er sah sich nach Lieutenant Duong um. »Genaue Kontrolle des Sicherungsgürtels. Nach Möglichkeit zwei Gruppen noch weiter vorschieben, damit sie alle Scharfschützen erledigen, die vielleicht in den Baumkronen hocken und zu ballern beginnen.«

Ich beugte mich zu Raskin nieder, der sich bemühte, Frisbies Wunde so gut als möglich zu reinigen. Die umliegenden Hautpartien waren bereits stark angeschwollen und dunkelrot verfärbt.

Es war fast fünf Uhr nachmittags, als das ferne Rattern eines Hubschraubers durchs Tal hallte. Raskin trat auf den Landeplatz. Als er die Huey sah, die knapp unterhalb der Wolkendecke anflog, zog er eine Rauchgranate ab. Der Hubschrauber kam direkt auf uns zu und ging tiefer.

»Hut ab vor denen!« sagte Harvey. »Mitten im Feuerbereich der Vietkongs. Und kein Begleitschutz.«

Die Maschine schwebte drei Meter hoch direkt über dem Landeplatz. Da knatterten plötzlich etwa fünfhundert Meter weiter westlich die dumpfen Feuerstöße eines 50er-MGs los. Wir blieben wie erstarrt stehen. Dieses schwere MG ist die wirksamste Fliegerabwehrwaffe der Kommunisten in Vietnam. Mit genauer Treffsicherheit auf Entfernungen von sechshundert Meter und darüber hatte diese ›Fünfziger‹, wie sie die Soldaten nennen, schon viele unserer Flugzeuge heruntergeholt.

Wir sahen, wie die Geschoßgarben den Rumpf auffetzten, als sei er aus Stanniolpapier. Die Bordschützen eröffneten aus ihren M-14-Gewehren wirkungsloses Gegenfeuer. Aber noch immer senkte sich der Hubschrauber, bis ihn, kaum zwei Meter über dem Boden, eine weitere MG-Garbe faßte. Die Maschine wurde wie von einer unsichtbaren Faust geschüttelt, die kreisenden Rotorblätter bohrten sich in die Erde, kippten den Rumpf auf die Nase und dann auf die linke Seite. Der qualmende Turbojetmotor heulte auf, dann war es still. Wir rannten auf das Wrack zu. Beide Bordschützen kletterten aus dem nach oben gekehrten Ausstieg. Wunderbarerweise waren sie unverletzt. Sie rissen die Kabinentür auf und halfen dem Kopiloten heraus. Auch er schien nicht verwundet zu sein. Die Bergung des Piloten war schwieriger. Der Mechaniker kletterte wieder ins Flugzeug zurück. Aus der Pilotenkabine hörten wir Stöhnen. Raskin sprang auf die Seite des Rumpfes und half dem Mechaniker, den Piloten herauszuzerren. Beim Aufschlag war ihm der Flughelm vom Kopf gerissen worden. Es war Mister Pomfret.

Vorsichtig legten Raskin und der Mechaniker den Warrant Officer auf den Boden. Der Sanitäter kniete neben ihm nieder und öffnete ihm die Fliegerkombination. Pomfrets Augen flackerten. Er schien bei Bewußtsein zu sein.

»Er ist nicht verwundet«, sagte Raskin. »Ich finde keinen Knochenbruch.« Behutsam suchte er nach Verletzungen. Als er mit den Fingern den Hals des Hubschrauberpiloten betastete, spannte sich sein Gesicht. »Holt eine Tragbahre aus der Maschine«, befahl er.

Der Mechaniker schwang sich auf den Rumpf, griff hinein und zog eine Tragbahre heraus. Er klappte sie auseinander, ließ die Gelenke einrasten und stellte sie neben Pomfret. Der Kopilot, ein junger Lieutenant, blickte besorgt nieder. »Ist alles in Ordnung?«

Pomfret öffnete die Augen. Heiser flüsterte er: »Ich kann mich nicht bewegen. Ich spüre kaum etwas.«

»Helft mir, ihn auf die Tragbahre zu legen«, sagte Raskin.

Vorsichtig hoben die Besatzungsmitglieder und Major Harvey Mister Pomfret auf und streckten ihn auf die Tragbahre. Der Sanitäter hielt dabei Kopf und Hals des Verletzten. Dann trugen sie ihn vom Landeplatz weg.

Pomfret sah Raskin ängstlich an.

»Mit Ihrem Genick ist was nicht in Ordnung, Sir. Sieht aus, als wäre ein Halswirbel verschoben.«

»Wollen Sie damit sagen, daß ich mir das Genick gebrochen habe?« Pomfret schloß die Augen, seine Stimme erstarb. »Ich spüre nichts, kann mich nicht rühren.«

»Glauben Sie, daß wir noch ein Transportflugzeug hereinbekommen, Mister Pomfret?«

Der Verwundete rang um jedes Wort. »Vielleicht«, sagte er schwach. »Könnt ihr das MG erledigen?«

»Ich werde selbst mit zwei Gruppen vorgehen«, sagte Harvey erbittert. »Wir erwischen sie – oder machen ihnen wenigstens die Hölle so heiß, daß sie nicht gezielt schießen können.«

Pomfret schluckte. In seinem gefurchten Gesicht zuckte es. »Sagen Sie dem B-Team . . . man soll Nichols schicken . . . Und sagen Sie Nichols, daß ich hier bin.« Er nahm alle Kraft zusammen. »Nichols wird kommen. Aber erledigt das MG . . .« Er bewegte die Lippen, sein Atem ging stoßweise.

»Wir müssen ihn wegschaffen, Sir«, sagte Raskin. »Mit einem Genickbruch stirbt er uns hier noch heute abend unter den Händen. Vielleicht kann man ihn in Da Nang behandeln. Aber eigentlich gehört er nach Nha Trang.«

»In Ordnung.« Harvey ging zum Funkgerät und verständigte seinen XO. Der Lieutenant sollte sich persönlich mit Nichols in Verbindung setzen und ihm berichten, was geschehen war.

»Raskin«, sagte der Major, als er zurückkam, »Sie übernehmen hier das Kommando. Wenn Lieutenant Duong auftaucht, sagen Sie ihm, er soll nochmals vorgehen und die Stellung des feindlichen MGs erkunden. Sagen Sie ihm um Himmels willen, er soll sich fünf- bis sechshundert Meter weit vorarbeiten. Wir haben nur noch eineinhalb Stunden Tageslicht oder sogar weniger, weil die Wolken so verdammt tief hängen. Wenn der Hubschrauber hereinkommt und unbeschädigt wieder abfliegt, ziehen Sie für die Nacht alle Kräfte bis zu diesem Hügel dort zurück. Ich werde zu euch stoßen. Losung für heute nacht ist ›Neun‹.«

Das prägte ich mir genau ein – und war froh, daß ich auf vietnamesisch bis zehn zählen konnte. Wenn man von Posten angerufen wurde, mußte man nämlich die Zahl nennen, die auf neun folgt.

Der Major kniete neben der Tragbahre des Piloten nieder. »Funkspruch ist durch, Mister Pomfret. Jetzt setze ich zwei meiner besten Gruppen gegen dieses MG an.«

Pomfret versuchte zu antworten, aber die Stimme versagte ihm. Harvey legte ihm die Hand auf die Schulter, dann stand er auf und gab dem Kommandeur der Montagnardkompanie ein Zeichen.

»Brauchst du noch einen Amerikaner, Tom?« fragte ich.

Harvey schüttelte grinsend den Kopf. »Nein, Robin. Du bleibst hier. Ich möchte, daß du am Leben bleibst und diese ganze Geschichte erzählst.«

Die Gruppe trat an und marschierte hinter ihm in den Dschungel.

Eine halbe Stunde später erhob sich Raskin von Mister Pomfrets Seite. »Ich gehe den Sicherungskreis ab. Hier ist eine Rauchgranate, falls der Hubschrauber kommt, bevor ich zurück bin.«

Ich stand am Rand des Landeplatzes und blickte gegen Westen, wo vor einer Stunde im Hügelgelände die Vietkongs mit dem schweren MG geschossen hatten. Nachdenklich ging ich weiter. Neben Captain Frisbies Bahre blieb ich stehen. Die zweite Morphiuminjektion hatte den Australier in Halbschlaf versetzt. Auch Mister Pomfret hielt die Augen geschlossen, der Sanitäter hatte ihm ein Medikament verabreicht.

Nichols würde unter schlechteren Licht- und Wetterbedingungen fliegen müssen als bei dem Rettungsflug, den ich mitgemacht hatte. Und außerdem gab es dieses verdammte MG.

Sergeant Raskin kam wieder auf den Landeplatz zurück. Ich gab ihm die Rauchgranate. In diesem Moment hörten wir endlich das Motorengeräusch des Hubschraubers. Wir warteten gespannt. Vor dem Hintergrund der schmutziggrauen Wolken erschien der dunkle, unter den kreisenden Rotorblättern hängende Rumpf.

Der Sanitäter zog ab und warf die Rauchgranate auf den Landeplatz hinaus. Einige Montagnards halfen den beiden verwundeten Milizsoldaten. Auch der Gefallene wurde an den Rand der Lichtung getragen. Wenn man Frisbie und Pomfret dazurechnete, ergab das für die Maschine eine ziemlich schwere Belastung.

Der Hubschrauberpilot sichtete unser Rauchzeichen und steuerte direkt auf den Landeplatz zu. Die plötzlichen Feuerstöße aus dem schweren MG kamen nicht unerwartet. Wir sahen nicht, ob der Hubschrauber getroffen war, jedenfalls senkte er sich über der Lichtung.

Kaum war das MG-Feuer verhallt, erdröhnten die Hügel im Westen unter raschen Donnerschlägen. Handgranaten krepierten in einem, wie es schien, ziemlich weiten Bereich. Dann knatterten peitschend Handfeuerwaffen auf. In dem offenbar erbitterten Feuergefecht schoß das Vietkong-MG nicht mehr zurück.

Raskin wies das Flugzeug ein, dann nahmen wir Mister Pomfrets Tragbahre auf, rannten auf die Maschine zu und schoben den Schwerverwundeten hinein. Gleich darauf verluden wir Captain Frisbie. Der Tote wurde unter den Rücksitz geklemmt, auch die beiden verwundeten Milizsoldaten waren schon an Bord. Eigentlich war der Hubschrauber bereits voll, aber Lieutenant Nichols winkte Mister Pomfrets drei Besatzungsmitgliedern zu,

sie sollten auch einsteigen. Dann schraubte sich die brave kleine ›Kaffeemühle‹ mit einem Luftdruck, der uns fast vom Landeplatz wehte, kerzengerade in die Höhe und tuckerte durch das Tal in Richtung Da Nang
zurück.

3

Eine Woche später war ich in Nha Trang. Ich ging ins Lazarett. Die
Schwestern und Ärzte kannten mich nun schon, da ich meine verwundeten
Freunde oft besuchte.

»Wie geht es Mister Pomfret?« fragte ich den Chefarzt, einen Lieutenant
Colonel.

Der Arzt schüttelte den Kopf. »Gelähmt.«

Ich hatte plötzlich einen Eisklumpen im Magen. Da mir nichts Klügeres
einfiel, fragte ich, ob er je wieder gesund werden könne.

»Es ist sehr schwer, jetzt etwas Positives zu sagen«, erwiderte der Arzt.
»Aber sehen Sie doch hinein zu ihm, ein ganzes A-Team ist bei ihm. Die
Burschen fliegen morgen nach Okinawa zurück.«

Ich ging auf dem Bretterweg, der über den sandigen Boden gelegt war.
Es war nicht weit bis zum Strand. Zu beiden Seiten gab es Zelte und provisorische Holzbauten. Durch die geöffneten Fenster wehte die Brise vom
Meer her. Mister Pomfret lag in einer Offiziersabteilung. Captain Locke
und sein ganzes Team waren um das Bett des Hubschrauberpiloten versammelt. Als ich nähertrat, sah ich, daß hier gerade eine kleine inoffizielle
Feier stattfand. Captain Locke nahm das grüne Barett vom Kopf und legte
es auf das Bett neben Mister Pomfrets reglosen Körper. Ich verstand nicht
genau, was er sagte, und wollte nicht stören. Nach der Übergabe verabschiedeten sich die Männer des Teams laut.

»In sechs Monaten sind Sie wieder im Einsatz, Sir!«

»Wir kommen erst zurück, wenn wir wissen, daß Sie wieder fliegen.«

»Sir, erinnern Sie sich noch an Krofault, diese Flasche? Er ist noch immer im Lazarett. Ihnen verdankt er sein Bein, sagt er.«

Ich wartete, bis Captain Locke und seine Leute gegangen waren. Dann
trat ich heran.

»Hallo!« begrüßte mich Mister Pomfret.

»Wie fühlen Sie sich?«

»Ach, ich werde schon durchhalten.« Dann leuchteten seine Augen auf.
»Was war los, nachdem ich ausgeflogen wurde? Major Harvey hat das MG
erledigt, oder?«

»Das wollte ich Ihnen gerade erzählen. Er hat seine Montagnards im
Gelände ausschwärmen lassen. In dem Augenblick, als die Vietkongs das
Feuer eröffneten, waren mindestens vier Mann unserer Leute so nahe an
der Stellung, daß sie Handgranaten werfen konnten. Das haben die Kommunisten nicht verdaut.«

»Gut so. Nichols hat sich brav gehalten.«

»Und ob.«

Ich nahm das grüne Barett auf.

Pomfret folgte mit den Augen meiner Bewegung. »Na, was sagen Sie dazu?« Seine Stimme wurde leiser. »Die Kameraden haben mir ehrenhalber ein grünes Barett verliehen.«

»Es gäbe keinen Würdigeren.« — Genau dasselbe hätte auch Mister Pomfret von sich gesagt. Er hielt nichts von falscher Bescheidenheit.

NEUNTES KAPITEL

Den Lebensnerv treffen!

Mein schmächtiger, braunhäutiger Freund aus Fort Bragg war sehr überrascht, als ich auf der Landepiste seines streng geheimen Stützpunkts aus der ›Caribou‹ der Heeresfliegertruppe stieg. Tatsächlich, Captain Jesse DePorta schien zu überlegen, ob er mir die Hand drücken oder mich für die weitere Dauer des Vietnamkrieges in einer Einzelzelle internieren sollte. Der Pilot des Flugzeugs wußte, daß unbefugte Personen — und ein Schriftsteller war so unbefugt, wie man es nur sein konnte! — nicht einmal von der Existenz dieses Lagers wissen, geschweige denn einen Fuß hineinsetzen durften, deshalb gab er rasch einige Erklärungen. Das hätte er sich allerdings ersparen können. Die Einschußlöcher an der Seite des Rumpfes und das Öl, das aus dem durchschossenen Tank auf die Zementdecke des Rollfelds tropfte, sprachen eine deutliche Sprache.

Ich war an jenem Morgen mit der täglichen Nachschubmaschine abgeflogen. Da wir vom nördlichen Special-Forces-Lager in Südvietnam kamen, hatten wir Vietkonggebiet überflogen und waren von einer MG-Abteilung des Feindes unter Beschuß genommen worden. Der Pilot manövrierte den flügellahmen Vogel dreißig Meilen weiter auf direktem Kurs bis zu dem geheimen Stützpunkt.

»Nehmen Sie nicht einmal Ihre Kamera mit«, sagte er zu mir. »Und vergessen Sie alles, was Sie hier sehen.«

Das erste, was ich sah, war Captain DePorta im Vordersitz eines Jeeps, hinter sich einen MG-Schützen, der uns in Schach halten konnte.

»Hallo, Jesse«, sagte ich und versuchte, ein möglichst harmloses Gesicht zu machen. »Ich war schon gespannt, ob ich dich auf diesem kleinen Ausflug treffe.«

»Sei lieber nicht so neugierig.« Dann zum Piloten: »Wie lange werden Sie brauchen, um Ihre Kiste wieder flottzukriegen?«

»Ich weiß nicht, Sir. Vielleicht einige Tage.«

»Den Zivilisten werden wir per Hubschrauber ausfliegen«, sagte DePorta.

»Besten Dank«, erwiderte ich.

»Es wird einige Stunden dauern, bis einer von Da Nang herüberkommt.« Der Captain nahm die ›Caribou‹ genau in Augenschein. Schließlich lächelte er, die blendendweißen Zähne leuchteten in seinem mahagonifarbenen Gesicht. Jetzt war er wieder der alte Jesse DePorta.

»Ihr seid ja gerade noch mit angesengtem Fell davongekommen«, sagte er.

»Der Beschuß vom Boden aus wird mit jedem Monat ärger«, antwortete der Pilot.

»Na, dann wollen wir mal Kaffee trinken.«

»Der Zivilist auch?« fragte ich.

»Komm schon.«

Der Pilot schüttelte den Kopf. »Ich bleibe lieber bei der Maschine, Sir. Wenn Sie den Hubschrauber anfordern, schmuggeln Sie mir bitte auch einen Mechaniker ein.«

»Wird gemacht.«

Ich schwang mich auf den Rücksitz des Jeeps, und wir starteten. Während wir zwischen Gebüsch auf der ungepflasterten Straße dahinfuhren, hörte ich das Stakkato der Feuerstöße automatischer Waffen und das scharfe Knallen von Gewehrschüssen. Einige Minuten später kamen wir an einem Schießplatz vorbei. Ich sah Männer mit grünen Baretten und Vietnamesen mit den weinroten Baretten der LLDB. »Wie beim Guerillakurs in Fort Bragg«, bemerkte ich. »Keine einzige amerikanische Waffe auf der ganzen Linie.« Ich reckte den Hals und schaute zurück, der Jeep brauste weiter.

»Das dürftest du eigentlich gar nicht sehen.«

Gleich darauf erreichten wir eine Gruppe niederer Holzbauten und fuhren bei einem Teamhaus vor. Wir traten ein. DePorta fragte, ob ich Kaffee oder eisgekühlten Tee wünschte. Ich nahm Tee.

»Es ist lange her, Jesse«, sagte ich und trank einen Schluck. »Ich habe gehört, daß du so etwas Ähnliches machst, aber niemand schien zu wissen, wo du steckst.«

»Wie meinst du das: so etwas Ähnliches?«

»Wenn man eine Weile hier ist, kann man sich manches selbst zusammenreimen. Einer eurer Leute drückte ein Auge zu und zeigte mir, dem ›unbefugten‹ Zivilisten, einmal das Sonderdepot in Saigon. Du weißt schon, das Depot, in dem die Uniformen, Waffen und Ausrüstungsstücke aus dem Ostblock und aus neutralen Ländern gelagert sind. Wenn eingeschleuste Sabotagetrupps dort erwischt werden, wo man sie nicht vermutet, sind die USA außer Obligo.«

DePorta nickte nur, sagte aber kein Wort.

»Ich nehme an, die Männer auf dem Schießplatz können mit jeder Handfeuerwaffe der Welt umgehen.«

Er zuckte die Achseln.

»Was ist das für ein Stützpunkt, Jesse? Der Einsatzstab für eine Aktion gegen die Vietkongs auf ihrem eigenen Territorium?«

Ein Montagnard trat ein und fragte den Captain etwas in einer gutturalen Sprache. DePorta antwortete fließend.

»Ich hatte vergessen, wie rasch und leicht du Sprachen lernst, Jesse. War das ein Bru?«

»Ja. Ich kann mich auf vietnamesisch, in der Brusprache und in zwei anderen Montagnarddialekten verständigen.«

»Kannst du mir nicht den Laden hier zeigen?« fragte ich. »Ich plaudere sowieso höchstens bei den Vietkongs etwas aus.«

DePorta lachte laut. »Okay«, sagte er. »Wir werden eine kleine Rundfahrt machen.«

I

Captain Jesse DePorta saß im Besprechungsraum des SFOB und hörte sich den Bericht Colonel Volkstaads von einer Sonderdienststelle in Saigon an.

Neben DePorta saßen der Kommandeur und die Offiziere des Stabes der SFOB. Die Bänke hinter dem Filipino hatte eine Gruppe von zwanzig sorgfältig ausgesuchten Special-Forces-Soldaten in Dschungelgarnituren besetzt. Sie sahen alle wie Asiaten in amerikanischen Uniformen aus.

Der Colonel, eine nordische Hünengestalt mit blauen Augen, zwinkerte nervös. »Leute, ihr seid aus zwingenden Gründen die letzten zwei Wochen hier isoliert gewesen. Deshalb werde ich euch die neue politische Situation erklären. Uns bleibt nichts anderes übrig, als die Aktion früher als geplant zu starten.«

Die Männer neigten sich gespannt vor.

»Im Moment geht es in Saigon drunter und drüber, offen gesagt, es ist ein Sauhaufen.« Volkstaad lächelte mit verkniffenen Lippen. »Die Zivilregierung des Premiers Huong wird nicht mehr lange am Ruder bleiben. Die Buddhisten rebellieren auf offener Straße, die Studenten werden von kommunistischen Agitatoren aufgeputscht, und unsere Abwehr meldet, daß die Vietkongs ihre größte Offensive seit Kriegsbeginn vorbereiten. In den Augen der Weltöffentlichkeit erlitten wir einen unerhörten Prestigeverlust, als einige Vietkongguerillas unsere Düsenbomber in Bien Hoa durch Granatwerferbeschuß vernichteten. Dabei gab es auf unserer Seite zahlreiche Tote und Verwundete.«

Der Colonel hielt inne und faßte die Männer der Reihe nach ins Auge. »Wir haben hier in Vietnam eine Schlappe nach der anderen eingesteckt, jetzt aber werden wir scharf durchgreifen. Wir werden die Kerle am Lebensnerv treffen, in ihrem eigenen Land!

Es hat schon mehrere mißglückte Guerillaktionen gegen die Vietkongs gegeben. Wir wollen unseren vietnamesischen Verbündeten nicht nahetreten, aber bis jetzt waren ihre Bemühungen negativ, die meisten eingesetzten Kräfte sind entweder gefallen oder wurden gefangen. Nun sehen wir uns gezwungen, etwas Neues zu versuchen: eine gemeinsame Aktion der USA und Südvietnams unter amerikanischem Kommando.«

Der Colonel trat zu der großen Karte. »Wir haben ein Gebiet gewählt, das sich fest in den Händen der Kommunisten befindet und das industrialisiert und, wie es scheint, gegen Infiltration von Agenten absolut gesichert ist. Ihr habt monatelang die geographischen und wirtschaftlichen Gegebenheiten dieses Sektors studiert und wißt, wie wichtig er für die Vietkongs ist. Dort wurden leistungsfähige Elektrizitätswerke gebaut, die Fabriken nördlich von eurem Einsatzraum erzeugen Rüstungsgüter, ja sogar chinesische Nachfertigungen sowjetischer und amerikanischer Waffen. Die Südvietnamesen unternahmen nicht weniger als drei Versuche, mit Sonderkommandos in diesem Gebiet festen Fuß zu fassen. Alle schlugen fehl. Euer Einsatzsektor ist einer der wichtigsten Bereitstellungsräume für die Vietkongguerillas, die nach Südvietnam eingeschleust werden. Wenn bei eurem Einsatz alles klappt, wird das Hanoi mehr erschüttern als Luftangriffe, denn zum erstenmal werden wir in das Wespennest stechen und in den kommunistischen Herzländern häufige und unerwartete Partisanenüberfälle durchführen.«

Der Wikinger wies auf das Zentrum des Gebietes, das mit einem roten Kreis markiert war. »Hier liegt Hang Mang, die wichtigste Stadt im Umkreis von hundert Meilen. Von dort aus wird das gesamte Gebiet kontrolliert. Das Elektrizitätswerk, von einem gemischten sowjetisch-rotchinesischen Technikerteam errichtet, versorgt die Provinz mit Strom. Schaltet Hang Mang aus. Damit wird bewiesen sein, daß unsere Guerillastreitkräfte in jeder Stadt der Vietkongs zuschlagen können, auch in Hanoi! Eure Aufgabe ist es, Ho Chi Minh zu zeigen, wie wir seine Industrie und seine Nachschublinien zerstören und seine Spitzenfunktionäre erledigen können. Euer Einsatz – offiziell heißt er ›Regenschauer‹ – wird den Weg bereiten, um fünfzig, vielleicht sogar hundert Guerillateams in die kommunistischen Hauptstützpunkte in Vietnam einzuschleusen. Hanoi soll endlich merken, was es heißt, Partisanen im eigenen Land zu haben.«

Schweigend überblickte Colonel Volkstaad die Gruppe dunkelhäutiger ›Asiaten‹. Die Kommunisten würden niemals nachweisen können, daß die USA hinter dieser Aktion standen. Kein einziger der Männer hier im Raum wäre in einer großen Menschenmenge als Weißer zu erkennen gewesen. »Ihr sollt restlos mit ausländischen Waffen und ausländischem Material versehen werden. Na, Hanoi wird genau wissen, wer diese geheime Offensive gestartet hat. Aber die Vietkongs werden es sich überlegen, Amerika des Angriffs auf ein größeres kommunistisches Zentrum zu bezichtigen. Damit würden sie nur ihre Schwäche eingestehen.«

Der Colonel machte eine Pause. »Das ist alles, was ich euch zu sagen hatte. Wir wünschen dem Team Acbat von Herzen Glück. Der Ausgang des Unternehmens ›Regenschauer‹ hängt nun von euch ab.«

»Danke, Sir«, sagte DePorta. »Team Acbat wird seine Aufgabe erfüllen.«

Volkstaad setzte sich in die erste Reihe neben Colonel Langston, den Kommandeur der SFOB. Ein wortkarger, ernster, grauhaariger Major nahm den Platz des Colonel ein.

Major Fraley, narbenbedeckter Frontsoldat, auf vielen Kriegsschauplätzen ausgezeichnet, war der Taktiker der SFOB. Für alles, was die Verwirklichung der Mission betraf, war er unmittelbar verantwortlich.

»Letzte Lagebesprechung für Unternehmen ›Regenschauer‹«, sagte er knapp. Er trat zu der großen Reliefkarte von Indochina an der Stirnwand des Raumes und legte die Hand auf einen Bergzug über einem weiten Tal. »Hier ist das Gebiet, in dem Team Acbat abgesetzt wird. Fangen Sie an, DePorta.«

Der Captain trat zur Karte. »Acbat infiltriert den Einsatzsektor heute um dreiundzwanzig Uhr an diesem Punkt.« Er zeigte die Stelle auf der Karte. »Im Absprunggelände wird uns eine Gruppe unter dem Kommando von Major Luc erwarten. Er ist seit einem Monat bei den Tais, mit denen wir zusammenleben werden. Jedes Teammitglied von Acbat kennt Major Luc zumindest vom Sehen. Unsere Aufgabe besteht darin, in dem Einsatzraum Fuß zu fassen, der sich in Nord-Süd-Richtung über achtzig Meilen und in Ost-West-Richtung über zwanzig bis dreißig Meilen erstreckt.« DePorta umriß das Gebiet auf der Karte.

»Sobald wir im Zentrum des Einsatzsektors unser Ausgangslager angelegt haben, werden wir mit der Widerstandsbewegung in Hang Mang, etwa fünfzehn Meilen vom Absprunggelände entfernt, Verbindung aufnehmen. Wir werden Patrouillen ausschicken, um Lagerplätze für die A-Teams Artie und Alton ausfindig zu machen. Wenn das erledigt ist und wir genug einheimische Guerillas für die beiden Teams rekrutiert haben, werden wir den Startschuß für Artie und Alton geben.«

DePorta nickte Captain Sampson Buckingham zu, einem stämmigen Neger in der zweiten Reihe, Kommandeur des Teams Alton. Dann schweifte sein Blick zu Captain Victor Locke, Kommandeur von Artie. Locke war rein angelsächsischer Abstammung, aber mit seinem sonnenverbrannten Gesicht und den dunklen Augen fiel er unter den anderen nicht auf.

»Wenn wir soweit sind, daß Alton und Artie eingeschleust werden können, wird aus dem Team Acbat Batcat, das B-Detachment für Unternehmen ›Regenschauer‹. Wir schlagen los, sobald Artie und Alton in der Lage sind, ihre Ziele anzugreifen. Dann werden wir dem alten Onkel Ho das Gruseln beibringen, Sir.«

Major Fraley, der neben DePorta stand, sagte: »Stimmt. Das wär's in großen Zügen. Nun zu den Sondereinsätzen. Captain Smith!«

Brickley Smith, der XO von Acbat, stand auf. Er war zwar ein Weißer, hatte aber dunkle Augen, olivfarbene Haut und schwarzes Haar, das er ganz unmilitärisch in langen Strähnen trug. DePorta hatte großen Wert darauf gelegt, daß ihm gerade dieser Offizier zugeteilt wurde, nicht nur wegen seiner Fähigkeiten, sondern auch, weil er fühlte, daß Smith von diesem Einsatz nicht lebend zurückkommen wollte.

»Zuerst werden wir dafür sorgen, daß Major Luc ausgeflogen wird. Wir werden einen Landeplatz für die U-10 anlegen und die SFOB verständigen. Unsere zweite Sonderaktion: die Entführung des Politchefs Pham Son Ti in Hang Mang.

Ti ist der mächtigste Mann in diesem Einsatzsektor, und alle anderen Funktionäre, die ihm theoretisch gleichgestellt sind, haben in Wirklichkeit Befehle von ihm entgegenzunehmen. Er ist ein Revolutionär alter Schule und kommandierte im Krieg gegen die Franzosen ein Viet-Minh-Regiment, aber nicht als Nationalist, der gegen den Kolonialismus kämpft, sondern als überzeugter Kommunist. Er trifft alle politischen Entscheidungen in der Provinz und steht mit dem Zentralkomitee in Hanoi in direkter Verbindung. Wenn wir ihn entführen, berauben wir die Vietkongs einer ihrer besten und tatkräftigsten Spitzenkräfte.«

Smith hielt inne und nahm von seinem Sessel eine Skizze, die einen finster blickenden Ostasiaten mit dichtem Haarschopf zeigte. »Das ist Pham Son Ti. Sobald Acbat abgesetzt ist, wird unser Agent, Mr. Ton« – Smith deutete auf einen Vietnamesen in der zweiten Sitzreihe –, »sofort mit der Widerstandsbewegung die Entführung des Genossen Ti vorbereiten. Wenn wir ihn geschnappt haben, wird er der SFOB zum Verhör überstellt.« Sachlich fuhr Smith fort: »Unser dritter Sondereinsatz betrifft die Vorbereitungen zur Beseitigung kommunistischer Funktionäre im gesamten Sektor.«

Fraley nickte, Smith setzte sich wieder. »Lieutenant Vo«, sagte der Major. »Sie und Sergeant Ossidian sind die Spionage- und Abwehrspezialisten. Berichten Sie uns über Ihren Anteil an der Operation.«

»Mr. Ton stammt aus Hang Mang und flüchtete bei der ersten Gelegenheit vor den Vietkongs«, sagte der vietnamesische Offizier. »Ich habe auch andere Agenten in Hang Mang. Mr. Tons Eltern sind katholische Kaufleute, sie verloren den Großteil ihres Besitzes und Kapitals, als die Kommunisten an die Macht kamen. Ton hat eine Kusine namens Quand. Sie ist in Hang Mang am Opiumhandel beteiligt. Wie wir hören, steht sie dem Politchef Ti sehr nahe. Außerdem hat sie einen Bruder, Mr. Pham. Auch er haßt die Kommunisten. Die beiden werden uns helfen.«

Fraley war zufrieden. »Ossidian?«

»Wir haben nicht viele Informationen über den Bergstamm der Tais, mit denen wir zusammenarbeiten werden«, sagte der dunkle Syrer. »Der Häuptling, er heißt Muk Thon, diente drei oder vier Jahre als Sergeant bei den Tirailleurs Annamites, den indochinesischen Eingeborenentruppen der französischen Armee. Mein Agent, Krak« – Ossidian wies auf den Montagnard, der neben ihm saß –, »war ein Militärkamerad von Muk Thon. Krak ist selbst Tai, er schlug sich vor einem Jahr zu uns durch, um uns mitzuteilen, daß sein Stamm uns beim Kampf gegen die Vietkongs im Tiefland unterstützen würde. In Muk Thons Dorf wird Mohn zur Opiumgewinnung angebaut, wie in den meisten Ansiedlungen der Montagnards. Wir hoffen, daß wir uns diesen Umstand zunutze machen können, um die korrupten Elemente in der Stadt für uns zu gewinnen und gegen die Kommunisten auszuspielen.«

Dann forderte Fraley alle übrigen Mitglieder des Teams Acbat auf, ihre Funktion bei Unternehmen ›Regenschauer‹ zu beschreiben.

Als die Lagebesprechung zu Ende war, stellte Major Fraley den G-4 oder Nachschuboffizier, Major Copitz, vor, der die Ausgabe der Ausrüstung an Acbat überwachen würde.

Copitz trat zu DePorta. »Können wir ins Depot gehen, Captain?«

»Jawohl, Major.«

Kein einziges Stück der Ausrüstung, die die Männer faßten, angefangen von den Schuhen, den Socken, der Unterkleidung bis zu den Funkgeräten, den Waffen und dem Sanitätsmaterial, war als amerikanisches Erzeugnis zu erkennen.

2

Airman 1. Class Kunitski hielt beide Hände mit ausgestreckten Fingern in die Höhe. Noch zehn Minuten. Captain DePorta nickte. Er sah die sechs Männer an, einen nach dem anderen, die, die Hände über dem Reservefallschirm gefaltet, geradeaus vor sich hinblickten oder zu dem Stahlkabel hinaufsahen, das über ihnen durch die ganze Länge des Flugzeugrumpfes lief. Sehr bald würden sie aufstehen und die Reißleinen ihrer Fallschirme an diesem Kabel einhaken.

Acbat war ein gutes Team, das wußte DePorta. Sechs Monate lang hatte er seine Soldaten in allem ausgebildet, was er selbst 1942 bis 1945 im Partisanenkampf gegen die Japaner auf seinen heimatlichen Philippinen gelernt hatte. Er seinerseits hatte wieder von den Kenntnissen und Erfahrungen der Kameraden profitiert. Sergeant Rodriguez war ein ungemein kluger Sprengtechniker, ebenso wie Captain Smith. Mastersergeant Mattrick war einer der besten Nahkampfspezialisten in den Special Forces und hatte seinem Kommandeur beigebracht, wie man einen Angreifer, der wesentlich stärker ist, waffenlos und für immer erledigt. Der Teamsergeant hatte außerdem seine Qualitäten als Dienstführer. Auch das brauchte man im Sondereinsatz.

Frenchy Pierrot galt ganz zu Recht als ein in vorderster Linie vielfach erprobter Sanitäter, der mehr als einmal an Verwundeten Eingriffe durchgeführt hatte, während er gleichzeitig Handgranaten warf und auf den anstürmenden Feind feuerte. Und mit Funkgeräten kannte sich wohl niemand besser aus als Sergeant Everett.

Doch bei den Vorbereitungen zum Unternehmen ›Regenschauer‹, das fast ein Himmelfahrtskommando war, hatte der Stab der Militärhilfe in den Verhandlungen mit der obersten Führung der vietnamesischen Streitkräfte den Partisaneneinsatz im Feindesland davon abhängig gemacht, daß alle Teams und Gruppen amerikanischen Offizieren unterstellt würden.

Der Pilot kurvte regelmäßig nach rechts und nach links. Auf diese Weise würde es den feindlichen Radarstationen nicht gelingen, den Kurs der Maschine zu bestimmen, die eine Höhe von dreitausendfünfhundert Meter hielt. Tief unten, in einem befestigten Dorf der Montagnards, gab es eine mit einer kleinen Gruppe von Special-Forces-Funkern bemannte Funkstelle. Diese Bodenstation peilte das Flugzeug. Zwölf Minuten später würden sie über dem Absprunggelände sein, das Major Luc mit seinen Tais einsatzbereit gemacht hatte.

DePorta und seine Leute fühlten, daß sich die Maschine plötzlich jäh senkte. Absprunghöhe war dreihundert Meter. Im Transportraum war es dunkel, nur die roten Lampen gaben mattes Licht. Airman 1. Class ›Ski‹ hatte Kopfhörer aufgesetzt und das Mikrophon vor den Mund geklappt. Er sprach über internen Sprechfunk mit dem Piloten. Dann hob er eine Hand in die Höhe und spreizte die Finger. Noch fünf Minuten.

Captain Brick Smith starrte in die kalte Schwärze, die die offene Tür neben seinem Kommandeur erfüllte. Selbst bei Übungssprüngen war es so eine Sache mit diesen letzten zehn Minuten, bevor man sich aus dem Flugzeug stürzte. Das Blut begann in den Ohren zu singen und kribbelte in den Fingerspitzen. Obwohl Smith siebzig Absprünge hinter sich hatte, kannte er noch immer dieses Gefühl der Beklemmung. Der Mensch war einfach seiner Psyche nach nicht dazu geschaffen, aus großer Höhe vom Himmel auf die Erde zu fallen. Aber diesmal hatte Smith keine Angst. Diesmal war ihm egal, was mit ihm geschehen würde.

Er klopfte auf die tschechische Maschinenpistole, die unter seinem linken Arm hing. Wenn die Vietkongs auf dem Absprunggelände warteten, dann würde er ehrenvoll fallen, im Kampf gegen sie, bis zum letzten Atemzug. Wenn sie ihn nur verwundeten und kampfunfähig machten, blieb die Giftkapsel, die, als Warze getarnt, an sein linkes Handgelenk angeklebt war.

Smith versuchte sich einzureden, daß seine Frau nicht die einzige sei, die einen anderen gefunden hatte, während ihr Mann in Übersee kämpfte. Aber der Schmerz ließ sich nicht betäuben. Und dennoch: irgendwie stand Smith nun über den Dingen. So oder so, es war sehr unwahrscheinlich, daß er lebendig zurückkam. Ungeduldig wartete er auf den Moment, da er in den schwarzen Propellerwind springen und im mörderischen Dschungelkrieg untertauchen würde, der sein Lebensinhalt geworden war.

Er hatte Kathy geliebt. Sie war sein Alles gewesen. Und dann, während seines letzten Einsatzes in Vietnam, war es geschehen. Seine Frau hatte ihn mit einem Captain betrogen – noch dazu mit einem ›Straight leg‹! Als er ihr die Wahrheit auf den Kopf zugesagt hatte, stritt sie den Ehebruch nicht einmal ab.

DePorta war aufgestanden, und ›Ski‹ hob drei Finger. Zeit, die Materialbehälter zur Tür zu schaffen. Der Kommandeur klinkte seine Reißleine in das Kabel ein. Auch seine Männer machten sich bereit. Captain Smith und Sergeant Pierrot bei der rechten, Captain DePorta und Sergeant Mattrick bei der linken Tür balancierten die schweren Behälter. Neben den Türen leuchteten die roten Signale auf. DePorta steckte den Kopf hinaus. Der Luftdruck verzerrte sein Gesicht. Noch zwei Minuten bis zum Absprunggelände. Richtiger Kurs, richtige Höhe, richtige Zeit. Wenn unten alles klappte, mußte er gleich die Markierungslichter in Form eines verkehrten L sehen. Er starrte hinunter ins Dunkel.

»Eine Minute!« rief ›Ski‹. Plötzlich blinkten vor ihnen die Lichter auf.

Dort war das L – der Längsbalken verlief über die ganze Länge des Absprunggeländes. Sobald sie die Lichterkette anflogen, die den Querstrich des L bildeten, mußten sie die Behälter hinausstoßen und nachspringen. ›Ski‹ überprüfte nochmals den Sitz der Fallschirme und der Gurte. DePorta fühlte einen Schlag auf den Rücken. Mattrick schrie: »Zwei okay!«

»Eins okay!« antwortete DePorta und spannte die Muskeln, um sich abzustoßen. Sie waren nun fast über dem L. Das rote Licht neben der Tür wechselte auf Grün. DePorta warf sich mit seinem ganzen Gewicht gegen die Behälter. Sie kippten in die Nacht hinaus. Der Captain sprang hinterdrein und wurde vom Sog weggerissen. Das Kinn fest gegen die Brust gedrückt, die Arme seitlich angepreßt, die Hände am Reservefallschirm festgeklammert, fiel er ins Bodenlose. Ein leichter Ruck – der Fallschirm hatte sich geöffnet. DePorta blickte nach oben. Immer größer wölbte sich die weiße Kuppel über ihm. Das Flugzeug verschwand als dunkler Schatten. Ringsum öffneten sich vor dem Hintergrund des Nachthimmels die anderen Fallschirme.

Nun herrschte völlige Stille. Die Lichter unten waren wieder verschwunden. Sogar das Dröhnen der Flugzeugmotoren war verstummt. Die Transportmaschine würde noch fünf Minuten auf demselben Kurs weiterfliegen, um nicht die Lage des Absprunggeländes zu verraten, falls die Radargeräte der Vietkongs die Flugrichtung verfolgten. Soweit war alles gut gegangen. Nun kam es auf das ›Empfangskomitee‹ da unten an. Die Kennummer war sieben. Das würde aber nicht viel nützen, falls es nicht ihre eigenen Leute waren, die sie erwarteten, dachte DePorta mit einem etwas mulmigen Gefühl im Magen.

Der Boden schien mit großer Geschwindigkeit auf ihn zuzukommen. Mit gebeugten Knien und gespannten Zehen, den Körper ganz locker, erwartete DePorta den Aufprall. Er berührte den Boden, rollte in ein Gebüsch und sprang auf. Kaum hatte er begonnen, seinen Fallschirm einzuziehen, drangen schon drei Montagnards auf ihn ein. Er hielt vier Finger hoch. Der Anführer der Montagnards spreizte zur Antwort drei Finger. Kennummer sieben. DePorta atmete erleichtert auf. Er hörte die dumpfen Stöße, als die übrigen Männer vom Team Acbat landeten.

Die Montagnards führten den Captain zu einem kleinen Hügel, der sich über das flache Gelände erhob. Oben stand ein Vietnamese in schwarzer Bauernkleidung, er war etwas größer als DePorta.

»Wir freuen uns, daß Sie hier sind, Captain DePorta«, sagte der Vietnamese.

»Und ich freue mich, Sie wiederzusehen, Major Luc. Sie haben einen sehr guten Landeplatz ausfindig gemacht.«

»Die Tais werden Ihre Leute und die Materialbehälter hierherbringen«, sagte Luc. »Sie müssen sich auf einen anstrengenden Marsch gefaßt machen. Wir haben sehr viele Taiträger. Ihre Männer müssen ihre Waffen und Ausrüstung nicht selbst tragen.« Das kam höchst selten vor, eigentlich nur bei Einsätzen hinter den feindlichen Linien.

Captain Smith tauchte auf. Luc begrüßte den amerikanischen XO. Als das Team Acbat vollzählig auf dem Hügel versammelt war, wurden die vier Materialbehälter geöffnet und die Lasten auf die Tais verteilt. Dann gab Major Luc den Befehl zum Abmarsch.

»Ich werde mit einigen Tais hierbleiben«, erklärte er, zu DePorta gewendet. »Beim ersten Tageslicht werde ich mich persönlich davon überzeugen, daß der Landeplatz unkenntlich gemacht ist. Erinnern Sie sich noch an die Lehrsätze beim Guerillakurs in Fort Bragg? Der unbedeutendste Gegenstand, der auf dem Boden liegenbleibt, kann den ganzen Einsatz gefährden.«

Als die Montagnards und die Amerikaner in den Dschungel vordrangen, reihte sich Krak, der Verbindungsmann zu den Tais, neben DePorta ein. Das Team Acbat war planmäßig um Mitternacht abgesprungen. Nun hatten sie einen vierstündigen Fußmarsch bis zum ersten Lager vor sich.

Während die Montagnardträger den gewundenen Dschungelpfaden folgten, überprüften DePorta und Smith immer wieder mit dem Kompaß die Marschrichtung. Markante Punkte gibt es im Dschungel nicht. Die Männer zogen ungefähr in südöstlicher Richtung dahin. Nach der ersten Stunde ging es ständig bergauf. Nach zwei Stunden hatten sie, wie DePorta schätzte, etwa sechs Kilometer zurückgelegt und hielten Rast. Nun mußten sie bereits tief in den Bergen sein, denn es war merklich kühler, fast kalt.

Schließlich endete der lange, erschöpfende Marsch auf einer Hochfläche in der Nähe eines Berggipfels. Im ersten Frühlicht konnte DePorta die Silhouette eines typischen Montagnarddorfes ausnehmen. Die Häuser standen auf Pfählen, daneben, ebenfalls auf Pfählen, die Vorratsbehälter. Als sie das Dorf betraten, ging Krak vor, um den Trägern zu zeigen, unter welchem Haus sie die Lasten aufstapeln sollten.

Im roten Schein eines verlöschenden Feuers vor einer der Hütten sah DePorta einen knorrigen alten Mann in Lendenschurz und Umhang. Der Alte erhob sich und kam auf sie zu. Krak stellte den Häuptling auf französisch vor. Muk Thon, der ebenfalls französisch sprach, hieß DePorta und dessen Team im Dorf willkommen. Stolz erzählte er ihnen, daß er im Jahre 1952 als Soldat der Kolonialtruppen auf seiten der Franzosen gekämpft hatte. Außerdem hatte sich damals eine kleine Gruppe von Franzosen monatelang im Dorf verborgen gehalten und von dort aus operiert.

Erklärend fügte Krak hinzu, daß manche Taitrupps – auch Muk Thons Leute – in den vergangenen zehn Jahren häufig ihre Dörfer verlegt hatten, um den Truppen der kommunistischen Regierung auszuweichen. Dennoch versuchten die Nordvietnamesen noch immer, die nomadisierenden Montagnardstämme ›gleichzuschalten‹.

Muk Thon deutete auf ein Bambushaus. Unter den Pfählen waren die Lasten der Ausrüstung und der Versorgungsgüter abgestellt. »Dort wirst du mit deinen Männern wohnen«, sagte er zu DePorta.

Captain Smith und Sergeant Mattrick führten die erschöpften Männer von Acbat zu ihrem neuen Quartier.

Krak, DePorta und Muk Thon ließen sich um das Feuer nieder. Der Häuptling hielt die Hände über die Glut.

Die Vietnamesen – wie übrigens die meisten Angehörigen fernöstlicher Völker – vermeiden es gewöhnlich, in wichtigen Dingen sofort zur Sache zu kommen. Die Montagnards hingegen gehen ohne Umschweife gleich auf den Kernpunkt los, sie halten nichts von langen Einleitungen. Deshalb begann auch DePorta unverzüglich mit seinem Bericht über die Einsatzziele des Unternehmens ›Regenschauer‹.

»Wir werden alle deine Männer zum Kampf gegen die Vietkongs ausbilden und bewaffnen«, sagte er.

»Wir hassen die Vietkongs!« rief Muk Thon. »Sie stehlen unseren Mohn, sie wollen unsere jungen Männer zum Dienst in ihrer Armee zwingen und uns Steuern auferlegen.«

»Das soll bald anders werden«, entgegnete DePorta. »Aber zuerst müssen wir stark sein. Wir werden weit von diesem Dorf einen Übungsplatz anlegen, und dann werden wir aus deinen Tais Soldaten machen.«

Muk Thon schüttelte den Kopf. »Nein. Die Männer können kämpfen. Für die Ausbildung haben sie keine Zeit, sie müssen auf den Feldern arbeiten, unseren Reis und Maniok anbauen und sich um den Mohn kümmern.«

»Aber sie müssen sich doch zuerst üben!«

»Ich habe in der französischen Armee gedient. Ich weiß, wie man kämpft. Meine Männer werden mir folgen. Gebt uns Gewehre.«

»Zuerst müssen sie lernen, wie man damit umgeht.«

»Das lernen sie in einem Tag, hier, ohne das Dorf zu verlassen«, beharrte der Häuptling. »Die Männer müssen auf den Feldern arbeiten.«

DePorta hatte sich noch eine Überraschung aufgespart. Aus dem Französischen unvermittelt in den Taidialekt übergehend, sagte er: »Ich bin mit meinen Soldaten hierhergekommen, um euch beim Kampf gegen die Vietkongs im Flachland zu helfen. Wir werden euch Gewehre, Munition und Ausrüstung geben und den Kämpfern ihren Sold in gültiger Währung bezahlen. Aber deine Männer müssen gut ausgebildet werden.«

Jählings hielt Muk Thon in seinen Schaukelbewegungen inne, starr vor Staunen, daß dieser Fremde ihn in seiner Muttersprache anredete.

Nach kurzem Schweigen erwiderte er: »Du sprichst die Sprache der Tais. Das ist gut. Doch was geschieht mit der Ernte?«

»Während die eine Hälfte der männlichen Dorfbewohner ausgebildet wird, arbeitet die andere Hälfte auf den Feldern.«

Muk Thon paffte ungerührt seine Pfeife. »Jetzt ist die Zeit, da wir den Mohnsaft abzapfen.«

»Wir bezahlen dich und deine Leute. Ihr braucht euch nicht um den Mohn zu kümmern.«

»Nein!« rief der Häuptling trotzig. »Der Mohn verdorrt, wenn wir ihn nicht pflegen. Ihr geht wieder weg, und dann haben wir keinen Mohnsaft, den wir verkaufen können.«

»Die eine Hälfte deiner Leute arbeitet auf den Feldern, die andere Hälfte übt für die Kämpfe«, sagte DePorta hartnäckig. »Wir werden besser bezahlen als die Vietkongarmee. Wenn ein Mann verheiratet ist, bekommt er eine Zulage, und für Kinder gibt es weitere Zulagen. Wir zahlen in nordvietnamesischem Geld.«

Muk Thon schloß die Augen und begann wieder in der Hocke hin und her zu schaukeln. Die Pfeife qualmte. »Wann wird der erste Zahltag sein?« fragte er sachlich.

»Sobald wir die Männer rekrutiert und eingeteilt haben.«

»Es wird schon hell«, sagte der Häuptling. »Wir können heute beginnen.«

»Sind deine Männer verläßlich? Wenn uns einer verrät, ist alles verloren.«

»Kein Tai, ganz gleich ob Mann, Frau oder Kind, würde je sein Dorf verraten«, sagte Muk Thon mit blitzenden Augen.

DePorta wußte, daß er den Taianführer gewonnen hatte. Deshalb ging er noch einen Schritt weiter. »Nun, Muk Thon, du als Häuptling wirst in der Taiarmee, die wir aufstellen, Oberst. Und wir werden dir mehr bezahlen, als die Kommunisten ihren Obersten bezahlen.«

Er griff in die Tasche und zog die drei Silberknöpfe heraus, die in der vietnamesischen Armee den Rang des Obersten bezeichnen. Er reichte sie dem Montagnard. »Wir haben dir auch eine Uniform mitgebracht.«

Muk Thon nahm die Abzeichen und starrte auf das leuchtende Silber in seiner braunen Hand. »Als dein Berater bin ich ebenfalls Colonel«, fuhr DePorta fort. »Nach einer Woche Grundausbildung werden wir feststellen, wer von deinen Männern in unsere Truppe eingereiht werden kann.«

Für den Augenblick zumindest schien der Häuptling besänftigt. DePorta wußte, daß es unklug wäre, ihn jetzt zu weiteren Zugeständnissen zu drängen.

Im Dorf verbreitete sich der Geruch von gekochtem Essen. Die Taifrauen bereiteten die Morgenmahlzeit.

»Oberst Muk Thon«, sagte DePorta, »wir haben wohl Proviant mitgebracht, aber bald werden wir alles, was wir brauchen, von euch kaufen müssen.«

Es schmeichelte dem Montagnard, daß er mit seinem neuen Rang angesprochen wurde. »Ich werde Frauen in euer Haus schicken, damit sie Feuer machen und für deine Männer kochen. Meine Frau und meine Tochter werden hier für dich und mich das Frühstück machen.«

»Danke, Oberst.« DePorta blickte zu dem Langhaus hinüber, wo das Team Acbat einquartiert war. »Ich sehe nur nach, wie es meinen Soldaten geht. Gleich bin ich wieder da.«

Sergeant Mattrick saß in der Tür, seine schwedische Maschinenpistole auf den Knien. Captain Smith machte sich an den Trägerlasten zu schaffen.

»Bald kommen einige Taifrauen, um für euch zu kochen«, sagte DePorta zu ihnen.

»Nein, danke. Solange es geht, werde ich mich selbst verpflegen«, antwortete Mattrick. »An die Taikost muß man sich erst gewöhnen.«

»Na schön«, sagte DePorta. »Brick, komm mit, bei Muk Thon gibt's was Warmes.«

Sie gingen hinüber. Krak hockte neben dem Häuptling.

»Oberst Muk Thon«, sagte DePorta, als sie zum Feuer traten, »das ist mein XO, Lieutenant Colonel Smith.«

Ohne eine Miene zu verziehen, salutierte Smith zackig vor dem Häuptling, der sofort auf den Beinen war und in strammer Haltung, betont militärisch, den Gruß erwiderte. Auf französisch sagte Smith: »Es ist mir eine Ehre, Oberst.«

»Die Ehre ist auf meiner Seite.«

Die Frau und die Tochter des Häuptlings eilten geschäftig hin und her. Die Frau hatte ein pergamentenes Gesicht mit vielen Runzeln, strahlte aber eine gewisse Würde aus. Für eine Montagnarde war sie ungewöhnlich groß.

Muk Thons Tochter, Luy, war ein hübsches, graziöses Mädchen, Mitte Zwanzig, mit langem, schwarzem, sorgfältig gekämmtem Haar und hellerer Haut als die meisten Montagnards im Süden. Unter dem Tuch, das sie um die Schultern geschlungen hatte, wölbten sich die festen Brüste. Ihr schmales Gesicht mit den großen, ausdrucksvollen Augen war von tiefer Traurigkeit überschattet. Welche Tragödien mochte sie wohl miterlebt haben in diesem schwer heimgesuchten Land? fragte sich DePorta.

»Vous prenez déjeuner?« fragte sie. Beide Offiziere bejahten.

Luy verschwand und kam gleich darauf mit zwei Schüsseln zurück, voll mit einer dampfenden Brühe, in der große Fleischbrocken schwammen, und stellte sie vor DePorta und Smith nieder. Die Mutter des Mädchens setzte ihnen eine Schüssel mit gekochtem Reis vor.

Luy kniete vor Smith. »Aimez-vous?« fragte sie.

»Schmeckt sehr gut. Was für ein Fleisch ist das?«

»Affenfleisch«, sagte Luy stolz. »Wir hätten Hundefleisch gegessen, aber als Major Luc sagte, daß Amerikaner kommen, habe ich die Affen zubereitet.« Ihr Blick blieb prüfend an DePorta haften. »Du bist Amerikaner, Colonel?«

»Ja, amerikanischer Staatsbürger – aber ich bin gebürtiger Asiate, wie ihr. Hast du schon einmal etwas von den Philippinen gehört?«

»O ja. Mein Mann hatte viele Landkarten.« Ihr Gesicht verdunkelte sich. »Er war Franzose. Er und drei andere Soldaten, die ein Jahr lang bei uns gelebt haben.«

Smith sah DePorta fragend an.

»Luys Mann muß dem GCMA angehört haben. Die versuchten das gleiche wie jetzt wir. Für die Kommunisten waren sie erklärte Todfeinde.« DePorta fragte die junge Montagnarde: »War dein Mann beim ›Groupement de Commando Mixtes Aeroportes‹?«

Ihre Augen leuchteten auf, sie nickte lebhaft.

»Was ist mit dem Franzosen geschehen, Krak?« fragte Smith.

Luy senkte schweigend den Blick. Krak zuckte verlegen mit den Achseln.

Auf englisch sagte DePorta zu Smith: »Der Stamm zwang Muk Thon, ihn und die anderen Franzosen an die Vietkongs auszuliefern, als der Krieg zu Ende war. Dafür wurde den Tais zugesichert, daß sie ungeschoren bleiben würden.«

»Woher weißt du das?«

»Krak machte gewisse Andeutungen, und bei einer Lagebesprechung rückte er dann damit heraus.«

»Und wieso bist du jetzt so sicher, daß sie uns nicht verraten werden?«

»In den vergangenen Jahren ist viel geschehen. Unsere Territorialspezialisten bei der SFOB sind der Meinung, daß die Tais unerschütterlich zu uns halten werden.« DePorta stand auf, im Osten rötete sich der Himmel. »Wir haben viel vor uns. Ich schlage vor, daß wir jetzt ein paar Stunden schlafen. Heute nachmittag können wir damit beginnen, Rekruten anzuwerben und in die Soldliste einzutragen.«

Die brodelnde Hitze des Vormittags und das grelle Sonnenlicht weckten DePorta. Lieutenant Vo hielt bei der Tür Wache. Der Captain stand auf, zog seinen Pullover aus und trat in den Türrahmen.

Auf englisch sagte Vo: »Major Luc ist gerade zurückgekommen. Jetzt ist er beim Häuptling.«

Luc stand mit Krak und Muk Thon vor dem Haus. Muk Thon hatte seine Rangabzeichen als Oberst an eine zerlumpte schwarze Bluse geheftet.

»Es war gut, daß ich nochmals nachgesehen habe«, sagte Luc auf englisch zu DePorta. »Auf dem Landeplatz lag noch alles mögliche Zeug herum. Aber wir haben ihn gründlich gesäubert, damit die Vietkongs keinen Verdacht schöpfen.«

»Wir werden Sie so bald wie möglich herausholen lassen, Major Luc«, sagte DePorta. »Sie werden drüben bei der SFOB gebraucht. Und jetzt fangen wir hier mit dem Zirkus an.«

Am Spätnachmittag war bereits ein Teil des Langhauses als Sanitätsstation eingerichtet. Sergeant Pierrot und sein vietnamesischer Helfer, Sergeant Lin, hatten ihr Instrumentarium und ihren beschränkten Vorrat an Medikamenten untergebracht, eine neue Tür in die Schmalseite des Bambushauses geschnitten und eine Treppe vom Boden bis zur Schwelle gebaut, damit die Kranken leichter hinaufgelangten. Oberst Muk Thon, in einem funkelnagelneuen Tarnanzug, hatte eine Untersuchung aller Tais angeordnet, die in die Guerillatruppe eintreten würden, mit anderen Worten, aller offenbar tauglichen und waffenfähigen Männer des Dorfes. Sie sollten in zwei Ausbildungskompanien eingeteilt werden.

Luy war die erste, die in Frenchy Pierrots Ambulanz kam. Sie führte einen zehnjährigen Jungen an der Hand, dessen Körper mit offenen roten Schwären bedeckt war. Seine Augen waren verschwollen und fast geschlossen. Frenchy untersuchte das Kind. Dann gab er Luy ein Stück medizinischer Seife. »Geh mit ihm zum Fluß und wasche ihn damit«, riet er ihr auf französisch. »Dann bring ihn wieder her.«

»Merci, Monsieur«, sagte der Junge.

»Tu parle français?«

»Oui, Monsieur.«

»Mein Mann war Franzose«, erklärte Luy, »Wir versuchen, mit dem Jungen in der Sprache seines Vaters zu sprechen.«

»Wie heißt er?« fragte Frenchy.

»Muk Lon. Sein französischer Name ist Pierre.«

»Hör zu, Pierre«, sagte der Sergeant mit gespielter Strenge. »Ich möchte, daß du dich dreimal täglich mit der Seife, die ich deiner Mutter gegeben habe, im Fluß wäschst. Dann wirst du wieder zu mir kommen. Hast du verstanden?«

Pierre nickte feierlich.

»Habt ihr im Dorf Seife?« fragte Frenchy.

»Es gibt keine zu kaufen«, erwiderte Luy.

»Dann werden wir welche machen«, erklärte er. »Ich zeige es dir, und du zeigst es den Frauen.«

»Sie werden es gern lernen.«

Am anderen Ende des Langhauses hatte sich Sergeant Ossidian einge-richtet, mit Landkarten an den Wänden und Azetatfolien, auf denen mit Fettkreide die Ziele, Verbindungslinien und feindlichen Positionen mar-kiert wurden.

Manong, vom Stamm der Brus, den Tais ethnisch verwandt und ihrer Sprache kundig, hatte unter den Dorfbewohnern noch einige ehemalige Soldaten der französischen Kolonialtruppen ausfindig gemacht und unter-wies sie im Gebrauch der ausländischen Waffen, die am nächsten Tag an die Rekruten verteilt werden sollten.

Sergeant Ashton Everett, der schwarze Funker, und sein Helfer, Ser-geant Trung, hatten ihre Geräte aufgestellt und waren bereit, den Funk-verkehr aufzunehmen.

Während der nächsten drei Tage arbeitete das Team Acbat fast ununter-brochen. Die Männer wurden untersucht, dazwischen kümmerten sich die Sanitäter um die Frauen. Die Hälfte der Neugeborenen starb, weil die Mütter keine Milch hatten. Pierrot setzte auf seine Anforderungsliste fünf-zig Pfund Trockenmilch für schwangere Taifrauen, die bald gebären wür-den. Hautkrankheiten waren sehr häufig, deshalb forderte der Sanitäter für den ersten Nachschubabwurf eine komplette dermatologische Ausrüstung an. Schlechte Zähne wurden dutzendweise gezogen, und das Trinkwasser mußte geklärt werden.

Eine Patrouille unter Führung von Sergeant Mattrick ging auf Erkun-dung, um einen Geländestreifen zu finden, auf dem die U-10 landen konnte, in der Major Luc zur SFOB zurückfliegen sollte.

3

Vier Tage nach dem Absprung des Teams Acbat marschierte eine Gruppe von Tais unter Führung von Captain Smith und Sergeant Mattrick zum Landeplatz. Major Luc wurde aus dem Einsatzraum ausgeflogen. Am selben Tag verließ auch Ton das Dorf, um unbemerkt in Hang Mang unterzutauchen und mit der Widerstandsbewegung Verbindung aufzunehmen.

DePorta begab sich zu Muk Thons Haus, er hatte mit dem Häuptling etwas Wichtiges zu besprechen. »Oberst«, sagte er zu dem Montagnard, der auf dem Boden hockte, »morgen möchte ich das Dorf auf den neuen Lagerplatz umsiedeln, den wir acht Kilometer westlich von hier gefunden haben. Das wird unser neuer Hauptstützpunkt sein. Wir werden mit der Ausbildungskompanie hinmarschieren und die Feldarbeiter hier zurücklassen.«

Muk Thon wandte die Augen nicht von DePorta, während er die Pfeife langsam aus dem Mund nahm. »Nein! Dieses Dorf ist unsere Heimat. Die Tais werden es nicht aufgeben.«

»Oberst«, fuhr DePorta eindringlich auf französisch fort, »wir müssen unsere Kräfte konzentrieren. Es ist wichtig, daß wir einen neuen Stützpunkt errichten.«

»Wir Tais verlassen unser Dorf nicht«, beharrte der Häuptling.

Da die Männer so laut sprachen, traten Muk Thons Frau und Luy ein.

»Die Amerikaner sagen, wir müssen unser Dorf verlassen!« schrie der Häuptling.

»Müssen wir alle von hier fortgehen?« fragte Luy.

Der Captain schüttelte den Kopf. »Nur meine Leute und die Kompanie Tais, die wir ausbilden.«

»Ich sage, keiner von uns geht mit«, erklärte Muk Thon entschlossen.

»Gesetzt den Fall, Nguyen That Ton wird gefangen«, sagte DePorta. »Was glaubst du, wie lange es dauern würde, bis er alles gesteht?«

Der Häuptling saß einige Minuten schweigend da und stieß Rauchwolken aus seiner Pfeife. »Meine Leute gehen nicht ohne ihren Oberst«, sagte er starrsinnig.

»Es könnte auch sein, daß Major Luc und mein Stellvertreter, Lieutenant Colonel Smith, erwischt und gefoltert werden.«

Luy erschrak. Sie seufzte. DePorta warf ihr rasch einen Blick zu. »Oberst Muk Thon, wenn wir gegen die Vietkongs kämpfen wollen, dürfen wir uns nicht fangen lassen, davon hängt alles ab. Ich wünsche, daß du mit der Ausbildungskompanie ins neue Lager kommst.« Mehr zu Luy als zum Häuptling sagte er: »Lieutenant Colonel Smith wird die Ausbildung der Tais leiten. Er ist stolz darauf, mit einem so erfahrenen Soldaten zusammenzuarbeiten, wie du einer bist, Oberst.«

Luy errötete leicht und wandte sich ab. DePortas diplomatische Verhandlungstaktik verfehlte nicht ihre Wirkung. Schließlich entschied der Häuptling: »Wenn meine Frau und meine Tochter bereit sind, dieses Lager zu verlassen, dann gehe ich.«

Die U-10 war auf dem Dschungelrollfeld gelandet und hatte Major Luc sicher zur SFOB in Südvietnam zurückgebracht. Fünf Tage später gab DePorta seinem Funker Everett den Text des ersten Lageberichts zum Chiffrieren und Senden. Er meldete, daß es Nguyen That Ton gelungen war, mit der Widerstandsbewegung in Hang Mang Verbindung aufzunehmen. Die Entführung des Politchefs Ti wurde vorbereitet, alle Einsatzziele standen unter Beobachtung. Man hatte auch eine Möglichkeit gefunden, Blattgold gegen nordvietnamesisches Geld einzutauschen. In zwei Tagen würden die Spionagespezialisten des Teams Acbat mit Widerstandskämpfern zusammentreffen. Acbat führte im Gelände Erkundungen durch, um ein drittes Einsatzlager zu errichten, man würde die Koordinaten durchgeben. Mit zwei Zügen Tais wurde eine beschleunigte Guerillaausbildung durchgepeitscht. Krak hatte eine kleine Gruppe zu einem Taidorf geführt, wo eine Operationsbasis für das Team Alton angelegt wurde. DePorta vergaß auch nicht zu erwähnen, daß in letzter Zeit starke Truppentransporte der Vietkongs beobachtet wurden.

Er beendete seinen Bericht mit der Liste der Koordinaten von Landeplätzen im Einsatzsektor und gab markante Punkte, Hindernisse und die Kompaßrichtungen der Längenachsen an.

»Das schicken wir lieber mit dem Ballon ab, Sir«, sagte Everett, als er sah, wie lang diese Meldungen waren.

»In Ordnung.«

Rasch und präzis verschlüsselte der Funker den Text. Dazu brauchte er beinahe eine Viertelstunde. Dann schloß er eine Metallkiste auf und nahm ein kleines Transistorsendegerät heraus. Er grinste zu seinem Kommandeur hinauf. »Jedesmal, wenn ich so ein Ding verwende, sollte ich Gefahrenzulage bekommen, Sir.« Er setzte eine Batterie ein und begann den chiffrierten Text durchzutasten. Die Morsesignale wurden auf ein Tonband aufgenommen. Dann drehte er an einigen Knöpfen und drückte auf einen Schalter. Das Tonband spulte sich zurück.

»Fertig, Sir. Das Gerät sendet auf dem Kanal, der in der SFOB ununterbrochen abgehört wird.«

»Ab damit, Everett.«

Everett zog einen großen, leeren Ballon und eine Heliumflasche aus der Kiste. Er nahm beides in die eine Hand, das Sendegerät in die andere und trat ins Freie hinaus.

»Soll ich Ihnen helfen, Everett?« fragte Smith. Er nahm den Ballon, schloß ihn an das Ventil der Heliumflasche an und ließ das Gas einströmen. Den Verbindungsdraht gab er dem Funker in die Hand, bevor er den gefüllten Ballon steigen ließ.

»Treten Sie lieber zurück, Sir«, sagte der Funker. »Wenn der Dreck losgeht, kriegen wir alles in die Schnauze.«

DePorta und Smith sahen aus sicherer Entfernung zu. Everett zog eine lange, dünne Antenne aus dem Transistor, während er das Gerät an dem Ballon befestigte. Zuletzt, bevor er das Gerät losließ, riß er den Sicherungsdraht aus einem roten Knopf, der aus dem kleinen Kasten herausragte. Mit geschlossenen Augen und verkniffenem Gesicht drückte er den Knopf hinein und sprang zurück.

Der Ballon schoß in die Höhe und trug das Gerät in den Himmel hinauf. Der Wind erfaßte es und trieb es gegen Osten, in Richtung auf Hang

Mang und das Meer zu. Die drei Männer sahen, wie es langsam davonschwebte. Da der Ballon hellblaugrau war, konnten sie ihn bald nicht mehr ausnehmen.

Everett schüttelte den Kopf. »Ich weiß, daß die Ladung das Gerät nicht vor einer Stunde sprengt, wenn es nicht vorher den Boden berührt, aber trotzdem geht's mir jedesmal an die Nieren, wenn ich mit so einem verfluchten Ding hantieren muß.«

»Klar, der Teufel schläft nicht, Everett. Aber stellen Sie sich einmal vor, die Kommunisten wollten ihre Suchgeräte auf einen Ballon einstellen! Das kriegen sie nie hin.«

Der Neger grinste. »Diese Meldung wird jetzt eine Stunde lang ständig wiederholt, und der Standort ändert sich von Minute zu Minute.«

»Wir werden übrigens auch unseren Standort ändern, ziemlich bald sogar«, sagte DePorta. »Richtet euch also hier im Dorf nicht zu häuslich ein.«

»Brick«, sagte er zu Smith, als sie weitergingen, »wir müssen einen neuen Stützpunkt auskundschaften. Ossidian und Vo werden sich in zwei Tagen auf den Weg machen und in der Nähe von Hang Mang mit Ton zusammentreffen. Ich will nicht, daß auch nur ein einziger von uns noch hier im Dorf ist, sobald sie fort sind. Wenn sie erwischt werden und die Kapsel nicht mehr zerbeißen können, würden die Vietkongs alles aus ihnen herausbekommen ... sogar aus Ossidian.«

»Ich soll also ein geeignetes Gelände für ein neues Lager suchen.«

»Reden wir mit Muk Thon.«

Als sie auf den Taihäuptling, seine Tochter und Pierre, dessen Ausschlag schon fast abgeheilt war, zukamen, blickte Luy von dem Maniok auf, den sie stampfte. Sie sah Smith an und lächelte.

Er breitete seine Landkarte auf dem Boden aus und befragte Muk Thon über den Weg zu dem Hochplateau, das der Taihäuptling den Amerikanern beschrieben hatte.

»Hoffentlich ist das Gelände wirklich so günstig, wie sie behaupten«, warf DePorta auf englisch ein. »Wir müßten in der Nähe einen Landeplatz anlegen können, brauchen Wasser und starke natürliche Befestigungen. Nach Muk Thons Worten müßte das alles auf dieses Gebiet zutreffen.«

Während sich die Männer eingehend mit der Karte beschäftigten, legte Luy ihren hölzernen Stampfer auf den Boden. »Ich kenne den Weg. Mein Mann und ich, wir beide haben ihn gefunden. Er wollte dort ein Fort bauen. Ich werde euch hinführen.«

»Du mußt hierbleiben, Luy«, sagte Smith. »Es wird ein langer, schwerer Dschungelmarsch werden.«

»Meine Tochter weiß hier gut Bescheid«, bestätigte Muk Thon und stand rasch auf. »Sie kann euch den Weg zeigen.« Froh, daß er seinen Geist nicht weiter anstrengen mußte, ging er mit stolz erhobenem Haupt fort.

DePorta grinste seinen XO an und schlug ihm auf die Schulter. »Hast du aber Glück!«

»Das wird eine schwierige Tour, Jesse.«

Der Filipino zuckte mit den Achseln. »Du mußt ein Lager für das B-Team einrichten, Brick. Sie weiß den Weg. Frenchy wird sich um den Jungen kümmern. Du nimmst das halbe Team mit und schickst uns Leute zurück, die uns hinführen können. Ossidian und Vo gehen morgen abend nach Hang Mang, um zu rekognoszieren. Ich will, daß dieses Dorf übermorgen vor Tagesanbruch geräumt ist.«

Auf französisch fragte DePorta Luy: »Werdet ihr das Gelände rechtzeitig erreichen, damit mein Freund hier bis morgen abend Führer zu uns zurückschicken kann?«

»Sicherlich ... wenn Colonel Smith nicht zu müde sein wird.«

DePorta feixte, daß die weißen Zähne in seinem braunen Gesicht nur so blitzten. »Nimm genug Salztabletten mit, Brick.«

Ehe eine Stunde um war, machten sich Smith, Mattrick und Rodriguez mit einem Zug Taiguerillas auf den Weg zum neuen Lagergelände. Luy, die an der Spitze ging, schlug ein rasches Tempo an, der Korb schien auf ihrem Rücken zu tanzen.

Als sie tief in den dichten Bergdschungel eindrangen, bedeutete Luy einem der Tais, die dornigen Schlingpflanzen auszuhacken, die den Pfad überwucherten und die Haut zerkratzten. Smith hatte seine Montagnards mit Garnituren und Dschungelschuhen aus Rotchina ausgestattet. Luy hatte sich wohl eine Buschbluse geben lassen, war aber nicht zu bewegen gewesen, Hose und Schnürschuhe anzuziehen, sie trug lieber ihren langen schwarzen Rock und Mokassins aus Büffelleder.

Es war später Nachmittag, als sich der Dschungel zu lichten begann. Sie erreichten eine Hochfläche. Hier wehte schon ein schärferer Wind. Smith schätzte die Höhe auf rund fünfzehnhundert Meter. Im Westen ragten steile Berge empor.

»Wir sind da«, erklärte Luy.

Vor ihnen, jenseits des offenen, freien Feldes, erhob sich ein sechzig Meter hoher Felskopf, an dem ein Fluß vorbeizog.

Smith blickte sich interessiert um. Dieses Gelände konnte man lange genug verteidigen, um den Rückzug des B-Teams in den Dschungel zu decken, wenn es sein mußte. Vom Gipfel aus überblickte man das Land im Norden, Osten und Süden fünfzig Meilen weit. Er sah das Tiefland unten im Dunst liegen. Mit einem Fernglas würde man an halbwegs klaren Tagen den Verkehr auf den Straßen zur Stadt beobachten können. Für den Funker war dieser Felsen geradezu ideal, außerdem konnte der Stützpunkt leicht gegen Fliegersicht getarnt werden.

Auch Mattrick und Rodriguez erklommen die Klippe. »Genau, was wir brauchen«, stellte der Teamsergeant zufrieden fest.

Auf dem Hosenboden rutschten die Amerikaner hinunter zum Fluß. Die Montagnards schleppten bereits Bambuspfähle und Schößlinge herbei und errichteten Schlafplattformen. Smith bemerkte, daß sich Luy ihre Schlafstätte von zwei Tais bauen ließ. Sein Sturmgepäck lag neben ihr.

Mattrick und Rodriguez machten sich mit Hilfe einiger Montagnards daran, ihre eigenen Plattformen zu zimmern. Smith trat zu Luy. Ängstlich sah sie ihn von der Seite an. Das dürfte ein Nachtlager von den Dimensionen eines Fürstenbettes werden, dachte er. Er bemerkte auch, daß sein Umhang bereits über den oberen Rand des Rahmens gebreitet war, um den Morgentau fernzuhalten. Luys Umhang lag schon auf der Plattform.

Als Smith kein Wort sagte, meinte sie mit einem kecken Lächeln: »Ich glaube, es ist am besten, wenn wir uns gegenseitig wärmen. Hier oben wird es sehr kalt.«

Sie gingen daran, das Gebiet weiter zu erkunden. »Deine Leute werden genug anbauen müssen, um hier hundert Menschen zu verpflegen, viel mehr sogar, wenn wir uns entschließen, das Lager zu halten, sobald die Kommunisten erst einmal wissen, daß wir hier sind.«

»Jam und Maniok wächst überall«, sagte Luy, »und während der Regenzeit sind diese Hänge unter Wasser, dann können wir hier auch so viel Reis pro Hektar ernten wie unten im Flachland.«

Ein Tai trat heran und sprach rasch auf Luy ein. Sie wandte sich zu Smith. »Die Männer fragen, ob sie nun auf die Jagd gehen können. Die Zeit ist günstig.«

»Auf was wollen sie Jagd machen?«

»Sie sagen, in den Bäumen gibt es viele Gibbons.«

»Sag ihnen, ich habe nichts dagegen.«

Neugierig folgte er den Tais. »Am frühen Morgen und während der Abenddämmerung ist die beste Zeit«, erklärte Luy. »Hast du jemals Montagnards bei der Affenjagd gesehen?«

Smith schüttelte den Kopf. Die Tais blickten gespannt in die Baumkronen hinauf. Dann hörte er ein schrilles Geschnatter im Laub. Einer der Tais entdeckte das Tier, das von einem Ast herunterspähte. Aus dem Köcher auf seinem Rücken nahm der Montagnard einen langen dünnen Bambuspfeil mit scharfer Spitze. Er hielt ein rechteckiges Tuch in der Hand und stieß den Pfeil durch. Dann tauchte er die Spitze in eine braune Masse, legte den Pfeil in die Rille der Armbrust und spannte die aus Pflanzenfasern geflochtene Sehne, bis sie in einen kurzen Pflock einsprang.

Alle standen schweigend da, während der Armbrustschütze zielte. Mit einem Ruck drückte er auf den Pflock. Der Pfeil zischte durch die Luft und bohrte sich in den Bauch des Affen. Das erschrockene Tier blickte an sich nieder und starrte auf den Zipfel des weißen Tuches, dann begann es ihn mit dem rechten Zeigefinger rasch in die Wunde zu stopfen.

»Das Pfeilgift wirkt erst nach einer Weile«, erklärte Luy. »Der Affe könnte sich davonschwingen, bevor er tot ist, und wir würden ihn nicht finden. Aber er glaubt, daß der kleine Fetzen aus seinem Bauch herausgekommen ist und wird hier sitzenbleiben und versuchen, ihn hineinzudrücken. Inzwischen stirbt er aber.«

»Und wird das Fleisch nicht durch das Gift verdorben?«

»Wir Tais jagen seit Urväterzeiten so, und es ist nie etwas passiert.«

Die Bewegungen des Affen wurden immer langsamer, drei Minuten später fiel er vom Baum und kollerte den Jägern vor die Füße.

Vier Gibbons wurden auf diese Weise erlegt, zum Lager zurückgebracht, abgebalgt und zubereitet.

Als es dunkel war, kam Luy mit einem Topf voll Reis und Affenfleisch. Schweigend aßen sie zusammen auf ihrer gemeinsamen Schlafplattform. Tief unten in der Ebene spendeten die trüben Lichter von Hang Mang einen matten Schein.

Rodriguez und Mattrick hatten ihre eigenen Schlafplattformen ganz in der Nähe errichtet, damit die drei Amerikaner im sehr unwahrscheinlichen Fall eines Angriffs beisammen wären. Die Hälfte der Taimannschaft würde die Nacht über alarmbereit sein.

Smith konnte kaum mehr die Augen offenhalten. Rodriguez schlief schon, und Mattrick war auf seinem Posten. Der Captain würde die Wache zwischen drei und sechs Uhr morgens übernehmen. Der Gedanke, daß er vor seinen beiden Sergeanten mit Luy eine Schlafplattform teilen sollte, machte ihn etwas verlegen. Doch sie war die Tochter des Häuptlings, sie mußte wissen, was sie tat. Es wäre ein arger Verstoß gewesen, ihren unausgesprochenen Vorschlag abzulehnen.

Sie streckten sich nebeneinander zwischen ihren Decken aus, beide trugen die landesübliche schwarze Bauernkleidung. Kaum hatte Smith die Hand über Luys Schenkel gelegt, um ihre Zärtlichkeiten zu erwidern, sank er schon in tiefen Schlaf.

»Es ist drei Uhr, Sir«, flüsterte Rodriguez scheinbar nur einen Moment später.

»Gut«, sagte Smith, sofort hellwach.

Er setzte sich auf der Plattform auf. »Es muß ja saukalt sein«, murmelte er. Luy regte sich, schlief aber weiter. Während er das dunkle stille Lager überblickte, fiel ihm plötzlich Kathy ein. Unwillkürlich stöhnte er auf.

Sofort fühlte er sich von Luys Armen umschlungen.

»Ich wollte dich nicht aufwecken«, sagte er.

»Bist du krank?«

Smith antwortete nicht.

»Denkst du an die andere Frau?«

Er schwieg noch immer.

»Als die Tais meinen Mann den Kommunisten auslieferten, versuchte ich mich zu töten«, sagte sie ganz sachlich. »Sie versicherten mir, es würde ihm nichts geschehen, aber die Viet Minh haben ihn umgebracht, obwohl der Krieg zu Ende war.«

»Dasselbe werden sie mit uns machen, wenn sie uns erwischen«, sagte Smith. »Dabei könnten sie nicht einmal beweisen, daß wir Amerikaner sind!«

Ihre Nähe strahlte eine große Ruhe aus. Wenn er nur nicht immer Kathy vor sich sähe: ihr schönes, sonnengebräuntes Gesicht, das von lockerem blondem Haar eingerahmt war.

Luy zog ihn an sich und flüsterte: »Komm, leg dich hin. Ich werde mit dir wachen.«

Fröstelnd drückte sie sich ganz eng an ihn. Ihre Hände lösten den

Bund seiner Hose. Er bemerkte, daß sie bereits nackt war. Sie streifte ihm die Hose ab und öffnete seine Bluse.

Als sie ihre Schenkel und ihren Bauch an seinen Körper preßte, war Kathys Bild mit einemmal verschwunden. Luy schob einen Schenkel zwischen seine. Er fühlte ihre gespannten, kräftigen Glieder, die wie im Fieber zitterten. Seine eigenen natürlichen Reaktionen erregten sie noch mehr, sie drängte ihm die vollen Brüste entgegen. All die innere Kälte und Starre, die ihn seit dem Bruch mit Kathy in Bann gehalten hatten, schwand dahin. Er sehnte sich danach, Luys biegsamen, geschmeidigen Körper zu besitzen und sich an sie zu verlieren. Er umschlang sie und zog sie unter sich. Luy seufzte auf und stieß einen leisen Schrei aus. Die Bambuslatten knarrten, das Pfahlwerk kreischte wie ein altes Tor.

Brick verhielt sich regungslos. Mattrick und Rodriguez können diese Geräusche kaum überhören, dachte er. Langsam löste er sich von Luy und streckte sich auf dem Rücken aus. Aber sie schmiegte sich an ihn. Sie küßten einander, lange, gierig. Als sie nebeneinander lagen – wartend, gespannt –, drang der erste schrille Ruf aus dem Dschungel. Bald kam Antwort, und plötzlich erfüllte das gellende Geschnatter, mit dem die Gibbons rundum im Dickicht den neuen Morgen begrüßten, die Luft. Ein ganzes Regiment hätte das Lager überrennen können, jeder Laut ging unter im tausendfältigen Morgenruf der Dschungeltiere.

Luy und Brick sahen einander im blassen Licht der Morgendämmerung an. Sie lächelten, lachten, und dann schob sie sich mit einer raschen Bewegung unter ihn. Langsam drang er tief in sie ein. Die Schreie ihres Entzückens hörte nur er. Darüber erhob sich von allen Seiten das laute Gebrüll zahlloser Gibbons ...

4

DePorta sah zu, als Ossidian, Vo und zwei Taiführer, alle gleich in schwarze Blusen und Hosen gekleidet, mit schwarz-roten Bändern um die Köpfe und Taisandalen an den Füßen, in Richtung Hang Mang abmarschierten, um außerhalb der Kontrollpunkte, die in einem Sperrkreis die Stadt umgaben, mit Widerstandskämpfern zusammenzutreffen.

Vier Stunden später sichteten sie die Hauptstraße, die in Nord-Süd-Richtung unten im Flachland verlief. Ossidian ließ halten.

»Das ist kein Pfadfinderausflug«, stieß er keuchend hervor. »Aber der Rückweg, der wird erst eine beschissene Schinderei werden!«

Ossidian starrte ins Tal hinunter, auf das Gewirr von mehrstöckigen Bauten, aus denen die Stadt Hang Mang bestand, etwa zwei Quadratmeilen im Ausmaß, mit einer Bevölkerung von vierzigtausend Einwohnern. Eine dünne Rauchschicht von dem Industriekomplex, den die Kommunisten errichtet hatten, lag über den Dächern.

»Wir haben da unten zwei Aufgaben zu erfüllen, Lieutenant Vo. Erstens: wir müssen den Politchef Ti schnappen.«

»Okay.«

»Zweitens: wir müssen unsere Ziele genau beobachten – das Elektrizitätswerk und die Brücke nach Norden.« Ossidian grinste. »Los also!«

Sobald sie die Hauptstraße erreicht hatten und südwärts auf Hang Mang zumarschierten, verspürte Ossidian einen sonderbaren Druck im Magen. Dieses Gefühl wollte nicht weichen. Weder er noch Vo hatten Ausweise. Sie waren völlig dem Zufall preisgegeben. Ossidian blickte oft auf die Warze an seinem linken Handgelenk, und der Druck im Magen verstärkte sich. Er wollte nicht sterben – zumindest nicht, bevor er seinen Auftrag erfolgreich durchgeführt hatte.

Als sie eine halbe Stunde lang auf der Straße weitergezogen waren, sah Ossidian einige der markanten Punkte, die Ton in seinem Funkspruch beschrieben hatte. Er hielt nach dem großen Farmhaus auf der rechten Seite Ausschau, das etwa fünfzig Meter von der Straße zurückgebaut war. Ton hatte als Termin für die Zusammenkunft sechs Uhr nachmittags angegeben, da um zehn Uhr abends in der Stadt die Ausgangssperre begann und jeder Mensch, den die Posten ohne Sonderausweis auf den Straßen Hang Mangs oder den Zufahrtswegen antrafen, strengen Verhören unterzogen wurde.

Jeden markanten Punkt auf der Strecke, jede Straßentafel prägte sich Ossidian genau ein.

Plötzlich drang ihm ein fürchterlicher Gestank in die Nase. Er taumelte fast zurück und schlug ein rascheres Tempo ein, um dem Dunstkreis zu entgehen, in dem ihn würgender Brechreiz packte. Dann sah er einen Ochsenkarren, der in entgegengesetzter Richtung, aufs Land hinaus, dahinholperte. Lieutenant Vo hustete krampfhaft und rief: »Die Mois! Solche Drecksäue! Sie düngen ihre Felder mit dem Inhalt der öffentlichen Scheißhäuser der Stadt!«

Während Vo noch vor sich hinfluchte, knirschten hinter ihnen Autokupplungen. Ossidian drehte sich um. Ein offener Mannschaftswagen, der langsam die Straße dahingefahren war, wobei die Vietkongsoldaten jeden genau musterten, der in Richtung Hang Mang ging, gab rasch Gas, um an dem penetrant stinkenden Karren vorbeizukommen.

Ossidian sah der Patrouille nach, die über den zerbröckelnden Makadambelag dahinraste. Er wußte, daß die Zivilisten in allen Teilen ihres Einsatzsektors unter scharfer Kontrolle standen. In der SFOB besaß man nur spärliche Informationen über den Alltag im kommunistisch beherrschten Nordvietnam. Deshalb sollte Ossidian genau erkunden, auf welche Weise die Bevölkerung von den kleinen und großen Funktionären und Apparatschiks überwacht und schikaniert wurde, um dann einen ausführlichen Bericht zu liefern. Da Pham Son Ti Politchef der Provinz war und alle Fäden bei ihm zusammenliefen, war seine Entführung von höchster Wichtigkeit.

Um halb sechs, es dämmerte schon, hörten sie plötzlich hinter sich eine Stimme, die sie in barschem Ton anrief. Sie wandten sich um. Ossidians Herzschlag stockte, eisige Kälte fuhr ihm in den Magen. Zwei Polizisten in Khaki mit steifen Tellermützen näherten sich ihnen auf Fahrrädern. Beide hatten Maschinenpistolen umgehängt.

Vo und Ossidian wechselten ratlose Blicke. »Ich werde sprechen«, flüsterte der Vietnamese. »Wir sind Tais, aber Sie verstehen nicht vietnamesisch. Wenn ich ein Zeichen gebe, dann her mit dem Päckchen!«

Die Polizisten bremsten, und der eine – nach den Sternen auf den Schulterklappen vielleicht ein Offizier, dachte Ossidian – stellte einige Fragen. Vo antwortete in gebrochenem Vietnamesisch. Er wies auf seine leeren Taschen, offenbar verlangten sie Ausweise, jedenfalls fuchtelten sie drohend mit den Mündungen ihrer Waffen herum. Aber schließlich schien der Mann mit den Schultersternen milder gestimmt, er lächelte listig und beäugte Ossidian interessiert. Vo schnippte mit den Fingern, der Sergeant griff über die Achsel in seinen Korb und zog einen Umschlag aus grobem Paßpapier heraus, den er Vo gab. Der Offizier entriß ihm das Päckchen, öffnete es, nahm eine Prise des bräunlichen Pulvers zwischen die Finger und schnupfte es. Dann streckte er den Umschlag brüsk in die Tasche, schwang sich wieder aufs Rad und fuhr mit seinem Kameraden davon.

»Das ist noch einmal gut gegangen«, sagte Vo.

»Was war los?«

»Ich konnte die Kerle überzeugen, daß Sie der Häuptling eines Grenzstammes sind, der Mohn anbaut, und daß Sie dem Politchef Ti Rohopium verkaufen.«

»Das habe ich so ungefähr mitgekriegt.«

»Hier weiß jeder, daß der Politchef von den Bergbewohnern Opium kauft. Einen Teil davon schlägt er auf eigene Rechnung wieder los, den Rest liefert er an die Regierung ab, die das Opium gegen Gold auf dem internationalen Markt absetzt. Die Polizisten wollen es sich nicht mit Ti verscherzen, deshalb haben sie das Päckchen mit Opiumpulver als Bestechung angenommen. Sie werden es an die chinesischen Schwarzhändler verkaufen, und zwar gegen einen Betrag, der ihren Dienstbezügen für ein halbes Jahr entspricht.«

Ossidian seufzte tief. »Es ist gut, daß die Kerle hier genauso korrupt sind wie überall.«

»Korrupt?« fragte Vo ironisch. »Wir haben eben eine bestimmte Lebensweise, daran wird sich auch unter dem Kommunismus nichts ändern.«

Punkt sechs Uhr abends sah Ossidian vor sich hinter einem trockenen Reisfeld das Kokospalmenwäldchen, das von Bananenbäumen durchsetzt war. Als sie näher kamen, erblickte er auch das verwaschene Gebäude, das etwas abseits der Straße lag. Bald darauf bogen sie in der Abenddämmerung auf den Pfad ein, der von der Straße zum Haus führte.

Ton hatte das richtige Wort gewählt, dachte Ossidian, während sie sich dem Bau näherten: déclassé. Einst mußte dies wohl das komfortable Farmhaus recht begüterter Leute gewesen sein. Nun wirkte es verwahrlost und baufällig.

Ossidian bedeutete Vo, auf dem Pfad zur Hinterseite des Hauses vorauszugehen. Bäume und wucherndes Buschwerk breiteten sich ungehindert aus, es war, als wolle die üppige tropische Vegetation wieder den Boden in Besitz nehmen, den ihr die Menschen entrissen hatten. Eine Tür stand halb offen. Vo spähte hinein, dann blickte er Ossidian an.

»Tschau au«, sagte eine sanfte Frauenstimme in dem dunklen Raum.

»Es ist Quand«, flüsterte Vo, als die Frau auf vietnamesisch weitersprach. »Alles okay.«

Lächelnd erschien Nguyen That Ton in der Tür und winkte ihnen zu. »Quand wird euch sehr gefallen«, sagte er. »Sie ist große Klasse.«

Ossidian verzog keine Miene. »Wir wollen nur ein Geschäft mit ihr machen, Ton«, erwiderte er. »Sonst nichts.«

»Es ist wichtig, gute Verbindungen zu haben«, meinte Ton, »das weiß ich schon seit der amerikanischen Schule.«

Als Ossidian eintrat, entzündete Quand eine Kerze. Ton hatte nicht übertrieben. Diese Frau war wirklich große Klasse. Sie trug eine schwarze Au Dai und eine Perlenkette um den Hals, der nach indochinesischer Sitte von einem Stehkragen umschlossen war. Die früheren Einsätze in verschiedenen französischsprachigen Teilen des Nahen Ostens kamen Ossidian nun zustatten.

»Enchanté, Mademoiselle«, sagte er und drückte seine dicken Lippen auf Quands Handrücken. Auf französisch fuhr er fort: »Ich habe mich schon darauf gefreut, Sie kennenzulernen. Man hat mir erzählt, daß Ihre Schönheit nur von Ihren hohen kommerziellen Fähigkeiten übertroffen wird.«

Quand nahm diese kleine Huldigung gern entgegen. »Monsieur, je suis enchanté aussi.« Dann blickte sie ihn schlau von der Seite an. »Ich hoffe, Sie werden über den Preis erfreut sein, den ich bei dem Chinesen für Ihr Blattgold erzielen konnte. Monsieur Ton hat mich gebeten, es gegen nordvietnamesisches Geld zu verkaufen.«

»Wieviel haben Sie bekommen?« fragte Ossidian.

»In Ihre Währung umgerechnet, drei Dollar pro Unze. Das ist etwas mehr, als Sie in Amerika bekämen. Ich habe mir die üblichen fünfzehn Prozent Vermittlungsprämie für die Abwicklung dieses gefährlichen Geschäftes abgezogen.«

Ossidian wunderte sich über Quands genaue Marktkenntnis. »Woher wissen Sie, wie hoch Blattgold in den USA im Kurs steht?«

Quand lächelte vielsagend. »Wir beide, mein Bruder und ich« – sie wies graziös auf einen lächelnden, stämmigen Vietnamesen mittleren Alters –, »sind seit vielen Jahren im Geschäftsleben tätig, seit der Ermordung unseres Vaters, wenn es Sie interessiert.« In ihre Augen trat ein harter Glanz. »Monsieur Ton sagt mir, daß Sie Muk Thons gesamte Mohnernte zum Weiterverkauf übernommen haben.«

Der Sergeant nickte. Er wußte, daß er eine Frau von Format vor sich hatte und wünschte nur, daß sein Französisch besser wäre oder daß er vietnamesisch spräche.

»Vielleicht können wir ein Geschäft machen. Ich fürchte nur, Sie haben mir eine sehr ergiebige Bezugsquelle versperrt, indem Sie dem Häuptling einen Überpreis bezahlten. Aber ich bin sicher, daß Sie mir die Ernte auch zu dem Preis überlassen werden, den ich Muk Thon bezahlt hätte. Ihr Auftrag in Hang Mang ist ja nicht rein geschäftlicher Natur, soviel ich weiß. Mein Bruder und ich, wir können Ihnen jedenfalls behilflich sein.«

Ossidian fühlte sicheren Boden unter den Füßen. Allzuoft hatte er sich als Agent in fremden Ländern Korruption, Schwäche und Raffgier zunutze gemacht, um sein Ziel zu erreichen.

»Wir werden sicherlich ins Gespräch kommen«, sagte er verbindlich. »Ich habe viel Gold und Mohn abzugeben, und wie Sie bereits andeuteten, bin ich auf ganz anderen Gwinn aus als Sie.«

»Gut. Nun, was wünschen Sie von uns?«

Ossidian warf Ton einen Blick zu. »Können wir ihr vertrauen?« fragte er auf englisch.

»Absolut, solange Sie sie nicht in finanziellen Dingen übervorteilen. Sie ist eine entfernte Kusine von Ti, aber sie haßt die Kommunisten. Ihr Vater weigerte sich, seinen Grundbesitz unter die Bauern aufteilen zu lassen, als die Bodenreform in Kraft trat. Der Politchef ließ ihn 1956 als Konterrevolutionär hinrichten.«

»Und was ist mit ihrem Bruder?« fragte Ossidian.

»Pham? Der haßt die Kommunisten nicht minder.« Ton wandte sich zu dem Vietnamesen und sagte auf französisch: »Der Amerikaner befürchtet, daß du ein Freund der Kommunisten sein könntest.«

Pham spuckte auf den Boden und faßte Ossidian scharf ins Auge. In sorgfältig artikuliertem Französisch erklärte er: »Mein Vater wurde hingerichtet, weil er allen Grund rund um dieses Haus besaß. Nun haben wir nur noch das Haus, aber kein Land, um es zu erhalten. Ich wurde auf ein Jahr in ein dreckiges Gefängnis gesteckt, in dem es von Ratten und Ungeziefer wimmelte. Alles nur deshalb, weil ich der Sohn eines reichen Mannes war! Es gab zahllose Hinrichtungen, ich wartete darauf, wann ich an die Reihe käme. Aber eines Tages erhielten unsere Henker eine Weisung aus Hanoi: im Namen der Bodenreform waren Irrtümer begangen worden. Zusammen mit Hunderten anderen Angehörigen der ehemaligen ›besitzenden Klasse‹ wurde ich aus dem Gefängnis entlassen. Und was sagte der Politchef in Hang Mang, als wir heimkamen? Er sagte, er persönlich und die Demokratische Volksfront hofften, daß jene Bürger, die ›irrtümlich‹ eingekerkert und deren Väter und Brüder ›irrtümlich‹ umgebracht wurden, die Situation verstünden. Der Aufbau eines neuen Staatswesens bringe eben viele Probleme mit sich. Er ermahnte uns, jenen Funktionären, die solche ›Irrtümer‹ begangen hätten, zu verzeihen und in Frieden für das Wohl des Volkes zu arbeiten.«

»Wir wollen nicht den Kommunisten helfen«, sagte Quand. »Aber wir sind hier in Hang Mang in einer Falle. Wenn man uns bei einem Fluchtversuch ertappt, werden wir erschossen. Man braucht viel Geld, um sich den Weg in die Freiheit zu erkaufen.«

»Wieviel fordern sie?« fragte Ossidian.

»Wenn wir genug Gold und Geld verstecken könnten, würden wir gern nach Saigon gehen oder . . .«, sie hielt inne, ihre Augen leuchteten auf, »vielleicht nach Hongkong.«

»Sie möchten also nach Hongkong?« fragte Ossidian, als gäbe es nichts Leichteres.

Quand und Pham nickten lebhaft.

»Wenn ihr mit mir, Ton und Lieutenant Vo zusammenarbeitet, werdet ihr nach Hongkong kommen, und zwar mit so viel Blattgold und Rohopium, daß ihr ganz groß ins Geschäft einsteigen könnt.« Um seinen Worten Nachdruck zu verleihen, griff er in die Tasche, zog ein braunes Päckchen heraus und warf es Quand zu.

»Muk Thon gewinnt das beste Rohopium, das ich je gesehen habe«, sagte er, »und nun möchte ich es verkaufen.«

Quand prüfte das bräunliche Pulver mit aller Sorgfalt. »Sie wollen, daß ich das für Sie verkaufe?« Sie zerrieb eine Probe zwischen Daumen und Mittelfinger und roch daran. »Nicht gerade erstklassige Ware, aber ich werde für Sie herausschlagen, was möglich ist.«

Ossidian schüttelte den Kopf. »Das ist nur eine Anzahlung — verstehen Sie? Eine Anzahlung für alles, was wir von Ihnen kaufen wollen.«

»Was wünschen Sie von mir?«

Der Sergeant sah Ton an. »Haben Sie es ihr gesagt?« fragte er auf englisch.

»Sie wollen, daß ich Ihnen helfe, Pham Son Ti zu fangen«, stellte Quand prompt fest. »Nein, ich spreche nicht englisch, aber ich weiß, welches Ziel Sie tatsächlich verfolgen. Wir können Ihnen dabei behilflich sein. Ti ist unser Kusin, aber das hält ihn nicht davon ab, viele Schlechtigkeiten zu begehen.« Sie schaute auf ihre Hände, die gefaltet im Schoß lagen.

Ton lächelte perfid. »Als Politchef trifft er Verfügungen über die gesamten Rohopiumbestände der ganzen Provinz. In diesem wie in anderen Belangen ist sie seine nicht ganz freiwillige Partnerin.«

»Okay!« Ossidian sprach diese allgemeinverständliche englische Wendung deutlich aus. Dann sagte er auf französisch: »Genug geredet! Quand — ich möchte, daß Ti in dieses Haus kommt . . . und zwar bald.«

»Wie sollen wir das anstellen?«

»Er will doch Rohopium, nicht wahr?«

»Ja.«

»Sagen Sie ihm, Sie hätten neue Verbindungen angeknüpft, und zwar mit einem Montagnardhäuptling, der eine hochwertige Ernte zu bieten hat, die in Hongkong mehr einbringen wird als das durchschnittliche Rohopium.«

Quand überlegte kurz. »Das könnte klappen«, meinte sie. »Er ist gern bei den Verhandlungen dabei, denn dann weiß er, wieviel ich wirklich bezahle. Er nimmt mir die Ware ab, doch für mich bleibt fast kein Gewinn übrig.« Sie zog die Mundwinkel herunter. »Und mich selbst nimmt er auch.«

»Bringen Sie ihn nur hierher. Alles andere erledige ich«, sagte Ossidian brüsk.

»Ich werde ihn herbringen. Aber Sie müssen das Opium haben.«

»Ich stelle einen Taihäuptling bei, mit dem er verhandeln kann, und außerdem zehn Pfund Rohopium. Das wird ihn doch herlocken. In New York wäre diese Menge an Rohheroin mehr als eine Million Dollar wert.«

»Zehn Pfund!« rief Quand.

»So viel habe ich Muk Thon abgekauft, seit ich bei ihm bin«, antwortete Ossidian.

»Ich werde Ti herbringen.« Sie nickte entschlossen. »Wenn Sie ihn gefangennehmen, werde ich das Opium verkaufen, und Sie und ich, wir beide, werden uns den Gewinn teilen.« Quand lächelte ihm so verführerisch zu, daß er es fast bedauerte, Spionagespezialist in den US Army Special Forces zu sein.

»So ungefähr, Chérie. Ein reelles Geschäft: da der Politchef, da das Opium. Voilà!«

Pham ergriff spontan Ossidians Hand. »Es ist mir eine große Freude, mit einem Ehrenmann wie Sie zusammenzuarbeiten.«

Er schüttelte Ossidian die Hand, daß dieser es bis in die Schulter spürte. Der Sergeant unterdrückte ein Lächeln. »Ganz meinerseits«, sagte er in seinem formellen Französisch. »Da Lieutenant Vo bei Ihnen bleiben wird, entschuldigen Sie uns bitte für einen Moment.« Ossidian verbeugte sich vor Quand und Pham.

»Ton«, sagte er draußen. »Sie und Vo, ihr beide, werdet dafür sorgen, daß alles da ist, was ich brauche, und dann werdet ihr mir einen Funkspruch durchgeben, wann wir kommen können.«

Er legte den Arm um die Schulter des vietnamesischen Lieutenants. Im Flüsterton besprachen sie noch ein letztesmal die Lage. Dann machte sich Ossidian mit den beiden Tais wieder auf den Weg in die Berge. Ein langer Nachtmarsch lag vor ihnen, quer durch das Gelände, unter Vermeidung der Straßen und der Vietkongkontrollposten rund um Hang Mang.

5

Einige Tage später gab Lieutenant Vo aus Hang Mang Alarmstufe eins: am Tag X um achtzehn Uhr würde der Politchef ins alte Farmhaus kommen.

DePorta übernahm persönlich das Kommando der Aktion. Er, Ossidian und zwei Tais, die bei der Stoßtruppausbildung sehr gut abgeschnitten hatten, erreichten am Nachmittag des Tages X die Hauptstraße nach Hang Mang. In der losen schwarzen Kleidung der Montagnards, mit schwarzroten Bändern um den Kopf und Taisandalen an den Füßen, zogen sie in unregelmäßigen Abständen in einer Reihe auf der schmalen Straße dahin. Jeder trug seinen Korb auf dem Rücken. Manchmal fuhren aus beiden Richtungen veraltete Lastautos und Militärfahrzeuge vorbei, die Soldaten in den Khakiuniformen beachteten die verstaubten, schäbigen Montagnards überhaupt nicht.

Ossidian ging an der Spitze. Die Sonne stand schon tief über den Berggipfeln im Westen, als er rechts, jenseits des Reisfeldes, die kleine Kokospflanzung erblickte. Bei der Abzweigung angelangt, latschte er gemächlich den Pfad zum Haus hinunter und bog um die Ecke. Dort stand ein zweirädriger Büffelkarren, beladen mit penetrant stinkendem Dünger – Mist der Büffelrinder mit menschlichen Exkrementen vermischt. So abscheulich dieser Gestank war, Ossidian sog ihn mit Befriedigung ein, dann setzte er sich vor einem Baum nieder und lehnte den Korb gegen den Stamm. Nach einigen Minuten schlenderte DePorta heran, bekam eine Nase voll vom Duft der Fracht und ließ sich gegen die Windrichtung nieder. Gleich darauf tauchten die beiden Tais auf. Sie schienen sehr unempfindliche Geruchsnerven zu haben, denn sie hockten sich unbekümmert in der Nähe des Karrens hin. Der Wasserbüffel stand unbeweglich zwischen den Deichseln. Der Strick vom Nasenring war an einen Pfahl geknüpft.

DePorta blickte sich nach dem Führer des Karrens um, aber es war niemand zu sehen.

Dafür sah er, wie Ossidian in seinen Korb griff und eine schwarze Pistole mit langem Lauf herauszog. Der Sergeant steckte die Waffe in einen sorgfältig geölten Leichtlederhalfter, der innen im linken Hosenbein hing.

In der Abenddämmerung betrat ein Vietnamese, der nach Art der politischen Funktionäre ein Khakihemd und Khakihosen trug, den verwahrlosten Besitz. Als er um die Ecke bog, erkannte DePorta Lieutenant Vo, rührte sich aber nicht, bis Vo vor ihm stand.

»Sie sind selbst gekommen?« fragte Vo.

»Ossidian sagt, wir brauchen einen richtigen Taihäuptling, der über den Verkauf des Rohopiums verhandelt.«

Vo nickte. »Es kann aber sehr ungemütlich werden. Ich bin genauso angezogen wie Ti, als er heute morgen in sein Büro fuhr. Nur die Pistole fehlt. Haben Sie echtes Rohopium mit?«

DePorta grinste. »In meinem Korb. Zehn Pfund.«

»Gut. Genosse Ti ist ein großes Tier, er wird vielleicht nicht allein kommen. Es könnte sein, daß wir das Rohopium tatsächlich verkaufen müssen, um wieder abzuhauen, ohne uns zu verraten.«

»Nein!« schrie Ossidian böse. »Wir werden Ti bei den Eiern packen, wenn er herkommt.«

»Paßt auf«, warnte der Vietnamese. »Sonst ist alles im Arsch.«

»Keine Sorge«, beruhigte ihn DePorta.

Vo sah naserümpfend den Dungkarren an. »Meine Helfer sind auf Draht. Captain, können Sie einen Wasserbüffel lenken?«

»Auf den Philippinen bin ich mit Wasserbüffeln aufgewachsen.«

»In Ordnung. Wer gibt den Schuß ab?«

Ossidian schlug auf den Halfter in seiner Hose. »Ich.«

»Schauen Sie zuerst, ob man Sie nicht von der Straße aus sieht, wenn Sie schießen. – Ti kommt sehr ungern hierher. Er ist zwar auf das Opium versessen, aber wenn ihm Quand nicht mehr zu bieten hätte, würde er sich's überlegen. Der Genosse Politchef glaubt nämlich, Quand bestellt ihn hierher, damit sie ihn in einer stillen Stunde dazu ›überreden‹ kann, ihr und Bruder Pham den alten Familienbesitz zurückzugeben. Er denkt nicht daran, daß er persönlich gefährdet sein könnte.«

DePorta betrachtete interessiert den Karren. Der war wie ein sehr großer geflochtener Korb gebaut, gerade das Richtige für eine ordentliche Fuhre Dung. »Ausgezeichnete Idee, Ossidian«, sagte er anerkennend zu dem Sergeanten. »Aber wird er nicht ersticken, wenn wir ihn da hineintun?«

Vo, der die Worte seines Kommandeurs hörte, trat zu dem Karren. Er tastete die Rückseite ab, bis er einen Haken fand, und zog daran. Als sich eine rechteckige Klappe öffnete, machte der Captain einen Satz nach hinten, denn nun mußte sich doch ein Schwall des Unrats auf den Boden ergießen, aber . . .

»Keine Angst«, sagte Vo stolz. »Das ist nicht das erste –« Er grinste Ossidian an: »Wie nennt ihr es? Ein Ding drehen?«

Der Sergeant nickte.

»Ich drehe nicht zum erstenmal ein Ding«, verkündete Vo.

Säuberlich eingebettet in die ekelerregende Ladung des Karrens sah man eine sargähnliche Holzkiste. Sie nahm die ganze Länge des Korbes ein, von einem Ende zum anderen. Die Klappe war lockerer geflochten, damit Luft eindringen konnte.

»Aller-, allererste Klasse, Vo!« rief Ossidian.

Vo freute sich. Aber als er in den rotglühenden Himmel hinter den Bergen blickte, wurde er ernst. »Die Kerle werden vor dem Haus halten und aussteigen. Ich gehe hinein, bis ich gebraucht werde.«

Ossidian ging ein Stück vor und schlug sich seitwärts in den wildwuchernden Dschungel, der einst eine Zierhecke gewesen war. Plötzlich horchte er gespannt auf. Zwei rechteckige französische Mannschaftswagen fuhren auf der Hauptstraße neben der Abzweigung zum Farmhaus vor. Sofort sprang ein Trupp Soldaten in Khaki, mit Gewehren und Maschinenpistolen bewaffnet, herunter und nahm entlang der Straße Aufstellung. Der Weg zum Farmhaus war gesperrt.

Der Sergeant verfolgte jede Bewegung der Vietkongs. Sein Herz schlug heftig. Nur zu gut kannte er die schwachen Punkte von Guerillas, die gezwungen sind, eine Stadt zu betreten. Wie viele Untergrundkämpfer waren durch Agenten, denen sie vertraut hatten, an ihn verraten worden!

Wenige Sekunden später rollte eine kleine, verstaubte graue Limousine über den holprigen Pfad. Unmittelbar dahinter folgte ein offenes Fahrzeug, einem Jeep ähnlich. Neben dem Fahrer saß ein Offizier, auf dem Rücksitz hockten zwei Soldaten mit schußbereiten Maschinenpistolen.

Ossidian drückte sich in das Gebüsch. Durch die Blätter sah er DePorta, der ein trotziges Gesicht machte, ganz wie ein renitenter Montagnardhäuptling. Hinter ihm standen die beiden Tais.

Die Limousine war schaukelnd herangefahren und bremste. Sofort öffnete das schlanke Mädchen mit dem ovalen Gesicht und dem langen schwarzen Haar die Haustür und trat heraus. Quand trug eine schwarze Au Dai.

Aus dem Auto zwängte sich ein Mann in gebügelter Khakiuniform mit der Pistolentasche am Ledergürtel und einer Offiziersmütze auf dem Kopf. Er ging um das Fahrzeug herum. Als er zu Quand trat, tauchten hinter ihm der Offizier und die beiden bewaffneten Leibwächter aus dem jeepartigen Wagen auf.

Quand deutete auf DePorta, und der Funktionär – es war Ti, Ossidian erkannte ihn nach den Fotos und Skizzen – ging mit großen Schritten entschlossen auf den Captain zu. Hatte Quand sie verraten? Wenn ja, dann würde er das Mädchen und den Politchef umlegen, bevor er selbst dran glauben mußte.

Als Ti den vermeintlichen Taihäuptling und dessen beide Begleiter deutlicher sah, blieb er zögernd stehen. Er befahl dem Offizier und den Soldaten, die ihm noch immer auf dem Fuß folgten, zu warten; dann näherte er sich mit Quand DePorta. Ossidian kroch durch das dichte Unterholz und blieb immer auf einer Linie mit dem Politchef.

Der pflanzte sich vor dem kleinen ›Montagnard‹ auf und blickte auf ihn nieder. Man merkte ihm an, daß er sich überwinden mußte, um mit diesem verächtlichen Mois zu verhandeln.

Es entspann sich ein Gespräch. Quand ging ordentlich ins Zeug. Ti versuchte sie zu beruhigen. Offenbar wurde der Kaufpreis erörtert. Der Politchef wollte einen Lieferanten, der gute Ware zu bieten hatte, nicht vor den Kopf stoßen.

Geschickt manövrierte DePorta, unmerklich unterstützt von Quand, Ti hinter das verwahrloste Farmhaus. DePorta wies auf seinen Korb, den er an die zerbröckelnde Mauer gelehnt hatte. Er ging darauf zu, Ti ungeduldig hinter ihm her. Der Captain beugte sich nieder und zog ein großes Paket heraus. In seiner Gier riß Ti es ihm fast aus der Hand und begann genau zu untersuchen.

Geräuschlos kroch Ossidian weiter. Schließlich erreichte er einen Punkt, der weniger als viereinhalb Meter von der Stelle entfernt war, wo Ti, DePorta und Quand standen. Er sah sich vorsichtig um – nein, die Wachen hatten die Gruppe nicht im Blickfeld. Ti ließ ganz versunken das Opiumpulver durch die Finger rieseln und roch daran. Er achtete kaum auf Quands und DePortas lautes Feilschen.

Langsam zog Ossidian die Pistole aus dem Halfter. Sie war nicht mit einer Patrone, sondern mit einer winzigen Hohlnadel geladen, die ein nervenlähmendes Serum enthielt. Er hob die Waffe, zielte genau, wobei er das rechte Handgelenk mit der linken Hand stützend umschloß. Er hielt den Atem an. Das Ziel, Tis unbedeckter Nacken, war nicht groß. Ossidian drückte ab. Es gab einen leichten Rückstoß und einen fast unhörbaren, zischenden Laut.

Ti klatschte sich ins Genick und stieß einen Fluch aus. Sofort schlug sich Quand auf die Wange, fuchtelte mit der Hand gegen den Büffelkarren und schrie DePorta erbost an. Ossidian schoß noch dreimal.

Der Politchef griff gerade in die Tasche, wahrscheinlich wollte er Geld herausziehen, um den Handel abzuschließen. Aber er kam nicht mehr dazu. Lautlos kippte er gegen die Außenmauer des Farmhauses und rutschte zu Boden. Quand sprach noch immer mit lauter Stimme weiter, als Vo heraustrat, Ti die Mütze vom Kopf riß und sie sich mit einem Ruck aufsetzte. Das dauerte nur einige Sekunden. Während er Tis Taschen durchsuchte und alles, was er darin fand, an sich nahm, schnallte DePorta dem bewußtlosen Kommunisten den Gürtel ab und gab ihn Vo, der ihn sofort umschnallte. Dann ging er so weit vom Hause weg, daß ihn Tis Leibwächter sehen konnten. Es mußte ihnen scheinen, als seien er und Quand in ein privates Gespräch vertieft.

DePorta und seine beiden Tais hoben den schlaffen Körper auf, schoben ihn in den geöffneten Verschlag des Düngerkarrens und hakten die Klappe wieder zu. Sobald Ti sicher verstaut war, ergriff DePorta einen Stock, den er vorher abgeschnitten hatte, band den Büffel los und trieb ihn an. Vo begann wild zu gestikulieren. DePorta packte das Zugtier beim Nasenring und brachte es zum Stehen. Er ging auf Vo zu. Das alles spielte sich im Blickfeld der Wachen ab.

Der vietnamesische Offizier in seiner Rolle als Ti nahm eine Stange Münzen aus der Tasche und übergab sie dem ›Montagnard‹. Daraufhin reichte ihm DePorta das große Paket. Dann drückte sich Vo vorsichtig an dem Karren vorbei. Er war noch immer in Sichtweite der Posten, als Quand mit einer weiten Gebärde das Gebiet umfaßte, das einst ihrem Vater gehört hatte.

Ossidian war unauffällig aus dem dichten Gebüsch geschlüpft und hatte sich den beiden Tais angeschlossen. Den Ochsen mit Schlägen traktierend, führte DePorta den Karren an den Leibwächtern vorbei. Sie schrien dem dreckigen Mois Verwünschungen zu und wichen vor dem fürchterlichen Gestank zurück. Der ›Häuptling‹ zog ungerührt auf dem zerfurchten Zufahrtsweg dahin und erreichte schließlich die Hauptstraße. Der Offizier des Wachkommandos kam auf die Tais zu. Doch als er nahe genug war, schien er es sich zu überlegen und machte wieder kehrt.

Sie waren in eine Wolke von Gestank gehüllt. Langsam knarrte der Karren über die Straße. Jedes Auto, das, aus der Stadt kommend, an ihnen vorbeifuhr, bedeutete eine harte Nervenprobe. Wenn bei Vo etwas nicht klappte, würden bald Polizei und Militär hinter ihnen her sein. Nun war es dunkel. Aber noch immer waren zu viele Leute unterwegs, als daß sie Ti hätten aus dem Karren ziehen, das Fahrzeug stehen lassen und ihren Gefangenen zu Fuß weitertragen können.

Zwei Stunden später kamen sie zu einer Straße, die zu den Bergen abzweigte. Doch sie zogen weiter. Auf der Hauptstraße herrschte reger Verkehr in beiden Richtungen, denn die Zivilisten wollten mit ihren Ochsenkarren noch vor Beginn der Ausgangssperre ihre Ziele erreichen. Deshalb war es unmöglich, den Politchef aus seinem Versteck zu holen.

Vorn, von Norden kommend, hüpften zwei Scheinwerfer auf der holprigen Straße auf und ab. DePorta trieb den Wasserbüffel stur weiter, bis sich die Lichter näherten, das Fahrzeug bremste und dem Zugtier den Weg versperrte. Es war eines der üblichen offenen französischen Militärautos, besetzt mit zwei Offizieren und zwei Soldaten. Einer der Soldaten sprang aus dem schweren Fahrzeug, dessen matte Scheinwerfer direkt auf DePorta gerichtet waren.

DePorta betete im stillen, Smith möge seinen Vorschlag befolgt und noch einen weiteren Stützpunkt samt Fluchtweg angelegt haben. Er blickte auf die Warze an seinem rechten Handgelenk. Ossidian stand regungslos halb im Schatten. Er hatte einen Korb voll Geld aus den Goldverkäufen auf dem Schwarzen Markt; Ton hatte es ihm gegeben, knapp bevor er auf Schleichwegen wieder in die Stadt zurückgegangen war. Sie hätten nicht erklären können, woher sie eine so große Summe hatten.

Auf viatnamesisch fragte der Soldat, ein Unteroffizier, DePorta, warum er noch so spät auf der Straße sei. DePorta antwortete mit einem Wortschwall in der Taisprache und deutete auf die Berge. Er hörte, wie der Unteroffizier einen der Offiziere fragte, was man mit diesen Mois tun sollte, die sicherlich zur Zeit der Ausgangssperre noch unterwegs sein würden. DePorta stieß seinen Stock in die faulige Masse auf dem Karren und stocherte, auf Tai schnatternd, emsig herum. Dann zog er den Stock heraus und wies damit auf die Reisfelder und die Berge.

Eine Woge von Gestank warf den Unteroffizier zurück, als hätte er einen Stoß vor die Brust bekommen. Die beiden Offiziere begannen laut zu fluchen. Der Unteroffizier sprang in den Wagen zurück; die Räder kreischten auf dem Schotter, als die Vietkongs davonbrausten.

DePorta und Ossidian blieben noch einige Sekunden stehen und atmeten tief. Dann setzten sie ihren Weg nach Norden fort. Es verging eine weitere Stunde, ehe einer der Taiführer triumphierend auf die Abzweigung deutete, die sie einschlagen sollten.

Mit seinem Stock trieb DePorta den Büffel in die neue Richtung auf den holprigen Weg. Die Tais übernahmen jetzt die Führung. Drei Stunden später endete der Pfad unvermittelt in den Vorbergen des Montagnardlandes. DePorta spannte den Büffel aus und ließ ihn frei. Dann öffnete er die Klappe an der Hinterseite des Karrens und zog den leise stöhnenden Ti aus der Kiste.

Aus der Finsternis tauchten vier Tais und Sergeant Pierrot auf. Der Sergeant, der über den abscheulichen Gestank wetterte, leuchtete Ti mit einer Taschenlampe ins Gesicht, zog ihm die Augenlider zurück und prüfte die Pupillenreaktion. Er fühlte dem Politchef den Puls, horchte auf seine Atmung, stand dann auf. »Scheint okay zu sein, Sir. Ich glaube, wir können ihm noch ein Quantum verpassen.«

»Nur zu«, befahl der Captain.

Der Sanitäter nahm aus einer Schachtel eine präparierte Nadel und stieß sie in Tis Arm. »Bis zum Morgen ist er versorgt. Dann werden wir ihn zu sich kommen lassen müssen, ihm ein bißchen Bewegung verschaffen und ihm etwas zu essen geben.«

Ti wurde auf die Tragbahre gebunden, und die verstärkte Gruppe setzte ihren Marsch in die Berge fort. Alle Stunden mußten sie eine längere Rast einschieben. Als die Pfade steiler anstiegen, wechselten die Montagnards, die die Bahre trugen, öfters ab.

Gegen Morgen waren sie schon tief im Bergland, etwa fünfzehn Meilen nördlich von ihrem Hauptlager. Als die Sonne auf Tis Kopf niederbrannte, begann er unruhig zu werden und zu stöhnen. Seine Beine waren zusammengebunden. DePorta trieb die Gruppe zur Eile an. Plötzlich stieß Ti einen gellenden Schrei aus, warf sich herum und wand die Bahre, an die er gefesselt war, den beiden Trägern beinahe aus den Händen.

DePorta kam zurück und sah den benommenen, aber nun wachen kommunistischen Funktionär an. »Wie fühlen Sie sich?« fragte der Captain fröhlich auf vietnamesisch.

Ti starrte empor, zerrte an seinen Fesseln und fiel kraftlos zurück. »Ihr werdet alle sterben«, keuchte er.

Dann übermannte ihn plötzlich der Gestank des Dungs, der an seiner Uniform haftete, er hustete, rang nach Luft und versuchte, sich auf die Seite zu drehen. »Bindet ihn los«, befahl DePorta.

Die einschneidenden Stricke wurden gelöst, Ti kollerte auf den Boden. Langsam, mit zitternden Beinen, stand er auf. DePorta bot ihm ein Stück Schokoladenkonzentrat an. Der Politchef schlug es mit den zusammengebundenen Händen auf die Erde.

DePorta zuckte mit den Achseln. »Ja, Ti«, begann er auf vietnamesisch. »Wir haben einen langen Weg vor uns. Sie können entweder zu Fuß gehen, oder wir werden Sie tragen.« Er wies auf die Bahre. »Wir werden Ihnen kein Haar krümmen, aber wenn wir Sie tragen, dann müssen wir Sie mit einer Droge einschläfern. Sie haben die Wahl. Wenn Sie zu Fuß gehen, und es hat den Anschein, daß Sie uns absichtlich aufhalten, dann werden Sie ebenfalls sofort narkotisiert.«

Ti starrte DePorta, Ossidian und Pierrot finster an.

Der Captain wurde ungeduldig. »Frenchy . . .«

Der Sanitäter öffnete seine Tasche und nahm eine Injektionsspritze heraus.

Ti erbleichte. »Ich werde zu Fuß gehen.«

»Dann heben Sie die Schokolade auf und essen Sie«, fuhr ihn DePorta an. »Sie werden Kräfte brauchen.«

Der Politchef blickte in die harten schwarzen Augen des Filipinos. Er bückte sich, nahm die Schokolade und zerkaute sie. DePorta nickte und wandte sich zu seinen Männern. »Essenspause. Dann marschieren wir weiter. Ich möchte, daß wir den vereinbarten Punkt für die Operation ›Himmelshaken‹ noch vor Einbruch der Dunkelheit erreichen.«

Es war vier Uhr nachmittags, als sie von den vorgeschobenen Sicherungsposten, die rund um ihren Zielpunkt aufgestellt waren, angerufen wurden. Zwanzig Minuten später betraten sie eine große Lichtung auf einem Hochplateau. Rodriguez und ein Trupp Tais erwarteten sie bereits; große, rechteckige Segeltuchsäcke standen vor ihnen auf dem Boden.

»Madre Dios, ich habe es schon vor einer halben Stunde gerochen, daß ihr kommt!« rief Rodriguez aus.

Ossidian trat auf den Sprengtechniker zu, der sofort zurückwich. »Wir können uns auch aus der Entfernung verständigen.«

»Du wirst dich daran gewöhnen müssen«, sagte Frenchy. »Warte nur, bis du von dem Gefangenen eine Nase voll kriegst.«

Ti wurde nach vorn geführt. Rodriguez zog sich noch weiter zurück. DePorta sagte etwas zu den Tais, sie setzten den Politchef mit dem Gesicht gegen einen Stamm und fesselten ihn an Armen und Beinen.

»Packen wir das Zeug aus, solange es noch hell ist«, riet der Captain. Rodriguez, Pierrot und Ossidian nahmen jeder einen Sack, öffneten den Bund und leerten den Inhalt auf den Boden. Rodriguez hielt einen schweren Schutzanzug mit eingearbeiteten Traggurten in die Höhe. »Wollen Sie ihm das heute nacht anziehen, Sir?« fragte er.

»Ja. Probieren wir einmal, ob er hineinpaßt. Jetzt darf nichts mehr schiefgehen.« Der Teamkommandeur ging zu Ti hinüber und befahl, ihn loszubinden. »Nun, Mr. Ti«, sagte er, »hier in den Bergen wird es kalt. Wir wollen nicht, daß Sie sich erkälten, deshalb werden wir Ihnen heute abend warme Kleidung geben.«

Zwei Tais führten den Gefangenen auf das freie Feld. Der Kommunist sah den Schutzanzug mißtrauisch an. »Los, anziehen!« sagte DePorta streng. Ti zögerte. »Oder sollen *wir* es Ihnen anziehen?«

Langsam stieg der Politchef in den Overall, steckte die Arme in die Ärmel und stand bald fertig angezogen da. Rodriguez überprüfte alles genau. Ossidian hielt einen olivfarbenen Sturzhelm bereit. »Wollen sehen, ob er ihm paßt.«

Der Abwehrsergeant richtete die Riemen, bis der Helm tadellos auf dem Kopf des Gefangenen saß. »Er ist fertig, Sir.«

»Gut. Alles übrige können wir vor Sonnenaufgang erledigen. Wir vier Amerikaner werden jeder zwei Stunden lang unseren Mann hier bewachen. Jeder zwei Stunden lang. Ihr könnt es euch einteilen, wie ihr wollt. Ich bin jedenfalls von vier bis sechs dran. ›Himmelshaken‹ ist für sechs Uhr dreißig angesetzt.«

Um fünf Uhr dreißig weckte DePorta, der den dösenden Gefangenen keine Sekunde aus den Augen ließ, seine drei Sergeanten. »Fertigmachen!« befahl er.

Die Sergeanten öffneten die beiden anderen Segeltuchsäcke. Sie legten einen großen, mehrfach gefalteten Plastikbeutel, eine große Rolle Nylonseil und eine schwere Heliumflasche auf den Boden. An diese Flasche wurde ein Schlauch angeschlossen und mit dem Plastiksack verbunden, der sich zu blähen begann und allmählich die Form eines Fesselballons annahm.

Auf ein Zeichen von DePorta ging Frenchy zu seiner Sanitätstasche, nahm eine kleine Injektionsspritze heraus und näherte sich dem Kommunisten. DePorta öffnete mit einer raschen Bewegung den Zippverschluß des Overalls, Frenchy packte Ti bei der Schulter, riß mit einem Griff das Hemd auf und stach die Nadel in das nackte Fleisch.

Ti brüllte Flüche. Eine brutale Ohrfeige brachte ihn für einen Moment zum Schweigen.

»Sie werden nicht wirklich schlafen, sondern alles sehen«, sagte DePorta auf vietnamesisch. »Wir möchten nur nicht, daß Sie während der nächsten zwei Stunden der Wandertrieb überkommt. Sie brauchen gar nichts zu tun, wir erledigen alles, was nötig ist.«

Noch während DePorta sprach, wurden dem Kommunisten die Lider schwer. Ossidian trat zu dem Captain und dem gedopten Ti. »Wir sind bereit, Sir. Der Ballon ist fast schon startfertig.«

De Porta und Ossidian halfen dem apathischen Politchef auf die Beine. Halb führten, halb trugen sie ihn in die Mitte des freien Feldes. Das unbestimmte Licht der beginnenden Morgendämmerung zeigte Rodriguez in voller Tätigkeit. Sie legten Ti auf den Boden nieder, Rodriguez befestigte das Nylonseil an den Haltegurten im Overall. DePorta machte den Zippverschluß bis oben zu, Ossidian stülpte den Sturzhelm über Tis Kopf und schnallte ihn fest. Sie sahen zu, wie der Ballon in den Himmel stieg, der sich im Osten rosarot färbte. Als er die Höhe von hundertfünfzig Meter erreicht hatte, spannte sich das Seil, und der Ballon stand regungslos in der windstillen Luft. Zwei rote Wimpel flatterten am Seil und markierten einen Abschnitt fünfzehn Meter unterhalb des Ballons.

»Wie spät ist es?« fragte DePorta.

»Sechs Uhr fünfzehn«, antwortete Pierrot.

Die Montagnards, die keine Ahnung hatten, was da geschehen sollte, verfolgten die Vorbereitungen mit großer Neugierde. Sie zeigten auf den Ballon und dann auf Ti.

»Jesus!« rief Rodriguez aus. »Wartet nur, bis diesen adretten, sauberen Herren von der Luftwaffe Tis Geruch in die Nase steigt. Sie werden ihn hinauswerfen.«

»Das werden sie wohl bleiben lassen«, sagte Ossidian.

Die vier Amerikaner warteten gespannt. Ti kippte zur Seite, aber Ossidian und Rodriguez stezten ihn wieder auf. Dann hörten sie in der Ferne das Surren von Flugzeugmotoren. Die Sonne stieg empor und tauchte den weißen Ballon in goldenes Licht. Die roten Wimpel hingen schlaff herab. Plötzlich sahen sie auf Nord-Ost-Kurs die fahlbraune ›Caribou‹ der Heeresfliegertruppe, ohne Kennzeichen, direkt über den Baumwipfeln auf sich zukommen. Alle hielten den Atem an. Aus der Nase des Flugzeugs, das auf den fünfzehn Meter breiten Zielsektor des Seiles zusteuerte, trat ein Greifer hervor, traf das elastische Nylonseil und schnappte zu.

Ti wurde sacht angehoben, dreißig Zentimeter, sechzig Zentimeter ... Und dann wurde der Kommunist hoch in den Himmel gerissen, so rasch, daß er zu verschwinden schien. Die Tais stießen Bewunderungsrufe aus und klatschten sich auf die Brust und auf die Schenkel. Dann lachten und schnatterten sie miteinander, bis das Flugzeug hinter den Bergen verschwunden war und das Motorengeräusch verhallte.

»Okay«, befahl DePorta. »Ab durch die Mitte. Wir haben einen Gewaltmarsch vor uns, wenn wir noch vor Einbruch der Dunkelheit daheim sein wollen.«

Die Sonne ging schon unter, als die vier erschöpften Amerikaner und ihre Tais auf die Horchposten des äußeren Sicherungsgürtels stießen. Captain Smith, den sie angefunkt hatten, stand am Waldrand, um die Heimkehrer zu begrüßen.

»Herzlichen Glückwunsch, Major«, sagte er und ergriff DePortas Hand. »Pfui Teufel, ihr stinkt aber ganz erbärmlich!«

»Da hättest du erst den anderen riechen sollen!«

Smith grinste. »Das also meinten die in der SFOB!«

»Haben sie sich gemeldet?«

»Jawohl. Wir sind nun das Team Batcat, das B-Detachment in diesem Einsatzsektor. Du wurdest zum Major befördert. Die Teams Alton und Artie sind einsatzbereit. Der S-2 sagt, der Gefangene ist einer der härtesten Kommunisten, mit denen er je zu tun hatte — und daß er so entsetzlich stinkt, macht es unseren Leuten nicht leichter. Aber er wird zusammenbrechen, davon sind sie überzeugt.«

DePorta und Ossidian gingen geradewegs zum Strom. Pierrot und Rodriguez folgten ihnen. Sie streiften alle Kleider ab und saßen planschend im Wasser. Smith warf ihnen GI-Seife zu.

Während sich die vier Amerikaner abschrubbten, berichtete Smith weiter. »In Saigon geht es wirklich drunter und drüber. Das SFOB sagt, wir müssen ›Regenschauer‹ noch vor Ende des Monats starten.«

»Das ist ziemlich knapp.«

»Stimmt. Aber bis jetzt hatten wir Glück, wir sind mit der Planung voraus. Krak hat im Norden alles vorbereitet. Er sagt, durch unsere Sanitätshilfe gewinnen wir das ganze Dorf für uns und noch andere dazu. Das Team Alton kann sofort mindestens hundert volltaugliche Taiguerillas rekrutieren.«

»Gut«, sagte DePorta.

»Manning ist bereit für das Team Artie. Auch sie brauchen dringend Sanitätshilfe. Er verbringt die meiste Zeit damit, die Kranken zu behandeln, und er meldet, daß ein guter Sanitäter die gesamte Brubevölkerung für uns gewinnen könnte. Die Vietkongs marschieren tagtäglich durch das Land der Brus, manchmal in Kompanie-, ja sogar in Bataillonsstärke.«

»Batcat macht Fortschritte«, sagte DePorta. Nackt, wie er war, stand er auf und ging auf Smith zu. »Stinke ich noch immer?«

»Na ja . . . es ist auszuhalten. Hier ist eine saubere Garnitur.«

Zwei Abende später gab es einen schweren Rückschlag. Ossidian, der nicht aus Everetts Funkstelle wich, war zugegen, als Lieutenant Vos erste Meldung seit Tis Entführung kam.

Quand war verhaftet worden. Obwohl sie ein unerschütterliches Alibi hatte, machte sich Vo Sorgen um sie.

Auf seiner sicheren Wellenlänge, die von Hanoi nicht abgehört werden konnte, berichtete er, was seit DePortas Abzug geschehen war.

Als es dunkel wurde, gingen Quand und Vo zu Tis Wagen und bedeuteten der Leibwache vorauszufahren. Vo folgte dem Jeep über den Seitenpfad und dann auf der Straße bis in die Stadt. Die Sicherungsgruppe fuhr hinter der Limousine.

Quand, die sehr oft mit Ti gefahren war, zeigte Vo, wo er in dem schlecht beleuchteten Gebäudekomplex parken sollte. Jeder kannte das Auto und das Mädchen, und Vo trug die gleiche Uniform wie Ti, er hatte zudem auch die gleiche Statur. Es war also für die beiden nicht schwierig, in Tis Büro zu gelangen, sobald sie sich einmal im Haus befanden.

Vo durchsuchte die Räume zwei Stunden lang. Er benützte dabei die Schlüssel, die er Ti abgenommen hatte, machte auch Wachsabdrücke aller gültigen Stempel und sammelte alle Typen unbeschriebener amtlicher Ausweise, die er fand. Dann versperrte er wieder die Tür, verließ mit Quand das Büro, sie stiegen in die Limousine und fuhren davon.

Es war Mitternacht, zwei Stunden nach Beginn der Ausgangssperre, aber Tis Wagen war stadtbekannt, sie wurden nicht aufgehalten. Vo fuhr bei dem Haus vor, das Quand mit ihrem Bruder und ihrer Mutter bewohnte. Auf der anderen Straßenseite wohnte der Blockspitzel, ein kleiner kommunistischer Funktionär, der damit beauftragt war, jeden Mann, jede Frau und jedes Kind im Häuserblock zu überwachen und über alles dem Bezirkschef zu berichten, der dann die Meldungen an die höheren Behörden weiterleitete, bis hinauf zu Ti.

Vo und Quand blieben im Wagen und ließen die Scheinwerfer des Autos so lange eingeschaltet, bis der Blockspitzel zum Haustor kam, um nachzusehen, wer da in seinem Bereich so frech die Ausgangssperre mißachtete. Doch als er das Fahrzeug des Politchefs sah, stand der alte Parteihengst stramm, salutierte und ging, als Quand ausgestiegen war und ihr Haus betreten hatte, wieder hinein.

Der vietnamesische Lieutenant meldete auch, daß er zwei neue Zellen der Widerstandsbewegung geschaffen habe, völlig unabängig von Ton, Quand und Pham. Diese Gruppen rekrutierten Helfer für den inneren Kampf gegen den Kommunismus. Den Führern der beiden Zellen hatte Vo Funkgeräte gegeben. Nun sei es aber für ihn höchste Zeit, aus Hang Mang zu verschwinden, sagte er. Jede Stunde könnte er auffliegen.

Ossidian riet ihm, sich ins Taidorf durchzuschlagen, von dort würde man ihn ins Lager des Teams Batcat bringen.

»Alles kommt eben so, wie es kommen mußte«, sagte DePorta, als ihm Ossidian den Bericht gab. »Diese Provinzfunktionäre werden Quand wahrscheinlich wieder freilassen, aber der neue Politchef wird sie einem strengen Verhör unterziehen, und dabei wird sie zusammenbrechen.«

»Wir haben vermutlich einige Tage Zeit, Sir«, sagte Ossidian.

»Warum sagen wir Vo nicht, daß er sie mitbringen soll«, meinte Smith, »wenn ihr glaubt, daß man sie wieder schnappen wird?«

DePorta schüttelte den Kopf. »Man wird sie beobachten. Jeder, der von jetzt ab mit ihr spricht, wird verdächtig sein. Vo hat recht. Er muß verschwinden. Ich fürchte, wir können nichts für Quand tun.«

Der Kommandeur ging zur Funkstelle. Everett suchte die Wellenlänge ab. »Bei Ihrer nächsten Meldung an die SFOB geben Sie durch, daß die Aktion ›Bravo‹ starten kann.«

»Jawohl, Sir. Um zweiundzwanzig Uhr habe ich die nächste normale Verbindung.«

»Das genügt vollauf.«

6

Vo kam mit allen Blankodokumenten, die er aus Tis Büro mitgenommen hatte, am Tag vor der Fallschirmlandung der Teams Alton und Artie ins neue Batcat-Lager.

»Die Kommunisten haben Quand wieder freigelassen, wie ich vermutete«, meldete er. »Ich bin ihr aus dem Weg gegangen, habe mich aber mit ihrem Bruder Pham in Funkverbindung gesetzt. Beide glauben, daß sie nun sicher sind. Unser Mittelsmann Ton weiß es besser. Er hat sich bereits in Richtung Norden abgesetzt und wird mit uns in Verbindung bleiben. Ich habe ihm gesagt, er soll nun vor allem Fluchtwege und Schlupfwinkel für Piloten ausfindig machen. Im Norden wird es bald viele Piloten geben.« Vo lächelte. »Pham bittet, wir sollen ihr wieder Blattgold und Rohopium schicken, sie kann es verkaufen.«

»Diese Geschwister könnten richtige Schwarzmarktgrößen werden, wenn sie lange genug lebten«, bemerkte Ossidian bissig.

Vo starrte zu Boden. »Heute kommt ein neuer Politchef von Hanoi herunter. Morgen werden sie sich Quand sicherlich wieder vorknöpfen. Vielleicht hält sie einen oder sogar zwei Tage dicht. Länger nicht.«

»Lieutenant Vo«, sagte DePorta, »morgen um zwei Uhr springen zwei A-Teams ab. Um drei Uhr halten wir Lagebesprechung. Ich möchte, daß Sie und Ossidian über Ihre Erfahrungen mit der Widerstandsbewegung berichten. Die Leute von Alton und Artie wiederum werden Ihnen alles sagen, was unsere Abwehrspezialisten bei der SFOB aus Ti herausbekommen haben. Die Zeit wird knapp werden. Um sieben Uhr werden die beiden Teams von Montagnards in ihre Einsatzräume geführt. Ich möchte, daß sie unter allen Umständen an Ort und Stelle sind, bevor Quand zu sprechen beginnt.«

»Jawohl, Sir«, erwiderte Vo. »Es war natürlich ein Fehler, daß ich Quand nicht früher gekillt habe, aber damit hätte ich mich selbst kompromittiert. Auch war Pham da, ich hätte auch ihn umlegen müssen. Das Risiko war zu groß.«

»Sie haben sich richtig verhalten, Lieutenant. Ich werde Ihr Kommando davon in Kenntnis setzen.«

»Danke, Sir.«

»Ihr Einbruch im Büro des Politchefs und seine Gefangennahme sind die größten Erfolge unseres Einsatzes.«

Für die Fallschirmlandung von Alton und Artie waren umfangreiche Vorbereitungen nötig gewesen. Seit dem Tag von Batcats Ankunft im ständigen Lager war der Wind zu jeder Tages- und Nachtstunde genau beobachtet worden. Windrichtung und Geschwindigkeit wurden sorgfältig aufgezeichnet. So hatte man festgestellt, daß es um zwei Uhr morgens immer windstill war, erst kurz vor Sonnenaufgang kam auf diesem Hochplateau eine Brise auf. Die Männer von Alton und Artie würden bei einer Flughöhe von zweihundertvierzig Meter aus beiden Türen springen und bei schwachem Wind oder Windstille auf einer Strecke von achthundertfünfzig Meter Länge landen: vierundzwanzig Mann und sechs Materialbehälter. Das offene Gelände war neunhundert Meter lang, man mußte also die Winddrift genau einkalkulieren.

Dreißig Minuten vor dem Absprung würden fünf von den militärisch ausgebildeten Tais mit Taschenlampen am Nordrand des Feldes ein T bilden. Die Maschine würde von Norden nach Süden den Längsstrich anfliegen, dann würde der erste Mann direkt über dem Kreuzungspunkt abspringen.

Zur genauen Identifikation des Flugzeugs sollten Zeit, Höhe und Kurs dienen. Wenn es nicht in einer Richtung von dreihundertsechzig Grad, in zweihundertvierzig Meter Höhe und auf die Minute pünktlich um zwei Uhr anflog, würde DePorta den Tais ein Signal geben, die Taschenlampen abzuschalten. Sergeant Pierrot und zehn Montagnards waren unter den Bäumen am Südrand des Feldes postiert, falls einige Springer abgetrieben wurden. Es genügte schon eine einzige Sekunde Verzögerung beim Absprung, und die letzten Männer würden in den Baumkronen landen.

Nächtliche Stille. DePorta und seine Leute horchten gespannt. Um ein Uhr dreiundfünfzig hörten sie Motorengeräusch. Um ein Uhr achtundfünfzig leuchtete der Major gegen den Himmel. Prompt schalteten auch die fünf Tais ein. Das große, dunkle Flugzeug tauchte auf und zog über ihre Köpfe weg. Die Fallschirme begannen sich in der Luft zu wölben. Erst kamen die Materialbehälter, dann die vierundzwanzig Mann.

Das ganze Manöver war Maßarbeit, die letzten zwei Mann landeten zwanzig Meter vor den Bäumen. Vierundzwanzig disziplinierte Tais, am Rand des Feldes postiert, stürzten auf die Abgesprungenen zu, um ihnen zu helfen, die Fallschirme einzubringen und ihnen die Gepäcksäcke abzunehmen, die jeder Mann unterhalb des Hilfsfallschirms an die Brust gehakt trug. Weniger als zehn Minuten, nachdem der erste Special-Forces-Soldat den Boden berührt hatte, waren die beiden Teams am Westrand des Feldes um ihre Kommandeure versammelt. Alle vierundzwanzig Mann trugen einheitlich Tarnanzüge ohne Abzeichen.

Luy und einige Montagnardfrauen tischten im behelfsmäßigen Einsatzzentrum von Batcat Suppe, heißen Reis und Affenfleisch auf. Sobald die beiden A-Teams auf den Bänken saßen, begann DePorta mit der Lagebesprechung.

»Wir haben wenig Zeit. Eine unserer Agentinnen kann jeden Moment zum Verhör geholt werden. Alton und Artie werden sich heute um sieben

Uhr nach ihren Einsatzzielen in Marsch setzen. Wir haben gute Taiführer für euch. Ihr werdet nicht nach Karte oder Kompaß marschieren. Wenn ihr hier auch nur zehn Minuten weit geht, findet ihr niemals wieder zurück. Solltet ihr in einen Hinterhalt geraten und merken, daß ihr euch nicht bis zum Ziel durchschlagen könnt, dann erschießt die Tais. Nur sie könnten die Kommunisten zu uns führen.«

Die Lagebesprechung dauerte eine Stunde. Nachher sagte Captain Sampson Buckingham zu DePorta: »Jesse, ich soll dir von S-2 ausrichten, daß ihn Tis Gefangennahme in seinen Planungen um drei oder vier Monate weitergebracht hat.«

DePorta nickte. »Gehen wir eure Operationen nochmals durch. Vic, du marschierst mit Artie und den Brus in den südlichen Teil des Einsatzsektors. Was wurde dir bei der Befehlsausgabe in der SFOB aufgetragen?«

»Guerillas auszubilden«, antwortete Locke. »Und Verstecke und Fluchtwege für Piloten ausfindig zu machen beziehungsweise anzulegen. Die Marine und die Luftwaffe werden zunächst Ziele in diesem Sektor angreifen, bevor sie Hanoi unter Beschuß nehmen.«

»Höchste Zeit«, sagte DePorta. »Was noch?«

»Wir werden Sabotageaktionen und Erkundungen durchführen, Hinterhalte legen und Killergruppen bilden. Von Ti haben wir eine Liste aller Spitzenfunktionäre der Zivilverwaltung sowie der Truppenkommandeure. Wir kennen ihre Namen, wissen, wo sie wohnen und wie man sie packen kann. Meine Hauptaufgabe ist es, ein Sonderkommando aufzubauen und damit möglichst viele Vietkongs, die nach Süden marschieren, zu erledigen. Wenn alles richtig läuft, so teile ich das Detachment in die Hälfte, um mit einigen meiner Meokameraden drüben in Laos eine SFOB zu errichten.«

DePorta nickte. »Buck?«

Captain Buckingham trat zu der Landkarte. »Wie Vic schon sagte, hat der Genosse Ti ganz groß ausgepackt, so erfuhren wir die Namen und Adressen der drei Apparatschiks, die wir umlegen sollen. Aber unser Hauptziel ist die Industrieanlage nördlich von diesem Sektor. Ich habe vier Sprengtechniker im Team. Außerdem haben wir die leichten Plastikgranatwerfer, also werden wir diese Straße derart mit elektronisch zündbaren Minen bepflastern, daß die Feindpatrouillen eine Woche lang nicht wagen werden, sie zu benützen.«

»Und wie steht's mit der psychologischen Kriegführung?« fragte DePorta.

»Ich habe zehn Ballons. An jeden wird ein Sendegerät angehängt, das leicht dechiffrierbare Meldungen funkt. Meine Geräte sind so eingestellt, daß sie sich nach sechs Stunden Übertragungsdauer selbst sprengen. In der Funkzentrale in Hanoi wird das so klingen, als hätten hundert verschiedene Guerillagruppen diesen Sektor besetzt.« Buckingham lachte dröhnend. »Die Vietkongs werden nicht wissen, wo sie zuerst sein sollen.«

»Ja«, sagte DePorta ernst. »Und die Polizei wird in der ganzen Provinz Zivilisten aufgreifen und einsperren. Es wird tausend falsche Geständnisse geben, durch Foltern von unschuldigen Menschen erzwungen, die wieder hunderttausend andere ebenso Unschuldige denunzieren werden. Der Terror des Militärs und der politischen Polizei wird viel böses Blut machen, und da können dann unsere Agenten schüren.«

»Wir sollen Hanoi durch unsere Aktionen solchen Schrecken einjagen, daß sich die Vietkongführung lieber doch an den Verhandlungstisch setzt. Onkel Ho will genausowenig wie wir, daß die Chinesen nach Nordvietnam kommen. Die Vietnamesen hatten die Chinesen zweitausendfünfhundert Jahre lang im Land, und das reicht ihnen vollauf!«

DePorta schaute auf seine Uhr. »Gehen wir hinüber zu den Abwehrspezialisten. Lieutenant Vo wird euch Ausweise geben. Aber verlaßt euch nicht zu lange auf sie! Vos Diebstahl im Büro des Politchefs wird irgendwann entdeckt werden. Er hat fast lauter Ausweise für politisch verläßliche Montagnards erwischt. Ich glaube, damit sind Montagnards gemeint, die ihre Mohnernte an die Regierung abliefern. Wenn die Vietkongs draufkommen, daß hundert Blankodokumente fehlen, werden sie die Hälfte der loyalen kommunistischen Montagnards in dieser Provinz einsperren und verhören. Und wie ich meine Meos, Tais, Tays und Muongs kenne, wird es unter ihnen plötzlich sehr viele geben, die die Kommunisten hassen.«

Es dauerte vier Tage, bevor das Team Artie seinen Einsatzraum erreichte und mit Manong Verbindung aufnahm. Das Team Alton meldete fünf Tage später an Batcat, daß es geglückt sei, mit dem Mittelsmann Krak Kontakt aufzunehmen.

Am Abend überbrachte Muk Thon eine beunruhigende Nachricht: Das Dorf war von einer Kompanie Soldaten umzingelt und durchsucht worden. Es war das erstemal, daß sich Truppen so hoch in die Berge hinaufwagten. Muk Thons Unterhäuptling verschleppten sie zu weiteren Verhören.

DePorta berief sein Team zur Lagebesprechung. »Bis jetzt haben wir Glück gehabt, aber nun müssen wir doppelt vorsichtig sein. Vielleicht müssen wir jeden Augenblick türmen. Wir haben noch einen anderen Stützpunkt angelegt, und jeder sollte den Weg dorthin kennen, falls wir während des Ausbruchs getrennt werden. – Rodriguez?«

»Sir?«

»Morgen möchte ich das Gelände mit Ihnen auf Verteidigungsmöglichkeiten inspizieren. Wenn wir angegriffen werden, wollen wir den Burschen noch so viel Zunder geben, daß sie sich den Arsch und die Eier tüchtig ansengen, bevor wir uns absetzen.«

»Jawohl, Sir. Captain Smith und ich, wir haben eine Menge guter Ladungen rund um diesen Stützpunkt gelegt. Wir können mit unseren Minen zwei Kompanien vernichten, bevor wir das Feuer eröffnen müssen.«

Sergeant Everett trat heran und meldete, daß auf den Frequenzen, auf denen die Widerstandsbewegung funkte, Signale kämen. Vo, Ossidian und DePorta drängten sich um die vier Empfänger, die Everett vor sich stehen hatte. »Zwei Geräte senden gleichzeitig aus Hang Mang«, sagte er.

»Das eine betätigt mein neuer Agent«, erklärte Vo, »das andere Pham.« Er horchte mit tief gefurchter Stirn und schüttelte den Kopf. DePorta, der auch zugehört hatte, seufzte und verließ die Funkstelle.

»Was ist los, Sir?« fragte Ossidian.

»Pham sagt, daß Quand wieder freigelassen wurde. Sie steht nicht mehr unter Verdacht. Die beiden Geschwister würden sich gern morgen abend mit Lieutenant Vo und mir im Farmhaus treffen. Sie haben wichtige Mitteilungen.«

Der Kommandeur blickte hinunter ins Tiefland im Osten. Hinter den Bergen ging die Sonne unter. »Vos Agent, den Pham und Quand nicht kennen, hat gemeldet, daß beide samt ihrer Mutter einige Tage verschwunden waren. Merken Sie, was da gespielt wird?«

Ossidian nickte grimmig. »Die Kommunisten haben sie als Lockvögel präpariert und versuchen, uns zu schnappen.«

Vo trat zu DePorta und Ossidian. »Ich habe meinem neuen Agenten, Toc, Weisung gegeben, uns jeden Morgen und jeden Abend um sechs Uhr anzufunken.« Als er sah, daß Ossidian ein kritisches Gesicht machte, fügte er rasch hinzu: »Keine Sorge, die Kommunisten können die Signale der anderen Agenten mit Phams Gerät nicht empfangen. Er hat ein ostdeutsches, Toc hat ein tschechisches, das auf eine viel höhere Frequenz eingestellt ist.«

»Ist Toc verläßlich?« fragte der Sergeant.

»Ich vertraue ihm. Er ist Katholik, genau wie ich. Seine Eltern hätten hier zuviel Besitz zurücklassen müssen. Und jetzt haben sie doch alles verloren.«

Stumm reichte Everett dem Kommandeur eine dechiffrierte Meldung. DePorta überlas sie rasch. »Na also, da haben wir's! Die SFOB ersucht uns, den Tag X für das Unternehmen ›Regenschauer‹ bekanntzugeben. Termin: jedenfalls vor Monatsende. Damit haben wir also höchstens noch vierzehn Tage Zeit!«

»Batcat ist beinahe einsatzbereit«, sagte Smith.

Der Major schüttelte den Kopf. »Nein. Ich war drei Jahre lang Guerilla auf den Philippinen. Ich überlasse es Buckingham, das Datum festzusetzen.« DePorta schrieb einen Funkspruch für den Kommandeur von Alton und übergab das Blatt Everett. »Es ist zu früh«, sagte er. »Aber wir werden unser Bestes tun.«

Captain Buckingham entschloß sich, jeden Tag der Frist zu nützen. Captain Locke meldete die Einsatzbereitschaft seines Teams früher. Mittlerweile hatten die Männer von Batcat ein Ausweichlager für den Notfall errichtet. Vietkongtruppen aus Hang Mang hatten noch zweimal Muk Thons Dorf durchsucht, aber nichts gefunden, was auf Guerillas hingewiesen hätte, die vom Süden eingesickert wären.

Lieutenant Toc hörte den Feindfunk ab, und auch Toc meldete, daß in der Provinzhauptstadt große Unruhe herrsche. Die Ausgangssperre war verschärft worden. Auf der Straße begegnete man auf Schritt und Tritt Soldaten; der neue Politchef verhörte Tag und Nacht Zivilisten.

Auch bei Batcat waren die Vorbereitungen für Unternehmen ›Regenschauer‹ in vollem Gang. Luy bemerkte, wie Smiths Spannung wuchs, als die Tage hingingen. Sie hatten eine abgesonderte, gemeinsame Schlafplattform nach Luys Weisung auf so festen Fundamenten gebaut, daß sie sich nicht auf die Gibbons verlassen mußten . . .

Als Luy neben Smith lag, fühlte sie, daß die Nacht der Entscheidung gekommen war. »Morgen?« flüsterte sie.

Smith starrte zum Strohdach hinauf. Die tiefgehende Wandlung, die in diesen Wochen mit ihm vorgegangen war, stand ihm mit aller Deutlichkeit vor Augen. Er fürchtete den Tod nicht, aber nun wollte er nicht mehr sterben. Ruhig sagte er: »Morgen marschieren wir ab. In der nächsten Nacht greifen wir an.«

»Ich komme mit.«

»Nein. Das ist zu gefährlich. Du mußt bei Pierre bleiben.«

»Wir sollten zusammen gehen . . .«

»Ich kann dich nicht mitnehmen, Luy.«

». . . und wenn du fällst, dann werde ich dich ins Dorf zurückbringen und du wirst auf mich warten. Ich könnte nicht weiterleben, wenn du tot bist und sie bringen dich nicht zu mir zurück.«

Smith drehte sich zur Seite und griff nach ihr. »Reden wir nicht vom Sterben. Jetzt sind wir doch beisammen.«

Luy klammerte sich fest an ihn . . .

7

DePorta schaute nervös auf seine tschechische Armbanduhr. Dann sah er, daß Muk Thon neben ihm stand. »Wir sind schon spät dran, Oberst.«

»Dann gehen wir«, antwortete der Häuptling. In seinem Tragkorb hatte er ein automatisches Gewehr und fünfhundert Schuß Munition.

»Oberst, du mußt hierbleiben. Wenn wir fallen, kannst nur du den Amerikanern helfen, die an unsere Stelle treten werden.«

»Ich bin der Oberst«, polterte Muk Thon auf französisch. »Ich muß meine Männer führen.« Er kramte seine Pfeife aus der schwarzen Hose hervor und schob sie energisch zwischen die Zähne.

»Was meinst du, Jesse?« fragte Smith auf englisch. »Vielleicht ist es besser, wir nehmen ihn mit.«

»Er ist doch nicht fit. Außerdem ist er alt. Ich glaube nicht, daß er durchhält. Wenn er die anderen behindert, sind wir in der Scheiße. Abgesehen davon, will ich wirklich, daß er hierbleibt. Er ist eine große Hilfe bei der Rekrutierung und Ausbildung – wenn er will.«

Smith zuckte die Achseln. »Wenn du ihn dazu bringst, daß er hierbleibt, dann ziehe ich vor dir mein Barett.«

»Etwas habe ich noch nicht versucht«, murmelte DePorta. Er griff in die Tasche, zog einen silbernen Generalsstern heraus und heftete ihn vorn auf das schwarze Hemd, das er trug.

»Oberst, ich habe es dir noch nicht gesagt, daß ich vor diesem Einsatz per Funkspruch zum General befördert wurde.«

Muk Thon starrte den Stern an. Dann nahm er die Pfeife aus dem Mund, salutierte stramm und sagte auf französisch: »Zu Ihrem Befehl, mon Général.«

»Sag mir, Oberst«, begann DePorta, »habe ich mit den Ratschlägen, die ich dir gab, nicht immer recht gehabt?«

»Jawohl, mon Général.«

»Habe ich nicht immer dafür gesorgt, daß die Männer rechtzeitig ihren Sold bekamen, daß sie ordentlich uniformiert und verpflegt sind?«

»Gewiß, mon Général.«

»Haben wir euch euer Opium zu einem besseren Preis abgekauft als die Vietkongs?«

»Immer, mon Général.«

»Hatte ich nicht recht damit, daß ich meine Soldaten und deine Guerillas aus dem Dorf abzog, bevor die Vietkongs kamen und es durchsuchten?«

»Jawohl, mon Général.«

DePorta hielt inne und schlug sanftere Töne an. »Wir sind zwei erfahrene Soldaten, nicht wahr, Oberst Muk Thon? Wir arbeiten seit Anbeginn gut zusammen.«

»Ich sage mit Freuden ja, mon Général.«

»Dann wirst du verstehen, wenn ich dir einen direkten Befehl gebe, Oberst. Er lautet: Bleibe hier und hilf mit, den Stützpunkt zu bewachen und alles vorzubereiten für die Amerikaner, die mich ersetzen werden, falls ich nicht mehr zurückkomme.«

Muk Thons Blick fiel wieder auf den Stern. Er nickte fast unmerklich. »Ich muß den Befehlen eines Generals gehorchen. Ich werde bleiben.«

»Du bist ein sehr guter Offizier, Oberst«, sagte DePorta und legte dem Taihäuptling die Hände auf die Schultern. »Wir sind alle sehr beruhigt, weil wir wissen, daß du hier bist.«

Muk Thon salutierte stramm, DePorta erwiderte den Gruß und sah dem Oberst, der zum Lager zurückging, nach.

»Los jetzt!« sagte DePorta.

Der Kommandeur, Smith, Rodriguez, Pierrot und Lieutenant Vo verließen den Stützpunkt zu Mittag, sechsunddreißig Stunden vor Beginn des Unternehmens ›Regenschauer‹. Mastersergeant Mattrick übernahm das Kommando des B-Teams. Sergeant Everett würde alle Funkverbindungen koordinieren, und Ossidian hatte ausführliche Unterlagen über den Einsatz der beiden A-Teams und des B-Detachments vorbereitet, falls ein neuer B-Team-Kommandeur per Fallschirm abgesetzt werden müßte.

Die Tais und alle Männer von Batcat trugen die landesübliche Kleidung der Montagnards. Manche waren ganz in Schwarz, andere hatten verwaschene Baumwollhosen und kurzärmelige Hemden an, einige trugen das traditionelle Lendentuch. Jeder Mann hatte einen Taikorb auf dem Rücken und darin, mit einer Taidecke zugedeckt, seine Waffe, Munition, Handgranaten und Verpflegung.

Die Amerikaner waren auf die ganze Kolonne verteilt, DePorta an der Spitze, Smith am Schluß.

Am Spätnachmittag bemerkte Smith, daß ihm der Tai, der hinter ihm ging, förmlich in den Arsch kroch. Er drehte sich um und wollte dem Kerl sagen, er solle genügend Abstand halten. Da sah er, daß es Luy war, die wacker ausschritt, einen Korb auf dem Rücken.

»Okay, du hast es so gewollt«, schalt er leise, ohne sein Tempo zu verlangsamen. Die Montagnards in der Nähe grinsten von einem Ohr zum anderen. Smith wußte, wenn Luy dabei war, würde kein einziger schlappmachen.

Vor Einbruch der Dunkelheit wurde die Spitze des langen Zuges von der Sicherungsgruppe des Zwischenlagers angerufen. Dieser kleine Stützpunkt war in Sichtweite der großen Nord-Süd-Straße angelegt worden. Die Kolonne hätte sich auf dem Marsch vom Batcat-Hauptlager bis zu diesem Punkt jederzeit zerstreuen können, wenn nötig unter Zurücklassung ihrer Waffen, um sich einzeln oder in Gruppen durchzuschlagen. Dort war alles in zweiter Garnitur vorhanden, mit Ausnahme der schweren TNT-Ladungen.

Am Morgen des Tages X begann sich Batcat aufzufächern. Lieutenant Vo und Major DePorta, nun als kleine Händler in lange Hosen und Sporthemden gekleidet, bestiegen zwei bereitstehende Fahrräder, jeder hatte ein Bündel auf dem Gepäckträger, auch hatten sie schäbige Plastikaktenmappen bei sich. Bald erreichten sie die Hauptstraße nach Hang Mang und verloren sich im Verkehrsgewühl.

Zu Mittag kam ein Büffelkarren, halbvoll mit Holz beladen, auf der Hauptstraße, fünfhundert Meter vom Zwischenlager, zum Stehen. Dem Bauern, der ihn lenkte, machte das stolpernde Tier schwer zu schaffen. Sofort tauchten auf einem Pfad Rodriguez und vier Tais auf. Sie traten hinzu, boten ihre Hilfe an und legten unauffällig ihre Körbe auf die Fracht. Gleich darauf schüttelte der Wasserbüffel seine starken Hörner und zog wieder an. Die Montagnards gingen hinter dem Karren her.

Brick Smith und Frenchy Pierrot warteten, bis es dunkel war. Um sechs Uhr abends machten sie sich auf den Weg. Luy bestand darauf, ihrem Gefährten überallhin zu folgen, und ehe er fruchtlos mit ihr stritt, ließ er sie gewähren.

Frenchy, mit der Sanitätstasche am Schultergurt, kommandierte zwei Züge schwerbewaffneter Tais. Smith hatte die Aufgabe, die einzige Brücke zu zerstören, über die der Bahn- und Lastwagenverkehr nach Hang Mang und weiter südlich gelegenen Orten ging. Frenchy sollte zwei Hinterhalte nördlich der Brücke legen. Dort war ein Vietkongbataillon einquartiert. Sobald diese Falle zuschnappte, würde Frenchy in Eilmärschen zum allgemeinen Sammelpunkt in den Vorbergen zurückkehren und einen Verbandplatz anlegen. Eine Reihe solcher Zwischenstationen war am halben Weg bis hinauf zum Hauptlager von Batcat in den Bergen verteilt.

Captain Smith, Luy und die drei Stoßtrupps von je zwölf Tais erreichten den Einsatzraum knapp vor der Ausgangssperre um zehn Uhr. Zwei Agenten von Lieutenant Vos Widerstandsbewegung hatten zehn Tage zuvor drei der zahlreichen kleinen Fischerhütten unter der Brücke gekauft und waren jeden Tag in Sampans flußabwärts gegen das Meer gefahren. Die Brücke war gut beleuchtet, da das Elektrizitätswerk von Hang Mang diese wichtigste Anlage bevorzugt mit Strom versorgte. Dafür glommen die Lichter der Stadt nur wie trübe Ölfunzeln.

Eine Lokomotive zog zweimal pro Tag zehn bis fünfzehn, manchmal auch zwanzig Güterwaggons über die Brücke, hatten Vos Kundschafter gemeldet. Smiths Ziel war es, diese Brücke zu sprengen und damit sowohl die Eisenbahn- als auch die Straßenverbindung nach Hang Mang und südwärts zum ›Ho-Chi-Minh-Pfad‹ zu unterbrechen.

Luy und Smith betraten mit einem Taistoßtrupp eine der Hütten. Smiths Männer waren bereit. Wenn Rodriguez den Generator in der Stadt sprengte, würde die Brücke schlagartig im Dunkel versinken. Dann war der entscheidende Augenblick da.

Jesse DePorta war unterwegs. Sein Ziel: die Ermordung des neuen Politchefs. Zusammen mit Vo war der Kommandeur wie von ungefähr zum Kontrollpunkt außerhalb der Stadt geradelt. Sie hatten kurz ihre Ausweise vorgezeigt, man ließ sie passieren, und sie fuhren in die Mitte eines Marktes, auf dem herzlich wenig feilgeboten wurde. Auf einem großen Parkplatz stellten sie ihre Räder ab, nahmen ihre Bündel und Aktenmappen und bezogen die Zimmer, die Vos Agenten für sie gemietet hatten. Unterwegs paßten die Blockspitzel kaum auf, deshalb konnten die beiden Fremden das Gebäude ungehindert betreten und die unversperrte Tür des Zimmers im ersten Stock öffnen. Vom Fenster sah man eine Ecke des Hauses, in dem der Politchef und sein Stab untergebracht waren. Vo hatte gehört, daß der neue Funktionär, der aus Hanoi kam, keinem der Provinzbeamten traute. Ja er war so mißtrauisch gegen alle, daß niemand anderer den Wagen, den er von Ti geerbt hatte, auch nur anrühren, geschweige denn fahren durfte.

Die besondere Bedeutung der Ermordung des Politchefs lag in der Tatsache, daß man damit der Zentralregierung einen Schlag versetzte, ohne gleichzeitig die Bevölkerung zu treffen. In einer Stadt wie Hang Mang kannten sich die Leute noch untereinander, hatten ihre eigenen gemeinsamen regionalen Probleme und ihre ebenso regional ausgeprägte Wesensart. Die politischen Funktionäre, die von auswärts kamen, blieben Außenseiter. Selbst wenn ein junger Mann aus der Stadt zur beruflichen Ausbildung bis nach Hanoi geschickt wurde und dann wieder in seine Heimatprovinz zurückkehrte – wie in Tis Fall –, fand er keine Beziehungen zur Bevölkerung mehr. Er war dann eben ein Bürokrat, der Verfügungsgewalt über sie hatte.

Während Vo in Hang Mang unterwegs war, seine Agenten persönlich besuchte und ihnen Blattgold und Geld gab, blieb DePorta bis neun Uhr abends im sicheren Unterschlupf. Eine Stunde vor der Ausgangssperre ging er auf die Straße hinaus. Er trug eine adrette Plastikaktenmappe. Ganz gemächlich schlenderte er am Amtsgebäude des Politchefs vorbei. Im Hof, hinter einem bewachten Tor, stand die wohlbekannte staubfarbene Limousine. Der Spezialausweis mit seinem Foto würde DePorta Einlaß ins Büro verschaffen; es war ein Paß, wie er an Montagnards ausgegeben wurde, die sich als loyale Anhänger Hanois bewährt hatten. Allerdings konnte der Major nicht ermitteln, ob er sich mit diesem Ausweis nun nicht schon verdächtig machte. Trotzdem war er zum Handeln entschlossen. Knapp vor zehn Uhr näherte er sich, über das ganze Gesicht grinsend, dem Torposten und schwenkte das Dokument vor dessen Nase. Der Soldat sah es an, blickte dann DePorta ins Gesicht und ließ ihn durch.

Vo hatte Planskizzen des Gebäudes beschafft. Im Hof führten Stufen zu einem Balkon, der den zweiten Stock umgab. Die Sicherheitsvorkehrungen waren verschärft worden, DePorta bemerkte Doppelposten in Khaki auf den Treppen. Nach Tis mysteriösem Verschwinden, das nach Quands und Phams Verhören wahrscheinlich gar nicht mehr so mysteriös war, ging Le Yuan Dung, der neue in Peking und Hanoi ausgebildete Politchef, verständlicherweise auf Nummer Sicher.

Ganz beiläufig ließ DePorta das große Kuvert offizieller Regierungsschriftstücke aus seiner Aktenmappe gleiten, als er sich den Wachen bei jener Treppe näherte, die direkt zum Büro des Politchefs führte. Der Umschlag trug den Vermerk KIN – geheim – und war an Le Xuan Dung gerichtet, per Boten zu überbringen und persönlich zu öffnen. Diesen Umschlag hatte Vo mit großer Meisterschaft präpariert – den Inhalt hatte Rodriguez mit ebensolcher Meisterschaft vorbereitet und beigestellt.

Die Ladung im Kuvert bestand aus einem Plastiksprengstoff, der die mehrfache Sprengkraft von TNT hatte und so dünn ausgewalzt und geknetet war, daß man ihn, wenn man das Kuvert angriff, nicht von einigen zusammengefalteten Papierbogen unterscheiden konnte. Das Ganze war mit der offiziellen Dokumentenschnur zusammengebunden und mit dem roten Siegel streng geheimer Schriftstücke verschlossen, einem Siegel, das nur jene Person brechen durfte, an die das Schreiben gerichtet war. Man mußte immerhin damit rechnen, daß einer von Dungs Untergebenen das Kuvert öffnen würde, doch niemand würde es wagen, das Siegel zu brechen – das die Ladung zur Explosion brachte.

Kühn stieg DePorta die ersten Stufen hoch, wurde aber sofort von den Wachen angehalten. Lächelnd zeigte er ihnen das dienstliche Kuvert.

Die Posten waren nicht so leicht zu überzeugen. Einer der Soldaten begleitete den Boten hinauf zu Dungs Büro. Von diesem Augenblick an wußte DePorta, daß er geringe Chancen hatte, hier lebend wieder herauszukommen. Aber wenn er auch selbst die Ladung zünden mußte, würde Dung auf jeden Fall dran glauben. Höflich klopfte der Posten an der Tür zum Vorraum von Dungs eigentlichem Büro. Die Tür wurde geöffnet.

Ein Armeeoffizier, nach seinen Rangabzeichen Major, starrte DePorta und den Wachsoldaten an. Zwischen dem Posten und dem Offizier entspann sich ein Gespräch. Der Major wandte sich zu DePorta und forderte ihn auf, sich auszuweisen. Der vermeintliche Montagnard hielt ihm das Kuvert hin. Der Major betrachtete es mißtrauisch, doch als er sah, daß es ein dienstliches Schriftstück war, nahm er es brüsk an sich. DePorta zog ein Dokument heraus, das ihn als den offiziellen politischen Vertreter des Taistammes auswies. Der Vietkongoffizier nickte. DePorta erklärte, daß er an einem Treffen der Montagnardshäuptlinge in Hanoi teilgenommen habe und gebeten worden sei, dieses Kuvert persönlich Le Xuan Dung zu überbringen.

Der Major versicherte DePorta, daß der Brief an Dung weitergegeben werde, und entließ den Mann, den er für einen Montagnardkurier hielt, schroff.

Zwei oder drei Stufen auf einmal nehmend, war DePorta am Fuß der Treppe und beim Tor, ehe der Posten wieder auf seinem Platz stand. Nun nichts wie zurück ins Batcathauptlager! Bald würde Ausgangssperre sein, doch mit seinem Ausweis würde er ungeschoren bleiben. Er bestieg sein Rad. Er hatte kaum zu treten begonnen, als ihn ein dröhnender Krach vom Sitz fegte. Der Boden zitterte wie bei einem Erdbeben.

Benommen, doch mit einem Gefühl des Triumphs, raffte sich DePorta wieder auf. Als er zurückblickte, sah er eine dicke Rauchwolke, die vom dunklen Himmel niedersank. Fußgänger schauten entsetzt um sich.

Er hob sein Fahrrad auf und machte sich im Schatten der schlecht beleuchteten Straßen unauffällig zum Stadtrand davon.

Rodriguez, der sich im Lagerschuppen gegenüber dem Elektrizitätswerk versteckt hatte, lächelte grimmig. Die ohrenbetäubende Detonation im Stadtzentrum war für ihn ein besonderes Signal: seine Sprengladung, Maßarbeit wie immer. Er spähte über die zerfurchte Straße und die Eisenbahnschienen zum Kraftwerk hinüber, dem wichtigsten in der ganzen Provinz, und beobachtete die Verwirrung in der schwerbewachten Anlage. Die Torposten sahen sich unruhig um. Vor den Baracken stand ein Transportwagen für die Wachmannschaft. Kaum war die dröhnende Explosion verhallt, als auch schon die Wache unter Führung eines Offiziers und eines Unteroffiziers trampelnd aus dem Quartier gestürzt kam. Rodriguez hatte dem Plastiksprengstoff genug Thermit beigemischt, um im ganzen Häuserblock starke Brände zu verursachen. Aus dem Zentrum von Hang Mang schlugen nach allen Seiten Flammen, und der Geruch von Rauch und Chemikalien erfüllte die Luft.

Der Sergeant sah, wie die Wachmannschaft in aller Eile auf den Lastwagen kletterte. Der Offizier rief den beiden Torposten Befehle zu. Sie rissen die Torflügel auf, der Wagen raste heran. Jetzt mußten Rodriguez und seine kleine Gruppe blitzschnell handeln. Als das dicht mit Soldaten besetzte Fahrzeug durch das Tor sauste und nach rechts auf die Straße abbog, flogen vier Handgranaten darauf zu. Sie krepierten fast gleichzeitig mit einem einzigen Donnerschlag. Der Wagen, auf dem die verstümmelten Leiber durcheinanderkollerten, rüttelte stark und blieb dann auf den zerfetzten Pneus stehen.

Bevor die beiden Torposten ihre Gewehre von den Schultern reißen konnten, hatte sie einer der Tais mit seiner Schmeißer-Maschinenpistole niedergeschossen. Rodriguez und seine Männer stürmten in das Elektrizitätswerk. Zwei der Montagnards stellten sich beim Tor auf, mit gesenkten Maschinenpistolen, die Gürtel mit Handgranaten behängt.

Einige der letzten Wachsoldaten stolperten aus den Baracken. Sie wurden sofort von Feuerstößen durchsiebt. Ein Tai lief zum Wachhaus, zog zwei Handgranaten ab und warf sie durchs Fenster. Gleich darauf fetzte die Gewalt der Sprengung Teile aus der leichten Mauer, Rodriguez rannte auf das Hauptwerk zu, seine beiden Tais neben sich. Sie stießen die Tür zum großen Generatorenraum auf. Kein Mensch war zu sehen. Der Sergeant machte sich an die Arbeit. Er band die Ladungen an die Sockel der Generatoren, verkeilte sie an geeigneten Stellen und schloß in fliegender Hast das Zündgerät an die Zündschnur an. Innerhalb von fünf Minuten hatte er die drei Generatoren sprengbereit. Im Gehen wickelte er die Zündschnur ab, bis zum Ausgang des Generatorenhauses. Dann stellte er das Gerät auf Zeitzündung und hetzte zum Tor.

Die Tais folgten ihm auf den Fersen. Beim Tor hinaus – über die Straße – über die Bahnschienen –, keuchend warfen sich die drei Männer in den Graben, wo schon die beiden anderen Montagnards in Deckung lagen. Wenige Sekunden später erschütterte eine gewaltige Explosion das Kraftwerk. Die Druckwelle packte die fünf im Graben und riß ihnen den Atem vom Mund weg.

Schlagartig versank die Stadt Hang Mang im Dunkel. In der ganzen Provinz brannte kein einziges elektrisches Licht mehr.

Brinck Smith, Luy und ein Stoßtrupp von zwölf Mann hockten dicht gedrängt in einer der drei Fischerhütten. Die beiden anderen Trupps hatten sich in den anderen Hütten versteckt. Es war knapp vor zehn Uhr. Smith selbst sah die Brücke zum erstenmal; aber von seinen Männern hatte sie während des letzten Monats jeder mehrmals überquert und sich alle Einzelheiten genau eingeprägt. Jeder Handgriff, jeder Schritt während der Aktion war tausendmal geübt worden. Sechs Posten – zwei an jedem Ende und zwei in der Mitte – bewachten die hell erleuchtete Brücke. Die Wachabteilung – ein Lieutenant und vierzig Mann – war in einem einstöckigen Gebäude, nur fünfzig Meter vom Nordufer entfernt, einquartiert. Um höchste Alarmbereitschaft zu gewährleisten, wurde die gesamte Wachmannschaft alle vier Stunden abgelöst.

Die Brücke war eine veraltete Stahl- und Betonkonstruktion, in der Mitte des Flusses durch einen schweren Betonpfeiler gestützt. Durch eine wirksame Sprengung würde die Hauptroute nach Süden auf unbestimmte Zeit blockiert sein, es würde Monate dauern, bevor auch nur die Straßenverbindung über den Strom neu aufgebaut war.

Smith und Rodriguez hatten den Plan wochenlang erörtert. Der Sergeant hatte es sogar riskiert, die Brücke einmal zu überqueren. Für die Sprengung waren mehr als sechshundert Pfund TNT erforderlich, das ist eine Menge, die Guerillas nicht so leicht zum Einsatzziel heranschaffen können. Deshalb war es unbedingt nötig, die Sprengladungen stark zu verdämmen. Ausreichende Verdämmung, auf und um das TNT aufgeschichtet, richtet und konzentriert die Sprengkraft der Ladung direkt nach unten. Nichts von der vernichtenden Gewalt geht in Form von Druckwellen an die Luft verloren. Solche Verdämmung vorausgesetzt, würde sich die TNT-Menge für die Brücke nach Hang Mang um die Hälfte verringern. Aber wie sollte man Sandsäcke vorbereiten und zur Brücke tragen?

Eine dumpfe Explosion in der Ferne riß ihn aus seinen Gedanken. Nur noch wenige Minuten ... Smith stand auf. Seine Tais grinsten erwartungsvoll. Vier seiner Leute – die Bedienungen für schwerere, auf Dreibein montierte deutsche Solothurn-MGs 34, mit einer maximalen Schußweite von zweitausend Meter – waren bereit, die fünfunddreißig Pfund, alles Waffen und Munition, aufzunehmen und rasch damit in Stellung zu gehen. In der nächsten Hütte warteten ebenfalls vier Mann mit sowjetischen 7,62-RPD-MGs. Diese Waffen waren Teil für Teil in die Hütten gebracht und im Finstern lautlos zusammengesetzt worden. Der Stoßtrupp – ausgerüstet mit Maschinenpistolen, System Schmeißer, sowjetischen automatischen Gewehren und Maschinenpistolen verschiedener ausländischer Modelle – würde den Feuerkampf eröffnen. Smith mit seinem großen Tornister voll Sprengstoff und sechs seiner Männer, ähnlich beladen, würden auf die Brücke laufen, sobald sie feindfrei war. Der Captain hatte diese Aktion drei Wochen lang geübt und die Zeit von neunundzwanzig Minuten beim ersten Versuch auf die im Ernstfall erforderlichen elf Minuten verkürzt.

Minute um Minute schlich dahin. Sie warteten gespannt. Plötzlich erloschen auf der Brücke alle Lichter, Sekunden später ließ eine zweite Detonation die Luft erzittern.

Die acht MG-Bedienungen stürmten in die Dunkelheit zu ihren Positionen. Der Sternenhimmel gab gerade noch so viel Licht, daß man das einstöckige Wachhaus sehen konnte. Während Smith und seine Leute mit den Sprengladungen aus der Hütte hinausdrängten, rannte der Stoßtrupp bereits auf die Brücke zu. Die Maschinenpistolen knatterten: die kampfgewohnten Tais hatten den Brückenkopf erreicht und schossen die Posten nieder. Die Wachen am anderen Ende der Brücke erwiderten das Feuer, ein kurzes, erbittertes Gefecht entspann sich. Einer der Montagnards ließ seine Waffe fallen und kollerte verkrampft zu Boden.

Dann klang das tiefe Rattern der acht schweren MGs durch die Nacht. Die Vietkongmannschaften, die aus ihrem Quartier stürzten, liefen direkt in die Geschoßgarben und wurden niedergemäht. Die MG-Schützen schwenkten ihre Waffen hin und her und durchsiebten die dünnen Barakenwände. Als der letzte Brückenposten erledigt war, begann Smith seine Sprengladungen anzubringen, zog die Zündschnur durch und knotete diese fest zusammen. Zuerst wurde eine solche zusammenhängende Gruppe von Ladungen quer über die südliche Stützweite gelegt. Dann schleppten die Tais die Leichen der sechs Posten herbei und warfen sie darüber. Mittlerweile hatten die schweren MGs das Feuer eingestellt. Nur vereinzelte Maschinenpistolen- oder Gewehrschüsse zerrissen noch die Stille der Nacht.

Als Smith sorgfältig die Ladungen in der Mitte der Brücke anbrachte, kamen seine Montagnards nach, schleiften blutbeschmierte Gefallene heran und legten sie quer darüber. Bald war die erste Ladung unter einem großen Leichenhaufen vergraben. Während der Captain zurückging, um auch auf der nördlichen Stützweite TNT zu legen, wurden die Ladungen über dem Mittelpfeiler rasch mit der niedergemetzelten Wachmannschaft verdämmt.

Plötzlich dröhnte nördlich der Brücke, etwa eine Meile auf der Straße entfernt, massives Feuer auf. Ungerührt arbeitete Smith weiter. Schließlich waren die letzten Ladungen angebracht. Er spannte die Zündschnur entlang der Straße nach Norden, fünfzig Meter weit, bis er sich dem zerschossenen Wachhaus gegenübersah.

Die Tais schichteten weiterhin die zerfetzten Leichen über die Sprengstoffpakete. Zum letztenmal überprüfte der Captain die grausigen Verdämmungen. Quer über jede der drei Breiten der Brücke lagen hundertzehn Pfund TNT, insgesamt dreihundertdreißig Pfund. Ein grimmiges Grinsen erschien auf seinem Gesicht, als er abschätzte, daß auf je hundert Pfund Sprengstoff mehr als tausend Pfund Menschenkörper kamen ... Das Feuergefecht im Norden dauerte noch immer an. Leuchtkugeln erhellten den Himmel. Smith rief seinen Montagnards einen Befehl zu. Sofort verließen sie die Brücke, trugen ihren toten Kameraden mit und stützten zwei Verwundete.

Frenchy und seine Abteilung hätten sich bereits aus dem Hinterhalt zurückziehen müssen, dachte der Captain besorgt. Wenn der Feind ein Bataillon in den Kampf warf, konnten sich die beiden Züge gegen die Übermacht nicht behaupten.

Luy war dicht neben Smith, während er einen Zeitzünder für zwei Minuten in das Ende der Zündschnur knotete. Er zog ab, legte einen Arm um Luy und rannte mit ihr fort.

Die Montagnards schlugen den Pfad ein, der westlich von der Straße abzweigte. Sie strebten geradewegs den Bergen zu. Smith zählte die Sekunden, während sie dahintrotteten, wendete sich genau im richtigen Moment um und sah das Aufblitzen der gewaltigen Explosion.

Die Druckwelle einer Detonation von dreihundertdreißig Pfund TNT hätte genügt, um sie alle umzuwerfen. So aber hatte die kommunistische Wachabteilung im Tod dem Feind einen Dienst erwiesen. Nur eine dumpfe Stoßwelle pflanzte sich im Boden fort. Smith war überzeugt, daß die ungeheure Zerstörungskraft des Sprengstoffs die Brücke in Stücke gerissen hatte.

»He, Luy, willst du mit mir zurückgehen und nachsehen, wie es geklappt hat?«

Sie schüttelte energisch den Kopf. Entsetzen malte sich auf ihren Zügen. »Okay, rasch weiter!« befahl er. Die Tais nahmen ihren Gewaltmarsch in Richtung auf die Berge wieder auf.

Der Zeiger von Smiths Armbanduhr zeigte auf dem Leuchtzifferblatt dreißig Minuten nach Mitternacht, als der Spitzenmann des ersten Trupps angerufen wurde. Er gab das Losungswort. Die Montagnards sickerten auf dem Sammelpunkt ein und sahen sofort, daß Frenchys Kommando nicht so gut weggekommen war. Beim Schein der Taschenlampe verarztete der Sanitäter Schußwunden. Smith erblickte einige regungslose Gestalten auf dem Boden und andere, die stumm auf Tragbahren lagen.

Frenchy schaute auf. »Ging mit der Brücke alles glatt, Sir?«

»Es hat wenigstens so geklungen. Danke für den Hinhalteangriff. Wir haben die Zeit gebraucht.«

»Meine zwei Züge haben gegen eine verstärkte Kompanie losgeschlagen. Das war vielleicht ein Rummel! Mit den Minen allein müssen wir zwanzig Mann erledigt haben. Hielten sie nieder und schossen, daß ihnen die Scheiße bei den Ohren herauskam. Dann Handgranaten hinein – aus und fertig. Mein Problem war nur, die Tais zurückzuziehen, solange es noch möglich war. Sie wollten unbedingt alle massakrieren.«

»Verluste?«

»Drei Mann gefallen. Ich fürchte allerdings, daß noch ein paar sterben werden. Sieben Verwundete. Die Kommunisten haben uns weiß Gott ganz schön bepflastert. Die müssen so etwas Ähnliches haben wie unsere M-79, die Granaten lagen verdammt genau im Ziel.«

»Haben Sie etwas von den anderen gesehen oder gehört?«

Der Sanitäter schüttelte den Kopf. »Aber Sergeant Trung hat ganz interessante Dinge aus seinem Kasten herausbekommen.«

Smith fand Trung. Der vietnamesische Funker war außer sich.

»Dai-uy! Die Vietkongs wissen nicht, wer sie angreift! Sie arbeiten jetzt nur mit Batteriegeräten, weil sie keinen Strom haben. Ich habe viele Funksprüche aufgefangen. Bei denen geht alles drunter und drüber.«

Während Trung die Frequenzen absuchte, behielt er das Elektronengerät im Auge, dessen grüner Schirm einen ungebrochenen weißen Faden quer über der Mitte zeigte. Frenchy blickte öfters von seiner Arbeit auf und warf einen Blick auf das Gerät. Smith starrte die leuchtende Röhre an, bis ihn die Augen schmerzten.

Alle dreißig oder vierzig Sekunden betätigte Trung einen Schalter, worauf der Faden zu tanzen begann und dann wieder zu einer konstanten, horizontalen Linie erstarrte.

Eine halbe Stunde war vergangen. Als Trung wieder umschaltete, wurde aus der weißen Geraden eine oszillierende vertikale Folge von hohen Wellenbergen und tiefen Wellentälern.

»Dai-uy!« rief Trung. »Station zwei!«

Frenchy und Smith blickten wie gebannt auf die Röhre. »Massenhaft Metall«, kommentierte der Captain.

»Sieht aus wie ein Zug oder mehr, Sir«, sagte Frenchy. »Kommt durch den nördlichen Hohlweg, durch den wir vor zwei Stunden marschiert sind.«

»Die Vietkongs wissen, daß wir jetzt hier oben sind.«

»Ich würde sagen, die Burschen sind gerade in der heißen Zone, Sir«, sagte der Sanitäter. »Gib's ihnen, Trung!«

Der Funker drückte auf einen Knopf an der Seite des Gerätes. Eine dröhnende Explosion zwei Meilen nordöstlich zerriß die Stille. Frenchy, Smith und Trung starrten auf die Röhre. Flache Schwingungen erschienen.

»Das ganze Metall liegt jetzt ziemlich ruhig herum, Sir«, meinte Frenchy.

»Kein Wunder. Solide Claymore-Minen auf eine Entfernung von hundert Meter. Das mäht alles nieder.«

Manchmal zuckte der regelmäßig leicht schwingende Faden kurz auf. »Sieht so aus, als wären einige am Leben geblieben und wunderten sich, was da passiert ist«, sagte Frenchy. »Trung, schalte zurück zur Hauptroute.«

Eine weitere Stunde verging, ehe Rodriguez und seine Montagnards von Südosten her den Sammelpunkt erreichten. Nun fehlten vom Team nur noch DePorta und Vo.

»Wir wissen zumindest, daß Major DePortas Einsatz erfolgreich war«, sagte Rodriguez. Alle schwiegen. Der Befehl lautete, um vier Uhr den Sammelpunkt zu verlassen, dann blieben noch zwei Stunden Dunkelheit für den Marsch ins Taigebiet.

»Dai-uy! Dai-uy!«

Smith wandte sich um und sah, daß das grüne Feld fast ganz von dichten, vertikalen weißen Zickzacklinien bedeckt war. »Panzer!«

Rodriguez lachte still vor sich hin. »Wir haben zehn panzerbrechende Raketen bereit, um die Straße umzupflügen.« Der Sprengtechniker verfolgte den Lauf des Sekundenzeigers auf seiner Uhr und blickte dann wieder auf die Röhre. »Geben wir ihnen noch zwei Minuten. Dann lassen wir's knallen. Mit dem Kreuzfeuer von Raketen und Claymore-Minen müßten wir die halbe Kolonne vernichten können.«

Als die zwei Minuten verstrichen waren, fragte Rodriguez: »Was meinen Sie, Sir?«

»Los!« sagte Smith heiser.

Trung drückte auf den Knopf. Im Norden erhellte eine weiße Stichflamme die Nacht. Scharfe Explosionen hallten in den Bergen wider. Dumpfere dröhnende Detonationen folgten, und der glühende Schein über der feindlichen Einheit, die in einen elektronisch gezündeten Hinterhalt geraten war, leuchtete intensiver auf, als die Munition und die Benzintanks explodierten. Die Männer von Batcat starrten in den brandroten Himmel und schüttelten verwundert die Köpfe. Ein solcher Hinterhalt war noch nie gelegt worden. Der Erfolg schien alle Erwartungen zu übertreffen.

»Madre Dios!« keuchte Rodriguez.

Die weiße Linie war vom Schirm des Elektronengerätes verschwunden.

»Wir haben unseren Detektor mit der Kolonne in die Luft gesprengt«, sagte Smith.

Schließlich tauchten auch Major DePorta und Lieutenant Vo auf. Sie hatten die Räder zurückgelassen und sich querfeldein durchgeschlagen.

Nach den lärmenden Begrüßungen sagte DePorta in befehlendem Ton: »Okay, keine Kritik jetzt. Los, zurück zum Stützpunkt! Bis Tagesanbruch haben wir keine zwei Stunden mehr. Und wir wollen nicht hier in der Gegend sein, wenn sich die Vietkongs von ihrem ersten Schock erholt haben.«

Im Morgengrauen erreichten die Guerillas den äußeren Verteidigungsgürtel und wurden ins Lager geführt.

DePorta, Smith, Rodriguez und Vo gingen sofort zu Sergeant Everett in die Funkstelle. Pierrot blieb bei den Verwundeten. Auch Ossidian und der zweite Sanitäter, Sergeant Lin, erwarteten den Kommandeur bei den Funkgeräten.

»Na, was ist los?« fragte Smith.

»Habe gerade eine Sendung von Hanoi abgehört, Sir«, erwiderte Everett. »Lin sagt, die Brüder beschuldigen die USA und Südvietnam, Hang Mang und die Industriegebiete zu bombardieren.«

»Haben Sie etwas von Alton oder Artie gehört?« fragte DePorta.

»Captain Buckingham meldet, daß alle Aufträge ausgeführt sind, aber ein amerikanischer Sprengtechniker ist gefallen«, antwortete Everett. »Auch bei Captain Locke hat alles geklappt. Vier kommunistische Funktionäre gekillt. Schwere Schäden an Vietkongmaterial. Locke schätzt die Zahl der gegnerischen Verluste in den Hinterhalten auf dreißig Mann. Nicht schlecht, Sir!«

»Hanoi ist von Furcht gelähmt«, warf Lin ein.

»Und was hört man aus Hang Mang?«

»Toc sagt, wir hatten Erfolg, Sir«, erwiderte Lin. »Vier Leute fanden zusammen mit dem Politchef den Tod. Das Gebäude ist zerstört. Es gibt keinen Strom und keine Verbindungen. Die Polizei und das Militär verhaften die Menschen von der Straße weg und schleppen sie sogar aus ihren Häusern.«

»Und was ist mit der Brücke?«

»Toc hat Gerüchte gehört, daß sie zerstört wurde. Es wird auch erzählt, daß die Wachabteilung bis auf den letzten Mann desertiert ist.«

»Nun«, sagte DePorta zu den Männern von Batcat. »Jetzt sind wir wie in einem U-Boot. Wir haben unsere Torpedos abgeschossen, nun gehen wir auf Grund und verhalten uns still. Wir werden mindestens einen Monat warten, bevor wir eine neue Aktion starten. Der Feind wird uns aus der Luft beobachten. Everett und Trung müssen alle Stationen abhören.«

Der Kommandeur faltete und öffnete die Hände. »Wir haben den Kommunisten nur einen kleinen Vorgeschmack von dem gegeben, was kommen wird. Wenn sie diesen Krieg weiterführen wollen, werden wir sie an ihren empfindlichen Stellen packen. – Unser erster Sieg hat uns keine großen Opfer gekostet. Erwartet nicht, daß wir beim nächstenmal auch so glimpflich davonkommen! Aber wir haben diesen Sieg gebraucht. Er gibt uns Stärke und Auftrieb, um neue Guerillas zu rekrutieren und neue Helfer für den Widerstand gegen den Terror zu gewinnen. Hanoi ist nun gewarnt. Wenn wir bis jetzt vorsichtig waren, müssen wir nun doppelt vorsichtig sein.« Der kleine, braunhäutige Major kräuselte die Lippen. »Ich hoffe, keiner hier vergißt, daß er sich freiwillig für einen Einsatz gemeldet hat, den er vielleicht nicht überleben wird. Nun müssen wir die Kommunisten unter Druck halten. Sie werden jetzt wissen, daß es rund um Hanoi A-Teams gibt. Das ist ein neuartiger Krieg, den wir hier führen, nicht wahr? Es gibt keine Sieger oder Verlierer. Es geht nur darum, welche Seite die Kraft hat, den anderen zu zwingen, daß er sich an den Verhandlungstisch setzt.«

DePorta blinzelte Smith zu. »Worauf wartest du noch? 'rauf mit dir auf die Schlafplattform, solange du noch Gelegenheit hast. Du glaubst gar nicht, wie rasch die Zeit vergehen wird, bis wir wieder am Zug sind!«

»Niemals aufgeben!«

Die grünen Teufel — Männer wie Captain Kornie, Major DePorta, Sergeant Hanks, Captain Locke, Bernie Arklin, Sergeant Ossidian und viele andere, ungenannte — sind überall auf der Welt im Einsatz, wo die Freiheit in Gefahr ist.

Es gäbe viel mehr über die Special Forces zu sagen, als man in einem einzigen Buch zu schildern vermag. Nicht unerwähnt soll bleiben, daß viele der brennenden Probleme, die hier beschrieben wurden, mittlerweile gelöst sind. So haben zum Beispiel die Bombardements von Montagnarddörfern durch die vietnamesische Luftwaffe aufgehört. Ein amerikanischer Special-Forces-Major, Kommandeur eines B-Teams, setzte seine Karriere aufs Spiel, um dieser Drangsalierung einfacher Bergstämme entgegenzuwirken, die sich in der schlimmen Lage befinden, nur zwischen dem Terror der Vietkongs und dem althergebrachten Haß der Vietnamesen wählen zu können. Auch macht die vietnamesische Regierung den Versuch, Montagnards zu Offizieren auszubilden, damit sie ihre eigenen Leute gegen die Vietkongs führen. Der Offiziersnachwuchs für die vietnamesischen Sondereinheiten, die LLDB, wird nun sorgfältig gesiebt. Dadurch wurde auch ein besseres und wirksameres Einvernehmen mit den amerikanischen Beratern erzielt. Das Detachment im Hauptkampfgebiet, dem ich zuletzt zugeteilt war, stand unter dem Kommando von Captain Hugh Fisher, sein Lager befand sich fünf Meilen westlich der Stadt Tay Ninh. Nördlich von diesem Stützpunkt ragt der gefürchtete Berg der Schwarzen Jungfrau empor, das Hauptquartier der Vietkongs in jenem Teil Vietnams. Ich verbrachte zehn Tage bei Captain Fisher und seinen Männern, überstand Vietkongangriffe, sah mit eigenen Augen, wie Hinterhalte gelegt werden, lernte von Sergeant

1. Class Tucci viel über Abwehr und Spionage und beobachtete Sergeant
1. Class Baer dabei, wie er schwerverwundete Zivilisten versorgte, als ein
Dorf in unserer Nähe von den Vietkongs überrannt wurde.

Bevor ich Tay Ninh verließ, stöberten Lieutenant Robert Blair, der XO,
und Mastersergeant ›Jo‹ Johannsen bei allen Mitgliedern des Teams herum, um herauszufinden, wer ein zweites grünes Barett besaß. Schließlich
brachte der rothaarige Staffsergeant Thurmond Ramsey eines zum Vorschein. Bei einer Feier, die durch Bourbon-Whisky die nötige Weihe erhielt, wurde mir vom gesamten Team in aller Form dieses Barett übergeben, in welchem noch immer Ramseys Namensstreifen eingenäht ist. Ich
betrachte es, ebenso wie Mister Pomfret das seine, als meinen stolzesten
Besitz.

Zu diesem Zeitpunkt, da dieses Buch in Druck geht, ist der Kampf in Vietnam noch härter geworden. Wir wissen nicht, was die Zukunft bringen
wird. Aber eines wissen wir: daß die Männer der Special Forces getreu ihrem Motto ›Niemals aufgeben!‹ den Gegner immer wieder empfindlich
treffen werden – in Vietnam und überall, wo die ›Schmutzigen Kriege‹
unserer Zeit am schmutzigsten sind.

ENDE